琅嬛文集

注评

张岱作品集

〔明〕张岱 / 著
林邦钧 / 注评

上海古籍出版社

图书在版编目(CIP)数据

琅嬛文集注评 / (明) 张岱著; 林邦钧注评. —上海: 上海古籍出版社, 2023.5
(张岱作品集)
ISBN 978-7-5732-0633-6

Ⅰ.①琅… Ⅱ.①张… ②林… Ⅲ.①中国文学—古典文学—作品综合集—明代 Ⅳ.①I214.82

中国国家版本馆CIP数据核字(2023)第068940号

张岱作品集
琅嬛文集注评
[明] 张岱 著
林邦钧 注评
上海古籍出版社出版发行
(上海市闵行区号景路159弄1-5号A座5F 邮政编码201101)
(1) 网址: www.guji.com.cn
(2) E-mail: guji1@guji.com.cn
(3) 易文网网址: www.ewen.co
上海颛辉印刷有限公司印刷
开本890×1240 1/32 印张17.75 插页2 字数425,000
2023年5月第1版 2023年5月第1次印刷
印数: 1—3,100
ISBN 978-7-5732-0633-6
I·3709 定价: 78.00元

前言

张岱一向被认为是晚明小品的集大成者，是中国古代文学史上小品文的圣手。我曾在《陶庵梦忆注评》和《西湖梦寻注评》的《前言》中，就张岱的名士风度、黍离情结和小品品味三个方面论述了以《梦忆》《梦寻》为代表的张岱小品的卓越成就，对于张岱的家学渊源、身世经历、思想变化、文风传承、美学崇尚、行文特色、著述成就等方面均有涉及。下面就本书所依据的张岱《琅嬛文集》的内容为对象，分论其不同文体的特色，足见张岱不独小品精绝，实际上也兼擅各体，堪称文章高手。

张岱以传说中的琅嬛福地命名《琅嬛文集》，犹如陶潜以《桃花源记》陈述其理想世界一样，犹有《梦忆》《梦寻》之意。如张华所见琅嬛福地藏奇文异书无穷，张岱的《琅嬛文集》亦可谓琳琅满目，美不胜收。除古、律各体诗歌外，有序、记、启、疏、檄、碑、辨、制、书牍、传、墓志铭、跋、赞、祭文、杂著等无韵之文和铭、赞、乐府、词、颂等有韵之文，各色广义散文文体达二十种之多。如果说“二梦”荟萃了张岱的小品，体现了其小品的风格和艺术成就的话，那么《琅嬛文集》展现了张岱文学成就的全貌。正如其挚友王雨谦在《琅嬛文集序》中所称：张岱“甲申以后，屏弃浮云，益肆力于文章，自其策论辞赋传记笺赞之类，旁及题额柱铭，出其大力，为能登之重渊，而明诸日月，题曰《琅嬛文集》。盖其为文，不主一家，而别以成其家，故能醇乎其醇，亦复出奇尽变，所谓文中之乌获，而后来之斗杓也”。黎培敬《刻琅嬛文集序》谓：“其文闳深渊懿，劲折奥衍，诡谲瑰奇，各尽其致。”

在《琅嬛文集》林林总总的文体中，成就最高者无疑是为人写真传神的传记、墓志、祭文诸体。张岱在《周宛委墓志铭》中，开篇明义道：“余生平不喜作谀墓文，间有作者，必期酷肖其人。”肖其人，传其神，既是张岱人物传记的美学追求，也是其主要艺术特点。张岱传记中有一批有癖有疵的传主：

岱尝有言：“人无癖不可与交，以其无深情也；人无疵不可与交，以其无真气也。”余家瑞阳之癖于钱，髯张之癖于酒，紫渊之癖于气，燕客之癖于土木，伯凝之癖于书史，其一往深情，小则成疵，大则成癖。五人者皆无意于传，而五人之负癖若此，盖亦不得不传之者矣。（《五异人传》）

如其紫渊叔，为人刚愎执拗暴躁乖戾，其癖在“气”。不仅常人难与相交，即其同母之兄亦难免受其戾气：兄进士及第，其裂旗砸匾，以解自己落选之恨。兄长为官，其肆意干涉：一武举被他不问曲直，痛杖三十，发至死牢。及问其因，笑道：“渠何曾得罪于我，我恨绍兴武举张全叔与我作难，阿兄为我痛杖此人，使全叔知武举也是我张紫渊打得的。”该武举后虽被释放，但其终身未解受此重杖之故。如此草菅人命，则其为官刑部，盛气凌人，滥施刑罚，终为劾罢，天理昭昭。如此癖于气，则气胀臌疾，固其宜哉。

《王谑庵先生传》又为一例。王思任“聪明绝世，出言灵巧，与人谐谑，矢口放言，略无忌惮”，可谓有谐谑癖。文云：

川黔总督蔡公敬夫，先生同年友也。以先生闲住在家，思以帷幄屈先生，檄先生至。至之日，宴先生于滕王阁。时日落霞生，先生谓公曰：“王勃《滕王阁序》，不意今日乃复应之。”公问故，先生笑曰：“‘落霞与孤鹜齐飞’，今日正当落霞，而年兄眇一目，孤目齐飞，殆为年兄道也。”公面赭及颈。先生知其意，襆被即行。

张岱为其立传，以“谐谑”为骨，诚如陆德先所言：“先生之莅官行政，摘伏发奸，以及论文赋诗，无不以谑用事。”其调侃同年，辞谢幕府，固然善谑善讽；诡应巨珰，保全两郡，也令人忍俊不禁。即其义正词严声讨权奸，亦寓庄于谐，未尝不谑。其“刻《悔谑》志己过”，实则“虐毒益甚”。这既是思任为人为文的特点，亦是明末士人的一种愤世嫉俗的方式。王思任与张岱谊兼师友，对张岱的为人为文，影响颇深。

其他如祁止祥，“有书画癖，有蹴鞠癖，有鼓钹癖，有鬼戏癖，有梨园癖”（《陶庵梦忆·祁止祥癖》）。鲁云谷有洁癖，“恨烟恨酒，恨人撷花，尤恨唾洟秽地，闻喀痰声，索之不得，几学倪迂，欲将梧桐斫尽”（《鲁云谷传》）。总之，张岱无论是写家人，还是传他人，均不讳缺点，无论其“疵”其“癖”，是瑜是瑕，张岱都能状其深，得其真，写“本面，真面，笑啼之半面”（《家传》），故笔下人物个个鲜活，人人传神。

其笔下既有官吏文士，又有优伶仆役、医生工匠各色人等。如《姚长子墓志铭》，墓主姚长子不过是一介佣工，但当倭寇进犯之时，他却能奋不顾身“持稻叉与斗”，置个人生死于度外，勇赴国难。设计以一己之死，歼敌百三十名，活同胞成千上万。可谓大义凛然，智勇双全。他是渺小的，又是伟大的。文章以极洗练简洁的笔墨，生动完整地记叙了事件的全过程。其中既描摹姚长子设计歼敌的心理活动，又记叙他与乡亲断前后桥，以陷敌于绝境的密议，还交代了他虽遭“寸脔”，敌亦因路绝粮尽，窃我兵所凿漏舟，尽数溺亡的结局。铭赞用“功不足以齿”与“功那得不思”的对比，盛赞墓主的丰功伟绩；用“乃欲”与“乃不欲”的对比，深化为之树碑立传的旌表痛悼之意。“兵略乃出一佣，为此日之当事耻”（王雨谦评）之意自在言外。

《祭义伶文》所祭夏汝开，乃张家班一优伶。张岱与其地位悬殊，实为主仆，却不以为贱，交之以义，葬之以礼，吊之以情。张岱祭文之题，即标明其为“义”伶，行文又突出其“义”：夏氏以张岱为“可倚”，故携全家投靠，固然是出于“义”气；其后，众伶“逃者逃，叛者叛”，夏氏却“始终如一”，不离不弃，更是难得的义气。故而张岱慨然典衣葬其父，复葬其身，蠲其债，备粮买船，送其母与弟妹回乡，以“义”行“义”举，回报其“义”。“义”可谓全文之穴。作为优伶，张岱主要从演出效果，盛赞其演戏唱曲，精湛绝伦：“傅粉登场，弩眼张舌，喜笑鬼诨，观者绝倒，听者喷饭，无不交口赞夏汝开妙者。绮席华筵，至不得不以为乐。死之日，市人行道，儿童妇女，无不叹惜，可谓荣矣。”张岱还以“越中多有名公巨卿，不死，则人祈其速死；既死，则人庆其已死”，反衬夏汝开生前“越之人喜之赞之；既死，越之人叹之惜之”。张岱以此告慰亡灵，也发泄了他对那些尸位素餐、附庸风雅的名公巨卿的蔑视和鄙夷。

祭文写得情真意深。既多哀情，又有讽意。不无夸张，又不失真实。故而王雨谦有“小小伶人，一出椽笔，便令魂笑九泉，名留千古”之誉。

张岱之《自为墓志铭》，在其众多的传记之文中别开生面。其贵在有自知之明，难在写出自己的“本面”“真面”。生前自为墓志铭，陶潜、王绩、徐渭均已有之。但张岱享寿之长，阅历之多，所亲见的陵谷之变，所身受的家国之痛，均非上述前辈所曾有。故而其自我写真，难度更大。张岱少为纨绔，种种奢靡嗜好，直言不讳。纵欲于声色，纵情于山水，清狂、清玩、清馋成癖、成病，以此为高、为雅、为荣，这正是晚明文人的名士风度。而张岱与一般纨绔子弟所不同者，在于其后半生又经历了“国破家亡”的惨痛剧变，生活落到了“布衣蔬食，常致断炊”的地步。前后生活经历状况对比不啻霄壤，故隔世之感，尤为真切；梦幻之叹，更显深沉。“七不可解”是贯穿张岱一生的种种矛盾。在“自且不解，安望人解”中；在种种无可无不可中；在种种“不成”和任人评说中；在诸多自嘲自戕中，表现出张岱晚年的避世玩世与迷茫苦痛。梦醒而忆梦记梦，真邪，梦邪？真而成梦，梦又似真，这是张岱的心态；悔邪，喜邪？悔而翻喜，喜而实悲，这是张岱的心情。这种极其复杂矛盾的心情、百感交集的心态，在他的《自为墓志铭》中表现得最为集中和深刻。其中有自夸自诩者，如列数平生著述，追忆六岁时巧对陈继儒所试屏联之事；有自夸兼自悔者，如所列种种少时所好；有迷茫不解者，如所列“七不可解”；有梦醒彻悟者：“劳碌半生，皆成梦幻”，“回首二十年前，真如隔世”。但从张岱明亡不出，山居著述中，还是可以看出他的贫贱不移、秉节自守：“五羖大夫，焉肯自鬻？”尽管功名不就，但在著述方面他倾注了毕生精力和心血，获得了傲人的成就：“盲卞和，献荆玉。老廉颇，战涿鹿。赝龙门，开史局。”在自嘲自讽中，不难看出张岱还是颇引以为自豪的。而篇末引郑思肖为知心，知音，知己，将《石匮书》比作郑思肖的《心史》，两人晚年的心迹行止，何其相似乃尔。则其爱国之心、亡国之痛、遗民之苦尽在不言中矣。这样的《自为墓志铭》，可以不夸张地说是前无古人，难乎为继的。

张岱撰史传人，“事必求真，语必务确”（《石匮书自序》），力求“得一语焉，则全传为之生动；得一事焉，则全史为之活现。苏子瞻灯下自顾，见其颊影，使人就壁摸之，不作眉目，见者皆失笑，知其为东坡，盖传神正在阿堵耳”（《史阙序》）。他曾自谦道“赝龙门，开史局”（《自为墓志铭》），其实他的史传是深得司马迁纪传之精髓的。诚如其祖辈先贤、著名文学家陈继儒所赞：其“条序人物，深得龙门精魄。典赡之中，佐以临川孤韵。苍翠笔底，赞语奇峭，风电云霆，龙蛇虎豹，腕下变现……其才力天出，灵动活现”（《古今义列传序》）。

张岱痴于山水，癖于园林。其园林之作，多见载于《梦寻》《梦忆》；而《文集》中虽仅有几篇山水之作，则别见精彩。《岱志》《海志》犹如画卷中之《清明上河图》，吸人眼球。泰山为五岳至尊，历朝皇帝多往封禅求福，历代文人吟咏的诗文，汗牛充栋。其景其情的描述抒发，可谓“前人之述备矣”（范仲淹《岳阳楼记》），后人为之，颇难措手。然而张岱不愧为大手笔，偏能别开生面，另辟蹊径：“言岱之上下四旁”，所谓旁敲侧击，以“尽”“岱之事”，可谓善于因难见巧者矣。然后便铺叙登山一日气候之多变，汶河水道、石痕沙迹之变迁，入山者之众，牙家之大，场域之广，山税岁入之多，酒宴弹唱之盛，斗鸡、蹴鞠、相扑、杂耍之齐全，汉柏唐槐岁月之久远……总之，方方面面、林林总总的描摹陈述，“以见吾泰山之大”。张岱为文既擅“以大能取小”，又擅“以小能统大”（《与王白岳》）的笔力于此可见。为使泰山穷形极相，张岱巧用种种修辞写作手法。如比喻：清晨登山，灯火蝉联四十里，以星海屈注、炀帝囊萤夜游相比，情状毕现；乞丐之扮法、乞法、叫法，以吴道子《地狱变相》作喻，凸显其狰狞之状。如对比：以鲁之乔木孔子桧、子贡楷、大夫松、峄阳桐，金谷园之珊瑚，与岱之汉柏唐槐相比，突出其“老而能寿”。有用排比者：佛殿置钱求福，“以银小儿进”“以银眼光进”“以银钱进”“以锦帛、金珠、鞋帨进”，以见财源滚滚，故能“岁数万金”，真真敛财有道。有工于描摹、深及心理者：如状坐舆“急下”“如溜”，“疑是空堕，余意一失足则齑粉矣，第合眼据舆上作齑粉观想，常忆梦中有此境界，从空振落，冷汗一身时也”，则山之高险、下山之急速、乘客之恐惧，和盘托出矣。有考证议论者：如五大夫松非五棵树之谓，而是秦始皇封该松树为五大夫（秦官职）。有褒贬议论者：如佛殿置钱求福所得“岁数万金”，“山东合省官，自巡抚以至州吏目，皆分及之”。他由泰山清净土受求利之乞丐、求名之香客作践，联想到“天下名利人之作践世界也与此正等”，揭露深刻，入木三分；而如“盖入史者必大老，必当道，而卑官冷局，无力入之……此一史，其埋没高文典册者不可胜计”，则冷嘲热讽，不平而鸣。如此种种，使读者阅来，恍若身历。无怪于王雨谦不无夸张地赞其《岱志》曰：“大作手。盖自得宗老记，恐前者可废，后者搁笔。”

相比泰山之“前人之述备矣”，张岱认为“至补陀而能称说补陀者”，能用诗文吟咏者，“百不得一焉”，甚至《水经》亦阙载。历来史志记补陀，因山三无（无古碑、无名人手迹、无文人题咏），故只能聊记“感应祥异、兴建沿革而已”。对此，张岱大鸣不平：谓“补陀山水奇绝横绝”，“天下之水，至海则观止，而更有奇峰绝壑，足以副海之奇，四大名山，无出其右”。所以身无长物奉佛的张岱，作《海志》“以山水作佛事”，奇思妙想，令人忍俊不禁。

其登泰山，作“棱层起伏，如波涛汹涌”之水观，并奉泰山为“水之祖”；其涉海，则作“冰山雪巘，浪如岳移”之山观，并以为有山，则海得“肌肤之会、筋骸之束、骨骼之柱”矣。其状海中群岛缠列：“海为肠绕，委蛇曲折于层峦叠嶂之中，吞吐缩纳，至此一丸泥可封函谷矣。”如此山水相形，方能相得益彰；胸有如此山水，笔端方能显活山活水。其状海上风急浪高：“风号浪炮，轰怒非常。或大如五斗瓮，跃入空中，坠下碎为零雨；或如数万雪狮，逼入山礁，触首皆碎。”状风平浪静：“风弱水柔，波纹如縠，月色麗金，簇簇波面。”一动一静，对比鲜明。其状日出，从初升时引吴莱“如米筛”的比喻，描摹到“光满注射”时“日如蒸饼”的印证，穿插“掩蔽”“弄影”“或见或灭”“倚徙”等动词，遂极富动态美。“舟如芥，人如豆，闻人声嘤嘤如瓮中蝇。”“短松怒吼，张鬣如戟，吞吐海氛，蠢蠢如有物蠕动。”而“风平浪白”之时，坐石上，远望“嵌空玲珑”的海中诸山，“如一幅鹅绫铺设几上，磊磊置米颠袖石数十余座”。这些比喻想象描摹，无不生动如绘。“老饕素缘”“孔门弟子三千，乘桴浮海，也只得子路一人”的自嘲自解，极其诙谐幽默。作为儒者，张岱并不信佛。所以，对礼佛奉佛的善男信女所谓的种种灵验，不无讽刺：菩萨“推之”“掖之”，“纤芥失错，必举以为菩萨祸福之验”。对于佞佛的燃顶、燃臂、燃指等行为，他怒斥道：“余谓菩萨慈悲，看人炮烙，以为供养，谁谓大士作如是观!”但是张岱并不一味排佛、斥佛。他对寺僧垦田自给，垂二十年的举措大加赞赏，且力主推而广之，让戍卒屯田，一则自给，一则御倭。并指责“谋国者曾弗筹之”。不仅如此，他对佛教对广大信众的教化作用，用一系列“佛能”排比句大加肯定，得出“非斯佛法，孰与提撕”“佛法大也”的结论。张岱的辩证思维深度由此可见。张岱论及为获“带鱼之利”而“奔走万人，大肆杀戮”的行为对生态的破坏，深恶痛绝，大声质问道："清净法海，乃容其杀生害命如恒河沙等，轮回报应之说，在佛地又复不灵，奈何!"其生态保护意识之超前、强烈，足以令今人羞愧，惊叹。

张岱为山水鸣不平的不止《海志》，在《越山五佚记》的《黄琢山》中，他为黄琢山不得列入越城八山之俦鸣冤叫屈，并就风景之遇与不遇发议论寓感慨："名山胜景，弃置道旁，为村人俗子所埋没者，不知凡几矣。"这种不平之鸣，在《蛾眉山》中更为强烈。张岱行文，亦山亦人，既为"世间珍异之物，为庸人所埋没者，不可胜记"而深惜叹恨，又为峨眉山生非其地，"使世人不得一识其面目，反举几下顽石以相诡溷"之不幸抱不平；既坚信"山果有灵，焉能久困"，又"为山计"："欲脱樊篱，断须飞去。"笔墨腾挪跌宕，多少情韵，多少感慨。山水如是，世事如是，人物又何尝不如是。借山之不遇，抒发己之不遇的牢骚，是张岱山水之作的特色，与柳宗元的《永州八记》同一机杼。

《文集》中序文不少，大多是张岱为自己或他人的著述作的序，这与唐人多赠人送人之序有所不同。如《西湖梦寻序》《陶庵梦忆序》是为自己的小品集作序，洵为佳作，脍炙人口，毋庸置喙。《陶庵肘后方序》《茶史序》（因与《陶庵梦忆·闵老子茶》大同小异，本书未收）名为序己书，实为传他人。前序大半详述张岱之父沉疴不起，得吴竹庭疗救而起死回生的经过。文章先以名医纷纷却走回绝，烘托竹庭之"迟迟至"，然后以两人一次次对话为主线，一次次用药及其渐见疗效的过程为辅，白描手法，曲尽其详。龙门家数，欧阳风格，写来头头是道，层次井然。人物动作神态表情的穿插，则使人物踽踽欲动矣。这样的序，称之为太史公《扁鹊仓公传》再版亦不为过。结尾才交代《陶庵肘后方》的成书原因：受吴竹庭悬壶济世的影响，张岱虚心求教，随时积累，注重实践，视疾行医，加以验证，积三十年而撰成《陶庵肘后方》四卷。后序写张岱以茶会友，相互订交的经过，纯属记叙文。详叙与闵汶水的茗战，由茶具而茶叶而茶水，两人边品尝，边试探，边评论，相互较量，相互赏识，最终趣味相投，以茶订交，才落实到两人细细论定张岱所著《茶史》。《赠沈歌叙序》是一篇赠序，兼沈氏父子而颂之。文章以水之坚柔、秫之糯猛变化为喻，引出“世间之刚柔相错，与人心之强弱迭更，真有不可测识者”的议论，并以刚柔强弱的辩证关系及其变化笼罩全篇。记叙并颂扬沈氏父子为人似柔实刚，行事侠肠高义。于沈素先其人其事，略写虚写；于其子沈歌叙之侠肠高义，实写详写。其破家力措，惨淡经营，为相继而亡的近邻夫妇安葬入殓，伴孤儿相守数月的高风亮节感人至深。张岱于其人其事，从先前之不信邻里的称颂，到后来称颂其“侠肠高义，即求之古人中，亦不可多得者矣”，赞慕之情，溢于言表。后段将子比父，得出“变本而加厉矣”的结论。结尾绾合父子二人，由居常之高义，推而广之为用世之忠贞，并以子之侠肠高义告慰父之亡灵。这篇赠序，选材之详略、细节之精当、行文之简洁生动，均承泽于韩文公。更难得的是，张岱不仅慕其义颂其人，而且学其行。他为义伶筹措经营后事、安置遗亲的种种义行，有沈氏榜样在先。

张岱之序，内容多有论学议文者。如《一卷冰雪文序》《后序》可视为两篇诗文创作审美论。张岱由自然界之冰雪能“寿物”“生物”，论到人世之“冰雪”。在对比排比中，阐明“夜气”“清静”“山林”均能“寿物”“生物”，故亦称之为“冰雪”，并说明其于人之重要。然后，由自然万物莫不有冰雪之气，论及“文之冰雪，在骨在神”。其荟萃于诗文之中，犹如“剑之有光芒，与山之有空翠，气之有沆瀣，月之有烟霜……”质言之，诗文贯以冰雪之气，方显清空灵动："若夫诗，则筋节脉络，四肢百骸，非以冰雪之气沐浴其外，灌溉其中，则其诗必不佳。"其实是以冰雪为喻，崇尚诗文中的生气、真气、灵气。《昌谷集解序》系张岱为其《昌谷集解》所作自序。他深得诠注之要，认为"每一诗下，第笺注其字义出处，而随人之所造（理解所达到的水平）以自解"，此最为注疏的通达之论。诗无达诂，注者不必字字坐实，句句诠释，强作解人。不妨让读者根据自己的学养见识，去理解，见仁见智。只要言之成理，持之有故即可，释解诗旨，何必定于一尊呢？该序以药治病的不同治法，喻注解诗的不同方法。他深得医药疗病之要："凡人有病则药之，药之不投，则更用药以解药，所谓救药也。药救药，药复救救药，至于不可救药，而病者真死矣。"并以此为喻，反对繁琐芜杂、叠床架屋的注疏。《四书遇》是张岱读四书心得语录体的未定稿本，今存。在《四书遇序》中，他对自己读四书及历家之注的方法和弃取原则加以诠释。张岱博洽多闻，与其深谙读书之道密切相关。"完完全全几句好白文，却被训诂讲章说得零星破碎，岂不重可惜哉？"道尽汉代以来繁琐训诂、雕章琢句、支离原文、曲解本意之弊。"凡看经书，未尝敢以各家注疏横据胸中"，可见不被名家注家左右，不先入为主，方能有独到之见、卓异之识。读书常遇难懂不解之处，张岱结合自身体会阐述道："间有不能强解者"，不必胶柱鼓瑟，强求索解，"贮之胸中，或一年，或二年，或读他书，或听人议论，或见山川云物、鸟兽虫鱼，触目惊心，忽于此书有悟"，"古人精思静悟，钻研已久，而石火电光，忽然灼露，其机神摄合，政不知从何处着想也"。"遇"者，两者相遭，不期而遇也。平时的厚积："精思静悟，钻研已久"，与媒介："石火电光"的骤然相遇，使灵感得以激活。所谓顿悟，即平素茅塞，百思不得其解，一朝豁然开朗的境界。此最是张岱读书的经验之谈和金针度人之说。《廉书小序》所述，有助于解决千百年来困扰莘莘学子的“人生有涯，学海无边”的矛盾。张岱认为“只要读书之人眼明手辣，心细胆粗”，问题不难解决。因为“眼明则巧于掇拾，手辣则易于剪裁，心细则精于分别，胆粗则决于去留”。自具手眼，严于去留，巧于剪裁，由博返约，杂而炼精，实是读书学问的更高境地。张岱为朱蘐人的《鸠柴奇觚记》作序，却以挚友濮仲谦“雕刻妙天下”作陪衬。二人的共同点在于：都身怀“雕刻妙天下”的绝技，都能“点铁成金”。作者用此写法，能就长补短，相得益彰。该序所论人与物、瘿与全、轻与重、弃与用的关系，和两者之间的相互转换及其条件，都颇具辩证观点。如：“虽病以累人，瘿以累木，而人反藉其病，就其瘿，以得其用，则瘿仍无害，病亦何妨?”物如是，人亦如是。而其转换的关键全在于：人之慧眼能“物色”，巧手能“因材而器”“舍短就长”。故序文结尾处强调制奇觚之人之奇。又如：“人固可以重瘿，而瘿亦可以重人。”此言确有真理。张岱的人才观足供借鉴。总之，张岱之序，其体例虽一，内容却丰富多彩，写法亦五花八门。涉猎其中，犹如行走山阴道上，美不胜收。

书牍信札，是《文集》中又一种主要散文体类。除与序文相同有论诗衡文的内容外，值得注意的是友朋书信往来言及文艺批评时的摒却客套、直言不讳、真切务实。如《答袁箨庵》殆同一篇曲论。张岱于诗文戏曲，均为行家里手，故评诗文、论戏剧，识见精粹，切中肯綮。信中既指出当时传奇创作之弊：“只求闹热，不论根由，但要出奇，不顾文理”，又肯定“阮圆海之灵奇，李笠翁之冷隽”；既揭示袁氏《合浦珠》之不足之点：“狠求奇怪”“闹热之极，反见凄凉”，又指出其《西楼》的成功之处：“皆是情理所有，何尝不闹热，何尝不出奇?”以《西厢》《琵琶》为例，说明：“布帛菽粟之中，自有许多滋味，咀嚼不尽，传之永远，愈久愈新，愈淡愈远。”深惜袁氏新作未免媚世俗、求噱头的弊病。张岱对汤显祖“临川四梦”的高下品评，洵为灼见；将显祖与箨庵的剧作对比评价，既省笔墨，也能直搔其痛痒，又利于解读。强调任何情节的安排、手法之运用，均难在一个“当”字，过犹不及。诚如王雨谦所评：“‘兄作《西楼》’八句，搔着箨庵痒处。”如此批评，才能于作者真有裨益，有助于创作水平的提高和繁荣。以此为鉴，无异于痛砭当今影视剧创作的痼疾，亦有助于纠正时下文艺批评滥吹捧、乱赞许的歪风。再如两篇与八弟毅儒论删诗存诗标准和原则的书信，张岱直陈己见，洞见性情。前信批评其弟之《明诗存》“存人为急，存诗次之，故存人者诗多不佳，存诗者人多不备。简阅此集，大约是‘明人存’，非《明诗存》也”。并直截了当地表明自己的主张：“愚意只以诗品为主，诗不佳，虽有名者亦删；诗果佳，虽无名者不废。”并以张良、房玄龄为例说明他们“不能诗”，却不妨他们名垂青史；而“不能诗而存其人，则深有害于诗也”。后信批评其弟《明诗存》的取舍“以他人好尚为好尚”，在钟、谭与王、李之间摇摆不定，并以浙人极力模仿攀附苏人，邯郸学步，反遭苏人嘲笑为例，毫不客气地指责他“何胸无定识，目无定见，口无定评，乃至斯极耶”。指出钟、谭之诗瑕瑜并存，只要“虚心平气，细细论之，则其妍丑自见”。并希望“吾弟自出手眼”。如此批评不仅有真知灼见，而且有真情实意，不留情面，真真难能可贵。

张岱书信的另一特点是同道谈文论艺时，叙述、议论、抒情，直抒胸臆，意到笔随，形式多样，不拘一格。如《与胡季望》，犹如一封茗战的挑战书。张岱有“茶癖”，其先评议鲁云谷茶道不精，再论茶道：从采茶之时，焙茶之法，到烹茶、品茶之道均有涉及。最后与茶友约异日茗战，一决茶品高下：“异日缺月疏桐，竹炉汤沸，弟且携家制雪芽，与兄茗战，并驱中原，未知鹿死谁手也。”张岱精于茶道、醉于茶味、雅于茶兴，于此可见，的是“茶痴”。又如《与包严介》，是诗友之间的切磋。前以石崇斗富，范丹却走为喻，夸包氏赠诗之多，“真得诗画合一之理”。后以李思训依规中距的界画与元人直写胸臆之水墨山水为喻，说明无论诗文画作，均贵自然，而贬作意；贵空灵，而贬板实。中间就诗与画的关系问题独抒己见：“以有诗句之画作画，画不能佳；以有画意之诗为诗，诗必不妙。”并解释道：“可以入画之诗，尚是眼中金银屑也”，“有诗之画，未免板实”。这似乎与苏轼赞誉的“诗中有画”“画中有诗”（《书摩诘蓝田烟雨图》）相违，其实不然。张岱所论，乃作诗绘画之前，反对的是“作意”；而苏轼赞誉的，是诗画完成之后，所呈现的美学境界。张岱另有两则短文可为佐证。《跋谑庵五帖》曰：“天下有意为好者，未必好；而古来之妙书妙画，皆以无心落笔，骤然得之。如王右军之《兰亭记》、颜鲁公之《争坐帖》，皆是其草稿，后虽摹仿再三，不能到其初本。”而《蝶庵题像》认为艺术创作应该是“水到渠成，瓜熟蒂落”。其创作主张和审美趋尚于此可见。

《文集》中的题跋，是张岱对书画的品评，三言两语，精彩迭出，直是他的艺术论。张岱家富书画珍藏，交往又多书画名家。鉴赏既精，品味自高。题跋书画，而寓身世之感，是身历沧桑的张岱题跋书画的明显特点。如《跋梅花道人画竹卷》：

元季高人皆隐于画史，如黄公望，莫知其所终，或以仙去。梅花道人吴仲圭，自题其墓曰梅花和尚。后值兵起，以和尚墓独全。盖仲圭虽以笔墨自见，复时时韬晦，不使人尽知。今见此卷，方知其画竹之妙，又知其书法之精，如入龙宫海藏，宝母珠胎，无所不备。第少碧眼波斯，不能辨别之耳。

“元季高人皆隐于画史”，盖世乱时危，文人赖以远祸全身尔。张岱晚年，亦复如此。他精鉴书画，以“龙宫海藏，宝母珠胎”为喻，激赏吴镇所画之竹，美不胜收。文中张岱隐然以精于鉴赏的“碧眼波斯”自居。又如《题葆生叔画》：

葆生叔于万历乙巳年作此画，余甫九岁，今传世已六十四矣，而墨气淋漓，着纸犹湿，重岚叠嶂于雨后观之，方尽其妙。

在“九”与“六十四”的数字对比中，时年七十三的张岱睹物思人，隐寓了其深沉的沧桑之感和物是人非之叹。以六十四年后“着纸犹湿”，“于雨后观之，方尽其妙”，状所画之“重岚叠嶂”墨气淋漓。读后，其湿可感，其气逼人。其《题仲叔画》：

余叔守孤城，距贼垒三十里。有故人缒城来访。余叔多其高义，就灯下泼墨作山水赠之。此二事，皆非今人所有。故此画皴法如蝟毛倒竖，棱棱砺砺，笔墨间夹有剑戟之气。

兵临城下、困守孤城之际，来客缒城造访的高义与主人援笔作画的从容淡定，堪称并美。“就灯下泼墨作山水”，可见其二叔神定气闲，临危不惧，处变不惊的胸襟与胆略；心中剑拔弩张，有我无敌，故所画“皴法如蝟毛倒竖，棱棱砺砺”，“笔墨间夹有剑戟之气”。为文作画，主观与客观、心中与笔下，相互作用，其影响如此。张岱此跋，论人品画，相得益彰。《跋张子省试牍三则》属题跋中之另类，所题为落选的试牍（考卷）。张岱才高命蹇，科场失意，与落第的张子省悭悭相惜，满腹牢骚，借跋文以出之："此不是试官考童子文，乃童子考试官文也。"话既诙谐，又很刻薄。考官之水平可见，张岱和张子省不遇的原因也已不言自明。"区区帖括家，为地甚窄"，揭露科举以四书五经为内容，以八股为形式，束缚文人举子的实质。跋之其二、其三，赞扬张子省之文有个性，能传神，感人至深。认为创作诗文不必媚俗，取悦当世，若是精品，必传后世。安慰其不必为一时落选而在意，正张岱所以自慰。其他如《跋祁止祥画》："士人作画，当以草隶奇字之法为之，树如屈铁，山如画沙，绝去甜俗蹊径，乃为士气。止祥仿仲圭画，点画间笔笔有行草书意，盖取法仲圭，而又能解脱绳束，真是透网金鳞，令人从何处捉摸。"所跋要言不烦，既论文人画的画法，又讲仿画的出新。赞祁氏以书法入画法，有所师从取法，而又不拘绳束，别开生面。关于书画的传承创新，张岱认为书画临摹，贵在似而不似，不似而似，即所谓"夺舍投胎者也"。这一道理，他在《跋王文聚隶书兰亭帖》中，用祖孙体貌之异同和佛经哪吒太子剔骨还父、析肉还母的故事比喻之，深入浅出，形象生动。而王文聚以"右军四十二代孙"的身份，用隶书体来临摹《兰亭帖》，易貌存神，更觉祖孙之喻生动形象之外，又多了一层贴切。

《文集》中的骈文计有疏、启（《文集》中的启体文，《贺鲁国主册封启》内容平庸，其余均与《两梦》重，故均删）、檄、制、碑等文体。张岱骈文颇见功力，自具特色。他秉承家教，自小研习骈体的时文，以求功名。六岁撰对，出口成章：

六岁时，大父雨若翁携余之武林，遇眉公先生跨一角鹿，为钱唐游客，对大父曰："闻文孙善属对，吾面试之。"指屏上《李白骑鲸图》曰："太白骑鲸，采石江边捞夜月。”余应曰：“眉公跨鹿，钱唐县里打秋风。”眉公大笑，起跃曰：“那得灵隽若此！吾小友也。”（《自为墓志铭》）

张岱十六岁时所撰《南镇祈梦疏》（因与《陶庵梦忆·南镇祈梦》重而未收），是其借祈神赐梦求福，表明志向而写的一篇骈体疏告之文。文章先写梦能在混沌世界中先知先觉，人人都会日有所思，夜有所梦。古人所梦，有荣华富贵，有生老病死，或幻或实，“俨若神明之赐”。后写自己作为一个即将步入人生征途的青少年祈梦的心态：顾影自怜，不甘局促，企念轩翥，一鸣惊人。瞻念前途，成功与挫折并存，希望与恐惧兼有：

某也躨跜偃潴，轩翥樊笼。顾影自怜，将谁以告？为人所玩，吾何以堪？一鸣惊人，赤壁鹤邪？局促辕下，南柯蚁耶？得时则驾，渭水熊耶？半榻蘧除，漆园蝶耶？神其诏我，或寝或吪；我得先知，何从何去。择此一阳之始，以祈六梦之正。功名志急，欲搔首而问天；祈祷心坚，故举头以抢地。

张岱引用神话，排比典故，列举对比，运用疑问和反问句式，把即将涉世的青少年这种忐忑不安和祈求福佑的心理表现得十分形象。结尾表明自己“功名志急”“祈祷心坚”“惟神垂鉴”，托梦昭示的愿望。从中可以窥见作为世家子弟，早年的张岱用世、入仕之心切，与中晚年的张岱玩世、隐世、遁世的心态有所不同。骈文写得想象丰富、属对工巧，典故驾驭，贴切自如，可见十六岁的张岱已学养有素，才华横溢。本文是张岱用骈文言志表意者。

其晚年所作《上鲁王疏》，是一篇讨贼檄文。张岱经历了家破国亡的灾难，颠沛流离的生活，对祸国殃民的奸臣逆贼深恶痛绝。所以当鲁王在绍兴“监国伊始”，他即“恳祈立斩弑君卖国第一罪臣，以谢天下，以鼓军心事”，并从历史事实和鲁王所肩负的复国兴邦的重任两方面说明，斩奸除恶乃当前第一要务。然后列举马士英国难以来的种种劣迹罪行，与历朝历代众多贼臣逆子相比较，说明他有过之而无不及。即使比之臭名昭著的秦桧、韩侂胄、贾似道、李林甫之流，他也是等而下之的。从而得出“以士英之惨刻，士英之奸诡，士英之凶暴，士英之叛逆，万死犹不足赎”的结论。最后表达自己以身家性命为誓，愿假“一旅之师”，“立斩奸佞”的决心：“臣谓子婴继统，尚能族斩赵高；建文逊位，犹自手诛辉寿。彼庸君孱主至国破家亡之际，犹能回光返照，雪恨报仇，况我主上睿谟监国，圣政伊始，宁容此败坏决裂之臣，玷辱朝宁乎？臣中怀义愤，素尚侠烈，手握虎臣之椎，腰配施全之剑。愿吾主上假臣一旅之师，先至清溪，立斩奸佞，生祭弘光，敢借天下第一之罪人，以点缀主上中兴第一之美政。”事关社稷兴亡，家国命运，张岱对奸臣逆贼的罪行义愤填膺，所以行文不拘格套，骈散相间，痛快淋漓，气贯长虹。字里行间，笔挟风雷。声讨笔伐，严于斧钺。本文是为骈文用世干政，抒情声讨者。

其《募修岳鄂王祠墓疏》，为募修岳坟款项而作。先以关庙之尚新、于祠之如故，反衬岳坟之破败倾圮，说明修葺之必要。鉴于以往工程“往往锐意兴造，而力辍半途者有之；猛思合赀，而功亏一篑者有之”，所以张岱建议：“天下凡事必须量力为之。其进锐者其退速，其愿奢者其就小。不能如田单一日下齐七十余城，止须学范雎远交近攻之法。得尺则尺，得寸则寸，如燕窠衔泥，如鹊巢集木，循序渐进，以致落成。盖众擎易举，独力难支，与其修而未完，不若不修之为愈也。故古之善举事者，如攻坚木，先其易者，后其节柢。”作为论疏，张岱左右比较、正反譬喻，说理论证，建议方法，周到详尽，逻辑性、说服力俱强。这是一篇募捐的应用型骈文。

其《讨蠹鱼檄》《戏册穰侯制》似为游戏之文，实则别寓深意。如《讨蠹鱼檄》，全文亦鱼亦人，亦庄亦谐。张岱先对一些虫豸鸟禽能“垂名于艺苑，效用于文坛”加以赞扬，作为铺垫，然后再对蠹鱼欺世诓人、搅乱文场的种种秽行，大加挞伐。认为其祸害更甚于焚书坑儒，“罪真难挽，死有余辜”，对蠹鱼蠹书之罪恨之切骨，认为“磔死非酷”，“碎首允宜”。至于蠹鱼所喻之人，张岱描绘的“满口图书，胸无只字，以枵腹而冒名饱学；盈眸文墨，目不识丁，以曳白而搅乱文场”，点得再明白不过了。对此类人，张岱主张“剖腹取书”，“毋使潜逃”，绳之以法。其《戏册穰侯制》文，殆同骈文中的咏物诗，称颂橘之品质功效。其颂橘的内容生发于屈原《橘颂》，封侯的构思则承泽于苏轼《黄甘陆吉传》。该文先简言其色香味，提出“既有素封”，岂“可无徽号”的问题，以见册封之必要。然后用相关典故，就其产地、种类、功能、品质进行描述，并在与其他水果的比较中予以称颂。如：“津能解渴，无劳曹孟德之望梅；兴可补脾，实似顾长康之食蔗。”此为其功效。“丹阳守呼奴勿受，汝能崛强，羞与卫车骑同出曹封之门；东篱老同姓不亲，尔独迂疏，肯学郭崇韬乃拜汾阳之墓。”此为其性格和品质。严肃的内容，游戏的文字，不乏巧喻、奇想的修辞手法，具有幽默诙谐、亦庄亦谐的风格。这正是张岱骈文的最大特色。

张岱曾颇为自负地自称：“不肖生平倔强，巾不高低，袖不大小，野服竹冠，人且望而知为陶庵，何必攀附苏人，始称名士哉?”（《又与毅孺八弟》）这既是他的人格个性，又是他的散文的艺术个性——洒脱不羁。他的散文既有所师承，又能“绝去甜俗蹊径”，“解脱绳束”（《跋祁止祥画》）。他的散文恣肆善辨，比喻巧妙，行文灵动，承泽于庄子；他的写照传神，勾魂摄魄，确是龙门嫡系；他的文无定法，篇无定格，句式奇诡，用字遣词，多变位变性，力求生新，风格奇崛，得益于韩愈；他的山水园林，抒情泄愤，殆同骚体，派生于宗元；他的杂文，涉笔成趣，姿态横生，酷肖东坡。就其小品而言，洒脱不拘似徐渭，性灵隽永似中郎，诙谐善谑似思任。总之，能在博采众长的基础上，自成风格："不事铺张，不事雕绘，意随景到，笔借目传……闲中花鸟，意外烟云，真有一种人不及知而己独知之之妙。"（《跋寓山注二则》）"虽间涉游戏三昧，而奇情壮采，议论风生，笔墨横恣，几令读者心目俱眩。"（伍崇曜《陶庵梦忆跋》）誉之为散文大家，并不为过。

《文集》中的韵文，除诗歌外，尚有乐府、琴操、赞、铭、词、颂等文体。铭是其中写得最多、最为舒放自如的文体。刘勰《文心雕龙》卷三《铭箴》曰："铭题于器"，"铭兼褒赞，故体贵弘润，其取事也，必核以辨，其摛文也，必简而深。"张岱家富收藏，又喜把玩，观千剑而后识器，故为鉴定文物古玩的行家里手。对器物的品评不仅十分到位，而且自有其行文的谐趣品味。有的状质地，定身价，如《瓷壶铭》："沐日浴月也，其色泽。哥窑汉玉也，其呼吸。青山白云也，其饮食。"有的品评质地，如《二十八友铭·石皮研铭》："内马肝，外犀革。此谓研皮，不果痴骨。"有的拟人，如《修改宋研铭》："服则乡，而貌则古。譬诸孔子：少居鲁，衣逢掖之衣；长居宋，而冠章甫。"有的运用典故，如《椰子冠铭》："苏子椰杯，即以覆首。学彼陶潜，葛巾漉酒。"有的加以想象，如《石皮研铭》："笔攻墨守，弃甲则那？"有的生动描摹："米颠石，具丘壑。有云烟，无斧凿。袍笏拜之，公曰诺。"（《谢纬止研山铭》）有的以"泰山云""芒砀云"巧贴物主刘"云"之名而铭研（《刘云研铭》）；有的则径直为物主写神："坐勿肯坐，卧勿肯卧。步履如飞，有杖则荷。如言尔杖国之年也，则唾。"（《又为赵我法铭杖》）如此种种，不一而足。总之，言简意赅，精确灵动。

《文心雕龙》卷九《颂赞》曰："赞者，明也，助也。""本其为义，事生奖叹，所以古来篇体，促而不广，必结言于四字之句，盘桓乎数韵之辞；约举以尽情，昭灼以送文，此其体也。"张岱所赞，大多为像赞，其中《自题小像》是自我写照，自我调侃："功名邪，落空。富贵邪，如梦。忠臣邪，怕痛。锄头邪，怕重。著书二十年邪，而仅堪覆瓮。之人邪，有用没用?"《蝶庵题像》则为自己八十一年的生平作一了结。而为友人所题像赞颇多，如《周戬伯像赞》："有东坡之文章，而世不之忌；有步兵之放达，而众不之异；有文山之声伎，而人不之议。盖人皆着其迹也，而先生只嗅其气。故余谓先生，下可以陪悲田院乞儿，上可以陪玉皇大帝。"周戬伯是张岱挚友，为其校勘《石匮书》，多有诗文酬唱，享年八十八。张岱在一系列典故排比和对举转折中，勾勒周戬伯师从古人，遗貌取神，故不同凡众的形象，犹如一幅写生。《季弟山民像赞》："身在朱门邪，而神游岳渎。迹混市廛邪，而胸存松鞠。貌若仙人邪，而心持金粟。其所嗜好邪，米颠石，子猷竹，桑苎茶，东坡肉。其所住家邪，舟居非水，而陆处非屋。之人邪，不俗。"在形骸与神魄、灵与肉、身与心的矛盾中，在平生的嗜好中，刻画其弟为人之不俗。张岱之切入角度和运笔自如，同样不俗。《燕客三弟像赞》："介甫执拗，郅都暴虐。始慕横财之燕公，后羡骤贵之桂萼。人称为丘壑中之秦皇也，剩山残水，任其开凿；又称为古董中之桀纣也，汉玉秦铜，受其炮烙。其任性乖张，恃才放纵，而终及于祸也。不为博物之茂先，而为伐山之康乐。"在一系列与古人的性格行实的比拟中，刻画出燕客"任性乖张，恃才放纵"的鲜明个性及其悲剧的下场。王雨谦评曰："字字刺骨，活活有一燕客在吾目前，妙手，辣手。”张岱的韵文赞体，片言只语，总括人生，千人千面，各个鲜活，笔力非同一般。其他神赞、水浒英雄赞，大致如此。

《文集》存词十七首，数量不多，质量上佳。前十六首题咏寓山园十六景而作。《平畴麦浪》：“昔日东坡思栗里，良穗怀新，写尽澄心纸。今见平畴如绿绮，翻来白浪潮头起。　　野老豚蹄心更侈，篝满瓯窭，奢愿还无已。处处军轮如吸髓，敢云畎亩忘庚癸。”词题咏祁氏《寓山园》之丰庄。上半阕用苏轼和陶潜的典故，表现丰收的喜悦溢于言表；下半阙将农夫对丰收的期盼与军输如吸髓的现实相对比，张岱的同情与谴责之情跃然纸上。“野老”句，调侃农民祷丰，礼薄望奢，又见张岱诗文词曲谐谑的风格。《虚堂竹雨》：“如奉秋声军令急，宣诏周昌，口作期期吃。疾走含枚风雨集，千人步履争呼吸。　　更似冰丝清欲泣，着意吟揉，手重弦声涩。宛在潇湘波上立，琵琶怨洒千行湿。”前阕以士兵衔枚急行军状竹林风雨声，用周昌期期口吃，增其情趣；张岱擅操丝竹，熟谙声律，后阕以琵琶演奏为喻，用白居易《琵琶行》，增风雨敲竹的悲凄感受。赋词饶有风趣，兼善谐谑，彰显张岱词独具的艺术个性，也即王雨谦所谓“词中别调”。

其他如《小径松涛》：“步到寒林声谡谡，龛赭潮生，喷礴来山麓。卧听檐前风雨速，秋涛八月惊枚叔。入寺知微呼笔墨，奋袂如风，汹汹能崩屋。四壁烟云倾百斛，江声入手成飞蹴。”全词用钱塘潮的水势涛声形容小径松涛，似风狂雨骤，其声汹汹崩屋，其势惊心动魄。枚乘、孙知微的典故穿插其中，以画境状实景，令读者驰骋想象，身临其境，体味其韵。真尺幅万里之能手也。《镜湖帆影》：“山似芙蓉青百叠，隔住林峦，穿度轻如蝶。树底疏疏时闪灭，依稀深浅湘裙摺。　　伫立高冈随宛折，剡水归帆，犹带山阴雪。遮在人家林外堞，墙头又露他山缺。”张岱以伫立高冈的角度眺望镜湖帆影。首尾均以山绘湖，尽管有林峦相隔，剡水却“穿度轻如蝶”。湖光水色帆影，闪烁明灭，恍若“深浅湘裙摺”。“归帆”“犹带山阴雪”，则是用想象绾合典故，以增韵趣。湖光山色，诗情画意，令人陶醉。第十七首《念奴娇·丁亥中秋寓项里作》：“雨余乍霁，见重云堆垛，天无罅隙。一阵风来光透处，露出半空鸾翮。凉冽无翳，玲珑晶沁，人在玻璃国。空明如水，阶前藻荇历历。　　叹我家国飘零，水萍山鸟，到处皆成客。对影婆娑回首问，何夕可方今夕？想起当年，虎丘胜会，真足销魂魄。生公台上，几声冰裂危石。”本词是压卷之作。是张岱在“家国飘零”，颠沛流离两年之后，寓居项里所作。上阕描绘中秋夜“雨余乍霁”的月色变化：由“重云堆垛”“天无罅隙”，到月色“玲珑晶沁”“空明如水”。月色虽美，但张岱的感受却是十分“凉冽”。下阕感叹家国破碎，身世飘零犹如“水萍山鸟”，不禁对影泪眼婆娑。回忆当年虎丘的中秋夜，有不胜今昔之感、黍离之悲。这是他“凉冽”感受的根本原因所在。

本书精选了张岱《琅嬛文集》除诗歌和启（多与《陶庵梦忆》重）之外的所有体例的作品。删除了多篇与《陶庵梦忆》《西湖梦寻》重复的篇章，淘汰了一些思想内容平庸（如《贺鲁国主册封启》）或艰深者（如《春王正月辨》）以及艺术表达较为一般者、可读性较差者（如《修大善塔碑》）。为呈现《琅嬛文集》的原貌，本书目录、篇次的排列均一仍其序。所以尽管由于篇幅所限，不得不删去一些文章，但《琅嬛文集》的精华已荟萃于此矣。本书注评体例：注兼顾字词训诂，典故诠释和句意串解，以使学术性与通俗性兼具，雅俗共赏；评则于每篇文后或补充相关资料，或对文旨、技巧加以品评。是耶非耶，读者不妨见仁见智。本书文字则依夏咸淳先生辑校、上海古籍出版社出版的《张岱诗文集》（增订本）的文集部分以栾保群先生《螂嬛文集注》参校，两者文字相异者，则择善而从。

张岱是明末百科全书式的人物。他的学识之富、视域之广、交游之众、爱好之多、涉猎之杂，独步当时，罕有其匹。诠释、解读其文章的难度之大，可以想见。本人之所以不揣才疏学浅，甘冒扛鼎折肱之险，加以解读诠释，实是爱之深切，遑顾其他了。而愿将其作为学习的过程，冀获益多多。因此注解诠释的谬误疏漏之处，自然在所难免。敬俟方家指正。

目录

卷三

檄

碑

辨

制

乐府

书牍

卷四

传

卷五

墓志铭

题跋

铭

赞

卷六

祭文

琴操

1 卷一

石匮书自序[1]

能为史者，能不为史者也，东坡是也[2]。不能为史者，能为史者也，弇州是也[3]。弇州高抬眼，阔开口，饱蘸笔，眼前腕下，实实有“非我作史，更有谁作”[4]之见，横据其胸中。史遂不能果作，而作不复能佳，是皆其能为史之一念有以误之也[5]。太史公其得意诸传，皆以无意得之。不苟袭一字[6]，不轻下一笔，银钩铁勒[7]，简炼之手，出以生涩[8]。至其论赞，则淡淡数语，非颊上三毫[9]，则睛中一画[10]，墨汁斗许，亦将安所用之也[11]？后世得此意者，惟东坡一人。而无奈其持之坚，拒之峻，欧阳文忠、王荆公力劝之不为动[12]，其真有见于史之不易作与史之不可作也。嗟嗟！东坡且犹不肯作，则后之作者，亦难乎其人矣。

余之作史，尚不能万一弇州，敢言东坡？第见有明一代，国史失诬，家史失谀，野史失臆，故以二百八十二年总成一诬妄之世界。余家自太仆公以下，留心三世，聚书极多[13]。余小子苟不稍事纂述，则茂先家藏三十余乘[14]，亦且荡为冷烟，鞠为茂草矣[15]。余自崇祯戊辰[16]，遂泚笔此书[17]，十有七年而遽遭国变，携其副本，屏迹深山[18]，又研究十年而甫能成帙。幸余不入仕版[19]，既鲜恩仇；不顾世情，复无忌讳。事必求真，语必务确，五易其稿，九正其讹，稍有未核，宁阙勿书。故今所成书者，上际洪武，下讫天启，后皆阙之[20]，以俟论定。余故不能为史，而不得不为其所不能为，固无所辞罪。然能为史而能不为史者，世尚不乏其人，余其执简俟之矣[21]。

注释

① 石匮书：张岱始撰于明崇祯元年（1628），明亡后，携副本屏迹深山，前后历时三十年方成书。该书为纪传体通史，内容分为本纪、表、志、世家、列传。因崇祯朝无《实录》和《起居注》，故所记起于洪武朝，止于天启朝。现存二百零八卷。顺治年间谷应泰提督浙江学政，以五百金购买《石匮书》，张岱因家贫慨然予之。谷应泰《明史纪事本末》多取材自此书。石匮，谓以石为室，以金为匮，封藏珍贵的图书。《史记·太史公自序》："细史记石室金匮之书。"

②"能为"三句：谓苏轼是有能力写史书，而能不写史书的人。

③ 弇州：王世贞（1526—1590），字元美，号凤洲，又号弇州山人，太仓（今属江苏）人。嘉靖二十六年（1547）进士。万历中，官至刑部尚书。晚明文坛的领袖人物，以史才自许。其史学作品有《弇山堂别集》一百卷。松江人陈复表将其所著各种朝野载记、秘录等汇为《弇州史料》，前集三十卷，后集七十卷，内容包括明代典章制度、人物传记、边疆史地、奇事佚闻等，是一部较完整的明代史料汇编。

④"非我作史"二句：意为撰写史书，舍我其谁。

⑤“是皆”句：这都是他自以为能写史的念头害了他。

⑥ 苟袭：随便沿用。

⑦ 银钩铁勒：原用以形容书法绘画的白描笔法，此指文笔刚劲。

⑧ 生涩：此指生新有力，不软滑。

⑨ 颊上三毫：润饰为传神之笔。《世说新语·巧艺》：“顾长康（顾恺之）画裴叔则，颊上益三毫。人问其故，顾曰：‘裴楷俊朗有识具，此正是其识具。看画者寻之，定觉益三毛如有神明，殊胜未安时。’”

⑩ 睛中一画：据《世说新语·巧艺》载，殷仲堪盲一目，顾恺之为其画像，明点瞳子，飞白拂其上，如轻云之蔽日。又顾长康画人，或数年不点目睛。人问其故，顾曰：“四体妍蚩，本无关于妙处。传神写照，正在阿堵中。”

⑪“墨汁”二句：根本毋庸赘言的意思（所以用不着斗许墨汁）。

⑫ 欧阳文忠：欧阳修，谥文忠。　王荆公：王安石，封荆国公。宋徐度《却扫编》载，刘羲仲曾为欧阳修《五代史》的讹误作《纠缪》，以示东坡。东坡曰：“往岁欧阳公著此书初成，王荆公谓余曰：‘欧阳公修《五代史》而不修《三国志》，非也，子盍为之乎？’余固辞不敢当。夫为史者，网罗数十百年之事以成一书，其间岂能无小得失邪？余所以不敢当荆公之托者，正畏如公之徒掇拾其后耳。”可见王安石曾希望东坡利用《三国志》裴松之注的丰富资料，重修《三国志》。熙宁间，神宗曾有意让苏轼修国史，为宰相王珪所阻。

⑬“余家”三句：张岱高祖张天复，曾官甘肃道行太仆卿，著有《皇舆考》十二卷。曾祖张元汴“修《绍兴府志》及《会稽县志》，《山阴志》则向出太仆公手。三志并出，人称谈（司马谈）、迁父子”（张岱《家传》）。其祖父张汝霖，“独居天镜园，拥书万卷，日事䌷绎”（同上）。其三世藏书之多，详《陶

庵梦忆·三世藏书》。

⑭ 茂先：张华（232—300），字茂先，范阳方城（今河北固安县南）人。晋初任中书令，加散骑常侍，力劝武帝定灭吴之计。惠帝时官至司空。后为司马伦和孙秀所杀。以博洽著称，好藏书，天下奇秘，世所未有，悉在华所。徙居时，载书三十乘。著《博物志》十卷，传世。文集十卷，今佚。后人辑有《张司空集》。

⑮ 鞫为茂草：语出《诗·小雅·小弁》，谓杂草塞道。此指衰败的景象。鞫，穷尽。

⑯ 崇祯戊辰：1628 年。

⑰ 泚笔：以笔蘸墨。此指执笔著述。

⑱ 屏迹深山：清顺治三年（1646），清兵陷绍兴，张岱避居嵊县西白山中。

⑲ 仕板：犹仕籍，官吏的名册。

⑳ 后皆阙之：指崇祯及南明朝的历史。顺治十三年，张岱将《石匮书》提供给时任浙江提学、欲修《明史纪事本末》的谷应泰，并预其事。并借此得阅大量崇祯及南明史料，后续修《石匮书后集》，凡六十三卷，以补其缺。

㉑ 执简：持册写史。《左传·襄公二十五年》载：崔杼篡弑，并连斩数名敢于直书其事的太史。“南史氏闻太史尽死，执简以往。闻既书矣，乃还。”杜预注：“《传》言齐有直史，崔杼之罪所以闻。” 俟之：等待他，恭候他。

【评品】 伍崇曜《陶庵梦忆跋》称：张岱“尝辑明一代遗事为《石匮藏书》，谷应泰作《纪事本末》，以五百金购请，慨然予之”。又称：

"明季稗史，罕见全书，唯谈迁《编年》、张岱《列传》具有本末，应泰并采之以成《纪事》。则《明史纪事本末》固多得自宗子《石匮藏书》暨《列传》也。"邵廷采称《石匮书》："拟郑思肖之铁函《心史》也。至于兴废存亡之际，孤臣贞士之操，未尝不感慨流连陨涕，三致意也。"（《张岱传》）张岱谓："太史公其得意诸传，皆以无意得之。""至其论赞，则淡淡数语，非颊上三毫，则睛中一画。"所论深得《太史公书》之妙。他对苏轼能为史却不为史，深表遗憾，而对王世贞的自恃能史，舍我其谁，颇有讽词。他自谦"不能为史"，却因"遽遭国变"，而国史、家史、野史有"三失"，为承家世修史的传统，故"不得不为"之。"三失"，概括诸史之失，切中诸史之弊。"事必"六句，深得修史三昧，洵为不刊之论，亦可见张岱修史求真务实的实录精神。张岱于穷愁潦倒之中，倾几十年心血，所著《石匮书》直补晚明阙史逸传，其功甚伟。而张岱的史识、史才，史笔，不仅见于《石匮书》，亦可从《琅嬛文集》中传记人物个个鲜活、各肖声口中概见。

一卷冰雪文序[1]

鱼肉之物，见风日则易腐，入冰雪则不败，则冰雪之能寿物也[2]。今年冰雪多，来年谷麦必茂，则冰雪之能生物也[3]。盖人生无不藉此冰雪之气以生，而冰雪之气必待冰雪而有，则四时有几冰雪哉！

若吾之所谓冰雪则异是。凡人遇旦昼则风日，而夜气则冰雪也[4]；遇烦燥则风日，而清静则冰雪也；遇市朝则风日[5]，而山林则冰雪也。冰雪之在人，如鱼之于水，龙之于石[6]，日夜沐浴其中，特鱼与龙不之觉耳。

故知世间山川、云物、水火、草木、色声、香味，莫不有冰雪之气；其所以恣人挹取，受用之不尽者，莫深于诗文。盖诗文只此数字，出高人之手，遂现空灵；一落凡夫俗子，便成臭腐。此其间真有差之毫厘，失之千里。特恨遇之者不能解，解之者不能说。即使其能解能说矣，与彼不知者说，彼仍不解，说亦奚为？故曰：诗文一道，作之者固难，识之者尤不易也。

干将之铸剑于冶[7]，与张华之辨剑于斗，雷焕之出剑于狱[8]，识者之精神，实高出于作者之上。由是推之，则剑之有光芒，与山之有空翠，气之有沆瀣[9]，月之有烟霜，竹之有苍蒨，食味之有生鲜，古铜之有青绿，玉石之有胞浆[10]，诗之有冰雪，皆是物也。

苏长公曰[11]："子由近作《栖贤僧堂记》[12]，读之惨凉，觉崩崖飞瀑，逼人寒慄。"噫！此岂可与俗人道哉？笔墨之中，崖瀑何从来哉？

注释

① 冰雪文：词意清新脱俗的诗文。孟郊《送豆卢策归别墅》诗："一卷冰雪文，避俗常自携。"

② 寿物：延长物品寿命。

③ 生物：催生事物。

④“凡人”二句：若在白昼遇“风日”，则触“夜气”便是遇“冰雪”了。

⑤ 市朝：集市与朝廷。喻追名逐利之所。

⑥ 龙之于石：石，指石潭，岩石围成的深水，古时常称为“龙潭”。唐许浑《题灵山寺行坚师院》：“龙在石潭闻夜雨，雁移沙渚见秋潮。”

⑦ 干将：相传春秋时干将、莫邪夫妇善铸剑。《吴越春秋》记载：干将“采五山之铁精，六合之金英”，以铸铁剑。三月不成。莫邪“断发剪爪，投于炉中，使童男童女三百人鼓橐装炭，金铁乃濡，遂以成剑”。制成的两柄剑分别被称为“干将”与“莫邪”。

⑧“与张华”二句：《太平御览》卷三四四引雷次宗《豫章记》：“吴未亡，恒有紫气见于斗牛之间，占者以为吴方兴，惟张华以为不然。及平，此气愈明。张华闻雷孔章（焕）妙达纬象，乃要宿，屏人问天文将来吉凶。孔章曰：‘无他象，惟牛斗之间有异气，是宝物之精，上彻于天耳。’‘此气自正始、嘉平至今日，众咸谓孙氏之祥，惟吾识其不然。今闻子言，乃正与吾同，今在何郡?’曰：‘在豫章丰城。’张遂以孔章为丰城令。至县移狱，掘深二丈，得玉匣，长八九尺，开之得二剑：一龙渊，二即太阿。其夕，牛斗气不复见。孔章乃留其一，匣龙渊而进之。剑至，张公于密室发之，光焰晔晔，焕若电发。后张遇害，此剑飞入襄城水中。孔章临亡，诫其子恒以剑自随。后其子为建安从事，经浅濑，剑忽于腰中跃出，初出犹是剑，入水乃变为龙。逐而视之，见二龙相随而逝。”

⑨ 沆瀣：夜间的水气，露水。屈原《远游》：“餐六气而饮沆瀣兮，漱正阳而含朝霞。”注引陵阳子：“冬饮沆瀣者，北方夜半气也。”

⑩ 胞浆：即包浆，指古玩经人经常用手把玩，形成的氧化层。

⑪ 苏长公：苏轼。引言见其《跋子由栖贤堂记后》。长公，古人称长兄为长公。

⑫ 子由：苏辙，字子由。

【评品】 《一卷冰雪文》系张岱所选诗文集，序则殆同一篇他的诗文审美论。张岱由自然界之冰雪能“寿物”“生物”，论到人世之“冰雪”。在对比排比中，阐明“夜气”“清静”“山林”均能“寿物”“生物”，故亦称之为“冰雪”，并说明其于人之重要性。然后，由自然万物莫不有冰雪之气，论及其荟萃于诗文之中，犹如“剑之有光芒，与山之有空翠，气之有沆瀣，月之有烟霜……”质言之，诗文贯以冰雪之气方显清空灵动。张岱以干将铸剑，张华、雷焕识剑和苏轼论苏辙文为例，感叹“诗文一道，作之者固难，识之者尤不易”，亦深有体会之论。

张子说铃序[1]

说何始乎？《论语》始也。说何止乎？《论语》止也。《论语》之后无《论语》，而象之者《法言》也[2]。《论语》卒不可象，而止成其为《法言》者，亦《法言》也。何也？象者，像也。方相氏虎目执戈以怖鬼[3]，童子蒙虎皮以怖人，鬼与人卒不可怖。而方相氏、童子止自怖者，自怖然后谓可怖鬼、可怖人也[4]。

余之为说也，则异于是。食龙肉，谓不若食猪肉之味为真也；貌鬼神，谓不若貌狗马之形为近也。余主何说哉？言天则天而已矣，言人则人而已矣。言物则物而已矣。余主何说哉？尝片脔而定其为猪肉[5]，则其味不能变也；见寸鞹而呼其为狗马，则其形不能遁也。何论大小哉？亦得其真、得其近而已矣。大块[6]，风也；窍[7]，亦风也。又海，水也；人之津液涎泪，无不水也。

扬雄氏之言曰："好说而不见诸仲尼，说铃也[8]。"铃亦何害于说哉[9]？秦始皇振铎驱山[10]，而山如鹿走。铃，铎属也。

注释

① 说：一种专主解释、论列的文体。

②《法言》：书名，汉扬雄撰。仿《论语》体例，尊圣人，谈王道，宣扬儒家传统思想。

③ 方相氏：即方相，古代驱疫避邪之神。《周礼·夏官·方相氏》："方相氏掌蒙熊皮，黄金四目，玄衣朱裳，执戈扬盾，帅百隶而时傩，以索室驱疫。"

④"自怖"二句：自己先被吓到了，然后才觉得可以以此来吓唬鬼和别人。

⑤"尝片脔"句：《淮南子·说山训》："尝一脔肉，知一镬（大锅）之味。"脔，切成小块的肉。　鞹（kuò）：同"鞟"，皮革，去毛的皮。

⑥ 大块：大自然；大地；世界。《庄子·齐物论》："夫大块噫气，其名为风。是唯无作，作则万窍怒呺。"

⑦ 窍：洞穴。有空穴来风之说。

⑧“扬雄”三句：语见扬雄《法言·吾子》，“不见”原作“不要”。意谓喜好孔子之说，而不解孔子之意，不过是“说铃”，即小说，不合大雅。

⑨“铃亦”句：张岱不同意扬雄之说，认为“说铃”虽小，却并非无意义。张岱之书，以《说铃》命名固然有自谦之意，但亦有“说”“何论大小”，可尝脔知鼎则好之意。

⑩“秦始皇”句：宋王十朋《会稽风俗赋并序》：“连山如珠，秦皇之所驱兮。”又据宋毕仲询《幕府燕闲录》，海上渔人得一铎，声如霹雳，识者云：始皇驱山铎也。驱山铎，传说中的一种神钟，形状如铎，可以驱山，为秦始皇的宝物。张岱《夜航船·荒唐部·怪异》：“分宜晋时，雨后有大钟从山流出，验其铭，乃秦时所造。又渔人得一钟，类铎，举之，声如霹雳，草木震动。渔人惧，亦沉于水，或曰此秦驱山铎也。”振铎，古代宣布政教法令时，振铎以警众。文事用木铎，武事用金铎。铎，有舌的大铃。

【评品】《说铃》为张岱所作，语出扬雄《法言·吾子》：“好说而不要诸仲尼，说铃也。”喻所说不登大雅之堂。张岱《说铃》今佚。清代汪琬的《说铃》多记当时士大夫佚事；吴震方的《说铃》则汇集了清初六十二种笔记。张著内容或近之。本序诠释“说”与“铃”，对扬雄之说提出异议。张岱主张“说”“何论大小哉？亦得其真，得其近而已矣”。认为铃虽小，却也是“铎属也”，因为“得其真”，“得其近”。正如“海，水也；人之津液涎泪，无不水也”。而“得其真”，“得其近”，实是张岱为诗作文的审美追求。“食龙肉”与“貌鬼神”云云，其喻虽俗，其理甚真。以“不登大雅之堂”的小说为铃铎，以醒世警世，这恐怕就是张岱《说铃》的旨意。

史阙序[1]

《春秋》“夏五”，阙文也，有所疑而阙之也。[2]如疑，何不并“夏五”而阙之？阙矣，而又书“夏五”者，何居？孔子曰：“其义则丘窃取之矣。”[3]书之，义也；不书，义也；不书而又书之，亦义也。故不书者，月之阙也；不书而书者，月之食也。月食而阙，其魄未始阙也[4]，从魄而求之，则其全月见矣。

由唐言之，六月四日，语多隐微[5]，月食而匿也。太宗令史官直书玄武门事[6]，则月食而不匿也。食而匿，则更之道不存[7]；食而不匿，则更之道存。不匿，则人得而指之，指则鼓，鼓则驰，驰则走，走者救也，救者更也。使太宗异日而悔焉，则更之道也；太宗不自悔，而使后人知鉴焉，亦更之道也。此史之所以重且要也。虽然，玄武门事，应匿者也[8]。此而不匿，更无可匿者矣。余读唐野史，太宗好王右军书，出奇吊诡，如萧翼赚《兰亭》一事，史反不之载焉。岂以此事为不佳，故为尊者讳乎？抑见之不得其真乎[9]？

余于是恨史之不赅也[10]，为之上下古今搜集异书，每于正史世纪之外，拾遗补阙。得一语焉，则全传为之生动；得一事焉，则全史为之活现。苏子瞻灯下自顾，见其颊影，使人就壁摸之，不作眉目，见者皆失笑，知其为东坡，盖传神正在阿堵耳[11]。

余又尝读正史，太宗之敬礼魏徵，备极形至。使后世之拙笔为之，累千百言不能尽者，只以“鹞死怀中”四字尽之[12]，则是千百言阙而四字不阙也。读史者由此四字求之，则书隙中有全史在焉，奚阙哉！

注释

①《史阙》：张岱所撰史书，十四卷。内容依次为：三皇五帝纪；夏商周纪；春秋战国纪；西汉纪；东汉纪；三国纪；晋纪；南北朝纪；隋纪；唐纪；后五代纪；北宋纪；南宋纪；辽金元纪。

②“春秋”三句：《春秋·桓公十四年》“夏五”下缺“月”字，注云：“不书月，阙文。”

③“孔子曰”二句：语见《孟子·离娄下》。意谓孔子乃人臣，未受君命（故言“窃”），而作《春秋》，寓褒正贬邪之义。

④“月食而阙”二句：月食而阙，指隐匿曲讳君子之过。《论语·子张》：“君子之过，如日月之食焉。过也，人皆见之；更也，人皆仰之。”此喻《旧唐书·太宗纪》对玄武门事变的记载。详下注。魄，原指月初生或始缺时不明亮的微光，也泛指月亮。此喻精华，喻帝王之善政。

⑤“六月四日”二句：《旧唐书·太宗纪上》载，武德九年（626）：“皇太子建成、齐王元吉谋害太宗。六月四日，太宗率长孙无忌、尉迟敬德、房玄龄、杜如晦、宇文士及、高士廉、侯君集、程知节、秦叔宝、段志玄、屈突通、张士贵等于玄武门诛之。”

⑥“太宗令史官”句：《资治通鉴·唐纪十三》载：“初，上（太宗）谓监修

国史房玄龄曰：‘前世史官所记，皆不令人主见之，何也？’对曰：‘史官不虚美，不隐恶，若人主见之必怒，故不敢献也。’上曰：‘朕之为心，异于前史帝王，欲自观国史，知前日之恶，为后来之戒。公可撰次以闻。’……书成，上之。上见书六月四日事，语多隐微，谓玄龄曰：‘昔周公诛管、蔡以安周，季友鸩叔牙以存鲁。朕之所为，亦类是耳，史官何讳焉？’即命削去浮词，直书其事。”太宗认为自己诛杀建成、元吉，犹如周公诛管、蔡以安周，故无须隐讳。

⑦ 更之道：更改、补救的途径。

⑧“玄武门事”二句：《资治通鉴·唐纪十》：“夫创业垂统之君，子孙之所仪刑也。彼中、明、肃、代之传继，得非有所指拟以为口实乎？”司马光认为玄、肃、代诸宗之承继即位的方式是仿效太宗杀戮宗亲而夺得的，成为他们谋位的口实。所以张岱也认为“应匿”。

⑨“太宗”七句：晋永和九年（353）三月三日，王羲之与谢安等四十一人在绍兴兰渚山下兰亭的水池旁宴集，祓除不祥，行修禊之礼。所作《兰亭序》，用蚕茧纸、鼠须笔书之，世称《兰亭帖》。真迹传羲之七代孙僧智永，智永传其弟子辩才（见张彦远《法书要录》卷三载唐何延之《兰亭记》）。唐太宗酷爱之，遣御史萧翼伪装商客，与辩才交往，乘机窃取（《兰亭记》及赵彦卫《云麓漫钞》卷六引《唐野史》）。分拓数本，以赐皇子近臣。太宗死时，以真迹殉葬于昭陵。关于《兰亭帖》之真伪及流布，唐宋稗史笔及所在不一，故聚讼千年。所以作者有“抑见之不得其真乎”之问。吊诡，奇异，怪诞。

⑩ 赅：完备。

⑪“苏子瞻”七句：《东坡题跋》：“传神之难在于目。顾虎头（顾恺之，小字

虎头）云：‘传神写照，都在阿堵之中。’其次在颧颊。吾尝于灯下顾见颊影，使人就壁画之，不作眉目。见者皆失笑，知其为吾也。”摸，通“摹”。

⑫ 鹞死怀中：《资治通鉴·唐纪九》贞观二年载：“（魏）徵状貌不逾中人而有胆略，善回人主意。每犯颜苦谏，或逢上怒甚，徵神色不移，上亦为之霁威……上尝得佳鹞，自臂之。望见徵来，匿怀中。徵奏事固久不已，鹞竟死怀中。”

【评品】 清郑佶跋《史阙》云：“右《史阙》十四卷……其旨法《春秋》书‘夏五’，阙文取义之义，上自伏羲，下逮金、元……其所叙述，有与正史事同而文异者，有与正史全异者，辨证博洽，持论平允，尤熟读百史而得闲者也。”本序文就历来史书之“隐”（即“阙”“讳”）与“书”的原则与是否得当进行议论。就张岱所举的玄武门事件及萧翼赚《兰亭帖》两事而言，我们认为从正史的角度看，前者乃大事要事，应该书（仅此事而言，张岱史观似不及唐太宗）；后者则有类小说，史载不一，野史稗说作为艺坛佳话韵事，予以载录，未尝不可，然撰正史，则可不书。惜乎张岱或因为尊者、贤者讳的传统史观所限，持论相反。然张岱为正史补遗拾阙，追求“得一语焉，则全传为之生动；得一事焉，则全史为之活现”的至境，深得龙门撰史之真谛。以“鹞死怀中”四字为例，甚当。四字既道出唐太宗治平日久，玩物丧志，有励精图治“渐不克终”的一面，又道尽他对魏徵敬畏的一面。所以他见魏徵而匿鹞怀中，魏徵也晓其自知不对，佯装不见，故作长篇大论，以至“鹞死怀中”。君臣心理动作，刻画惟妙惟肖。以片言只语道尽千言万语，正是文学的化境、史学的至境。

四书遇序

六经[1]、四子[2]，自有注脚，而十去其五六矣；自有诠解，而去其八九矣。故先辈有言，六经有解不如无解，完完全全几句好白文，却被训诂讲章说得零星破碎[3]，岂不重可惜哉?

余幼遵大父教[4]，不读朱注[5]。凡看经书，未尝敢以各家注疏横据胸中[6]。正襟危坐，朗诵白文数十余过，其意义忽然有省。间有不能强解者，无意无义，贮之胸中，或一年，或二年，或读他书，或听人议论，或见山川云物、鸟兽虫鱼，触目惊心，忽于此书有悟，取而出之，名曰《四书遇》。盖“遇”之云者，谓不于其家，不于其寓，直于途次之中邂逅遇之也[7]。

古人见道旁蛇斗而悟草书[8]，见公孙大娘舞剑器而笔法大进[9]，盖真有以遇之也。古人精思静悟，钻研已久，而石火电光，忽然灼露，其机神摄合[10]，政不知从何处着想也。举子十年攻苦，于风檐寸晷之中[11]，构成七艺[12]，而主司以醉梦之余[13]，忽然相投，如磁引铁，如珀摄刍[14]，相悦以解，直欲以全副精神注之。其所遇之奥窍[15]，真有不可得而自解者矣。推而究之，色、声、香、味，触发中间，无不有遇之一窍，特留以待深心明眼之人，邂逅相遇，遂成莫逆耳[16]。

余遭乱离两载，东奔西走[17]，身无长物[18]，委弃无余。独于此书，收之箧底，不遗只字。曾记苏长公儋耳渡海，遇飓风，舟几覆，自谓《易解》与《论语解》未行世，虽遇险必济[19]。然则余书之遇知己，与不遇盗贼水火，均之一遇也。遇其可易言哉！

注释

① 六经：指《诗》《书》《礼》《乐》《易》《春秋》六部儒家经典。《乐》后轶，故又称“五经”。

② 四子：即“四书”，指《论语》《孟子》《大学》《中庸》。相传分记孔子、孟子、曾子、子思的言行，故称。

③ 训诂：解释古书字义。　讲章：又称章句，分析古书的章节句读。

④ 大父：张岱祖父张汝霖，字肃之，万历二十三年进士，仕至广西参议。

⑤ 朱注：宋儒朱熹的《四书集注》。为明清官方教学科考的必读书。

⑥ 注疏：注文和解释注文的文字的合称。注，亦有传、笺、解等名目，主要解释古书的意义。疏，亦有义疏、正义、疏义等名目，主要疏通注文的意义。

⑦ 邂逅：不期而遇。

⑧“古人”句：宋文同《论草书》曰：“余学草书凡十年，终未得古人用笔相传之法。后因见道上斗蛇，遂得其妙。乃知颠（张旭）、素（怀素）之各有所悟，然后至于此耳。”

⑨“见公孙大娘”句：公孙大娘，唐开元间著名剑器、浑脱舞艺人。传说“草圣”张旭观其剑舞而领悟绝世书法。唐李肇《国史补》载：唐“张旭草书得笔

法”，自言：“始吾见公主担夫争路，而得笔法之意。后见公孙氏舞剑器，而得其神。”杜甫《观公孙大娘弟子舞剑器行序》：“往时吴人张旭，善草书帖，数尝于邺县见公孙大娘舞西河剑器，自此草书长进，豪荡感激。”

⑩ 机神摄合：外在机遇和内心灵感的契合。

⑪ 风檐寸晷：风檐，形容不蔽风雨的场屋；寸晷，言极短的时间。常用为举场应试之意。明周晖《金陵琐事》四“嘉靖末南场剩事”载：“张公见解元郑维诚《中庸》墨卷，破题用两句成语冠场，乃批云：‘我以半月精神思之不得，此子于风檐寸晷中得之，殆神助哉！’”

⑫ 七艺：明清科举乡试、会试时，初试《四书》义三道，每道二百字以上；经义四道，每道三百字以上，共七篇八股文。亦称“七篇”“七题”。

⑬ 主司：主管。此指主考官。

⑭ 珀：琥珀，松柏的树脂化石。刍，喂牲口的草。琥珀摩擦生电，能吸附草屑。

⑮ 奥窍：奥秘，窍门。

⑯ 莫逆：彼此知心相契，无所忤逆。

⑰“余遭”二句：顺治二、三年（1645、1646），张岱随鲁王抗清，不时逃难。至四年，方定居于绍兴项王里。

⑱ 长物：多余的东西。

⑲“曾记”五句，苏长公：苏轼。苏轼于元符三年（1100）五月，由海南儋耳（今海南儋县）徙廉州（今广西合浦）安置。《苏轼文集》卷七一《书合浦舟行》：“余自海康适合浦，连日大雨，桥梁尽坏，水无津涯……或劝乘蜑舟并海即白石。是日，六月晦，无月。碇宿大海中，天水相接，疏星满天……所撰

《易》《书》《论语》皆以自随，而世未有别本。抚之而叹曰：‘天未丧斯文，吾辈必济！’已而果然。七月四日合浦记，时元符三年也。”

【评品】《四书遇》是张岱读四书心得语录体的未定稿本，总六册，不分卷。有其眉批、补充、修改的手迹。多独到之见，成一家之言。今存。《四书遇序》则对读四书及历家之注的方法和弃取原则加以诠释。张岱博洽多闻，与其深谙读书之道密切相关。“完完全全几句好白文，却被训诂讲章说得零星破碎，岂不重可惜哉?”道尽汉代以来繁琐训诂，雕章琢句，支离原文，曲解本意之弊。“凡看经书，未尝敢以各家注疏横据胸中”，可见不被名家注家左右，不先入为主，方能有独到之见，卓异之识。古人有“诵书百遍，其义自见”的经验之谈，虽未必尽然，却甚有道理。读书遇难懂不解之处，张岱结合自身体会阐述道：“间有不能强解者”，不必胶柱鼓瑟，强求索解。可“贮之胸中，或一年，或二年，或读他书，或听人议论，或见山川云物、鸟兽虫鱼，触目惊心，忽于此书有悟”，“古人精思静悟，钻研已久，而石火电光，忽然灼露，其机神摄合，政不知从何处着想也”。“遇”者，两者相遭，不期而遇也。平时的厚积（“精思静悟，钻研已久”）与媒介（“石火电光”）的骤然相遇，使灵感得以激活。两者内因外境，缺一不可。所谓顿悟，即平素茅塞，百思不得其解，一朝豁然开朗的境界。此最是张岱读书的经验之谈和金针度人之说。

昌谷集解序[1]

长吉诗自可解，有解长吉者，而长吉遂不可解矣[2]。刘须溪以不解解之[3]，所谓“吴质懒态，月露无情”[4]，此深解长吉者也。吴西泉亦以不解解之[5]，每一诗下，第笺注其字义出处，而随人之所造以自解[6]，此亦深解长吉者也。有此二人，而余可不复置解矣。乃余之解长吉也，解解长吉者也[7]。

凡人有病则药之，药之不投[8]，则更用药以解药，所谓救药也。药救药，药复救救药，至于不可救药，而病者真死矣。故余之解，非解病也，解药也。夫药亦有数等：庸医杀人，着手即死者无问矣。乃有以偏锋劫剂[9]，活人什三，杀人什七者；有以大方脉、官料药[10]，堂堂正正而手到病除者；乃有草泽医人[11]，名不出于里，而以丹方草头药起人于死者[12]；乃有不用刀圭[13]，不用针砭[14]，而第吸其夜半沆瀣之气[15]，而使其自愈者。疗之之法不同，而用以疗病则一。至病一愈，而药与不药等，等不一之药，皆可勿用矣，安用救药哉！

故徐青藤、董日铸[16]，用劫药者也；吴西泉，用官料药者也；刘须溪，则不用药者也。若余则何居？余则远谢雷公[17]，不问岐伯[18]。服参术多[19]，则用山药、萝菔汁解之[20]；服生熟多[21]，则用大黄、芒硝解之[22]。道听途说，为一日草泽医人，而病已霍然除矣[23]。故曰：余之解，非解病也，解药也。

注释

① 昌谷：唐代著名诗人李贺（790—816），字长吉，居河南福昌县（今河南宜阳县）之昌谷，后世遂有以长吉或昌谷名其诗集者。其诗宣泄怀才不遇的悲愤，揭露社会的黑暗不公，多以古讽今，以幻写实，驱使鬼神，寓意曲折，归旨难求。以艺术风格虚幻荒诞、幽峭冷艳独树一帜。

②“有解”二句：指后世有深文曲解淆乱贺诗者，便使贺诗难解矣。

③ 刘须溪：刘辰翁（1232—1297），字会孟，号须溪，庐陵（今江西吉安）人。理宗景定三年（1262）廷试对策，因忤权奸贾似道，被置进士丙等。任赣州濂溪书院山长。宋末曾短期参与文天祥江西幕府。宋亡不仕。平生著述甚丰，以词的成就最高。其《评李长吉诗》曰：“旧看长吉诗，固喜其才，亦厌其涩。落笔细读，方知作者用心，料他人观不到此也，是千古长吉犹无知己也。”

④“吴质”二句：是刘辰翁对李贺《李凭箜篌引》“吴质不眠倚桂树，露脚斜飞湿寒兔”的评语。吴质，即吴刚，传说为汉西河人，学仙有过，罚斫月中桂树，旋斫旋生，永无休止。

⑤ 吴西泉：吴正子，字西泉，南宋金溪（今属江西）人。因被荐举，得召对，称旨，授国史校勘。有《长吉诗笺注》四卷，又外集一卷。“正子此注，但略疏典故所出，而不一一穿凿其说，犹胜诸家之淆乱。”（《四库全书总目》卷一五〇）“不一一穿凿其说”，即张岱所谓“以不解解之”。

⑥“而随人”句：根据各人所达到的学识修养去理解。造，达到。

⑦“解解”句：为诸家注解贺诗者作评解。

⑧ 不投：不合。此指无效。

⑨ 偏锋：原指书法以偏侧的笔锋取势，别于正锋而言。后也用于书画、文章、言语的出奇制胜。此指偏方。　劫剂：指药性猛烈的药剂。

⑩ 大方脉：通常的、基本的脉理。　官料药：普通常用的药。

⑪ 草泽医人：民间医生。

⑫ 丹方：相传的验方。本作"单方"，后因其有神效，比之丹药，故称"丹方"。　草头药：即采自田头山野的普通药材，区别珍贵罕见的药材而言。

⑬ 刀圭：中草药量具，亦指代中草药。

⑭ 针砭：针灸。

⑮ 沆瀣（hàngxiè）：指夜半之气。

⑯ 徐青藤：徐渭（1521—1593），山阴（今浙江绍兴）人，字文长，别号天池生，晚号青藤道人。年二十为诸生，屡试举人不中。嘉靖中，浙闽总督胡宗宪召为掌书记，参与抗倭方略。因事下狱七年，晚游宣化、辽东、南北二京。善书画，其山水画纵横不拘绳墨，人物画极生动。又好诗文戏曲。自称书第一，诗次之，画又次之。著有《徐文长文集》《南词叙录》及杂剧《四声猿》等。其有《李长吉诗注》。　董日铸：董懋策，字揆仲，会稽（今浙江绍兴）人。文简公董玘的曾孙，精于易理，设帐蕺山之阳，四方从游者岁逾数百。学者称之为日铸先生。清王琦《李长吉歌诗汇解》附《评注诸家姓氏考略》署录："董懋策，爵里未详。有《昌谷诗注》，合徐（文长）注刊之。"可见其曾注贺诗。

⑰ 雷公：相传为黄帝之臣，善医。

⑱ 岐伯：相传为黄帝之臣，古之名医。今所传《内经》，为战国秦汉时医家托名岐伯与黄帝论医之语。

⑲ 参：人参。　朮（zhú）：草名。有白术、苍术数种，根茎可入药。

⑳ 山药：薯蓣之俗称。野生者块茎可入药。　萝菔：即萝卜，子可入药。民间有“萝卜赛人参”的俗语。

㉑ 生熟：地黄为药用植物。新鲜的称羡地黄或鲜生地，干燥后成干地黄或生地，加工蒸制后成熟地黄或熟地。

㉒ 大黄：草药名。根茎入药，其性能攻积导滞，泻火解毒。　芒硝：矿物名。可药用，可泻下、涤热、润燥、软坚。

㉓ 霍然：消散的样子。

【评品】　本文系张岱为自己的《昌谷集解》所作的序。张岱深得诠注之精要，认为“每一诗下，第笺注其字义出处，而随人之所造（理解所达到的水平）以自解”，此最为注疏的通达之论。诗无达诂，注者不必字字坐实，句句诠释，强作解人。不妨让读者根据自己的学养见识，去理解，见仁见智。只要言之成理，持之有故即可，释解诗旨何必定于一尊呢？张岱对民间草医草药的神奇疗效确有亲身体会，后又多方收集偏方，详情可参看《陶庵肘后方》。故序以药治病的不同治法喻以注解诗的不同注法，加以区别。他深得医药疗病之要：“凡人有病则药之，药之不投，则更用药以解药，所谓救药也。药救药，药复救救药，至于不可救药，而病者真死矣。”并以此为喻，反对繁琐芜杂、叠床架屋的注疏，对先贤之注加以评论，对自己作解之旨加以说明。

陶庵肘后方序[1]

泰昌改元冬十一月[2]，先大夫病伤寒[3]，诸名医咸集，竞以销导药投之[4]，勺水不入口者，旬有八日矣[5]。气喘舌短，须着手即折，诸医却走，势在垂尽[6]，子女绕床泣。

老医吴竹庭者迟迟至，诊脉已，却坐而笑。余曰："奈何?"竹庭呼余至厅事[7]，附耳曰："病至万死，尔能万死，尔父或得不死[8]。"余曰："何说也?"竹庭曰："余医法奇，人不识，集天下医人具不识。尔不视若父为万死[9]，余不医；余不视若父为万死，余亦不医。"余曰："医亦死，不医亦死，不医死，不若医而死也。"竹庭曰："信然。房中止留病人，侍人出，若亦出。若止备地黄一二十斤[10]，清河参一二斤，水火药铛一二事[11]。予自携苍头一人司火[12]，假我以一昼夜，弗余问。"余洒泪而出。

药饵水火俱备。竹庭先用熟地黄一两煮汁灌之，眼稍合，竹庭喜曰："是矣。"遂以大铜锅煮熟地黄五六斤，一昼夜啜尽之，齁齁睡去[13]。竹庭呼余入视，惊喜。竹庭曰："未也，肠胃燥结，积食不得出。"又服地黄五六斤，曰："可矣。"遂服大黄下之[14]，及下，皆肥鹅肉生吞不化者。盖半月前先大夫啖鹅半只，又啖雪数升压之，肉不化，亦不败。泻后，疲氦几脱[15]。竹庭曰："无害。"又以大锅煮参斤许，亦一昼夜啜尽之，眼能左右视。竹庭曰："痰来矣。"先大夫翘首起，呕痰数盆，稠如缣帛[16]，牵扯不断。余曰："奈何?"竹庭曰："无别法，亦即以熟地黄治之。”仍煮地黄五六斤灌之，痰立止。又一日，竹庭附耳曰：“神且归舍[17]，防之。”余兄弟环坐床第，至丙夜[18]，先大夫忽然起立，握拳乱筑人，若具数百斤勇士力者。逮至五鼓，即省人事矣。一时竹庭之名不减扁鹊[19]。

曾记竹庭与余说：“一日，梦中喧嚷杂沓，说上帝宴天医，多人赴宴，竹庭与焉。及在席，衣冠者三四人，而内多缁衣黄冠、乞儿贫子、鹑衣百结、提囊负笈之辈[20]。”盖草泽医人，其以丹方草头药活人为多，故天宴亦多此辈也。

余家向有大父所集《方书》二卷[21]，葆生叔所集《丹方》一卷[22]。余闻竹庭言，遂有意丹方草头药。凡见父老长者，高僧羽士，辄卑心请问，及目击诸病人有服药得奇效者，辄登记之。积三十余年，遂得四卷，收之傒囊[23]。邂逅旅次，出以救人，抵掌称快。因忆欧阳文忠公语，人有乘船遇风惊悸而得疾者，取多年舵牙为长年手汗所渍处，刮末服之而愈。良医用药，多以意造[24]。若吴竹庭之疗吾先大夫，匠意独出，不拘古方，与草泽医人用草头药者，亦复何异！盖竹扇止汗，破盖断疟，此中实有至理，殆未易一二为俗人道也。

注释

① 肘后方：医书名。《隋书·经籍志》著录有扁鹊《肘后方》三卷，晋葛洪《肘后方》（又称《肘后卒救方》）六卷。也泛指随身带的药方，以卷帙不多可悬肘后，故称。《陶庵肘后方》则为张岱（号陶庵）所采集的药方书。今佚。

② 泰昌：万历四十八年（1620）明神宗死。明光宗朱常洛即位，改年号泰昌。他在位仅一个月，即病卒。熹宗朱由校即位，明年改元天启。冬十一月在位的

应是熹宗。

③ 先大夫：指张岱已去世的父亲张燿芳。其生前入鲁王藩府职与古大夫相当，故称。　伤寒：病名。中医有狭广二义：广义为风寒温热湿外感病总称；狭义指寒邪外袭。

④ 销导药：攻积导滞，泻火解毒类的药。

⑤ 旬有八日：共有十八日。

⑥ 垂尽：将尽。指生命将尽。

⑦ 厅事：原指官府办公之地。此指私宅厅堂。

⑧“病至”三句：即死马当活马医，或许有治的意思。尔能万死，意为其万治必死。

⑨ 若：你。

⑩ 地黄：多年生草本，根可入药，能补血强心，称生地。蒸熟者称熟地。

⑪ 铛：古代温器。

⑫ 苍头：仆役。以汉代仆役多裹苍头巾而得名。

⑬ 齁齁（hōu hōu）：鼻息声。

⑭ 大黄：草药名。多年生草本，根茎入药，有攻积导滞，泻火解毒之效。

⑮ 疲剧（jù）：疲倦。　脱：虚脱。

⑯ 缣：双丝织的微黄的细绢。　帛：生帛称缟素绡绢；熟帛称练。

⑰ 神且归舍：指神志即将清醒。

⑱ 丙夜：三更。下文“五鼓”即五更。

⑲ 扁鹊：战国时名医。原名秦越人，勃海郡人。家于卢国，又名卢医。受禁方于长桑君，历游齐赵秦。秦太医令忌之，使人刺杀之。

⑳ 缁衣：浅黑色僧衣，故以指代僧侣。　黄冠：道士帽，用以指代道士。　鹑衣百结：形容弊衣褴褛。因鹑鸟头小尾秃，故称破旧衣服为鹑衣。

㉑ 大父：张岱祖父张汝霖，字肃之。万历二十三年（1595）进士，仕至广西参议。

㉒ 葆生叔：张岱二叔张联芳，字二酉。崇祯年间曾倅（任副职）姑孰、苏州，任盟津令。擅画，精鉴赏。

㉓ 傒囊：童仆所携袋囊。

㉔“因忆欧阳文忠公”六句：《东坡志林》卷三《记与欧公语》云：“欧阳文忠公（欧阳修卒谥文忠）尝言：有患疾者，医问其得疾之由，曰：‘乘船遇风，惊而得之。’医取多年舵牙（船舵的手把柄），为舵工手汗所渍处，刮末，杂丹砂、茯神之流，饮之而愈。今《本草注·别药性论》云：‘止汗，用麻黄根节及故竹扇为末（这是想当然的药剂，因为扇可止汗），服之。’文忠因言：医以意用药多此比，初似儿戏，然或有验，殆未易致诘也。”

【评品】 张岱对民间各种技艺医术，情有独钟。重视民间草泽医生的经验和丹方草药的疗效，故能虚心求教，随时积累，注重实践，视疾行医，加以验证，积三十年而成《陶庵肘后方》四卷。而其起因，则由吴竹庭的行医启发。本序大半详述其父沉疴不起，得吴竹庭疗救而起死回生的经过。文章先以名医纷纷却走回绝，烘托竹庭之“迟迟至”；然后以两人一次次对话为主线，一次次用药及其渐见疗效的过程为辅，白描手法，曲尽其详。龙门家数，欧阳风格，写来头头是道，层次井然。人物动作神态表情的穿插，则使人物踽踽欲动矣。可媲美太史公《扁鹊仓公传》。而其主旨则在说明行医当不落成套，从实际出发，匠意独出。行医如是，其他亦然。

桃源历序[1]

天下何在无历？自古无历者，惟桃花源一村。人以无历，故无汉无魏晋；以无历，故见生树生[2]，见死获死[3]，有寒暑而无冬夏，有稼穑而无春秋[4]；以无历，故无岁时伏腊之扰[5]，无王税催科之苦。鸡犬桑麻，桃花流水，其乐何似？桃源以外之人，惟多此一历，其事千万，其苦千万，其感慨悲泣千万。乃欲以此历历我桃源[6]，则桃源之人亦不幸甚矣。虽然，余之作历也，则异于是。

余读《四民月令》[7]，有曰："河射角[8]，堪夜作[9]；犁星没[10]，水生骨[11]。"又曰："蜻蛉鸣[12]，衣裘成；蟋蟀鸣[13]，懒妇惊。"无事玑璇[14]，推开灰葭[15]，仍以星出虫吟，推人耕织。不存年号，无魏晋也；不立甲子[16]，无壶官也[17]。春蚕秋熟，岁序依然；木落草荣，时令不失。桃源人见之，曰："是历也，非以历历桃源，仍以桃源历历历也[18]。无历而有历，历亦何害桃源哉！"作《桃源历》。

| 注释 |

① 桃源：东晋陶渊明在《桃花源记》中所记的世外桃源。其居民"自云先世避秦时乱，率妻子邑人来此绝境，不复出焉，遂与外人间隔。问今是何世，乃

不知有汉，无论魏晋”。

② 树生：滋生。

③ 获死：收获成熟枯黄的庄稼。

④ 稼穑：耕种。

⑤ 岁时：一年中的季节。《礼记·哀公问》：“岁时以敬祭祀，以序宗族。”伏腊：秦汉时，夏天的伏日、冬天的腊日，都是祭祀日，合称伏腊。

⑥ 以此历历我桃源：第一个“历”当历法讲，第二个“历”作动词，当“作为……的日历”讲。

⑦《四民月令》：汉崔寔撰，一卷。记一年十二个月的时令节气及农事。本文所引乃《四民月令》中的农谚。

⑧ 河：银河。　角：角宿，星宿名。

⑨ 夜作：夜间劳作。

⑩ 犁星：牛星宿。

⑪ 水生骨：似指水结冰。

⑫ 蜻蛉：蜻蜓的别称。

⑬ 蟋蟀：别名促织。因其鸣叫声似督促妇女天凉快纺织，故名。

⑭ 无事：不用，不管。　玑璇：为北斗七星第四星。此指观测天象的仪器。

⑮ 推开：舍弃。　灰葭：古代以葭莩之灰置于律管中，以占卜气候。《后汉书·律历志上》：“候气之法，为室三重，户闭，涂衅必周，密布缇缦。室中以木为案，每律各一，内庳外高，从其方位，加律其上，以葭莩灰抑其内端，案历而候之，气至者灰动。其为气所动者其灰散，人及风所动者其灰聚。”

⑯ 甲子：古代以甲为天干之首，子为地支之首，用干支依次相配，以记岁月。

⑰ 壶官：古代宫中以壶为漏，滴水计时。执掌计漏报时的人称壶人。

⑱“是历也”三句：这种历法不是以世间的历法作为桃源的历法，仍是以桃源的无历之历法作为世间的历法。

【评品】 张岱深受老庄顺天道、法自然思想的影响。他之所以厌恶人世通用的历法，实质是十分厌恶世间“王税催科”之类的事千万、之苦悲千万；而对因“无历”而生死、寒暑、稼穑，一任自然，“鸡犬桑麻，桃花流水，其乐何似的”世外桃源，他不胜向往。故所制定的《桃源历》，不循故常：“无事玑璇，推开灰葭”，“不存年号”，“不立甲子”；纯依自然：“春蚕秋熟，岁序依然；木落草荣，时令不失。”最后假托桃源人语，说明“历”以“桃源”命名的原因。

纪年诗序

毅儒方有《明诗存》之选[1]，盖欲选明诗以存明诗也。乃先自选其诗，欲自选其诗，则又先自存其诗。因取甲子以来诸诗编年记之[2]，遂尔成帙。诸诗存矣，然则何以待之？毅儒又辄自丹铅甲乙弹谪之[3]，一笔不阿，一笔不苟，是盖以选选存[4]，则亦不外乎以存存选矣。

毅儒发未燥[5]，辄以全力为诗，受知于王季重、倪鸿宝两先生[6]，迭相酬和，诗亦辄不得自苟[7]。故毅儒诸诗，其深心厚力，真有出两先生之上者。无论知己，即有投溷之仇[8]，亦决不忍轻弃。毅儒即不欲自存其诗，不得也。虽然，毅儒岂苟存哉？

悉怛太子析骨还父，析肉还母[9]，弃其骨肉，政是存其父母。佛菩萨于自己一身，无不割弃，方能出其手眼[10]，割弃众生，割弃诸天王、修罗、饿鬼、畜生[11]，取其所为骨肉者，屠裂而搜剔之。骨之无损于父者，始堪还父；肉之无损于母者，始堪还母；其不堪还父母者，即不堪饲饿鬼、喂畜生。地狱生天[12]，判于一瞬，是无中立，无等待也。毅儒佞佛乎？见经则捧，遇佛则拜，有存佛，无选佛也。

注释

① 毅儒：张弘，字毅儒，张岱族弟。作有《纪年诗》。张岱有《怀毅儒八弟时有燕草之刻二首》，则毅儒于同族兄弟中排行第八。张岱称其《燕草游》之作“高华杂王李，冷隽汰钟谭”，其所选《明诗存》今不存。

② 甲子：古代以天干地支纪年，六十年为一甲子。此指天启四年（1624）。

③ 丹铅：丹砂和铅粉，古人多用来校勘文字，所以称考订为丹铅。 甲乙弹谪：评论高下，褒贬优劣。

④ “是盖以”二句：这是通过自我评骘，选其所存之诗，又因其所存之诗，而存其选诗的标准。

⑤ 发未燥：指婴儿刚出生时，乳发未干。此指年尚幼。《宋书·索虏传》载：高祖遣中将军田奇衔命告（拓跋）焘：“河南旧是宋土，中为彼所侵，今当修

复旧境，不关河北。”焘大怒，谓奇曰：“我生头发未燥，便闻河南是我家地，此岂可得河南?”

⑥ 王季重：王思任（1574—1646），字季重，号遂东、谑庵，山阴（今浙江绍兴）人。万历二十三年（1595）进士，先后知兴平、当涂、青浦三县，迁袁州推官，调刑、工二部主事，出为九江佥事。鲁王监国，授吏部侍郎。清兵陷绍兴，征召不赴，绝食而死。有《王季重先生文集》。　倪鸿宝：倪元璐，字玉汝，号鸿宝。天启进士，授编修（故称太史）。崇祯年间，累迁国子祭酒。为温体仁所忌，落职。后拜户部尚书。李自成陷京师，自缢而死。谥文正，清谥文贞。擅行草，工山水竹石，有《倪文贞集》。

⑦ 自苟：自我马虎、草率。

⑧ 投溷（hùn）之仇：喻深仇大恨。战国魏人范雎，初事魏中大夫须贾，从贾使齐，贾疑其通齐，归告魏相魏齐。雎受笞佯死，被卷以苇席，置厕所中。后雎随秦使王稽入秦，说秦以远交近攻，被任为相。急攻魏，索魏齐首，魏齐出奔，走投无路而自杀。又《绀珠集》载：唐李藩常收集李贺歌诗。知贺表兄与贺有笔砚之旧，托访所遗。其人曰：“某尽记其数，亦多点窜，请得所缉者为改正。”藩遂并付之。弥年绝迹，藩怒召诘之。答曰：“恨其傲忽，常思报之，其文已投溷中矣。”溷，厕所。

⑨ 悉怛太子：即佛祖释迦牟尼。名悉怛（又译作悉达多），为古印度北部迦毗罗卫国净饭王太子。据载，析骨还父，析肉还母的非佛祖而是那吒太子。那吒为毗沙门天王之子，佛教护法神名。《五灯会元》卷二：“那吒太子，析肉还母，析骨还父，然后现本身，运大神力，为父母说法。”北宋严羽自谓：“吾论诗若那吒太子析骨还父，析肉还母。”（《答出继叔临安吴景仙书》）

⑩ 手眼：手段，谋略。

⑪ 修罗：阿修罗。六道、八部众之一，修戒布施而嗔恨嫉妒谄曲之业报。谓其男貌丑恶，女貌美丽，故称无端正；福报似天而无天之德，无天酒之报，故称非天、无酒。为一种战神，好战斗，其王常统帅部属与帝释等诸天争战，争夺美女、美食及天界的统治权。　饿鬼：略译为鬼。五道、三恶道之一，因恒受饥渴交迫而得名，为悭贪嫉妒等下品恶业的果报。　畜生：佛教谓众生生死轮回有五种去处（也称五趣、五道）：天、人、畜生、饿鬼、地狱。

⑫ 地狱：佛教所说恶人死后灵魂受折磨的地方。　生天：佛教谓死后更生于天界。《正法念处经·观天品》："一切愚痴凡夫，贪著欲乐，为爱所缚，为求生天，而修梵行，欲受天乐。"

【评品】 本文乃张岱为其族弟毅儒自编选其所作《纪年诗》而写的序。文中称述其学诗之早，用力之勤，为诗师承之渊源，成就之卓越及选诗裁取之严格不苟。后半全以佛教故事为喻，论述选析、弃存之辩证关系。选是为析，弃是为存，选、弃都得自出手眼，才能析出精华，存其精华。张岱行文好在上下句中取一二字，运用或重复、或颠倒、或增删、或回环的修辞手法，运用得当，有奇警新颖之感；当然运用过多过滥，则成令人费解生厌的文字游戏矣。本文第一段用得如何？读者自能品之。

越绝诗小序

忠臣义士多见于国破家亡之际，如敲石出火，一闪即灭。人主不急起收之，则火种绝矣。我太祖高皇帝[1]，于元末忠义，如余阙[2]、福寿[3]、李黼之辈[4]，宝恤之不啻如祥麟威凤[5]。积薪厝火[6]，其焰立见，革除之际[7]，已食其报矣[8]。成祖灭灶扬灰[9]，火星已尽。而吾烈皇帝身殉社稷[10]，光焰烛天，天下忠臣烈士闻风起义者，踵顶相籍。譬犹阳燧[11]，对日取火，火自日出，不薪不灯，不木不石[12]，盖其所取种者大也。某以蜀人住越[13]，得之闻见者二十六人，何况天下之大乎？

昔田常作乱，移兵伐鲁[14]，而孔子以鲁为坟墓所处，命子贡一出，本欲存鲁，遂至乱齐、强晋、破吴而霸越[15]。越人既霸，因有《越绝》一书[16]。然则越绝者，越之所以不绝也。当绝不绝，越亦尚有人哉！

注释

① 太祖高皇帝：明太祖朱元璋。

② 余阙（1303—1358）：字廷心，一字天心，元唐兀人。父官庐州（今安徽合肥），遂为庐州人。元统进士。至正十二年（1352），任淮西宣慰副使、佥都元帅府事，分兵守安庆，力抗红巾陈友谅军。十八年初，城破自尽。友谅为其具棺殓葬。安庆归明，朱元璋诏为其立庙于忠节坊。舆论谓自兵兴以来，死节

之臣余阙与褚不华为第一。著有《青阳集》。

③ 福寿：元唐兀人。顺帝时，官至同知枢密院事。至正十五年（1355），任江南行台御史大夫，守集庆（今江苏南京）。次年三月，集庆为朱元璋攻破，被杀。

④ 李黼（1298—1352）：字子威，元颍州（今安徽阜阳）人。泰定进士，历任翰林修撰、监察御史、礼部侍郎。至正十年（1350），任江州（今江西九江）路总管。次年，城为红巾军攻破，被杀。

⑤ 宝恤：珍视，爱怜。不啻：不止。　祥麟威凤：麒麟凤凰古代视为吉祥之禽兽，仅见于太平盛世。也喻非常难得的人才。

⑥ 积薪厝火：喻情势危急，如火一点就着。

⑦ 革除之际：改朝换代之时。此特指燕王朱棣“靖难”之役，败建文帝而自立。

⑧ 食其报：收其成效。指方孝孺等众士大夫对朱元璋之孙建文帝至死效忠。

⑨ 成祖：明成祖朱棣，太祖第四子，封燕王。建文元年（1399），反对建文帝削藩，于北平起兵。四年，攻入南京，夺位登极，改元永乐，迁都北平。　灭灶扬灰：指成祖为篡位而诛灭忠于建文帝的臣僚。

⑩ 烈皇帝：明思宗朱由检，又称庄烈帝。天启七年（1627）即帝位，改元崇祯。逐阉党，杀客氏，用东林党人。后因朝臣朋比，复用宦官。多疑自信，冤杀蓟辽督师袁崇焕，边事日坏。增派剿饷、练饷，镇压起义。关外清兵日逼，关内义军日盛，终于崇祯十七年（1644）李自成攻破北京后，自缢于今北京景山。

⑪ 阳燧：古以日光取火的凹面铜镜。《淮南子·览冥训》：“夫阳燧取火于日，方诸取露于月，天地之间，巧历不能举其数。”

⑫“不薪”二句：谓不是柴禾灯油木石之类的火种。

⑬“某以”句：张岱祖籍四川绵竹，故自称“蜀人”（《自为墓志铭》）。

⑭“昔田常”二句：田常即田恒，一名田成子。春秋时，陈公子完以内乱奔齐，以陈氏为田氏，其后宗族益强，得专齐政。至田常，以大斗出贷，以小斗收进，以收人心。齐简公四年（前481），常杀简公，拥立平公，自任齐相。《史记·田敬仲完世家》：“田常既杀简公，惧诸侯共诛己，乃尽归鲁、卫侵地，西约晋、韩、魏、赵氏，南通吴、越之使。”

⑮“而孔子”四句：田常欲作乱于齐，惮高、国、鲍、晏，故移其兵，欲以伐鲁。孔子闻之，谓门弟子曰：“夫鲁，坟墓所处，父母之国，国危如此，二三子何为莫出?”子贡请行，孔子许之。子贡至齐，劝阻田常伐鲁，在吴、越、晋诸国之间游说，使互为牵制，故有“子贡一出，存鲁、乱齐、破吴、强晋而霸越”之说（详《史记·仲尼弟子列传》）。

⑯越绝：即《越绝书》，又名《越绝记》。全书共十五卷，以春秋末年至战国初期吴越争霸的历史事实为主干，上溯夏禹，下迄两汉，旁及诸侯列国，对这一历史时期吴越地区的民族、政治、经济、军事、天文、地理、历法、语言等多有所涉及，被誉为“地方志鼻祖”。关于书名曰“绝”，旧有“断灭”等说，今人考证，当为上古越语“记录”的译音，是越国史记的专名。清俞樾解释道：《春秋》绝笔于获麟之绝，其意在记吴、越之事以续补《春秋》，而重点更在于越，故曰“越绝”。

【评品】《越绝诗》乃张岱收集明清易代之际越中殉难的二十六位忠臣义士之诗而成。本文是张岱为该诗集作的序，说明辑集宗旨及取名“越绝”之用意：以“越”喻明，表彰忠臣义士，使其薪尽火传，得以不绝。结尾更祈望有人效当年的子贡一出而天下安。

补孤山种梅序

盖闻地有高人，品格与山川并重；亭遗古迹，梅花偕姓氏俱香。名流虽以代迁，胜事自须人补。在昔孤山逸老[1]，高洁韵同秋水，孤清操比寒梅。疏影横斜，远映西湖清浅；暗香浮动，长陪夜月黄昏[2]。今乃人去山空，依然水流花放。瑶葩洒雪，乱点冢上苔痕；玉树迷烟，恍堕林间鹤羽。

兹来韵友[3]，欲步先贤，补种千梅，重开孤屿。凌寒三友[4]，蚤结九里松篁[5]；破腊一枝，远谢六桥桃柳[6]。伫想水边半树，点缀冰花[7]；待披雪后横枝，低昂铁干。美人来自林下，高士卧于山中[8]。白石苍崖，拟筑草亭招素鹤[9]；浓山淡水，闲锄明月种梅花[10]。有志竟成，无约不践。将与罗浮争艳[11]，还期庾岭分香[12]。实为林处士之功臣，亦是苏东坡之胜友[13]。吾辈常劳梦想，应有宿缘。哦曲江诗，便见孤芳风韵[14]；读广平赋，尚思铁石心肠[15]。共策灞水之驴[16]，且向段桥踏雪[17]；遥期漆园之蝶[18]，群来林墓寻梅。莫负佳期，用追芳躅[19]。

注释

① 孤山逸老：指宋初隐士林逋。孤山，孤峙于杭州里外西湖之间，故名孤山。又因多梅花，一名梅屿。林逋（967—1028），字君复，钱塘人。隐居西湖孤

山，二十年不入城市。工行书，喜为诗。终身不娶，种梅养鹤以自娱，故有梅妻鹤子之称。卒谥“和靖先生”。

②“疏影”四句：林逋《山园小梅》：“疏影横斜水清浅，暗香浮动月黄昏。”为咏梅之千古绝句。

③ 韵友：诗友。诗社同仁。

④ 凌寒三友：松竹（即下文“篁”）梅为岁寒三友。

⑤ 九里松篁：即九里云松，“钱塘八景”之一。唐开元十三年（725）袁仁敬任杭州刺史时所植，长九里，起自洪春桥，止于下天竺，苍翠夹道，人称“九里云松”。

⑥ 六桥：在西湖苏堤上，分别名为映波、锁澜、望山、压堤、东浦、跨虹。

⑦“伫想”二句：化用林和靖《梅花》诗：“雪后园林才半树，水边篱落忽横枝。”

⑧“美人”二句：明高启《梅花》诗：“雪满山中高士卧，月明林下美人来。”

⑨ 招素鹤：苏轼《放鹤亭记》文末有《放鹤》《招鹤》之歌。此指林逋爱鹤。

⑩“闲锄”句：南宋刘翰《种梅》诗有“自锄明月种梅花”句。此指林逋以种梅自娱。

⑪ 罗浮：广东名山。跨博罗、龙门、增城三县，有大小四百三十二座峰峦，气象万千，有“岭南第一山”之誉。山有梅花村（详下注）。相传柳宗元所撰《龙城录》载有赵师雄于罗浮山醉憩梅花树下遇梅仙事。

⑫ 庾岭：大庾岭，一名梅岭，为五岭之一。在江西广东交界处。相传汉武帝时，有庾姓将军筑城岭下。郑谷《咸通十四年府试木向荣》诗云：“庾岭梅先觉，隋堤柳暗惊。”

⑬ 苏东坡之胜友：苏轼于元祐九年（1094）十月，责授宁远军节度副使惠州安置。过罗浮山，作《十一月二十六日松风亭下梅花盛开》，有“春风岭上淮南村，昔年梅花曾断魂……岂知流落复相见，蛮风蜒雨愁黄昏”云云。又有《再用前韵》：“罗浮山下梅花村，玉雪为骨冰为魂……先生索居江海上，悄如病鹤栖荒园。天香国艳肯相顾，知我酒熟诗清温。”梅花村遗址今犹存。胜友，良友。此指梅花。

⑭“哦曲江诗”二句：唐代诗人张九龄（673—740），字子寿，韶州曲江人。开元二十一年任中书侍郎同中书门下平章事。有《曲江集》。其《庭梅咏》：“芳意何能早，孤荣亦自危。更怜花蒂弱，不受岁寒移。朝雪那相妒，阴风已屡吹。馨香虽尚尔，飘荡复谁知。”

⑮“读广平赋”二句：唐宋璟（663—737），邢州南和（今属河北）人。调露元年（679）进士。武后时任御史中丞。睿宗时任宰相，因奏请太平公主出居东都，贬楚州刺史。玄宗开元初复为相，封广平郡公。为人刚直守正。其名作《梅花赋》，皮日休《桃花赋序》谓：“余尝慕宋广平之为相，贞姿劲质，刚态毅状，疑其铁肠石心，不解吐婉媚辞。然睹其文而有《梅花赋》，清便富艳，得南朝徐庾体，殊不类其为人也。”

⑯ 灞水之驴：孙光宪《北梦琐言》七：“或曰：‘相国（郑綮）近有新诗否？’对曰：‘诗思在灞桥风雪中驴子上。’”灞水，本作霸水，渭河支流，在陕西省中部。

⑰ 段桥：亦作断桥。据说因西湖从孤山的来路（白堤）到此而断，故名。桥在里外西湖的分水点上。“断桥残雪”为“西湖十景”之一，桥畔有“断桥残雪”碑。

⑱ 漆园之蝶：庄子曾在漆园（地名）为吏。《庄子·齐物论》："昔者庄周梦为蝴蝶，栩栩然蝴蝶也。自喻适志与，不知周也。俄然觉，则蘧蘧然周也。"后多用梦蝶喻生命无常。

⑲ 躅（zhú）：足迹。

【评品】 本文用骈体记叙约友于杭州孤山补种梅树之事，抒发对梅花之花品、林逋之人品的倾慕之情。胜景借名人而百倍声价之事古今有之。孤山因林逋梅妻鹤子佳话而千古不孤。"高洁韵同秋水，孤清操比寒梅"，是颂和靖；"疏影横斜，远映西湖清浅；暗香浮动，长陪夜月黄昏。今乃人去山空，依然水流花放。瑶葩洒雪，乱点冢上苔痕；玉树迷烟，恍堕林间鹤羽。"化用原诗，浑然一体，语极轻浅，境极清丽幽邃，而和靖之高品、西湖之绰约、梅花之神韵，和盘托出。至于后面一系列咏梅之典故，是为烘托。历代咏梅佳作，囊括其中。是序亦可谓孤山雪梅之绝唱。

赠沈歌叙序

天下柔莫如水，及其结为层冰，则坚不可犯。天下糯莫如秫[1]，及其酿为酽酒[2]，则猛不可咽。若世间之刚柔相错，与人心之强弱迭更，真有不可测识者。

吾友沈素先弱不胜衣，见人呐呐似不能言者[3]，及其临大事，当大难，则其坚操劲节，侃侃不挠[4]，固刀斧所不能劘[5]，三军所不能夺矣。国变之后[6]，寂寞一楼，足不履地，其忠愤不减文山[7]，第不遭柴市之惨耳。人琴俱亡[8]，颇劳梦寐。今乃见其嗣君歌叙[9]，婉恋柔顺，屏气循墙[10]，律身谦谨，大有父风。而朋侪邻里，有称其肝肠如火，侠气如云，不可一世者。

余之不信歌叙，亦犹昔日之不信素先也。然余闻其一事，要非人所能为者。歌叙与倪文正公次公子封比闾而居[11]，子封以时疫暴死，贫不能殓，凡衣衾棺椁，皆歌叙为之惨淡经营，卒能成礼。此时尚有奴婢妻孥，共为襄事[12]。不及一月，子封之配郑院君相继死[13]，奴婢逃散，四壁徒存，仅一幼子长号尸侧。歌叙不忍坐视，破家竭力，为措棺衾。时方溽暑[14]，停阁数日，骨肉零落，不堪举手。独歌叙一人，与藐孤一子[15]，昏暗一灯，举其糜烂之尸，庄严入殓。盖棺之后，伴其孤儿，相守数月。阴风凄惨，于血肉臭腐中蹲踞盘旋，毫无秽忌。此一段侠肠高义，即求之古人中，亦不可多得者矣。

忆昔素先与王予安交厚[16]，后予安以事相累，素先为其被逮落狱，略无怨词。盖素先生平极敦友谊，素先与予安，友也，故生死以之。若歌叙之与倪氏，邻也，亦生死以之。则歌叙之意气肝胆，较之素先，又变本而加厉矣。以此推之，其居常而克敦孝义，其用世而必效忠贞，余于歌叙尤有厚望焉。嗟夫！素先墓木已拱矣[17]，其以予言告之墓前，博其九泉一笑。

注释

① 糯：黏性的。　秫：高粱之黏者，可以酿酒。

② 醃（yàn）：味浓。

③ 呐呐（nè）：同讷讷，形容言语迟钝。

④ 侃侃：刚直。

⑤ 劘（mò）：切削、磨砺。

⑥ 国变：此指 1644 年明亡。

⑦ 文山：文天祥（1236—1283），字宋瑞，一字履善，号文山，江西吉水人。宋端宗时拜右丞相，封信国公。毁家纾难，募兵抗元，力图恢复。兵败被俘，囚于燕京。至元十九年（1283）就义于柴市。

⑧ 人琴俱亡：悼念朋友之意。《世说新语·伤逝》："王子猷（徽之）、子敬（献之）俱病笃，而子敬先亡。子猷……来奔丧……子敬素好琴，（子猷）便径入坐灵床上，取子敬琴弹。弦既不调，掷地云：'子敬子敬，人琴俱亡。'"

⑨ 嗣君：敬称他人之子。

⑩ 循墙：沿墙，靠墙。循墙而走，表示恭慎。《左传·昭公七年》："及正考父佐戴、武、宣，三命兹益共；故其鼎铭云：'一命而偻，再命而伛，三命而俯。循墙而走，亦莫余敢侮。'"

⑪ 倪文正公：倪元璐（见《纪年诗序》注）。　次公：用以称排行居次的人。此指元璐之次子。　比闾而居：意为邻居。《周礼》："五家为比，五比为闾。"闾，原指里巷的大门，后指人聚居处。

⑫ 襄事：语出《左传·定公十五年》："葬定公，雨，不克襄事。"杜预注："雨而成事，若汲汲于欲葬。"后因以称下葬。亦指帮助成事。

⑬ 院君：旧称有封号的妇人。

⑭ 溽暑：闷而湿热。

⑮ 藐孤：弱小的孤儿。藐，弱小。

⑯ 王予安：王亹，字予安，别署菌阁主人，山阴（今浙江绍兴）人。崇祯间举人，尝入袁崇焕幕。与番禺屈大均友善。王亹殁后，大均撰《王予安先生哀辞》一文，述其曾将袁氏遗文的梓印之事托付给大均。文中“以事相累”指因袁崇焕冤死而坐累。

⑰ 墓木已拱：慨叹逝世已久。《左传·僖公三十二年》：“尔何知？中寿，尔墓之木拱矣。”

【评品】 这是一篇赠序。文章以水之坚柔、秫之糯猛变化为喻，引出“世间之刚柔相错，与人心之强弱迭更，真有不可测识者”的议论，并以刚柔强弱的辩证关系及其变化笼罩全篇。记叙并颂扬沈氏父子为人似柔实刚，行事侠肠高义。于沈素先其人其事，略写虚写；于其子沈歌叙之侠肠高义，实写详写。其破家力措，惨淡经营，先后为相继而亡的近邻夫妇安葬入殓，伴孤儿相守数月的高风亮节感人至深。张岱于其人其事，从先前之不信邻里的称颂，到后来称颂其“侠肠高义，即求之古人中，亦不可多得者矣”，赞慕之情，溢于言表。后段将子比父，得出“变本而加厉矣”的结论。结尾绾合父子二人，由居常之高义，推而广之为用世之忠贞，并以子之侠肠高义告慰父之亡灵。这篇赠序，选材之详略、细节之精当、行文之简洁生动，均承泽于韩文公。

诗韵确序

诗之有韵，以沈约为宗[1]，而沈尚简严，用不多字。后渐广之，江河日下，几不识孰为沈韵矣。吾想一韵之中，只有数字可用，余皆奇险幽僻，诗中屏弃不用者，多可删去。总之，用险韵决无好诗[2]，查韵府必多累句[3]。昔人因险韵难和，倡韵脚诸书[4]，小部如升庵《韵藻》《韵府群玉》《五车韵瑞》[5]，穷酸寒俭，既不足观；大部如先大父《韵山》[6]，多至数千余卷，册籍浩繁，等身数倍。踵而上之，更有《永乐大典》一书[7]。胡仪部青莲先生尊人[8]，曾典禁中书库，携出三十余本，一韵中之一字，犹不尽焉。世宗盖一便殿以藏此书[9]，堆砌几满。烈皇帝时[10]，廷议再抄一部，计费十万余金，遂寝其议。一卷韵书，做出如许大事业，书囊宁有底哉？

余尝论诗之一道，途径甚狭，不特篇中韵脚甚少，即句中字法亦甚少。唐人妙句天生，只有一字，得之者便妙，失之者便不妙。如贾阆仙用“推”“敲”二字[11]，大费沉吟，然“推”“敲”之外，更无有第三字为之陪伴，则诗道之精严，亦概可见矣。然则余所删定之韵，岂独简便可入小傒囊[12]，即以练篇练句，造诣成李杜大家[13]，亦宁有出此数字也哉？

注释

① 沈约（441—513）：字休文，吴兴武康（今浙江德清）人。南齐时，与萧衍（后为梁武帝）等人为竟陵王萧子良门下八友。梁时官至尚书令。约学问渊博，有《晋书》《宋书》等史著，还是“永明体”诗的领袖。“汝南周颙善识声韵，约等文皆用宫商，以平上去入为四声，以此制韵，不可增减，世呼为永明体。”（南齐书·陆厥传）沈约“撰《四声谱》。以为在昔词人，累千载而不寤，而独得胸衿，穷其妙旨，自谓入神之作”（《梁书·沈约传》）。

② 险韵：艰僻难押的诗韵。

③ 韵府：此泛指依韵分类的字书，即韵书。

④ 韵脚：诗词等韵文于句末押韵之文字。

⑤ 升庵《韵藻》：明杨慎，字用修，号升庵，四川新都人。正德进士。嘉靖时任经筵讲官。因“大礼仪”案受廷杖，贬永昌卫（今云南保山）达三十余年。死于戍所。著述甚富。《韵藻》四卷，为其所撰。　《韵府群玉》：宋末阴时夫撰。二十卷，收字八千八百二十，分韵一百零六部，为分韵集录典故辞藻的类书。后世科考诗赋的押韵均以此为标准。　《五车韵瑞》：明凌稚隆撰，一百六十卷。五车示多，瑞为美好。该书以《韵府群玉》为本，增补而成。分经、史、子、集、杂五部，每部列出二、三、四字熟语，注明出处。

⑥ 先大父《韵山》：张岱祖父曾日夜“博采群书，用淮南（淮南王刘安）‘大小山’义，摘其事曰《大山》，摘其语曰《小山》，事语已详本韵而偶寄他韵下曰《他山》，脍炙人口者曰《残山》，总名之曰《韵山》。小字襞褙，烟煤残楮，厚如砖块者三百余本”（《陶庵梦忆·韵山》）。后因与《永乐大典》相类而辍。

⑦ 永乐大典：明官方所辑类书。永乐元年（1403）姚孝广、解缙等监修，翰林学士王景等总裁，于文渊阁开馆编纂，参与其事者三千余人。永乐五年（1407）完成，全书二万二千余卷，辑录先秦至明初书籍七八千种。历经战火，今仅存八百余卷。

⑧ 仪部：明代为礼部属部，掌朝廷礼仪、宗封、贡举、学校等事。有郎中、员外郎、主事各一人。　胡青莲：胡敬辰，字直卿，余姚人。天启壬戌（1622）进士，官至江西驿传道，终光禄寺（明清两代掌管朝会、筵席、祭祀赞相礼仪的机构，归礼部管辖）录事。有《檀雪斋集》四十卷。张岱《快园道古》卷十四载："胡青莲与俞伯和交厚，而意甚不合。青莲曰：'余与伯和交厚，只多一头耳，他杀得我亦好，我杀得他亦好。'时人谓之刎颈交。"王思任有《胡青莲檀雪斋序》，则青莲或为其号。　尊人：对人父母的敬称。

⑨ 世宗：明世宗朱厚熜，年号嘉靖（1522—1566）。

⑩ 烈皇帝：明毅宗朱由检，年号崇祯（1628—1644）。谥庄烈愍皇帝。

⑪ 贾阆仙：唐代诗人贾岛（779—843），范阳（今北京）人，字浪仙（一作阆仙）。以苦吟著称。相传其骑驴赋诗，吟得"僧推月下门"之句，又思改"推"为"敲"字，在驴上引手作推敲之势，不觉冲撞京兆尹韩愈。愈问其故，乃具言，愈曰："敲字佳矣。"（详何光远〈鉴戒录·贾忤旨〉）后世遂以"推敲"为反复斟酌文字之义。

⑫ 傒囊：唐代诗人李贺，每旦日出，骑弱马，从小奚奴，背古锦囊，遇有所得，书投囊中。详李商隐《李长吉小传》。傒，僮仆。

⑬ 造诣：达到，成就。　李杜：李白、杜甫。

【评品】《诗韵确》为张岱“所删定之韵”。“吾想一韵之中，只有数字可用，余皆奇险幽僻，诗中屏弃不用者，多可删去。”萃精撮要，是为《诗韵确》。张岱认为“用险韵决无好诗，查韵府必多累句”，“妙句天生”与推敲精严辩证统一，所论甚谛。拘韵害义，难成好诗。韩愈好用险韵，元白联韵，动辄五十韵、百韵，争奇炫博，斗险逞能，所作却均非韩愈、元白诗中的精品佳作，即是明证。

皇华考序

昔越裳氏重译而来献白雉，使者迷其归路。周公作指南车，命使者载之，期年而至其国。[1] 此在大海茫茫，犹借指南为向导，则海道得以不迷。今水陆舟车，虽总在中国之内，若无路程舆考记其道里短长[2]，古驿庄亭志其州县交界，亦犹之大海茫茫，渺无津逮矣。后汉光武，自将以征隗嚣，迷路不敢入。马援于帝前聚米为山谷，开示众军所从道径，往来分析，昭然可晓。帝喜曰：“贼在吾目中矣！”[3] 可见按图索籍，山溪道路，一目了然，则进退攻取，披掌可睹，此《皇华考》之所以继《舆图》而作也。

今天下盗贼蜂起，道途隔绝，譬如洪水横行，怀山襄陵[4]，大浸滔天，将神州汩没。安得神禹复出[5]，辟除开导，使河洛江淮，各循故道，则昔人所云“南人归南，北人归北”[6]，薮泽既清，烽烟尽熄，则四方兵气，皆消为日月光矣。此时版图画一，途路分明，毋使越裳之人迷其疆界，则此书与周室之指南车无以异矣。

注释

①“昔越裳氏”五句：崔豹《古今注·舆服一》：“大驾指南车……旧说云周公所作也。周公治致太平，越裳氏重译来贡白雉一、黑雉二、象牙一。使者迷其归路，周公锡以文锦二匹，軿车五乘，皆为司南（即指南）之制，使越裳氏载之以南，缘扶南、林邑海际，期年而至其国。”越裳氏，古代南方少数民族。白雉，古代以白雉（俗称野鸡）为祥瑞。《春秋感精符》：“王者德流四表，则白雉见。”

② 舆考：舆地记考。

③“后汉光武”九句：《后汉书·马援传》载汉光武帝西征隗嚣，“诸将多以王师之重，不宜远入险阻，计冘豫未决。会召援，夜至，帝大喜，引入，具以群议质之。援因说隗嚣将帅有土崩之势，兵进有必破之状。又于帝前聚米为山谷，指画形势，开示众军所从道径往来，分析曲折，昭然可晓。帝曰：‘虏在吾目中矣。’”隗嚣，字季孟，东汉初天水成纪人。王莽末，据陇西起兵，曾附汉光武，后叛。光武西征，嚣奔西城（今天水市西南），恚愤而死。马援，字文渊，东汉扶风茂陵（今属陕西西安）人。王莽末为新成大尹，曾附隗嚣，后归刘秀。嚣叛，助帝平之。建武十七年任伏波将军，南征，立铜柱以表功。

④ 怀山襄陵：大水漫上丘陵。《书·尧典》：“汤汤洪水方割，荡荡怀山襄陵，浩浩滔天。”

⑤ 神禹：夏禹。传说他曾继承其父鲧的治河事业，采用疏导的办法，历时十三年，三过家门而不入，水患悉平。舜死后，禹为夏朝的开国始祖。后东巡狩至会稽而卒。今会稽有禹穴。

⑥“南人”二句：原为南宋奸相秦桧提出的媾和妥协的主张，略欲以河北人还

金国，中原人还刘豫伪齐国。高宗言：“朕北人，将安归?”秦桧被罢。张岱引而隐责满清南侵，当北归老家。

【评品】 据本文，《皇华考》当系舆地考之类的作品。周公作指南车，遂让越裳氏献白雉的使者识其归路；马援聚米为谷，能使光武征隗嚣不迷津路。作者以此为例，说明舆地图志之重要。文中透露出作者华夏一统的思想，对明末时局动乱，战火四起，清人南侵，道路隔绝颇为忧虑，对“烽烟尽熄，则四方兵气，皆消为日月光”的安定时局不胜企盼。可推测《皇华考》当为平定天下，畅通道路而作。

夜航船序[1]

天下学问，惟夜航船中最难对付。盖村夫俗子，其学问皆预先备办。如瀛洲十八学士、云台二十八将之类，稍差其姓名，辄掩口笑之。彼盖不知十八学士[2]、二十八将[3]，虽失记其姓名，实无害于学问文理，而反谓错落一人，则可耻孰甚！故道听途说，只辨口头数十个名氏，便为博学才子矣。

余因想吾越[4]，惟余姚风俗，后生小子无不读书，及至二十无成，然后习为手艺，故凡百工贱业，其《性理》《纲鉴》[5]，皆全部烂熟。偶问及一事，则人名、官爵、年号、地方，枚举之，未尝少错。学问之富，真是两脚书橱[6]，而其无益于文理考校，与彼目不识丁之人无以异也。或曰："信如此言，则古人姓名总不必记忆矣。"余曰："不然。姓名有不关于文理，不记不妨，如八元、八恺、厨、俊、顾、及之类是也[7]。有关于文理者，不可不记，如四岳、三老、臧穀、徐夫人之类是也[8]。"

昔有一僧人与一士子同宿夜航船，士子高谈阔论，僧畏慑，卷足而寝[9]。僧听其语有破绽，乃曰："请问相公，澹台灭明是一个人[10]，是两个人？"士子曰："是两个人。"僧曰："这等，尧舜是一个人，两个人？"士子曰："自然是一个人。"僧人乃笑曰："这等说起来，且待小僧伸伸脚。"余所记载，皆眼前极肤极浅之事，吾辈且记取，但勿使僧人伸脚则可已矣。故即命其名曰《夜航船》。

古剑陶庵老人张岱书。

注释

① 夜航船：张岱所撰类书，凡二十卷：天文、地理、人物、考古、伦类、选举、政事、文学、礼乐、兵刑、日用、宝玩、容貌、九流、外国、植物、四灵、荒唐、物理、方术。夜航船是旧时江南地区夜间航行城镇之间，装载客货并代传递信物之船。该书以"夜航船"命名者，谦言以备夜航船对付也。船客闲谈，支离错杂，聊供解闷而已。

② 十八学士：唐高祖武德四年（621），秦王李世民留意儒学，乃于宫城西筑文学馆，招贤才，以杜如晦、房玄龄、虞世南等十八人为学士。暇日，访以政事，讨论典籍。命阎立本图像，褚亮为赞，号十八学士。当时称入选者为"登瀛洲（传说中三神山之一）"（详《唐会要·六四·文学馆》）。

③ 二十八将：汉明帝永平三年（60），帝思光武朝中兴功臣，乃图画二十八将于南宫云台，以邓禹为首（见《资治通鉴》卷四十四）。

④ 吾越：《夜航船》作“八越”。明代绍兴府领八县：山阴、会稽、萧山、诸暨、余姚、上虞、嵊县、新昌。绍兴为春秋越国领地，故称八越。

⑤《性理》：《性理大全》的简称。明初胡广等奉明成祖之命，汇编宋理学著作而成，共七十卷。此或指其节要本。　《纲鉴》：明清人仿朱熹《通鉴纲目》体例编历代史，亦称为《纲鉴》。如王世贞《纲鉴》、顾锡畴《纲鉴正史约》等。此或指此类书之节要本。

⑥ 两脚书橱：讽喻死啃书本而不能贯通、灵活应用者。《南齐书·陆澄传》载：陆澄号称硕学，读《易》三年，不解文义，欲撰《宋书》不成。王俭戏之曰：“陆公，书厨也。”

⑦ 八元八恺：《左传·文公十八年》：“昔高阳氏有才子八人：苍舒、隤敳、梼戭、大临、尨降、庭坚、仲容、叔达……天下之民谓之八恺。高辛氏有才子八人：伯奋、仲堪、叔献、季仲、伯虎、仲熊、叔豹、季貍……天下之民谓之八元。”元，善。恺，和。　厨俊顾及：据《后汉书·党锢传序》，东汉士大夫互相标榜，称有贤德才俊者为“厨”（能散财救人危急）、“俊”、“顾”（能影响他人）、“及”（能引导人，受崇仰）。

⑧ 四岳：四方诸侯之长。　三老：乡里掌礼仪教化的长老。　臧縠：奴仆。《荀子·礼论》：“君子以倍叛之心接臧縠，犹且羞之。”　徐夫人：《史记·刺客列传》：“于是太子豫求天下之利匕首，得赵人徐夫人匕首。”《集解》：“徐，姓；夫人，名，谓男子也。”作者举以表明四类具文理者。

⑨ 卷足：缩足。

⑩ 澹台灭明：孔子弟子。《史记·仲尼弟子列传》裴骃《集解》："澹台，姓；灭明，名。"

【评品】《夜航船》是张岱的一部百科全书式的著述。内容包罗万象，从天文地理到经史百家，从三教九流到神鬼仙怪，从典章制度到饮食珍玩，无不广搜博采，还网罗了丰富的不为正史采撷的前代逸闻趣事和民俗风情，共计二十大类，四千余条目，洋洋大观，具有可贵文献史料价值。在序文中，张岱主张学问当有关乎文理，借僧人之口讽刺了那些貌似博洽，实则只会死记硬背些无关紧要、琐碎繁杂知识，脱离社会实践不会运用的腐儒和村夫子，"与彼目不识丁之人无以异也"。

白岳山人虎史序[1]

凡古之作史者，以记人也。其所记之人，必成其为人者也。不然，则不成其为人者也，故不可以不记也。白岳山人之作《虎史》，以记虎也。其所记之虎，又皆不成其为虎者也。不成其为虎，又甚于其为虎者也，尤不可以不记也。

夫虎有虎道：鬬榖於菟[2]，则虎之仁也；荆溪除暴[3]，则虎之义也；拔刺馈膰[4]，则虎之礼也；虎北渡河[5]，则虎之智也；夜出晓归，则虎之信也。凡此皆虎之所以成其为虎者也。若夫不成其为虎，则贪而似狼也，淫而似猱也[6]，媚而似狐也，巧而似猩也，险而似猬也，残而似猰也[7]，此虎不似虎而反似诸兽者也。虎不似虎而反似诸兽，则虎不足以为耻也。何也？虎亦兽也。今之为虎者则不然，似狼而不见其贪也，似猱而不见其淫也，似狐而不见其媚也，似猩而不见其巧也，似猬而不见其险也，似猰而不见其残也。为虎而不露其为虎，与为诸兽而不露其为诸兽，则虎而人者也。人而虎与虎而人，均足耻也。

人而虎者，山人以虎治之；虎而人者，山人以人治之。以人治之，故史之也。史之者何？仿朱子《纲目》之例[8]，大书特书其为虎，发明纂注其为虎，使不得隐匿而闪藏之也。若夫字挟秋严，笔蓄霜断[9]，其间发奸摘伏[10]，疑鬼疑神，使虎果有石渠、柱下[11]，吾必以白岳山人为虎之董狐[12]。

注释

① 白岳山人：《越中杂识·隐逸》："王雨谦，字白岳，山阴人。幼精敏，工古今文，性沉勇多力。时海内大乱，雨谦喜谈兵，受沈将军刀法。倪文贞（倪元璐）劝其藏锋锷，为万人敌，遂折节读书。崇祯癸酉，举于乡。"明亡，入闽。闽破，潜身归。"闭户著《廉书》若干卷。年八十余犹能舞百二十斤大刀，卒年九十"。张岱多有诗文相赠。

② 鬬穀於菟（wūtú）：春秋楚大夫，字子文。鬬伯比之子。楚人谓乳为穀，谓虎为於菟。子文初生于郧，弃于野，虎乳之，故名。曾三仕为令尹，无喜色；三已之，无愠色。曾毁家纾楚难。

③ 荆溪除暴：周处（？—299），晋阳羡人，字子隐。少孤，横行乡里，乡人将其与南山虎、长桥蛟合称三害，而周处为甚。有人劝周处入山刺虎，又入水击蛟，历时三天三夜。“乡里皆谓已死，更相庆。竟杀蛟而出，闻里人相庆，始知为人情所患，有自改意”（《世说新语·自新》）。荆溪，在宜兴（古称阳羡）。

④ 拔刺馈膰：唐建中间，青州北海县渔人张鱼舟栖于草庵中，有虎以足扪之。见虎掌有刺，可长五六寸，为除之。后虎为报恩每夜送物来，或豕或鹿（《太平广记》卷四二九）。膰，古代祭祀用的熟肉。

⑤ 虎北渡河：《后汉书·刘昆传》载，刘昆为弘农太守，仁化大行，虎皆北渡河。

⑥ 猱（náo）：猿类动物。

⑦ 猰（jiá）：指猰犬，即疯狗。

⑧ 朱子《纲目》：指朱熹根据司马光《资治通鉴》所作《资治通鉴纲目》，由其门人赵师渊助编而成，五十九卷。书之起讫，皆依《通鉴》。其凡例，大书以题要者称纲，分注以备言者称目。

⑨ 笔蓄霜断：秋气、秋霜皆主肃杀，此喻史断褒贬十分严谨、严格。

⑩ 发奸摘伏：揭发隐匿的奸邪。

⑪ 石渠：阁名。汉初萧何造。藏宫中图书。宣帝甘露三年与韦玄成、梁丘贺等诸儒讲论于石渠。　柱下：即柱下史，周秦官名，相当于汉以后的御史。以其所掌及侍立常在殿柱之下，故称。

⑫ 董狐：春秋时晋国史官。以直书“赵盾弑其君（晋灵公）”（详《左传·宣公二年》），而被孔子誉为古之良史，谓其不畏权势，书法不隐。

【评品】王雨谦所作《虎史》已佚，内容不得其详。从张岱之序看，《虎史》所记应为“人而虎者”。对书中所谓之“虎”，张岱如此解释：“其所记之虎，又皆不成其为虎者也；不成其为虎，又甚于其为虎者也。”何谓“不成其虎”？张岱用一系列传说典故说明，虎尚有虎道：仁义礼智信，方成其为虎；若贪淫媚巧险残似兽，则不成其为虎矣。揭露今之人而为虎者，实不如虎。何谓“甚于其为虎”？作者谓今之为虎者似众兽却不见其贪淫媚巧险残，然其贪淫媚巧险残，实有过于众兽者，真所谓“禽兽不如”。最后张岱对《虎史》“字挟秋严，笔蓄霜断”，“发奸摘伏”大加赞赏，将王雨谦喻为“虎之董狐”。全文以人为中心，用虎与兽围绕其转换剖析，对“人而虎”“虎而人”者的剖析可谓入木三分。

鸠柴奇觚记序[1]

东坡曰：“木有瘿[2]，物之病也。瘿为人所弃，则木以病全其身。”而朱蠡人刊山伐谷[3]，必罗致之，以为饮器，则是木反为瘿累矣。夫人亦有瘿，籧篨戚施[4]，骫骳跻鳌[5]，悬疣赘蹶之辈[6]，为世间废人。乃有人焉，因材而器[7]，使之筑垣司火[8]，挫针治繲[9]，鼓筴播精，舍短就长，反得其用。亦犹之裁取木瘿，使为器具，即轮囷磊块[10]，无不称奇。是虽病以累人，瘿以累木，而人反藉其病，就其瘿，以得其用，则瘿仍无害，病亦何妨？而为之制器用人者，不反受其累乎[11]？

虽然，余友濮仲谦[12]，雕刻妙天下，其所制剔帚麈柄[13]，箸瓶笔斗[14]，非树根盘结，则竹节支离，略施斧斤，遂成奇器，所享价几与金银争重[15]。则人固可以重瘿，而瘿亦可以重人矣。彼仲谦一假手之劳，其所制器，置之商彝、周鼎、宣铜、汉玉间[16]，而毫无愧色。倘不加物色[17]，而一入樵夫之手，不过地炉中一榾柮火已耳[18]，岂不重可惜哉！故予不奇觚，而奇朱羲人与周陈二子制觚之人。

注释

① 鸠：聚集。　觚（gū）：多角棱形的饮器。

② 木有瘿：苏轼《答李端叔书》："木有瘿，石有晕，犀有通，以取妍于人，皆物之病也。" 瘿，树木外部隆起如瘤之处。

③ 朱羲人：清钮琇《觚賸续编·奇觚》："长兴朱羲人，好古之士也。筑一精室，名'鸠柴'。列于室者，酒筹、韵叶、茗碗、食箸，多取诸竹木自然之质。其最异为瘿觚。觚之属凡十具：一曰西母觞，合之则一巨桃，分之二桃而殊形也。一曰醉绿天，形肖蕉。一曰高士觚，形肖梧。其次曰古锦囊，曰洞庭波，曰鉴湖冠，曰鲸涛，曰露珠明，曰一卷书，参差轮囷，各肖其形，用以觞客，洵称奇器。其室名亦质而新。"所记诠释了"鸠柴"为朱羲人之室名，描绘了其觚之奇，足以与本文相发明。　刊山：开山。刊，砍斫，削除。

④ 籧篨（qùchú）戚施：两种丑陋的疾病，也借指长得丑陋的人。籧篨，有丑疾不能俯身。戚施，驼背不能仰视。《诗·邶风·新台》："燕婉之求，籧篨不鲜。""燕婉之求，得此戚施。"《淮南子·修务训》："籧篨戚施，虽粉白黛黑

弗能为美者。”

⑤ 骫骳（wán bèi）：萎靡。　踶躄（zhí lì）：足掌扭折。

⑥ 悬疣：皮肤上的赘生物。常以喻无用之物。　蹩躠：足跛难行。

⑦ 因材而器：根据材料，做成合适的器物。比喻量材施用。

⑧ 筑垣：筑墙（不能俯身而使之）。　司火：主管生火（不能直身而使之）。

⑨ 挫针：捉针，捏针。谓缝衣。　治繲（jiè）：从事浣洗衣物。繲，洗衣。《庄子·人间世》：支离疏（引者注：一畸形怪人）“挫针治繲，足以糊口；鼓筴播精（引者注：用簸箕簸谷扬糠），足以食十人”。

⑩ 轮囷（qūn）：屈曲貌。　磊块：大肿块。

⑪“不反”句：不反因其所“累”而受益吗？（即下文“瘿亦可以重人”之意。）

⑫ 濮仲谦：濮澄，字仲谦，清初江宁（今南京）人。其竹刻巧夺天工：“一帚、一刷，竹寸耳，勾勒数刀，价以两计。然其所以自喜者，又必用竹之盘根错节，以不事刀斧为奇，则是经其手略刮磨之，而遂得重价，真不可解也。”（《陶庵梦忆·濮仲谦雕刻》）

⑬ 麈（zhǔ）柄：拂尘之柄。麈，鹿类，俗称四不像。古以其尾为拂尘。

⑭ 箸瓶笔斗：竹制的筷筒，斗形的笔筒。

⑮ 重：指增值。

⑯ 宣铜：即宣德炉。明宣德年间所造的铜香炉。明宣宗因郊庙所用彝鼎不合古式，命工部尚书吴中采《博古图》等书，参内府所藏秦汉以来炉、鼎、彝器及柴窑、汝窑、官窑、哥窑、钧窑、定窑等各窑之款式精心铸炼，以供宫廷寺观之用。

⑰ 物色：寻找，汰选。

⑱ 榾柮：块柴，树疙瘩。

【评品】 张岱为朱蓑人的《鸠柴奇觚记》作序，却以挚友濮仲谦“雕刻妙天下”作陪衬。文章所论，之所以抽象于朱氏而具体于濮氏，或为张岱与前者较为生疏，而与后者熟谙之故吧？而二人的共同点在于都身怀“雕刻妙天下”的绝技，都能因材施用，“点铁成金”。故用此写法能就长补短，相得益彰。本文所论人与物、瘿与木、轻与重、弃与用的关系和两者之间的相互转换及其条件，都颇具辩证观点。如：“虽病以累人，瘿以累木，而人反藉其病，就其瘿，以得其用，则瘿仍无害，病亦何妨?”物如是，人亦如是。而其转换的关键全在于：人之慧眼能“物色”，巧手能“因材而器”，“舍短就长”。故文章结尾处强调制奇觚之人之奇。又如“人固可以重瘿，而瘿亦可以重人”，此言确有真理。张岱的人才观洵为真知灼见，足供借鉴。

一卷冰雪文后序

余选《一卷冰雪文》，而何以附有诗也？余想诗自《毛诗》为经[1]，古风为典[2]，四字即是碑铭，长短无非训誓[3]。摩诘佞佛，世谓诗禅[4]；工部避兵，人传诗史[5]。由是言之，诗在唐朝，用以取士[6]，唐诗之妙，已登峰造极。而若论其旁引曲出，则唐虞之典谟[7]，三王之诰训[8]，汉魏之乐府[9]，晋之清谈[10]，宋之理学[11]，元之词曲，明之八股[12]，与夫战国之纵横[13]，六朝之华赡[14]，《史》《汉》之博洽[15]，诸子之荒唐[16]，无不包于诗之下已。则诗也，而千古之文章备于是矣。

至于余所选文，独取冰雪。而今复以冰雪选诗者，盖文之冰雪，在骨在神，故古人以玉喻骨，以秋水喻神[17]，已尽其旨；若夫诗，则筋节脉络，四肢百骸，非以冰雪之气沐浴其外，灌溉其中，则其诗必不佳。是以古人评诗，言老、言灵、言隽、言古、言浑、言厚、言苍蒨、言烟云、言芒角[18]，皆是物也。特恨世无解人[19]，其光华不得遽发耳。

昔张公凤翼刻《文选纂注》[20]，一士夫诘之曰："既云《文选》，何故有诗？"张曰："昭明太子所集[21]，于仆何与？"曰："昭明太子安在？"张曰："已死。"曰："既死，不必究也。"张曰："便不死，亦难究。"曰："何故？"张曰："他读得书多。"余藉斯语，亦以解嘲，故仍题之曰《一卷冰雪文》。

注释

① 毛诗：《诗经》的古文学派，相传为秦汉间人毛亨、毛苌所传。据称其学出自孔子弟子子夏。

② 古风：即和近体诗相对的古体诗。每篇句数不拘，有四五六七杂言诸体。不求对仗、平仄，用韵也较自由。　碑铭：碑文和铭文，皆为古代文体。铭文多用韵。

③ 训誓：《尚书》六种文体中训与誓的并称，用于训导宣誓。

④“摩诘”二句：唐著名诗人王维字摩诘，“兄弟皆笃志奉佛，食不荤，衣不文彩”，“丧妻不娶，孤居三十年。母亡，表辋川第为寺”（《新唐书·王维传》）。李梦阳称其诗“高者似禅，卑者似僧”（赵殿成《王右丞集笺注》附录二引）。

⑤“工部”二句：杜甫曾任检校工部员外郎，人称“杜工部”。“甫又善陈时事，律切精深，至千言不少衰，世号‘诗史’”（《新唐书·杜甫传》）。

⑥“诗在”二句：唐代科举，以诗赋取士。始于天宝十三载（754）（见《旧唐书·杨绾传》），建中二年（781）至太和八年（834）间为箴论表赞所取代，后又恢复（《新唐书·选举志上》）。

⑦ 唐虞：尧和舜。尧为陶唐氏；舜为有虞氏。　典谟：《尚书》中《尧典》《舜典》和《大禹谟》《皋陶谟》并称典谟。《书序》：“典谟训诰誓命之文凡百篇，所以恢弘至道，示人主以轨范也。”

⑧ 三王：指夏禹、商汤、周文王。　诰：告诫之文。如《尚书》中的《大诰》《康诰》等。　训：训导之文，如《尚书》中的《伊训》。

⑨ 乐府：诗体名。初指汉代官署乐府所采制的诗歌，后将魏晋至唐可以入乐的诗歌以及仿乐府古题的作品，统称乐府。宋以后的词曲，因为配乐，有时也称为乐府。

⑩ 清谈：即玄谈。魏晋间何晏、王衍等崇尚老庄，竞谈玄理，成为一时风气。

⑪ 理学：指宋明儒家的一种哲学思想，多以阐述义理、兼谈性命来解读儒家经典，区别于汉儒的重名物训诂。亦称性理学、道学。

⑫ 八股：即八股文，亦称时文、制义或制艺。明清科考时所规定的应试文体，试题多取自儒典。每篇由破题、承题、起讲、入手、起股、中股、后股、束股

八部分组成。

⑬ 战国之纵横：战国策士的说辞，纵横捭阖，气势奔放，言辞夸张。此指战国的文风。

⑭ 华赡：文辞富丽。

⑮《史》《汉》：《史记》《汉书》。　博洽：知识广博、内容丰富。

⑯ 诸子：指先秦诸子的文章。　荒唐：此指广大无边，内容五花八门，不全合儒家之经义。

⑰“故古人”二句：杜甫《徐卿二子歌》：“大儿九龄色清澈，秋水为神玉为骨。”

⑱ 苍蒨：苍翠，茂盛。　芒角：棱角。此指锋芒、棱角。

⑲ 解人：能通晓其意的高明的人。

⑳ 张凤翼（1527—1613）：字伯起，号灵墟，江苏长洲（今苏州）人。嘉靖四十三年（1564）举人，与弟献翼、燕翼均颇有才名。有《处实堂集》，又有《红拂记》《虎符记》等传奇和《文选纂注》。

㉑ 昭明太子：南朝梁武帝萧衍的长子萧统（501—531），天监元年（502）立为太子，谥昭明。主编《文选》，选录先秦至梁的诗文辞赋和史书论赞，共分三十八类，七百余篇，是现存最早的诗文选集。

【评品】 本文先解释《一卷冰雪文》何以附有诗：因为张岱认为中国古代文学中历朝历代的各种文体、诸多风格，均源于诗，诗中无所不包，故云“千古之文章备于是矣”。再明确“文之冰雪，在骨在神”；“若夫诗，则筋节脉络，四肢百骸，非以冰雪之气沐浴其外，灌溉其中，则其诗必不佳”，是为不刊之论，非深谙个中三昧者不能道。最后，以《昭明文选》之兼有诗文辞赋各种文体，为己佐证，并隐然自况，兼以解嘲。

廉书小序[1]

王白岳先生所著《廉书》，书同晒腹[2]，秩过等身[3]，博奥极矣。乃反其名曰“廉”，则其愿益奢，其心益猛矣。何者？学海无边，书囊无底，世间书怎读得尽？只要读书之人眼明手辣，心细胆粗。眼明则巧于掇拾，手辣则易于剪裁，心细则精于分别，胆粗则决于去留。

先生浏览群书，博中求约，如烧丹抱朴[4]，止取九转灵砂[5]；煮海张生[6]，但索百朋宝母[7]。烹天得渣[8]，炼道取髓，四库五车[9]，收拾略尽[10]。然余尝检阅《廉书》，偶取一二事，考之《六帖》《天中》《说郛》《秘笈》《稗海》《韵山》等书[11]，凡属隐僻，遗漏实多。盖先生以俊俏眼，从书隙中偶然觑着，几笔勾勒，其书法、章法、句法、字法，与人各别，遂成异书。丹头入手[12]，自然点铁成金[13]；珠母在怀[14]，何待燃犀见宝[15]。以是知烧丹煮海，不在水火铅汞，止在燃锅爇鼎之人。苟非其人，即聚炭怀山，积薪襄陵[16]，究成何益哉！先生胸藏记事之珠[17]，笔握开山之斧。参寥言：“坡老牙颊间，别有一副炉鞴，他人断不能学。”[18]

昔欧阳公在翰林时，与同院出游，有奔马毙犬。公曰："试书其事。"一曰："有犬卧于通衢，逸马足而杀之。"一曰："有马逸于街衢，犬遭之，毙。"公曰："使子修史，万卷不足矣。"曰："内翰云何？"公曰："逸马杀犬于道。"诸人皆服[19]。他人记事，连篇累牍所不能尽者，先生以数语赅之；烦言觍缕所不能断者[20]，先生以数字了之，故曰"廉"也。他人之廉，以大能取小之谓廉；先生之廉，以小能统大之谓廉也。

阳羡口中，吐奇不尽[21]；邯郸枕里，变幻无穷[22]。冷协律以一瓯水，能藏其七尺之躯，至碎拾屑，片片皆应[23]；宋景濂能于一粒米中写"孝弟忠信礼义廉耻"八字[24]，点画分明，皆廉之类也，则廉岂易为也哉？

注释

①《廉书》：王雨谦所著。详卷一《白岳山人虎史序》注。

② 晒腹：《世说新语·排调》："郝隆七月七日出日中仰卧。人问其故，答曰：'我晒书。'"以晒腹为晒书，示满腹经纶之意。

③ 秩：积累。　等身：状著述之多。

④ 烧丹抱朴：葛洪，字稚川，自号抱朴子。晋句容人。始研儒学，后好神仙导养之法。著有《抱朴子》，除言神仙外，论炼丹，多涉及物质构成的化学成分奥秘。

⑤ 九转灵砂：乃金丹中久炼之精品，主要成分是水银硫磺。今道藏有《葛仙翁九转灵砂丹》，详述其事。

⑥ 煮海张生：元李好古（一说尚仲贤）作杂剧《张生煮海》，写秀才张羽借寓

石佛寺攻读，夜抚琴，恰为出海游玩的龙女琼莲听见，二人一见钟情，相约中秋重会时结为夫妇。龙王不许。张羽等不及，克服种种险阻前往东海寻找情人。在毛女仙姑的帮助下，用其所赠银锅、金钱、铁杓三件宝物，煮沸大海，迫使龙王招其入海进宫完婚。

⑦ 百朋：各种货贝。 宝母：传可引聚明珠宝贝的石片。

⑧ 烹天：指女娲炼石补天。

⑨ 四库：宫廷收藏图书的地方，列经史子集四库。 五车：状书之多，学问之博。《庄子·天下》："惠施多方，其书五车。"

⑩ 收拾略尽：谓博览约取大致已尽。

⑪《六帖》：指《白孔六帖》，类书名。唐白居易撰，宋孔传续撰，共一百卷。采择各书中的成语典故，或摘句，或提要，分类编次。 《天中》：《天中记》，明陈耀文撰，六十卷。因所居近河南天中山，故名。该书援引颇富，间附辨证，说明所据由来。 《说郛》：明陶宗仪编，体例类宋曾慥《类说》。采摭自汉魏至宋元人之作六百余种，共一百卷。 《秘笈》：丛书《宝颜堂秘笈》，明陈继儒辑。六集，二百二十九种。所收多掌故琐言、艺术谱录之作。清乾隆年间书板遭毁。 《稗海》：丛书名，明商濬辑。七集，七十七种。所收多为唐宋野史笔记、掌故琐言。 《韵山》：详《诗确韵序》注。

⑫ 丹头：在外丹而言，是指烧炼之时用作点化神丹的药物，如同点豆腐之卤水一般。在内丹而言，是指用作点化全身阴质的先天清阳之炁。

⑬ 点铁成金：古代道家炼丹术，谓丹成，可点铁成黄金。后喻修改文章，化腐朽为神奇。黄庭坚《答洪驹父书》："古之能为文章者，真能陶冶万物，虽取古人之陈言入于翰墨，如灵丹一粒，点铁成金也。"

⑭ 珠母：为珍珠贝科、蚌科动物的珍珠层。

⑮ 燃犀见宝：传说晋温峤至牛渚矶，水底有音乐之声，水深不可测。人云水下多怪物，峤乃燃犀角照之。须臾见水族覆火，奇形怪状。后谓人明察事物曰燃犀。详南朝宋刘敬叔《异苑》卷七。

⑯“即聚炭怀山”二句：怀，包围；襄，上升至高处；陵，大土山。言大水包围山岳，漫过丘陵，此形容煮海炼丹所用柴炭之多。

⑰ 记事之珠：王仁裕《开元天宝遗事·记事珠》：“廾元中，张说为宰相，有人惠说一珠，绀色有光，名曰‘记事珠’，或有阙忘之事，则以手持弄此珠，便觉心神开悟，事无巨细，涣然明晓，一无所忘。”

⑱“参寥言”四句：参寥，参寥子，宋释道潜的别号，於潜（今杭州）人。善诗，为苏轼、秦观的诗友。因受苏轼反对变法的牵连而被勒令还俗。徽宗时，翰林学士曾肇辨其无罪，重入空门。炉鞴，冶炼的铁炉和吹火鼓风的皮囊。引文见于明何良俊《语林》卷一七《赏誉》九下。

⑲“昔欧阳公”二十句：据《梦溪笔谈》卷一四所载，乃穆修与张景之事。谓二人“同造朝待旦，于东华门外方论文次，适见有奔马践死一犬，二人各记其事，以较工拙。穆修曰：‘马逸，有黄犬遇蹄而毙。’张景曰：‘有犬死奔马下。’”张岱本文所云，乃据冯梦龙《古今谭概》所载：欧阳公在翰林时，常与同院出游。有奔马毙犬，公曰：“试书其一事。”一曰：“有犬卧于通衢，逸马蹄而杀之。”一曰：“有马逸于街衢，卧犬遭之而毙。”公曰：“使之修史，万卷未已也。”曰：“内翰云何？”公曰：“逸马杀犬于道。”相与一笑。

⑳ 覼缕（luó lǚ）：亦作“覶缕”，逐条详尽地陈述。《史通·叙事》：“夫叙事

之体，其流甚多，非复片言所能觌缕。”

㉑“阳羡”二句：梁吴均《续齐谐记》载：东晋阳羡许彦山行遇一书生，能口吐器物珍馐，还能口吐一女子，陪侍许彦，而自己醉卧。女子口中复吐一男子，男子口中又吐出一女子，书生醒前又将器皿女子依次吞回，留一大铜盘赠与许彦留念。阳羡，今江苏宜兴。

㉒“邯郸”二句：黄粱美梦的典故。唐沈既济撰《枕中记》，叙卢生于邯郸客店，向一道者自叙贫寒。时店主正炊黄粱。道者授一枕，使入梦。卢生于梦中历尽荣华富贵。及醒，黄粱尚未熟。此以梦境，喻变幻无穷。

㉓“冷协律”四句：冷谦，字启敬，武林（今杭州）人，道号龙阳子，工书画。元末已寿百岁，入道而隐，得异人传法术。洪武初，以善音律，仕为太常协律郎。郊庙乐章，多所撰定。卒于永乐中。王鏊《震泽长语》卷下载：谦友贫而求济。谦于壁上画一门，其友入，见金玉琳琅，恣取而出，遗其引。内库失金，见引上有人名，执之，遂牵连逮谦。谦言渴求饮，吏以瓶汲水。谦以足插瓶中而身隐去。吏携瓶至御前，上问之，瓶中应如响。令其出，不应。上怒而碎瓶，片片皆应，卒不知其所在。

㉔ 宋景濂：宋濂（1310—1381），字景濂，号潜溪，又号玄真子，明浦江（今属浙江）人。博学强记，元至正中，荐授翰林编修，辞不就，隐居龙门山著书，历十余年。明初，与刘基同侍朱元璋左右，备顾问。主修《元史》，辅导太子十余年。洪武六年（1673）任侍讲学士，九年，进学士承旨。为明代开国第一文臣，朝廷文字多出其手，著述甚丰，有《宋学士文集》。《明史·宋濂传》载：“濂状貌丰伟，美须髯，视近而明，一黍上能作数字。”

【评品】人生有涯，学海无边，这一矛盾困扰过古往今来多少莘莘学子。张岱积几十年的治学经验，认为“只要读书之人眼明手辣，心细胆粗”，问题不难解决。因为“眼明则巧于掇拾，手辣则易于剪裁，心细则精于分别，胆粗则决于去留”。自具手眼，严于去留，巧于剪裁，由博返约，杂而炼精，实是读书治学的更高境界。张岱归之曰“廉”，可谓中的。也是对王雨谦治学著书的高度评价。

孙忠烈公世乘序[1]

概观古今死忠义与立功业之臣，大略务名者什之七，务实者什之三。务名者出于意气，其发扬尚浅；务实者本之性情，其蕴酿甚深。某尝以宸濠之叛观之[2]，因变故而立功业者，王文成、伍吉安是也[3]，伍吉安务名，而王文成则务实；遭变故而死忠义者，孙忠烈、许忠节是也[4]，许忠节则务名，而孙忠烈则务实。夫实岂易言哉！“桃李不言，下自成蹊”[5]者，以实也。李广口呐呐不能吐，而亡之日，无识不识哀者，以实也[6]。黄宪、郭林宗无功名事业文章于世[7]，而天下颂之，后世信之者，以实也。

忠烈公知宸濠必变，不敢摘伏发奸[8]，实意实心，早防预备。实结民心，则缓征宽役；实剪羽翼，则捕盗除凶；实防要害，则筑城浚隍；实置声援，则设板选锐；实备挽输，则编船储粮。公盖缜密绸缪[9]，不露声色。日后除残戡乱，非公预为之计，则斩使者不能斩，守城者不能守，集兵者不能集，挽饷者不能挽，起义者不能起，擒王者不能擒。总计平濠勋绩，皆本于忠烈公一人之性情。后当临难，公蚤知必有此事，亦持重端严，从容就义。许忠节公呼公骂贼，公只侃侃正言，伸明大义，不以声音笑貌之末，乱我靖恭坚忍之心。“天无二日，民无二王”，以此八字留之天壤，直与日月争光，可令狐狸貙貉遂能噉尽之乎[10]？于是知公惟一实，实则可以格豚鱼[11]，可以伏豺虎，可以动天地，可以泣鬼神。务名者天以名报，书绩旂常[12]，勒名钟鼎，施之后世，斯亦已矣。务实者天以实报，子孙繁衍，科第连绵，传忠传孝，允文允武[13]。今观公之云礽五世[14]，后且玉树盈阶[15]，方兴未艾，天之酬报忠贞，何其蕴隆若此耶[16]！

昔范尧夫属东坡序文正公集[17]，东坡曰：“轼总角时闻范公名，即疑为天人，焉敢妄加论著？第得挂名文字中，自附门下士之末，则深幸矣[18]。”今中翰君嘱某序《世乘》[19]，忠烈公固属天人，而某视东坡，犹虫臂之与麟定[20]，尤为惭恧。第东坡之颂文正公以一诚，某之颂忠烈公以一实，此皆发千古确论，余小子亦何敢多让焉？

| 注释 |

① 孙忠烈公：孙燧，字德成，余姚（今属浙江）人。弘治进士，授刑部主事，历官河南右布政使。朱宸濠谋逆，朝议欲得才节大臣前往制之，擢燧为右副都御史，巡抚江西。既至，时为宸濠陈说大义。七次上疏言宸濠必反，皆因宸濠贿权臣遮阻而不能达。及宸濠反，伏兵召燧至，执而击之，折左臂，仍骂不绝口，遂被害。赠礼部尚书，谥忠烈。　世乘：世史。此或为记载家世的史书。乘，春秋时晋国史书名，后以指代史书。今存浙江余姚《孙氏世乘》三卷，清

康熙间刻本，卷上载孙燧生平事迹，谓其子孙多忠孝节义者。

② 宸濠之叛：明正德间宁王朱宸濠发动的叛变。宸濠封藩南昌，久蓄反谋。地方屡有上书奏告，权臣得贿而庇护之。正德十四年（1519）六月，因谋反事泄，宸濠集兵万人，叛于南昌。杀右副都御史孙燧、南昌兵备副使许逵，发兵克九江、南康，围安庆。提督南赣汀漳军务副都御史王守仁闻变，与吉安知府伍文定等集兵趋南昌，在黄家渡击败回师救南昌的叛军。朱宸濠后为官军再次击溃被俘，不久被赐死。

③ 王文成：王守仁（1472—1529），浙江余姚人。曾讲学于阳明洞，人称阳明先生。弘治进士，任刑、兵部主事。正德初，因忤刘瑾，谪为贵州龙场驿丞。瑾诛，历官都察院右佥都御史，巡抚南赣，平宸濠之叛。嘉靖时，拜南京兵部尚书不赴，封新建伯。创心学，倡知行合一。卒谥文成。　伍吉安：伍文定（1470—1530），字时泰，号松月，湖广松滋人。弘治进士。朱宸濠叛乱时，任吉安知府，以平叛功擢江西按察使。嘉靖初，官至兵部尚书兼右都御史，后遭劾致仕。

④ 许忠节：许逵，字汝登，固始人。正德进士。沉静有谋略，官至江西副使。宸濠之变，不屈被害。世宗时追谥忠节。

⑤“桃李”二句：见于《史记·李将军列传》所引民谚。“言桃李以其华实之故，非有所召呼，而人争归趣，来往不绝，其下自然成径。以喻人怀诚信之心，故能潜有所感也。”（颜师古《汉书注》）

⑥“李广”四句：《史记·李将军列传》：“太史公曰：‘余睹李将军悛悛如鄙人，口不能道辞；及死之日，天下知与不知，皆为尽哀。彼其忠实心诚信于士大夫也？’”呐呐，言语迟钝。

⑦ 黄宪（75—122）：字叔度，汝南慎阳人。家世贫贱，荀淑誉之为颜子（回）。陈蕃、周举常相谓："时月之间不见黄生，则鄙吝之萌，复存乎心。"郭泰谓："叔度汪汪若千顷波，澄之不清，淆之不浊，不可量也。"卒年四十八，世号为征君。 郭林宗：郭泰（127—169），字林宗，太原介休人。博通经典，居家教授，弟子至千人。品题海内人物，不为危言核论，故党锢祸起，得免于祸。死后，蔡邕为作碑铭，自言所撰碑铭，唯于郭有道（泰曾以有道征，不应，故称）无愧色。

⑧ 摘伏发奸：揭露隐恶奸谋。史载孙燧曾七次上疏言宸濠必反，皆因宸濠贿权臣遮阻而不能达。后因不愿授宸濠之叛以口实，才隐而不发。

⑨ 绸缪：喻事前准备。史载孙公曾托言防御他寇，加固南昌周围城池，请重兵把守九江要害，又请设通判驻弋阳，兼督旁五县之兵，加强防范。为防宸濠劫兵器，又假托防贼，将辎重转移他所。此所谓"未雨绸缪"也。

⑩ 貒貉（tuānhé）：《世说新语·品藻》："人人皆如此，便可结绳而治，但恐狐狸猯（同貒）狢（同貉）噉尽。"貒，猪獾。貉，似狸，锐头尖鼻。 噉：同啖。食。

⑪ 格：格杀。

⑫ 书绩旂常：古代王用太常，诸侯用旂，以作纪功授勋的仪制。旂、常均为旗名。《周礼·春官·司常》："日月为常，交龙为旂。"

⑬ 允文允武：既能文又能武。语出《诗·鲁颂·泮水》："允文允武，昭假烈祖。"允，文言语首助词。

⑭ 云礽：远孙。《尔雅·释亲》："晜孙之子为仍孙，仍孙之子为云孙。"注："仍，亦重也。云，言轻远如浮云。"礽，亦作"仍"，自身以下至八世为仍

孙。燧之子、孙、曾孙多为达官，详《越中杂识·忠节》。

⑮ 玉树：喻姿貌秀美、才干优异的人。《世说新语·容止》："魏明帝使后弟毛曾与夏侯玄共坐，时人谓'蒹葭倚玉树'。"

⑯ 蕴隆：暑气郁结而隆盛。引申为炽盛，显赫。

⑰ 范尧夫：范仲淹次子，名纯仁，字尧夫。皇祐进士，元祐间拜相。　属：请。　文正公集：范仲淹，字希文，才兼文武，庆历间拜参知政事，与富弼、欧阳修等推行庆历新政。出知地方，颇有德政。卒谥文正。有《范文正公文集》传世。

⑱"东坡"七句：苏东坡《范文正公文集叙》："呜呼！公之功德，盖不待文而显，其文亦不待叙而传。然不敢辞者，自以八岁知敬爱公，今四十七年矣！彼三杰（指韩琦、富弼、欧阳修）者，皆得从之游，而公独不识，以为平生之恨，若获挂名其文字中以自托于门下士之末，岂非畴昔之愿也哉！"总角，指儿童。古代儿童束发两结，状如角，故称。天人，有道而出类拔萃的人。

⑲ 中翰：内阁中书。此指孙燧子孙中任此官职者。

⑳ 虫臂：喻微小卑贱之物。《庄子·大宗师》："以汝为鼠肝乎？以汝为虫臂乎？"　麟定：麟额。《诗·周南·麟之趾》："麟之定，振振公姓。"朱熹《集注》："定，额也。"

【评品】　《越中杂识·忠节》载：孙燧"正德十年，擢江西巡抚。时宁王宸濠有逆谋，燧闻命叹曰：'是当死生以之矣。'遣妻子还乡，独携二僮往。至则宸濠逆状已大露。察副使许逵忠勇可属大事，因与之谋。先是，副使胡世宁以白宸濠谋，得罪去，燧念讼言于朝无益，乃托御他寇，城进贤、南康、瑞州，请设通判于弋阳，兼辖五县兵……逵劝燧先发后闻，燧曰：'奈何与贼以名，且需之。'会御史萧淮尽发宸濠不轨状，诏遣大臣宣谕。宸濠闻，遂决计反。宸濠生日宴众官，明日燧及诸大吏入谢，宸伏兵于府，大言曰：'孝宗为李广所误抱民间子，我祖宗不血食者十四年。今太后有诏，令我起兵讨贼，亦知之乎？'众相顾错愕，燧直前曰：'安得此言，请出诏示我。'宸濠言：'毋多言，我往南京，汝当扈驾。'燧大怒曰：'汝速死耳。天无二日，我岂从汝为逆哉！'宸濠怒，叱缚燧。逵奋曰：'逆贼安得辱天子大臣！'因以身蔽燧。贼并缚逵，二人且缚且骂，贼击燧折左臂，与逵同曳出。逵谓燧曰：'吾劝公先发者，知有今日故也。'二人同日遇害于惠民门外。巡抚王金、布政使梁宸以下，皆稽首呼万岁。宸濠……大索兵器于城中，不得，贼多持白梃。伍文定起义兵，设两人木主于文信国祠中，率吏民哭之。王守仁与共平贼诸逋，贼走安义，而安义为燧所新设县，遣重兵戍之，贼至，皆见获，无脱者。于是人益思燧功。"以上所载，足以与本文相发明。

全文在名与实的对比中，颂扬孙燧报国以实；在六个"实"字排比句中，突出孙燧御寇务实，未雨绸缪，防患周全；又在六个"不能"的排比句中，突出其一系列防范的举措在日后平叛中的作用。张岱善于以虚衬实，写"立功业者"王文成、伍吉安是虚，写死忠义者孙燧、许逵是实；颂许忠节是虚，颂孙忠烈是实。张岱还善于以陪衬突出主体，以李广、黄宪、郭泰为陪衬，烘托孙燧之"实"，得天下人哀而颂之；以苏轼序《范文正公集》颂文公以“一诚”为陪衬，烘托自己序《世乘》颂孙公以“一实”。故文章虽着墨不多，孙燧之忠烈功业，已肝胆照人矣。

柱铭钞自序[1]

昔人未有以柱对传者，传之自文长始[2]。昔人未有以柱对传而刻之文集者[3]，刻之自余刻文长之逸稿始。自逸稿刻柱对，而越之文人竞作柱对。然越之文人之竞作柱对，未作时，先有一文长横据于其胸中；既作时，又有一文长遮盖于其面上。故用学问者多失之板实，用俚语者多失之轻佻。文人之学文长者，实多为文长所误。然学文长而全学文长之恶套者，则文长又为学文长者所误。

余故学文长，而不及文长，今又不敢复学文长，则怅怅乎其何适从耶？我越中崛强，断不学文长一字者，惟鸿宝倪太史[4]，而倪太史之柱对有妙过文长者，而寥寥数对，惜其不及文长之多。则余之学文长而不及文长者，又何取乎其多过文长耶？乃友人不以宗子为不及文长[5]，而欲效宗子之刻文长，每取文长以夸称宗子。余自知地步远甚[6]，其比拟故不得其伦[7]。即使予果似文长，乃使人曰“文长之后，复有文长”，则又何贵于有宗子也？余且无面目见鸿宝太史，何况后之文人？

注释

① 柱铭：刻于柱上的铭文。据下文的“柱对”，此处的柱铭当为对联，也称楹联、柱帖。

② 文长：徐渭，字文长。详卷一《昌谷集解序》注。

③“刻之”句：张岱酷爱徐渭的诗文，十八岁时辑成《徐文长逸稿》，今传二十四卷（卷二四《杂著》中有榜联约二十副）。《四库全书总目》卷一七八：“此本为其乡人张汝霖（岱之祖）、王思任所同选。如末卷所载优人谑吃酸梨偈、放鹞图偈、对联灯谜诸作，鄙俚猥杂，岂可入之集中?”则张岱所辑，或本其祖所采。而《徐文长逸草》卷七有榜联约百副。

④ 鸿宝倪太史：倪元璐。详卷一《纪年诗序》注。

⑤ 宗子：张岱，字宗子。

⑥ 地步：地位、程度。

⑦ 伦：同辈、同类，

【评品】 张岱诗文，深受徐渭的影响。然而对于别人每以徐渭夸他，他清醒地自愧不如，故曰：此比不伦；而且深刻地认为：“即使予果似文长，乃使人曰‘文长之后，复有文长’，则又何贵于有宗子也?”的确，即使模仿果能乱真，又何贵于模仿者自己呢?何况模拟而定型之后，欲摆脱原有的影响，自辟蹊径，独树风格，谈何容易?反思自己的诗文创作实践的得失，张岱更深一层指出：不仅学文长者，反为文长所误，而且文长亦为学而得其恶套者所误：别人以为恶套即是文长本色。可见模拟沿袭，自误且误人。本序为张岱创作的深悟之论，其论诗文，主张本真，反对模拟，于此可见。所以他格外推崇倪元璐的诗文“崛强，断不学文长一字”，并且因之而能“有妙过文长者”。另外，张岱有较为自觉的文体意识，将历来不为文坛所重的楹联柱对，作为一种独立的文体创作，并收辑他人和自己的作品入集，颇以自己为“始作俑者”而骄傲。

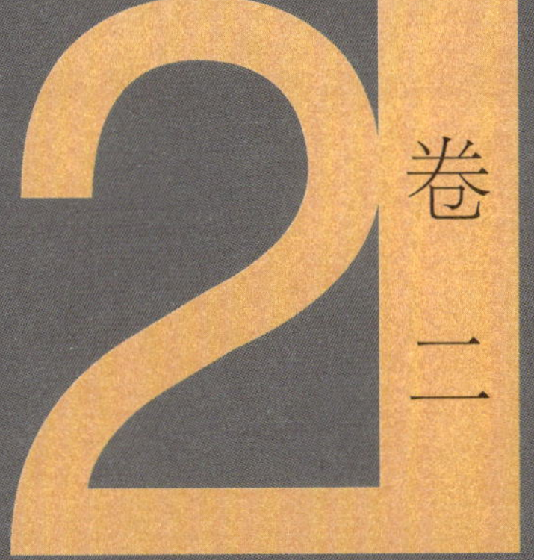

卷二

琅嬛福地记[1]

晋太康[2]中，张茂先[3]为建安[4]从事，游于洞山。缘溪深入，有老人枕书石上卧，茂先坐与论说。视其所枕书，皆蝌蚪文[5]，莫能辨，茂先异之。老人问茂先曰："君读书几何？"茂先曰："华之未读者，二十年内书；若二十年外书，则华固已读尽之矣。"老人微笑，把茂先臂，走石壁下，忽有门入，途径甚宽，至一精舍[6]，藏书万卷。问老人曰："何书？"曰："世史也。"又至一室，藏书愈富。又问："何书？"老人曰："万国志也。"后至一密室，扃钥甚固[7]，有二黑犬守之，上有署篆，曰"琅嬛福地"。问老人曰："何地？"曰："此玉京、紫微、金真、七瑛、丹书、秘籍[8]。"指二犬曰："此痴龙也[9]，守此二千年矣。"开门肃茂先入[10]，见所藏书，皆秦汉以前及海外诸国事，多所未闻。如《三坟》《九丘》《连山》《归藏》《梼杌》《春秋》诸书[11]，亦皆在焉。茂先爽然自失。老人乃出酒果饷之，鲜洁非人世所有。茂先为停信宿而出[12]，谓老人曰："异日裹粮再访，纵观群书。"老人笑不答，送茂先出。甫出门，石忽然自闭。茂先回视之，但见杂草藤萝，绕石而生，石上苔藓亦合，初无缝隙。茂先痴痞伫视[13]，望石再拜而去。

嬴氏焚书史，咸阳火正炽[14]。此中有全书，并不遗只字。上溯书契前[15]，结绳亦有记[16]。由前视伏羲，已是其叔季[17]。海外多名邦，九州一黑痣[18]。读书三十乘，千万中一二。方知余见小，春秋问蛄蟪[19]。石彭与凫毛[20]，所见同儿稚[21]。欲入问老人，路迷不得至。回首绝壁间，荒蔓惟薜荔。懊恨一出门，可望不可企。坐卧十年许，此中或开示。

注释

① 琅嬛福地：传说中的神仙洞府。元伊世珍《琅嬛记》载晋张华游洞宫，遇一人引至一处，大石中开，别有天地。宫室嵯峨，每室各陈奇书，有历代史、万国志等秘籍。华历观其书，皆汉以前事，多所未闻者。问其地，曰："琅嬛福地也。"

② 太康：晋武帝司马炎的年号（280—289）。

③ 张茂先：张华（232—300），字茂先，范阳方城（今河北固安南）人。晋初任中书令，加三骑常侍。惠帝时，历任侍中、中书监、司空。后为赵王司马伦所杀。以博洽著称。编纂有中国第一部博物学著作《博物志》。其诗词藻华丽，"儿女情多，风云气少"（《诗品》）。

④ 建安：此为郡名、县名。吴景帝永安三年（260）分会稽置。郡治建安县（今福建建瓯）。

⑤ 蝌蚪文：古代用漆书写文字于竹简木牍之上，往往下笔时漆多，收尾漆少，故形似蝌蚪，头大尾小，人称蝌蚪文。

⑥ 精舍：此指学舍。

⑦ 扃钥：闭锁。

⑧ 玉京：天关。道家称为三十二帝之都，在无为之天。　紫薇：此指帝王宫殿。　丹书：古代统治者托言天命，捏造所谓天书，因用丹笔书写，故称丹书。上述玉京、紫薇云云，均是道家为自秘其说、自神其地而杜撰的名称。

⑨ 痴龙：传说中的犬名。旧说洛中有穴，有人误坠其中，见有大羊，羊髯有珠，取而食之。后出以问张华，华曰："此痴龙也。"见《法苑珠林》卷四一引《幽明录》。

⑩ 肃：迎揖引进。

⑪《三坟》《九丘》：均为传说中我国最古老的书籍。《左传・昭公十二年》："是能读三坟、五典、八索、九丘。"注："皆古书名。"　《连山》《归藏》：皆古易名。《周礼・春官大卜》："掌三易之法：一曰连山、二曰归藏、三曰周易。"郑玄《易论》谓夏曰连山，殷曰归藏、周曰周易。　《梼杌》《春秋》：分别为楚国、鲁国的史书名。《孟子・离娄下》："晋之《乘》、楚之《梼杌》、鲁之《春秋》，一也。"

⑫ 信宿：连宿两夜。

⑬ 痴痞（hāi）：痴迷。

⑭"嬴氏"二句：指秦始皇（姓嬴氏）焚书坑儒之事。

⑮ 书契：犹言文字。《尚书序》："古者伏羲氏王天下也，始画八卦，造书契，以代结绳之政，由是文籍生焉。"《释文》："书者，文字。契者，刻木而书其侧。"

⑯ 结绳：文字产生前的一种记事方法。用绳打结，以不同形状和数量的绳结标记不同事件。《易・系辞上》："上古结绳以治，后世圣人易之以书契。"

⑰ 叔季：古人以“伯、仲、叔、季”作为排行的先后次序。

⑱ 九州一黑痣：由海外（即宇宙）而视九州（中国）小如一黑痣。

⑲ 蛄蟪：即蟪蛄，蝉之一种。黄绿色，翅有黑白条纹。夏末自早至暮鸣声不息。《庄子·逍遥游》：“朝菌不知晦朔，蟪蛄不知春秋。”

⑳ 石彭与凫毛：石彭，或为石鼓，因其声彭彭然而称。《晋书·张华传》：“吴郡临平岸崩，出一石鼓，槌之无声。帝以问华，华曰：可取蜀中桐材，刻为魚形，扣之则鸣矣。于是如其言，果声闻数里。”凫毛，《晋书·张华传》：“惠帝中，人有得鸟毛长三丈，以示华。华见，惨然曰：‘此谓海凫毛也，出则天下乱矣。’”

㉑ 所见同儿稚：对其认知，如同孩童。

【评品】 张华素以博物著称，撰有《博物志》。本文以琅嬛福地喻书藏无穷，以张华先前以博览群书自负，与后来之“爽然自失”相对比，说明学海无涯：“读书三十乘，千万中一二”而已。“坐卧十年许，此中或开示”，读者不妨试之。

岱　志

张子曰：应劭记封禅[1]，而岱之事尽；钟惺记岱[2]，而记之事尽；李士登记十六字[3]，而诗文之事尽。此外再益一字，是不知岱者也，是不知岱而并不自知者也。世岂有不知岱并不自知之人，而可与言封禅，可与言游观，可与言诗文哉？故余之志岱，非志岱也。木华作《海赋》[4]，曰："胡不于海之上下四旁言之?"余不能言岱，亦言岱之上下四旁已耳。一字不及岱，而岱之事亦缘是而尽。

言泰山高者，曰四十里。四十里之内，有盘旋焉，有曲折焉，有下上焉，不全乎其为四十里也。乃四十里之内，而天时为之七变。自州城发脚而漆漆大雨，至红门而霁[5]，至朝阳洞而日出[6]，至御帐崖而阴曀[7]，至一天门而大风[8]，至三天门而云雾[9]，至登封台而雪而冰[10]。时凡七变，而天几不能自主。雨旸寒燠，其听之天乎？听之地乎？抑听之山之高下乎？至半山而日，而日之下又有雨，日之上又有雪。雨旸变幻，寒燠错杂，天且不自知，而况于人乎？

看泰山，意想之所至，皆山也。至汶河而遂行水道中[11]，沙际淤大海船三四，留为夏秋所用。而泰安州十里之外，皆坎堑起伏，洪水冲激之地，人马走泥峡中，四五十里，无非水道。泰山之下，虽不见水，而凡石痕砂迹，无非水也。雷域中而雨天下[12]，其汪洋之势，恍然在目。

离州城数里，牙家走迎[13]，控马至其门。门前马厩十数间，妓馆十数间，优人寓十数间。向谓是一州之事，不知其为一店之事也[14]。到店，税房有例，募轿有例，纳山税有例[15]。客有上中下三等，出山者送，上山者贺，到山者迎。客单数千，房百十处，荤素酒筵百十席，优傒弹唱百十群，奔走祗应百十辈，牙家十余姓。合计入山者日八九千人，春初日满二万，山税每人一钱二分，千人百二十，万人千二百，岁入二三十万。牙家之大，山税之大，总以见吾泰山之大也。呜呼泰山！

东岳庙大似鲁灵光殿[16]，棂星门至端礼门[17]，阔数百亩。货郎扇客，错杂其间，交易者多女人稚子。其余空地，斗鸡蹴鞠，走解说书[18]，相扑台四五，戏台四五，数千人如蜂如蚁，各占一方。锣鼓讴唱，相隔甚远，各不相溷也。

入仪门，仙官高三丈，颙颙欲动[19]，丹墀下有古松八九棵，蚪盘虬结，空翠逼人。下列奇石数十株，樾暗苍冥，环行错愕。入大殿，圣像庄严，罗列阴森，不敢久立。

问汉柏[20]，在东庑之外，木可两抱，文纽横斜，铮铮铁响。六棵皆汉武手植。《水经注》载，赤眉斫一树[21]，见血而止，今其斧创尚存。叶细如虬，色同翡翠。鲁之乔木，孔子桧[22]、子贡楷[23]、人夫松、峄阳桐[24]，仅存朽株，老而能寿，则输汉柏矣。西庑唐槐一枝[25]，别具轮囷离奇之致，金谷园尺许珊瑚[26]，不足挂齿。

五鼓[27]，檐有滴沥，余意迟之，牙家促起盥漱。山樏在户[28]，樏杠曲起，不长而方，用皮条负肩，上拾山蹬，则横行如蟹，已歇而代，则旋转似螺，自成思理。出门，天未曙。山上进香人，上者下者，念阿弥陀佛，一呼百和，节以铜锣。灯火蝉联四十里，如星海屈注[29]，又如隋炀帝囊萤火数斛[30]，放之山谷间，燃山熠谷，目炫久之。

甫上舆，牙家以锡钱数千搭樏杠，薄如榆叶，上铸“阿弥陀佛”字，携以予乞。凡钱一贯七分，而此直其半，上山牙家付香客，下山乞人付牙家。此钱只行于泰山之乞，而出入且数百余金。出登封门，沿山皆乞丐，持竹筐乞钱，不顾人头面。入山愈多，至朝阳洞少杀。其乞法、扮法、叫法，是吴道子一幅《地狱变相》[31]，奇奇怪怪，真不可思议也。山中两可恨者，乞丐其一；而又有进香氏，各立小碑，或刻之崖石，如“万代瞻仰”“万古流芳”等字，处处可厌。乞丐者，求利于泰山者也；进香者，求名于泰山者也。泰山清净土，无处不受此二项人作践，则知天下名利人之作践世界也与此正等。

红门望泰山甚易之，谓高不越吾乡秦望[32]。过御帐崖，始壁立万仞，陡上陡下，盖前所谓泰山者，非泰山，傲来山也[33]。上黄岘岭，泰山始露其顶；登玉皇阁，泰山始分其身；至快活三[34]，泰山始坦其肩背；至朝阳洞，泰山始出其肺肝。此时傲来山且在鞋靸之下，不能望泰山，敢蔽泰山耶？

大夫松，一朽株耳。一天门以上，曾无拱把木，以泰山风高，木不易长。意当年大夫松，其躯干亦不甚伟也。今人称“五大夫松”[35]，谓是五株树，至不得其数以为疑。黄美引《史记》：秦始皇上泰山封祀，祀下，风雨暴至，休于树下，遂封其树为五大夫。五大夫，秦官名，第九爵也。今此朽株，乞骸亦一[36]。

御帐崖，宋真宗于此驻跸，故名。前此皆泰山之路，曲道盘旋，未始斗绝。至此缘崖而上，蹬皆壁立，背插百丈崖，大小龙峪，奇石骨支，树皆鳌瘦，如鸟枝暗塞。一气直上至崖顶，望三天门尚在云际[37]。行之半日，泰山高仍端然未动。

朝阳洞，泰山之半矣，洞仄砑不可容几。泰山元气浑厚，绝不以玲珑小巧示人，故无洞府，无邃壑。凡言崖者洞者，皆约略形似，取其意可也。

上振衣亭，喜晴，见泰山日。浓云之下，日光逗之，汶河沙条条如绩麻分缕。山下见白云一股，从半岭堕地。州城仍溙溙大雨。大小龙口，夹壁天穿，鸟道猿崖，止削一缝。如大窖层冰，一斧劈开，万寻雷烈。走其下者，阴阒冷腥，时有龙气。

自此上为盘之始[38]，石蹬险滑。上此者尻脊兼用，肘踝共支。一气直上，留一步即股栗不能伫立。至半盘，忽失三天门，为重云所护，迷蒙目不见掌。在舆茫茫，谓信舆不若信步[39]，趋而下。见道旁悬铁绠，猿引而升。入三天门，罡风射之[40]，手足木强。

顶上牙家有土房，延客入向火。余寒颤不能出手，爇炙移时，方出问顶。出门，白云缠住如败絮，从者觌面不相见，摸索而行，手先于趾。

走里许，如入村落。左折而上，为碧霞宫门[41]，左进右出。入门，十数人负予而前，坐其肩上，乱扑香客，导余见元君金面。铁栅如椽，从窗棂中见佛像不甚大。盖天下名山，如补陀、武当、齐云、天竺、前门诸圣象[42]，俱不大。元君像不及三尺，而香火之盛，为四大部洲所无[43]。

应劭《封禅记》：汉武帝至泰山下，未及上，百官为上跪拜，置梨枣钱于道，为帝求福。置钱之例，其来已久，然未有盛于今时。四方香客日数百起，醵钱满筐[44]，开铁栅，向佛殿倾泻，则以钱进。元君三座：左司子嗣，求子得子者，以银范一小儿酬之，大小随其家计，则以银小儿进；右司眼光，以眼疾祈得光明者，以银范一眼光酬之，则以银眼光进。座前悬一大金钱，进香者以小银锭或以钱，在栅外望金钱掷之，谓得中则得福，则以银钱进。供佛者以法锦，以绸帛，以金珠，以宝石，以膝裤、珠鞋、绣帨之类者，则以锦帛、金珠、鞋帨进。以是堆垛殿中，高满数尺。山下立一军营，每夜有兵守宿。一季委一官扫殿，鼠雀之余[45]，岁数万金，山东合省官，自巡抚以至州吏目，皆分及之。

出碧霞宫，云仍缠裹不能步。自念三千里来，不得一认泰山面目，此来何为？心甚懊恨。谋宿顶，不见人，且不见路，从人饥寒，万不可往。舆人掖之，竟登舆，从南天门急下，股速如溜，疑是空堕。余意一失足则齑粉矣，第合眼据舆上作齑粉观想，常忆梦中有此境界，从空振落，冷汗一身时也。顷刻下二十里，至朝阳洞，天霁如故，日犹在崖。山上只一片云，弄我如许，惆怅山灵[46]。

出红门，牙家携酒核，洗足，谓之“接顶”。夜剧戏开筵，酌酒相贺，谓“朝山归”，求名得名，求利得利，求嗣得嗣，故先贺也。余怏怏了故事，蚤宿，谋再游。中夜起，见天高气肃，檐前星历历如杯大，私心甚喜。

黎明，叱苍头募山樏。牙家喃喃作“怪事”，谓余曰：“朝山后无再上山法，犯者有祟。”余佯应。从间道走至一天门，始得山樏。山中儿童妇女昨识一面者，辄指笑曰：“是昨日朝顶过者，今日又来，何也？”走问舆人不住口。盖从来有一日一宿顶者，无两日两宿顶者，千年朝山例，予卒破之。

入山路如遇熟友，一看而馋，再看而饱。过黄岘岭，望三天门，纤云不起。舆夫言“今日有顶”[47]，方知有顶，亦不易得事。

上新盘，皆余身到而目不到之境，昨日幸不失足，思反战栗。以无山符，不复进见元君。由祠左礼青帝宫[48]、玉皇殿[49]，看唐玄宗摩崖碑[50]、苏颋《东封颂》[51]。《东封颂》字大如拳，莆田林焊以“忠孝廉节”四大字劖盖之[52]，怒不欲观。再去，则无字碑也[53]。高丈许，石润如玉。秦始皇欲以无字愚万世，即“泰山”二字亦思抹杀，立碑即焚书之兆矣。余入泰山，见摩岩勒字，无一字堪入眼，而林焊劖盖苏许公颂，亦胸中有此四字作祟，故余反以无字碑为“寒山一片石”[54]。

登封台，为泰山绝顶。台上一方石，色青如蛋，与天无二。山后一望，千山万山皆驯伏趾下，如大海波涛，翻腾蹴涌，砑雪惊雷，滂薄无际，信是大观。

日观望海[55]，实不见海，极目缥缈，恍惚见沧。应劭云：“秦观见长安，吴观见会稽，周观见济。”[56]兖州二百里地，尚不能见其郛廓，何况寥廓！然吴门白练[57]，实出自《家语》[58]，圣贤岂欺我哉？

五花冈，一块顽石。进香烧藏者日数百人，烈山而焚，其火大炽。山下人扫灰烬、淘洗熔锡者凡十余家，故石虽烟煤，扫剔甚洁。

回篮，无云缠，较昨更速。至石经峪[59]，下而复上。山峡中有石，五倍虎丘[60]。传唐三藏曝经于此[61]，又名曝经石。石上镌汉隶《金刚经》，字如斗，随石所之，尽经而止。闻秋时有水铺过，晶映可读。旁有儒者刻《大学》圣经一章敌之，辟佛尊儒，此刻石人意也。

“太山不让土壤，故能成其高。”[62]是未到泰山者。泰山壁立千丈，不藉尺土，栉沐甚净。故山无大木，无深岩，无鸟兽虎狼，应是草昧时洪水漱涤，南方卑洼，土尚粘壼，此则地势高卷，一荡直去，靡有孑遗耳。

余见兖州地土，掘下数尺，便见石岩。故其葬法，虽在平洋[63]，具有岳渎之气。则是江北地土，其中多有千岩万壑，特无九年洪水为之洗涤盥漱[64]，一出其真面目耳。

到岳宫，寻碑碣读之，目不给，日亦不给。归至兖，刘半舫贻予以《岱史》[65]。卒读之，自应劭《封禅》外，亦少快心之作。盖入史者必大老，必当道，而卑官冷局，无力入之。如王季重《泰山记》、钟伯敬《岱记》俱不得入帙，况其他乎？此一史，其埋没高文典册者不可胜计，人而有意于高文典册，《岱史》其不读可也。

张子曰：山高数十仞，尽十里而没；山高数百仞，尽百里而没。岱至州城望之，不觉其甚高，及至黄河舟次，七百里而遥矣，然犹及见岱之螺髻焉[66]，则其高可胜计哉？且山东地势之高出于江南者，不知几千万仞，而岱又高出于山东几千万仞。则自江南发足之地，凡从鞋靸下高一咫尺，皆岱之高也。呜呼，岱哉！

注释

① 应劭记封禅：应劭（约153—196），东汉学者，字仲瑗，汝南郡南顿县（在

今河南项城）人。官至泰山郡太守。博学多识，平生著作十余种，现存《汉官仪》《风俗通义》等。《风俗通义》存有大量泰山史料，如《封泰山禅梁父》篇记述泰山封禅轶事，《五岳》篇详记岱庙，都有很高的史料价值。此指应劭所引马第伯《封禅仪记》（见于《后汉书·祭祀志》章怀太子注），是中国最早的游记文学作品之一。

② 钟惺记岱：钟惺（1574—1624），明代文学家。字伯敬，号退谷，湖广竟陵（今湖北天门）人。万历三十八年（1610）进士，曾任工部主事。与同里谭元春共选《唐诗归》和《古诗归》，名扬一时，形成“竟陵派”，世称“钟谭”。万历四十四年（1616）与林古度登泰山，著有《岱记》。

③ 李士登记十六字：李士登，河南洛阳人，万历八年（1580）第三甲赐同进士出身。曾任山东东昌知府、广西布政司参政。钟惺《岱记》载：“岳宫有石刻十六字，盖万历辛丑岁洛人李士登笔。其文云：‘登岱颠兮，色光莫纪。想太初兮，山生之始。’高深简远，似汉人诗。今人作岱游，不知豫储几千言以往。而十六字外，不肯益一字。”

④ 木华作《海赋》：木华，字玄虚，广川人，西晋文学家。曾为太傅杨骏主簿。作《海赋》（见《文选》），文甚隽丽，以海之广阔，喻容人之量及谦恭之德。

⑤ 红门：即红门宫，位于泰山东路，西靠大藏岭，因岭南崖有红石如门而得名，创建年代无考，明清时重修。分东西两院，东为弥勒院，西为元君庙，中由飞云阁相连。

⑥ 朝阳洞：位于五松亭西北侧，为一天然石洞，洞门向阳，故名。曾名迎阳洞，明更今名。洞深如屋，可容二十余人。洞内原祀元君像。洞外宽敞，古松挺秀，

东临绝涧。东北绝壁上刻清乾隆《朝阳洞诗》，碑高二十米，名“万丈碑”。

⑦ 御帐崖：又名“御帐坪”，在泰山中天门云步桥以北。坪下瀑布飞悬，水花四溅。相传宋真宗为赏此景，命凿穴支帐夜宿，故名。

⑧ 一天门：在岱宗坊之北四里，为泰山盘道之始。

⑨ 三天门：即中天门。在泰山山腰，为登山之半途。

⑩ 登封台：登封台遗址位于泰山极顶玉皇庙前。《汉官仪》载：“秦篆刻石东北百余步，得始皇封所，汉武在其北，二十余步，得北垂圆台。”今玉皇庙内有《古登封台碑》，清乾隆三十五年（1770）立。

⑪ 汶河：大汶河，古汶水。发源泰莱山区，汇泰山山脉、蒙山支脉诸水，自东向西流经莱芜、新泰、泰安等地，又经东平湖流入黄河。

⑫“雷域中”句：霹雷震撼寰宇之中，而雨布满天下。《公羊传·僖公三十一年》：“不崇朝而遍雨乎天下者，唯泰山尔。”

⑬ 牙家：旧时居于买卖双方之间，从中撮合，以获取佣金的人。

⑭“向谓”二句：一向以为泰安一州所有的客店所共有的马厩、戏子住所和妓院，只是一家店的规模（详参《陶庵梦忆·泰安州客店》）。

⑮ 纳山税：自明正德间始，对上山进香者征税，犹今之收登山门票。

⑯ 东岳庙：即岱庙，位于泰山南麓。始建于汉代，是历代帝王举行封禅大典和祭拜泰山神的地方。历代增制，今存各种古建筑一百五十余间。 鲁灵光殿：遗址在今山东曲阜。《昭明文选》录东汉王延寿《鲁灵光殿赋》序云：“鲁灵光殿者，盖景帝程姬之子恭王（刘）馀之所立也……遭汉中微，盗贼奔突，自西京未央、建章之殿皆见隳坏，而灵光岿然独存。”

⑰ 棂星门：即岱庙外的牌坊。 端礼门：即遥参亭，是岱庙建筑群南北轴线上

的第一组建筑，实为岱庙的入口。参拜的官员在此整肃衣冠后入庙祭神，故又称草参亭。

⑱ 走解：古代百戏之一。骑者在马上表演技艺。

⑲ 颙颙：端肃貌。

⑳ 汉柏：在岱庙东南隅炳灵门内汉柏院中，传为汉元封元年（前 110）武帝东封泰山时所植，现存五棵。

㉑ 赤眉：西汉末农民起义军。

㉒ 孔子桧：在山东曲阜孔庙大成门内，高达二十余米，树东有一碑，上书“先师手植桧”。

㉓ 子贡楷：孔子去世后弟子子贡所植楷树。毁于明代，仅存树桩，今建亭保护。

㉔ 峄阳桐：峄山在今山东邹城，即孟子故乡。当年秦始皇东巡留有峄山刻石。峄山上的桐树为制琴的上等材料，《尚书・禹贡》：“峄阳孤桐。”

㉕ 唐槐：在配天门西南方唐槐院，与东侧的汉柏院相对。

㉖“金谷园”句：西晋豪富石崇的别墅，遗址在今洛阳东北金谷洞内。石崇与晋武帝之甥王恺争富。武帝以高二尺许珊瑚树赐恺，枝柯扶疏，世罕其比。恺以示崇，崇视讫，以铁如意击之，应手而碎。恺既惋惜，又以为嫉己之宝，声色甚厉。崇曰：“不足恨，今还卿。”乃命左右悉取珊瑚树，有三尺、四尺，条干绝世，光彩溢目者六七枚，恺惘然自失。详《世说新语・汰侈》。

㉗ 五鼓：即五更，清晨三至五时。

㉘ 山樏：登山所乘的简易小轿。

㉙ 屈注：倾注。

㉚ 隋炀帝囊萤火：隋炀帝夜出游山，常下旨征集萤火虫，装进大笼里带到山上。待酒酣兴浓时，下令开笼放萤，光照满谷，仿佛银河降下凡尘。详《隋书・炀帝纪》。

㉛《地狱变相》：即《地狱变相图》，人堕地狱受种种罪报之真相的绘画，以盛唐"画圣"吴道子所绘最为有名。宋黄休复《益州名画录》："吴道子画地狱变相，都人咸观，惧罪修善。"

㉜ 秦望：即刻石山，在浙江诸暨市枫桥镇乐山村东北部，与绍兴市柯桥区平水镇平江村西南交界处。传说系秦始皇会稽刻石处。

㉝ 傲来山：泰山西麓著名的山峰之一，海拔高度达 978 米。清金简《泰山图说》："傲来山势高蹇，有与岱顶争雄之势。"清孔贞瑄《泰山纪胜》："列嶂皆犀利棘矜，傲岸不俯，似欲抗衡岱宗而力不逮者。"民谚有："傲徕高，傲徕高，近看与岱齐，远看在山腰。"

㉞ 快活三：在泰山黄岘岭（因其土色黄赤而名）上的中天门北，登山至此，忽逢坦途，倒盘而下者三里。青山四围，下临绝涧，气爽景幽。南侧有"玉液泉"，水甚甘洌。行者至此心情为之舒坦，故名。

㉟ 五大夫松：《史记・秦始皇纪》载始皇上泰山遇风雨暴至，休于树下，因封其树为五大夫。五大夫，秦、汉二十等爵的第九级，为"大夫之尊"。今人以"五大夫松"为五棵树，则误。

㊱ 乞骸：又作"乞骸骨"，使骸骨得以归葬故乡，古代官吏因年老请求退职的一种说法。此以人喻树。

㊲ 三天门：即南天门，创建于元至元元年（1264）。位于泰山十八盘尽头，由下仰视，犹如天上宫阙，是登泰山顶的门户。

㊳ 盘：即泰山十八盘。泰山登山盘路中最险要的一段，共有石阶 1 633 级（一说 1 827 级）。此处两山崖壁如削，陡峭的盘路镶嵌其中，远远望去，恰似天门云梯。泰山之雄伟，尽在于此。

㊴ 信舆不若信步：相信轿舆不如相信自己的脚步。

㊵ 罡风：强烈刚劲的天风。

㊶ 碧霞宫：即泰山碧霞元君祠，道教主流全真派圣地。位于泰山极顶南侧，内供碧霞元君铜像。东西配殿内供奉送生、眼光二神铜像（分别司子嗣、眼光之职）。初建于宋真宗大中祥符二年（1009），原名昭真祠，清乾隆三十五年（1770）重修后改称碧霞祠，沿用至今。元君又称泰山老母、泰山玉女，有东岳大帝之女、黄帝所降玉女诸说，是北方地区汉族民间最重要的信仰之一。

㊷ 补陀：浙江普陀山为观音菩萨道场。　武当、齐云：湖北武当山、安徽齐云山均祀道教真武大帝。　天竺：杭州天竺山祀观音。　前门：北京前门祀关圣。

㊸ 四大部洲：中国佛教认为在须弥山周有四大部洲，分别为东胜神洲、西牛贺洲、南赡部洲和北俱芦洲。

㊹ 醵：凑钱喝酒；泛指凑钱，集资。

㊺ 鼠雀之余：喻兵佐衙役偷摸揩油之余。

㊻ 惆怅山神：为被山神捉弄而无奈惆怅。

㊼ 有顶：谓山顶放晴，可观日出。

㊽ 青帝宫：位于泰山玉皇顶西南，西靠神憩宫，东接上玉皇顶的盘道，是青帝广生君的上庙。青帝即太昊伏羲，道教尊奉为神。传说青帝主万物发生，位属东方，故祀于泰山。

㊾ 玉皇殿：位于泰山极顶玉皇庙。东面的观日亭可望“旭日东升”，西面的望

河亭可观“黄河金带”。庙前有无字碑，据传为秦始皇封禅立石或为汉武帝立石，又传碑内封藏金简玉函，故又称石函。玉皇顶前盘道两侧有“五岳独尊”等著名题刻。

㊿ 摩崖碑：刻于唐开元十四年（726），在岱顶大观峰崖壁上。碑文为唐玄宗东封泰山时亲手撰书，字体遒劲。相传“燕许（张说、苏颋）修其辞，韩史润其笔”，文词典雅，对研究唐代历史、书法、镌刻艺术均有重要价值。

51 苏颋：玄宗朝名相。其《封东岳朝觐颂并序》见于《全唐文》卷二百五十。

52 林焞：字惟大，闽县（今福州）人。工署书，径丈逾佳。学赵孟頫而少劲。清唐仲冕辨识摩崖残文，断定林氏所劖非苏文而是唐高宗时李安期之文（详《岱览》卷九）。

53 无字碑：位于泰山玉皇庙山门前，因通体无字，故俗称无字碑。因其无字，遂成千古谜案。后世以此石规制与《秦琅琊刻石》极相似，推断为秦始皇所立。然据《史记·秦始皇本纪》，始皇巡泰山刻石有字。顾炎武则疑其为汉武所立。

54 寒山一片石：比喻少见的好文章。明蒋一葵《尧山堂偶隽》卷一载：庾信由南朝至北方，南人问其：“北方文士何如?”信答曰：“唯寒山一片石（指温子升所作《寒山寺碑》）堪共语耳。”

55 日观：泰山日观峰，位于玉皇顶东南，古称介丘岩，因观日出而闻名。相传在峰巅西可望秦，南可望越，故又称秦观峰、越观峰。

56 “应劭云”四句：应劭引马第伯《封禅仪记》云：“秦观者望见长安，吴观者望见会稽，周观者望见嵩山。”

57 吴门白练：《论衡·书虚》：“传书或言：颜渊与孔子俱上鲁太山，孔子东南望，吴阊门外有系白马，引颜渊指以示之，曰：‘若见吴阊门乎?’颜渊曰：

‘见之。’孔子曰：‘门外何有？’曰：‘有如系练之状。’孔子抚其目而正之，因与俱下。下而颜渊发白齿落，遂以病死。”

㊾《家语》：指《孔子家语》。

㊿ 石经峪：在泰山斗母宫东北山谷，俗称“晒经石”。石上有古刻隶书《金刚经》的部分经文，字径 50 厘米，现尚存 1 067 字，是现存摩崖石刻中规模空前的巨制。

60 五倍虎丘：指比苏州虎丘的生公石大五倍。

61 唐三藏：唐朝高僧玄奘。俗家姓陈，乳名江流，法名玄奘，人称唐僧。西行取经时，唐太宗李世民赐法名三藏。

62“太山”二句：李斯《谏逐客书》：“太山不让土壤，故能成其大。”

63 平洋：平原。

64 九年洪水：相传尧时天下洪灾，命鲧治之，九年未成。

65 刘半舫：刘荣嗣，字敬仲，号简斋，别号半舫。河北曲周人。万历四十四年（1616）进士，官至工部尚书。在朝二十年，政声卓著。擅诗文书画，有《半舫集》等行世。张岱曾携戏班排演自创讽刺魏阉的剧本《冰山记》宴半舫，大获赞赏，遂定交。详《陶庵梦忆·冰山记》。　《岱史》：明万历间山东按察副使查志隆编，共十八卷，后三卷录明代名公的泰山诗文。

66 螺髻：形状像螺壳的发髻，此喻山形。皮日休《太湖诗·缥缈峰》：“似将青螺髻，撒在明月中。”

【评品】　志岱诗文，前人之述备矣。张岱为之，颇难措手。因而

“言岱之上下四旁”，所谓旁敲侧击，以“尽”“岱之事”，亦善因难见巧者矣。然后便从登山一日气候之多变，从汶河水道、石痕沙迹之变迁，从入山者之众、牙家之大、场域之广、山税岁入之多、酒宴弹唱之盛、斗鸡蹴鞠相扑杂耍之齐全、汉柏唐槐岁月之久远等方方面面、林林总总的描摹陈述“以见吾泰山之大”。为使泰山穷形极相，文中巧用种种修辞写作手法：如比喻：清晨登山，灯火蝉联四十里，以星海屈注、炀帝囊萤夜游相比，情状毕现；乞丐之扮法、乞法、叫法，以吴道子《地狱变相》作喻，凸显其狰狞之状。如对比：以鲁之乔木孔子桧、子贡楷、峄阳桐等与泰山之汉柏唐槐相比，突出其“老而能寿”。有用排比者：佛殿置钱求福，“以银小儿进”“以银眼光进”“以银钱进”“以锦帛、金珠、鞋帨进”，以见财源滚滚，故能“岁数万金”，真真敛财有道。有工于描摹以及心理者：如状坐舆“急下”“如溜”，“疑是空堕，余意一失足则齑粉矣，第合眼据舆上作齑粉观想，常忆梦中有此境界，从空振落，冷汗一身时也”，则山之高险、下山之急速、乘客之恐惧，和盘托出矣。有考证议论者：如五大夫松非五棵树之谓，而是秦始皇封该松树为五大夫（秦官职）。有褒贬议论者：如上文之“岁数万金”，“山东合省官，自巡抚以至州吏目，皆分及之”，揭露深刻，入木三分；如“盖入史者必大老，必当道，而卑官冷局，无力入之……此一史，其埋没高文典册者不可胜计”，冷嘲热讽，不平而鸣。如此种种，使读者阅来，恍若身历。文章夹叙夹议，匠心独运，绝去俗径，自出手眼，故能于汗牛充栋的志岱诗文中卓尔不群。

海　志

张子曰：补陀以佛著[1]，亦以佛勿尽著也[2]。补陀去甬东三百里，海岸孤绝，山无鸟兽，无拱把木，微佛则孰航海者[3]？无佛则无人矣。虽然，以佛来者，见佛则去，三步一揖，五步一拜，合掌据地，高叫佛号而已。至补陀而能称说补陀者，百不得一焉。故补陀山水奇绝横绝，而《水经》不之载[4]，舆考不之及[5]，无传人则无传地矣。余至海上，身无长物足以供佛[6]，犹能称说山水，是以山水作佛事也[7]。余曰：自今以往，山人文士欲供佛而力不能办钱米者，皆得以笔墨从事，盖自张子岱始。

二月十六日[8]，大风阴曀[9]，登招宝山[10]，风劲甚，巾折角覆顶上，衣觷觷翻膈，箴率自绽[11]。僵卧石上，以尻拾磴，一级一卧。见同侪第睁睛视，口欲言，风塞之辄咽。自辰至未[12]，始抵寺。周寺有城，风大几不能寺焉。寺后见海，无所辨海，唯见玄黄攫夺[13]，开眦眩迷而已。坐阁上视山脚，如俯瞰绝壑，舟如芥，人如豆，闻人声嘤嘤如瓮中蝇。私念少顷舟过，余亦芥中豆也。

返舟中，风稍弱。舟人曰："风大却顺，可出口。"余怖惑不能自主，听之而已。张帆，卒过招宝山，舟人撒纸钱水上，仆仆亟拜[14]。余肃然而恐，毛发为竖。问渠何拜？答曰："有龙也。"舟如下溜，顷刻见蛟门[15]，无去路。前舟出山胁，知有道径通。抵其下，山且三焉。从前视，或二或一，舟中人自异其见，山故三也。

出蛟门十里许，为三山大洋。山多磁石，舟板有铁，傍山恐吸住，故牵舟沙上住。夜潮平水落，舟勿颠动。五鼓潮来岸失，悉为大洋，赖缆固不漂没。风号浪炮[16]，轰怒非常。或大如五斗瓮，跃入空中，坠下碎为零雨。或为数万雪狮，逼入山礁，触首皆碎。自卯至酉[17]，舟起如簸，人皆瞑眩，蒙被僵卧，懊丧此来，面面相觑而已。夜半风定，开篷视之，半规月在山峡。风顺架帆，余披衣起坐。渡龙潭、清水洋，风弱水柔，波纹如縠，月色麗金，镞镞波面[18]。山奥月黑，短松怒吼，张髯如戟，吞吐海氛，蠢蠢如有物蠕动，舟人戒勿抗声，以惊骊窟[19]。

金塘山首尾数十里[20]，山下沃野二三万亩。国初，居民繁衍。汤信公奉命备倭[21]，绸缪牖户[22]，徙其民三十万户入内地，遂荒废[23]。汤信公立烽戍数十余处，其徙金塘，固自有见，但舟山、昌国皆在其外，乃不徙舟山、昌国而独徙金塘，则又何说也？

渡横水洋[24]，水向北注，潮从东来，如出奇兵犯其左翼，故横水洋最险。五鼓过舟山，城头漆漆，天犹未曙。濒岸战船数十艘，军容甚壮。附舟山者七十二嶼，人家多居篁竹芦苇间，或散在沙嶼。山田少人多，居人皆入海捕鱼及蝤蛑、水母、弹涂、桀步[25]，攘嚷沙际。

自青垒头至十六门[26]，大山四塞，诸小山环列如门者，十有六焉。向谓出蛟门，大海沧漭，缥缈无际耳。乃自定海至此三百里，海为肠绕，委蛇曲折于层峦叠嶂之中，吞吐缩纳，至此一丸泥可封函谷矣[27]。此是八越尾闾[28]，天似设意为之。

沈家门[29]，日高春矣[30]。门以外是大洋海，带鱼船鳞集，触鼻作气。江鸘闻鱼腥，徘徊不肯去。掷以鱼肠，则攫夺如战斗，白翎朱味，鹤鹤可爱。余戏曰：

"或是观音大士白鹦鹉千百化身。"[31]

渡莲花洋[32]，横顺风。抢风使帆[33]，船旁剌剌入水。樯曲如弓，舟急如箭，桅杆戛戛有损声，船头水翻涔如蹴雪。余胆寒股栗，视舟人言笑，心稍安。见海外诸山，火焰直竖，如百千骈指合掌念"阿弥陀佛"拜向补陀者。过金钵盂山，进石牛港、短姑、道头，则恍如身到彼岸矣。

上岸数百武[34]，董玄宰书"入三摩地"[35]，石路开霁，夹道多松楸，疏疏清樾。路凡三折，至梵山。梵山，寺案也[36]。由背达面，梵山尽而殿角始露，蒲牢金碧[37]，灼灼出林薄[38]。后山嵯峨，乱石杂沓，如抱如捧。寺正门有海印池[39]，池以外礌石数仞，勿令见寺。行过寺，始见寺门。登永寿桥[40]，桥左有太子塔[41]，是外国太子所造。形如阿育王寺舍利塔[42]，而规制大之。石色异常，非中国所有。

桥北有货郎芦舍，市海贝、蛳螺、风藤、风兰、佛图、山累之属。寺门伫立，皆四山五岳之人，方言不辨。中多漳州人，绛帻赭衣，是钓船上水手。进山门，礼大士，入方丈。茶罢，历怀阙亭而北[43]，有大石数株，意甚苍古。剥藓视之，有陶石篑先生及余外祖陶兰风先生题名[44]，徙倚其下[45]。

坐僧舍少顷，日犹未晡[46]。余纵步从左行，至一门，曰法华洞[47]，余径入。石如残塔半株，螺旋而上，穴洞玲珑，有余地，辄作团瓢佛龛[48]。直上三四层，如芙蓉矗起。入其中，从花瓣中穿度，层折见之。

钟定[49]，请看宿山。至大殿，香烟可作五里雾。男女千人鳞次坐，自佛座下至殿庑内外，无立足地。是夜，多比丘、比丘尼，燃顶、燃臂、燃指，俗家闺秀亦有效之者。爇炙酷烈，惟朗诵经文，以不楚不痛不皱眉为信心，为功德。余谓菩萨慈悲，看人炮烙，以为供养，谁谓大士作如是观！殿中訇轰之声，动摇山谷。是夕，寺僧亦无有睡者，百炬齐烧，对佛危坐，睡眼婆娑，有见佛动者，有见佛放大光明者，各举以为异，竟夜方散。

蚤命呼笋舆，游后寺。度舆未即至，从太子塔南走，渡二小岭，沙松如絮，没鞋靸。先至普同塔[50]，后至潮音洞[51]。洞开颐颏拄水，石嗷啮如獠牙，噏海水漱盥，吞吐怒潮，作鱼龙吼啸声。天窗下瞰，外巉中裂，大石壁紫黑，旁罅而两歧，乱石断圭积刀，齿齿相比。再前为善才礁[52]、龙女洞，排列可厌。余问住僧："志中言潮音洞大士现种种奇异，若住此，曾见乎？"僧曰："向时菩萨住此，因万历年间龙风大，吹倒石梁，遂移去梵音洞住矣。"余不敢笑，作礼而别。

归途见日出，天涂硃，无光泽，日杲白而扁，类果盒。渐升始满，方有芒角射人。吴莱谓日初出[53]，大如米筛，薄云掩蔽，空水弄影，恍若铺金僧伽黎衣[54]，或见或灭。此言其光满注射之状，非初起时也。余所言扁，意天际阔大，方升时，远处倚徙，尚见其仄。昔人云"日如蒸饼"，或形似之。

笋舆至，从北走过岭，至千步沙[55]。沙至镇海寺约有千步，故名。海水淘汰，沙作紫金色，日照之有芒。是沙步为东洋大海之冲，不问潮之上下，水辄一喷一噏。余细候之，似与人之呼吸相应，无昼无夜，不疾不徐，其殆海之消息于是也[56]。

五里至镇海寺[57]，是为后寺。壁宇洪丽，不减补陀，而香火荒凉，不及前寺十分之一。盖前寺自登岸至寺门，有市廛芦舍，近海而实不见海，犹之泰山元君殿，在山而实不见山，形家谓之纳气藏风[58]，遂与城市无别。若后寺，则入门见山，出门见海，宽敞开涤，潮汐烟岚，一目了晓，地气于此，未免单薄矣。

过饥饱岭，缘山皆静室。岭上见钓船千艘，鳞次而列，带鱼之利，奔走万人，大肆杀戮。可恨者，岭以下礁石岩穴，无不尽被鱼腥，清静法海，乃容其杀生害命如恒河沙等，轮回报应之说，在佛地又复不灵，奈何！

去后寺又十里，至梵音洞[59]，洞似潮音而狭，石窟中穿羊肠而下，上悬絙索，磨胸捫石，身如守宫[60]。至洞前，横亘石桥，望洞中黝黑。人摩眼日光下，谛视之，见洞中蓬勃有烟气。从明视暗，见石迹藓斑，随人意想所至，便成形相。或见菩萨，或见鬼王，或见神道，所言种种，赞叹而已。

山上东望，窅窅无际。三韩[61]、日本、扶桑诸岛[62]，青螺一抹，杳霭苍茫。远近诸山，大者如拳，小者如栗，低而平者如眉。向皆土山碚礌[63]，风涛吞啮之，非石胎不能存活，如础如限[64]，特其趾耳[65]。

近梵音洞有三礁，形似香炉、烛台，遂名香炉、烛台峰。盖自东天门以来，多奇石，象岩、佛手、鹰嘴，形皆酷肖，人人得以意呼之，不必问也。

反辙，不及看茶山[66]，直至前寺。殿上嚷嚷打“合山斋”，僧五六千人皆趺跏坐[67]。绕殿前后，丹墀上下，栉比如鱼鳞。次第食已。有好事者，畀栗梨针线之类，皆来布施，名曰结缘。妙在五六千人杂坐，无蚊虻声。《水经注》所谓“疏班绳坐”[68]、“器钵无声”，想见此境。

中食后，穷西天之胜。由寺门折而西，坛壝整饬者[69]，盘陀庵也[70]。老僧无边有才略，言及创庵之始，饭数僧不给，因发愿曰：“四方斋僧者日月至，合山斋百两百斛，为寺僧一饱。曷节此一飧，得金二百，可垦山下田五十亩，岁可得米五十斛，用以斋僧，永劫不断。”施主多从其说。今垂二十年，垦田至千亩矣。盘陀香火之盛埒常住[71]，行此法也。余谓常住各房何不共行此法？自舟山循至金塘，有田可佃，稽其数可至二三万亩。田上只设芦舍，倭至可毁，岁升其科，可饱戍卒。不开金塘，而金塘已开矣。谋国者曾弗筹之。

白象庵[72]，石奇横。余所嫌者，庵太逼石，然不逼石，亦无所为庵矣。剪拂数十年，青萝碧藓，为之衣食[73]，当大发光怪。

西天门[74]，帐阒皆具[75]，宛若人为，过此则盘陀石也[76]。石类吾乡吼山云石[77]，此特委蛇可上。坐石上，南望桃花、马秦诸小山，嵌空玲珑，屹立巨浸。风平浪白，如一幅鹅绫铺设几上，磊磊置米颠袖石数十余座[78]，令杨次公见，便当攫夺。

再前，为二龟听法石[79]，一龟在石上回头视，一龟直立崖下，作蹒跚起势，肖其情理。观音洞有鹦哥石，飞动如生，皆曹能始所谓“天戏成之，人戏名之”者也[80]。至必以《观音卷》细细配合[81]，如盘陀石前有五十三石，必配五十三参[82]，则劳而拙矣。

倦归僧房茶话，更定矣。闻炮声，或言贼船与带鱼船在莲花洋厮杀。余亟往，据梵山冈上，见钓船千艘，闻警皆避入千步沙。十余艘在外洋后至者，贼袭之，斫杀数十人，抢其三舟去，焚其二舟。火光烛天，海水如沸，此来得见海战，尤奇。

次日归，风大顺。比晚下舟，鸡未喔，已泊招宝山下矣。余素清馋，不能茹素，补陀之行，家人难之。余先到四明[83]，礼天童、阿育、雪窦诸古刹[84]，计海上往来，持斋一月余矣。舟至定海，小傒市黄鱼食新，余下箸即呕。不谓老饕如余，亦有此素缘[85]。

山中无古碑，无名人手迹，无文人题咏。寥寥一志，记感应祥异、兴建沿革而已。吴渊颖《甬东山水古迹记》稍可读[86]。今陵谷迁变，如史官说盘古前事，荒唐不可信也。屠长卿碑记数篇[87]，志在宣扬佛法，了不及山水。余谓天下之水，至海则观止，而更有奇峰绝壑，足以副海之奇，四大名山[88]，无出其右。

天童寺饭僧三千，观其厨庖库厩，茶者、饭者、汲者、柴者、菜者、捣者、磨者，各以数十人领之。今补陀常住食者不过数百人，又皆不常住食者也，似逊天童。后观补陀分房五十七，而缘山净室二百余所，使皆共锅而食，则天童焉敢颉颃[89]？

吴莱曰："海际山童[90]，无草木，或小槿如箸，辄刈以鬻盐。"事亦有之。但海风寒冽，至春深，松髯尚赤而虬，经数十年，长不能丈，补陀山在在有之。松蟹瘦，干短而多瘿，似黄山松而针稍长。历年多，岂无乔木？乃海上类多童阜，因知斥卤硗确[91]，风雪虐之，木不能寿，纵寿不能大也。泰山上松亦如之。

下香船是现世地狱。香船两槅，上坐善男子，下坐信女人，大篷捆缚，密不通气，而中藏不盥不漱、遗溲遗溺之人数百辈。及之通嗜欲、言语、饮食、水火之事，皆香头为之。香头者何？某寺和尚也。备种种丑态，种种恶臭，如何消受？余谓有事补陀，非唬船不可。唬船有官舱，既可行立坐卧，而日间收敛箬篷，合数舱成一战场。两旁用十八桨，荡桨者水营精勇，其领袖捕盗，又惯习水战、出没波涛者也。遇风浪则弃帆而桨。百足之虫，死而不僵，以其扶之者众也，唬船似之矣。余游必拉伴，语及补陀，辄讷缩不应[92]。诸友中闻召即赴，冠及于寝，佩及于堂，履及于闾门之外者[93]，则秦一生也[94]。一生坐卧舟中，诟谇负约诸友[95]。余曰："莫怪蔡端明寻夏得海甚难[96]，孔门弟子三千，乘桴浮海[97]，也只得子路一人。"一生嚖然大啸。

村中夫妇说朝海，便菩萨与俱。偶失足一蹶，谓是菩萨推之；蹶而仆，又谓是菩萨掖之也。至舟中失篙失楫，纤芥失错，必举以为菩萨祸福之验。故菩萨之应也如响。虽然，世人顽钝，护恶如痛，非斯佛法，孰与提撕[98]？世人莫靳者囊橐[99]，佛能出之；莫溺者贪淫，佛能除之；王法所不能至者妇女，佛能化之；圣贤所不能及者后世，佛能主之。故佛法大也。

山中所产者，风兰、风藤、白杜鹃、白瑞香。极繁衍者红薯，方言蕃藷也，味甘而易饱，谓藏之复壁，可以救荒。最奇者相思石。相思石，石也，用醋浸之，则能移动，两石置东西，必移向一处，故名相思石。但不晓当时何见而知石之能移，又何见而知醋之能移石也。无意无义，不可解也。

小洛伽[100]，莲花洋南。有僧守山五十余年，粮尽举火，常住令船送之。僧与一大蛇同起居。饭熟辄与蛇同食，夜即卧其榻旁。

灌门雷，在海北。大石立海中，石底蓬蓬有声，风雷即至。渔船至，以食物投之，得稳渡。

桃花山，安期生炼药于此[101]。以墨汁洒石上，成桃花，雨过则鲜艳如生。

北海有沙山，细沙所积。手攫则霏屑下，渐成洼穴，潮过又补，终不少损。旁有石龙苍白，角爪鳞鬣皆具，蜿蜒跨亘百余丈，舟过见之。

昌国北界有蓬莱山，众山四围峙立。中有小屿，如千丈楼台，透明层折。潮水退，人可入游。或云人不可到。隐隐有神仙题墨，漫不能辨。

张子曰：余登泰山，山麓棱层起伏，如波涛汹涌，有水之观焉。余至南海，冰山雪巘，浪如岳移，有山之观焉。山泽通气，形分而性一。泰山之云，不崇朝雨天下[102]，为水之祖。而补陀又簇居山窟之中。水之不能离山，性也。使海徒瀚漫而无山焉，为之固肌肤之会、筋骸之束，是有血而无骨也。有血而无骨，天地亦不能生人矣，而海云乎哉！

注释

① 补陀：即普陀山。中国佛教四大名山之一，供奉观音菩萨的道场。《华严经》称补怛洛迦。

② 以佛勿尽：指来者只知礼佛而未能饱览山之全貌。

③“微佛”句：山若无佛，则谁还航海前来?

④《水经》：桑钦所撰，我国第一部记述河道水系的专著。《唐六典》注称其“引天下之水，百三十七”。北魏郦道元据此书撰《水经注》。

⑤ 舆考：地理方志的研究考论。

⑥ 长物：多余的东西。后来也指像样的东西。

⑦ 以山水做佛事：以记叙和赞美山水来祭奉菩萨。

⑧ 二月十六日：时为崇祯十一年（1638）。

⑨ 曀（yì）：天阴而有风。

⑩ 招宝山：位于宁波市镇海区东北面甬江口，为海防要塞，素有“浙东门户”之称。

⑪“衣觱觱（bìbì）”二句：衣服被大风卷起并觱觱作响，针脚也被撕开。

⑫ 辰：上午七至九时。　未：下午一至三时。

⑬ 玄黄攫夺：天玄地黄，此指天地混一貌。

⑭ 仆仆亟拜：《孟子·万章下》：“子思以为鼎肉使己仆仆而亟拜也，非养君子之道也。”仆仆，状亟拜声。

⑮ 蛟门：宁波镇海东之岛屿。

⑯ 浪炮：浪涛轰鸣似炮声。

⑰ 卯：上午五至七时。也泛指早晨。　酉：下午五至七时。

⑱“月色”二句：月光如筛下的金屑，在水面闪烁。

⑲ 骊窟：骊龙的巢穴。

⑳ 金塘山：即金塘岛，上有“平倭碑”，述胡宗宪等率部抗倭史实。

㉑ 汤信公：汤和（1326—1395），字鼎臣，濠州钟离人。参加郭子兴起义军，后随朱元璋渡长江、占集庆（今南京）、屡破元军，累功升统军元帅。击败张士诚、方国珍部，俘获占据延平（今福建南平）的陈友定。又随徐达率军征今山西、甘肃、宁夏等地。功封信国公。明洪武二十二年（1389）告老还乡，赐第凤阳，年七十病逝，是少数明初开国功臣能得以善终者。追封东瓯王，谥襄武。

㉒ 绸缪牖户：《诗·豳风·鸱鸮》："迨天之未阴雨，彻彼桑土，绸缪牖户。"此指预设海防，以防倭寇。

㉓"徙其民"二句：《张子文秕》作"徙其民数十万户入内地，立碑山上：'子孙朝有奏开金塘山者，全家处死。'地遂荒废"。

㉔ 横水洋：别名册子水道，在浙江东北部海域，舟山岛、金塘岛之间。康熙《定海县志》："海水奔赴冲激震荡，极为险要，舟欲东西而水则横于其中，故曰横水。"

㉕ 蝤蛑：梭子蟹。　弹涂：能离水在海涂上打洞穴居的鱼。因能跳跃，动作迅捷，又称"跳鱼"。　桀步：一螯大一螯小的蟹类。

㉖ 青垒头：今属舟山定海区。

㉗"一丸泥"句：状海道之狭险。典出《后汉书·隗嚣传》载王元说隗嚣："请以一丸泥为大王东封函谷关。"

㉘ 八越尾闾：绍兴府统辖山阴、会稽等八县，故称八越。尾闾，古称海水所归处，后指江河下游。此为八越之水入海处，故云"八越尾闾"。

㉙ 沈家门：位于舟山本岛东南部，是我国最大的渔港和海产品集散地，向有"渔都"之称。

㉚ 高春：日影西斜，时近黄昏。

㉛ “或是”句：传说观音菩萨除有龙女、善才陪侍外，还有白鹦鹉衔珠翔顶。故云。

㉜ 莲花洋：又称莲洋，在舟山本岛与普陀山之间，是登普陀山进香必由之航路。以日僧慧锷欲迎观音像回国，海生铁莲花阻渡的传说得名。

㉝ 抢风：面向着风，逆风。

㉞ 武：脚跨一次，古为一武，今称半步。

㉟ 董玄宰：董其昌（1555—1636），字玄宰，号思白、香光居士，松江华亭人，明代著名书画家。万历十七年进士，授翰林院编修，官至南京礼部尚书，卒谥“文敏”。擅画山水，师法董源、巨然、黄公望、倪瓒，为“华亭画派”杰出代表。书法出入晋唐，自成一格，兼有“颜骨赵姿”之美。书画在明末清初影响甚广。　三摩地：六度中的禅定度，梵语叫禅那波罗密，意为静虑、寂照。《楞严经》卷六：“彼佛教我，从闻思修，入三摩地。”

㊱ 寺案：山位于寺前，犹如寺前之香案。此寺指普济寺。

㊲ 蒲牢：龙所生九子之一，好鸣。故多雕铸成大殿屋脊角端的鸱吻，受风即鸣。

㊳ 林薄：交错丛生的草木。借指隐居之所。

㊴ 海印池：在普济寺内。池水为山泉所积，清莹如玉，原为佛家信徒放生之池塘，后植莲花，即称“莲花池”。海印，佛所得三昧之名，喻佛之智海如大海，能印现一切之法。

㊵ 永寿桥：在海印池东，建于明万历十四年（1586）。桥上石栏柱头刻有石狮四十座，古朴典雅，生动逼真。

㊶ 太子塔：即多宝塔，取《法华经》“多宝佛塔”之义而定名。位于海印池东南端，是普陀山唯一保持原貌的最古老的建筑物。建于元朝元统二年（1334），四面五层，全用太湖美石砌成。寺中住持孚中禅师建此塔时，曾得到元朝太子宣让王的资助（与本文称外国太子所造异），故也称太子塔。

㊷ 阿育王寺舍利塔：阿育王寺位于宁波太白山麓华顶峰下，始建于西晋太康三年（282）。寺中舍利殿内有石塔供奉着舍利子，因此在佛教领域拥有着很高的地位。

㊸ 怀阙亭：万历年间督造太监张随所造，原址在普陀寺烟霞馆侧。怀阙，有怀念京都宫阙之意。

㊹ 陶石篑：陶望龄（1562—1609），字周望，号石篑，会稽人。万历十七年（1589）会试第一，殿试第三。历官翰林院编修，国子监祭酒。擅诗文。 陶兰风：陶允嘉（1556—1622），字幼美，号兰风。官至福建盐运同知。张岱外祖父。

㊺ 徙倚：徘徊而缅思。

㊻ 晡：下午三至五时。

㊼ 法华洞：在几宝岭东天门下，方圆巨石自相垒架，形成洞穴数十处，为普陀十二胜景之一。

㊽ 团瓢：此状圆形。

㊾ 钟定：指夜深人静时刻。古代亥时（相当于晚上九时至十一时）以后，人始安息，称为人定。人定鸣钟为信，故称。

㊿ 普同塔：旧时大的寺庙都有普同塔，为众比丘僧尼合葬墓。明代普陀普济寺、法雨寺旁都有普同塔，后圮，今存者均为新建。

(51) 潮音洞：位于普陀山东南紫竹林庵前，龙湾之麓。洞半浸海中，洞口朝大海，日夜为海浪击拍，潮水奔腾入洞口，势如飞龙，声若雷鸣，故名潮音洞。

(52) 善才礁：即善财洞，位于普陀山青鼓垒西北麓，系几块天然巨石垒成。因善财童子在此拜谒观世音菩萨，得到指点教化而得名。

(53) 吴莱（1297—1340）：元代学者。字立夫，浦阳（今浙江浦江）人。延祐间举进士不第，在礼部谋职，与礼官不合，退而归里，深研经史，宋濂曾从其学。门人私谥渊颖先生，有《渊颖吴先生集》。下文所引节录自其《甬东山水古迹记》。

(54) 僧伽黎衣：袈裟。

(55) 千步沙：在普陀山东部海岸的沙滩，因其长度近千步而得名。

(56) 消息：指消长、生灭、盛衰等变化。

(57) 镇海寺：即今法雨寺，普陀山三大寺之一。创建于明万历八年（1580），后毁于战火。清康熙三十八年（1699）兴修大殿，并赐“天花法雨”匾额，故得今名。

(58) 形家：看风水卜吉凶的堪舆家。

(59) 梵音洞：为青鼓垒山东南端一天然洞窟，峭壁危峻，两边悬崖构成一门，与潮音洞南北相对，潮音各具特色，合称为“两洞潮音”。

(60) 守宫：即壁虎。

(61) 三韩：古代朝鲜半岛南部有马韩、辰韩、弁韩三个部落，合称三韩。此泛指朝鲜半岛。

(62) 日本、扶桑：泛指日本群岛。

(63) 碚礧：累积的巨石。

(64) 础：柱础。　限：门限。

(65) 特其趾耳：只不过像其脚趾而已。

(66) 茶山：位于佛顶山与后山之间，中多溪涧。“茶山夙雾”为普陀十二景之一。

(67) 趺跏：指双足交叠而坐。

(68) 疏班绳坐：稀疏地布列，正坐。郦道元《水经注·淄水》：“水北则长庑遍驾，回阁承阿；林之际则绳坐疏班，锡钵闲设，所谓修修释子，眇眇禅栖者也。”

(69) 坛壝：坛场。祭祀之所。壝，坛外的矮墙。

(70) 盘陀庵：在西天门下，内有古樟树。

(71) 埒常住：与普陀本寺的香火同样兴旺。埒，相等。常住，佛寺。

(72) 白象庵：在西天门下，心字石东。今废。

(73) 为之衣食：石以青萝为衣食。

(74) 西天门：西天门在心字石上方，由三块巨石自然叠搭而成，门上镌刻“西天法界”四字。

(75) 枨：门之立柱。　闑：门橛。门中央所竖短木。

(76) 盘陀石：在盘陀庵旁，二龟听法石东，两石相盘如累，相接处不足一米，欲坠不坠，洵为奇迹。

(77) 吼山：详卷二《越山五佚记》。

(78) 米颠袖石：《宋稗类钞》载：“米元章（米芾，字元章，人称米颠）守涟水，地接灵璧，蓄石甚富，一一品目，加以美字。入书室则终日不出。时杨次公（杨杰，字次公）为察使，知米好石废事……正色言曰：‘朝廷以千里付公，汲汲公务，犹惧有阙，那得终日弄石？’米径前，以手于左袖中取一石，其状嵌空玲珑，峰峦洞穴皆具，色极清润。米举石宛转示杨曰：‘如此石安得不爱？’杨殊不顾。乃纳之左袖，又出一石，叠嶂层峦，奇巧又甚。又纳之左袖。最后出一石，尽天划神镂之巧。又顾杨曰：‘如此石安得不爱？’杨忽曰：‘非独公爱，我亦爱也。’即就米手攫取之，径登车去。”

(79) 二龟听法石：位于盘陀石西岩崖上，有两石酷似海龟，一龟蹲踞崖顶，回首顾盼，一龟昂首延颈，缘石而上。相传两龟受龙王之命来听观音说法，听得入迷，忘了归期，后化为石。

(80) 曹能始：曹学佺，字能始，福建侯官人。万历二十三年（1595）进士。历官四川右参政、广西右参议，颇有政绩。清兵入闽，唐王朱聿键在福州即帝位，改元隆武。曹学佺被授为太常寺卿，迁礼部侍郎兼侍讲学士。以纂修《崇祯实录》，进礼部尚书，加太子太保。聿键兵败，曹学佺自缢殉节。他工于诗词，精通音律，擅长度曲。谱“逗腔”，为闽剧始祖。

(81)《观音卷》：有关观音菩萨的宝卷讲唱文学形式，题材多为佛教故事。

(82) 五十三参：《华严经》载，善财童子曾参访五十三位善知识，故谓五十三参。后喻为虚心求教，不辞辛苦。相传普陀山为第二十七参。

(83) 四明：今浙江宁波的别称，以境内有四明山得名。

(84) 天童、阿育：均为宁波千年名刹。详《陶庵梦忆·天童寺僧》《陶庵梦忆·阿育王寺舍利》。 雪窦：全称雪窦资圣禅寺，坐落于宁波雪窦山。肇创于晋代，素由禅宗执帜，南宋被敕为“五山十刹”之一，明代列入“天下禅宗十刹五院”之一。

(85) 素缘：张岱自嘲。食荤即呕，只能食素。

(86)《甬东山水古迹记》：见吴莱《渊颖吴先生集》卷七。

(87) 屠长卿：屠隆（1544—1605），字长卿，浙江鄞县人。明代文学家、戏曲家。万历五年进士，曾任礼部主事。后罢官回乡，纵情诗酒，遨游吴越间。明万历十七年（1589）应抗倭名将侯继高之邀，赴普陀山主纂《普陀山志》，并撰写《普陀洛迦山记》《普陀寺募缘疏》《普陀海潮寺开山大智禅师碑记》及《南海宝陀寺藏经颂》。

(88) 四大名山：当时尚无佛教四大名山之说。此或指庐、泰、衡及峨眉诸山，或指华、泰、衡、嵩诸山，并无确指。

(89) 颉颃：原指鸟上下翻飞，此指互相抗衡，不相上下。

(90) 童：秃。

(91) 斥卤：盐碱地。　硗确：土硬且贫瘠。

(92) 讷缩不应：迟钝不回应。

(93)“冠及”三句：状痛快迅疾响应：在寝室戴上帽子，在堂上佩戴好饰件，在门口穿上鞋子，即来赴约。

(94) 秦一生：张岱挚友。详卷六《祭秦一生文》。

(95) 诟谇：辱骂。

(96) 蔡端明：蔡襄（1012—1067），字君谟，兴化仙游（今福建仙游）人，1030年（天圣八年）进士，卒时任端明殿学士，故人称蔡端明。他曾两知泉州，于泉州城东郊洛阳江主持修建，又称洛阳桥。相传洛阳江水深浪大，难造桥基，蔡襄夜梦观音大士指点向龙王求助。夏得海前往，得“醋”字而归。当月廿一日酉时（合为醋字）动工，果然海潮退落，桥基顺利砌成。

(97) 乘槎浮海：语出《论语·公冶长》：“子曰：‘道不行，乘桴浮于海。从我者，其由（子路，氏仲名由）与！’”桴、槎，皆指木筏。

⑱ 提撕：提示，教导。

⑲ 靳：吝啬，不肯给予。　囊橐：此指钱袋。

⑩ 小洛伽：普陀山东南约五公里处的一个小岛，相传观音大士在此修行。

⑩“桃花山”二句：即普陀山西南之桃花岛，系舟山群岛最高点。相传安期生学道炼丹于此，曾于醉后洒墨于山石上，成桃花纹，故山号桃花。安期生，传说中的道教神仙，人称千岁翁、安丘先生。琅琊人，师从河上公。《史记·封禅书》载方士李少君语汉武帝曰：“臣尝游海上，见安期生，安期生食巨枣，大如瓜。安期生仙者，通蓬莱中，合则见人，不合则隐。”于是武帝“遣方士入海求蓬莱安期生之属”。

⑩“泰山之云”二句：《春秋公羊传·僖公三十一年》：“不崇朝而遍雨乎天下者，唯泰山尔。”

【评品】　张岱撰文，构思多别出心裁，行文常标新立异。其登泰山，作“棱层起伏，如波涛汹涌”之水观，并奉泰山为“水之祖”；其涉海，则作“冰山雪巘，浪如岳移”之山观，并以为有山则海得肌肤之固、筋骸之束、骨骼之柱矣。其状海中群岛缠列：“海为肠绕，委蛇曲折于层峦叠嶂之中，吞吐缩纳，至此一丸泥可封函谷矣。”如此山水相形，方能相得益彰；胸有如此山水，笔端方能显活山活水。作为儒者，他并不信佛。所以，对礼佛奉佛的善男信女所谓的种种灵验，不无讽刺：菩萨“推之”“掖之”，“纤芥失错，必举以为菩萨祸福之验”。对于佞佛的燃顶、燃臂、燃指等行为，张岱怒斥道：“余谓菩萨慈悲，看人炮烙，以为供养，谁谓大士作如是观？”但是张岱并不一味排佛、斥佛。他对寺僧垦田自给，垂二十年的举措大加赞赏，并力主推而广之，戍卒实行屯田，一则自给，一则御倭，并指责“谋国者曾弗筹之”。不仅如此，他对佛教对广大信众的教化作用，用一系列“佛能”排比句大加肯定，得出“非斯佛法，孰与提撕”，“佛法大也”的结论。张岱的辩证思维深度由此可见。补陀以佛称，奉佛者多以钱米礼佛、供佛，独独张岱开“以山水作佛事”之先河；历来补陀志，因山三无（无古碑、名人手迹、文人题咏），故只能聊记“感应祥异、兴建沿革而已”，而张岱偏为其大鸣不平，谓“补陀山水奇绝横绝”，“天下之水，至海则观止，而更有奇峰绝壑，足以副海之奇，四大名山，无出其右”，所以偏以山水礼佛，可谓善于从前人未到处措手，构思落笔，颇具创意。

其状海上风急浪高：“风号浪炮，轰怒非常。或大如五斗瓮，跃入空中，坠下碎为零雨。或如数万雪狮，逼入山礁，触首皆碎。”状风平浪静：“风弱水柔，波纹如縠，月色麗金，镞镞波面。”对比鲜明。其状日出，从初升时引吴莱“如米筛”的比喻，描摹到“光满注射”时“日如蒸饼”的印证，穿插“掩蔽”“弄影”“或见或灭”“倚徙”等动词，遂极富动态美。“舟如芥，人如豆，闻人声嘤嘤如瓮中蝇。”“短松怒吼，张髯如戟，吞吐海氛，蠢蠢如有物蠕动。”而“风平浪白”之时，坐石上，远望“嵌空玲珑”的海中诸山，“如一幅鹅绫铺设几上，磊磊置米颠袖石数十座”，这些比喻想象之描摹无不生动如绘。“老饕素缘”以及“孔门弟子三千，乘桴浮海，也只得子路一人”的自嘲自解，极其诙谐幽默。张岱对为获“带鱼之利，奔走万人，大肆杀戮”而对生态的破坏，深恶痛绝，大声质问道：“清净法海，乃容其杀生害命如恒河沙等，轮回报应之说，在佛地又复不灵，奈何！”其生态保护意识之超前、强烈，足以令今人羞愧，惊叹。总之，张岱为广大读者奉献了一篇别开生面的补陀志。

越山五佚记有小序

越中山水，曹山、吼山为人所造，天不得而主也；怪山为地所徙，天不得而囿也[1]；黄琢、蛾眉为人所匿，天不得而发也。张子志在补天，为作《越山五佚》，则造仍天造，徙仍天徙，匿仍天匿也。故张子之功，不在女娲氏下。

曹　山[2]

曹山，石宕也[3]。凿石者数什百指，绝不作山水想[4]。凿其坚者，瑕则置之[5]；凿其整者，碎则置之；凿其厚者，薄则置之。日积月累，瑕者堕，则块然阜也[6]；碎者裂，则岂然峰也；薄者穿，则砑然门也[7]。由是坚者日削，而峭壁生焉；整者日琢，而广厦出焉；厚者日磔[8]，而危峦突焉。石则苔藓，土则薜荔[9]，而蓊蔚兴焉[10]；深则重渊，浅则滩濑，而舟楫通焉；低则楼台，高则亭榭，而画图萃焉。则是先之曹山，为人所废，而人不能终废之；后之曹山，为人所造，而人不能终造之。此其间有天焉，人所不能主，而天所不及料也。

昔余大父游曹山[11]，盛携声妓，石梁先生作《山君檄》[12]，讨之曰："尔以丝竹[13]，污我山灵。"大父作檄答之曰："谁云鬼刻神镂[14]，竟是残山剩水[15]。"石篑先生曰[16]："文人也，可撄其锋[17]，不若自认。"遂以此四字摩崖勒之。

吾想山为人所残，残其所不得不残，而残复为山；水为人所剩，剩其所不得不剩，而剩还为水。山水崛强，仍不失其故我。而试使此山于未凿之先，毫发不动，则亦村中一丘垤已耳[18]，弃之道旁，人谁顾之？又使此山于既凿之后，铲削都尽，如笠、篑诸山，形迹不存，与土等埒，弃之道旁，又谁顾之？则世有受摧残之苦，而反得摧残之力者，曹山是也。何也？世不知我，不如杀之，则世之摧残我者，犹知我者也。

注释

① 圉：局限，牢笼。

② 曹山：在浙江绍兴东南。清悔堂老人《越中杂识》云："会稽曹山，有水旱两宕，皆昔人伐石之所，玲珑透秀，巧夺天工。明陶望龄读书其中，有畅鹤园、烟萝洞诸胜。水宕蓄巨鱼，皆盈丈，郡人游观者无虚日。"

③ 石宕：石矿。

④ 绝不作山水想：绝不将其当作山水之美去欣赏。

⑤ 瑕：玉石上的斑点。　置：丢弃。

⑥ 阜：山陵，山岗。

⑦ 斫然：经碾磨后坚密光泽的样子。

⑧ 磥：石垒积貌。

⑨ 薜荔：木莲树，实形似莲房，能入药。

⑩ 蓊蔚：茂盛貌。

⑪ 大父：张岱祖父张汝霖。参见《陶庵梦忆·曹山》。

⑫ 石梁先生：陶奭龄，陶承学之第四子，陶望龄之弟，字公望，又字君奭，号石梁。会稽人。万历三十一年（1603）举于乡，与刘宗周讲学于阳明洞。《山君檄》：以山神的口吻宣示声讨的文章。

⑬ 丝竹：泛指管乐、弦乐。

⑭ 鬼刻神镂：犹言鬼斧神工。

⑮ 残山剩水：指采石后留下的残山剩水。即下文“摩崖勒之”的四字。

⑯ 石篑先生：陶望龄。详本卷《海志》注。

⑰ 撄其锋：抵挡、触犯其锋芒。

⑱ 丘垤（dié）：小土堆。

【评品】 本文先用一系列排比，将曹山之“废”与“存”、“毁”与“成”、“残”与“造”、“天造”与“人造”之辩证关系敷演成文。既让人作“画图萃焉”之想，又令人作哲理之思：“世有受摧残之苦，而反得摧残之力者。”在山水为人所残和山水倔强的论述中，在“残复为山”“剩还为水”“山水崛强，仍不失其故我”“世不知我，不如杀之，则世之摧残我者，犹知我者”的结论中，均可见张岱尽管落魄不羁，却仍倔强不屈的性格个性和艺术个性。

吼山[1]

吼山云石，大者如芝[2]，小者如菌，孤露孑立，意甚肤浅。陶氏书屋[3]，则护以松竹，藏以曲径，则山浅而人为之幽深也。水宕水胜[4]，而亭榭楼台，意全在水，一水之外，不留寸址。非以舟中看水，则以槛中看水。舣舟其下[5]，则悄然骨惊，肃然神怖，顷返欲堕，不可久留。旱宕水不甚胜，而意不在水。多留隙地，以松放其山，而山反亲暱；以疏宕其水，而水反萦回。造屋者只为丛林，不为山水。有厨庖而山水以厨庖妙[6]，有回廊而山水以回廊妙，有层楼曲房而山水以层楼曲房妙。有长林可风，有空庭可月。夜鑿孤灯，高岩拂水，自是仙界，决非人间。肯以一丸泥封其谷口[7]，则窅然桃源[8]，必无津逮者矣[9]。

余遭兵燹[10]，三十年不至吼山，今岁携儿辈往游。至旱宕，见门径整戢，屋宇遹皇[11]。于禅堂中见一老尼，鹤发鸡皮，意颇矜饬[12]。余定睛视之，乃余渭阳舅母[13]，陶兰亭先生之季媳也[14]。先生在日，富且甲越中，今宅第已属其族人，万亩之产，不存尺土，而山斋寂寞，反以一弱媳留之。数十年来不易其姓，则弱媳之功，为不小矣。

昔李文饶《平泉草木记》："以吾平泉一草一木与人者，非吾子孙也。"[15]文饶去不多时，而张全义与其孙延古争醒酒石[16]，而致杀其身。平泉胜地，亦遂鞠为茂草[17]，文饶所属之言，问之谁氏？故古人住宅，多舍为佛刹，如许玄度之能仁[18]，王右军之戒珠[19]，至今犹在。苏子瞻以吴道子四菩萨画板舍僧惟简，曰："若得此，何以守之？"答曰："吾盟于佛，而以鬼守之。"[20]人苟爱惜平泉，亦当赠以此法。

注释

① 吼山：在浙江绍兴东南。相传春秋时越国大夫范蠡为复兴社稷，于此养狗猎鹿，以献吴王，因名狗山，日久讹为吼山。山险峻，有云石墩、棋盘石等异石。

② 芝：灵芝，菌类植物，古人以为瑞草。

③ 陶氏书屋：即晚明绍兴陶与龄、陶望龄、陶奭龄、陶祖龄四兄弟的书屋。

④ 水宕：浅水湖。　水胜：以水名胜。

⑤ 舣舟：泊舟、停船。

⑥ 厨庖：厨房。

⑦ 一丸泥封其谷口：《后汉书·隗嚣传》："元请以一丸泥为大王东封函谷关，此万世一时也。"

⑧ 窅然：幽深貌。　桃源：世外桃源。典出陶渊明《桃花源记》。

⑨ 津逮：由津渡而抵达。

⑩ 兵燹：兵火战乱之灾。

⑪ 遹皇：往来交错貌。

⑫ 矜饬：端庄、持重。

⑬ 渭阳：《诗·秦风·渭阳》："我送舅氏（晋公子重耳，秦康公之舅），曰至渭阳。"后以渭阳代舅。

⑭ 陶兰亭先生：张岱外祖父为陶兰风，兰亭当为其兄弟。　季媳：小儿媳。

⑮"昔李文饶"三句：李德裕（787—849），字文饶，赵郡（今属河北）人。唐武宗朝名相，执政六年，进太尉，封卫国公。宣宗立，遭牛党打击，贬崖州司户，卒于贬所。平泉，平泉庄。在洛阳，为李德裕别墅。宋张洎《贾氏谈

录》："李德裕平泉庄，台榭百余所，天下奇花异草，珍松怪石，靡不毕具，自制《平泉山居草木记》。"引文见《李文饶别集·平泉山居草木记》。

⑯ 张全义：字国维，后梁临汉人。初与李罕之分据河阳、洛阳以附梁。后有隙，全义袭河阳，晋助罕之，梁遣兵击败之。全义任河阳令，官至太师尚书令，封齐王。守洛四十年，洛人德之。谥忠肃。　醒酒石：张岱《夜航船·地理部·泉石》："唐李文饶于平泉庄，聚天下珍木怪石，有醒酒石，尤所钟爱，其属子孙曰：'以平泉庄一木一石与人者，非吾子孙也。'后其子孙延古守祖训，与张全义争此石，卒为所杀。"据《新五代史·张全义传》载，醒酒石为张全义所部监军所夺，李延古托张全义讨回。监军惹怒张全义，被杀。张岱误记。

⑰ 鞠：养育。

⑱ 许玄度：许珣，东晋文学家，字玄度，好游山水。　能仁：寺名。《越中杂识·寺观》："大能仁寺，在府治南二里。晋许珣舍宅为祇园寺，宋时改为能仁寺。"

⑲ 王右军：晋王羲之，官至右军将军。　戒珠：寺名。《越中杂识·寺观》："戒珠寺，在蕺山之南麓，本王羲之故宅，或曰别业也。门外墨池、鹅池尚存。寺中有卧佛殿，塑释迦示寂像。"

⑳ "苏子瞻"七句：事详苏轼《四菩萨阁记》。惟简，法名宝月大师，为中和胜相院住持。苏轼《中和胜相院记》："简姓苏氏，眉山人，吾远宗子也。"

【评品】 本文先描写吼山的水宕、旱宕各具其胜；山水与建筑，各臻其妙，相得益彰，恍若仙界。陶氏书屋深隐其中，"窅然桃源"矣。

"以松放其山"四句，非山水膏肓者不能道。指出正因造屋者"只为丛林，不为山水"，所以才能充分享受五"有"之"妙"。接着写兵燹战火、朝代鼎革之后，陶氏产业，荡然无存，仅禅堂老尼寂寞独存。由此引出李德裕平泉山庄之执意存而不存，与许玄度、王右军舍宅为寺而至今犹存，在前后两组存废的对比中感慨沧桑，表达逃禅的思想。

怪 山[1]

浙江山飞来者二[2]：虎林有飞来峰[3]，来自天竺灵鹫；越城有飞来山，来自琅琊东武[4]。然虎林有西天僧慧理识之，越城不闻有识之者。《吴越春秋》第记曰[5]："怪山者，东武海中山也。一夕飞至，居民怪之，故名怪山。"盖山既无人识之，而又言是东武海上山，此言殊属妄诞。

余曰："不然。想此山飞来，必其上尚有居室人民，述其来处，后人遂传有是名。"然考之《水经注》[6]，又云："越王无疆为楚所伐[7]，去琅琊山，东武人随居山下。远望此山，其形似龟，故又有龟山之称。"又言："越王勾践筑怪游台于山上，以灼龟，又用以仰望天气，观天怪也。"信如其言，则龟山之称，以灼龟故名；怪山之称，以怪游故著；琅琊之称，又以琅琊之民相随居此，故有是号。前所言一夕飞来，不其荒唐甚乎？

余又见古逸书，干宝所著《山亡》[8]，谓夏桀无道，东武山一夕亡去，堕于会稽山阴之西门外，此语似非无据。《山阴县志》载：怪山上有灵鳗井，鳗大如柱[9]，祷之能致云雨，疑是东武海中带来异物。则山亡怪，飞来复怪；怪游台怪，观天怪尤怪；灵鳗怪，能致云雨更怪。总以其山怪，故无所不怪也。虎林灵鹫峰，以其飞来，恐复飞去，故缘岩都勒佛像以镇压之[10]。今怪山上尽构佛庐，又造浮图七级，想昔人亦是此意。

注释

① 怪山：又名龟山。《越中杂识·山》："龟山，在卧龙山南，越王勾践时，一夕自琅琊东武海中飞来徙此，故一名飞来山。又名怪山。上有应天塔，今称塔山，称塔曰东武塔。山巅有巨人迹、锡杖痕、灵鳗井，山麓有宝林寺，今名报恩光孝禅寺，故山又名宝林山。山下有明朱文懿公赓逍遥楼旧址。"

② 浙江：水名。古渐水，以其多曲折，又名之江。因流经区域不同，又分称新安江、桐江、富春江、钱塘江。

③ 虎林：杭州之别称。　飞来峰：一名灵鹫峰，在灵隐寺前。东晋咸和初，印度高僧慧理登此山，说："此天竺（古印度）灵鹫山之小岭，不知何年飞来？"峰高168米，古木参天，岩石突兀，各有所俏，翘者欲飞。

④ 琅琊东武：琅琊，郡名。西汉时郡治在东武（今山东诸城）。

⑤《吴越春秋》：东汉赵晔撰，十卷。记吴国自吴太伯至夫差，越国自无馀至勾践期间的史事，收集了不少民间传说，颇似小说。

⑥《水经注》：北魏郦道元著，四十卷。此书名为注释《水经》，实则以《水经》为纲，补充和注述二十倍原书，自成巨著。记载大小水道一千多条，详述所经区域的地理概况、建置沿革和有关历史事件、人物，甚至神话传说，繁引博征，尽量搜罗。文笔绚烂，有地理、史料和文学价值。下引文见《水经注·渐水注》。

⑦ 越王无疆：亦作无彊。越王勾践的六世孙，“兴师北伐齐，西伐楚，与中国争强”。后从齐使之说，“遂释齐而伐楚。楚威王兴兵而伐之，大败越，杀王无彊，尽取故吴地至浙江”（《史记·越王勾践世家》）。

⑧ 干宝：字令升，新蔡（今属河南）人。《晋书》本传说他有感于生死之事，“遂撰集古今神祇灵异人物变化，名为《搜神记》，凡三十卷”。《搜神记》卷六：“夏桀之时，厉山亡。秦始皇之时，三山亡……京房《易传》曰：‘山默然自移，天下兵乱，社稷亡也。’故会稽山阴琅邪山中有怪山，世传本琅邪东武海中山也。时天夜，风雨晦冥，旦而见武山在焉。百姓怪之，因名曰怪山。时东武县山，亦一夕自亡去。识其形者，乃知其移来。今怪山下见有东武里，盖记山所自来，以为名也。”

⑨ 鳗大如柱：宋张耒《明道杂志》载沈括为客话越州鳗井事，曰：“括亲见上井时，如常鳗鲡耳，俄顷稍大，已而缘柱而上，大与柱等。”

⑩ 缘岩都勒佛像：飞来峰有五代、宋、元时石刻造像三百八十余尊，散布于青林、玉乳、龙泓、射旭、呼猿诸洞内外河沿溪涧的岩壁上，其中以宋代弥勒造像最大，造型生动自然。勒，雕刻。

【评品】 怪山又称龟山、琅玡山，其之所以称怪，实以《水经注》所记近是，《吴越春秋》《搜神记》所记均系传说。而张岱却是此非彼，谓《吴越春秋》“殊属妄诞”，而谓《搜神记》“似非无据”。之所以如此，旨在以山比人，说明世若无道，山则飞去，士则隐遁，怪象丛生之意。因夏桀无道，故“无所不怪”。写怪山之怪，连用八

“怪”，文笔变幻恣肆，有类庄子。结尾呼应开头复以灵隐飞来峰为陪衬，以恐山之飞去，隐喻人民对安居乐业的向往。

黄琢山[1]

越城以外，万壑千岩，屈指难尽。城以内，其为山者八：一卧龙、二戒珠、三怪山、四白马、五彭山、六火珠、七鲍郎、八蛾眉[2]。岂知华岩寺后，尚有黄琢一山，则越城内之山，当增而为九。

且黄琢大过蛾眉，而名又甚古，前人总计城中诸山，一目可了，乃复于鞋靸下失之，亦大异事。故向年陈海樵先生筑曲池[3]，遂称第十山。让檐街王氏宅右，亦有一土山，戏呼之十一山。他日于旁坎得一石，有“第十一山”字，按题则宋思陵笔也[4]。事有奇合若此。余祖醉林老人有“而今海上添三岛，不复城中间八山”之句[5]。然第十山与第十一山皆土山，而黄琢则石山也。土山可增减，而石山不可澌灭，则越城九山，当是定案。今犹不入志书，是郡中一大缺典也。

若余所叹息者，以绍兴府治，大如蚕筐，其中所有之山，磊磊落落，灿若列眉，尚于八山之外，犹遗黄琢；则郡城之外，万壑千岩，人迹不到之处，名山胜景，弃置道旁，为村人俗子所埋没者，不知凡几矣。温州雁宕山[6]，去永嘉不远。谢康乐素有山水之癖[7]，入山搜剔，惟恐不深，而咫尺雁山，足迹不得一至。康乐有知，应抱终天之恨。

云迷芒砀[8]，路塞桃源[9]，此中殆有天意，其作合信有机缘[10]，要不可以旦夕诡遇也。或曰：“桑钦作《水经》[11]，宙合之水[12]，无不递及，而犹不及补陀[13]，山水故有难尽。”余曰：“补陀实在海外，黄琢近在城市，何可取以解嘲？”

注释

① 黄琢山：《越中杂识·山》："在草子田华严寺后。"

② 卧龙：又名种山、府山，在浙江绍兴西隅，有春秋越大夫文种之墓。　戒珠：又名蕺山、王家山，在卧龙山东北三里，产蕺。相传越王勾践尝秽后，病口臭，乃采蕺食之。有晋王羲之宅，后舍为戒珠寺，故名。　怪山：见卷二《怪山》注。　白马：在蕺山东南一里许，有白马庙。　彭山：在白马山东，有助海侯庙。　火珠：在卧龙山东隅。山小而圆，绝类龙颔之珠。　鲍郎：又名阳堂山，在卧龙山南三里。东汉鲍盖葬此，山北旧有鲍郎祠。　蛾眉：在卧龙山之左，火珠山之东南。山色空翠，望之如蛾眉一弯，故名。

③ 陈海樵：陈鹤，字鸣轩，号海樵。浙江山阴人，居金陵。嘉靖举人。画水墨花草，最为超绝。有《海樵先生集》。《快园道古》卷十三载："陈海樵鹤营二别业：在山者为息柯亭，在水者为曲池。山人好古，买奇书、名画、鼎、彝、樽、罍，所藏皆三代法物。既善诗文，复精书画。座上宾客常满。山人多材多艺，觞举酒酎，其所戏弄者：弹琴、拨阮、鼓瑟、吹笙、品箫、度曲、蹴鞠、投壶、双陆、围棋、说书、演剧；琐至吴歈、越曲、梵咒、道章、伐木、挽石、忏辞、傩逐、万舞、偶戏，乐师矇瞍口诵而手奏之者，一遇兴至，辄自为之，靡不穷态极调。四方之人得接见颜色，丰颐美髯，眉目如画，望而知为神仙中人。"

④ 宋思陵：宋高宗赵构。以陵寝名指代之。

⑤ 余祖：张岱祖父张汝霖，字肃之，号雨若。醉林老人或系其别号。

⑥ 雁宕山：即雁荡山，在浙江乐清县。以山水奇秀闻名，号称东南第一山。主峰雁湖岗，海拔一千米。顶有湖，芦苇丛生，结草成荡，秋雁常来栖宿，故称雁荡。灵峰、灵岩、大龙湫为雁荡风景三绝。

⑦ 谢康乐：谢灵运，南朝宋阳夏人，谢玄之孙，袭封康乐公。曾任永嘉太守。《宋书·谢灵运传》：“郡有名山水，灵运素所爱好。出守既不得志，遂肆意游遨，遍历诸县，动逾旬朔。”“在郡一周，称疾去职。”

⑧ 芒砀：芒山和砀山，在今河南永城市东北，二山相距八里。《史记·高祖本纪》：“秦始皇常曰：‘东南有天子气。’于是因东游以厌之。高祖即自疑，亡匿，隐于芒、砀山泽岩石之间。吕后与人俱求，常得之。高祖怪问之，吕后曰：‘季（刘邦字）所居，上常有云气，故从往，常得季。’”

⑨ 路塞桃源：陶渊明《桃花源记》载：晋太元中，武陵渔人发现桃花源后，“既出，得其船，便扶向路，处处志之。及郡下，诣太守，说如此。太守即遣人随其往，寻向所志，遂迷，不复得路”。

⑩ 作合：遇合，配合。 信：确。

⑪ 桑钦《水经》：《水经》为我国第一部记述河道水系的专著，《唐六典》称汉桑钦著，《旧唐书·经籍志》谓晋郭璞撰。

⑫ 宙合：世间、天下。

⑬ 补陀：即普陀山，在浙江省东北部海中。详卷二《海志》。

【评品】 张岱为黄琢山不得列入越城八山之俦鸣冤叫屈，并就风景之遇与不遇发议论寓感慨：“名山胜景，弃置道旁，为村人俗子所埋没者，不知凡几矣。”山水如是，世事如是，人物又何尝不如是。实则是借山之不遇，抒发己之不遇的牢骚，与柳宗元的《永州八记》同一机杼。

蛾眉山[1]

蛾眉为八山之一[2]，然实不见山。越之人恒取蛾眉山土谷祠几下一块顽石，以足八山之数。余初疑曰：“一块顽石，可以名山，则城中顽石多矣，何以山此而不山彼也[3]？”

天启五年[4]，姑苏周孔嘉僦居于轩亭之北[5]，余每至其家，剧谈竟日。一日，至其屋后厨庖之下[6]，有石壁丈余，苍蒨逼人[7]。余曰：“此鼎彝青绿[8]，真三代法物也[9]，何以屈居于此?”问其邻老，邻老曰：“此蛾眉山麓也。山高丈余，阔三丈，长数十丈，南至轩亭，北至香橼衕[10]。石皆劈斧皴法[11]，望之如蛾眉一弯，横黛拖青，浑身空翠。”余以梯踞屋脊上，栉比观之[12]，得其约略形似。又向左右邻缘墙摸索，皆从鸡栖豚栅、灶突溷厕之下[13]，得其寸趾尺麓，便大叫称快。量其长短阔狭，与邻老所言不爽[14]。余遂妄想，安得一日尽伐其墙垣，尽撤其庐舍，使此山岿然孤露，亦宇宙间一大快事。

至二十年后，陵谷变迁[15]，遭兵遭火，外屋燔尽，而缘墙一带，仍得无恙。则是天意欲终秘此山，勿使人见。奇峦怪石，翠藓苍苔，徒与马浡牛溲两相污秽[16]，惜哉已矣！此柳河东之所以赋《囚山》也[17]。

余因想世间珍异之物，为庸人所埋没者，不可胜记。而尤恨此山生在城市，坐落人烟凑集之中，仅隔一垣，使世人不得一识其面目，反举几下顽石以相诡溷[18]，何山之不幸一至此哉！虽然，干宝记山亡[19]，桑钦志石走[20]，山果有灵，焉能久困？东武怪山[21]，有例可援。余为山计，欲脱樊篱，断须飞去。

注释

① 蛾眉山：绍兴城内小山。《山阴县志》："蛾眉山，在卧龙山之左，火珠山之东南。山高丈余，长数十丈，南至轩亭，北至香橼弄，望之横黛拖青，如一弯蛾眉。今蛾眉庵下，有石隐起仅二尺许者，非是。"蛾眉，女子秀眉细而长曲。此状山形。

② 八山：见《越山五佚记·黄琢山》。

③ 山此：以此为山。山，作动词用。

④ 天启五年：1625 年。天启，明熹宗朱由校的年号（1621—1627）。

⑤ 周孔嘉：据《陶庵梦忆·水浒牌》，系张岱友人。家贫而有八口人，为生计，托张岱求陈洪绶为其画水浒牌，经四月方成，以济其贫。 僦：租赁。 轩亭：祁彪佳《越中园亭记》："轩亭，在府桥东。宋时有楼曰和旨，以其便民饮也。翟汝文为郡时所创。"又《山阴县志》："轩亭始建于唐，至宋时已为民居，后为酒楼。"

⑥ 厨庖：厨房。

⑦ 苍蒨：苍翠葱郁。

⑧ 鼎彝：古代烹饪和祭祀的器具，多为铜制，上有铭功记德之文。 青绿：铜器日久锈蚀之色。

⑨ 三代：夏商周三朝。 法物：宗庙祭祀陈列的礼器。

⑩ 香橼衕：又称香橼弄、香橼巷。

⑪ 劈斧皴（cūn）：即斧劈皴，中国绘画技法名。多用以表现山石和树皮的纹理。

⑫ 栉比：状细密如梳齿排列。此指逐段逐节（地观看）。

⑬ 豚栅：猪圈。 灶突：烟囱。溷厕：厕所。

⑭ 不爽：不差，符合。

⑮ 陵谷变迁：谓世事变迁，朝代更替。《诗·小雅·十月之交》："高岸为谷，深谷为陵。"

⑯ 马渤：又称马勃，菌类，主治恶疮。 牛溲：牛尿，可治水肿腹胀，利小便。韩愈《进学解》："牛溲马勃，败鼓之皮，俱收并蓄，待用无遗者，医师之良也。"此喻秽物。

⑰ 柳河东：柳宗元，河东（今属山西）人，世称柳河东。 《囚山》：元和九年，宗元谪居永州作《囚山赋》。《柳河东集》注引晁无咎曰："《语》云：'仁者乐山。'自昔达人有以朝市为樊笼者矣，未闻以山林为樊笼也。宗元谪南海久，厌山不可得而出，怀朝市不可得而复，丘壑草木之可爱者，皆陷阱也，故赋《囚山》。"

⑱ 诡溷：假冒，混杂。

⑲ 干宝：见卷二《越山五佚记·怪山》注。

⑳ 桑钦：见卷二《越山五佚记·黄琢山》注。

㉑ 东武：今山东省诸城县。 怪山：卷二《越山五佚记·怪山》。

【评品】 张岱挚友王雨谦（白岳）评曰："读'五记'（即《越山五佚记》），张子全副身分已窥一斑，自是鳌弄笔海，虎擢词场。"信哉，是评！本文结尾，可作为"五记"之结论。其行文亦山亦人，既为"世间珍异之物，为庸人所埋没者，不可胜记"深惜叹恨，又为峨眉山生非其地，“使世人不得一识其面目，反举几下顽石以相诡溷”之不幸大鸣不平；既坚信“山果有灵，焉能久困”，又“为山计，欲脱樊篱，断须飞去”。笔墨翻转跌宕，多少情韵，多少感慨。

快园记

快园为御史大夫五云韩公别业[1]，有剪韭亭，载郡志，此则其遗址也。诸公旦先生为韩氏倩[2]，改为精舍[3]，读书其中。妇翁曰：“快婿也[4]。”因以名园。

园在龙山后麓，山既尾掉，是背弗痴[5]；水复肠回，是腹勿阏[6]。屋如手卷[7]，段段选胜，开门见山，开牖见水。前有园地，皆沃壤高畦，多植果木。

公旦在日，笋橘梅杏，梨楂松菰[8]，闭门成市。池广十亩，豢鱼鱼肥。有桑百株，桃李数十树，收其直，日可得耘老一叉钱[9]。春时煮箨龙以解馋[10]，培木奴以佐绢[11]，相时度地，井井有条。

余幼时随大父常至其地[12]，见前山一带，有古松百余棵，蜿蜒离奇，极松态之变，下有角鹿、麀鹿百余头[13]，盘礴徙倚。朝曦夕照，树底掩映，其色玄黄，是小李将军金碧山水一幅大横披活寿意[14]。园以外，万竹参天，面俱失绿。园以内，松径桂丛，密不通雨。亭前小池，种青莲极茂，缘木芙蓉，红白间之。秋色如黄葵、秋海棠、僧鞋菊、雁来红、剪秋纱之类[15]，铺列如锦。渡桥而北，重房密室，水阁凉亭，所陈设者，皆周鼎商彝[16]，法书名画[17]，事事精辨[18]，如入琅嬛福地[19]。痴龙护门[20]，人迹罕到，大父称之谓“别有天地，非人间也”。

及今陵谷变迁[21]，先生蜕去未久[22]，子孙零落，为余所僦居者二十四年于此，败屋残垣，稍为补葺。从前景物，十去八九，平泉木石[23]，亦止可仅存其意也已矣。余尝谑友人陆德先曰："昔人有言，孔子何阙，乃居阙里[24]。兄极臭，而住香桥；弟极苦，而住快园。世间事，名不副实，大率类此。"闻者为之喷饭。

注释

① 五云韩公：韩宜可，字伯时，又字五云。张岱《於越三不朽图赞》："韩五云宜可，山阴人。洪武时拜御史。胡惟庸侍坐御前，宜可直前曳惟庸下座，面奏其奸佞，请斩首以谢天下。上怒，下狱。寻惟庸败，上思公言，起官，历左都御史，锄奸除佞，朝宁肃然。"

② 倩：女婿。

③ 精舍：此指学舍。

④ 快婿：称心的女婿。北朝魏博士郭瑀欲为女择婿，声言欲觅一快婿。弟子刘昞自荐说："向闻先生欲求快女婿，昞其人也。"瑀因将女配昞。见《魏书·刘昞传》。

⑤"山既"二句：龙山之尾大且长，而在山背的快园，却不显痴笨。

⑥"水复"二句：园中之水似肠道萦绕，却流畅不似肠有梗阻。阏，阻塞。

⑦ 手卷：只能舒卷而不能悬挂的书画长卷。

⑧ 菘：蔬菜名，俗称黄芽菜。 蓏（luǒ）：瓜类植物的果实。

⑨ 耘老：贾收，字耘老，宋乌程（今浙江吴兴）人。有诗名，喜饮酒。苏轼与之游，酬唱颇多，交情甚笃。收素贫，轼每念之。常写古木怪石相赠，以济

其贫。后轼去，收作亭以“怀苏”名。而贾收平素取一叉钱储以应酬度日的方法，也为后来被贬黄州、日用拮据的苏轼所效法。苏轼在给秦观的信中说道：“初到黄，廪入既绝，人口不少，私甚忧之！但痛自节俭，日用不得过百五十，每月朔，便取四千五百钱，断为三十块，挂屋梁上，平旦，用画叉挑取一块，即藏去叉。仍以大竹筒别贮用不尽者，以待宾客。此贾耘老法也。”　一叉钱：一日之费用。

⑩ 箨龙：笋。

⑪ 木奴：柑橘的别名，也称橘奴。三国时，李衡为丹阳太守，在武陵龙阳汜洲上种千株柑橘。临终，对其子云：“吾州里有千头木奴，不责汝衣食，岁上一匹绢，亦可足用耳。”（《三国志·吴书·孙休传》注）

⑫ 大父：张岱祖父张汝霖。见卷一《四书遇》注。

⑬ 麀（yōu）：母鹿。

⑭ 小李将军：唐左武卫大将军李思训与其子李昭道，俱以画艺精湛著名。世称思训为大李将军，昭道为小李将军。昭道官太字中舍人，擅画金碧山水，多点缀鸟兽，画风工巧繁缛。　横披：长条形的横幅书画，轴在左右两端。　活寿意：让老人长久快活之意。

⑮ 黄葵：锦葵科、秋葵属。黄秋葵依果形分为角形及圆形两种，依果色分青绿及白绿两色。有多种药效。　雁来红：苋科植物。幼苗像苋菜，深秋其基部叶转为深紫色，而顶叶则变得猩红鲜艳。因叶片变色正值“大雁南飞”之时，故称雁来红。杨万里《雁来红》诗云：“开了原无雁，看来不是花。若为黄更紫，乃借叶为葩。”　剪秋纱：又名剪秋萝、汉宫秋。夏秋开深红色花，花瓣不规则地深深剪裂。

⑯ 周鼎商彝：形容极其珍贵的古董。

⑰ 法书：名家的书法。

⑱ 精辨：力求事与物的精粹。

⑲ 琅嬛福地：传说中的神仙洞府，多奇书宝物。见《琅嬛记》。

⑳ 痴龙：神话传说中的一种动物，状似大羊，羊髯有珠（见《法苑珠林》引《幽明录》）。此指黑犬（见卷二《琅嬛福地记》）。

㉑ 陵谷变迁：以地形的高低变化，比喻世事的更替变化。此指明亡清立。

㉒ 蜕去：道教谓死去为蜕化、蜕去。

㉓ 平泉：平泉庄，中唐名相李德裕的别墅，在洛阳。详卷二《吼山》注。

㉔ 阙里：地名。传为春秋时孔子授徒之所，在洙泗之间。当时并无其名。始见于《汉书·梅福传》，东汉始盛称孔子故里为阙里。

【评品】 快园之田园风光，自然天籁；快园之园林景致，诗情画意，旖旎可人。真所谓“别有天地，非人间也”。只可惜陵谷变迁，张岱于清顺治六年（1649）租居于此，人事景物，满目萧然，往日旖旎风光、如画美景，只能“梦忆”、“梦寻”而已。文章结尾，固然令人喷饭，也未尝不令人潸然。可见张岱善于在幽默调侃之中，深寓沧桑黍离之悲。张岱的《世说新语》类著作《快园道古》写于此。

疏

龙山文帝祠募疏[1]

爰自云蒸霞蔚[2]，岩壑自有文章；筱簜琨瑶，贡赋必须竹箭[3]。岣嵝苔蚀，秦皇立山海之碑[4]；宛委云封，夏后发箕畴之匮[5]。是以上会稽，寻禹穴，太史公早储探奇之心[6]；修禊事[7]，会兰亭，王右军远寄斯文之慨。遂使梁间花字，取以锦绣山川[8]；更有椽底竹音[9]，用以鼓吹经传。代多名士，方信经纬之由人；上见神明，应念图书之有祖。

则吾龙山文帝祠者，左邻县治，尚无剪伐之虞；右并城隍，赖有金汤之固。揆文三百里[10]，重天宝者尤重地灵[11]；君子六千人[12]，有文事者必有武备。追思吾先正[13]，海涵地负，大放厥词[14]；佑启我后人，泽媚山辉，共章斯道[15]。

乃今沧桑既改，庙貌无存；钟簴旋移[16]，榱题亦朽[17]。何敢望僧寮佛刹，皆换新图；更不如里社村墟，尚存原庙。一城弃为枝指[18]，如燕人之视越，漠不关心；八邑奉若缀旒[19]，犹七国之尊周[20]，仅存虚貌。近喜隍祠璀灿[21]，忍见文庙隤颓？衣缊袍与衣狐貉者立[22]，自知羞涩难堪；食藜藿与食钟鼎者俱[23]，尤觉逡循不敢[24]。以故通郡而计，抡科第者，城市不及于乡村；为此画地以观，纡金紫者，东南常盛于西北。皆因文星薄蚀，半壁遂乏光华；斗柄阴霾[25]，八越都无气色。

修吾墙屋，曾子将反自武城[26]；复我冠裳，子贡预占于曲阜[27]。期吾同志，岂遂无人；嗟我旧盟，尚亦有子。因诹二月[28]，束牲载书[29]；遂约端阳，庀材鸠众[30]。风雨洊至[31]，卧龙附以跃渊；星斗重明，文雉因之升鼎[32]。山呼必应，殿上自响琳琅；草指先知[33]，阶下必多桂杏[34]。

凡我同盟诸子，嗣此心灯夜聚[35]，光分太乙之藜[36]；笔蕊晨飞，采散文通之锦[37]。冲天有气，非绣虎即属雕龙[38]；掷地成声[39]，是敲金还为戛玉。鹏抟九万[40]，且将扶羊角而图南；骖牝三千[41]，亦思随骥尾而空北[42]。

但愿鸡壶在口，盟不复寒[43]；牛耳当盆，愿须再发[44]。群策毕集，贺孱主之获中兴[45]；众力可支，喜工师之得大木。果能精卫[46]，衔来不择夫泥沙；真惜铜驼[47]，到处先除其荆棘。扶衰起废，势足以倒拔九牛[48]；继长增高，才可以添修五凤矣[49]。

注释

① 龙山：卧龙山，位于浙江绍兴西隅，以盘旋回绕、形若卧龙而得名。其上古迹众多，现存越王台、越王殿、南宋古柏、清白泉、飞翼楼、风雨亭、文种墓、樱花园、摩崖石刻等文物景点十余处。文帝：文昌帝君，为民间和道教尊奉的掌管士人功名禄位之神。文昌，本星名，亦称文曲星，或文星，古时认为是主持文运功名的星宿。

② 云蒸霞蔚：刘义庆《世说新语·言语》载："顾长康（顾恺之）从会稽

还。人问山川之美，顾云：‘千岩竞秀，万壑争流，草木蒙笼其上，若云兴霞蔚。’”

③“筱簜”二句：筱、簜皆为竹类，琨、瑶皆为玉石类。《书·禹贡》载，扬州（古代会稽属辖）的贡赋有“瑶琨筱簜”。

④“岣嵝”二句：南岳衡山有大禹岣嵝碑，会稽禹陵亦有摹刻岣嵝碑文。秦始皇南巡，登会稽秦望山，刻石纪功。

⑤“宛委”二句：宛委，山名。即今绍兴会稽山，有禹穴。《吴越春秋》载：禹登衡山，梦见绣衣男子，自称玄夷仓水使者，谓禹曰：“欲得我山神书者，斋于黄帝之岳，岩岳之下，三月季庚，登山发石。”禹乃登宛委之山，发石，乃得金简玉字，以水泉之脉。山中又有一穴，深不见底，谓之禹穴。箕畴，《书·洪范》之“九畴”。相传“九畴”为箕子所述，故名。《洪范》有云：“天乃赐禹《洪范》九畴。”其实夏禹是不可能“发”商代箕子演绎的“九畴”的。

⑥“太史公”句：《史记·太史公自序》云：“迁生龙门……年十岁则诵古文。二十而南游江、淮，上会稽，探禹穴，窥九疑，浮于沅、湘。”

⑦ 修禊事：古人三月上巳日水滨濯浴，祓除祟恶，称修禊。详王羲之《兰亭集序》。

⑧“遂使”二句：张彦远《法书要录》卷三载唐何延之《兰亭记》云：唐太宗派御史萧翼，骗取王羲之七世孙僧智永的弟子辩才的信任，窃取其藏于梁上的天下第一行书《兰亭序》。又有传说途中萧翼好奇，忍不住袖中偷看，顿时遍地开花。故文中有“锦绣山川”云云。

⑨ 椽底竹音：晋伏滔《长笛赋序》：“初，邕（蔡邕）避难江南，宿于柯亭。

柯亭之观，以竹为椽。邕仰而眄之曰：‘良竹也。’取以为笛，奇声独绝。历代传之，以至于今。”

⑩ 揆文三百里：《书·禹贡》：“五百里绥服。三百里揆文教，二百里奋武卫。”孔传：“揆，度也。度王者文教而行之。”

⑪“重天宝”句：王勃《滕王阁序》：“物华天宝，龙光射斗牛之墟；人杰地灵，徐孺下陈蕃之榻。”

⑫ 君子六千人：《国语·吴语》：“（越王）以其私卒君子六千人为中军。”韦昭注：“私卒君子，王所亲近有志行者，犹吴所谓贤良，齐所谓士。”

⑬ 先正：先贤。

⑭ 大放厥词：指铺张词藻或畅所欲言。此指大发议论。唐韩愈《祭柳子厚文》：“玉佩琼琚，大放厥词。”厥，其，他的；词，文辞，言辞。

⑮ 章：同“彰”。

⑯ 钟簴：祭祀及重大典礼时奏乐所用的悬钟及钟架。

⑰ 榱题：亦作“榱提”。屋椽的端头。通常伸出屋檐，因通称出檐。

⑱ 枝指：大拇指旁歧生之指。《庄子·骈拇》：“骈拇枝指，出乎性哉?”喻无用之物。

⑲ 八邑：绍兴府下属山阴、会稽、萧山、诸暨、余姚、上虞、嵊县、新昌八县，即下文之“八越”。　缀旒：表率。《诗·商颂·长发》：“受小球大球，为下国缀旒。”毛传：“缀，表；旒，章也。”

⑳ 七国尊周：春秋诸侯表面尚尊周，至战国，周室早已为列强不屑一顾了。

㉑ 隍祠：城隍庙。

㉒ 缊袍：用断麻织成的衣袍。　狐貉：狐貉皮制成的裘袍。《论语·子罕》：子

曰："衣敝缊袍，与衣狐貉者立，而不耻者，其由也与!"

㉓ 藜藿：藜和藿分别是二种野菜的名字，藜藿用在一起一般是指粗劣的饭菜。

㉔ 逡循：逡巡。畏缩不前貌。

㉕ 斗柄：《史记·天官书》："斗魁戴匡六星，曰文昌宫。"斗柄阴霾，则文运不济。

㉖"修吾墙屋"二句：曾子居武城，有越寇。或曰："寇至，盍去诸?"曰："无寓人于我室，毁伤其薪木。"寇退，则曰："修我墙屋，我将反。"详《孟子·离娄下》。

㉗"复我冠裳"二句：《左传·哀公七年》，吴王夫差挟强与哀公会于鄫。吴太宰伯嚭召鲁大夫季康子，康子使子贡辞。嚭曰："国君道长，而大夫不出门，此何礼也?"子贡对曰："岂以为礼？畏大国也。大国不以礼命于诸侯，苟不以礼，岂可量也。寡君既共命焉，其老岂敢弃其国？太伯端委以治周礼，仲雍嗣之，断发文身，裸以为饰，岂礼也哉？有由然也。"子贡以吴太伯断发文身改变周人衣冠出于无奈，说明鲁大夫不见太宰，同样情不得已。

㉘ 诹：询问，商讨。诹吉，挑选吉日良辰。

㉙ 束牲载书：《孟子·告子下》："五霸，桓公为盛。葵丘之会，诸侯束牲载书而不歃血。"在此之前的会盟中，作为誓约的象征，都要将牺牲杀死，饮其鲜血。然而自此次葵丘之盟开始，采取了一种新的形式——将写有誓约的事项的书（或写在绢、木简之类上），捆绑在被束动物的背上。誓约形式的变更属于重大事件，特以"不饮血"作为标志。

㉚ 庀材：备齐材料。多指建筑材料。

㉛ 洊至：再至，相继而至。

㉜ 文雉升鼎：殷高宗祭成汤，野雉飞登祭鼎而鸣。古代认为是变异之兆。

㉝ 草指先知：张华《博物志》卷三："尧时有屈佚草，生于庭，佞人入朝，则屈而指之。"

㉞"阶下"句：杏坛阶下，一定多中举之士。

㉟ 心灯夜聚：梁简文帝《与广信侯书》："岂止心灯夜炳，亦乃意蕊晨飞。"

㊱ 太乙之藜：晋王嘉《拾遗记》卷六："刘向于成帝之末，校书天禄阁，专精覃思。夜有老人着黄衣，植青藜杖，登阁而进。见向暗中独坐诵书，老父乃吹杖端，烟燃，因以见向，说开辟已前。向因受《五行洪范》之文，恐辞说繁广忘之，乃裂裳及绅，以纪其言。至曙而去。向请问姓名，云我是太乙之精。"

㊲ 文通之锦：南朝江淹，字文通，少以文章显，晚节才思微退，自云为宣城太守时罢归，始泊禅灵寺渚，夜梦一人自称张景阳（西晋文学家张协），谓曰："前以一匹锦相寄，今可见还。"淹探怀中得数尺与之，此人大恚曰："那得割截都尽。"顾见丘迟，谓曰："余此数尺既无所用，以遗君。"自尔淹文章踬矣。见《南史·江淹列传》。

㊳ 绣虎：曹植七步成诗，人称"绣虎"。"绣"是形容文章文采华美，"虎"是形容诗文风骨遒劲。　雕龙：比喻善于修饰文辞或刻意雕琢文字。《史记·孟子荀卿列传》："驺衍之术迂大而闳辩，奭也文具难施；淳于髡久与处，时有得善言。故齐人颂曰：'谈天衍，雕龙奭，炙毂过髡。'"裴骃《集解》引刘向《别录》："驺奭修衍之文，饰若雕镂龙文，故曰'雕龙'。"

㊴ 掷地成声：比喻文章文辞优美，语言铿锵有力。《晋书·孙绰传》"卿试掷地，当作金石声也。"

㊵ 鹏抟九万：《庄子·逍遥游》：大鹏"背若太山，翼若垂天之云，抟扶摇羊

角而上者九万里，绝云气，负青天，然后图南”。

㊶ 骖牝三千：驾战车之母马三千，喻可用之才众多。

㊷ 随骥尾：跟在千里马尾后前行。比喻仰仗别人而成名。《史记·伯夷列传》："颜渊虽笃学，附骥尾而行益显。”常作谦词。 空北：喻人才搜罗一空。韩愈《送温造处士序》："伯乐一过冀北之野，而马群遂空。”

㊸“但愿”二句：鸡衁（huāng）：鸡血。古代歃血为盟。背约称“寒盟”。

㊹“牛耳”二句：古代诸侯会盟时，割牛耳取血盛敦中，置牛耳于盘，由主盟者执盘分尝诸侯为誓，以示信守。见《周礼·夏官·戎右》。

㊺ 孱主：懦弱无能的主君。此暗指明亡后福王朱由崧、鲁王朱以海之辈。

㊻ 精卫：炎帝少女溺亡东海，化为精卫鸟，衔木石填海。详《山海经·北山经》。

㊼ 铜驼：《晋书·索靖传》："靖有先识远量，知天下将乱，指洛阳宫门铜驼，叹曰：‘会见汝在荆棘中耳！”

㊽ 倒拔九牛：晋皇甫谧《帝王世纪》："纣倒曳九牛，抚梁易柱。”

㊾ 五凤：指五凤楼，古楼名。唐在洛阳建五凤楼，玄宗曾在其下聚饮。梁太祖朱温即位，重建五凤楼，去地百丈，高入半空，上有五凤翘翼。见《新唐书·元德秀传》、宋周翰《五凤楼赋》。后喻文章巨匠为造五凤楼手。宋杨大年《杨文公谈苑》："韩浦、韩洎能为古文，洎常轻浦，语人曰：‘吾兄为文，譬如绳缚草舍，庇风雨而已。予之文，能造五凤楼手。’浦闻其言，因人遗蜀笺，作诗与洎曰：‘十样蛮笺出益州，寄来新自浣溪头。老兄得此全无用，助尔添修五凤楼。’”

【评品】 这是一篇为重修绍兴龙山文帝祠募捐而作的疏文。文章先历数绍兴的文坛佳话，以见文脉渊源有自。而修文帝祠者，旨在发扬光大之。对于“沧桑既改”之后，文帝祠的衰败之状，张岱在与僧寮、佛刹、城隍的对比中铺陈描绘，不胜感慨。接着他以极富鼓动性、感召力的典故和语句，期待人才洊至，物资鸠集，勠力同心，重铸文帝祠昔日的辉煌。其中“沧桑既改”“修吾墙屋”“复我冠裳”“文雉升鼎”“贺孱主之中兴”“果能精卫”“真惜铜驼”云云，岂止感慨沧桑、痛悲黍离，更寓振兴文脉、再造山河、重光社稷的憧憬与激励。味文意，疏当撰于明亡之后。

募修岳鄂王祠墓疏

西湖固多祠庙，梵宫之外[1]，其合于祭法者三：汉之前将军关帝[2]、宋之岳鄂王武穆[3]、明之于少保忠肃[4]。帝君之崇祀既久，其轮奂巍峨[5]，更新再造，代不乏人。于坟僻处山麓，子孙世守，钟簴不移[6]，庙貌如故。独岳坟踞西湖闹地，水陆舟舆，游人杂沓，阅壁图者，刻画宪、云[7]，展墓道者，掷击桧、卨[8]，众怒之下，铁难保首，木亦剖心[9]。

昔人卜葬鄂王于游观之地，歌舞之场，使朝簪瞻礼[10]，士女嬉游，每于笙歌桃柳之中，说及庐墓涅肤之事[11]。乾坤正气，世道所关，历代帝王，立祠致祭，俎豆千秋[12]，旌忠旌孝，俾为万世臣子楷模，盖已历五百一十四年于此矣。日久倾圮[13]，游人嗟叹。

崇祯戊辰[14]，拆毁逆珰魏忠贤生祠[15]，议以木石修葺王墓，卜之王，王弗许。以此蹉跎，颓败益甚，后人观感，不无动念重修。然往往锐意兴造，而力辍半途者有之；猛思合摃，而功亏一篑者有之。

余谓天下凡事，必须量力为之。其进锐者其退速，其愿奢者其就小。不能如田单一日下齐七十余城[16]，止须学范雎远交近攻之法[17]。得尺则尺，得寸则寸，如燕窠衔泥，如鹊巢集木，循序渐进，以致落成。盖众擎易举，独力难支，与其修而未完，不若不修之为愈也。故古之善举事者，如攻坚木，先其易者，后其节柢[18]。诚有发愿营缮者，必先葺后楹[19]，次及坟茔，次及大殿，次及墙壁，次及戟门。凡修一处，务责完工。既遇矢心，还期竭力。

为作募疏，令庙祝赍捧[20]，以俟檀那[21]。且告之曰：尔观鄂王，宝殿虽圮，决不肯用魏忠贤一木一石，其灵爽若是[22]。故凡修祠修墓，必欲得正人君子以董其役[23]。且窥王意，即布金大地之人[24]，苟非居心诚洁，立意坚凝，亦不肯轻受毫末。尔第随缘募化[25]，若有贤士大夫解囊乐助，自为王所式凭[26]。而下及编氓[27]，即村农野叟，妇女儿童，瞻拜宫墙，起敬起畏，木材瓦甓，施及锱铢，则亦王所欣受也。董太史曰[28]：“视王弃取，以占人品。”不信然哉！

注释

① 梵宫：佛寺。

② 汉之前将军关帝：关羽，字云长。刘备称汉中王，封关羽为前将军。后代统治者为表彰其忠义，不断加封。至明万历四十二年敕封“三界伏魔大帝神威

远镇天尊关圣帝君”，自是相沿称关帝。

③ 岳鄂王武穆：岳飞（1103—1142），南宋抗金名将。以功任枢密副使，被奸相秦桧以“莫须有”的罪名加害。孝宗时，追谥武穆。宁宗时，追封鄂王。其祠墓在杭州西湖边栖霞岭下。左侧为其子岳云墓。墓阙前有四铁铸人像，反剪双手，向墓跪，即秦桧、桧妻王氏、张俊、万俟卨四人。

④ 于少保忠肃：于谦（1398—1457），字廷益，号节庵，浙江钱塘（今杭州）人。永乐进士。宣德初，曾随宣宗平汉王朱高煦之叛。正统十四年（1449）“土木之变”，明英宗被瓦剌也先俘获，谦拥立景帝，进兵部尚书。力排南迁之议，坚请固守，整饬兵备，率师二十二万，身自督战，大破敌军。也先挟英宗逼和，他以君轻社稷为重，不许。也先被迫释放英宗。天顺元年（1457）“夺门之变”中，英宗复辟，石亨等诬于谦谋立襄王之子，被杀。成化初，复官赐祭，弘治二年（1489）谥肃愍，万历中改谥忠肃。墓在杭州三台山。

⑤ 轮奂：高大华美。

⑥ 钟簴（jù）：钟及悬钟的支架。指代祭祀。簴，古代悬钟鼓的木架的两根立柱。

⑦ 宪：张宪。为岳家军屡建战功，官至观察使。绍兴十一年，岳飞罢兵权后，他任鄂州（今湖北武汉）大军副都统制，被诬谋反，与岳飞、岳云一同被害。杭州栖霞岭西、东山衖口原有张宪墓。　云：岳云。岳飞长子，一说养子。十二岁入伍抗金，在张宪部下，屡建战功。绍兴十年（1140），从岳飞北伐。颍昌之捷，击败兀术主力，身被创百余处。升遥郡防御使。后与飞、宪同时被害。

⑧ 桧：秦桧（1090—1155），字会之，宋江宁（今江苏南京）人。政和五年

（1115）进士。宋钦宗时，历任左司谏、御史中丞。靖康二年（1127），随徽、钦二帝被俘至金，为金太宗弟完颜昌挞懒信用。宋高宗建炎四年（1130）逃回临安，力主宋金议和。绍兴元年（1131），擢参知政事，随后拜相，次年被劾落职，绍兴八年（1138）再相，前后执政十九年。收韩世忠、岳飞、张俊三大将兵权，以“莫须有”罪名杀岳飞，是中国历史上著名的奸臣之一。　卨：万俟卨（1083—1157），字元忠，开封阳武（今河南原阳）人。绍兴初，御曹成有功，除湖北转运判官，改提点湖北刑狱。岳飞宣抚荆湖，与飞有隙。后附秦桧。绍兴十一年（1141）承桧意，构陷岳飞成死狱。后官至尚书右仆射同中书门下平章事。主和固位，无异于桧。

⑨“铁难”二句：秦桧等人的铁像屡铸屡毁。岳坟前有树号“分尸槐”，明天顺间，杭州同知马伟锯而分首尾，异处而植之，以示磔尸状。

⑩ 朝簪：朝臣，显贵。簪：插定发髻或冠的长针，此指簪缨，文武朝臣的冠饰，因以指代朝臣。　瞻礼：瞻仰、礼拜。

⑪ 庐墓：古人于父母或师长死后，服丧期间在墓旁搭盖小屋居住，守护坟墓。　涅肤：表层被风化侵蚀成黑色。此指用黑颜料将皮肤染黑。《史记·刺客列传》载智伯之臣豫让，为智伯报仇，“漆身为厉，吞炭为哑”行刺赵襄子。此喻施全等人化装行刺秦桧事，详本书乐府《施全剑》。

⑫ 俎豆：祭祀用具，指代享祭。

⑬ 倾圮：坍塌。

⑭ 崇祯戊辰：崇祯元年（1628）。

⑮ 逆珰：弄权作奸的宦官。珰，原为汉代武职宦官的冠饰，后指代宦官。魏忠贤（1568—1627）：河间肃宁人。万历时自宫，为宦官。天启朝，勾结熹

宗乳母客氏，密结朝臣为援，以犬马声色媚帝，排异己，专朝政。大臣被害逐者数十人。遍置死党，广建生祠，时有“九千岁”之称。思宗即位，被贬，自缢死。

⑯ 田单：战国齐人。燕攻齐，陷七十余城，仅莒、即墨二城未下。即墨守将战死，城中人推田单为将军。单用反间计，使燕撤换其名将乐毅，用火牛阵突袭，大破燕军，复齐七十余城，功封安平君。

⑰ 范雎：战国魏人，字叔。以远交近攻、加强王权之策游说秦昭王。昭王遂废太后，逐舅穰侯（魏冉），以雎为相，号应侯。屡败韩赵之师。

⑱ 节柢：砼节、树根。

⑲ 先葺后楹：先修整后盖屋。

⑳ 庙祝：庙中掌管香火的人。　赍捧：捧持相送。

㉑ 檀那：即檀越，意译为施主。指向寺院施舍财物、饮食等的在家人。

㉒ 灵爽：指神明，精气。

㉓ 董其役：执掌其事。

㉔ 布金大地之人：极言乐善好施者。《经律异相》载：须达多长者，欲营精舍请佛住。有祇陀太子园广八十顷，可居。白太子，太子戏曰：“满以金布，便当相与。”长者出金，布八十顷，精舍告成。故曰祇树给孤独园。

㉕ 随缘：佛家语。谓外界事物皆自体感触，谓之缘；应其缘而动作，称随缘。　募化：募捐，化缘。

㉖ 式凭：依凭。

㉗ 编氓：有户籍在编的居民。

㉘ 董太史：董其昌。详卷二《海志》注。

【评品】 本文为募修岳坟款项而作。先以关庙之尚新、于祠之如故，反衬岳坟之破败倾圮，说明修葺之必要。再就如何修缮详加议论：定其原则为：量力而行，循序渐进，先易后难，务期全功（“天下凡事，必须量力为之。其进锐者其退速，其愿奢者其就小”云云，颇具哲理）。议其方法为：随缘募化，必得正人君子董其役。引岳飞不愿用魏阉生祠之木石修其坟祠之占卜故事（张岱在《西湖梦寻·岳坟》中也曾提及），既表明张岱忠奸水火的观念，又表明其爱憎。作为论疏，张岱左右比较、正反譬喻，说理论证，建议方法，周到详尽，逻辑性、说服力俱强。与其小品相比，别具一种笔墨。

卷三

檄

征修明史檄

盖闻才胆识实有三长[1]，《左》《史》《汉》皆成一手[2]。传世以二十一史[3]，数属有明[4]；垂统以一十六朝，代多令主[5]。宋景濂撰《洪武实录》，事皆改窜，罪在重修[6]；姚广孝著《永乐全书》，语欲隐微，恨多曲笔[7]。后焦芳以佥壬秉轴[8]，丘濬以奸险操觚[9]。《正德编年》，杨廷和以掩非饰过[10]；《明伦大典》，张孚敬以矫枉持偏[11]。后至党附多人，以清流而共操月旦[12]；因使力翻三案[13]，以阉竖而自擅纂修。黑白既淆，虎观、石渠，尚难取信[14]；玄黄方起[15]，麟经夏五[16]，不肯阙疑。博洽如王弇州[17]，但夸门第；古炼如郑端简[18]，纯用墓铭。《续藏书》原非真本[19]，《献征录》未是全书[20]。《名山藏》有拔十得五之誉[21]，《大政记》有挂一漏万之讥[22]。床头俱有捉刀[23]，舌底不无按剑[24]。九方皋相马而失，竟是虾蟆[25]；魏伯起积秽以成，方为蝴蝶[26]。

自幸吾先太史有志，思附谈、迁[27]；遂使余小子何知，欲追彪、固[28]。梅花屋书积如山[29]，宛委峰笔退成冢[30]。浮湘溯沅，无暇三过其门；探穴搜奇，不觉五易其稿[31]。肯学《三国志》以千斛见饷，遂传其尊公[32]；深鄙《五代史》以一妓相持，乃诬其先祖[33]。洛蜀朔党，勿乱其胸中[34]；人鬼仙才，杂见于笔下[35]。意气所动，真能肉视虎狼；节义所关，何难冰顾汤镬[36]。枋头之直书可恶，不顾子孙[37]；兰台之著述自明，何烦弟妹[38]。

但成、弘而上，杞宋无征[39]；庆、历以来[40]，文献不足。倘藏书尚在，王粲之倒屣堪追[41]；若秘笈未传，蔡琰之笔札可给[42]。助修五凤[43]，不遗半瓦半椽；共造凌云[44]，非是一手一足。昔卫庄敬尚有鼎铭[45]，岂郭林宗反无墓碣[46]。共期倒箧，各出搜遗，倘得成编，实为厚幸。贾太傅以高言见教[47]，尔惠何难；胡定之以万卷随行，吾事其济[48]。但恐传言市虎[49]，必有先讹；且尔詈及苍鹰[50]，难为后嗣。故发端自至正末季[51]，备考其甲拆勾萌[52]；断简至天启七年[53]，余俟其事久论定。

嗟嗟，郊锄麟折，鲁哀绝笔于《春秋》[54]；湖鼎龙升，汉武阙编于《史记》[55]。且迟日月，再续琬琰[56]；敢告兰莒[57]，勿吝珠玉。此檄。

注释

①“盖闻”句：唐代著名史学家刘知幾认为撰写历史须有才、学、识三长。《新唐书·刘子玄传》：“礼部尚书郑惟忠尝问：‘自古文士多，史才少，何耶？’对曰：‘史有三长，才学识，世罕兼之，故史才少。’”作者特拈出“胆”字，为史家三长之一。缘于自古因实录和秉笔直书，而逆“龙鳞”被杀被贬者，史不绝书。

②“《左》《史》《汉》”句：指《左传》《史记》《汉书》三书分别由左丘明（相传）、司马迁、班固三人独自完成。张岱《读查伊璜三说》诗云：“自古史

贵一人成。”

③ 二十一史：指《史记》《汉书》《后汉书》《三国志》《晋书》《宋书》《南齐书》《梁书》《陈书》《魏书》《北齐书》《后周书》《南史》《北史》《隋书》《唐书》《五代史》《宋史》《辽史》《金史》《元史》。不计《旧唐书》《旧五代史》。

④ 数：指命运、天数。

⑤“垂统”二句：即为自明太祖至明毅宗朱由检共十六位君主。令主，明君。

⑥“宋景濂”三句：宋景濂，即宋濂，见卷一《廉书小序》注㉔。洪武二年（1369）充总裁官，主修《元史》。官至学士承旨。还曾与修《大明日历》《皇明宝训》。著有《洪武圣政记》《宋学士文集》。今存《洪武实录》，记元至正十一年（1335）到洪武三十一年（1398）的史事，系经建文、朱棣三次重修《太祖实录》（初稿、二稿已焚毁）所成，非宋濂所修。删去了明太祖的过失以及建文朝遗臣对成祖的指斥，又歌颂朱棣“靖难”之功，以图自解于天下后世。使《太祖实录》所记四十八年史事只余二百五十七卷，显得过简。

⑦“姚孝广”三句：姚孝广（1335—1418），字斯岛，苏州长洲人。少曾落发为僧，法名道衍。习兵法，结名士，兼通佛道儒诸家之学。燕王朱棣“靖难”，参与谋划。成祖即位，论功第一，官太子少师。先后主修《永乐大典》《太祖实录》等。朱棣即位，有篡逆之嫌，故史书不得不多曲笔隐微之处。

⑧ 焦芳：字孟阳，号守静，河南泌阳人。天顺进士，历官编修、太常少卿等。陋无学识，以媚附太监刘瑾，擢吏部尚书兼文渊阁大学士。两人朋比为奸，荼毒生民。瑾败，削官归。　佥壬：本作“憸壬”，小人。　秉轴：犹言秉钧。轴，当车之重任，故以喻执掌要职。焦芳曾负责续修《孝宗实录》，正德四年

（1509）四月修成。由于与刘瑾相结，实录中凡所褒贬，多挟恩怨。

⑨ 丘濬（1418—1495），字仲深，广东琼山人，景泰进士。学识博洽，授翰林编修，潜心研读坟典，见闻益广，并究心于本朝典章制度，以经国济世为己任。九年秩满，升侍讲。与修《英宗实录》，充纂修官，秉史笔，为于谦澄清不实之词。历官国子祭酒、礼部右侍郎。弘治元年，诏修《宪宗实录》，为副总裁官，四年（1491）书成，以礼部尚书入阁，开尚书入阁先例。加太子太保。廉介持正，尝以宽大启上心，以忠厚变士心。然性偏隘，持论好偏激（作者称之“奸险”则过）。著有《世史正纲》《琼台会稿》等。　操觚（gū）：执笔。觚，古代书写用的木简。

⑩“《正德编年》”二句：杨廷和（1459—1529），字介夫，号石斋，四川新都（今属四川成都）人，明代著名政治家。成化进士，正德二年（1507）官户部尚书兼文渊阁大学士，八年进首辅。武宗死，掌朝政近四十日，厉行改革，并定策迎立世宗。“大礼”议起，杨廷和受到排斥。所谓“大礼议”即议论世宗朱厚熜父亲的主祀与尊号，世宗意欲舍去原有宗法制度，抬高本支身价，尊自己父母为帝为后，杨廷和以首辅之位据理规劝，以为应“继统继嗣”，尊武宗之父孝宗为皇考，与世宗意向不合。世宗终按己意强行确定新帝系，重新培植亲信，进而打击阁臣，废除“新政”。杨廷和痛心疾首，上奏章约三十道，然世宗无视，乃于嘉靖三年（1524）二月罢归故里新都。嘉靖七年（1528）《明伦大典》成，重定议礼诸臣之罪，杨廷和被定为罪魁，籍为民。他曾于正德十六年（1521）任《明武宗实录》总裁官之一，负责纂修。去任后，总裁官易人。《武宗实录》成于嘉靖四年，述事极详，亦多曲笔。

⑪《明伦大典》二句：《明伦大典》是明嘉靖七年由官方刊布的重要史书，为

正德十六年到嘉靖七年关于“大礼议”事件的全部记录。张孚敬（1475—1539），原名璁，字秉用，后赐名孚敬，字茂恭，号罗峰，浙江永嘉人，正德进士。世宗议追崇生父兴献王，张璁迎合帝意，撰写《大礼或问》，力折廷臣，定议礼诸臣罪，世宗特旨擢张璁为翰林学士。三年九月，张璁等参与廷议，决定称孝宗和张皇后为皇伯考皇伯母，称兴王为皇考恭穆献皇帝、兴王妃为圣母章圣皇太后。至此，张璁的议礼主张实现了，其政治地位由此确立。嘉靖四年，记述大礼议的过程的《大礼集议》书成，后赐名《明伦大典》，张璁进官詹事兼翰林学士。卒谥文忠。

⑫ 清流：旧时指负有时望、自视清高的士大夫。此指明末东林党人。　操月旦：主持品评人物。《后汉书・许劭传》：“初，劭与（从兄）靖俱有高名，好共核论乡党人物，每月则更其品题，故汝南俗有月旦评焉。”

⑬ 三案：明末梃击案、红丸案、移宫案的总称。梃击案，万历四十三年（1615）五月，张差手持木棍，击伤守门太监，闯进太子朱常洛居住的慈庆宫。经审，系郑贵妃手下太监庞保、刘成指使。朝臣疑系郑贵妃所谋，神宗和太子不愿深究，毙杀三人了事。红丸案，泰昌元年（1620），光宗即位不久，即患重病，服司礼监秉笔兼掌御药房太监崔文升所进泻药后，病情加剧。鸿胪寺丞李可灼又献红丸，自称仙方。服二丸后，光宗去世。朝臣群起弹劾崔、李二人，并疑郑贵妃指使。久决不下。天启二年（1622），崔发遣南京，李遣戍。魏阉擅权翻案，擢崔总督漕运，免李之戍。崇祯初魏阉败，崔始被发遣南京。移宫案，光宗时，太子朱由校由李选侍抚养。光宗死后，李氏移居乾清宫，把持政权。给事中杨涟、御史左光斗迫其移居哕鸾宫。朱由校即位后，此事成为官僚派系斗争的内容之一。天启六年（1626），魏阉指使党羽修《三朝要典》

（初名《三大政记》），借以打击东林党人。

⑭ 虎观：白虎观。汉代宫观名。东汉章帝建初四年，于此会群儒，讲议五经异同，用皇帝名义制成定论。　石渠：石渠阁。汉宫中藏书之处，在未央宫北。其下砻石为渠以导水，因名。汉武帝以后由单一的档案典籍收藏机构发展为兼有学术讨论性质的场所。

⑮ 玄黄：以色相杂，喻歧义纷出。玄，黑色。

⑯ 麟经：传说孔子作《春秋》，绝笔于获麟。后因称《春秋》为麟经。　夏五：《春秋·桓公十四年》书“夏五”，无“月”字，显然有缺漏。

⑰ 王弇州：王世贞，详卷一《石匮书自序》注。

⑱ 郑端简：郑晓（1499—1566），字窒甫，号淡泉，海盐（今属浙江）人。嘉靖进士，三十七年（1558），以抗倭功，进刑部侍郎。为严嵩所恶，落职归。卒谥端简。郑晓通经术，日披故牍，习国典故，尽知天下厄塞、士马虚实强弱，时望蔚然。著有《端简文集》《吾学编》《禹贡图说》《删改史论》。

⑲《续藏书》：明李贽撰《藏书》六十八卷，上起战国，下迄于元，各采事迹，编为纪传。自序“此书但可自怡，不可示人，故名《藏书》”。又有《续藏书》二十七卷，选录从朱元璋开国至神宗以前的重要人物四百余名，以名臣、功臣、辅臣三大类总其纲，其下又各分若干类加以编排，以续前书。李贽死后，遗书盛行，真伪掺杂。《续藏书》因为是写当代人、事，难以纵横议论，措辞较委婉，与《藏书》有明显差别。

⑳《献征录》：《国朝献征录》，明焦竑撰。一百二十卷。记录明初至嘉靖的名人事迹，体例以宗室、戚畹、勋爵、内阁、六部以下各官分类标目。庶人则以孝子、义人、儒林、艺苑等目分别记载。内容极为丰富，但叙述不免芜杂，索

引之书，或注或不注，不免疏略。

㉑《名山藏》：明何乔远撰。为明纪传体史著。有《典谟记》（即《本纪》）、《坤则记》（即《后妃传》）等三十七纪。书中材料丰富，且保持了《明史》所讳之女真史料及嘉靖、万历年间江南的经济资料。卷首有钱谦益序。乔远，万历十四年（1586）进士，崇祯初官南京工部右侍郎。 拔十得五：《三国志·蜀志·庞统传》："拔十得五，犹得其半。"

㉒《大政记》：明朱国桢撰，三十六卷。编年记载自洪武元年（1368）至隆庆六年（1572）间大政，繁简多有不当。 挂一漏万：指事多疏忽遗漏。

㉓ 床头俱有捉刀：谓有人代为作文。《世说新语·容止》："魏武（曹操）将见匈奴使，自以形陋不足雄远国，使崔季珪（琰）代，帝自捉刀立床头。既毕，令间谍问曰：'魏王如何?'匈奴使答曰：'魏武雅望非常，然床头捉刀人，此乃英雄也。'"唐刘知幾辨其非史实。

㉔ 舌底不无按剑：所谓唇枪舌剑，言辞锋利，褒贬严于斧钺。

㉕"九方皋"二句：九方皋，春秋时善相马者，为伯乐所称道。《列子·说符》载：九方皋为秦穆公求马，言马"牝而黄"，结果取来的马却是"牡而骊"。穆公不悦，伯乐曰："若皋之所观，天机也，得其精而失其粗，在其内而忘其外焉。"骑之，果真是"天下之良马也"。杨慎《艺林伐山》载伯乐之子"执马经以求，出见大蟾蜍，谓其父曰：'得一马略与相同，但蹄不如累曲尔。'"乃是讽刺伯乐之子执经求马，与方皋略形求神的故事正相反，此系张岱误记。

㉖"魏伯起"二句：魏伯起，北魏魏收（505—572），钜鹿下曲阳（今属河北）人。机警能文，仕魏及北齐，与温子昇、邢邵号称北朝三才子。收性轻

薄，人号为“惊蛱蝶”。官至尚书右仆射，著有《魏书》，时人以为褒贬不公，称之为“秽史”。

㉗“自幸”二句：张岱曾祖父张元汴，曾与修“《绍兴府志》及《会稽县志》，《山阴志》则向出太仆公（张岱高祖张天复）手。三志并出，人称谈迁父子”（《家传》）。谈、迁，司马谈、司马迁父子皆为汉武帝朝的太史令。迁承父志，撰成《史记》。

㉘ 彪、固：东汉班彪、班固父子。彪字叔皮，扶风安陵人。光武初，拜徐令，病免。好著作，博采逸事异闻，作西汉史后传六十五篇，以补《史记》太初以后之阙。未就，其子固、女昭先后续成，即今之《汉书》。

㉙ 梅花屋：张岱家之书屋。在不二斋之后。张岱“坐卧其中，非高流佳客，不得辄入。慕倪迂（云林）‘清闷’，又以‘云林秘阁’名之”（详《陶庵梦忆·梅花书屋》）。

㉚ 宛委峰：宛委山。详《龙山文帝祠募疏》。　笔退成冢：埋笔为坟。张怀瓘《书断·僧智永》：“（王羲之裔孙智永）住吴兴永欣寺，积年学书，后有秃笔头十瓮，每瓮皆数石……后取笔头瘗之，号为‘退笔冢’。”

㉛“浮湘”四句：司马迁《太史公自序》：“二十而游江淮，上会稽，探禹穴，窥九疑，浮于沅湘。”传说夏禹治水，三过家门而不入。

㉜“肯学”二句：《晋书·陈寿传》载：《三国志》作者陈寿有史才。丁仪、丁廙有盛名于魏，寿谓其子曰：“可觅千斛米见与，当为尊公作佳传。”丁不与，竟不为立传。

㉝“深鄙”二句：《夜航船·文学部·经史》：“欧阳永叔（修）为推官时，昵一妓，为钱惟演所耻，永叔恨之。后作《五代史》，乃诬其祖武肃王（钱镠）

重敛民怨。睚眦之隙，累及先人，贤者尚亦不免。”此乃钱氏后人厚诬欧公，近人邓之诚《骨董续记》卷三《钱氏私志诋毁欧公》辨之。

㉞“洛蜀朔党”二句：元祐初，以司马光为首的旧党上台，实行元祐更化，废除新法。光去世后，旧党分裂为洛蜀朔三党。朔党多河北人，有刘挚、刘安世、王岩叟、梁焘等；蜀党多四川人，有苏轼兄弟、吕陶等；洛党多洛阳人，有程颐、朱光庭、贾易等。三党儒学流派各有所宗，也有政策分歧。

㉟“人鬼仙才”二句：王得臣《麈史·诗话》：“庆历间宋景文（祁）诸公在馆，尝评唐人之诗，云：太白仙才，长吉（李贺）鬼才，其余不尽记也。”

㊱“意气”四句：谓史胆源于忠义节气，持之，则可视虎狼权贵为走肉，汤火为冰水，无所畏惧。

㊲“枋头”二句：《夜航船·文学部·经史》：“孙盛作《晋春秋》，直书时事。桓温见之，怒谓盛子曰：‘枋头诚为失利，何至乃如尊公所言！若此史遂行，自是关君门户事。’其子遽拜谢，请改之。时盛年老家居，性愈卞急。诸子乃共号泣稽颡，请为百口计。盛大怒，不许。诸子遂私改之。”枋头，地名。在今河南浚县西南淇门渡。晋太和四年，桓温伐后燕，为慕容垂所袭，大败于此。

㊳“兰台”二句：详上文班彪、班固（曾拜兰台令史）注。

㊴“但成、弘”二句：成化（1465—1487，明宪宗年号）、弘治（1488—1505，明孝宗年号）以前史料不足。杞宋无征，《论语·八佾》：“子曰：‘夏礼，吾能言之，杞不足征也；殷礼，吾能言之，宋不足征也。文献不足故也。’”杞、宋均为国名，分别为周所封的夏、殷后人所建。后称事之缺乏证明资料为杞宋无征。

㊵ 庆、历：隆庆（1567—1572），明穆宗年号。万历（1573—1620），明神宗

年号。

㊶“王粲”句：《三国志·魏志·王粲传》载，蔡邕“闻粲在门，倒屣迎之”，并对满座皆惊的宾客说：“此王公孙也，有异才，吾不如也。吾家书籍文章，尽当与之。”古人家居，脱鞋席地而坐。客人来，急于出迎，倒穿了鞋。后以形容热情迎客。

㊷“蔡琰”句：蔡琰字文姬，东汉陈留人。蔡邕之女。为乱兵所掠，嫁南匈奴左贤王，居匈奴十二年。曹操以金璧赎回，改嫁同郡屯田都尉董祀。有《悲愤诗》。《夜航船·文学部·书籍》：“蔡琰归自沙漠，曹操问邕遗书，琰曰：‘父亡，遗书四千余篇，流离涂炭，罔有存者。今所诵记，裁四百余篇。’因乞给纸笔，真草惟命。于是缮写送入，文无遗误。”笔札，纸（木简）笔。

㊸ 五凤：五凤楼。详卷二《龙山文帝祠募疏》。

㊹ 凌云：台名。在河南洛阳，建于魏文帝年间。《世说新语·巧艺》：“凌云台楼观精巧，先称平众木轻重，然后造构，乃无锱铢相负揭，台虽高峻，常随风摇动，而终无倾倒之理。”

㊺ 卫庄敬：指卫大夫孔悝。卫庄公蒯聩为感谢其甥孔悝帮助其复位，铭鼎以志。

㊻ 郭林宗：郭泰，详卷一《孙忠烈公世乘序》注。其死后，蔡邕为作碑铭，自言其所撰碑铭，唯于郭泰无愧色。

㊼ 贾太傅：西汉贾谊，文帝时为太中大夫。贾谊建议改正朔，易服色，制法度，兴礼乐，数上疏陈时弊。后出为长沙王太傅。

㊽“胡定之”二句：苏轼在与秦观信中叙述其贬黄州时的生活写道：“岐亭（今湖北麻城岐亭镇）监酒（监督酿造酒的官员）胡定之，载书万卷随行，喜

借人看。黄州曹官数人，皆家善庖馔，喜作会。太虚视此数事，吾事岂不既济矣乎?”

㊾ 市虎：《战国策·魏策二》：“夫市之无虎明矣，然而三人言而成虎。”谓流言讹传以耸动视听，让人信谎言为真。

㊿ 苍鹰：《史记·酷吏列传》载：郅都于汉景帝时先后任济南郡太守、中尉(职掌京畿治安执法)、雁门郡太守，为官忠于职守，公正清廉。尝自称：“已倍亲而仕，身固当奉职死节官下，终不顾妻子矣。”对内不畏强暴，敢于对抗豪强权贵，列侯宗室见之，侧目而视，号为“苍鹰”；对外积极抵御外侮，使匈奴闻风丧胆。窦太后之孙临江王刘荣自杀于狱中，太后迁怒于都，乃竟中都以汉法。景帝曰：“都忠臣。”欲释之。窦太后曰：“临江王独非忠臣邪?”遂斩郅都。

51 至正：元顺帝年号（1341—1368）。　末季：即1368年，明王朝建立。

52 甲拆勾萌：谓草木发芽时种子外皮裂开，借指朱元璋之起事。甲拆，同“甲坼”。《易解》：“天地解而雷雨作，雷雨作而百果草木皆甲坼。”勾萌，草木出土。弯的叫勾，直的成萌。《礼记·月令·季春之月》：“句者毕出，萌者尽达。”

53 天启七年：1627年。张岱《石匮书》迄于天启七年明熹宗去世。崇祯以后史事，续于《后石匮书》。

54 “郊锄”二句：《孔子家语》卷四《辨物》载：钽商于大野获麟，折其前左足。孔子往观之，曰：“胡为来哉?”反袂拭面而泣。子贡问曰：“何泣?”孔子曰：“麟之至，为明王也。出非其时而见害，吾是以伤焉!”孔子作《春秋》，至鲁哀公十四年而止。《春秋·哀公十四年》：“西狩获麟。孔子曰：‘吾道穷矣!’”

55 “湖鼎”二句：相传黄帝铸鼎于荆山下。鼎成，有龙垂胡髯迎黄帝上天。后世因名其处曰鼎湖，并以鼎湖龙升为皇帝死亡之典。此指代崇祯去世。《史记》中的汉武帝本纪系由汉元帝、成帝年间的博士褚少孙补缀而成。

56 琬琰：没有棱角和有棱角的圭玉，泛指美玉，比喻优美的文辞。

57 兰茝：即兰芷，香草。

【评品】 张岱既无缘功名，乃有志修史。本文为修明史征求史料而作。先对先辈所修历朝明史一一批评，揭其瑕疵，以示重修之必要。所评言简意赅，切中肯綮，烛见张岱史识之精湛。然后表明自己于修史，既有家传，又有夙志。并申明自己修史的原则：既不能像《三国志》《五代史》那样，以好恶定弃取，有悖实录；又应各色人等兼收并蓄，不能党同伐异。最后点明苦于史料不足，渴望各位同志“共期倒箧，各出搜遗，倘得成编，实为厚幸”之意。有志者事竟成，张岱积几十年之精力，呕心沥血，终成《石匮书》《后石匮书》两部皇皇巨著，拾遗补阙，功垂千秋。

讨蠹鱼檄[1]

盖闻鹤晓检书[2]，萤能照读[3]，蛇堪悟学[4]，鸽解传笺[5]。凡此羽毛，下及虫豸，皆能垂名于艺苑，亦思效用于文坛。志固可嘉，事皆不朽。

唯此蠹鱼者，赋质轻微，存心残忍。寸喙之犀利类螽，因名曰蠹；双尾之轻盈似燕，乃号为鱼。秽史得资粮[6]，似魏收笔下之蝴蝶；奇书能致富，如范蠡缶内之鲲鲕[7]。盘礴残编，谓好学不如求饱[8]；钻研故纸，信煮字真可疗饥[9]。无稿储胸，枉却王子安之磨墨作汁[10]；有刀在口，窃比隋炀帝之剪纸成花[11]。假道箓以欺人[12]，诳诸脉望窥天[13]，而神仙立降；借江淹以惑众，妄言壁鱼幻化，而野茧缫丝[14]。发尽书仓，乃效汲黯之矫节[15]；收完图籍，何待刘季之开关[16]。恣蚕食以忘休，肆鼠伤而无忌。比火焚更惨，何异烧坟典于秦坑[17]；较土掩尤凶，谁复发《周书》于汲冢[18]。罪真难挽，死有余辜。

尔乃出没惊惶，骇骇如脱樊之兔；行藏闪烁，忙忙如漏网之鱼。欲缚欲禽，难言唾手；倏来倏去，不及停睛。纵有书城，谁为墨守；虽加石匮，怎避输攻[19]？是以东壁褫衣[20]，白若何郎之傅粉[21]；南巢卸甲[22]，光如商纣之衣银。尔盖开罪斯文，磔死非酷；辜负先圣，碎首允宜。

呜呼！满口图书，胸无只字，以枵腹而冒名饱学[23]；盈眸文墨，目不识丁，以曳白而扰乱文场[24]。以此遇冻则僵，唯惧见形于雪案[25]；闻香即遁，还思走死于芸窗[26]。自当法严武之发奸，破妾喉而验字[27]；亦须效洪乔之邮筒[28]，剖鱼腹而取书[29]。毋使潜逃，致骫律法[30]。

注释

① 蠹鱼：虫名。即蟫。又称衣鱼。蛀蚀书籍衣服。体小，有银白色细鳞，尾分二歧，形稍如鱼，故名。亦指死啃书本的读书人。

② 鹤晓检书：后唐冯贽《云仙杂记》卷八："卫济川养六鹤，日以粥饮啖之，

三年识字。济川检书，皆使鹤衔取之，无差”（《金城记》）。

③ 萤能照读：《晋书·车胤传》：“博学多通，家贫不常得油，夏月则练囊盛数十萤火以照书，以夜继日焉。”

④ 蛇堪悟学：详卷一《四书遇序》注。

⑤ 鸽解传笺：王仁裕《开元天宝遗事·传书鸽》：“张九龄少年时，家养群鸽，每与亲知书信往来，只以书系鸽足上。”

⑥ 秽史：歪曲历史本来面目、褒贬不公的史书。指北魏魏收的《魏史》。详《征修明史檄》。

⑦ “奇书”二句：《国语·鲁语》上：“鱼禁鲲鲕。”韦昭注：“鲲，鱼子也。鲕，未成鱼也。”春秋越国范蠡后经商致富，相传专讲池塘养鱼的《养鱼经》为其所著。

⑧ “盘礴”二句：盘礴，徘徊、逗留。好学不如求饱，《论语·学而》：子曰“君子食无求饱，居无求安，敏于事而慎于言，就有道而正焉，可谓好学也已。”此相反其义。

⑨ 煮字疗饥：旧时读书人对生计难保的自嘲或揶揄，也指卖文为生。元黄庚《月屋漫藁自序》：“耽书自笑已成癖，煮字元来不疗饥。”

⑩ 王子安：初唐四杰之一的王勃，字子安。《新唐书·王勃传》载：“勃属文，初不精思，先磨墨数升，则酣饮，引被覆面卧，及寤，援笔成篇，不易一字，时人谓勃为腹稿。”

⑪ 剪纸成花：《资治通鉴》卷一八〇《隋纪》四载，隋炀帝筑西苑，“宫树秋冬凋零，则剪彩为花叶，缀于枝条，色渝则易以新者，常如阳春”。

⑫ 道箓：道教的符箓，以标明身份。凡入道者必受箓。由某道教尊者“授道

箓”给某人，就标志他正式成为“在编”的道教徒。

⑬ 脉望：一种传说中的书虫，据说读书人用它熬药，服后会高中。《酉阳杂俎续集·支诺皋中》载：唐德宗建中末年，书生何讽，买得黄纸古书一卷。读之，得发卷，规四寸，如环无端。何讽就随意地弄断了它，断处两头滴出水有一升多。用火一烧，有头发的气味。何讽言于道人，道人说：“唉！你本来是俗骨凡胎，遇到此物，不能飞升成仙，这是命啊！据仙经说：‘蠹鱼三次吃到书页上印的神仙二字，就变化成为这种东西，名叫脉望。’夜以规映当天中星，星使立刻降临，可以求得还丹；取你方才弄断‘脉望’时流出的水，调和之后服了，当时就能脱胎换骨，飞升成仙。”

⑭ 野茧缫丝：《大业拾遗记》载隋炀帝时“越溪进耀光绫，绫纹突起有光彩。越人乘樵风舟，泛于石帆山下，收野茧缫之。缫丝女夜梦神人告之，禹穴三千年一开，汝所得野茧，即《江淹文集》中壁鱼所化也；丝织为裳，必有奇文。织成，果符所梦，故进之”。

⑮ 汲黯（？—前112）：西汉名臣。字长孺，濮阳（今河南濮阳）人。为人耿直，好直谏廷诤，汉武帝刘彻称其为“社稷之臣”。《史记·汲黯列传》：“河内失火，延烧千余家。上使黯往视之，还报曰：家人失火，屋比延烧，不足忧也。臣过河南，河南贫人伤水旱万余家，或父子相食，臣谨以便宜，持节发河南仓粟以振贫民。臣请归节，伏矫制之罪。上贤而释之。”

⑯ 刘季：刘邦在兄弟中排行最小，故称。《史记·萧相国世家》载，刘邦陷咸阳，诸将皆争取金银财帛，萧何独先入收秦丞相御史律令图书藏之。因此具知天下厄塞、户口多少、强弱之处、民所疾苦者。

⑰ 坟典：此泛指先秦各种经籍书册。秦坑：《史记·秦始皇本纪》载丞相李斯

曰："臣请史官非秦记皆烧之。非博士官所职，天下敢有藏《诗》《书》、百家语者，悉诣守、尉杂烧之。有敢偶语《诗》《书》者弃市。以古非今者族。吏见知不举者与同罪。令下三十日不烧，黥为城旦。所不去者，医药卜筮种树之书。若欲有学法令，以吏为师。"制曰："可。"坑杀儒生四百六十余人。

⑱"谁复发"句：《隋经籍志》《唐艺文志》俱称《周书》是晋太康二年得于魏安釐王冢中。则汲冢之说，其来已久。然后人考证《晋书·武帝纪》及《荀勖》《束皙传》，载汲郡人不准所得《竹书》七十五篇，具有篇名，无所谓《周书》。杜预《春秋集解后序》，载汲冢诸书，亦不列《周书》之目。是《周书》不出汲冢也。

⑲ 输攻：《墨子·公输》载，公输盘为楚王造云梯，将以攻宋。墨子闻之，日夜兼程，十日至楚都郢。见楚王及公输盘，两人斗法决输赢。墨子解带为城，以牒为械；公输盘九设攻城之机变，墨子九拒之。公输盘攻城之械尽，而墨子之守御有余。楚王又听说墨子已在宋作了准备，只能作罢。

⑳ 东壁褫衣：《世说新语·雅量》："郗太傅在京口，遣门生与王丞相书，求女婿。丞相语郗信：'君往东厢，任意选之。'门生归，白郗曰：'王家诸郎，亦皆可嘉，闻来觅婿，咸自矜持。唯有一郎在东床上坦腹卧，如不闻。'郗公云：'正此好！'访之，乃逸少（王羲之），因嫁女与焉。"褫，此作脱解。

㉑ 何郎傅粉：三国魏驸马何晏仪容俊美，平日喜修饰，粉白不去手，行步顾影，人称"傅粉何郎"。后即以"何郎"称喜欢修饰或面目姣好的青年男子。《世说新语·容止》："何平叔（何晏）美姿仪，面至白，魏明帝疑其傅粉。"

㉒ 南巢卸甲：南巢，今安徽巢县。商汤灭夏，"成汤放桀于南巢"（《书·仲虺之诰》）。

㉓ 枵腹：空腹。

㉔ 曳白：本义指卷纸空白，只字未写。后也用来比喻白色的云气或江水等；亦引申指白痴。《旧唐书·苗晋卿传》："玄宗大集登科人，御花萼楼亲试，登第者十无一二，而（张）奭手持试纸，竟日不下一字，时谓之'曳白'。"

㉕ 雪案：晋孙康家贫，映雪读书之几案。

㉖ 芸窗：芸，香草。干后置书中可驱蠹虫，故后人用芸指代书。芸窗指代书房。

㉗ 严武：唐玄宗朝名臣严挺之之子。官至剑南节度使、成都尹。其年少时曾因父薄母而杀其宠妾。后又有诱邻女私奔，惧官府追查，用琵琶弦缢杀之，沉于河之事。未见有破喉验字之说。所谓"法严武之发奸"，恐系误用。

㉘ 洪乔：晋殷羡，字洪乔。《世说新语·任诞》："殷洪乔作豫章郡，临去，都下人因附百许函书。既至石头，悉掷水中，因祝曰：'沉者自沉，浮者自浮，殷洪乔不能作致书邮。'"致书郎，即今邮递员。

㉙ 剖鱼腹：古乐府："呼儿烹鲤鱼，中有尺素书。"鱼，指蠹鱼。

㉚ 骫法：枉法。《新唐书·李憕传》："尹萧炅内倚权，骫法殖私。憕裁抑其谬，吏下赖之。"

【评品】 这是一篇戏文，描摹比喻非常生动风趣；更是一篇檄文，声讨极为严厉，讽刺挖苦，又十分犀利辛辣。全文亦鱼亦人，亦庄亦谐。张岱先对一些虫豸鸟禽能"垂名于艺苑，效用于文坛"加以赞扬，作为铺垫，然后再对蠹鱼欺世诓人、扰乱文场的种种秽行，大加挞伐。认为其祸害更甚于焚书坑儒，“罪真难挽，死有余辜”。张岱对蠹鱼蠹书之罪恨之切骨，认为“磔死非酷”，“碎首允宜”。至于蠹鱼所喻之人，张岱用“满口图书，胸无只字，以枵腹而冒名饱学；盈眸文墨，目不识丁，以曳白而扰乱文场”，点得再明白不过了。对此类人，张岱主张“剖腹取书”，“毋使潜逃”，绳之以法。白璧微瑕的是，限于檄文四六文体用典的要求，文中个别用典，并不贴切。如“效汲黯之矫节”，汲黯是循吏，蠹鱼是害虫；前者“矫节”是为“赈灾济世”，后者是为“欺世盗名”，所拟非伦。严武有犯奸作科之事，而无“发奸”“破喉验字”之证，有何可“法”？

碑

普同塔碑[1]

爰自周室肇兴，西伯泽留枯骨[2]；夏室初造，大禹泣向死囚[3]。故掩骼埋胔，载在孟春《月令》[4]；营丘封墓，特存大诰《周书》[5]。乃王者之风，百年则变；君子之泽，五世而湮[6]。漏泽园中[7]，累累者不封不树[8]；北邙山下[9]，隆隆者若釜若堂[10]。帷盖能有几人[11]，穿埋不过数武[12]。

孰若普同一塔，列峙郊原，接引群生，诞登净域[13]。不必刘伶荷锸[14]，随地可埋；但使柳璨燃薪[15]，普天共照。乾坤窝里，原是一家之人；生死关头，并无三岔之路。历风水火，三界总见其空；合胎湿卵，众生同归于化[16]。皮囊虚幻，不知骷髅叹尔，尔叹骷髅[17]；梦醒因循，还是蝴蝶化我，我化蝴蝶[18]。民同胞，物吾与也，佛门意合古《西铭》[19]；魄葬此，魂无不之，骨塔义同吴札冢[20]。

兹唯虞子咨岳，悯恤残骸[21]；特简和尚湛芝[22]，收埋暴骨。逢人说鬼[23]，非坡老之姑使妄言；望垄消魂，致曹公之车过腹痛[24]。慨发是愿，一诺无异黄金[25]；力践斯言，三复敢忘白璧[26]。舍卫国乞食[27]，应让遂先[28]；恒河沙布施[29]，请从隗始[30]。浮图数级，只要居士替我合尖[31]；业障千重[32]，且待老僧为尔举火。从前烧却，止剩劫火一团灰[33]；随后堆来，谁取长陵半抔土[34]？勿填沟壑，肯容狐貉磨牙；免荫蓬蒿，忍使蚋蝇果腹。非是陷人坑堑，真为渡世慈航[35]。白骨如山，无非菩萨前身[36]，安问修行十世[37]；青燐化碧[38]，即是苌弘当体，何须郁结三年[39]。一炬光明，照见衣冠剑佩，金玉文犀，一件怎拿得去[40]；半锥突兀，搬却恩爱冤仇，妻孥臧获，半个也唤不来[41]。免他一个土馒头[42]，堪为棒喝[43]；还尔千年铁门限[44]，便是灯传[45]。迁谷不迁陵[46]，藉此砖石；改邑不改井，何用棺衾。既鲜道殣之嗟[47]，永绝若敖之哭[48]。国殇山鬼[49]，敢为厉乎[50]；君子仁人，斯其主矣。惠州界内，原有官葬碑铭[51]；无定河边，自少春闺恶梦[52]。遍求善信，同转法轮，各发慈悲，共成胜果。皈依佛地，东西南北，罔非四山五岳之人；倚傍蠡城[53]，水火坎离[54]，悉合九宫八卦之位[55]。流传碑石，永镇雷门[56]；殉葬昭陵[57]，用存《禊帖》。

余乃合掌，为作偈曰[58]："佛门造塔，乃葬佛子。今所焚瘗，类多道死。是犹精舍，溷以犬豕。师曰不然，我无二视。上至金天[59]，下及虫豸，皆有道心，不灭不毁，同入冶中，炼道取髓。譬如点铁[60]，刀圭在指[61]，铁亦成金，更无渣滓。白骨如山，莫作秽矢，慧眼观之，佛种在此。"

| 注释 |

① 普同塔：佛教场所的宗教设施之一，内设有普同生基，是僧侣供奉衣（剃度出家时的俗装）发（剃度时剪下的头发及胡须）之处，以此作为修行的一种方式。往生后其骨灰、舍利等供奉于该普同生基之内。藏亡僧之骨于一处，故云普同塔。

②“西伯”句：《吕氏春秋·孟冬纪·异用》：“周文王使人扣池，得死人之骸。吏以闻于文王，文王曰：‘更葬之。’吏曰：‘此无主矣。’文王曰：‘有天下者，天下之主也；有一国者，一国之主也。今我非其主也？’遂令吏以衣棺更葬之。天下闻之曰：‘文王贤矣！泽及枯骨，又况于人乎？’”

③“大禹”句：《说苑·君道》：“禹出见罪人，下车问而泣之。左右曰：‘夫罪人不顺道，故使然焉，君王何为痛之至于此也？’禹曰：‘尧舜之人，皆以尧舜之心为心；今寡人为君也，百姓各自以其心为心，是以痛之。’”

④《月令》：《礼记·月令》载：每年初春收葬弃置于野的无主尸骨。

⑤ 大诰《周书》：《周书·武成》载：武王克殷，乃“释箕子囚，封比干墓”。此大诰非专指《周书》之《大诰》篇，而是泛指诏告一类文书。

⑥“君子之泽”二句：《孟子·离娄下》：“君子之泽，五世而斩。”意谓成就了大事业的人留给后代的恩惠福禄，经过几代人就消耗殆尽了。

⑦ 漏泽园：古时官设的丛葬地，凡无主尸骨及家贫无葬地者，由官家丛葬，称其地为“漏泽园”。制始于宋。

⑧ 不封不树：不营坟墓，不专植树。

⑨ 北邙山：在洛阳城北，被视为阴宅宝地，东汉以来，王公贵族多葬于此。此泛指丛葬之所。

⑩ 若釜若堂：像锅、像高大的房。此喻阴宅。

⑪ 帷盖：古代车乘的帷幕顶盖。此指代富贵之人。

⑫ 数武：不远处、没有多远之意。武，量词。古代六尺为步，半步为武。泛指脚步。

⑬ 净域：佛教指庄严洁净的西方极乐世界。

⑭ 刘伶（约 221—约 300）：字伯伦，沛国（今安徽淮北）人。魏晋时期名士，与阮籍、嵇康、山涛、向秀、王戎和阮咸并称为“竹林七贤”。刘伶嗜酒不羁，被称为“醉侯”，好老庄之学，追求自由逍遥、无为而治。曾在建威将军王戎幕府下任参军，因无所作为而罢官。《晋书・刘伶传》载其“常乘鹿车，携一壶酒，使人荷锸而随之，谓曰：‘死便埋我。’其遗形骸如此”。

⑮ 柳璨燃薪：《旧唐书・柳璨传》载，柳璨为唐代名臣柳公绰和名书法家柳公权的族孙，其小时家境十分贫穷，日间以采柴为生，夜间读书，点燃树枝以照明。

⑯“合胎湿卵”二句：胎卵湿化，四种生命。一胎生，如人类在母胎成体而后出生者。二卵生，如鸟在卵壳成体而后出生者。三湿生，如虫依湿而受形者。四化生，无所依托唯依业力而忽起者，如诸天与地狱及劫初众生皆是也。卵唯想生，胎因情有，湿以合感，化以离应。

⑰ 骷髅：死人头盖骨。《庄子・至乐》载：庄子之楚，见空髑髅，髐然有形，为之叹息。而髑髅曰：“死，无君于上，无臣于下，亦无四时之事，从然以天地为春秋，虽南面王乐，不能过也。”

⑱ 蝴蝶：详卷一《补孤山种梅序》注。

⑲《西铭》：北宋张载所著《正蒙・乾称篇》的一部分。（张岱曾于学堂各录《乾称篇》的一部分《砭愚》和《订顽》分别悬挂于书房的东、西两牖，作为自己的座右铭。）程颐见《正蒙・乾称篇》后，将《砭愚》改称《东铭》、《订顽》改称《西铭》。《西铭》中有“民，吾同胞；物，吾与也”，意谓众人皆是我的同胞兄弟姊妹，而万物皆为的我同类。

⑳ 吴札冢：季札，春秋吴国人，封于延陵（今江苏常州），又称延陵季子。《礼记・檀弓下》：“延陵季子适齐，于其反也，其长子死，葬于嬴博之间。孔

子曰：‘延陵季子，吴之习于礼者也。’往而观其葬焉。其坎深不至于泉，其敛以时服。既葬而封，广轮掩坎，其高可隐也。既封，左袒，右还其封，且号者三，曰：‘骨肉归复于土，命也。若魂气则无不之也，无不之也。’而遂行。孔子曰：‘延陵季子之于礼也，其合矣乎！’”

㉑“虞子”二句：未详。虞子或指虞舜。岳或指四岳。《书·尧典》：“帝曰：‘咨！四岳。朕在位七十载，汝能庸命，巽朕位？’”帝尧年八十六，老将求代，四岳极力举荐虞舜。

㉒ 简：选择。

㉓ 逢人说鬼：宋叶梦得《石林避暑录话》卷一：“苏轼在黄州及岭表，每旦起，不招客相与语，则必出而访客。所与游者亦不尽择，各随其人高下，谈谐放荡，不复为岭畦。有不能谈之，则强之使说鬼。或辞无有，则曰‘姑妄言之’，于是闻者无不绝倒，皆尽欢而去。”

㉔ 车过腹痛：指经过朋友的坟墓如不祭奠，走过去肚子就会痛起来。用来表示对亡友的悼念。《三国志·魏志·武帝纪》载，曹操年轻时，不为世人所重，唯受桥玄器重。建安七年（202），曹操到睢阳（今河南商丘）治水，祭祀桥玄，并作《祀故太尉乔玄文》云：“又承从容约誓之言：‘殂逝之后，路有经由，不以斗酒只鸡相沃酹，车过三步，腹痛勿怨。’虽临时戏笑之言，非至亲之笃好，胡肯为此辞乎？”

㉕“一诺”句：司马迁《史记·季布栾布列传》：“得黄金百斤，不如得季布一诺。”

㉖“三复”句：《论语·先进》：“南容三复白圭，孔子以其兄之子妻之。”何晏集解引孔安国曰：“《诗》云：‘白圭之玷，尚可磨也；斯言之玷，不可为也。’

南容读诗至此，三反覆之，是其心慎言也。”后因以“三复白圭”谓慎于言行。

㉗ 舍卫国乞食：舍卫国为中印度古王国名，近于今尼泊尔之奥都。佛经载，佛在舍卫国祇树给孤独园，与大比丘众千二百五十人俱。尔时，世尊食时，着衣持钵，入舍卫大城乞食。

㉘ 应让遂先：战国时，秦围邯郸，平原君之门下食客毛遂自荐跟随前往楚国游说求救。典出《史记·平原君虞卿列传》。

㉙ 恒河沙：佛说法时，常以譬喻极多之数。

㉚ 请从隗始：《史记·燕召公世家》：“燕昭王于破燕之后即位，卑身厚币以招贤者。谓郭隗曰：‘齐因孤之国乱而袭破燕，孤极知燕小力少，不足以报。然诚得贤士以共国，以雪先王之耻，孤之愿也。先生视可者，得身事之。’郭隗曰：‘王必欲致士，先从隗始。况贤于隗者，岂远千里哉！’于是昭王为隗改筑宫而师事之。乐毅自魏往，邹衍自齐往，剧辛自赵往，士争趋燕。”后因以“隗始”用作以礼招贤的典故。

㉛ 合尖：造塔工程最后一着为塔顶合尖，故以“合尖”喻克成大功的最后一步工作。

㉜ 业障：佛教语，谓妨碍修行正果的罪业，比喻人的罪孽。作为詈词，它指责他人他物为恶果、祸患的根源。

㉝ 劫火：佛经云，旧世界崩溃的“坏劫”之末，将发生火灾、水灾和风灾。《仁王经》说：“劫火洞然，大千俱坏。”当火灾发生时，七日并出，山崩地裂，海枯石烂，大火从地狱烧到色界的二禅天，世界化为灰烬。

㉞ 长陵：汉高祖刘邦陵墓。　半抔：形容很少。抔，手捧。作量词当“捧”“把”讲。《史记·张释之冯唐传》：“假令愚民取长陵一抔土，陛下何以加其

法乎？”

㉟ 渡世慈航：佛教语，指以慈悲心，救渡众生，出生死海，有如舟航。

㊱ 菩萨前身：《续玄怪录》之《锁骨菩萨》云：昔延州有妇人，白皙颇有姿貌，年可二十四五。孤行城市，年少之子悉与之游，狎昵荐枕，一无所却。数年而殁，州人为之葬焉。以其无家，瘗于道左。大历中，忽有胡僧自西域来，见墓遂趺坐具，敬礼焚香。人见谓曰：“此女子人尽夫也。以其无属，故瘗于此。和尚何敬邪？”僧曰：“此即锁骨菩萨，顺缘已尽，圣者云耳。不信，即启以验之。”众人即开墓，视遍身之骨，钩结如锁状，果如僧言。州人异之，为设大斋，起塔焉。

㊲ 修行十世：修行十世后，才能转生作和尚。佛家用以表达作和尚的因缘不浅。

㊳ 青磷：人和动物的尸体腐烂时分解出的磷化氢，会自燃。夜间野外尤其是坟头有时看到的白色带蓝绿色的火焰就是磷火。

㊴“即是”二句：苌弘，周敬王的大夫，后蒙冤为人所杀，传说血化为碧玉。形容刚直忠正，为正义事业而蒙冤抱恨。事见《左传·哀公三年》。《庄子·外物》：“人主莫不欲其臣之忠，而忠未必信，故伍员流于江，苌弘死于蜀，藏其血三年，而化为碧。”

㊵“一炬”四句：谓墓中随葬的种种物品俱在，死者一件也拿不走。

㊶“半锥”四句：谓坟头掩埋了恩仇，阻断了人情。

㊷“免他”句：土馒头指坟墓，出自唐王梵志《城外土馒头》：“城外土馒头，馅草在城里。一人吃一个，莫嫌没滋味。”因系群藏尸骸，无须一人一葬，故曰“免”。

㊸ 棒喝：佛教禅宗用当头棒喝警醒迷误。

㊹ 铁门限：宋范成大《重九日行营寿藏之地》诗："纵有千年铁门限，终须一个土馒头。"原谓打铁作门限，以求坚固，后即用"铁门限"比喻人们为自己作长久打算。此谓死者不能复生。

㊺ 灯传：谓佛教的佛法佛理的薪火相传。

㊻ 迁谷不迁陵：喻尽管时代变迁，而坟茔不移。

㊼ 道殣之嗟：《礼记·檀弓下》载：齐大饥，黔敖为食于路，以待饿者而食之。有饿者，蒙袂辑屦，贸贸然来。黔敖左奉食，右执饮，曰："嗟！来食！"扬其目而视之，曰："予惟不食嗟来之食，以至于斯也！"从而谢焉，终不食而死。后世以"嗟来之食"为侮辱性的施舍。

㊽ 若敖：指春秋时楚国的若敖氏。因族中有人反叛，被灭族，因没有后代，故无人祭祀。

㊾ 国殇、山鬼：死于国事者与山泽精怪。出自屈原《九歌》中的《国殇》《山鬼》篇。

㊿ 厉：恶鬼。

51 "惠州"二句：苏轼有《惠州官葬暴骨铭》。

52 "无定河边"二句：唐诗人陈陶《陇西行》："誓扫匈奴不顾身，五千貂锦丧胡尘。可怜无定河边骨，犹是春闺梦里人！"

53 蠡城：会稽城相传为范蠡所建。

54 坎离：八卦中的二卦。《易·说卦》："坎为水……离为火。"此指方位，坎表示正北，离表示正南。

55 九宫：古代中国天文学家将天宫以井字划分为乾宫、坎宫、艮宫、震宫、中宫、巽宫、离宫、坤宫、兑宫九个等份，用于观察七曜与星宿移动，可知方向及季节。　八卦：相传源于河图和洛书，是八种具有象征意义的图形。每个图形由代表阳的“—”（阳爻）和代表阴的“--”（阴爻）组成，按照大自然的阴阳变化平行组合，以占方位、布阵法、卜吉凶。

56 雷门：《汉书·王尊传》：“尊曰：‘毋持布鼓过雷门！’颜师古注：‘雷门，会稽城门也。有大鼓。越击此鼓，声闻洛阳，故尊引之也。’”

57 昭陵：唐太宗的陵墓。据传王羲之《兰亭集序》的真迹随葬于昭陵。

58 偈：偈陀，佛教术语，意译为颂，简作“偈”，一种略似于诗的有韵文辞，通常以四句为一偈。

59 金天：即西天。金于方位属西。

60 点铁：原指用手指一点使铁变成金的法术。黄庭坚《答洪驹父书》：“古之能为文章者，真能陶冶万物，虽取古人之陈言入于翰墨，如灵丹一粒，点铁成金也。”

61 刀圭：此指炼金的丹药。

【评品】　这是张岱为湛芝禅师所造普同塔撰写的碑文。张岱先引经据典，说明圣贤古人已有收葬无主尸骸的善举。再进一步论述佛光普照，乾坤一家的主张，将其赞为民胞物与的义行。援佛入儒，已是宋元以后的时尚。然后落实到施行者湛芝和尚，用“遂先”“隗始”激赏他敢为人先，用“一诺千金”“三复白圭”激赏他努力践行，称颂他超度亡魂功德无量。最后引用湛芝禅师的话，突出其一视同仁的佛心：“无二视”“皆有”“同入”“更无”“莫作”，与塔名“普同”相关合。

辨

古兰亭辨[1]

会稽佳山水，甲于天下，而霞蔚云蒸，尤聚于山阴道上[2]。故随足所至，皆胜地名山。王右军卜居兹土[3]，于千岩万壑中，独取兰亭一席地。其景物风华，定当妙绝千古。且余少时见兰亭墨刻，岩峦奇峭，亭榭巍峨，曲水流觞[4]，浴鹅涤砚[5]。开卷视之，不禁神往。

万历癸丑[6]，余年十七，以是岁为右军修禊之年，拉伴往游。及至天章寺左[7]，颓基荒砌，云是兰亭旧址。余伫立观望，竹石溪山，毫无足取，与图中景象，相去天渊。大失所望，哽咽久之。故凡方外游人欲到兰亭者，必多方阻之，以为兰亭藏拙[8]。因此裹足不到，又六十年所矣。

今年又值癸丑[9]。自永和至今，凡二十二癸丑。余两际之，不胜欣幸。因檄同志，于三月上巳，会于兰亭，仿古修禊。是日天气晴和，偕吾弟登子，轻身济胜，陟岭登岩。坐天章方丈[10]，寻览古碑。始知旧日兰亭与天章古寺，元末火焚，基址尽失。今之所谓兰亭者，乃永乐二十七年[11]，郡伯沈公择地建造[12]。因其地有二池，乃构亭其上。甃石为沟[13]，引田水灌入，摹仿曲水流觞，尤为儿戏。盖此地撇却崇山，推开修竹，制度椎朴，景色荒凉，不过田畴中一邮表畷耳[14]！且地方湫隘，亭榭卑污，《兰亭图》上四十二人大会于此，舆马冠盖，驺从多人[15]，黑子弹丸[16]，于何驻足？其为影射[17]，不问可知。

寺僧言此原非故址，半里外尚有古兰亭焉。余与登子乱踏荆棘，急往视之。及至其地，偏颇僻仄，愈不足观。旁有石门，勒“古兰亭”三字。余细视之，乃是入兰亭之古道，盖路也，而非亭也。还至方丈，复检商吏部碑文[18]。言万历三年[19]，西蜀刘见嵩、王松屏诸公[20]，得地于崇山之麓，泝流曲折，稍存永和之旧。捐金若干，委寺僧修葺。有亭翼然，匾曰“兰亭遗迹”。后建厅事五间，以供宴会。曾不多时，寺复摧残，亭亦旋废，其基址亦无所考矣。

余谓登子曰：“右军，文人也，韵人也[21]。其所定亭址，必有可观。盍于荒草丛木中栉比寻之[22]？”乃于天章寺之前得一平壤，右军所谓“崇山峻岭”者有之，所谓“清流激湍”者有之，所谓“茂林修竹”者有之，山如屏环，水皆曲抱。登子招手呼曰：“是矣！是矣！”乃席地铺毡，解衣盘礴[23]，幽赏许久，日晡方归[24]。

余谓兰亭古迹埋没千年，一如《兰亭》真本，辨才死守，什袭藏之，不许人见。后被萧翼赚出，走至半途，袖中偷看，遍地花开[25]。此是寺中故典。余急欲于此地建一草亭，还其故址。一为兰亭吐气，一为右军解嘲。亦犹梁上《兰亭》，被余、登子等闲赚出之也[26]。亭名墨花，窃附萧翼。

注释

① 兰亭：详《龙山文帝祠募疏》注。

②“会稽”四句：《世说新语·言语》：“王子敬（献之）云：‘从山阴道上

行，山川自相映发，使人应接不暇。’”会稽，郡名。治所在今浙江绍兴市。

③ 王右军：晋王羲之，官右军将军，故称。　卜居：通过问卜，择地居住。

④ 曲水流觞：古代风俗于农历三月初三日，在环曲的溪水旁宴集，将酒杯置水上，任其漂浮，杯停谁前，谁即饮酒，以此祓除不祥。王羲之《兰亭集序》："此地有崇山峻岭，修林茂竹，又有清流急湍，映带左右，引以为流水曲觞。"

⑤ 浴鹅：晋王羲之好鹅，山阴有一道士养好鹅，羲之往观，求购甚切。道士曰："为写《道德经》，当举群相赠耳。"羲之欣然写毕，笼鹅而归。今兰亭内有鹅池、墨华池。

⑥ 万历癸丑：万历四十一年（1613）。距王羲之修禊的353年共计1260年，为二十一个甲子。

⑦ 天章寺：在兰渚山，有宋仁宗御书"天章之寺"篆文碑。

⑧ 藏拙：掩藏拙劣，不以示人。

⑨ 癸丑：指康熙十二年（1673）。

⑩ 方丈：寺院长老及住持的说法处。

⑪ 永乐二十七年：数字有误，永乐共二十二年（1403—1424）。

⑫ 郡伯：明清知府别称郡伯。　沈公：据李亨特乾隆《绍兴府志》卷二十六，永乐年间（无二十七年）无沈姓知府；唯嘉靖二十四年至二十九年有知府沈啓，字子由，吴江人。应指其人。则永乐二十七年当为嘉靖二十七年（1548）。可验诸清《嘉庆山阴县志》所载："明嘉靖戊申（引者注：即二十七年），郡守沈启移兰亭曲水于天章寺前。国朝康熙十二年知府许宏勋重建。"

⑬ 甃（zhòu）：砌砖瓦。

⑭ 邮表畷：《礼·郊特牲》："飨农及邮表畷禽兽。"注："邮表畷，谓田畯所

以督约百姓于井间之处也。”即古代劝农官在田间督促约束百姓的处所。

⑮ 驺从：显贵出行，车前马后的侍从。

⑯ 黑子弹丸：喻极小之地。庾信《哀江南赋》：“地惟黑子，城犹弹丸。”

⑰ 影射：此意为蒙混，假冒。

⑱ 商吏部：商周祚，字等轩，会稽（今浙江绍兴）人。万历进士。崇祯十年（1627）任左都御史。次年迁吏部尚书。以护复社忤旨，不久罢官归。为作者族弟张萼（字燕客）之妇翁。见作者《五异人传》。

⑲ 万历三年：1575 年。

⑳ 刘见嵩：四川内江人，万历三年任浙江巡海副使。著有《两浙海防类考》四卷。

㉑ 韵人：高雅富有情韵之人。

㉒ 盍：何不。栉比：状密如梳齿之并列。

㉓ 解衣盘礴：随意放松，不拘形迹。

㉔ 晡：下午三至五时。

㉕ “一如《兰亭》真本”八句：详卷二《龙山文帝祠募疏》注。

㉖ 等闲：轻易。

【评品】 这是一篇记叙寻访、考辨、勘定古兰亭遗址的文章，却写得跌宕有致。先叙述山阴道上，佳境美不胜收。作为会稽人，张岱自然颇为自豪。对于王羲之《兰亭集序》中所述的种种美景雅兴，不胜神往。接着写万历年间，自己年少时，往游兰亭之扫兴，所见不过颓基荒砌、竹石溪山而已。失望之情，上当之悔，可以想见。乃至于六十年间裹足不去，还多方劝阻他人也别去。再详写六十年后重到兰亭，阅古碑、访寺僧、考古迹、寻遗址的经过。最终竟于荒草丛林中探得古兰亭遗址，其惊其喜，悉于“所谓……有之”的排比句中发之；得意之情，可于“吐气”“解嘲”“等闲赚出”等词语中味出。而以兰亭遗址之湮没与发掘比拟《兰亭》真帖之隐与现，亦见张岱构思之巧妙、运笔之戏谑。

制

戏册穰侯制

《禹贡》之书，蚤称橘柚[1]；《楚骚》之颂[2]，独著穰橙。嗅之香，食之甘，荔枝比美；赤如日，甜如蜜，萍实争奇[3]。江陵千户[4]，既有素封[5]；湘甸三衢[6]，可无徽号？

咨尔具官臣金衣者，发迹洞庭，驰名荆郢。广、闽、浙散处四方，朱、陆、谢胪分三族[7]。卢乃易姓，翻恨遇夏即黄[8]；北不改操，宁许渡淮为枳[9]？津能解渴，无劳曹孟德之望梅[10]；性可补脾，实似顾长康之食蔗[11]。囊中二叟，其乐不减商山[12]；袖里双柑[13]，厥孝还同陆绩[14]。映日真如鹤顶，经霜即见鸡皮。

朕才乏涂林[15]，廷鲜益智[16]。喜闻箴砭，同汝听鹂[17]；畏见蛴螬[18]，用尔除蠹。每怀饥渴以求士，无藉酪奴[19]；欲设醴酒以待宾，爰思长友[20]。允称花露，不犯楂酸；既绝茶淫[21]，岂为橘虐？丹阳守呼奴勿受[22]，汝能崛强，羞与卫车骑同出曹封之门[23]；东篱老同姓不亲[24]，尔独迂疏，肯学郭崇韬乃拜汾阳之墓[25]。是用宠之喉舌，寄以腹心。安枣为朋[26]，钻核幸非戎李[27]；哀梨作伴[28]，刊皮有似邵瓜[29]。列诸草瓠，香浮新雉[30]；况以木实，味胜来禽[31]。燸蠡自尔知甜[32]，硕果讵能不食？捣齑烧薤[33]，鲈鱼怎配夫金橙[34]；炼月烹天，橘井应邻于银杏[35]。仙掌玉露，降自铜人[36]；方朔蟠桃[37]，来从金母。特遣上林苑从事甘茂[38]，持节册命尔为穰侯[39]。

呜呼，魏冉相秦，乃有穰侯之号；苏轼草制[40]，遂封万户之侯。尔其风播清凉，病除消渴[41]，分壤袭邓郢之美[42]，提封擅蜀汉之尊[43]。毋恃甘荠[44]，尚思冰蘖[45]。

注释

① 蚤称橘柚：《书·禹贡》扬州“厥篚织贝，厥包橘柚”。

②《楚骚》之颂：《楚辞·九章》中有《橘颂》一章。

③ 萍实：《说苑·辨物》：“楚昭王渡江，有物大如斗，直触王舟，止于舟中。昭王大怪之，使聘问孔子。孔子曰：‘此名萍实，令剖而食之，惟霸者能获之，此吉祥也。’”后遂以萍实谓甘美的水果。亦指吉祥之物。

④ 江陵千户：《史记·货殖列传》：“蜀汉江陵千树橘……此其人皆与千户侯等。”意思是谁有千棵江陵橘树，那这个人的年收入就等于千户侯的俸禄了。

⑤ 素封：无官爵封邑而富比封君的人。《史记·货殖列传》：“今有无秩禄之奉，爵邑之入，而乐与之比者，命曰‘素封’。”

⑥ 湘甸：湘江流域的湖南。　三衢：浙江衢州，因县境有三衢山，故称。

⑦ 胪分三族：指橘有朱橘、陆橘（即卢橘，金橘的别称）、谢橘（《陶庵梦忆》卷四《方物》中提到，为浙江余姚谢氏园所产）之分。

⑧“卢乃易姓”二句：陆橘改姓卢，司马相如《上林赋》：“卢橘夏熟，黄甘

橙榛。”明李时珍《本草纲目·果二·金橘》：“此橘生时青卢色，黄熟则如金，故有金橘、卢橘之名。”据说此橘青卢色时味佳，色黄后味变差。故曰“翻恨”。

⑨“北不改操”二句：操，操守。渡淮为枳，《晏子春秋·内篇·杂下》：楚王欲辱晏子，指盗者为齐人。晏子避席对曰：“婴闻之，橘生淮南则为橘，生于淮北则为枳，叶徒相似，其实味不同。所以然者何？水土异也。今民生长于齐不盗，入楚则盗，得无楚之水土使民善盗耶？”王笑曰：“圣人非所与熙也，寡人反取病焉。”

⑩ 望梅：刘义庆《世说新语·假谲》：魏武行役，失汲道，军皆渴，乃令曰：“前有大梅林，饶子，甘酸，可以解渴。”士卒闻之，口皆出水。乘此得及前源。

⑪ 顾长康之食蔗：《世说新语·排调》：顾长康（恺之）啖甘蔗，先食尾。人问所以，云：“渐至佳境。”后比喻境况逐渐好转，或兴趣逐渐浓厚。

⑫“囊中二叟”二句：唐牛僧孺《玄怪录·巴邛人》载：巴邛人在自己的橘园中发现有两个橘子特大，剖开后，看到每个橘子里有两个白发红颜老人在其中游戏，以为橘中之乐，不减商山四皓。商山四皓，秦末汉初的东园公、甪里先生、绮里季和夏黄公，不愿为官，隐居商山（在今陕西商洛）。出山时都八十有余，须眉发白，故称。

⑬ 袖里双柑：明顾起元《客座赘语》卷八《尹山人》载：明有仙人尹蓬头，“魏国馆尹于居第，尝偃几昼睡，寤而语魏国曰：“适游姑苏洞庭山而返。”魏国愕不信，即出袖中两橘畀之。时洞庭橘尚未至南都也。

⑭ 陆绩：字公纪，吴郡吴人也。官至太守，精于天文、历法。其父康，曾为庐州太守。绩年六岁，于九江见袁术。术出橘待之，绩怀橘二枚。及归拜辞，

堕地。术曰："陆郎作宾客而怀橘乎？"绩跪答曰："吾母性之所爱，欲归以遗母。"术大奇之。见《三国志·吴志·陆绩传》。

⑮ 涂林：石榴的别名。《太平御览》卷九七〇引晋陆机《与弟云书》："张骞为汉使外国十八年，得涂林安石榴也。"

⑯ 益智：龙眼的别名。

⑰ 听鹂：唐冯贽《云仙杂记》卷二："戴颙春携双柑、斗酒，人问何之，曰：'往听鹂声。此俗耳针砭，诗肠鼓吹，汝知之乎？'"

⑱ 蛴螬：金龟子幼虫，以植物根茎为食。

⑲ 酪奴：南北朝时，北魏人不惯饮茶，而好奶酪，戏称茶为酪奴，即酪浆的奴婢。北魏杨衒之《洛阳伽蓝记》："（王）肃与高祖殿会，食羊肉酪粥甚多。高祖怪之，谓肃曰：'卿中国之味也，羊肉何如鱼羹？茗饮何如酪浆？'肃对曰：'羊者是陆产之最，鱼者乃水族之长。所好不同，并各称珍……羊比齐鲁大邦，鱼比邾莒小国。唯茗不中，与酪作奴。'"

⑳ 长友：指橘。《橘颂》："愿岁并谢，与长友兮。"

㉑ 茶淫：饮茶成癖。

㉒ 丹阳守：详卷二《快园记》注。

㉓ 卫车骑：卫青出身微贱，曾与姐卫夫子同为平阳侯曹寿（曹参曾孙，世封。本文作曹封，误。）家奴。后因卫夫子为汉武帝生子被立为皇后，而被任命为车骑将军。

㉔"东篱老"句：因陶渊明诗有"采菊东篱下"句，又菊、橘同音，故戏称"同姓"。

㉕ 郭崇韬（约 865—926），字安时，代州雁门人。五代十国时期后唐宰相、

名将、军事家、战略家。灭梁、灭蜀、振兴后唐，功勋卓著。后遭李从袭、向延嗣、马彦珪和神闵敬皇后刘氏联手构陷，杖毙而死，其五子全遇难，两孙幸存。《新五代史·郭崇韬传》："当崇韬用事，自宰相豆卢革、韦说等皆倾附之，崇韬父讳弘，革等即因他事，奏改弘文馆为崇文馆；以其姓郭，因以为子仪之后，崇韬遂以为然。其伐蜀也，过子仪墓，下马号恸而去，闻者颇以为笑。"唐郭子仪以平安史之乱功封汾阳王。此言橘虽与菊"同姓"，却不屑像郭崇韬那样攀附郭子仪以自重。

㉖ 安枣：安期枣，传说中的仙果。《史记·封禅书》载方士李少君言上曰："臣尝游海上，见安期生，安期生食巨枣，大如瓜。安期生仙者，通蓬莱中，合则见人，不合则隐。"

㉗ 戎李：《世说新语·俭吝》："王戎有好李，卖之，恐人得其种，恒钻其核。"

㉘ 哀梨：秣陵有哀仲家梨甚美，大如升，入口消释。后常以比喻美好事物和优美文辞。

㉙ 刊皮：削皮。　邵瓜：邵平，秦故东陵侯。秦亡后，为布衣。种瓜长安城东青门外，瓜味甜美，时人谓之"东陵瓜"。见《三辅黄图》卷一。

㉚ 新雉：辛夷、木兰。

㉛ 来禽：即沙果。也称花红、林檎、文林果。或谓此果味甘，果林能招众禽，故名。

㉜ 燸䥽：干酪。

㉝ 薤：百合科葱属多年生草本植物。

㉞"鲈鱼"句：贾思勰《齐民要术·八和齑》："熟栗黄。谚曰：'金齑玉脍。'橘皮多则不美，故加栗黄，取其金色，又益味甜。"刘悚《隋唐嘉话》："吴郡

献松江鲈，炀帝曰：‘所谓金齑玉脍（鱼肉洁白如玉，齑料色泽金黄），东南佳味也。’”

㉟ 橘井：橘井泉香。葛洪《神仙传·苏仙公传》记载：苏耽成仙前，预言将有瘟疫流行，告其母自家庭院的橘叶和井水能治病。后果如其所言。

㊱ 铜人：汉武帝刘彻妄求长生，听道士说用天降甘露拌玉石碎屑服食，可长生不死，于是下令在西安建章宫修造了一尊托盘承露铜仙人。

㊲ 方朔蟠桃：《博物志》载，汉武帝好仙道，西王母来，索仙桃，以五枚与帝。时东方朔从窗中偷窥，西王母谓帝曰：“此窥牖小儿，尝三来盗吾此桃。”

㊳ 甘茂：战国时秦国名将，曾任右相。后被谗，卒于魏。此因其姓名之甘、茂切合果木而借喻。

㊴ 穰侯：魏冉为秦宣太后异母弟，一生四任相秦，封于穰，故称。此亦取其穰（丰收）义。

㊵ 苏轼草制：苏轼有游戏文字《黄甘陆吉传》，以柑橘分别代表黄甘和陆吉两位隐士。黄甘，即黄柑，被封为穰侯；陆吉，即卢橘，被封为下邳侯。以寓言的手法，揭示“女无美恶，入宫见妒；士无贤不肖，入朝见嫉”。

㊶ 消渴：中医因糖尿病的主要症状为消瘦和渴水，故称。

㊷ 邓郢：河南邓州与湖北荆州，皆属楚地，为产橘区。

㊸ 提封：提举四境之内的土地，总计其数字。　蜀汉：蜀郡与汉中郡，也可能指三国时期的蜀国，为川橘产地。

㊹ 甘荠：《诗·邶风·谷风》：“谁谓荼苦，其甘如荠。”

㊺ 冰蘖：喻寒苦而有操守。唐刘言史《初下东周赠孟郊》诗：“素坚冰蘖心，洁持保贤贞。”

【评品】 本文颂橘的内容生发于屈原《橘颂》，封侯的构思承泽于苏轼《黄甘陆吉传》。先简言其色香味，提出“既有素封”，岂“可无徽号”的问题，以见册封之必要。然后用相关典故，就其产地、种类、功能、品质进行描述，并在与其他水果的比较中予以称颂。严肃的内容，游戏的文字，不乏巧喻、奇想的修辞手法，具有亦庄亦谐的风格。屈原《橘颂》咏物抒情，通过赞颂橘树灿烂夺目的外表、坚定不移的美质和纯洁无私的高尚品德，表达了诗人扎根故土、忠贞不渝的爱国情感和特立独行、怀德自守的人生理想。苏轼《黄甘陆吉传》用史传的体例，结合自己的身世遭际，以寓言的手法，揭示“女无美恶，入宫见妒；士无贤不肖，入朝见嫉”这种官场的弊端。两者与本文的体例、旨意、风格均同中有异。

乐府

荆轲匕

荆轲为燕太子刺秦王，奉地图以献。秦王发图，图穷而匕首见。轲左手把秦王袖，右手持匕首揕之。秦王惊起，环柱走，拔剑，剑恋室[1]，不能即拔。轲逐秦王，食卒不知所为。左右曰："王负剑！"负剑，遂拔，断荆轲左股。荆轲废，乃引其匕首以擿秦王，不中，中铜柱。秦王复击轲，轲被八创。轲自知事不就，倚柱而笑，箕踞而骂曰："事所以不成，吾欲生劫之，必得契约，以报太子也。"左右既前，击斩之，遂被杀。

刺韩相，聂轵里[2]。刺王僚，吴专诸[3]。不了事[4]，荆佽飞[5]。鬼夜哭，樊於期[6]。秦舞阳[7]，若死灰。提药囊，有夏医[8]。擿铜柱[9]，中副车。易水祖道尽白衣[10]，壮士一去不复归。怒发冲冠空涕洟。呜呼！怒发冲冠空涕洟。

注释

① 剑恋室：剑不肯离开剑鞘。

② 聂轵里：聂政，战国时韩国轵人。韩大夫严仲子与韩相侠累有仇，遂结交聂政，为己报仇。聂仗剑入韩都阳翟，以白虹贯日之势，刺杀侠累于阶上，继而格杀侠累侍卫数十人。因怕连累与自己面貌相似的姊姊荌，遂以剑自毁其面，挖眼、剖腹自杀。详《史记·刺客列传》。

③ 专诸：春秋吴人。吴公子光（即吴王阖闾）欲杀王僚自立，伍子胥把他推荐给公子光。公元前515年，公子光乘吴内部空虚，与专诸密谋，以宴请吴王僚为名，藏匕首于鱼腹之中进献（鱼肠剑），当场刺杀吴王僚，专诸也被吴王僚的侍卫杀死。详《史记·刺客列传》。

④ 不了事：糊涂，不懂事。不了事汉，办不成事的汉子。

⑤ 荆佽飞：传说佽飞为春秋荆国（楚国）的勇士，力能斩蛟。《吕氏春秋》载："荆有佽飞者，得宝剑，还涉江，有两蛟夹绕其船。佽飞拔剑赴江，刺蛟杀之。"此谓荆轲字佽飞，误。

⑥"鬼夜哭"二句：樊於期原为秦国将军，后因伐赵败于李牧，畏罪逃往燕国，被燕国太子丹收留。太子丹派荆轲谋刺秦王政时，荆轲请求以樊於期首级与督亢（今河北高碑店一带）地图作为进献秦王的礼物，以利行刺。樊於期获悉，自刎而死。荆轲刺秦王失败，成鬼的樊於期只能夜哭了。

⑦ 秦舞阳：燕国贤将秦开之孙。年少杀人，后投靠燕太子丹，又随荆轲赴咸阳刺秦王，"至陛下，秦舞阳色变振恐，群臣怪之"，荆轲连忙解释："北蛮夷之鄙人，未尝见天子，故振慑。"事败，荆轲被杀。司马迁在《史记》中，并没有交代秦舞阳的下场。

⑧ 夏医：秦始皇的御医夏无且。荆轲在殿上逐刺秦王，他用所携药囊投掷荆轲。

⑨ 擿铜柱：荆轲以匕首掷秦王，中铜柱。事同张良募壮士于博浪沙锥击秦始皇，惜中副车。擿，同“掷”。

⑩ 易水祖道：《史记·刺客列传》：荆轲赴秦前：“太子及宾客知其事者，皆白衣冠以送之。至易水之上，既祖，取道。高渐离击筑，荆轲和而歌，为变徵之声，士皆垂泪涕泣。又前而为歌曰：‘风萧萧兮易水寒，壮士一去兮不复还！’复为羽声慷慨，士皆瞋目，发尽上指冠。于是荆轲就车而去，终已不顾。”祖道，古代为出行者祭祀路神和设宴送行的礼仪。

【评品】 事见《史记·刺客列传》。张岱以聂政、专诸行刺成功，反衬荆轲借樊於期之首、携秦舞阳为副，行刺反倒失败，故结尾为之一唱三叹，不胜惋惜。

渐离筑

高渐离，燕人，屠狗于燕市，与荆轲友善。荆轲既死，渐离变姓名，为人庸保[1]，匿作于宋子[2]。久之，作苦，闻其家堂上客击筑[3]，彷徨不能去，每出言曰：“某善，某不善。”从者以告其主，主乃使前击筑，悲歌慷慨，座客皆惊。既而秦王召见之，有识者曰：“高渐离也。”秦王惜其善击筑，重赦之，乃矐其目[4]。使击筑，未尝不称善，稍益近之。渐离乃以铅置筑中，复进，得近，举筑扑秦王，不中。于是遂诛高渐离，终身不复近诸侯之人。

天雨粟[5]，马生角。太子丹，日夜哭。轲断臂[6]，离矐目。尔献图，余击筑。置锡铅，只一扑。眼中出火口生烟，肘后风雷来迅速。轲死为丹复为光[7]，于期授首舞阳族。尔为死友报强秦，尔死不为人所促[8]。

注释

① 庸保：佣人，杂役。

② 宋子：地名。在今河北省赵县北部宋城村。

③ 筑：中国古代传统弦乐器，形似琴，有十三弦，弦下有柱。演奏时，左手按弦的一端，右手执竹尺击弦发音，其声悲亢而激越。

④ 矐：使眼睛失明。

⑤ 天雨粟：《论衡》卷五："燕太子丹朝于秦，不得去，从秦王求归。秦王执留之，与之誓曰：'使日再中，天雨粟，令乌白头，马生角，厨门木象生肉足，乃得归。'当此之时，天地祐之，日为再中，天雨粟，乌白头，马生角，厨门木象生肉足。秦王以为圣，乃归之。"

⑥ 轲断臂：荆轲并无断臂之说。倒是吴国要离为行刺庆忌，要取得其信任，曾使苦肉计，断臂杀妻。最后行刺成功。（详《吴越春秋》卷四）后世以壮士断臂形容人们为了成就大事或为了更大的、全局的利益，而不得不忍痛割舍掉现有的部分利益。此形容荆轲有去无回的决心。

⑦ 光：田光。燕国侠士，与荆轲交契。燕王喜二十七年（公元前228），秦灭赵，兵屯燕界，燕太子丹震惧，邀田光谋刺秦王（始皇），田光自辞衰老，遂荐挚友

荆轲，太子允，告诫道："所言国之大事，愿先生勿泄也！"田光急见荆轲，言举荐之事，荆轲应之。田光叹道："吾闻长者之行不使人疑之，今太子告光勿泄，是太子疑光也。夫为行，而使人疑之，非节侠也。愿足下急见太子，言光已死，明不言也。"毅然拔剑自刎，太子丹闻之跪拜哀泣。详《史记·刺客列传》。

⑧ 尔死不为人所促：自愿赴死，非人所迫。

【评品】 本篇突出渐离之"义"。他击筑刺秦王不同于荆轲刺秦为燕丹所使，为田光、樊於期之死所促："尔死不为人所促"，完全是为荆轲报仇。

博浪椎

张良，韩人。秦灭韩，良年少。家僮三百人，弟死不葬，悉以家财求客刺秦王，为韩报仇，以大父、父五世相韩故。良因东见仓海君[1]，得力士，为铁椎重百二十斤。秦皇帝东游，良与客狙击秦皇帝博浪沙中，误中副车。秦皇震怒，大索天下，卒莫能得。

黄石公[2]，赤松子[3]。报秦仇，立韩祀[4]。先见仓海君，千金募壮士。博浪只一椎，大索出秦市。圯上书未传，神奇已若此。赖汝一击功，明年祖龙死[5]。副即辒凉车[6]，鲍鱼臭方始。行将作帝师，肯与荆聂齿[7]。满腹储风雷，貌一好女子[8]。是不是，问太史。

注释

① 仓海君：原本作沧海君，据《史记·留侯世家》改。

② 黄石公：秦时隐士。张良刺秦王不中，逃匿下邳，于圯上遇一老人。先令张良为其捡坠履，跪着为其穿上，老人认为“孺子可教矣”，约其五日后早会。至期，斥良后至，如是者两次。第三次良夜未半即往，老人授以《太公兵法》，并言称十三年后，到济北谷城山下，见到一块黄石，那就是他。十三年后，张良从刘邦过济北，果于谷城山下得黄石。事见《史记·留侯世家》。

③ 赤松子：《列仙传》谓：“赤松子者，神农时雨师也，服水玉，以教神农，能入火自烧。往往至昆仑山上，常止西王母石室中，随风雨上下。炎帝少女追之，亦得仙俱去。”张良功成名就之后表示：“愿弃人间事，欲从赤松子游。”

④ 立韩祀：项梁起兵反秦，立楚怀王为天下主。张良游说项梁，寻韩诸公子韩成，立为汉王。

⑤ 祖龙：当时人对秦始皇的特指。祖，始也；龙，人君像。

⑥ 辒凉车：即辒辌车。《史记·秦始皇本纪》：“丞相斯为上崩在外，恐诸公子及天下有变，乃秘之，不发丧。棺载辒凉车中……会暑，上辒车臭，乃诏从官令车载一石鲍鱼，以乱其臭。”

⑦ 齿：并列，引为同类。

⑧ 貌一好女子：《史记·留侯世家》：“余以为其人计魁梧奇伟，至见其图，状貌如妇人好女。”

【评品】 从博浪椎秦，到帝师灭秦，再到功成身退从赤松游，张良的复仇历程艰辛曲折，随着自身道德修行学问素养的不断提高、阅历资质的不断丰富而不断升华，绝非聂、荆、专诸之流刺客可比。结尾一问，颊上添毫，更增风趣。

伍孚刃[1]

越骑校尉汝南伍孚，忿董卓凶毒[2]，志乎刃之。乃朝服怀佩刀以见卓。孚语毕，辞去。卓起送，至阁，以手抚其背。孚因出利刃刺之，不中。卓自奋得免，急呼左右执杀孚，而大诟曰："汝欲反耶！"孚大言曰："恨不得磔裂奸贼于都市[3]，以谢天下！"言未毕而毙。

殿前校，如蠓蠛[4]。腰下刃，白于雪。遇奸雄，思屠裂。事不成，反饮铁[5]。曾闻安禄山，腹大如丘垤。赖有李猪儿[6]，刺出一囊血。今有大脐奴，肝肠寸寸截。咸阳三月火[7]，脐轮烧不灭[8]。厉鬼日夜号，噬脐悔不迭。

注释

① 伍孚（？—约191）：东汉末年越骑校尉，字德瑜。汝南吴房（今河南遂平）人。少有大节，为郡门下书佐。后大将军何进辟为东曹属，再迁侍中、河南尹、越骑校尉。董卓作乱，孚着朝服怀佩刀见董卓，欲行刺，不中，为董卓所害。

② 董卓：字仲颖，凉州陇西临洮（今甘肃岷县）人，东汉末年军阀和权臣。董卓于汉灵帝时担任并州刺史、河东太守。利用汉末战乱和朝廷势弱占据京城，废汉少帝立汉献帝并挟持号令，东汉政权从此名存实亡。他生性凶残，犯下烧杀劫掠诸多罪行，引致其他割据军阀发动讨伐战，董卓本人则被朝内大臣联合其部下设计诛杀。

③ 磔裂：车裂人体。后亦指凌迟处死。

④ 蠓蠛：即蠛蠓。虫名，体小于蚊。

⑤ 饮铁：此指受刑被屠。

⑥ 李猪儿：安禄山的亲兵，后被阉割为宦官。安禄山肥胖如山，且年迈多病，眼睛几乎失明，背长痈疽，睡眠不好，只有在李猪儿的服侍下方能入眠。安禄山视身边左右如猪狗，打骂由心，李猪儿深受其害。在安庆绪的鼓动下，利用职务之便一刀剁开了安禄山的大肚子，并致其死命。

⑦ 咸阳三月火：《史记·项羽本纪》载，项羽屠咸阳，“烧秦宫室，火三月不灭”。后以“咸阳火”为兵燹之典。董卓为避盟军的讨伐，逼献帝迁都长安，并放火烧了洛阳宫庙、官府、居家，洛阳二百里内，建筑物全毁，鸡犬不留。故云。

⑧ 脐轮烧不灭：《后汉书·董卓列传》：董卓被诛，“乃尸卓于市。天时始热，卓素充肥，脂流于地。守尸吏然火置卓脐中，光明达曙，如是积日”。

【评品】 本篇以“曾闻”与“今有”相对举，将史上两大巨奸相对照：两人皆大腹便便，肥硕如猪；一个被刺出一囊血，一个被烧出脐中火。点明奸臣作恶，终有恶报，以此告慰忠烈。

赤壁火

曹操伐吴，屯军赤壁，轴轳千里，带甲百万。周瑜对敌，诸葛亮筑台于江口祭风，东南风大作，命黄盖诈降，驾小舟直入舟次。舟中装硝黄，仓卒火发，烟焰涨天，江水尽赤。吴兵乘势击之，尸积如山。曹瞒须鬟俱焚，仅以身免。剩十八骑，走华容道，遇关公义释，始得脱归。谓长江天堑，终身不敢再犯。

烧曹瞒，走赤壁。烧敬业[1]，浴血立。果是奸雄，火烧不得。诸葛祭风，周瑜对敌。江口筑台，烟迷焰急。楚尾吴头[2]，山焦水赤。夜走华容，割须弃革。摇尾乞怜，关公义释。出祁山[3]，诛汉贼。终三分，不得一。但愿保残骸，疑冢至七十。[4]

注释

① 敬业：徐敬业（636—684），又名李（赐姓）敬业，曹州离狐（今山东菏泽）人，唐朝官员、将领。司空李勣（原名徐世勣）之孙，梓州刺史李震之子，因父早死，直接承袭祖父英国公爵位。徐敬业是唐睿宗时反太后武则天临朝称制而起事的领导者，后为李孝逸乘风火攻，兵败而亡。

② 楚尾吴头：古豫章（今江西）一带位于楚地下游，吴地上游，如首尾相衔接，故称“楚尾吴头”。泛指长江中下游一带地方。赤壁，地处湖北省东南部，

长江中游的南岸，属楚地。

③ 出祁山：指诸葛亮出祁山，讨伐曹魏。

④ 疑冢：传说曹操怕死后被人发掘坟墓，在河北省邯郸市临漳县、磁县漳河一带造了七十二个疑冢。

【评品】 本篇据《三国演义》演绎的故事，对一代枭雄曹操的赤壁大败、华容逃窜极尽揶揄嘲讽之能事。野心勃勃、不可一世的曹操最终落得“但愿保残骸”的下场，真是莫大的讽刺。

施全剑

施全，宋殿前司军人。秦桧入朝，全持斩马刀，邀于望仙桥下[1]，断轿子一柱，而不能伤，被执。桧叱之曰：“你莫心风否[2]？”全曰：“我不心风。举天下要杀金人，汝独不肯杀金人，我故来杀汝。”遂斩于市。观者甚众，中有一人朗言曰：“此不了事汉[3]，不斩何为！”闻者皆笑。

五国城[4]，青衣泣[5]。风波亭[6]，少保磔[7]。殿前小校气填胸，斩马刀锋如霹雳。望仙桥，遇奸贼。透革车，山棚客[8]。“刺汝原不是心风，尔与金人何亲戚？官家倚尔作长城，口吃南朝心向北。”不了汉，授首级，桧贼遇此魂胆失，惟向车前加护卒。

注释

① 邀：邀击，截击。　望仙桥：杭州鼓楼附近有一座无名的小石桥，桥边有个专治烂疮脓疱的外科郎中，悬壶济世，惠及百姓。后仙去，桥被称“望仙桥”。

② 风：即疯。

③ 不了事汉：干不成事的人。不了事，本为宋代口语。此话义含双关：表面上骂施全，实则让秦桧无地自容。

④ 五国城：五国城遗址，位于黑龙江依兰县城西北部。金灭北宋后，将徽宗、钦宗押解北归，囚禁于五国城，后二帝相继葬于此，便有二帝“坐井观天”的故事流传。

⑤ 青衣泣：汉以后，卑贱者衣青衣，故称婢仆、差役等人为青衣。永嘉五年（311）六月，刘渊之子刘聪的军队攻入洛阳，晋怀帝（司马炽，307—311 年在位）于逃亡途中被俘，太子司马诠被杀，史称“永嘉之祸”。建兴元年（313）正月，被俘的晋怀帝在汉主刘聪的宴会上着青衣，为斟酒的仆人，有晋朝旧臣号哭，令刘聪反感。不久即被鸩杀。此以指代徽、钦二帝。

⑥ 风波亭：南宋时杭州大理寺（最高审判机关）狱中的亭名（在今杭州市下城区环城西路）。岳飞（曾因功授少保）被秦桧以莫须有的罪名在此处死。

⑦ 磔：古代碎尸的酷刑。

⑧ 山棚客：宋时豪贵节庆时搭建彩棚宴客，称山棚，客人称山棚客。指施全误中革车中秦桧的宾客。

【评品】 “青山有幸埋忠骨，白铁无辜铸佞臣”，岳飞、施全同为忠臣义士，光照日月，世代旌表；秦桧之流，奸臣贼子，人人口诛笔伐，遗臭万年。究竟谁是不了事汉？

景清刺[1]

景清，初为北平参议。燕王与语[2]，悦之。及即位，诣上自归[3]。燕王曰："吾故人也。"仍其官。清旦伏铅刀以朝[4]。先一日，太史奏文曲星犯帝座甚急，其色赤。旦，清衣绯入[5]，上疑之。有顷，默然而前[6]。左右收之，得其铅刃。清知事不成，跃而诟。上大怒曰："毋谓我王，即王敢尔耶[7]？"清曰："今日之号尚称王哉[8]？"命抉其齿，立且诟，则含血前，潠御衣[9]。上益怒，剥其肤，刷之以铁帚，以刍楦肤[10]，械系长安门。上寝，梦清环殿追劫之。旦日，辇过长安门，清肤前者三[11]，如欲犯驾状。上曰："尚欲劫我耶？"赤其族，掘夷其先冢，籍其里，转相攀染至数千百家，命之曰"瓜蔓抄"[12]。

文曲星，犯帝座。绯衣人，入朝贺。佩铅刀，藏膝髁。太史奏，机谋破。不称王，向前坐。对御衣，含血唾。鸱夷皮[13]，实刍莝。辇过长安门，犯驾尚数步。再加瓜蔓抄，梦逐常惊怖。文皇践祚数十年，未得一日安稳卧。

注释

① 景清：明陕西真宁（今甘肃正宁）人，一说本姓耿。洪武进士，授编修，

改御史。洪武三十年（1397）署左佥都御史。建文初为北平参议，复迁御史大夫。成祖即位，以原官留任。欲于早朝时行刺成祖，被执，搜得所藏刃，遂被杀，诛九族，株连其乡人。

② 燕王：明成祖朱棣，未即位时封燕王。

③ 诣上自归：指上书请辞，不等批复，便自行归家。

④ 旦：《石匮书·景清传》作“坦”。《明史纪事本末·壬午殉难》载“清自是恒伏利剑于衣衽中”，则当作“恒”讲。　铅：铅作刀，软而钝（古有谦辞“铅刀一割”），当依《石匮书》本传作“铦”（锋利）。下文“铅”同。

⑤ 衣绯：衣，穿。绯，此指古代朝官的红色品服。

⑥ 默然：《石匮书》本传作“黭”。《荀子·强国篇》：“黭然而雷击之。”杨倞注：“黭然，卒至之貌。”

⑦“毋谓我王”二句：朱棣此时已即位称帝，而景清偏称其王。朱棣谓即使为王，你又怎敢这样。

⑧ 今日之号：指已然夺位称帝。　尚称王哉：还是称王时的你吗？

⑨ 涂：污，浊。此指口血喷溅御衣。

⑩ 以刍椟肤：像装进木匣一样把草填入剥下的整张人皮中。刍，草。椟，木柜，木匣。

⑪ 清肤：景清被剥下的皮。

⑫ 瓜蔓抄：指旧时统治者对臣下、人民的残酷诛戮迫害。辗转牵连，株连九族，殃及乡里，如瓜蔓之蔓延，故称。

⑬ 鸱夷皮：鸱夷，革囊，亦代指春秋伍子胥。此“鸱夷皮”盖指烈士景清之皮。

【评品】　张岱称颂行刺成祖的景清，即是对朱棣弑其侄建文帝之举皮里春秋的笔伐。对其惨绝人寰的“瓜蔓抄”的谴责，则寓于“梦逐常惊怖”“未得一日安稳卧”中。这与其说是事实，毋宁说是张岱的诅咒。如此惨无人道的暴君其谥号却偏称“文皇”，真是张岱对其莫大的讽刺。

书牍

上王谑庵年祖[1]

向年搜青藤《佚稿》[2]，年祖曾语某："选青藤文，如拾孔雀翎，只当拾其金翠，弃其羽毛。"某以年少，务在求多，不能领略。今见《佚稿》所收，颇多率笔[3]，意甚悔之。今二集俱在，求年祖大加删削。某谓幕中代笔，如《白鹿表》之类[4]，悉应删去。使后人追想高文，如王勃《斗鸡檄》[5]，其妙处正在想像之间。此某愚见及此，不识有当于尊意否也？幸践夙言[6]，以救前失。

| 注释 |

① 王谑庵：王思任（详卷一《纪年诗序》）。 年祖：明清以来同榜登科者称同年。王思任与张岱祖父张汝霖为同榜进士，故张岱称其为年祖。

②"向年"句：张岱曾于十八岁时辑成《徐文长逸稿》。青藤，徐渭（详卷一《昌谷集解序》注）。

③ 率笔：随意草率的笔墨。

④“某谓幕中”二句：徐渭曾入浙闽总督胡宗宪之幕。“会得白鹿，属文长作表，永陵（明世宗嘉靖皇帝之陵，后人常用帝陵代指先君）喜。公以是益奇之，一切疏记，皆出其手”（袁宏道《徐文长传》）。徐渭集“中多代胡宗宪之作，《进白鹿》前后两表，尤世所艳称”（《四库全书总目》卷一七八）。

⑤ 王勃《斗鸡檄》：王勃（650—676），字子安，绛州龙门人。《旧唐书·文苑传》：“年未及冠，应幽素举及第……沛王（李）贤闻其名，召为沛府修撰，甚爱重之。诸王斗鸡，互有胜负，勃戏为《檄英王鸡文》。高宗览之，怒曰：‘据此是交构之渐。’即日斥勃，不令入府。”该檄文已逸，故下文云“其妙处正在想像之间”。

⑥ 践：实践，兑现。　夙言：过去说过的话。指“年祖曾语某”云云。

【评品】 张岱先表明悔失之心，求恕之意，然后再将删定之稿求王思任裁夺。王思任辑佚弃取之说，是为箴言。徐渭之文如是，他人亦然。贪得求多，不辨粗精，少年求学行事，往往如是，不仅辑佚而已。

与祁世培[1]

造园亭之难，难于结构，更难于命名。盖命名俗则不佳，文又不妙[2]。名园诸景，自辋川之外[3]，无与并美[4]。即萧伯玉春浮之十四景[5]，亦未见超异。而王季重先生之绝句[6]，又只平平。故知胜地名咏，不能聚于一处也。西湖湖心亭四字扁[7]，隔句对联，填楣盈栋。张钟山欲借咸阳一炬[8]，了此业障[9]。果有解人[10]，真不能消受此俗子一字也。寓山诸胜[11]，其所得名者，至四十九处，无一字入俗，到此地步大难。而主人自具摩诘之才[12]，弟非裴迪[13]，乃令和之，鄙俚浅薄，近且不能学王谑庵，而安敢上比裴秀才哉！丑妇免不得见公姑[14]，觍焉呈面[15]；公姑具眼，是妍是丑，其必有以区别之也。草次不尽[16]。

注释

① 祁世培：祁彪佳（1602—1645），字幼文、弘吉，号世培，浙江山阴（今绍兴）人。天启进士，崇祯间任福建道御史，历苏松巡抚、南京畿道。福王时任右佥都御史，巡抚江南。不久受排挤乞归。弘光元年（1645）南京、杭州相继为清军所陷，遂幽愤绝食后投湖自尽。著有《祁忠敏公集》。其《越中园亭记》记评越中名园。

② 文：此指矫饰、典奥。

③ 辋川：此指唐王维的辋川别业，有辋水、鹿柴、竹里馆、辛夷坞等二十一景。陕西蓝田县西南有水名辋川，两山夹峙，川水从此北流入灞，山峦掩映，风景幽美。王维、裴迪诗咏辋川之景，取名《辋川集》。又自画辋川山水，号《辋川图》。

④ 并美：并肩比美。

⑤ 萧伯玉：萧士玮（1585—1651），字伯玉，泰和（今属江西）人。天启二年（1622）进士，累官光禄少卿。有《春浮园集》。曾为张岱《补陀志》作序（详《陶庵梦忆·栖霞》）。　春浮：园名。萧士玮建，在今江西泰和县澄江镇。

园背市负廓，林木幽茂，萧士玮自撰《春浮园记》。该园自清代起变为农田。

⑥ 王季重：即上文之王思任。

⑦ 西湖湖心亭：在杭州西湖。“湖心亭旧为湖心寺，湖中三塔，此其一也”，后毁。“嘉靖三十一年，太守孙孟寻遗迹，建亭其上”（《西湖梦寻·湖心亭》）。

⑧ 张钟山：张京元，号钟山，江苏泰兴人。万历进士，官至江西提学副使。其《湖心亭小记》云：“恨亭中字匾，隔句对联，填楣盈栋，安得咸阳一炬，了此业障！　咸阳一炬：指“项羽引兵西屠咸阳，杀秦降王子婴，烧秦宫室，火三月”（《史记·项羽本纪》）。此喻深恶痛绝，欲彻底铲除。

⑨ 了：解决。　业障：罪孽。谓前世所作的种种恶果，致为今生的障碍。

⑩ 解人：懂行的人。

⑪ 寓山：在绍兴西南二十里。山麓有崇祯初祁彪佳所营别业，名寓园。　诸胜：指园中胜景。

⑫ 摩诘之才：指唐代著名诗人王维（号摩诘）诗文兼擅，音画皆通。

⑬ 裴迪：关中人，唐玄宗开元年间曾与王维、崔兴宗居终南山诗歌唱和。天宝后，任蜀州刺史，与杜甫、李颀友善。后又与王维在辋川别墅“浮舟往来，弹琴赋诗，啸咏终日”（《旧唐书·王维传》）。

⑭ 公姑：指媳妇的公公婆婆。

⑮ 觍（tiǎn）焉呈面：惭愧地露面。

⑯ 草次不尽：旧时书信结尾套话。表示草草停止，不能尽意。

【评品】 祁彪佳筑成寓园，为园中诸景命名，并请张岱题咏（张岱有寓山题咏二十一首）。“造园亭之难，难于结构，更难于命名。盖命名俗则不佳，文又不妙”，确实道出命名题咏之忌、之难——雅俗之间，颇难拿捏。文中赞美辋川题咏唱和，稍抑萧伯玉、王季重之品评，痛贬湖心亭楹联，用以突出命名题咏之难，祁氏寓山命名之雅。结以王维与裴迪相比，以丑媳妇难见公婆谐谑，既赞世培，又表自谦。故王雨谦评曰：“寓山不减辋川，世培固一王右丞矣。而读宗老（张岱）寓山诗，似有胜裴秀才。”

与毅儒八弟[1]

见示《明诗存》，博搜精选，具见心力。但窥吾弟立意，存人为急，存诗次之。故存人者诗多不佳，存诗者人多不备。简阅此集，大约是“明人存”，非“明诗存”也。愚意只以诗品为主。诗不佳，虽有名者亦删；诗果佳，虽无名者不废。盖诗删则诗存[2]，不能诗之人删，则能诗之人存；能诗之人存，则能诗之明人亦与俱存，仍不失吾弟存人与存明之本意也。且“子房不见词章，玄龄仅办符檄”[3]，不能诗，无害于人。不能诗而存其人，则深有害于诗也。吾弟以余言为然否？

注释

① 毅儒：张弘。详卷一《纪年诗序》注。

②“盖诗删”句：谓劣诗删则佳诗存。

③“子房”二句：出自杨守陈序《刘诚意（基）集》，意谓张良、房玄龄均为开国元勋，而不能文，能兼之者只有刘基。办，原文作“辨”，据该序改。子房，张良（？—前189），字子房，汉高祖刘邦的重要谋士，善运筹帷幄，决胜千里，被奉为帝师，功封留侯（详《史记·留侯世家》）。玄龄，房玄龄（578—648），名乔，以字玄龄显。唐太宗时为中书令，任相十五年，与杜如晦共掌朝政，史称“房杜”。符，古代朝廷用以传达命令、调兵遣将的凭据。檄，用以征召晓谕或声讨的文书。

【评品】 本文就选诗删诗的原则标准与族弟探讨，并匡正其所选《明诗存》之失。以“诗品为主，诗不佳，虽有名者亦删；诗果佳，虽无名者不废”，此乃选诗不刊之论。理虽浅显，行之实难。盖选诗者往往欲以名人效应，扩大所选诗的影响，增其声价，古今皆然。以诗存人，则人诗俱存；以人存诗，则往往人诗俱亡。是耶？非耶？读者品味之。张岱确是选诗的行家里手。

与陈章侯[1]

晓起，简笥中有章侯未完之画百有十帧[2]。一日完一帧，亦得百有十日，况其中笔墨精工，有数十日不能完一帧者，计其岁月，屈指难尽。弟见之，徒有浩叹而已。文与可画竹，见人多持缣素而请者。与可厌之，投诸地而骂曰："吾将以为袜！"[3]缣素纯白，尚中袜材[4]。兄所遗绢，涂抹殆遍。一幅鹅溪[5]，不堪为妇作裈[6]。弟之双荷叶[7]，又不善收藏。以此无用之物，虽待添丁长付之[8]，无益也。兄将何法，用以处我？

注释

① 陈章侯：陈洪绶（1598—1652），字章侯，号老莲。早年受业于刘宗周、黄道周。崇祯时国子监生，授舍人。召为内廷供奉，不就。明亡，清兵陷浙东，出家云门寺，改号悔迟、悔僧等。善绘人物、花草、虫鸟、山水，卖画度日。有《宝纶堂集》等。为张岱挚友。

② 简：检选。笥：竹或苇编的方形容器。　未完之画：张岱《於越三不朽图赞》曰："（陈章侯）为人不羁，自幼攻于书画，笔多异致，超出古人，名重一时。求其画者，或图山水一角，或画人物半身，每多不完。仿之古人，惟郭恕先庶几似之。"

③ "文与可"五句：文同（1018—1079），字与可，自号笑笑先生，人称石室先生，梓州永泰（今四川盐亭）人。北宋画家。皇祐间进士，历知邛、洋等州，元丰初知湖州，人称"文湖州"。善画山水，尤长墨竹，创为"湖州竹派"。其以缣素（白绢）为袜之事，见苏轼《文与可画筼筜谷偃竹记》。

④ 尚中袜材：还可以作袜的材料。

⑤ 鹅溪：在四川盐亭县西北。此指鹅溪所产的鹅溪绢。宋代书画家喜用以作

书画。苏轼《文与可画筼筜谷偃竹记》有“拟将一段鹅溪绢，扫取寒梢万丈长。”

⑥ 裈（kūn）：有裆的裤。

⑦ 双荷叶：宋贾收（字耘老）之妾的小名。苏轼《答贾耘老》之一：“贫固诗人之常，齿落目昏，当是为双荷叶所困，未可专咎诗也。”此指代妾。

⑧ 添丁：生儿子。苏轼《答贾耘老》之四：“可令双荷叶收掌，须添丁长以付之也。”

【评品】 张岱箱中所藏，多为陈章侯“未完之稿”，如何处理，投书问之。戏谑之趣，求成之意，全从苏轼与文与可、贾耘老调侃之典故中和盘托出。王雨谦评曰：“珍重推许之意，都在言外。书牍如此正难。”

又与毅儒八弟[1]

前见吾弟选《明诗存》，有一字不似钟、谭者[2]，必弃置不取。今幾社诸君子盛称王、李[3]，痛骂钟、谭。而吾弟选法，又与前一变，有一字似钟、谭者，必弃置不取。钟、谭之诗集仍此诗集，吾弟手眼仍此手眼，而乃转若飞蓬，捷如影响，何胸无定识，目无定见，口无定评，乃至斯极耶？

盖吾弟喜钟、谭时，有钟、谭之好处，尽有钟、谭之不好处，彼盖玉常带璞[4]，原不该尽视为连城[5]。吾弟恨钟、谭时，有钟、谭之不好处，仍有钟、谭之好处，彼盖瑕不掩瑜[6]，更不可尽弃为瓦砾。吾弟勿以幾社君子之言横据胸中，虚心平气，细细论之，则其妍丑自见，奈何以他人好尚为好尚哉？况苏人极有乡情，阿其先辈[7]。见世人趋奉钟、谭，冷淡王、李，故作妒妇之言，以混人耳目。吾辈自出手眼之人，奈何亦受其溷乱耶[8]？且吾浙人，极无主见，苏人所尚，极力摹仿。如一巾帻，忽高忽低；如一袍袖，忽大忽小。苏人巾高袖大，浙人效之；俗尚未遍，而苏人巾又变低，袖又变小矣。故苏人常笑吾浙人为"赶不着"，诚哉，其赶不着也！

不肖生平倔强[9]，巾不高低，袖不大小，野服竹冠，人且望而知为陶庵[10]，何必攀附苏人，始称名士哉？故愿吾弟自出手眼，撇却钟、谭，推开王、李，毅儒、陶庵，还其为毅儒、陶庵，则天下能事毕矣。学步邯郸[11]，幸勿为苏人所笑。

注释

① 毅儒八弟：张弘在同族同辈中排行第八，故称八弟。

② 钟、谭：钟惺和谭元春。钟惺，详卷二《岱志》注。谭元春（1586—1637），字友夏，号鹄湾，竟陵人。奇怀倜傥，以著述自任。天启七年乡试第一，后再试不第。与钟惺同定《诗归》，世称"钟谭"，共为明末竟陵派创始人。诗论反对复古，主张独抒性灵，以幽深孤峭矫救公安派肤浅之弊。

③ 幾社：明末文社组织。主要成员有陈子龙、夏允彝、徐孚远、何刚等，大都为松江华亭人。其文学主张受后七子的影响，以复古反对公安、竟陵派。张

岱称他们为“苏人”，与“浙人”相对。　王、李：指明中叶“后七子”的代表人物王世贞及李攀龙。王世贞，详卷一《石匮书自序》注。李攀龙（1514—1570），字于鳞，号沧溟，历城（今山东济南）人。嘉靖二十三年进士，官至河南按察使。其与王世贞主张“文必秦汉，诗必盛唐”，倡复古模拟。

④ 璞：未经加工雕琢的玉。

⑤ 连城：价值连城，形容物品的珍贵。战国时，赵惠文王得楚国和氏璧，秦昭王愿以十五城交换之。

⑥ 瑕不掩瑜：玉有斑点，不能掩盖宝玉之美。喻缺点不能掩盖优点。

⑦ 阿：徇私、讨好、偏袒。

⑧ 溷乱：混乱。

⑨ 不肖：古代自谦之词。

⑩ 陶庵：张岱之号。

⑪ 学步邯郸：喻效仿他人不成，反丧自己原有的本色、本领。《庄子·秋水》：“且子独不闻夫寿陵馀子之学行于邯郸与？未得国能，又失其故行矣，直匍匐而归耳。”寿陵，燕邑；邯郸，赵都。

【评品】　这是一篇与弟论选诗之文。张岱直言不讳指出其弟选诗“胸无定识，目无定见，口无定评”，全依时尚趋从、他人好恶定弃取，如此选诗断不可取。明确表示选诗当有一定的准则。一人之诗，往往瑕瑜互见，应“自出手眼”，“虚心平气，细细论之”，使诗之“妍丑自见”。其批评之真诚直率，识见之卓越不凡，比喻之形象风趣，讽刺之委婉谐谑，皆为本文之特色。凡此均可为当今之文艺批评之借鉴。

答袁箨庵[1]

传奇至今日[2]，怪幻极矣！生甫登场[3]，即思易姓；旦方出色[4]，便要改妆。兼以非想非因，无头无绪，只求闹热，不论根由，但要出奇，不顾文理。近日作手，要如阮圆海之灵奇[5]，李笠翁之冷隽[6]，盖不可多得者矣。

吾兄近作《合浦珠》[7]，亦犯此病。盖郑生关目[8]，亦甚寻常，而狠求奇怪。故使文昌、武曲[9]，雷公、电母，奔走趋跄。闹热之极，反见凄凉。兄看《琵琶》、《西厢》[10]，有何怪异？布帛菽粟之中，自有许多滋味，咀嚼不尽，传之永远，愈久愈新，愈淡愈远。东坡云："凡人文字，务使和平知足；余溢为奇怪，盖出于不得已耳。"[11]今人于开场一出，便欲异人，乃妆神扮鬼，作怪兴妖。一番闹热之后，及至正生冲场[12]，引子稍长，便觉可厌矣。兄作《西楼》，只一情字。讲技，错梦，抢姬，泣试，皆是情理所有，何尝不闹热，何尝不出奇？何取于节外生枝，屋上起屋耶？总之，兄作《西楼》[13]，正是文章入妙处。过此，则便思游戏三昧[14]，信手拈来，自亦不觉其熟滑耳。

汤海若初作《紫钗》[15]，尚多痕迹[16]。及作《还魂》[17]，灵奇高妙，已到极处。《蚁梦》[18]《邯郸》[19]，比之前剧，更能脱化一番，学问较前更进，而词学较前反为削色。盖《紫钗》则不及，而"二梦"则太过。过犹不及，故总于《还魂》逊美也。今《合浦珠》是兄之“二梦”，而《西楼记》为兄之《还魂》。“二梦”虽佳，而《还魂》为终不可及也。承兄下问，故敢尽言。伏望高明，恕弟狂妄。

注释

① 袁箨庵：袁于令（1592—1674），原名晋，又名韫玉，字令昭，号箨庵。苏州人。明诸生，以事褫衣衿。清顺治二年，苏郡士绅推于令草降表进呈，以京官议叙荆川知府。为官十年，未见迁升。监司谓之曰：“闻公署中有三声：弈棋声、唱曲声、骰子声。”于令答道：“闻公署中亦有三声：天平声、算盘声、板子声。”监司大怒，揭参落职。晚流寓会稽。于令工诗文，通音律，尤精戏曲。与冯梦龙、凌濛初、张岱等人友善。著有传奇九种、杂剧一种。今存传奇《西楼记》《鹔鹴裘》《金锁记》《长生乐》和杂剧《双莺传》。

② 传奇：此指明清时以演唱南曲为主的一种戏曲形式。

③ 生：传统戏曲的主要行当之一。一般用作净丑以外男角色的统称。以扮演人物的年龄、身份、性格和表演特点的不同，可分为老生、小生、外、末、武生、娃娃生等。　甫：刚才。

④ 旦：传统戏曲中元杂剧女角色的统称，如正旦、小旦、搽旦、花旦等。宋元南戏中泛指女主角。　出色：传奇剧本中主要脚色的出场。

⑤ 阮圆海：阮大铖（约1587—1646），字集之，号圆海、石巢、百子山樵等，安徽怀宁人。万历进士。初阿附魏忠贤，与东林党人为敌。崇祯间，名入逆案被削职，流寓南京。明亡，任弘光朝兵部尚书。后降清，死于福建。工于诗文，

尤精于戏曲，著有《燕子笺》《春灯谜》《牟尼合》《双金榜》《忠孝环》等。

⑥ 李笠翁：李渔（1610—1680），名仙侣，字谪凡、笠鸿，号天徒、笠翁，浙江兰溪人。明庠生。顺治间流寓金陵。康熙中迁杭州。擅写小说，尤精戏曲理论和剧作，著述丰富。有《闲情偶寄》《芥子园画谱》《合锦回文传》等。另有戏曲《玉搔头》《风筝误》《蜃中楼》等十种，合称《笠翁十种曲》。其《闲情偶寄》乃戏曲理论之经典。

⑦《合浦珠》：传奇名，已佚。明末清初有烟水散人编长篇小说《合浦珠传》，写明崇祯间苏州书生钱兰与妓女赵素馨、太守女珠娘的婚恋之事，而以明月珠为聘。

⑧ 关目：指戏曲剧本的结构和关键情节的安排和构思。

⑨ 文昌、武曲：文魁星、武曲星。据下文“雷公、电母”，在剧中指天上主文、武之神。

⑩《琵琶》：《琵琶记》。著名南戏作品，元末高明著，据民间流传的南戏《赵贞女》改编。写蔡伯喈中状元后招赘于牛丞相府，妻赵五娘在家乡遭灾后独力养家，典当俱尽，父母饿死。五娘抱琵琶弹唱行乞，赴京寻夫，几经周折，终得团圆。　《西厢》：《西厢记》。著名杂剧作品，元王实甫作，据元稹《莺莺传》改编。写书生张珙与崔相国之女莺莺的爱情故事。

⑪“东坡云”五句：出自苏轼《答黄鲁直五首》，原文为：“凡人文字，当务使平和。至足之余，溢为怪奇，盖出于不得已也。”

⑫ 正生：戏曲角色行当。所指不一。一般指老生，但偶有指小生者。　冲场：戏曲名词。传奇剧本的第二出。冲场开头，必有个长引子，引子唱完，继以诗词和骈体文的定场白，以三言两语，交代登场人物的身份、性格、环境和当时

的思想，埋伏下全剧的重要关节。

⑬《西楼》：《西楼记》，袁于令的代表作。写御史之子于鹃与西楼歌伎穆素徽相恋，其父将素徽逐徙杭州，相国公子以巨款买为妾，素徽至死不屈，于鹃因此寝食俱废。后得侠士胥表相救，两人才得成婚。其中“楼会”“拆书”“玩笺”“错梦”等十余出，一直盛演不衰。

⑭ 游戏三昧：原为佛家语，意思是排除杂念，使心神平静。也比喻事物的精义、诀窍。后指用游戏的态度对待一切。三昧，又译“三摩地”，意译为“正定”，谓屏除杂念，心不散乱，专注一境。后借指事物的奥妙、诀窍、要领。

⑮ 汤海若：汤显祖（1550—1616），字义仍，号海若、若士、清远道人，江西临川人。万历十一年（1583）进士。授南京太常寺博士，迁礼部主事。疏劾大学士申时行，谪广东徐闻典史，改浙江遂昌知县。后又以不附权贵而被免官。汤显祖论文以“情”反对道学家的“理”，提出“凡文以意趣神色为主”（《致吕姜山》），与徐渭、三袁的文学主张有相通之处。所作传奇《紫钗记》《南柯记》《邯郸记》《牡丹亭》都记梦，合称《玉茗堂（其书斋名）四梦》或《临川四梦》。　《紫钗》：《紫钗记》。取材于唐代蒋防的《霍小玉传》，情节有改动。歌颂李益和霍小玉的忠贞爱情，揭露卢太尉为代表的封建势力的自私专横。以善于创造气氛，刻画心理见长，是汤显祖仅次于《牡丹亭》的重要作品。

⑯ 痕迹：此指为文有作意，不够自然。

⑰《还魂》：《还魂记》，又称《牡丹亭》。记南安太守杜宝女杜丽娘，梦见书生柳梦梅，醒后相思致病而死。后杜丽娘复生，与梦梅结为夫妻。情节富于幻想，性格刻画深细，曲词清丽。是公认的汤显祖最杰出的代表作。

⑱《蚁梦》：《南柯记》。据唐李公佐《南柯太守记》改编。喻富贵荣华之得失

犹如南柯一梦。

⑲《邯郸》：《邯郸记》。据唐沈既济的《枕中集》改编，喻富贵荣华不过黄粱美梦。

【评品】 诗文戏曲，张岱均为行家里手，故评诗文、论戏剧，识见精粹，切中肯綮，直言不讳。“只求闹热，不论根由，但要出奇，不顾文理”，深切当时传奇创作媚世俗、求噱头的弊病，也未尝不是今下影视剧创作的痼疾。其对汤显祖《临川四梦》高下之品评，洵为灼见；将汤显祖与袁于令的剧作对比评价，既省笔墨，又利解读。对于《西楼记》与《合浦珠》的得失评论，也能直搔其痛痒。任何情节的安排、手法之运用，均难在一个“当”字，过犹不及，谁谓不然？诚如王雨谦所评：“‘兄作《西楼》’八句，搔着箨庵痒处。”如此批评，才能于传奇作者真有裨益，有助于创作水平的提高和繁荣。本文可作张岱戏曲论文品读。

与祁文载[1]

庾子嵩读《庄子》[2]，开卷一尺许，便放去，曰：“了不异人意[3]。”殷中军见佛经，云：“理亦应阿堵上[4]。”此二人者，方可与注经，方可与解经。何者？

注经者，于旧注外为解义，必须妙析奇致，大畅玄风[5]。解经者，于字句中寻指归[6]，必须烂熟白文[7]，漫加咀嚼。弟阅《金刚经》诸解[8]，深恨灶外作灶，硬入人语[9]，未免活剥生吞；又恨于楼上造楼，横据己见，未免折桥断路[10]。故余之解《金刚经》，与余之解四书五经，无有异也。余解四书五经，未尝敢以注疏讲章先立成见[11]，必正襟危坐[12]，将白文朗诵数十余过，其意义忽然有省。古人云："熟读百遍，其义自见。"盖古人正于熟读时深思其义味耳。佛家以香花灯烛虔诵经文，亦欲人思其意义。无奈今之徒众，止知以诵经了愿，匈訇之外[13]，不更着想，所以终无进路耳。故人能熟读经文，深思义味，庄子所谓"思之思之，鬼神通之[14]"，政谓此也。诸解具在，皆弟于朗诵白文，忽然有得，第恐错入魔境[15]，颛望明眼人为弟指迷。颙祷[16]，颙祷。

注释

① 祁文载：祁熊佳，字文载，山阴人。与兄彪佳、豸佳俱为张岱挚友。崇祯十三年（1640）进士。"除知县（延平），召为兵科给事中。明亡之后，当事币聘，皆却之，日与老衲谈禅，其轨辙相同"（《越中杂识·文苑》）。张岱引为"参禅知己"（详《琅嬛文集·祭祁文载文》及《祭周戬伯文》）。

② 庾子嵩：庾敳（262—311），西晋颍川鄢陵人，字子嵩，庾峻之子。长不满七尺，而腰带十围，雅有远韵。为陈留相。尝读《老》《庄》，曰："正与人意暗同。"历官吏部郎、东海王军谘祭酒。死于石勒之乱。

③ 了不异人意：《晋书》本传与《世说新语·文学》篇均作"正与人意暗同"。

④"殷中军"三句：语出《世说新语·文学》。殷中军，殷浩（？—356），字

渊源。先好《老》《易》，善谈玄理。后被废，始读佛经。因其曾任中军将军，故称“殷中军”。阿堵，此处，这个。

⑤ 玄风：谈玄之风。魏晋时期士大夫好以老庄学说和《周易》为依据，辨析名理。

⑥ 指归：意向，意旨。

⑦ 白文：未加注评的原文。

⑧《金刚经》：全名《金刚般若波罗蜜经》。般若，意译为智慧。波罗蜜，意译为渡彼岸。智慧之体，其常清净，不变不移，如金刚之坚实，故名。

⑨ 硬入人语：生硬地插入别人（与诠解文本未必贴切）的释语。

⑩ 拆桥断路：喻横插己见，生生阻断了读者的正常思路。

⑪ 注：解释原文意义的文字。　疏：疏通注文意义的文字。　讲章：分析古书章节句读的文字。

⑫ 正襟危坐：整理衣服，端正而坐。表示郑重其事。

⑬ 訇訇（pēnghōng）：象声词，状大声。

⑭“庄子”二句：语出《管子·内业》：“思之，思之，又重思之；思之而不通，鬼神将通之。”

⑮ 第：但，只。　魔境：指歧路，邪境。

⑯ 颙（yōng）祷：期待并祈求。

【评品】 本文与祁氏讨论注经解义、笺疏求学的心得体会。古人有云“熟读百遍，其义自见”，“其义”何以能“自见”？张岱指出关键在于要“思之思之”，“深思义味”，才能“忽然有得”。不然，纵诵千遍万遍，罔思罔见，也“终无进路”。这是张岱深有所得的体会，是度人金针之语。对注解，张岱认为不能先入为主，也不能活剥生吞，忌强作解人；而“于旧注外为解义”，即为注笺疏，也“必须妙析奇致，大畅玄风”，不能“楼上造楼”，强人同己。洵为真知灼见。求学解义，果能如此，则思过半矣。

与李砚翁[1]

弟《石匮》一书[2]，泚笔四十余载[3]，心如止水秦铜[4]，并不自立意见[5]。故下笔描绘，妍媸自见。敢言刻画，亦就物肖形而已。蒙兄台过誉，谓“当今史学，无逾陶庵”。伯乐一顾，遂多索看之人[6]。而中有大老[7]，言此书虽确，恨不拥戴东林[8]，恐不合时宜。弟闻斯言，心殊不服，特向知己辨之。

夫东林自顾泾阳讲学以来[9]，以此名目，祸我国家者八九十年。以其党升沉，用占世数兴败。其党盛，则为终南之捷径[10]；其党败，则为元祐之党碑[11]。风波水火，龙战于野，其血玄黄[12]。朋党之祸，与国家相为始终。盖东林首事者实多君子，窜入者不无小人；拥戴者皆为小人，招徕者亦有君子。此其间线索甚清，门户甚迥，作史者一味糊模，不为分别，则是魏收集秽[13]，陈寿报仇，颠倒错乱[14]，其书可烧也。东林之中，其庸庸碌碌者，不必置论。如贪婪强横之王图[15]，奸险凶暴之李三才[16]，闯贼首辅之项煜[17]，上笺劝进之周钟[18]，以至窜入东林，乃欲俱奉之以君子，则吾臂可断，决不敢徇情也。东林之尤可丑者，时敏之降闯贼，曰“吾东林时敏也”[19]，以冀大用。鲁王监国[20]，蕞尔小朝廷[21]，科道任孔当辈犹曰[22]：“非东林不可进用。”则是“东林”二字，直与蕞尔鲁国及汝偕亡者！手刃此辈，置之汤镬[23]，出薪真不可不猛也。吕东莱曰：“见辱于市人，越宿而已忘；见辱于君子，万世而不泯。君子所以口诛笔伐于荜门圭窦之间，而老奸巨猾心丧胆落，得恃此权也。”[24]今乃当东林败国亡家之后，流毒昭然，犹欲使作史者曲笔拗笔[25]，仍欲拥戴东林，此某所痛哭流涕长太息者也[26]。

兄台胸无成见[27]，不落方隅[28]，故可痛快言之。若语他人，则似荆轲与盖聂论剑，怒目视之，所不免矣[29]。

注释

① 李砚翁：李长祥（1609—1673），字研斋，亦字子发，自号石井道人，西蜀夔州府达州人。崇祯十六年（1643）举进士，入仕于朝。明亡，与郑成功、张煌言抗清，屡仆屡起，抗节不挠。鲁王监国四年（1649），进为兵部左侍郎，后移至舟山。1651 年被清军总督陈锦所俘，羁押于南京。才女姚淑（号钟山秀才）倾慕李长祥之名，私往其处论诗问艺，一见钟情。看守者谓长祥有所眷恋，稍事懈怠，两人即于康熙元年（1662）逃离南京。由吴门奔河北，遍历宣府、大同，复南下百粤，与屈大均相处最久。后迁居毗陵（今江苏常州），筑读易堂以终老。作文赋诗，高风劲节，流露其间，所作《天问阁文集》传世至今。全祖望有《前侍郎达州李公研斋行状》述其生平。张岱称其为“史学知

己”（《祭周戬伯文》）；李长祥则称张岱为“当今史学，无逾陶庵”，并为其《西湖梦寻》作序，为其生圹题额。

②《石匮》：书名，二百二十卷。张岱所著。详卷一《石匮书自序》。

③ 泚笔：以笔蘸墨。

④ 止水：静止的水，清冽可以为鉴。后用以比喻心境宁静，胸怀纯洁。《庄子·德充符》：“人莫鉴于流水，而鉴于止水。”　秦铜：即秦镜。传说秦宫有方镜，表里有明。人直来照之，影则倒见；以手扪心而来，则见肠胃五脏；人有疾病，即知病之所在；人有邪心，照之则胆张心动。见《西京杂记》。

⑤ 不自立意见：不作主观好恶的评价褒贬。

⑥“伯乐一顾”二句：活用韩愈《送温处士赴河阳军序》“伯乐一过冀北之野，而马群遂空”的典故和句式。此以伯乐比李砚翁。

⑦ 大老：此指有权势、有名望的大人物。

⑧ 东林：东林党。明后期以江南士大夫为主的政治团体。万历中，无锡人顾宪成革职还乡，与同乡高攀龙等在无锡东林书院讲学，评论时政，不少朝臣遥相应和，失意士大夫闻风趋附，时人谓之东林党。他们以清流自诩，反对横征暴敛，主张减轻民众负担；要求改革朝政，任用贤能，澄清吏治。天启中，遭魏忠贤等逐一捕杀，杨涟、左光斗、黄尊素、周顺昌、高攀龙等先后遇害。崇祯即位，魏党受惩，对东林党的迫害才告终止。

⑨ 顾泾阳：顾宪成（1550—1612），字叔时，号泾阳，明常州无锡人。万历进士，授户部主事，改吏部，补验封主事。十五年（1587），大计京官，忤权贵，贬桂阳州判官。累迁至吏部员外郎。二十一年，任吏部文选司郎中，上书反对三王并封。次年忤旨，革职还乡。遂与弟允成修复东林书院，讲学其中。

⑩ 终南之捷径：以隐居沽名钓誉，为出仕求官的捷径。唐卢藏用举进士，居终南山，至中宗朝以高士之名得官。道士司马承祯尝奉召至京，将还山，藏用指终南曰："此中大有佳处，何必在远。"承祯徐答曰："以仆所视，乃仕官捷径耳。"见《大唐新语·隐逸》。

⑪ 元祐之党碑：北宋徽宗朝蔡京为相弄权，以崇奉熙宁变法为名，否定建中初政。又令籍定元祐旧党姓名，将文彦博、司马光、苏轼等一百二十人悉称"奸党"。御书刻石，史称"元祐党碑"。崇宁三年（1104）又增至三百零九人。

⑫"龙战"二句：《易·坤》："龙战于野，其血玄黄。"本指阴阳二气的交战，后指群雄割据争战。此喻党争水火不相容。

⑬ 魏收：详卷三《征修明史檄》注。

⑭ 陈寿（233—297）：字承祚，晋巴西安汉人。师事同郡谯周。仕蜀为令史，入晋任著作郎、御史治书。撰有《三国志》等，时称良史。然《晋书·陈寿传》载："寿父为马谡参军，谡为诸葛亮所诛，寿父亦坐被髡，诸葛瞻又轻寿。寿为亮立传，谓亮将略非长，无应敌之才；言瞻惟工书，名过其实。议者以此少之。"故张岱谓其"报仇，颠倒错乱"。

⑮ 王图：字则之，耀州人。万历进士，官至吏部侍郎。图有相望，为东林推重，忌者力构之，遂求去。天启中，起为礼部尚书。

⑯ 李三才：字道甫，顺天通州（今属北京）人，万历进士。万历二十七年（1599），以右佥都御史总督漕运、巡抚凤阳诸府。交结高攀龙等东林人士，多次疏请罢矿盐税使。治理淮河，有声誉，擢户部尚书。三十八年推为入阁人选。然忌者日众，谤议纷起，遂形成党争。四十三年遭劾落职。天启三年（1623）起为南京户部尚书，未就而卒。

⑰ 项煜：字仲昭，号水心，南直吴县人。天启四年进士，官太史、钦天监监正、少詹兼侍读等职。初在魏党，旋媚东林求脱。李自成陷京师，项煜受职为太常寺丞。李自成失败后，项煜逃至南京，以失节降贼下狱，后捐饷银得以出狱。清兵南下，逃至四明，被乡民沉河而亡。

⑱ 周钟：字介生，江苏金坛人。为诸生，有盛名。崇祯十六年（1643）进士，任翰林院庶吉士。崇祯十七年（1644），李自成陷京师，周钟出降。自成谋士顾君恩荐之牛金星，授弘文馆检讨。周钟还为李自成登基起草了《劝进表》，牛金星见之大加称赏。周钟逢人自夸"牛老师"知遇，为士林所耻。李自成败后，南逃，为阮大铖所杀。

⑲ 时敏：字子求，号修来，南直常熟人。崇祯十年进士，官至兵科给事中，江西督漕。崇祯十七年，降李自成，授四川宜宾知县。李自成败后，逃归故里，家中已被焚劫，波及族党。清兵将至，逃亡途中被乡民所杀。

⑳ 鲁王监国：朱以海，明太祖十世孙。崇祯十七年（1644）嗣鲁王位。弘光朝覆亡，为钱肃乐、朱大典等所拥戴，监国于绍兴。未几，各地将领交争激烈，又与福建隆武朝争统属。鲁监国元年（1646），浙东失守，逃往海上。八年，去监国号。康熙元年（1662）病卒于金门。

㉑ 蕞尔：小的样子。《左传·昭公七年》："郑虽无腆，抑谚曰'蕞尔国'，而三世执其政柄。"

㉒ 科道：明、清六科（吏、户、礼、兵、刑、工）给事中与都察院十三道监察御史总称，俗称为两衙门。　任孔当：山东邹城人。崇祯十三年进士。曾任山西阳曲令。1644 年于济宁降清。后为鲁王政权御史。

㉓ 汤镬：煮沸汤的大锅。

㉔“吕东莱”八句：吕东莱，吕祖谦（1137—1181），字伯恭，南宋婺州金华（今属浙江）人。隆兴进士，复中博学鸿词科，累官著作郎兼国史院编修官。博学多识，与朱熹、张栻等友善。为学主“明理躬行”，治经史以致用，反对空谈心性，开浙东派先声，世称东莱先生。著有《吕东莱集》。所引句见吕氏《左氏博议》。口诛笔伐，吕文作“笔伐口诛”。荜门，草门。圭窦，墙上凿洞，上锐下方，形状像圭。指穷人住房。此权，此指褒贬善恶的权力。

㉕ 曲笔拗笔：指修史为文中曲为隐讳回护的笔法。

㉖ 痛哭流涕长太息者：为时事国运而痛心疾首。东汉班固《汉书·贾谊传》：“臣窃惟事势，可为痛哭者一，可为流涕者二，可为长太息者六。”

㉗ 成见：先入为主的偏见。

㉘ 不落方隅：不落俗套，不受局限。方隅，原指边境四隘。

㉙“则似荆轲”三句：《史记·刺客列传》：“荆轲尝游过榆次，与盖聂论剑。盖聂怒而目之，荆轲出。”谓其意气用事，不能心平气和，故不与论道。

【评品】“心如止水秦铜，并不自立意见。故下笔描绘，妍媸自见。敢言刻画，亦就物肖形而已。”这是张岱为文撰史的客观“实录”的原则和美学追求。本文专就明末东林党人的评价问题发表议论。谓明末“朋党之祸，与国家相为始终”，此言不谬；所举东林败类，多为史实。谓“东林首事者实多君子，窜入者不无小人；拥戴者皆为小人，招徕者亦有君子”，作史者不能“一味模糊，不为分别”，如此细分，实事求是，确有史识。既然如此，那么笼统将明亡归罪东林“祸我国家者八九十年”，岂非良莠不分，功过莫辨，责之过苛，失之不公？或为张岱深痛明亡所致？

与何紫翔[1]

昨听松江何鸣台、王本吾二人弹琴[2]，何鸣台不能化板为活，其蔽也实；王本吾不能练熟为生，其蔽也油。二者皆是大病，而本吾为甚。何者？弹琴者，初学入手，患不能熟；及至一熟，患不能生。夫生，非涩勒离歧、遗忘断续之谓也。古人弹琴，吟揉绰注[3]，得手应心。其间勾留之巧[4]，穿度之奇，呼应之灵，顿挫之妙，真有非指非弦，非勾非剔[5]，一种生鲜之气，人不及知，己不及觉者。非十分纯熟，十分淘洗，十分脱化，必不能到此地步。盖此练熟还生之法，自弹琴拨阮[6]，蹴鞠吹箫[7]，唱曲演戏，描画写字，作文做诗，凡百诸项，皆藉此一口生气。得此生气者，自致清虚；失此生气者，终成渣秽。吾辈弹琴，亦惟取此一段生气已矣。

今苏下之人弹琴者，一字音绝，方出一声，停搁既久，脉络既断，生气全无。此是死法，吾辈不学之可也。吾兄素以钟期自任[8]，其以弟言为然否？

注释

① 何紫翔：曾与张岱同向王本吾学过琴。张岱曾说：“紫翔得本吾之八九而微

嫩。”“余曾与本吾、紫翔、尔韬取琴四张弹之，如出一手，听者骇服。”（《陶庵梦忆·绍兴琴派》）

② 王本吾：松江人，擅琴艺。张岱于万历四十六年（1618）曾学琴于王本吾，半年得二十余曲：《雁落平沙》《山居吟》《静观吟》《清夜坐钟》《乌夜啼》《汉宫秋》《高山流水》《梅花弄》《淳化引》《沧江夜雨》《庄周梦》又《胡笳十八拍》《普庵咒》等小曲十余种。王本吾指法圆静，微带油腔。见《陶庵梦忆·绍兴琴派》。

③ 吟揉绰注：弹琴的指法。左手按指在弦位上作颤动，轻微者为“吟”，显著者为“揉”，一般用在节奏徐缓处；左手按指滑动，使琴音流畅而近似歌声，使音上滑为“绰”，使音下滑为“注”。明徐时琪《绿绮新声》：“古者吹律，意在于指。故左手有吟揉绰注，为五音之统领；右手轻重疾徐，按八法之萦回。”

④ 勾留之巧：指演奏力度、间歇长短的适当。下文谓苏人失当。

⑤ 勾、剔：古琴右手指法中的两种。勾，中指向内；剔，中指向外。

⑥ 阮：乐器名。长头十三柱，形似今之月琴。相传为晋人阮咸所造，故又名“阮咸”。

⑦ 蹴鞠：古代军中习武之戏。类似今之足球赛。

⑧ 钟期：钟子期，春秋时楚人。精于音律，俞伯牙引为知音。

【评品】 本文以论琴艺起结。中间则推而广之：“初学入手，患不能熟；及至一熟，患不能生。”道出艺术不同境界之所“患”：“生”与

“熟”。此非精于琴道，深谙琴技者不能道。其实岂止琴技琴道如是，何技何艺不然？“化板为活”，“练熟为生”，得生气贯注，才能鲜活，方为至境。“弹琴拨阮，蹴鞠吹箫，唱曲演戏，描画写字，作文做诗”，莫非如此。这是张岱的审美趋尚。张岱多才多艺，诗书琴画，莫不精通，故所论能打通各种艺术门类，道出艺中三昧。

与王白岳[1]

弟读《廉书》，而知《廉书》之不廉也[2]。先生曰：“善读《廉书》者，必能详我所略。”夫《廉书》之不廉，以其详也。而先生犹以略自少[3]，则《廉书》之不廉，殆无底矣。

弟爱《廉书》者，猛思急救《廉书》，则止有割爱一法。夫割爱之法，必旷观于未有《廉书》之前，更置身于既有《廉书》之外。大着眼孔，冷着面皮，硬着心肠，浓磨墨，饱蘸笔：凡正史鸿书，为人所烂熟者，则涂之；凡《御览》《广记》[4]，为人所生造者，则涂之；凡稗官小说，语近于谐谑者，则涂之；凡佛道纪录，事涉于怪诞者，则涂之；凡就成艳异，意属于淫冶者，则涂之。其所摘入者，丽水淘金[5]，必求赤箭[6]；玄圃积玉[7]，无非夜光[8]。其所旁及者，邯郸磁枕[9]，忽然另辟乾坤；其所附存者，海外扶馀[10]，隐然复有世界。其所芟润者[11]，刀圭所及[12]，便能起死回生；丹汞所加[13]，遂欲以金点铁[14]。其所广搜博览者，上入九天，下入重渊，摘星辰于弱水[15]，探骊龙于延津[16]。想见其一股锐气，一片苦心，一番猛力。热则挥汗成浆，冷则呵冰出水。埋头折肱[17]，穴砚髡毫[18]。三十年以来，真非一朝一夕之功，亦非一手一足之烈也。废楮为山[19]，退笔成冢[20]，其张罗于艺林，举网于学海，先生之书厨经库，自有明至此，非杨升庵、王弇州、唐荆川[21]，不足与之语痛痒、较丰啬矣[22]。今书犹未竣，而帙已等身，何况以之杀青[23]，以之寿木哉[24]！

弟惟极爱《廉书》，故欲急救《廉书》，如良工以栴檀减塑佛像[25]，去一斧，妙一斧，加一凿，则精一凿。盖其繁枝错节，惟先生自知之，亦惟先生自削之。若欲假手他人，又工倕、匠石之所揶指而却走矣[26]。珍重，先生！勿吝淘汰，勿靳簸扬[27]，以冀成此异宝也。愚弟清馋，颙望果腹[28]。

注释

① 王白岳：王雨谦。详卷一《白岳山人虎史序》注。

② 不廉：不够简练。

③ 以略自少：还因为太简略而自责。

④《御览》：《太平御览》，类书名。宋太平兴国二年（977），李昉等人奉敕编撰，历时七年而成。共一千卷，分五十五门。征引丰富，多古籍佚文，保存了许多原始史料。　《广记》：宋李昉等编《太平广记》。始于太平兴国二年，次年成书，六年雕版。全书按题材性质，分为九十二大类，附一百五十余小类。所引野史传奇小说，自汉代以迄宋初，共约五百种。

⑤ 丽水淘金：《韩非子·内储说上·七术》：“荆南之地，丽水之中生金，人多窃采金。采金之禁，得而辄辜磔于市，甚众，壅离其水也，而人窃金不止。”

⑥ 赤箭：草药名。状如箭，干赤青色，即天麻。用此于义未妥，据上下文或为“赤金”之误。

⑦ 玄圃积玉：相传昆仑山顶，有金台五所，玉楼十二，为神仙所居。郦道元《水经注·河水注》：“昆仑之山三级，下曰樊桐，一名板桐；二曰玄圃，一名阆风；上曰层城，一名天庭，是谓太帝之居。”

⑧ 夜光：珠名。桓谭《新论》：“夫连城之璧，瘗影荆山；夜光之珠，潜辉郁浦。”

⑨ 邯郸磁枕：典出唐沈既济《枕中记》。详卷一《廉书小序》注。

⑩ 扶馀：古国名。在今松花江流域。地宜五谷，居民务农。汉唐时与中原交往甚密。唐杜光庭《虬髯客传》载，虬髯客见唐太宗为真命天子，难与争锋，辞别李靖说：“此后十余年，当东南数千里外有异事，是吾得事之秋也。”贞观十年，南蛮入奏：“有海船千艘，甲兵十万，入扶馀国，杀其主自立。”李靖知是虬髯客得手矣。

⑪ 芟润：除去芜杂和润色加工。

⑫ 刀圭：中医药的量器。亦指药物和医术。

⑬ 丹汞：丹砂和水银。古代炼丹和炼金术中用做原料。

⑭ 以金点铁：详卷三《普同塔碑》注。

⑮ 弱水：传说中的水名。旧题东方朔《十洲记》：“凤麟洲在西海之中央……洲四面有弱水绕之，鸿毛不浮，不可越也。”

⑯ 骊龙：传说骊龙颔下有宝珠名骊珠。《庄子·列御寇》：“夫千金之珠，必在九重之渊，而骊龙颔下。”　延津：水名。古黄河自河南延津县至滑县一段称延津。后黄河改道，遂湮没。

⑰ 折肱：断臂。古有“三折肱成良医”的谚语。此指不怕艰苦挫折，潜心钻研。

⑱ 穴砚：磨穿砚台。　髡（kūn）毫：写秃笔毫。

⑲ 楮（chǔ）：纸。

⑳ 退笔成冢：将用坏的笔埋而成坟。唐李肇《国史补》：“长沙僧怀素，好草书，自言得草圣三昧。弃笔堆积，埋于山下，号曰笔冢。”

㉑ 杨升庵：杨慎。详卷一《诗确韵序》注。　王弇州：王世贞。详卷一《石匮书自序》注。　唐荆川：唐顺之（1507—1560），字应德、义修，号荆川，常州武进（今属江苏）人。嘉靖进士，任翰林编修。曾因朝请太子事削职，归隐宜兴阳羡山，读书十余年。后参与崇明御倭战役，迁右佥都御史。善为古文，崇唐宋八大家。著有《荆川文集》等。

㉒ 丰啬：多少。

㉓ 杀青：书籍定稿。《后汉书・吴祐传》：“（吴）恢欲杀青简以写经书。”李贤注：“杀青者，以火炙简令汗，取其青易书，复不蠹，谓之杀青，亦谓汗简。”

㉔ 寿木：此谓“寿诸木”，指刻书传世。

㉕ 栴（zhān）檀：香木名。多用于雕塑佛像。

㉖ 工倕：相传是尧时的巧匠。《庄子・胠箧》：“毁绝钩绳，而弃规矩，攦工倕之指，而天下始人有其巧矣。”　匠石：古代名石的巧匠。《庄子・徐无鬼》：“郢人垩慢其鼻端，若蝇翼，使匠石斲之。匠石运斤成风，听而斲之。尽垩而鼻不伤。”后以“郢正”“斧削”作为请人修改文章的敬辞。

㉗ 靳：吝惜。　簸扬：播扬。此指去粗存精。

㉘ 果腹：饱腹。

【评品】 本文开门见山批评王雨谦《廉书》不廉，并单刀直入提出补救办法：割爱。如何割爱？要“大着眼孔，冷着面皮，硬着心肠”。话虽俚俗，却十分形象；理虽简单，做到却十分不易。因为作者往往敝帚自珍，舍不得割爱。张岱还具体举例，用五个“则涂之”和五个“其所……者”具体说明哪些当删，哪些当存。并形象地说明如何下大力、用苦心广搜博览，然后删繁就简，由丰返约，成为名副其实的“廉书”。张岱对其人其书爱之深，期之高，所以批之狠，责之严。如此批评切磋，方为良师益友。可为时下批评之鉴。著书者与作文者心契，所以著书者王雨谦见文后曰：“非为好详也，以一时属草，不得不取之，徐为删削。如张子所言极是，正亦吾意中事耳。”

与张噩仍[1]

不肖以废弃陈人[2]，株守泉石[3]，并不与闻户外之事。而郡县不知何所见闻，乃以《会稽志》事相属。不肖辞让再三，不得俞允[4]。正在踧踖[5]，赖有宗兄肯毅然任事，不吝糗粻[6]，纠集多人，抄写誊录，兼之对神立誓，决不受人一钱，决不啜人杯酒，匠心笔削，真使游、夏不能赞助一辞[7]。

不肖在局[8]，亦仅可坐啸画诺[9]，饮酒食肉而已。故于凡例之外[10]，不敢多赘一字，盖至慎也。卷首书名，自当以宗兄为首事纂修，不肖列名较阅，亦邀荣甚矣。不晓当事何意，又以贱名纂列兄前，而并不用兄原本，乃属董兄舜邻[11]，倒颠错乱。

考之原书，挂一漏九，留三增七。有所作好，则踵事增华[12]；有所作恶，则变本加厉。王德迈大为诧异，言之府公[13]，劈板数十余块，严饬中尊[14]，命其聘人再订。今虽得赓之俞兄[15]，力除前弊，为之易辙改弦[16]，然滓秽甚多，实难湔涤[17]。譬之舂米，糠秕稊稗，搀和既多，则拣择为难，虽鉴别如碧眼波斯[18]，亦不能簸扬尽净也。不肖力请当事，欲除贱名，又不得请。在当日，兄之著述，弟乃窃之，则吾兄为向秀，弟为郭象[19]；在今日，弟所窃取者，又被他人窃之，则他人为齐丘，弟为谭峭矣[20]。中心愤懑，实不自安。古云：万斛之舵，操之非一手，则捷捽招拐，不能尽如己意。临事不得专操舟之权，而偾事乃与同覆舟之罪，此所谓难也[21]。弟与兄同病，故特向兄道之，使后之读志者，知此一段苦楚，则狐窃虎皮，难瞒具眼[22]，或能见谅吾辈，未可知也。

注释

① 张噩仍：即张文成，字噩仍，会稽人。博学好古，康熙十一年，与修《会稽志》。文成夙负史才，为人朴茂寡言，对人和煦。所著有《呓集》《呓二集》。弟文衡，诸生，与文成齐名。见《绍兴府志·人物志十四》。

② 不肖：古人自谦之词。　陈人：陈旧过时之人。

③ 株守：守株待兔。喻泥守，不知变通。此义近“枯守”。

④ 俞允：得到对方允许的敬语。

⑤ 踧踖（cù jí）：局促不安。

⑥ 糗粻（qiǔ zhāng）：干粮。此指资助撰修。

⑦ 游、夏：子游、子夏。均为孔子弟子，都以长于文学著称。《史记·孔子世家》载：孔子为《春秋》，“笔则笔，削则削，子夏之徒不能赞一辞”。

⑧ 在局：参与官局。此指参与官修志籍之事。

⑨ 坐啸：闲坐吟啸。东汉成瑨少修仁义，笃学，以清名见。任南阳太守，用岑晊（字公孝）为功曹，公事悉委岑办理。民间为之谣曰：“南阳太守岑公孝，弘农成瑨但坐啸。”见《后汉书·党锢传序》。后因以“坐啸”指为官清闲或不理政事。　画诺：主管官员在文书上签字，表示同意照办。

⑩ 凡例：书前说明本书内容、体例的文字。张岱曾为《会稽县志》撰凡例十则。

⑪ 董兄舜邻：董钦德（1632—?），字舜邻，又字哲文，号心庐，会稽人。工诗，所作诗坦白率真，不拘一格。曾参与纂修康熙《绍兴府志》。著有《天籁集》《老生常谈》《心独文集》。

⑫ 踵事增华：在前人成就的基础上，加以增饰，有所提高。萧统《文选序》：“盖踵其事而增华，变其本而加厉，物既有之，文亦宜然。”

⑬ 府公：泛称府、州级的长官。

⑭ 严饬：严肃命令。　中尊：指县令。

⑮ 赓：继续。

⑯ 易辙改弦：改变前规，另张新制。

⑰ 湔（jiān）涤：洗涤。

⑱ 碧眼波斯：唐宋以来，中西商贸交通发达，大量金发碧眼的西域（泛指欧亚）商人涌入，善于鉴宝别真伪。张岱文中多次提及，以喻眼睛明亮，善于鉴别之人。

⑲“则吾兄”二句：向秀，字子期，晋河内怀人。为“竹林七贤”之一。好老庄之学，注《庄子》，唯《秋水》《至乐》二篇未完而卒。郭象，字子玄，晋河南人。好老庄，官至黄门侍郎。象以向秀所注不传于世，遂据为己注，自注《秋水》《至乐》，易《马蹄》一篇。其后，秀义之别本出，遂有向、郭二本。今郭本传世，向注仅见于《经典释文》一书所引。

⑳“则他人”二句：谭峭，字景升，南唐泉州人。好仙术，得辟谷养气之术，称紫霄真人。有《谭子化书》六卷，大旨多出于黄老而合于儒。请南唐宰相宋齐丘为其序。宋饮而醉之，并以革囊裹之，沉之渊中。将该书攘为己作，谓之《齐丘子》。

㉑“古云”八句：语出王守仁《寄杨邃庵阁老书》。该文曰：“然而万斛之舵，操之非一手，则缓急折旋，岂能尽如己意？临事不得专操舟之权，而偾事乃与同覆舟之罪，此鄙生之所谓难也。”万斛之舵，状船舵之大之重。斛，旧量器名，亦是容量单位。一斛本为十斗，后来改为五斗。捷捽招抒，此喻操舵推引快慢的动作。偾事，败事。

㉒ 具眼：谓有识别事物的眼力。

【评品】 本文系张岱向宗兄张文成解释《会稽志》撰述修订的曲折经过和自己被强行列名其中，情不得已、事出无奈的缘由（参见《琅嬛文集·会稽县志凡例》）。张岱既指出原书之失在“挂一漏九，留三增七。有所作好，则踵事增华；有所作恶，则变本加厉”，而这正是史家撰史取舍褒贬之大忌，有违于“实录”的原则，所以遭“劈板数十余块”，“严饬”“再订”理所当然；又指出修改之难：该书粗疏低劣，“滓秽甚多，实难湔涤”。撰者众多，不能尽如己意。并再三解释，剖明心迹，担心难以洗刷攘窃之名，望乞见谅。文中用典贴切，比喻生动。

与周戬伯[1]

吾兄朴茂长厚人也，言事讷讷[2]，不易出诸口。而为弟较正《石匮书》[3]，则善善恶恶[4]，毫忽不爽[5]，欲少曲一笔，断头不为[6]，则兄又刚毅崛强人也。细观诸传，见吾兄笔削之妙，增一字，如点龙睛；删一字，如除棘刺。张乖崖以萧楚材为一字师[7]，弟受兄千字万字之赐，则弟当百世师之，又不止一世之师矣。至于传中之依附东林[8]，借名窃禄，吾兄耻之，弟亦耻之；趋承《要典》[9]，媚珰邀荣[10]，吾兄恨之，弟亦恨之。皮里阳秋[11]，不谋自合，示我高言，真如饥十日而饷以太牢也[12]。

弟向修明书[13]，止至天启。以崇祯朝既无《实录》[14]，又失《起居》[15]；六曹章奏，闯贼之乱[16]，尽化灰烬；草野私书，又非信史。是以迟迟，以待论定。今幸逢谷霖苍文宗[17]，欲作《明史纪事本末》[18]，广收十七年邸报[19]，充栋汗牛[20]。弟于其中簸扬淘汰，聊成本纪并传。崇祯朝名世诸臣，计有数十余卷，悉送文几，祈著丹铅[21]，以终厥役。弟盖以先帝鼎升之时[22]，遂为明亡之日，并不一字载及弘光[23]，更无一言牵连昭代[24]。兄可任意较雠，无庸疑虑也。专此奉恳，伏望垂俞。

注释

① 周戬伯：周懋谷，字戬伯，山阴人。天启元年（1621）举人。集越中名流为旧雨堂文会。其后松陵创复社，推懋谷为越中文人之首，综辑政事得失，切中时弊。明亡后遂一意栖遁，田庐芜废，处之晏如。卒年八十八。

② 讷讷：语言迟钝，不善辞令。

③ 较正：校订正讹。 《石匮书》：详卷一《石匮书自序》注。

④ 善善恶恶：褒奖善人善事，针砭恶人恶事。第一个“善”和“恶”均作动词。

⑤ 毫忽不爽：丝毫不差。

⑥“欲少曲一笔”二句：指并不曲阿回护，当书则书，当削则削。

⑦ 张乖崖：张咏，字复之，号乖崖，鄄城人。宋太平兴国进士，官至礼部尚书。为治尚严猛，慷慨好大言，乐为奇节。有《乖崖集》。戴埴《鼠璞》载：萧楚材见张咏诗“独恨太平无一事”句，请改“恨”为“幸”，张咏称其真一字师。

⑧ 东林：东林党。详卷三《与李砚翁》注。

⑨《要典》：此指魏忠贤主编之《三朝要典》。

⑩ 媚珰：谄媚讨好宦官。珰，原为汉代武职宦官帽冠上的饰品，后借指宦官。此专指魏忠贤等阉党。

⑪ 皮里阳秋：本作“皮里春秋”。指（人或书）表面不作评论，实际蕴含褒贬。《晋书·褚裒传》：“裒少有简贵之风……谯国桓彝见而目之曰：‘季野有皮里阳秋。’言其外无臧否，而内有所褒贬也。”晋人因避简文宣郑太后郑阿春之名，以“阳”代“春”。

⑫“真如”句：给饿了十日之饥汉喂太牢的美餐。太牢，古代帝王祭祀社稷时，牛、羊、豕（shi，猪）三牲供奉全备为“太牢”。

⑬ 明书：指《石匮书》。

⑭《实录》：编年史的一种体裁。我国历代所修每个皇帝统治时期的编年大事记，按年月日记述当朝政治、经济、军事、文化、灾祥等，并依次插入亡殁臣僚的传记。最早见于记载的是南朝梁周兴嗣等所撰的《梁皇帝实录》。唐以后，每帝嗣位，都责成史臣撰述先帝实录，沿为定制。今所存以明清各朝实录为多。

⑮《起居》：即《起居注》。史书的一种体例，专记历代帝王的言行。始于汉武帝时，由著作郎或起居舍人、起居郎负责编撰，为修史书提供依据。

⑯ 六曹：即尚书省吏、礼、兵、刑、工、户六部。　闯贼：对李自成（号闯王）起义军的诬称。

⑰ 谷霖苍：谷应泰，字赓虞，别号霖苍，河北丰润人。顺治进士，博学工文，肆力经史。官浙江提学佥事，所擢拔多一时名俊。著有《明史纪事本末》及《筑益堂集》。　文宗：众人所宗仰的文章大家。

⑱《明史纪事本末》：八十卷，顺治十五年（1658）先于《明史》成书，依明朝八十个重要事件或问题，按时间先后编排叙述，简明扼要，资料较丰。张岱应其所聘，与修该书，并将所撰《石匮书》相奉。

⑲ 十七年：崇祯帝 1627 年即位，次年改元，1644 年自缢，凡十七年。　邸报：汉唐时地方长官于京师设邸，邸中传抄诏令奏章等，以报于诸藩，故称邸报。后世因称朝廷官报为邸抄。

⑳ 充栋汗牛：形容书籍众多，搬运时累得牛出汗，收藏时充塞屋子。

㉑ 丹铅：丹砂铅粉，古人多用来校勘文字。后称考订为丹铅。

㉒ 鼎升：喻帝王之死。此指崇祯帝自缢，明亡。

㉓ 弘光：南明福王朱由崧的年号（1645）。朱由崧，明神宗孙、福王朱常洵长子。崇祯十六年（1643）袭福王。次年，李自成陷北京，由马士英拥至南京，先监国，后称帝，建元弘光。昏庸腐朽，追逐声色，任用非人。弘光元年，清陷南京，亡走被俘，次年被杀。

㉔ 昭代：用以称颂本朝为清明的时代。此指清朝。

【评品】 周戬伯为张岱的总角之交，史学知己，曾为张岱校订过《石匮书》。张岱对其史德之耿介倔强、史识之精湛、史才之允当倍加赞颂，而其感激之情可从“百世师之”一语得见。接着张岱就《石匮书后集》的草成，再次就正于周氏。《石匮书后集》除崇祯一朝史事外，尚有南明诸王之事，而本文称“并不一字载及弘光”，故疑非定稿。

与包严介

前承垂顾[1]，弟偶他出，不及倒屣迎兄[2]，殊为懊恨。今承邮致兰亭属和诸诗[3]，如金谷园石崇斗富[4]，火浣布衣及仆从，珊瑚树堆垛阶墀[5]。弟如范丹[6]，望之却走矣。后见画诗、楼诗，又复其妙，真得诗画合一之理。弟独谓诗中有画，画中有诗[7]，因摩诘一身[8]，兼此二妙，故连合言之。若以有诗句之画作画，画不能佳；以有画意之诗为诗，诗必不妙。如李青莲《静夜思》诗[9]，“举头望明月，低头思故乡”，有何可画？王摩诘《山路》诗，“蓝田白石出，玉川红叶稀”，尚可入画；“山路原无雨，空翠湿人衣”，则如何入画？又《香积寺》诗“泉声咽危石，日色冷青松”，泉声危石，日色青松，皆可描摹，而“咽”字“冷”字，则决难画出。故诗以空灵才为妙诗，可以入画之诗，尚是眼中金银屑也[10]。画如小李将军[11]，楼台殿阁，界画写摩[12]，细如毫发，自不若元人之画，点染依稀，烟云灭没，反得奇趣。由此观之，有诗之画，未免板实[13]，而胸中丘壑[14]，反不如匠心训手之为不可及矣[15]。

吾兄精于藻鉴[16]，故以此言就正高明，惟祈晋而教之[17]。

注释

① 垂顾：垂念，关怀。

② 倒屣（xī）：形容礼贤下士，热情迎客。出自蔡邕倒屣迎王粲事。详卷三《征修明史檄》注。

③ 邮致：寄到。　兰亭：见卷二《龙山文帝祠募疏》注。　属和：随人唱和。此指张岱于康熙十二年兰亭修禊之事，张岱《癸丑兰亭修禊檄》记其事。

④ 石崇（249—300）：字季伦，晋南皮（今属河北）人。金谷园，详卷二《岱志》注。

⑤ 火浣布：石棉布。据说出自西域。《列子 · 汤问》：“浣之必投于火，布则火

色，垢则布色。出火而振之，皓然疑乎雪。”　阶墀（chí）：台阶。

⑥ 范丹：又作范冉（112—185），字史云，东汉陈留外黄（今河南杞县）人。遭党锢之祸，遁逃于梁、沛间，卖卜为生。家徒四壁，常至绝粮。见《后汉书·独行传》。

⑦ “诗中有画”二句：语出苏轼《书摩诘蓝田烟雨图》。

⑧ 摩诘：唐代大诗人、画家王维（701—761），字摩诘。下文引诗见《王右丞集笺注》外编。

⑨ 李青莲：李白，号青莲居士。

⑩ 眼中金银屑：喻目有所蔽。金屑，谓佛经中的片言只语，佛法中的一知半解。《五灯会元·龙泉夔禅师》：“岂况牵枝引蔓，说妙谭玄，正是金屑眼中翳，衣珠法上尘。”

⑪ 小李将军：见卷二《快园记》注。

⑫ 界画：中国画画科之一。指以宫室楼台屋宇等建筑物为题材，而用界笔、直尺为工具划线的绘画。

⑬ 板实：呆板不空灵。

⑭ 胸中丘壑：指画家心中的构思布局。

⑮ 匠心训手：犹言得心应手。

⑯ 藻鉴：同“藻镜”。品藻镜察。即品评鉴别。

⑰ 晋：同“进”。

【评品】 张岱主张无论诗文画作，均贵自然，而贬作意；贵空灵，而贬板实。认为：“以有诗句之画作画，画不能佳；以有画意之诗为诗，诗必不妙。”并解释道：“可以入画之诗，尚是眼中金银屑也。”“有诗之画，未免板实。”这似乎与苏轼赞誉的“诗中有画”“画中有诗”（《书摩诘蓝田烟雨图》）相违，其实不然。张岱所论，乃作诗绘画之前，反对的是“作意”；苏轼赞誉的是诗画完成后所呈现的美学境界。张岱另有两则短文可为佐证。文曰：“天下之有意为好者，未必好；而古来之妙书妙画，皆以无心落笔，骤然得之。如王右军之《兰亭记》、颜鲁公之《争坐帖》，皆是其草稿，后虽摹仿再三，不能到其初本。”（《跋谑庵五帖》）指出艺术创作应该是“水到渠成，瓜熟蒂落”（《蝶庵题像》）。其创作主张和审美趋尚于此可见。

与胡季望

金陵闵汶水死后[1]，茶之一道绝矣。绍兴惟鲁云谷略晓其意[2]，然无力装载阳和山泉[3]，恒以天泉假充玉带[4]，则茶香不能尽发。且以做茶日铸[5]，全靠本山之人，是犹三家村子[6]，使之治山珍海错[7]，烹饪燔炙，一无是处。明眼观之，只发一粲[8]。盖做茶之法，俟风日清美，茶须旋采[9]，抽筋摘叶，急不待时。武火杀青，文火炒熟，穷日之力，多则半斤，少则四两，一锅一小锡罐盛之。煮水尝试，其香味一样，则合成一瓶；如一锅焦臭，则不可掺和。倘杂一片，则全瓮败坏矣。瑞草雪芽[10]，其脱胎具在于此。

吾兄精于茶理，故向兄言之。且吾兄家多建兰茉藜[11]，香气熏蒸，纂入茶瓶[12]，则素瓷静递，间发花香，此则吾兄独擅其美，又非弟辈所能几及者矣。异日缺月疏桐，竹炉汤沸，弟且携家制雪芽，与兄茗战[13]，并驱中原，未知鹿死谁手也[14]。临楮一笑[15]。

注释

① 闵汶水：明末南京（一说安徽休宁）人，精研茶道，张岱多有诗文称之。参见《陶庵梦忆·闵老子茶》。

② 鲁云谷：明末绍兴人，张岱友人，行医卖药，“深于茶理，禊水雪芽，事事精办”。详卷四《鲁云谷传》注。

③ 阳和山泉：即阳和岭玉带泉。在山阴县城南五里琶琶山上。

④ 天泉：不详。应是绍兴当地的泉名。

⑤ 日铸：山名。在绍兴府城东南五十五里，所产茶为佳品，亦以日铸名。欧阳修《归田录》卷一：“草茶盛于两浙，两浙之品，日注（即日铸）为第一。”

⑥ 三家村子：指人烟稀少，偏僻小村落中的人。

⑦ 海错：种类繁多的海产品。

⑧ 一粲：一笑。

⑨ 旋采：新采，即时采。

⑩ 瑞草：茶名，产于绍兴卧龙山。　雪芽：即日铸茶。详《陶庵梦忆·兰雪茶》。

⑪ 建兰：即“秋兰”，花绿黄色。也有“素心兰”。　茉藜：即茉莉。花名，

花白色，芳香。

⑫ 纂：集。

⑬ 茗战：斗茶之优劣。

⑭ 鹿死谁手：原指谁得帝位。此指谁得胜利。《晋书·石勒载记》：“勒笑曰：‘朕若逢高皇（汉高祖），当北面而事之，与韩、彭竞鞭而争先耳。脱遇光武，当并驱于中原，未知鹿死谁手。’”

⑮ 楮：纸的代称。

【评品】 张岱“癖于茶”。本文论茶道，从采茶之时，焙茶之法，到烹茶、品茶之道均有涉及，并与茶友约异日茗战，一决茶品高下。其精于茶道、醉于茶味、雅于茶兴，于此可见。的是“茶痴”。

卷四

传

家传

张岱曰：李崆峒之《族谱》[1]，钟伯敬之《家传》[2]，待崆峒、伯敬而传者也。岱之高、曾自足以传[3]，而又有传之者，无待岱而传者也。岱之大父亦自足以传，而岱生也晚，及见大父之艾艾[4]，以前无闻焉，岱即欲传之，有不能尽传之者也。岱之先子[5]，岱知之真，积之久，岱能传之，又不胜其传焉者也。是以岱之传吾高曾祖考，盖难于李、难于钟者也。虽然，其可终无传哉？终无传，是岱能传我有明十五朝之人物[6]，而不能传吾高曾祖考，则岱真罪人也已。

岱乃泚笔而志曰[7]：传吾高、曾，如救月去其蚀，则阙者可见也；传吾大父，如写照肖其半，则全者可见也；传吾先子，如网鱼举其大，则小者可见也。岱不才，无能为吾高曾祖考另开一生面，只求不失其本面、真面、笑啼之半面也已矣。“厉之人，夜半生其子，遽取火而视之，汲汲然惟恐其似己也。”[8]岱之高曾祖考，幸而不为厉之人，而岱之传而不能酷肖吾高曾祖考，则夜半取火而视之，惟恐其似己，与惟恐其不似己，其心则一也。

注释

① 李崆峒：李梦阳（1473—1530），明代中期文学家。字献吉，号崆峒。弘治七年（1494）进士。历官户部主事、员外郎、郎中，终江西提学副使，其间指斥权贵，弹劾阉竖，正直耿介，清节自恃。四十三岁罢官，家居不复出仕。工书法，得颜真卿笔法。精于古文，长于古诗乐府。为文坛复古派前七子的领袖人物，提倡“文必秦汉，诗必盛唐”。《族谱》见于其所著《崆峒集》卷六十六。

② 钟伯敬：钟惺（1574—1624），明后期文学家。详卷二《岱志》注。《家传》见于其《隐秀轩集》。

③“岱之高、曾”句：《明史·文苑传》有张岱曾祖张元汴传，其高祖张天复见于附传。

④ 大父：祖父。此指岱之祖父张汝霖（详下）。　艾艾：此指艾年，老年。

⑤ 先子：称自己去世的父亲。此指张岱父张燿芳。

⑥“是岱”句：张岱著有《石匮书》传明洪武至天启十五朝的人物史事，不及崇祯朝。

⑦ 泚笔：以笔蘸墨。

⑧“厉之人”四句：见《庄子·天地》篇。厉，借为“疠”，即“癞”。厉之人，丑恶的人。

高祖讳天复，姓张氏，号内山，生正德癸酉[1]。太高祖以二伯子既儒，令高祖贾[2]。高祖泣曰：“儿非人，乃贾耶？”壮其语，仍命业儒。及冠，补县诸生。华亭徐文贞行学[3]，得高祖牍[4]，置第一。明年复按越，一夕扣户急，举火视之，则文贞也，谓高祖曰："若往助我。"拉之去。各县牍出，颇得人。阅山阴，高祖以嫌辞[5]。文贞曰："以若首，第二以下若自定之。"是年，遂与伯兄汉阳公读书天衣寺[6]。先辈萧静庵先生精青乌术[7]，卜兆天衣山，期其门人陈司李者佥主[8]。司李至，谓穴非是，与萧师争论再三，龃龉不入[9]。司李散步寺中，问寺僧："此地有读书人否?"僧曰："有张茂才者读书于寺。"询其名，大喜曰："吾门人也。"亟召见，遂屏人携高祖至山椒[10]，曰："此地当大贵，萧师盲耳，若留意。"高祖志之，后竟得为五世祖葬地。既葬，方嘉靖改元。

汉阳公先举于乡。高祖举癸卯[11]，丁未成进士[12]，授祠部主事，历吏、兵二部，视全楚学政，调云南臬副[13]。沐氏纵恣不法[14]，高祖佩臬司篆[15]，屡以强项见左[16]。后武定乱[17]，高祖提兵出讨，与元戎会[18]，间道驱巨象四十有二[19]，杂毡衫铁铠，出入洞箐猩狖间，俘名酋以十数，斥地二千余里。惟时功当伯，沐氏辇金巨万[20]，饵高祖曰："孰不闻沐氏滇者?功出尔，则无沐矣。盍以金归公，而功归沐，则两得。"高祖以辇金相鬻，非人臣所宜，严词绝之。沐氏知不可饵，乃辇金至都，赂当事者，啮龁之[21]。

时高祖已迁甘肃道行太仆卿[22]，方抵家，疏入，逮对云南[23]。文恭掖之走万里[24]，往对簿。滇中当道皆沐氏私人，惟直指稍持公道[25]。滇中传其丁忧[26]，报且至，文恭急走，问计于黔抚麟阳赵公[27]。赵公者，高祖戚也，称文恭曰舅，且曰："按君报逮马上，将入境矣[28]。而尊人对簿事，得一月方了，奈何?事在今夕，吾与舅熟思之，迟则不可为矣。"文恭彻夜走庭除，计无所出，则泣。公于暗中出，呼舅曰："有策乎?"对曰："无有。"复泣，公亦泣。如是者至再至三。天曙，文恭须鬓皤然成颁白矣。公见之大惊，曰："孝子！孝子！吾计已定。若第至滇，速了对簿事。"公嘱一胥[29]："至奢香驿伺之[30]。有差马入滇，侦是下檄按院者[31]，拉得之，以斗殴喊辕门[32]，吾自有说。”胥奉命，果得下檄者，喊辕门。公问之，辄应曰：“斗殴。”公曰：“斗殴巡抚耶？”发所司，将二人监。后经月取出，讯之，乃曰：“某下按院丁忧檄者，此人拉至，累羁候者月余矣。”公曰：“若不蚤言[33]。”亟释之。驰至滇，高祖事已得雪，遂归里。

归则构别业于镜湖之址，高梧深柳，日与所狎纵饮其中。命一小傒踞树颠，俟文恭舟至，辄肃衣冠待之，去即开门轰饮叫嚎如故也。辛未，文恭魁大廷[34]，高祖益喜，召客啸咏豆觞[35]，日淋漓[36]。遂病痹[37]，六十二乃卒。

刘安人有远识[38]。高祖视学湖湘，文恭领乡荐[39]，安人曰：“可以知足矣。”因讽高祖作归计。后诖误云南[40]，备诸苦，深悔不用安人之言。及文恭登第，安人愈作忧危，曰：“福过矣，福过矣。”是冬，文恭以星变上疏[41]，触忌讳，人皆危之，恐骇安人，不以闻。会有族人自外至，骤言之。安人谓王宜人[42]：“有是乎？”宜人曰：“有之，不敢言耳。”安人笑曰：“儿能效忠，吾何忧？”已而疏中留不报[43]，安人乃雪涕谓文恭曰：“汝父母老矣，奈何出位言[44]，以冒不测耶？”文恭亦垂涕。自是缄口不复言。

玄孙张岱曰：岱家发祥于高祖，而高祖之祥，正以不尽发，为后人之发[45]。高祖之所未尽发者，未免亵越太甚[46]。华繁者鲜其实，天地不能常侈常费，而况于人乎？文恭方魁大廷，而刘安人遽忧福尽。呜呼，高祖母之心，何心哉！

注释

① 正德癸酉：明武宗正德八年（1513）。

② 贾：经商。古代重儒轻商。

③ 徐文贞：徐阶（1503—1583），字子升，号少湖，一号存斋。明松江华亭人。嘉靖二年（1523）探花及第。历官翰林院编修、浙江按察佥事、江西按察副使，嘉靖朝后期至隆庆朝初年任内阁首辅。卒谥文贞。　行学：视察各府学政，考核诸生员。

④ 牍：此指考卷。

⑤ 以嫌辞：以避嫌推辞。因张天复乃山阴人，自当避阅山阴考卷。

⑥ 天衣寺：在绍兴城南秦望山麓。与杭州灵隐齐名，为佛教圣地。始建于东晋义熙十二年（416），原名法华寺。有唐李邕书寺碑。南朝梁昭明太子曾赐寺僧金缕木兰袈裟，故又名天衣寺。

⑦ 萧静庵：萧鸣凤，字子雝，号静庵，山阴人。夫人系徐渭姑母之女。正德九年（1514）进士，历官监察御史、河南按察副使、广东学政等。拔华亭徐阶为第一，谠言直论，救贤斥佞，为官清廉。有《萧鸣凤文集》十五卷、《海钓遗风集》四卷、《萧氏家集》二十五卷，惜多已亡佚。浙江学使薛应旗作《静庵萧先生墓表》。《明史》有传。　青乌术：星相学、风水术。

⑧ 司李：司理。掌审讯的推官。　佥主：共同决定。

⑨ 龃龉：互相抵触，格格不入。

⑩ 山椒：山顶。

⑪ 癸卯：嘉靖二十二年（1543）。

⑫ 丁未：嘉靖二十六年（1547）。

⑬ 臬副：按察副使。

⑭ 沐氏：明开国元勋沐英后裔。沐英与蓝玉、傅友德征平云南，沐英留镇，卒封黔宁王。子孙袭封，世镇云南，直至明亡。

⑮ 佩臬司篆：掌提刑按察使的印。

⑯ 强项：谓刚正不为威武所屈。汉光武朝董宣为洛阳令，当湖阳公主面，将依仗其势白天杀人的悍奴杀了。公主哭诉于帝。帝命宣向公主叩首谢罪，宣不从。使人强摁之，宣两手据地，终不俯首。光武称之为“强项令”。　见左：被视为异己。

⑰ 武定乱：嘉靖末，武定府土官凤继祖挟众数万，地千里，据城叛乱。

⑱ 元戎：此指兵部尚书吕光洵。

⑲ 间道：抄小路。

⑳ 辇金：用车输金。

㉑ 啮龁（niè hé）：啃咬。此指诬陷。

㉒ 行太仆卿：执掌地方马政的官职，属兵部。

㉓ 逮对云南：押解至云南对簿，验罪。

㉔ 文恭：张岱之曾祖、天复之子张元汴（详下）。　掖之：扶持。

㉕ 直指：朝廷设置的专管巡视、处理各地政事的官员。也称“直指使者”。

㉖ 丁忧：家有丧事，依制官员应解职服丧。如此，则天复无法对簿雪冤了。

㉗ 黔抚：贵州巡抚的简称。　麟阳赵公：明沈德符《万历野获编·赵麟阳司寇》：“（赵麟阳）劾严分宜父子，世宗怒，逮至京，拷掠定罪。分宜恨之甚，条旨杖一百棍为民，上抹去‘杖一百棍’四字，止削籍归。”

㉘“按君”二句：提刑按察使的丧报，正在途中，将入省界。按君，对提刑按察使的尊称。

㉙ 胥：役吏。

㉚ 奢香驿：遗址在今贵州黔西县谷里镇。在明初奢香夫人所署“龙场九驿”

中，谷里是最重要的驿站，为由黔入滇的必经之路。

㉛ 下檄：此指送信。

㉜ 以斗殴喊辕门：用故意斗殴的办法投讼巡抚辕门。

㉝ 若不蚤言：你不早说。

㉞ 文恭魁大廷：张元忭于隆庆五年（1571）殿试夺魁，中状元。

㉟ 豆觞：此指宴会。豆，古代的一种食器，形如高脚盘；觞，古代盛酒器。

㊱ 淋漓：此指酣醉淋漓。

㊲ 痹：中医指由风、寒、湿等引起的肢体疼痛或麻木的病。

㊳ 刘安人：张岱之高祖母。朝廷封六品官之妻为安人。

㊴ 领乡荐：谓乡试中举。唐宋应试进士，由州县荐举，称“乡荐”。

㊵ 诖误（guà wù）：官吏因过失受谴责或失官。

㊶ 星变：星象的异常变化。古时谓将有凶灾。

㊷ 王宜人：张元汴之妻。明代五品官之妻封宜人。

㊸ 中留不报：指皇帝对相关奏折觉得不合己意，又没有合适的理由处罚言官，于是把臣下的奏章留于禁宫中不交议也不批答。

㊹ 出位言：越过本职上疏言事。古代有谏官专司其职。

㊺“而高祖”三句：谓正因为高祖没能充分建基兴业，后人才能发扬光大。

㊻ 亵越：轻慢而违礼。这是张岱对天复晚年沉溺酒色的微词。

曾祖讳元汴，号阳和。少椎鲁[1]，六行书读竟日[2]，然熟则不复忘。六岁从太仆公葬天衣墓，黑气出圹中[3]，睒瞒山谷[4]，匠石急舁土覆之。曾祖曰：“此杀气也，纵之使出。”太仆公从其言，顷之，黑气尽而青气继之，遂掩圹。

年十七，太仆官仪部[5]。杨椒山弃西市[6]，曾祖设位于署，为文哭之，悲怆愤鲠，闻者吐舌。戊午归娶[7]，遂举于乡。是冬，走湖湘，省太仆公，遂止不会试。次年归，筑室龙山，遂邀太外祖朱金庭先生、少宗伯罗康洲先生读书其中[8]，十年不辍。戊辰[9]，同上春官[10]，独曾祖不第。而太仆公又以武定功为忌者所中，有诏逮讯于滇。曾祖自都中驰归，身掖太仆公至滇对簿，幸而得雪。又虑有中变，嘱所亲护太仆公归，而自以单骑并日驰京师，白当道，始得俞旨[11]。旨下，则又以单骑驰归，慰太仆公于家。一岁而旋绕南北者三，以里计者三万。年三十而发种种白，辛未胪唱[12]，中官见曰：“今日那得此老状元？”盖嫌其发白也。

曾祖举礼闱[13]，实出康洲先生门。填榜发覆，康洲见曾祖名，乃大笑曰：“此余结发老友，今屈作门生，是大可笑事。”放榜后，曾祖投门生刺，往见康洲。康洲曰：“二十年好友，以一日弃之，可乎？”因谢之[14]。曾祖睇目熟视康洲，乃叹曰：“诚哉言也！虽然，非罗康洲不肯，非我张阳和不敢[15]。”遂坐上座。

明年，星变上疏，言切直。既上，以揭帖诣座师张江陵[16]。江陵不出见，第遣谓曰：“如此门生，十五年即望代我，何见小如此！”又曰：“既如此，我亦不为渠地[17]。”曾祖曰：“待为地，当不上疏矣。”[18]竟出。语传入，江陵曰：“是子病狂矣！”疏入不报。曾祖乃请告归，遂遇太仆之变[19]。

里居四年，私刺不入公门[20]。遇乡里有不平事，则侃侃言之[21]，不少避。徐文长以杀后妻下狱[22]，曾祖百计出之，在文长有不能知之者。一日文长在座，丐一小傒，曾祖不答。戊寅北上[23]，属大父曰：“天池喜此僮，我去，汝往送之，勿告以我意可也。”至京，江陵骄恣日甚。曾祖岁时旅进[24]，一揖而已，更不私谒[25]。尝语人曰：“某，门人也，皂囊白简，以让他人。乃若丧请留，病请祷，某总死不为也。”[26]

壬午[27]，以皇嗣诞生，赍昭告楚中六王。事竣，省太安人于越。太安人病，上疏请告。太安人曰：“汝吉行，不可以病请。”[28]强之行，不百里忽心动，驰归，五日而太安人逝矣。居庐，修《绍兴府志》及《会稽县志》。《山阴志》则向出太仆公手。三志并出，人称谈、迁父子[29]。

丁亥复职[30]，升左谕德[31]，侍经筵[32]。先是，以覃恩上疏[33]，乞复父官，诏予冠带[34]。至是，复申前请，诏格不许。曾祖乃伏地哭曰：“痛哉！吾不能以至诚动天，昭雪父冤，何以见吾父地下乎？”於邑不已[35]，遂成臌疾。戊子三月增剧[36]，竟不起。临革[37]，一语不及私，伏枕呼陛下者再，曰：“朝臣亦多有人。”目瞑，门人曾凤仪呼曰[38]：“师平日功夫，正在此际用。”复张目，拱谢之，乃瞑。

曾祖家居嗃嗃[39]，待二子、二子妇及二异母弟、二弟媳，动辄以礼。黎明击铁板三下，家人集堂肃拜。大母辈颒盥不及[40]，则夜缠头护鬓[41]，勿使鬖髿[42]。家人劳苦，见铁板则指曰：“此铁心肝焉。”曾祖诞日，大母辈衣文绣，稍饰珠玉。曾祖见，大怒，褫衣及珠玉[43]，焚之阶前，更布素，乃许进见。平居无事，夜必呼二子燃炷香静坐，夜分始寝。王宜人，六湖王公女也，天性俭约，不事华靡，日惟结线网巾一二顶，易钱数十文，辄用自喜。傒奴持出市，人辄曰：“此状元夫人所结也。”争售之。

曾孙张岱曰：吾文恭一生以忠孝为事，其视大魁殿撰[44]，为吾忠孝所由出，则大魁殿撰是吾地步，非福德也。其视为福德者，则为享福之人，其不视为福德而视为地步者，则仍为养福之人也。不然，而饮食宫室之奉，文恭何求不得，而种种之不如后人，何也？

注释

① 少椎鲁：小时迟钝不敏。

② 竟日：整日。竟，完毕，终了。

③ 圹：坟地。

④ 瞇瞒：弥漫。

⑤ 仪部：明初礼部所属四部之一，后改称仪制清吏司。此指天复任祠部（属仪制清吏司）主事。

⑥ 杨椒山（1516—1555）：杨继盛，字仲芳，号椒山，直隶容城（今属河北）人。嘉靖二十六年（1547）进士，历官诸城知县，迁南京户部主事、刑部员外郎，调兵部员外郎。嘉靖三十二年（1553），上疏力劾严嵩“五奸十大罪”，遭诬陷下狱。在狱中备经拷打，终于嘉靖三十四年（1555）遇害。后追赠太常少卿，谥号“忠愍”。有《杨忠愍文集》。

⑦ 戊午：嘉靖三十七年（1558）。

⑧ 朱金庭：朱赓（1535—1609）字少钦，号金庭，浙江山阴（今绍兴）人。隆庆二年（1568）进士，改庶吉士，授翰林编修。万历三十年（1602）入阁，加少保兼太子太保，晋吏部尚书、文华殿大学士。卒赠太保，谥文懿。 少宗伯：礼部侍郎。此处当为大宗伯（礼部尚书）之误。 罗康洲：罗万化（1536—1594），字一甫，号康洲，浙江上虞人。隆庆二年（1568）状元，授翰林院修

撰。历任南京吏部侍郎，升礼部尚书、国史馆副总裁。谥文懿。

⑨ 戊辰：隆庆二年（1568）。

⑩ 上春官：举人进京殿试。唐光宅年间曾改礼部为春官，后“春官”遂为礼部的别称。

⑪ 俞旨：表示同意的圣旨。

⑫ 辛未：隆庆五年（1571）。 胪唱：科举时，殿试之后，皇帝传旨召见新考中的进士，依次唱名传呼，为“胪唱”，也叫“传胪”。胪，传语，陈述。

⑬ 礼闱：古代科举考试之会试，因其为礼部主办，故称礼闱。

⑭ 谢之：拒收门生名义的拜帖。《明儒学案·师说》：“文恭与同郡罗文懿为笔砚交。其后文懿为会试举主，文恭自追友谊如昔，亦不署门生，文懿每憾之，文恭不顾……其矫矫自立如此。”所述与张岱本文所撰颇不同。

⑮ 张阳和：张元汴，号阳和。

⑯ 揭帖：古时监察部门长官揭发不法官吏的一种文书，此指元汴疏奏副本。 张江陵：张居正（1525—1582），字叔大，号太岳，湖广江陵（今属湖北省荆州市）人，时称张江陵。嘉靖二十六年（1547）中进士，由庶吉士至翰林院编修。隆庆元年（1567）任吏部左侍郎兼东阁大学士。上《陈六事疏》，陈述改革时政的意见。万历初，神宗年幼，居正总揽军政大权，前后十年为内阁首辅，辅佐皇帝开创了“万历新政”。卒赠上柱国，谥文忠。居正为推行改革，结交权贵宦官，钳制言论，排除异己，故祸及身后。

⑰“既如此”二句：谓元汴既如此不懂官场规矩，以天象之变，责怪于我，所以尽管他有望十五年后取代我，我也不为他留有余地。

⑱“待为地”二句：如想留有余地，就不上疏了。

⑲ 太仆之变：谓天复去世，元汴丁忧，三年不得出仕。

⑳ 私刺不入公门：不用私人名片拜谒官府。

㉑ 侃侃：形容说话理直气壮，从容不迫。

㉒ 徐文长：徐渭，字文长。详卷一《昌谷集解序》。袁宏道有《徐文长传》可参。

㉓ 戊寅：万历六年（1578）。

㉔ 岁时旅进：过年时随众官一起拜谒。

㉕ 私谒：私下单独拜谒。

㉖“某”七句：谓我是他门生，密奏弹劾他的事，会让他人去做；而像他那样本该辞官居丧，却上疏夺情请留，病则请祷告祛灾，我死也不干。皂囊，黑网口袋。封密奏所用。白简，弹劾官员的奏章。

㉗ 壬午：万历十年（1582）。

㉘“汝吉行”二句：你因吉事（即“皇嗣诞生”）出差，不可因母病请假。

㉙ 谈、迁父子：司马谈、司马迁父子均在汉武帝朝任太史令。此用以比张氏父子。元汴曾与孙鑛合修《绍兴府志》，与徐渭同修《会稽县志》。

㉚ 丁亥：万历十五年（1587）。

㉛ 左谕德：官名。唐高宗龙朔二年（662）始置太子左右谕德各一人，掌对皇太子教谕道德，随事讽谏。

㉜ 侍经筵：任教官，为帝王讲论经史。

㉝ 覃恩：广施恩泽。旧时多用以称帝王对臣民的封赏、赦免等。

㉞ 诏予冠带：下诏准予恢复仕籍，不复官职。

㉟ 於邑：同“郁悒”，愁苦抑郁。

㊱ 戊子：万历十六年（1588）。

㊲ 临革：病情临危。

㊳ 曾凤仪（1556—?）：字舜征，号金简，明湖广耒阳县（今湖南耒阳）人。官至礼部郎中。嘉靖末至隆庆初曾从学王万善，为王的得意门生。后又拜王阳明再传弟子、著名心学家张元忭为师。于北京集资建湖南会馆。晚年潜修佛学，注释《楞严》《法华》《楞迦》诸经。

㊴ 嗃嗃（hè hè）：严酷貌。

㊵ 大母：祖母。　颒（huì）盥：洗面洗手。

㊶ 髤：以簪定结，同“髻”。

㊷ 鬖髿（sān shā）：头发散乱貌。

㊸ 褫：剥夺。

㊹ 大魁：中状元。　殿撰：明、清进士一甲第一名，例授翰林院修撰，故沿称状元为殿撰。

祖讳汝霖，号雨若。幼好古学，博览群书。髫时以文恭命[1]，入狱视徐文长先生，见囊盛所着械悬壁，戏曰：“此先生无弦琴耶[2]？”文长摩大父顶曰：“齿牙何利！”案头有《阙编》[3]，序用“怯里赤马”。大父曰：“徐先生，‘怯里马赤’[4]，那得误‘怯里赤马’？”文长咋指曰：“几为后生窥破。”少不肯临池学书，字丑拙，试有司辄不利。遂输粟入太学。淹蹇二十年[5]，益励精古学，不肯稍袭占毕[6]，以冀诡遇[7]。文恭捐馆[8]，家难渐至，县官修旧隙[9]，鱼肉人。大父读书龙光楼，辍其梯，轴轳传食[10]，不下楼者三年。田产居积，多为人豪夺，不敢阻，直听之而已。

江西邓文洁公至越[11]，吊文恭，文恭墓木已拱，攀条泫然，悲咽而去。大父送之邮亭，文洁对大父悒悒不乐。盖文洁中忌者言，言大父近开酒肆，不事文墨久矣，故见大父辄欷歔。是日将别，顾大父曰："汝则已矣，还教子读书，以期不坠先业。"大父泣曰："侄命蹇，特耕而不获耳，藨蓘尚不敢不勤[12]。"文洁曰："有是乎？吾且面试子。"乃拈"六十而耳顺"题。大父走笔成，文不加点。文洁惊喜，击节曰："子文当名世，何止科名？阳和子其不死矣！"

是年当入试，方束装，而王宜人又逝。襄事毕，仍上龙光楼，辍梯传食者又三年。甲午正月朔[13]，即入南都[14]，读书鸡鸣山，昼夜不辍。病目眚[15]，下帏静坐者三月。友人以经书题相商，入耳，文立就。后有言及者，辄塞耳不敢听。入闱[16]，日未午，即完牍。牍落一老教谕房。其所取牍，上大主考九我李公[17]，詈不佳，令再上。上之不佳，又上。至四至五，房牍且尽矣，教谕忿恚而泣。公简其牍[18]，少七卷，问教谕。教谕曰："七卷大不通，留作笑资耳。"公曰："亟取若笑资来。"公一见，抚掌称大妙。洗卷更置丹铅[19]，《易经》以大父拟元[20]，龚三益次之[21]，其余悉置高第。填榜，南例无胄子元者[22]。遂首龚，抑置第六。公后语人曰："不以张肃之作元[23]，此瞒心昧己事也。"揭榜后，大父往谒房师[24]，房师阖门拒之曰："子非我门人也，无溷我。"

乙未[25]，成进士，授清江令[26]，调广昌[27]。僚寀多名下士[28]。贞父黄先生善谑弄[29]，易大父为纨绔子[30]。巡方下疑狱[31]，令五县会鞫之[32]。贞父语同寅曰[33]："爰书例应属我[34]，我勿受，诸君亦勿受，吾将以困张广昌。"大父知其意，勿固辞，走笔数千言，皆引经据典，断案如老吏。贞父歙然张口，称："奇才！奇才！"遂与大父定交，称莫逆。满六载，考卓异第一[35]，拟铨部[36]。朱文懿公以石门舅祖方在文选[37]，方辞之，授兵部武选司主事。

丙午[38]，副山东[39]。大父感李文节以落卷见收[40]，至闱中，颛以搜落卷为事。于落卷中得李延赏者，古文崛，每篇字不满三百，多不作结语，排众议中之。解卷，部讦[41]，落职归。

数年间，颇蓄声妓，磊块之余[42]，辄以丝竹陶写。辛亥[43]，朱恭人亡后，乃尽遣姬侍，独居天镜园[44]，拥书万卷，日事细绎[45]。暇则开山九里[46]，每日策杖于猿崖鸟道间。作《游山檄》，遍游五泄、洞岩、天台、雁宕、玉甑诸峰，诗文日进。

甲寅[47]，当事者以南刑部起大父[48]，与贞父先生复同官白下[49]。拉同志十余人为读史社，文章意气，名动一时。丁巳[50]，贞父视学江右，大父视学黔。黔固鬼方[51]，而所得士，瑰异多轶才。有杨文骢者[52]，冠郡庠，而经义失旨，扑之十日，属教官日理经三卦，完则押至所按地方送背[53]。是科文骢遂魁黔榜。入彀者三十五人[54]，无不冠军。而第二人梅豸者[55]，则初试受扑，而大收则又冠军者也。黔中谓三百年来无此提学。十月主武闱，策中独问奢、蔺二酋，谓其变在旦夕，其为防御计甚悉。不逾年，变起重庆，而大父之言如左券[56]。川督张凤皋先生[57]，重大父才，凡帷幄事，悉与参酌之。寻晋广西参议。瑶僮乱，大父提兵往讨。有苗人龙阿者归部下，大父请于制台[58]，授指挥衔，自粤至黔，千有余里，悉底定。龙阿练犷卒五千[59]，曰“张家”，所向无敌。天启辛酉[60]，大父以病归，龙阿携兵送，尽黔界，恸哭而去。归即筑岕园于龙山之趾[61]，啸咏其中。

壬戌[62]，起西湖道。过清江，父老携妇子，出酒肴茶核，走舆前跪送，曰：“我恩主父母也。”追随数十里，欢呼不绝。癸亥还山[63]。明年，又转副闽臬[64]。大父意欲不出，勉强之福宁，缴凭即归。乙丑三月[65]，病瘰疬[66]，不起[67]。

朱恭人者，朱文懿公女也。文懿公与文恭读书龙山，嘉靖丙辰七月七日[68]，与文恭指腹为姻娅。所割襟[69]，岱犹及见之，其色灰蠡，盖重浣白布也。甲辰[70]，文懿公当国，子孙多骄恣不法。文懿公封夏楚[71]，贻书大父，开纲纪某某[72]，属大父"惩之犹我"。大父令臧获捧夏楚，立至朱氏，摘其豪且横者，痛决而逐之，不稍纵。其子孙至今犹以为恨。

长孙张岱曰：我张氏自文恭以俭朴世其家，而后来宫室器具之美，实开自舅祖朱石门先生[73]，吾父叔辈效而尤之，遂不可底止。大父自中年丧偶，尽遣姬侍，郊居者十年，诗文人品，卓然有以自立，惜后又有以夺之也。倘能持此不变，而澹然进步，则吾大父之诗文人品，其可量乎哉?

注释

① 髫时：少儿时。髫，小孩的下垂头发。

② 无弦琴：陶渊明不解音乐，蓄无弦琴一张。朋聚酒酣，常抚琴抒情寄意。

③《阙编》：徐渭著，今佚。仅《阙编序》存《徐文长逸稿》中。

④ 怯里马赤：蒙古语，意译为翻译者，引申为代言人。明叶子奇《草木子·杂俎》："昔世祖尝问：'孔子何如人?'或应之曰：'是天的怯里马赤。'世祖深善之。"今《阙编》序文作"吾夫子，天之怯里马赤也"。

⑤ 淹蹇：坎坷遇阻。

⑥ 占毕：谓经师不解经义，但视简上文字诵读以教人。后亦泛称诵读。

⑦ 诡遇：不以正道猎取名利。

⑧ 捐馆：捐弃馆舍，去世的婉词。

⑨ 修旧隙：算老账，报复旧仇。

⑩ 轴轳传食：用滑轮吊篮传送食物。

⑪ 邓文洁公：邓以赞（1542—1599），字汝德，号定宇，南昌新建人，明代理学家。少好读书，与张元忭从王守仁弟子王畿游，传良知之学。隆庆五年（1571）进士，选庶吉士，授编修。历官右中允、国子监司业、南京国子监祭酒，至吏部侍郎。退居西山，在罗溪书院讲学达三十年之久。谥曰文洁。有《定宇先生文集》《定宇制义》《文洁集》等。

⑫ 藨蓘（biāo gǔn）：耕耘和培育。此喻读书学习。藨，古通“穮”，除草。蓘，培土。

⑬ 甲午：万历二十二年（1594）。

⑭ 南都：明永乐后以南京为南都。

⑮ 眚：眼睛生翳长膜。即今之白内障。

⑯ 入闱：入考场。

⑰ 九我李公：李廷机（1542—1616），字尔张，号九我，晋江（今福建泉州）人。隆庆四年（1570）顺天乡试解元，万历十一年（1583）会元、榜眼，累官礼部尚书兼东阁大学士。卒谥文节。

⑱ 简：检核。

⑲ 更置丹铅：即丹铅甲乙。此指重新检阅试卷，评定等次。丹铅，点校书籍用的丹砂和铅粉（朱笔书写，铅粉涂抹）。

⑳ 以大父拟元：拟议将祖父定为第一名。

㉑ 龚三益：字仲友，江苏武进人。万历二十三年（1595）乡试第一（解元）。万历二十九年（1601）进士，历官庶吉士、翰林编修、右谕德、湖广参政。

㉒“南例”句：江南乡试没有以官宦子弟为首名的先例。

㉓ 肃之：张汝霖的字。

㉔ 房师：明清两代举人、贡士对荐举自己试卷的同考官的尊称。因乡试、会试中分房阅卷，应考者试卷须经某一同考官选出，批语，推荐给主考官裁定，方能中举。故称。此房师即指那位冬烘教谕。

㉕ 乙未：万历二十三年（1595）。

㉖ 清江：县名，属江西临江府。

㉗ 广昌：县名，属江西建昌府。

㉘ 僚寀：同僚。　名下士：有名之士。

㉙ 贞父黄先生：黄汝亨（1558—1626），字贞父，钱塘人。万历二十六年（1598）进士，官至江西布政司参议。著有《天目记游》《廉吏传》《古秦议》《寓林集》《寓庸子游记》等。是晚明著名文学家、书法家。

㉚ 易：轻视。

㉛ 方：刚刚，恰好。

㉜ 五县：建昌府辖下南丰、南城、新城、广昌、泸溪。　会鞫（jū）：会审。

㉝ 同寅：同僚。

㉞ 爰书：中国古代的一种司法文书。包括检举笔录、试问笔录、现场勘验笔录、查封财产报告、追捕犯人报告等。

㉟ 考：指对政绩的考核。

㊱ 拟铨部：拟议升调吏部（司官员铨选）。

㊲ 朱文懿公：朱金庭，见前注。　石门舅祖：朱敬循，朱赓之子，张岱的舅祖。山阴人。万历二十年（1592）进士，官礼部郎中，改稽勋。前此无正郎改

吏部者，自朱敬循始。终右通政。酷嗜金石文物收藏。　文选：属吏部的文选司。据《明史》，其似在吏部稽勋司。

㊳ 丙午：万历三十五年（1606）。

㊴ 副山东：任山东乡试副主考。

㊵ 李文节：即李廷机。

㊶ 讦（jié）：揭人隐私。据《明史》卷二百三十载，事主为礼科右给事中汪若霖："兵部主事张汝霖，大学士朱赓婿也。典试山东，所取士有篇章不具者。若霖疏劾之，停其俸。"

㊷ 磊块：以石块喻郁积在胸中的不平之气。

㊸ 辛亥：万历三十九年（1611）。

㊹ 天镜园：详《陶庵梦忆·天镜园》。

㊺ 䌷绎：引出端绪，整理出头绪。喻寻绎义理，理其端绪。

㊻ 开山九里：绍兴有九里山。张岱《家传·附传》云："庚戌年（1610），大父开九里山，取道直上炉峰。"祁彪佳《越中园亭记·表胜庵》谓："山名九里，以越盛时，笙歌闻于九里，故名。"

㊼ 甲寅：万历四十二年（1614）。

㊽ 南刑部：留都南京所设六部之一。

㊾ 白下：南京。

㊿ 丁巳：万历四十五年（1617）。

51 鬼方：古代对少数民族所居的边远地区的贬称。

52 杨文骢（1596—1646）：字龙友，贵州人，流寓金陵（今南京）。万历四十七年（1619）举人，六次会试不中，崇祯七年（1634）选为华亭县教谕，后迁青田、江宁、永嘉等知县。为御史詹兆恒参劾夺官。后为南明唐王兵部侍郎。抗清被俘，不屈而死。杨文骢博学好古，善画山水。为“画中九友”之一。

(53)“扑之”三句：意谓强制杨文骢恶补“经义”，强背了十天。扑，本义谓用覆盖物罩住目标，亦指挨板子。

(54) 彀：彀中，指弓箭射程之内。王定保《唐摭言·述进士上篇》载唐太宗见新进士缀行而出，喜曰：“天下英雄入吾彀中矣!”后因以“入彀”比喻笼络网罗人才。此指应进士考试。

(55) 梅豸：万历四十五年（1618）举人。任完县知县，有德政。

(56) 左券：古代称契约为券，用竹做成，分左右两片，立约的各拿一片，左券常用做索偿的凭证。后来说有把握叫操左券。

(57) 张凤皋：张鹤鸣（1551—1635），字元平，号凤皋，颍川人。万历二十年（1592）进士，官至兵部尚书，加太子太师。

(58) 制台：总督。

(59) 彍卒：弓弩兵。

(60) 天启辛酉：天启元年（1621）。

(61) 岕园：即砎园。详《陶庵梦忆·砎园》。

(62) 壬戌：天启二年（1622）。

(63) 癸亥：天启三年（1623）。　还山：归里。

(64) 副闽臬：福建按察副使。

(65) 乙丑：天启五年（1625）。

(66) 瘰疬（luǒ lì）：即淋巴腺结核。在颈部皮肉间可扪及大小不等的核块，互相串连，其中小者称瘰，大者称疬，统称瘰疬，俗称疬子颈。

⑰ 不起：病故的讳称。

⑱ 嘉靖丙辰：嘉靖三十五年（1556）。

⑲ 割襟：双方以所割之襟交换，作为信物凭证。

⑳ 甲辰：万历三十二年（1604）。

㉑ 封夏楚：授予施罚的权力。夏楚，《礼记·学记》："夏、楚二物，收其威也。"郑玄注："夏，槄也；楚，荆也。二者所以扑挞犯礼者。"

㉒ 纲纪：法度，治理的大纲要领。

㉓"实开自舅祖"句：张岱在《陶庵梦忆·朱氏收藏》中状朱氏收藏之富，并对朱氏"以袖攫石、攫金银以赚田宅，豪夺巧取，未免有累盛德"加以贬斥。

先子讳耀芳，字尔弢，号大涤。少极灵敏，九岁即通人道[1]。病瘵几死[2]，日服参药。大父母夹持之同宿，至十六而方就外傅[3]。时文恭与郡守萧公讲学于阳明祠[4]，先子善歌诗，声出金石，太守厚赉之[5]。十四补邑弟子[6]，遂精举子业。大父教之，惟读古书，不看时艺[7]。先子独沉埋于帖括中者四十余年[8]，双瞳既眊[9]，犹以西洋镜挂鼻端[10]，漆漆作蝇头小楷，盖亦乐此不为疲也。

先大父世产仅足供饘粥[11]，通籍令清江[12]，疲敝萧条，鬻产佐费。先子家故贫薄，又不事生计，薪水诸务，一委之先宜人。宜人辛苦拮据，居积二十余年，家业稍裕。后以先子屡困场屋，抑郁牢骚，遂病翻胃。先宜人忧之，谓岱曰："尔父冯唐易老[13]，河清难俟[14]。或使其适意园亭，陶情丝竹，庶可以解其岑寂。"庚戌以来[15]，遂兴土木，造楼船一二，教习小傒，鼓吹剧戏，一切繁靡之事，听先子任意为之。宜人不辞劳苦，力足以给。故终宜人之世，先子裒然称富人也。泰昌改元[16]，先宜人厌世[17]，而先子又遘奇疾[18]，凡事偈瘺[19]，不出三年，家日落矣。

天启辛酉[20]，复就试南雍[21]，几得复失。甲子、丁卯[22]，闱牍佳甚，而又不售，是年五十有三矣。诸叔父劝驾，乃以副榜贡谒选[23]，授鲁藩长史司右长史[24]。鲁宪王好神仙，先子精引导[25]，君臣道合，召对宣室[26]，必夜分始出。自世子、郡王以至诸大夫、国人，俱向长史庭执经问业[27]，户屦常满[28]。是年，山东妖贼猖獗，围兖州城三匝。先子任城守，出奇退贼。时当道抚军宏所沈公、监军半舫刘公、巡道盘初蒋公[29]，皆敬礼先子，称莫逆。一日，在半舫座中，半舫善署书，滕李宰请额[30]，半舫曰："苦无佳语。"先子曰："薛归于滕[31]。今李宰晋秩郡司马，宜书'滕薛大夫'。"一座叫绝。先子起，亦请署额。半舫曰："能工确如前语，即为公署之。"先子曰："'季孟之间'[32]，非鲁右史而何?"半舫复大噱称赏。

嘉祥令赵二仪物故[33]，欠库银千八百两无抵。沈宏所强先子署篆[34]。启王，得俞旨。先子至邑，见赵令妻子羁广柳车中[35]，凄其可悯，乃出己橐为代偿，而复以百金为麦舟之赠[36]。嘉祥人德之，为立张国相捐金之碑。嘉祥狱中死囚只七案，先子悉为平反之，杀人者曰义士，盗曰侠客，报仇者曰孝子。谳上[37]，司道笑之，为减二人死。先子犹申请再三。或劝已之，先子曰："地狱不空，誓不成佛。"解事毕，益究心冲举之术[38]，与人言多荒诞不经，人多笑之。

先宜人去世，先子内妾周氏，席卷资斧[39]，恐以宦况归遗诸子[40]，乃劝先子置产兖州，请必无归，以罄其橐。辛未罢职[41]，先子欲一省先人坟墓，绐周氏曰："吾家尚有剩产，当为子拔宅再来。"九月抵家，日促先子行。而先子见子妇孝敬，心安之，然又不肯伤周氏意，犹日日戒束装不置口。先子喜诙谐，对子侄不废谑笑。一日，周氏病，先子忧其死。岱曰："不死。"先子曰："尔何以知其不死也?”岱曰:“天生伯嚭[42],以亡吴国,吴国未亡,伯嚭不死。”先子口詈岱,徐思之,亦不觉失笑。

壬申十二月[43],先子强健如常,忽言“二十七日吾将去”。三日前遍辞亲友,果于是日午时无疾而逝。先子善饭,是日早膳,犹兼数人之餐。盖先子身躯伟岸,似舅祖朱石门公而稍矮。壮年与朱樵风表叔较食量[44],每人食肥子鹅一只,重十斤,而先子又以鹅汁淘面,连啜十余碗,表叔捧腹而遁。

陶宜人生于会稽陶氏。外大父兰风府君[45],为清白吏子孙。宜人以荆布遣嫁[46],失欢大母。后以拮据成家,外氏食贫,未尝以纤芥私厚[47],以明不负先子所托。大母朱恭人性卞急,待宜人严厉。克尽妇道,益加恭慎。辛亥[48],先子客鄞[49],大母卒于三叔之僦居[50],湫隘不能成礼[51]。大父欲迁祖居,以俗忌旅榇不宜入宅[52],迟疑不决。宜人力请归宗[53],以凶煞自认[54]。大父喜曰:“女中曾、闵也[55]。”后屡遭祸祟,终不自悔。

长子张岱曰:先子少年不事生计,而晚好神仙。宜人以戮力成家,而妾媵、子女、臧获,辄三分之。先子暮年身无长物[56],则是先子如邯郸梦醒[57],繁华富丽,过眼皆空。先宜人之所以点化先子者,既奇且幻矣。不肖岱妄意先子之得证仙阶,或亦宜人之助也。

注释

① 通人道:晓人情世故。

② 瘵(zhài):肺痨。

③ 就外傅:师从私塾外的老师就学。

④ 阳明祠：绍兴有祭祀王守仁（因曾筑室于会稽山阳明洞，自号阳明子）的祠堂。

⑤ 赉（lài）：赏赐。

⑥ 补邑弟子：补充为县学学员，即补为秀才。

⑦ 时艺：相对于古文的时文、八股文。

⑧ 帖括：唐制，明经科以帖经试士。把经文贴去若干字，令应试者填空对答。后考生因帖经难记，乃总括经文编成歌诀，便于记诵应时，称“帖括”。明清时亦用以泛指科举应试的八股文。

⑨ 眊：眼睛看不清。

⑩ 西洋镜：即今之眼镜。

⑪ 馇粥：厚粥。

⑫ 通籍：做官。籍是二尺长的竹片，上写姓名、年龄、身份等，挂在宫门外，以备出入时查对。通籍谓记名于门籍，可以进出宫门。因此后来便称做官为“通籍”。

⑬ 冯唐易老：语出唐王勃《滕王阁序》。冯唐，身历西汉文景武三朝，却仕途淹蹇，及举贤良，年已九十余，无法任官。

⑭ 河清难俟：比喻时久难待。河清，黄河清。《左传·襄公八年》：“俟河之清，人寿几何?”

⑮ 庚戌：万历三十八年（1610）。

⑯ 泰昌：明光宗朱常洛的年号（1620）。仅一年。

⑰ 厌世：去世。

⑱ 遘奇疾：参卷一《陶庵肘后方序》。

⑲ 偈㵘：不经心。

⑳ 天启辛酉：天启元年（1621）。

㉑ 南雍：南京国子监。雍，辟雍，古之大学。

㉒ 甲子：天启四年（1624）。　丁卯：天启七年（1627）。

㉓ 副榜：科举时代会试或乡试取士，除正榜外另取若干名，列为副榜。给下第举人以做官的机会。　谒选：赴吏部应选。

㉔ 鲁藩：指鲁宪王朱寿鋐。　右长史：正五品，掌王府事务。

㉕ 引导：即导引，是古人将呼吸运动（导）与肢体运动（引）相结合的一种养生术。

㉖ 宣室：汉代未央宫中之宣室殿。《史记·屈原贾生列传》："孝文帝方受厘，坐宣室。上因感鬼神事，而问鬼神之本。贾生因具道所以然之状。"唐李商隐《贾生》诗"宣室求仙访逐臣，贾生才调更无伦。可怜夜半虚前席，不问苍生问鬼神"讽之。此泛指帝王所居之正室。

㉗ 世子：王之嗣子。　郡王：王之诸子。　执经问业：手拿经书求教，执弟子礼。

㉘ 户屦常满：古人脱鞋入室。户外鞋满，表明来访者之多。

㉙ 抚军：明清时巡抚的别称。　监军：朝廷临时差遣，代表朝廷协理军务、督察将帅的官员。明代以御史或宦官为监军，专掌功罪赏罚的稽核。　半舫刘公：刘荣嗣，详卷二《岱志》注。　巡道：负责监督、巡察其所属州、府、县的政治和司法等方面的情况的按察副使。　盘初蒋公：蒋如奇，字一先，号盘初，江苏宜兴人。万历四十四年（1616）进士。选授部曹，出任江西广信知府，转山东兖州道台，升浙江参政。卒赠光禄寺卿。精书法。

㉚ 滕李宰：滕县李县令。

㉛ 薛归于滕：春秋时的小国滕和薛，今并为山东滕县。《论语·宪问》有“不可以为滕、薛大夫”句，以“滕薛大夫”称滕县令，可谓典出经籍。

㉜ 季孟之间：《论语·微子》：“齐景公待孔子，曰：若季氏则吾不能，以季、孟之间待之。”比上不足，比下有余之意。

㉝ 嘉祥：县名，今属山东济宁市，因传为麒麟发祥之地，取其嘉美祥瑞之意而得名。　物故：去世。

㉞ 署篆：暂时代理官职。因官印均用篆体，故以篆代指官印。

㉟ 羁广柳车中：羁留在运棺木的大车中。

㊱ 麦舟之赠：指宋范纯仁以麦舟襄助故旧治丧事的典故。宋惠洪《冷斋夜话》卷十：“范文正公在睢阳，遣尧夫于姑苏取麦五百斛。尧夫时尚少，既还，舟次丹阳，见石曼卿，问寄此久近。曼卿曰：‘两月矣。三丧在浅土，欲丧之西北归，无可与谋者。’尧夫以所载舟付之……到家拜起，侍立良久。文正曰：‘东吴见故旧乎？’曰：‘曼卿为三丧未举，留滞丹阳……’文正曰：‘何不以麦舟付之？’尧夫曰：‘已付之矣。’”

㊲ 谳：此指判罪的文书。

㊳ 冲举之术：飞升成仙之术。

㊴ 资斧：财货。

㊵ 宦况：做官的境况、情味。此指为官所得。

㊶ 辛未：崇祯四年（1631）。

㊷ 伯嚭：春秋吴王夫差的太宰。受越王勾践之贿，力劝吴王允许越王委国为奴，并谗杀伍子胥。终使越王复国灭吴。

㊸ 壬申：崇祯五年（1632）。

㊹ 朱樵风：应是朱敬循之子。

㊺ 外大父：外祖父。　陶兰风：陶允嘉。详卷二《海志》注。　府君：此为对已故者的敬称。

㊻ 荆布遣嫁：嫁妆寒酸。

㊼“未尝”句：未尝以丝毫钱财资助娘家。

㊽ 辛亥：万历三十九年（1611）。

㊾ 鄞：即今浙江宁波。

㊿ 僦居：租借的房屋。

51 湫隘：低洼狭窄。

52 旅榇不宜入宅：旧俗死在外的人，其棺木只能直接运至墓地落葬，若置家中，会带来灾祸。

53 归宗：此指灵柩运回旧宅。

54 以凶煞自认：若有灾祸，愿自承担。

55 曾、闵：孔门弟子曾参、闵子骞，入二十四孝之列。

56 身无长物：除自身外再没有多余的东西。形容贫穷。

57 邯郸梦醒：详卷一《廉书小序》注。

【评品】　传文起始，笔法即曲折腾挪：以李梦阳、钟惺家族不能不由他们作传为陪衬，说明自己作家传有难于上述二人者：祖先中有已有其传，无需作者措手者；又有欲传而不能尽传者；还有不胜其传者。

若知难而退，则自己能为本朝五十余人作传，却不能为祖先作传，岂非家族罪人？然后说明自己如何因人物远近、材料多少而作传：有去蚀见阙者；有以半见全者；有举大见小者，总之务求“不失其本面、真面”。一篇宗旨，全章写法，尽见于此。

状高祖，突出其为文之佳、为官之清、平叛之功、遭陷之冤。雪冤过程描摹生动详细：情状之急、定计之难、发白之速，以见曾祖之孝；驰救、误监、雪冤之险，写得字简节促，更见情急万状。其妻刘安人则仅用几番诫言，彰显其居安思危、知足安分的远见。详略得当。

写曾祖，十七为文，哭祭忠臣，见其不畏权贵；为父雪冤，驰骤滇京，须发皆白，见其至孝；星变上疏，不谒座师，见其耿直不阿；私刺不入公门，百计出徐渭狱，见其秉公仗义；修家乡二志，见其史才文笔。

传祖父，探狱文长，少即聪慧；撤梯传食，苦读不辍，偶得高中，见教谕之昏庸；视学边陲，多得俊彦，不次擢拔，彰显卓识爱才；预筹平乱，屡展才干。

忆先父，不事生计，淹蹇场屋；笃好神仙，君臣契合；麦舟助葬，不失义举，邑人德之；乱活死狱，竟为成佛，贻笑大众。

附传先母，谨守礼仪，恪尽妇道，勤勉持家，女中曾闵。

传中不讳高祖之狎纵亵越，祖父之颇蓄声伎姬侍，先父之笃好导引冲举之术，是其所谓“不失其本面、真面”者耶？

附传

张岱曰：家传之有附，何也？附吾仲叔葆生、三叔尔含、七叔尔蕴也。仲叔死七年，三叔死十年，七叔死三十六年，而尚未有传，则是终无传也已。人之死而寂寂终无传者有之矣，惜乎吾三叔者皆可传之人也。三叔者，有瑜有瑕。言其瑜，则未必传；言其瑕，则的的乎其可传也。解大绅曰[1]："宁为有瑕玉，勿作无瑕石。"然则瑕也者，正其所以为玉也，吾敢掩其瑕，以失吾三叔之玉乎哉？

仲叔讳联芳，字尔葆，以字行，号二酉。生而头仄向左，文恭公忧之，乃以大秤锤悬髻上，坠其右。坐乡塾，命小傒持香伺左，稍偏则淬其额[2]。行之半年，不复仄。仲叔少先子一岁，兄弟依倚。文恭公以假满入都，仲叔方四龄。文恭公钟爱先子，携之北上。仲叔失侣，悲泣不食者数日。时刘太安人在堂，遣急足追返。迨先子归，而仲叔始食。嗣是同起居食息，风雨晦明者，四十年如一日。

先子专攻帖括家言[3]，仲叔喜习古文辞，旁攻画艺。少为渭阳石门先生所喜[4]，多阅古画。年十六七，便能写生，称能品。后遂驰骋诸大家，与沈石田[5]、文衡山[6]、陆包山[7]、董玄宰[8]、李长蘅[9]、关虚白相伯仲[10]。仲叔复精鉴赏，与石门先生竞收藏，交游遂遍天下。癸卯落第[11]，至淮安，有贾客以铁藜天然几货者，淮抚李修吾以百金相值[12]，仲叔以二百金得之，放舟亟行。李修吾飞骑追蹑，见朱文懿勘合[13]，不敢问而返。自是收藏日富，大江以南，王新建[14]、朱石门、项墨林[15]、周铭仲，与仲叔而五焉。丙午[16]，造精舍于龙山之麓，鼎彝玩好，充牣其中，倪迂之云林秘阁不是过矣[17]。

戊午拆卷[18]，填名三十五，而本房以次经稍注诖误。大主考慎之，特问临监王墨池先生[19]，且曰："山阴与京兆同里[20]，若是名士，不妨中之。"墨池不答，遂易以他卷。及榜定，墨池始叹曰："此天下名士，不佞受业弟子也[21]。顷避嫌，不敢对耳。"主师大懊惜之。丁卯[22]，小草一出[23]，遂倅太平[24]。次年，调苏州府。倅之有调繁[25]，自仲叔始。辛未大计[26]，中忌者以"不及"镌级[27]。司道曰[28]："张倅而不及，谁有余者？"乃谓仲叔曰："人言尔不及，尔只行有余事[29]。"遂以镌级官委解白粲[30]，到京补河南臬幕，署篆陈州[31]。时贼逼宛水，刀戟如麻。仲叔登陴死守，日宿于戍楼，夜尚烧烛为友人画，重峦叠障，笔墨安详，意气生动。识者服其胆略。

次年，升孟津县令[32]，谪官之得转正印，亦自仲叔始。孟津有城无濠，仲叔至，为掘濠，不日而就。邑人王铎为作《灵濠碑记》[33]。满六载，升扬州司马，分署淮安[34]，督理船政。史道邻廉仲叔才[35]，漕事缓急，一以委之，无不立办。癸未[36]，流贼破河南[37]，淮安告警。仲叔练乡兵，守清江浦[38]，以积劳致疾，遂不起。

仲叔一子萼，任诞不羁，不事生业，仲叔计数万辄尽，宦橐又数万亦辄尽。仲叔好古玩，其所遗尊罍卣彝、名画法锦以千万计，不数日亦辄尽。仲叔姬侍盈前，岱曾劝叔父出之。姬侍曰："奴何出？作张氏鬼耳[39]。"仲叔喜，亟呼岱听之。姬侍对如前。岱曰："幸甚！"甲申[40]，岱同萼弟奔丧，姬侍林立，请曰："得早适人，相公造福。"岱笑曰："张氏鬼，奚适耶？"姬侍曰："对老爷言耳。

年少不得即鬼，即鬼亦不张氏侍矣。”萼弟笑而遣之，亦辄尽。

犹子张岱曰：以吾叔父之相貌才略、术数权谋，可作戎政司马[41]，其功名断不在张铜梁、吴寰洲之下[42]。惜乎其宫室器具之奉，实埒王侯[43]，岱所谓亵越之太甚者，正谓此也。仲叔嗜古，即一隃麋不肯轻弃[44]，而铜雀诸妓可谓朝夕西陵[45]，乃不移时而散如泡幻。则是货利嗜欲之中，无吾驻足之地。何必终日劳劳，持筹握算也[46]。

注释

① 解大绅：解缙（1369—1415），字大绅，一字缙绅，号春雨、喜易，吉水（今属江西）人。洪武二十一年（1388）中进士，官至内阁首辅、右春坊大学士，参预机务。解缙以才高好直言，为人所忌，屡遭贬黜，终以“无人臣礼”下狱，永乐十三年（1415）冬，被埋入雪堆冻死，卒年四十七。著有《解学士集》等。

② 淬：此作“烫”讲。

③ 帖括：见卷四《家传》注。

④ 渭阳：舅父的代称。　石门先生：朱敬循。详《家传》注。

⑤ 沈石田：沈周（1427—1509），字启南，号石田、白石翁等，长洲（今江苏苏州）人。不应科举，专事诗文、书画，是明代中期文人画“吴派”的开创者。传世作品有《庐山高图》《沧州趣图》。著有《石田集》《客座新闻》等。

⑥ 文衡山：文徵明（1470—1559），原名璧，字徵明。后以字行，改字徵仲。因祖上居湖南衡山，故号衡山居士。长洲（今江苏苏州）人。曾官翰林待诏。

诗、文、书、画无一不精。诗宗白居易、苏轼，文受业于吴宽，学书于李应祯，学画于沈周。在诗文上，与祝允明、唐寅、徐祯卿并称“吴中四才子”。在画史上，与沈周、唐寅、仇英合称“吴门四家”。

⑦ 陆包山：陆治（1496—1576），字叔平，因居包山，自号包山子。吴县（今江苏苏州）人。倜傥嗜义，以孝友称。好为诗及古文辞，善行、楷，尤擅画。为祝允明、文徵明弟子，其于丹青之学，务出其胸中奇，用笔劲峭，景色奇险，意境清朗，在吴门派画家中自具风格。

⑧ 董玄宰：董其昌，字玄宰。详卷二《海志》注。

⑨ 李长蘅：李流芳（1575—1629），字长蘅，一字茂宰，号檀园、香海等。歙县（今属安徽）人，侨居嘉定（今属上海市）。三十二岁中举人，后绝意仕途。诗文多写景酬赠之作，风格清新自然。与唐时升、娄坚、程嘉燧合称“嘉定四先生”。擅画山水，学吴镇、黄公望，峻爽流畅，为“画中九友”之一。亦工书法。

⑩ 关虚白：关思，字何思，号虚白，乌程（今浙江吴兴）人。善画山水，骨法气韵出入唐宋，拟王蒙、倪瓒更妙。至晚年山头石面，粗疏数笔，林树离披，略加墨叶，人物飘然，舟室古雅。

⑪ 癸卯：万历三十一年（1603）。

⑫ 李修吾：李三才，字道甫，号修吾。详卷三《与李砚翁》注。

⑬ 见朱文懿勘合：看到张联芳用的是相国朱赓的符契。勘合，验对身份符契。

⑭ 王新建：此指袭封的新建伯王守仁之孙王承勋，曾总督漕运长达二十年，是明朝最后一任和任职时间最长的漕运总兵。

⑮ 项墨林：项元汴（1525—1590），字子京，号墨林，别号香严居士、退密庵

主人，浙江嘉兴人。明国子生。精于鉴赏，好收藏金石遗文、法书名画。因得铁琴印有“天籁”二字，遂命名其藏书楼为“天籁阁”。藏书皆精妙绝伦，史称“三吴珍秘，归之如流”。

⑯ 丙午：万历三十四年（1606）。

⑰ 倪迂：倪瓒（1301—1374），字元镇，号云林，别号幻霞生、荆蛮民、懒倪、倪迂等，江苏无锡人。其书法天然古淡，有魏晋人风致。尤擅画山水、枯木、竹石，多以水墨为之，偶亦着色。山水画初宗董源，后参以荆浩、关仝，山石树木兼师李成。崇尚疏简画法，以天真幽淡为趣，能脱出古法，别开蹊径。与黄公望、吴镇、王蒙并称“元四家”。存世作品有《渔庄秋霁图》《六君子图》《容膝斋图》等。著有《清闷阁集》。

⑱ 戊午：万历四十六年（1618）。　拆卷：拆开试卷的弥封。

⑲ 临监：此指科举制度中乡试的监考官。　王墨池：王舜鼎（？—1624）字仔肩，号墨池，浙江绍兴人。万历二十六年（1598）进士。授刑部郎中，深究律例，务求不滥不枉。累官至工部尚书，以劳卒，谥恭简。据前人总结案例编成《宣慈录》，主张用刑从宽，以德治国。

⑳ 山阴与京兆：墨池山阴人，王氏为山阴望族，故以山阴指代王墨池；汉张敞官京兆尹，故以京兆指代张氏，此指张联芳。　同里：同为山阴人。

㉑ 不佞：犹言不才，旧时用作谦称。

㉒ 丁卯：天启七年（1627）。

㉓ 小草一出：出仕的典故。《世说新语·排调》：“谢公（谢安）始有东山之志（喻隐居）。后严命屡臻，势不获已，始就桓公（桓温）司马。于时人有饷桓公药草，中有‘远志’（药草名）。公取以问谢：‘此药又名小草，何一物而有

二称?’谢未即答。时郝隆在座，应声答曰：‘此甚易解。处（喻隐居）则为远志，出则为小草。’谢甚有愧色。”

㉔ 倅太平：任安徽太平府的副职。

㉕ 调繁：调任政务繁剧的州县。

㉖ 辛未：崇祯四年（1631）。　大计：官吏三年一次大的考核政绩。

㉗ 镌级：降级。

㉘ 司道：巡抚下设的专门机构。此指该机构的负责人。

㉙ 有余事：其他事。

㉚ 委解白粲：委任其押送白米。

㉛ 署篆：见卷四《家传》注。　陈州：今河南淮阳。

㉜ 孟津：今河南洛阳属县。

㉝ 王铎（1592—1652）：字觉斯，一字觉之，号嵩樵，孟津（今河南孟津）人。博学工诗文。天启二年（1622）进士，入翰林院为庶吉士，累擢礼部尚书。崇祯十六年（1643）为东阁大学士。弘光时官礼部尚书、弘文院学士，加太子少保。病逝于故里，谥号文安。书与董其昌齐名，画宗关仝、荆浩。

㉞“升扬州”二句：升任扬州同知，分署驻于淮安。

㉟ 史道邻：史可法（1602—1645），字宪之，又字道邻，祖籍北京大兴县，河南开封祥符县人。崇祯元年（1628）进士，任西安府推官。后转平各地叛乱。北京城被攻陷后，在南京拥立福王（弘光帝），继续与清军作战。官至督师、建极殿大学士、兵部尚书。弘光元年（1645），清军大举围攻扬州，不久城破，史可法拒降遇害。　廉：察考。

㊱ 癸未：崇祯十六年（1643）。

㊲ 流贼：对李自成起义军的蔑称。

㊳ 清江浦：今江苏淮安市。

㊴ 张氏鬼：死亦为张家的鬼。

㊵ 甲申：崇祯十七年（1644）。

㊶ 戎政：兵部。

㊷ 张铜梁：张佳胤（1526—1588），字肖甫，初号泸山，又号崌崃山人（一作居来山人），重庆府铜梁县（今重庆市铜梁区）人。嘉靖二十九年（1550）进士，曾总督蓟、辽、保定诸地军务，官至兵部尚书，授太子太保衔。卒赠少保。天启初年，追谥襄宪。著有《崌崃集》。　吴寰洲：吴兑（1525—1596），字君泽，号寰洲，山阴（今浙江绍兴）人。嘉靖三十八年（1559）进士，历任兵部主事、郎中、湖广参议、蓟州兵备副使。隆庆五年（1571）秋，擢升右佥都御史，巡抚宣府。是促成蒙汉互市的重要人物。

㊸ 埒：相等。

㊹ 隃麋：东汉时，隃麋（今陕西千阳）地区有大片松林，盛行烧烟制墨，墨的质量很好。后为墨的别称。

㊺ 朝夕西陵：曹操造铜雀台，临终时嘱咐诸妾：汝等时时登铜雀台，朝夕望吾西陵墓田。

㊻ 持筹握算：原指筹划，后称管理财务，精打细算。

三叔讳炳芳，号三峨。幼时佻偈[1]，与群儿嬉，见文恭公，一跳而去，走匿诸母房，不能即得也。文恭公恶之，乃以薄瓦磨砻，裁如履趾，缀之屦下，见文恭一跳，其瓦底碎，即缚而笞之。少有机颖，与人交，辄洞肺腑[2]，谈言微中[3]，无不倾心向之。云间何士抑、金斗许芳谷官于越[4]，三叔居幕下，不咨询，不敢理郡事。三叔以诸生遂创大厦，土木精工，费且巨万，皆赤手立办之，不为苦。

天启丁卯[5]，不携寸镪走京师[6]，以一席言，取内阁秘书，如取诸寄[7]。三叔曾语岱曰："恩留三相，费省七千[8]。"盖实录也。三叔机警善应变，目所见，辄终记不忘。凡台省部寺[9]，朝上疏，夕必伺于三叔之门，探问消息。车马填拥，行者不得路。而夜归见客，必四鼓。旨一出，有喜事，即以赫蹄走报[10]，时人称之"张喜雀"。间日入直[11]，则衙署稍闲；一出直，则蝇附蜂攒，撩拨不去矣。外省藩臬诸公出京[12]，有所属，必走辞。大老在座，伺于邻居，或旬日不得一见焉。粤抚许芳谷，走万金于宜兴[13]，托三叔为介。三叔颔之，而金不至。其差官迟回简不得，性卞急，直走问宜兴。宜兴谢无有，问："谁居间？"曰："张中书。"亟召三叔，三叔趋至。宜兴迎而问曰："粤抚事果否？"曰："有之。"宜兴出一拇指[14]。曰："有之。"曰："不至，何也？"三叔请间，遂屏人，语曰："太师何言之遽耶？粤差官不慎密，厂卫诇之急[15]，伺稍间，中书掷原物驱之去耳[16]。"宜兴亟点头曰："甚善。"急遣之，且曰："中书君爱我。"三叔出，呼差官詈曰："暮夜金而欲相公当堂承认，有是理乎？无回简矣，我一书亟报若主。"驰至粤，许芳谷以差官偾事[17]，立斩之。后有行金者，委之即去，无复敢问。

戊寅[18]，九山伯为南户科[19]，疏参巡漕史𡼖[20]。赍本入，三叔持之勿上，以告𡼖，𡼖德之。九山伯以疏羁留不上，特参纳言[21]。三叔惧，简书即上，下𡼖狱。𡼖以三叔索谢不得，故佹留而佹上之[22]，亦以疏抨三叔。龁龁者四年[23]，而𡼖竟瘐死[24]。三叔归里，见伯曰："九山累我。"九山伯曰："三峨累我。"语格格不相下。三叔恚怒，嚄唶不能语[25]，归即臌发，不两月而殂。临终，诏诸子曰：“棺中多着笔札，我入地当遍告之。”壬午九月[26]，九山伯以补官入邸，三叔见梦于贞子弟曰[27]：“我与九山在临清结案[28]，屈王司马峨云一行。汝明晚于家中设饯，多烧舆马从人，我且亟去。”贞子从其言，备牲醴致饯，设宾主席，上食如生前。祭毕浇灌，旋风起桌下，灯烛尽灭，步履蹿躐[29]，真若有车马行者。十月，九山伯殉难临清[30]，而结案之言，先于八月见梦，厉鬼之灵而狠也如此。

犹子张岱曰：三叔父其今之蔡泽乎[31]？赤手入秦，立谈间即取大位，又能于卿相之前，颠倒侮慢，提挈而奴使之，是岂碌碌庸人所能遽办乎？心之所恨，力能致之于死，而又能厉鬼昼见，以雪其愤，则杀气阴森，真有不可犯者矣。三叔须眉如戟，毛眼倒竖，未尝正视人，而人亦不敢正视。

| 注释 |

① 佻㑩：同“佻挞”，轻狂浮荡。

② 洞肺腑：看透对方心思。

③ 谈言微中：说话委婉而中肯。

④ 云间：松江的古称，今属上海。　何士抑：何三畏，号士抑，松江人。万历十年（1582）举人。任浙江绍兴推官（法官）时，不畏权贵，依法办案，宁愿辞职，决不屈从。　金斗：安徽合肥的古称。　许芳谷：万历四十四年（1616）进士。曾任绍兴知府、广东巡抚。

⑤ 天启丁卯：天启七年（1627）。

⑥ 寸镪：犹言分文。镪，钱串。

⑦ 取诸寄：犹言探囊取物，不费力。

⑧“恩留”二句：结恩于三位丞相，省却七千买官的费用。

⑨ 台省部寺：总括尚书台、中书省之类的行政中枢机构和六部九卿之类的行政衙门。

⑩ 赫蹄：古代称用以书写的小幅绢帛。后亦以借指纸。

⑪ 入直：值班当差。

⑫ 藩：藩司，明清时的布政使。　臬：臬司，按察使。

⑬ 走万金于宜兴：向时相宜兴周延儒行贿万金。周延儒（1593—1644），字玉绳，号挹斋，宜兴人（今属无锡）。二十岁时，连中会元、状元，授修撰。天启年间，掌南京翰林院事。崇祯二年（1629）拜礼部尚书兼东阁大学士。次年为首辅。为人贪鄙徇私。崇祯六年（1633）罢相。十四年复职。十六年（1643）四月，清兵入塞，延儒自请视师，假传捷报，蒙骗崇祯，事败，获罪流放戍边。不久，诏令其自尽。

⑭ 一拇指：暗示一万金。

⑮ 厂卫：明代东厂，是由宦官执掌的特务监察、情治机构。锦衣卫掌管刑狱，有巡察、缉捕之权，下设镇抚司，从事侦察、逮捕、审问等活动。　诇（xiòng）：刺探。

⑯ 中书：内阁中书，掌撰拟、记载、翻译、缮写。或由举人考授，或由特赐。此为张炳芳自称。

⑰ 偾事：坏事。败事。

⑱ 戊寅：崇祯十一年（1638）。

⑲ 九山伯：张岱堂叔张焜芳。　南户科：南京户科给事中。

⑳ 巡漕：督查漕运的监察御史。

㉑ 特参纳言：以为负责进谏和呈送章奏的纳言扣留不递而弹劾他。

㉒ 佹留而佹上：先因索贿而假装扣留参本，后因索贿不得而呈上。佹，通诡。

㉓ 龉龁：侧齿咬。引申为相互撕咬。

㉔ 瘐死：囚犯在狱中因病、受刑、冻饿而死。

㉕ 嚄唶（huò zé）：大声呼叫。

㉖ 壬午：崇祯十五年（1642）。

㉗ 贞子弟：张贞子，张炳芳之子、张岱的堂弟。

㉘ 临清：今山东临清市。

㉙ 踤蹽：步履不稳状。

㉚ 殉难：张焜芳守城抗清，被执而殉国。事见《明史·忠义传》。

㉛ 蔡泽：战国时燕国纲成（今河北怀安）人，善辩多智，游说诸侯，秦昭王拜为客卿，后代范雎为秦相。曾为秦王政出使于燕，使太子丹入质于秦。

季叔讳烨芳，号七磐。生而跛扈，不喜文墨。招集里中侠邪，相与弹筝蹴鞠，陆博蒱樗[1]，傅粉登场，斗鸡走马，食客五六十人。常蒸一豭飨客[2]，啖者立尽，据床而嘻。性好啖橘，橘熟，堆砌床案间，无非橘者。自刊不给[3]，辄命数僮环立剥之。冬月诸僮手龟皲[4]，瘃黄入肤者数层[5]。更喜豢骏马，以三百金易一马，曰大青。客窃往躏柳[6]，与他马争道，泥泞奔蹶[7]，四蹄迸裂而死。叔知，即命帷盖葬之，恐伤客意，置不问。里中恶少年，称曰“主公”，走赫蹄招之，不辄至，即有以谁何之[8]。王某者素崛强，又狎其弄儿，叔欲置之死地。某逃过江，至镇海楼下，有狰狞壮士数十人，手持应天巡抚大牌，云是越牢大盗，椎棒交下，立毙之，遽去。

年二十，见诸父为文社，视所为制艺，曰："徒尔尔，亦何极！"遂下帏读书，凡三年，业大成。挟一编走天下，海内诸名士，无不倾倒。诸侠邪不能遣，而天下士又多就之，客日益。后筑室炉峰，日游城市，夜必往山宿。山窗未曙，又督促入城，轻舟八楫，犹嫌其迟也。四方名宿亦多入山访之。乙卯[9]，宋羽皇、谢耳伯至山[10]，破雨游云门。水涨，赤体走冷溪中，冲激过顶，致病两踝。九月，服劫药，有小效。医者曰："药中有大毒，日食一分，药一囊，以百日尽。"季叔曰："谁能耐此？"罄囊中药，一夕啖尽，毒发，遂死。季叔殡，宋皇羽、谢耳伯始去。后客有来吊，不通主人，径造殡所。留诗去者，则郑孔肩[11]、吴伯霖[12]、闻子将[13]、严印持[14]、黄元辰[15]、李长蘅[16]、陈明卿[17]、文文起[18]、陈古白[19]、缪当时[20]、方孟旋[21]、艾千子[22]、陈大士[23]、罗文止[24]、丘毛伯[25]、章大力[26]、韩求仲[27]、宋比玉[28]、萧伯玉[29]、万茂先[30]。

季叔死之六日，仲叔在燕邸，梦季叔骑大青马，角巾绯裘，仆从五六，貌俱怪。问："弟何来？"曰："候阿兄耳。弟有《自度诗》为兄诵之，曰：'敛色危襟向友朋，我生聚散亦何辛。而今若与通音问，九里山前黄鸟鸣[31]。'"仲叔疑其不祥，逼前牵其袂，叔即上马去。仲叔尾而追之，则举鞭遥指曰："阿爷思兄甚，兄其亟归。"人骑遂失。仲叔志其诗以归，盖即季叔死前三日所作《自度诗》也。《自度诗》凡五首。

犹子张岱曰：语云：千里马善蹄啮人。盖不蹄不啮，不成其为千里马也。见尔蕴叔于髫时，其蹄啮特甚。而二十而后，见鞭影而驰，遂能瞬息千里。岂马之善变哉？盖能蹄能啮，而又能千里，始能成其为千里马也。季叔好侠邪，则侠邪至；好名宿，则名宿至。一念转移，而交游迭换。“不知其人，则视其友”[32]，余于季叔见之矣。

张岱曰：岱次先世传以授诸子曰：“余之先世在是也。余之后世亦在是也。”诸子不解。岱曰：“先世之浑朴，勿视其他，止视其兄弟：太仆公事汉阳公如事父[33]，文恭公手出二异母弟于澡盆，而视之如子；大父与芝如季祖[34]，相顾如手足。而父叔辈，尚不失为平交。自此以下，而路人矣，而寇仇矣。风斯日下，而余家之家世，亦与俱下焉。吾子孙能楷模先世，珍重孝友，则长世有基。若承此漫不知改，则‘君子之泽，五世而斩’[35]，余之家世，自此斩矣。故曰：余之先世在是，余之后世亦在是也。”

注释

① 陆博：又作六博，是中国古代民间一种掷采行棋的博戏类游戏，因使用六根博箸，所以称为六博，以吃子为胜。　蒲樗：即樗蒲，古代类似于掷色子的游戏，用于掷采的投子最初是用樗木制成，故称。

② 豭（jiā）：公猪。

③ 刊：斫，削除。此指去皮。　不给：供应不上。

④ 龟皲：皮肤因寒干而开裂。

⑤ 瘃：冻疮。

⑥ 躏柳：驰马射柳，骑射术之一种。

⑦ 蹶：跌倒。

⑧ 谁何：盘诘查问。

⑨ 乙卯：万历四十三年（1615）。

⑩ 宋羽皇：宋凤翔，字羽皇，浙江嘉兴人。万历四十年（1612）举人。撰有《秋泾笔乘》一卷。 谢耳伯：谢兆申（？—1629），字伯元，一作保元，号耳北（一作伯），又号太弋山樵，邵武（今属福建）人。万历间贡生，官居山西司后布政。好收异书，藏书凡五六万卷，多秘册珍本。一生刊刻图籍甚多。与汤显祖、钟惺、谭元春交谊最深。有《谢兆申诗文稿》。

⑪ 郑孔肩：郑圭，字孔肩，钱塘人。以贡生入官。于苏东坡文别有会心，用功至勤，辑有《苏东坡文集》。钱谦益《初学集》收有为郑孔肩文集序一篇，谓其"奋起于诸生之中，读柳子厚、苏子瞻之文，句比字栉，疏通其意义，以援学者，斯可谓难矣"。又"孔肩以明经入官，为令及守，皆在西粤蛮夷之区，廉平惠和，至今歌思之"。曾任广西平乐县令。与黄道周交契。

⑫ 吴伯霖：吴之鲸，字伯霖，又字伯裔，钱塘人。万历三十一年（1603）举人，屡上春官不第，后谒选浮梁县令。与黄汝亨、冯梦祯交契。著有《武林梵志》。

⑬ 闻子将：闻启祥，字子将，天启、崇祯间钱塘人。自幼聪慧，好读书，以文章著称。屡获荐举，坚辞不赴。与谭元春、黄汝亨、李流芳等均有酬唱。为读书社领袖。

⑭ 严印持：严调御，字印持，明末余杭人。以高才为诸生祭酒，博雅好古，与弟武顺、敕齐名，并称"余杭三严"。调御善书，又善琴。为诗悲感慨慷，多忧时叹世之言。居杭州城东，与余杭徐行恕、仁和张卿子合称"城东三高士"。著有《废翁诗稿》。

⑮ 黄元辰：张岱《西湖梦寻·柳洲亭》载："孝廉黄元辰之池上轩。"即其人。

⑯ 李长蘅：详前注。

⑰ 陈明卿：陈仁锡（1579—1634），字明卿，号芝台，长洲（今江苏苏州）人。天启二年（1622）进士，授翰林编修，因得罪权宦魏忠贤被罢职。崇祯初复官，官至国子监祭酒。陈仁锡讲求经济，性好学，喜著述，有《四书备考》《经济八编类纂》《重订古周礼》等。

⑱ 文文起：文震孟，字文起，号湘南，文徵明曾孙。

⑲ 陈古白：陈元素，字古白，号素翁、处廓先生，长洲人。早负才名，工诗文，尤善书法，楷书法欧阳，草入二王之室。亦工山水，善画兰，得文徵明之秀媚。有《古今名将传》《南牖日笺》。

⑳ 缪当时：缪昌期（1562—1626），字当时，一字又元，号西溪，江阴人。万历四十一年（1613）进士，选翰林院庶吉士，授职检讨。因京师盛传其代东林党首领杨涟草弹劾魏忠贤疏而遭魏忌恨，后因汪文言案被捕入狱，惨死狱中。谥号文贞。

㉑ 方孟旋：方应祥（1560—1628），字孟旋，号青峒，西安（今衢县）人。学问渊博，年未立而授徒讲学，名重一时。万历四十四年（1616）进士。任南京兵部职方司主事，转祠部郎中，继任山东布政司参政兼按察司佥事，提督学政。

㉒ 艾千子：艾南英（1583—1646），字千子，号天佣子，临川东乡（今江西省东乡县）人。天启年间中举人，策文讥刺权宦魏忠贤，罚停考三科。因深恶科场八股文章，与临川人章世纯、罗万藻、陈际泰等力矫其弊，人称“临川四才子”。清军南下，江西郡县尽失。入闽见南明唐王朱聿键，授监察御史。隆武二年病卒。著有《禹贡图注》等。

㉓ 陈大士：陈际泰（1567—1641），字大士，号方城，江西临川人。"临川四才子"之一。崇祯三年（1630）中举，七年（1634）中进士，时已六十八岁。任行人。才思敏捷，史书称"经生举业之富，无若际泰者"。文集有《太乙山房集》《已吾集》。

㉔ 罗文止：罗万藻（？—1647），字文止。幼拜汤显祖为师，博览群书。天启七年（1627）中举。崇祯年间，为祭酒倪元璐赏识，保举入朝，辞不就。弘光元年（1644）受南明福王朱由崧之命任上杭知县。次年，唐王朱聿键任命其为礼部主事。与艾南英交往密切，艾去世后，悲痛不已，数月后忧愤而卒。与陈际泰、章世纯、艾南英结"豫章社"，并称为"临川四才子"。时文坚洁深秀，囊括百家之言，颇引人入胜，且能切中时弊。著述颇丰，有《此观堂集》《十三经类语》，存目于《四库全书总目》。另有《罗文止稿》《制义》专集。

㉕ 丘毛伯：丘兆麟（1572—1629），字毛伯，号太丘，江西临川人。与祝徽、帅机并称为"临川三大名士"，又与汤显祖、祝徽、帅机被誉为"临川前四大才子"。万历三十四年（1606）举人，三十八年（1610）进士。历任云南道御史、河南巡抚，政绩卓著。迁太仆寺卿，督理川、湖、贵饷院。在平定西南叛乱、稳定云南局势中立了大功。升通议大夫、少司马、御史中丞之职。逢魏忠贤祸乱，极力抗谏，未果。崇祯元年（1628），擢都察院右佥都御史巡抚河南，不久升任兵部左侍郎，因实施保甲、整顿军备，为地方豪强所不容，被劾去官。其文奇肆纵逸，雄健豪迈。著有《学余园初集》《合奇》《丘毛伯稿》等。汤显祖曾在《序丘毛伯稿》中，称其为"世之奇异人也"。

㉖ 章大力：章世纯（1575—1644）字大力，明临川人。与陈际泰、罗万藻、艾南英结"豫章社"，并称"临川四才子"。推崇唐宋，力诋王世贞、李攀龙

的秦汉派，与张溥的复社分庭抗礼。天启元年（1621）乡试中举，授翰林孔目。明熹宗闻其才，下旨召见，推辞不往。著有《治平要略》，全面系统地阐述了自己的治平安国之道。历任天长县教谕、国子监学正等职。直到崇祯末年，年近七十，才就任广西柳州知府。明亡，抑郁而卒。著述颇丰，有《留书》，收入《四库全书》；另有《券易苞》《章柳州集》等。

㉗ 韩求仲：韩敬（1580—?），字简与，一字求仲，号止修，浙江归安（今浙江湖州）人。万历三十八年（1610）会试第一，廷对夺魁，授翰林院修撰，为忌者中伤，降为行人，不久归居。其与张岱仲叔也有交往，可参看《陶庵梦忆・噱社》。

㉘ 宋比玉：宋珏（1576—1632），字比玉，号荔支子、浪道人、国子仙，福建莆田人。国子监生。漫游吴越，客死吴地。工书画篆刻。山水学米氏、黄公望、吴镇，用笔苍老秀逸，不拘于法；兼善画松。与晚明文坛名流钟惺、谭元春、李流芳、程嘉燧、钱谦益等均有交往。

㉙ 萧伯玉：萧士玮（1585—1651），字伯玉，江西泰和县人。万历四十四年（1616）进士，官行人司行人，因故谪河南布政司知事、光禄寺典簿，官至南京吏部考功司郎中。明亡，回故里专心著述，有《春浮园集》《起信论解》等传世。钱谦益论其为人："无俗情、无俗务、无俗文、无俗诗。"张岱《陶庵梦忆・栖霞》记其与己之交往。

㉚ 万茂先：万时华（1620—1660），字茂先，江西南昌人。秉赋颖异，诸经、子、史无不历览成诵。江西布政使李长庚合十三郡文士结豫章社，推其为首领。江西提学使侯峒曾称赞他为"真儒"。远近求教者年无虚日。后江西布政使朱元臣举荐于朝，应征北上，行至扬州病逝。擅长诗词和古文，著有《溉园

初集》《瓶园二集》《园居诗》《东湖集》《诗经偶笺》等。

㉛ 九里山：即小隐山，位于绍兴城南九里，俗称九里山，又名侯山。张氏建园墅其中。　黄鸟：《诗·秦风·黄鸟》序："《黄鸟》，哀三良也。国人刺穆公以人从死，而作是诗也。"

㉜"不知"二句：语出《史记·张释之冯唐列传》。

㉝ 汉阳公：张岱高祖张天复，号初阳。其兄张天衢，号汉阳。

㉞ 芝如：张岱叔祖张汝懋，号芝如。万历四十一年（1613）三甲进士。历官休宁知县、大理寺右丞。

㉟"君子"二句：语出《孟子·离娄下》，意思是成就了大事业的人留给后代的恩惠福禄，若子孙们坐享其成不思进取，经过几代人就消耗殆尽了。

【评品】 附传所传，为张岱的三位叔父。其共性在皆为有瑕之玉，而张岱为其作传的原因也正在此。

仲叔联芳，传记突出其数事：一为兄弟情深，"同起居食息，风雨晦明者，四十年如一日"。二为画艺精湛，用能与沈周、文徵明、董其昌诸大家相伯仲，状其品；富收藏、精鉴赏，用能与王承勋、朱敬循、项墨林等名家并称，而定其位。三为才高命蹇：两次落第、一次镌级，状其命蹇；两次强调"自仲叔始"、两次纾难卫城，见其才高。故称其术数权谋可以作兵部尚书。以上三者是为瑜。而其瑕则在其宫室姬妾、古玩文物之自奉，实埒王侯，亵越太甚。传记结尾感慨种种货利嗜欲，转眼即失，何必"终日劳劳"，亦讽刺之语、悟道之言。

三叔炳芳，其瑜其瑕，悉见于官场。自小聪颖机敏善应变，及长，全用于官场：消息灵通，办事干练，巧于周旋，纵横捭阖，八面玲珑。上官理事，不向其咨询，不敢办；同僚打探消息，车马堵门；贿金买官，其为中介，只准其贪没，不许人询果；叔伯兄弟（九山伯）上疏劾官，其持而不上，以向犯官索贿，事败罢官，反迁怒于九山伯，死且不休。而明末官场之众生相，生态之腐败，为官之贪墨，亦于此可见。

季叔烨芳，二十岁前行侠养客、唱戏游艺、斗鸡走马、刺杀仇家，恣意而为，是为其瑕；二十以后，折节读书，文业大成，致生前身后，天下名士辐凑，是为其瑜。张岱分别以千里马之善蹄啮人与鞭影驰骤喻其平生之瑕瑜。

最后，作为家传附传的小结，张岱感慨先辈之间，骨肉相亲，手足情深；而今世风日下，孝悌不再，手足寇仇（如三叔与九山伯），家世日衰，家风日败。希望后辈能楷模先世，重振家基。

张岱善于摄取人物的典型情节，故能以寥寥数笔，生动勾勒人物的性格特征。如三叔与九山伯之举，一正一邪，三叔不自反省，反迁怒于人，竟一气呜呼，死且不休，变厉雪愤。则其人之贪墨、恚怒、暴戾，入木三分矣。加上结尾处“三叔须眉如戟，毛眼倒竖，未尝正视人，而人亦不敢正视”的描绘如添颊上三毫，形神毕肖。如此种种，不一而足。

五异人传

张岱曰：岱尝有言：“人无癖不可与交，以其无深情也；人无疵不可与交，以其无真气也。”余家瑞阳之癖于钱，髯张之癖于酒，紫渊之癖于气，燕客之癖于土木，伯凝之癖于书史，其一往情深，小则成疵，大则成癖。五人者，皆无意于传，而五人之负癖若此，盖亦不得不传之者矣。作《五异人传》。

族祖汝方，号瑞阳，长余大父数岁。读书不成，去学手艺经纪，俱不成，贫薄无所事事。娶某氏，不能养，为富家浆浣缝纫，借以糊口。一日坐草[1]，育长儿守正，方三朝，度不得朝食[2]，乃泣曰：“我与若一贫如洗，若再恋栈豆[3]，填沟壑必矣。欲北上，经营经年，以无路费辄止。今至此，出亦死，不出亦死。与其不出而死，吾宁出而死也。我身无长物[4]，见汝衣领尚有银扣二副，盍与我措置之?”孺人剪其扣与瑞阳，瑞阳急走银铺熔之，得银三钱许。瑞阳与孺人各取其半，曰：“汝以是为数日粮，弥十日，仍往富家糊口。吾以是为路费，明日行矣。”二人哭别。

明日昧爽[5]，担簦即行[6]。渡钱塘，至北关门，买一纤搭[7]，应粮船募为水夫。数月抵京师，投报房抄邸报[8]，食其饭，一日得银一分。落魄者二十年，居积百余金。办事吏部，为王府科掾史[9]。吏部诸司极其薰灼[10]，而王府科为冷局，门可罗雀。诸掾史到司公干者，月不过几日，其余则闭门却扫，阒其无人[11]。瑞阳独无事，亦复无家，无日不坐卧其中。又十余年，为掾史长。

一日昼寝，方寤，闻梁上群鼠曳纸，踤蹸声甚厉。急起叱逐，有文书一卷坠地，拾起视之，乃楚王府报生公移也[12]。瑞阳藏之簏底。又一日，无事昼寝，有数人扣门急。问之，则寻掾史查公案。瑞阳出见之，曰："掾史焉往？"瑞阳曰："我即是也。"来人曰："吾侪楚府校余[13]，为承袭国王事，至宗人府，失去报生文书，特来贵府查取。乞掾史向文卷中用心一查，倘得原委，愿以八千金为寿。"瑞阳曰："我向曾见过，不知落何所。第酬金少，不厌人意耳。"来人曰："果得原文，为加倍之。"瑞阳方小遗[14]，寒颤，作摇头状。来人曰："如再嫌少，当满二十千数。"瑞阳私喜，四顾，乃附来人耳曰："莫高言，明早赍银某处，付尔原案。"来人谢去。次日，瑞阳携案潜出，付之，得银二万两。人劝其纳官出仕，瑞阳叹曰："人苦不知足，视吾妇领上扣，相去几何？将为田舍翁，苟得温饱，足矣！足矣！"乃觅京卫幕告身一道[15]，冠进贤[16]，锦衣归里。

孺人初生儿三十余岁，已列青衿[17]，为娶妇，生孙。父子相见，膜不相识。瑞阳为置田宅，家居二十余年，裒然称为富人[18]，年逾八十，夫妇齐眉[19]。

诸孙岱曰：瑞阳伯祖，贫如黔娄[20]。嗟来之食[21]，尚不能着口；乃以赤手入都，坚忍三十余年，于故纸堆中取二万金，易如反掌。昔日牛衣对泣[22]，今乃富比陶朱[23]。入之名利场中，谓非魁梧人杰也哉？乃其厚资入手，遂赋归来[24]，鸥租橘俸[25]，永享素封[26]。霸越之后，不复相齐，其旷怀达见，较之范少伯，又高出一等矣。

注释

① 坐草：分娩。因古代产妇临产时，或坐于草蓐上分娩，故名。

② 朝食：早餐。

③ 栈豆：马房豆料。亦比喻才智短浅的人所顾惜的小利。

④ 身无长物：除自身外再没有多余的东西。形容贫穷。

⑤ 昧爽：拂晓，黎明。

⑥ 担簦：背着伞，谓奔走、跋涉。簦，古代有柄的笠，犹今雨伞。

⑦ 纤搭：纤夫拉纤的垫肩。

⑧ 邸报：地方官在京设邸，负责传抄朝廷奏章、诏令等各类消息文件递报地方官府。

⑨ 王府科：吏部设文选、验封、稽勋、考功诸司，司下设科。王府科属验封司。 掾吏：小吏。

⑩ 薰灼：状气焰嚣张。

⑪ 阒：幽静，静寂。

⑫ 报生公移：向宗人府报告王子出生的公文。吏部王府科或有备案副本。

⑬ 校余：或为校尉之误。

⑭ 小遗：小便。

⑮ 告身：古代授官的凭信，类似后世的任命状。

⑯ 冠进贤：戴进贤冠。

⑰ 青衿：青色交领的长衫。古代学子和明清秀才的常服。

⑱ 裒然：出众的样子。

⑲ 齐眉：《后汉书·梁鸿传》："（梁鸿）遂至吴，依大家皋伯通，居庑下，为人赁舂。每归，妻为具食，不敢于鸿前仰视，举案齐眉。"后指夫妻间互敬互爱。

⑳ 黔娄：齐国有名的隐士、学者。鲁恭公曾聘为相，齐威王请为卿，皆被其

拒绝。家徒四壁，励志苦节。生前食不充饥，死后衣不裹尸。著《黔娄子》四篇。

㉑ 嗟来之食：指带有侮辱性的或不怀好意的施舍。典出《礼记·檀弓》。

㉒ 牛衣对泣：典出《汉书·王章传》。汉代王章为诸生，学于长安，生病无被，躺在牛衣中，向妻涕泣、诀别。后遂用“牛衣对泣”等谓夫妻共守贫穷，或形容寒士贫居困厄的凄凉之态。牛衣，用麻草编成给牛御寒的护被。

㉓ 陶朱：范蠡，字少伯，春秋楚人。助越王勾践灭吴称霸，功成身退。化名鸱夷子皮，泛舟于五湖之中，遨游于七十二峰之间。齐人闻其贤，聘为相。叹曰：“此布衣之极也，久受尊名，不祥。”后辞印，隐于陶，自号陶朱公。其间三次经商成巨富，三散家财。

㉔ 遂赋归来：东晋陶渊明曾为彭泽令，因不愿为五斗米折腰而辞官，赋《归去来兮》辞以明志。

㉕ 鸥租橘俸：养鸥种橘，喻闲居生活。橘俸，李衡种柑橘千株事。详卷二《快园记》注。

㉖ 素封：无官爵封邑，而富比封君的人。典出《史记·货殖列传》。

族祖汝森，字众之，貌伟多髯，人称之曰“髯张”。好酒，自晓至暮无醒时。午后，岸帻开襟[1]，以须结鞭，翘然出颔下。逢人辄叫嚎，拉至家，闭门轰饮，非至夜分，席不得散。月夕花朝，无不酩酊大醉，人皆畏而避之。然性好山水，闻余大父出游，杖履追陪，一去忘返。

庚戌年[2]，大父开九里山，取道直上炉峰，命髯张董其役[3]。至张公岭，力不继。髯张记是年从大父游雁宕，入罗汉洞，见圣像末设一老人像，二鬟立其侧。僧云："此刘处士像也。处士发愿洗此洞，力窘乏，遂鬻二女以毕役，故到今庄严之[4]。二鬟即二女也。"髯张遂慨然欲鬻其姬，以自附于刘处士。大父谑之曰："妾妇之道，君子不由[5]。"于是闻者喷饭。顾因此稍有助髯张者，路遂成，而姬亦免去。

逾年壬子[6]，筑室于龙山之阳，先构一轩，以供客饮。问名于大父，大父题以"引胜"，为作《引胜轩说》，曰：

吾弟众之，性嗜酒，一斗贮腹，即颓然卧，不知天为席而地为幕也。余尝许众之得步兵之趣[7]。卜居龙山之阳，居未成，先构一轩以供客，曰："吾不可一日无酒[8]。"因问名于余，余题以"引胜"。众之瞪目视曰："此何语？我不解义，毋作义语相向[9]。"予徐举王卫军"酒正是引人着胜地"[10]，语未绝，众之跳曰："义即不解，但道酒即得。"夫世人为文义缠结，至咿唔作苦[11]，曾不得半字之用者，殆以义缚耳[12]。且文义至细者也，粗至于富贵，大至于死生，纠绵结约，胶不可解。甚或慕富贵，将捐死生[13]，慕死生，又将脱富贵，而不知两皆缚也。深于酒者，有之乎？众之尝云："天子能鳌人以富贵，吾无官更轻，何畏天子？阎罗老子能吓人以生死，吾奉摄即行[14]，何畏阎罗？"此所得于酒者全矣。全于酒者，其神不惊，虎不咋也，坠车不伤也。死生且芥之矣，而况于富贵？又况于文义？然则众之即不解义，已解解矣。余因颜其轩[15]，为之说，而简来善又为之记。吾两人方操觚舐墨，而众之又跳曰："曷来饮酒？"余笑谓来善曰："酒是众之胜场，安可与争锋？且彼但知酒，而吾与尔复冥搜沉想，堕于义中，是为义缚也。"来善闻余言，口有流涎，遂弃觚趣众之饮焉。来善与众之拍浮酒中[16]，曰："吾欲以鲸饮也[17]。"余量最下，效东坡老尽十五盏[18]，为鼠饮而已矣[19]。

髯张笑傲于引胜轩中几二十年，后以酒致病，年六十七而卒。

诸孙岱曰：不善饮酒者得其气，善饮酒者得其趣。若真能得趣者，则自月夕花朝，青山绿水，同是一酒中之趣，但恨世人不能领略耳。昔人云："痛饮读《离骚》，可称名士。"[20]凡人果能痛饮，何必更读《离骚》？髯张虽不解文义，吾谓其满腹尽是《离骚》也。

注释

① 岸帻：推起头巾，露出前额。帻，覆盖在额头的头巾。

② 庚戌：万历三十八年（1610）。

③ 董：监督管理。

④ 庄严：用作动词。谓塑庄严的雕像加以崇奉。

⑤ 妾妇之道：语出《孟子·滕文公下》。　君子不由：语出《孟子·公孙丑上》。

⑥ 壬子：万历四十年（1612）。

⑦ 许：称许。　步兵之趣：晋阮籍处魏晋易代之际，虑名士少有全者，故借醉避祸。闻步兵营厨人善酿，储佳酿三百斛，乃求为步兵校尉。其邻家妇貌美，当垆酤酒。阮常从妇饮酒，醉卧其侧。夫疑，伺察，终无他意。

⑧ 不可一日无酒：套而化用晋王徽之的典故。王徽之爱竹如命，即使暂时借住朋友家中，如果无竹，也要命仆人种上，说："何可一日无此君？"

⑨ 义语：此指意义深奥的词语。

⑩“酒正是”句：《世说新语·任诞》载：王卫军（王镇之，南朝宋人，官卫军参军）云：“酒正引人著胜地。”

⑪ 咿唔：读书声。

⑫ 义缚：为词语的义理所束缚、纠缠。

⑬ 捐死生：此指不顾死活。

⑭ 奉摄即行：奉召取即行。

⑮ 颜：用作动词，题名，题额。

⑯ 拍浮：浮游。《世说新语·任诞》：“毕茂世云：‘一手持蟹螯，一手持酒杯，拍浮酒池中，便足了一生。’”后因以“拍浮”为诗酒娱情之典。

⑰ 鲸饮：豪饮。辛弃疾《水调歌头·和马叔度游月波楼》：“鲸饮未吞海，剑气已横秋。”

⑱“效东坡老”句：苏轼《与王庆源书》：“近稍能饮酒，终日可饮十五银盏。”

⑲ 鼠饮：《庄子·逍遥游》：“偃鼠饮河，不过满腹。”

⑳“痛饮”二句：《世说新语·任诞》：“名士不必须奇才，但使常得无事，痛饮酒，熟读《离骚》，便可称名士。”

十叔煜芳，号紫渊，为九山伯同母弟[1]。少孤，母陈太君钟爱。性刚愎，难与语。及长，乖戾益甚[2]。然好学，能文章，弱冠补博士弟子[3]。文宗慕蓼王公识拔之[4]，食饩于黉序者三十余年[5]。叔目空一世，无一人可与往来，其所称相知者，王耿西、刘迅侯、张全叔与王仲修兄弟四五人而已[6]。此四五人者，一年之内以玉帛相见者亦不过数日，其余又皆弓矢加遗、剑戟相向者矣。数年后，又皆成世仇，誓不相见。

戊辰，兄九山成进士，送旗匾至其门，叔嫂骂曰："区区鳖进士，怎入得我紫渊眼内?"乃裂其旗，作厮养裈[7]，锯其干作薪炊饭，碎其匾取束猪栅。九山筮仕闽之南平[8]，墨妙执犹子礼甚恭[9]，百计将顺，以媚其叔。紫渊大喜，乃曰："吾为尔往南平省母，一见汝父。"墨妙遣捷足驰告九山，九山集车马迎于仙霞岭下，衙役胥吏，俱于百里外伏道左迎候。十叔见母夫人后，与九山一揖，不复开言。九山以好言饵之[10]，只不应。一日走书室，见所收状词，有武举某告某者，大怒，掀翻几案，持武举状匐訇詈噪而出[11]。厮役奔告九山，九山大惊，急走问曰："弟何故震怒?"紫渊气哼呋不出声[12]，第指武举名曰："此人可恶，亟使使缚来!"九山唯唯，亦不敢问，嘱胥吏曰："出票。"紫渊顿足曰："何慢事若此！用签拘犹缓，乃出票耶?"九山掣签呼武举至，走问曰："武举缚到矣，作何发落?"紫渊曰："痛杖三十，发死囚牢牢之。"九山曰："责时如何措词?"紫渊曰："第痛责之是已，何必措词?"九山不得已，一如其意。紫渊在署内听敲扑声，叫呼惨烈，抚其膺曰："方吐吾气。"九山进署复之。紫渊曰："杖否?"曰："杖三十。"曰："创否?"曰："创甚。"曰："牢否?"曰："发重牢牢之矣。"紫渊曰："好，好。"方与九山通话。越数日，九山乘其有喜色，乃低声问曰："武举某诚死无赦，但不知渠于何地得罪吾弟，痛恨若此?"紫渊笑曰："渠何曾得罪于我，我恨绍兴武举张全叔与我作难，阿兄为我痛杖此人，使全叔知武举也是我张紫渊打得的。"九山亦不觉失笑，乃出武举，纵之使去。武举受此重创，终生不解其故。不数日，紫渊束装遽去，九山唯唯从命，亦不敢留。

庚辰[13]，以岁进士赴廷试[14]。思宗皇帝恨廷臣不任事，欲破格用人，乃命吏部考选科道[15]，兼取科贡[16]，以收人才之用。已而以吏部考选，仍不列科贡，遂命贡士与岁贡士六十三名，一榜尽赐进士；查京官现缺，悉为填补。紫渊名次第十九，得补刑部贵州司主事。紫渊淹蹇半生，遭此殊遇，意欲大展所学，以报答圣明。凡理部务，必力争曲直；稍有犄角，辄以盛气加人，为僚属所畏。常与大司寇公堂议事[17]，语稍媕阿[18]，辄加叱辱，至破口詈之。大司寇怦怦不平。在部数月，例当提牢[19]，狱中多有缙绅两榜[20]，紫渊至，必谯诃之不置[21]。有冒犯者，命加鞭朴，狱吏力争之始已。秘署常设门簿，有见访者，书其名号，夜缴簿入，紫渊必署其名上，某鬼薪[22]、某大辟[23]、某凌迟[24]，次日即以门簿发出。有见之者，皆咋舌去。或规之曰“不可”，紫渊曰：“某刑官也。法应定罪，恨目中人无有可赦者耳。”部中旧例，贵州司稽察各部书办贤否[25]。紫渊有所闻，辄语人曰：“某罪大恶极，必死我手！”书办有权谋者曰：“盍先下手？”遂嗾言官劾之，解任去。

紫渊恚怒，得臌疾，腹大如斛。至淮安，病甚。时二酉叔驻淮安[26]，理船政，寓紫渊于清江浦禅寺，延医调治。见医则詈医，见药则詈药，送薪米则詈薪米，送肴核则詈肴核，拨祇应人役则詈祇应人役。胥吏承值，见则唾骂，送二酉叔惩创之，日必数次，犹不畅。二酉叔乃送夏楚[27]，请紫渊自惩，日挞之不足，又夜挞之。承值人皆逃去，又勒二叔更代之。如是者两月，一日疾革[28]，口犹詈人，喃喃而死。

未死前半月，阳羡李仲芳在二叔署中制时大彬沙罐[29]。紫渊嘱其烧宜兴瓦棺一具，嘱二酉叔多买松脂，曰：“我死，则盛衣冠殓我，熔松脂灌满瓦棺，俟千年后松脂结成琥珀，内见张紫渊如苍蝇山蚁之留形琥珀，不亦晶映可爱乎？”其幻想荒诞，大都类此。

侄岱曰：紫渊叔刚戾执拗，至不可与接谈，则叔一妄人也。乃好读书，手不释卷。其所为文，又细润缜密，则叔又非妄人也。是犹荆轲身为刺客，而太史公独表而出之曰“深沉好书”，则荆轲之使气刚狠，实与叔无异，而后能受鲁勾践之叱[30]，而不与之校，则其陶铸于诗书，颇为得力，而遂使世人不得徒以刺客目之也矣。

注释

① 九山伯：张焜芳，号九山。

② 乖戾：（性情、言语、行为）别扭，不合情理。

③ 博士弟子：即秀才。

④ 文宗：文坛领袖。　慕蓼王公：王畿（1549—1630），字翼邑，号慕蓼，福建晋江人。早年家贫，靠自学成才。万历甲午科（1594）乡试解元，戊戌科（1598）进士，官至浙江布政使。精通《易经》，贯淹文史，著有《四书解》《易经解》《樗全集》。后诰赠“三世藩伯”，立祠于泉州学宫。

⑤ 食饩：指明清时经考试取得廪生资格的生员享受廪膳补贴。亦即成为廪生。　黉序：学校的古称。

⑥ 刘迅侯：名云龙，字迅侯，山阴人。王思任为其所著《名园咏》作序云：“吾友刘迅侯，解人也。袖中有沧海，笔下无尘气；所居一丈之室，卷石兴云，老鼎泣魅，宿帖奇书，病琴瘦鹤，种种韵绝。”曾与徐渭校刻传奇《昆仑奴》。张岱《快园道古》卷十五：“先叔紫渊煮狗熟，邀刘迅侯共食之。迅侯以事

出，作一简复之曰：‘弟政忙，不及过兄。如有意，幸分我一杯羹。’” 张全叔：绍兴武举人（见下文）。 王仲修：宋代诗人。此应为王修仲之误，为张岱挚友。张岱《快园道古》卷十五：“王修仲与其族人讼，族人不能胜，夜持刀杀之，修仲走避，获免。次日谓其友曰：‘某昨几为族人所杀，幸弟防避得紧，彼始善刀而藏之矣！’”祁彪佳与王思任所撰《甲乙日历》亦载有“得王修仲书”。

⑦ 厮养：犹厮役。析薪为厮，炊烹为养。 裈（kūn）：裤的古称。

⑧ 筮仕：古人将出做官，卜问吉凶。后指初出做官。筮，用蓍草占卜。

⑨ 墨妙：九山之子。 犹子：侄子。

⑩ 餂（tiǎn）：用甜言蜜语诱取、探取之意。

⑪ 訇訇（pēng hōng）：大声。 譻（pó）噪：痛嚎嚣叫。

⑫ 哱吷（pò xuè）：因忿怒而出粗气状。

⑬ 庚辰：崇祯十三年（1640）。

⑭ 岁进士：指不是殿试进士，是对于“岁贡（生）”的一种雅化的别称。明清科举时期，按期选拔各地府、州、县学的“生员”（俗称秀才），贡入中央国子监（俗称“出贡”），称“贡生”。

⑮ 科道：明、清六科给事中与都察院十三道监察御史总称，俗称为两衙门。明张居正称之为“朝廷耳目之官”。

⑯ 科贡：府州县举荐人才进入国子监习业，谓之“科贡”。后亦泛指科举。

⑰ 大司寇：刑部尚书。

⑱ 媕阿（ān ē）：无主见，犹豫不决。

⑲ 提牢：提牢主事，简称提牢。明代属刑部主事，职掌管理监狱，稽核罪囚。

此指稽核罪囚。

⑳ 两榜：唐朝时期，进士会试分甲、乙两科，即称为“两榜”。此指进士、举人。

㉑ 谯诃：喝骂，申斥。

㉒ 鬼薪：指男犯要为祭祀鬼神而去上山砍柴。

㉓ 大辟：死刑。

㉔ 凌迟：零割碎剐的一种死刑。

㉕ 书办：执掌文书的吏员。

㉖ 二酉叔：张联芳。

㉗ 夏楚：荆条，教鞭。

㉘ 疾革：病危。

㉙ 阳羡：今江苏宜兴。　李仲芳：制壶名手李养心（号茂林）之子，制陶名家时大彬高足。　时大彬（1573—1648）：紫砂“四大家”之一时朋之子，与供（一作龚）春、陈鸣远并称三大名匠。制壶技艺全面，在泥料配制、成形技法、器形设计以及属款书法方面都有卓越的成就。

㉚ 鲁勾践：荆轲游赵国邯郸，和剑术名家鲁勾践玩棋。两人为争棋路争执，鲁勾践对荆轲发火喝骂，而荆轲一声不响地走了。后鲁勾践听人说起荆轲刺秦事败，对人说：“可惜他不讲究刺剑的技术啊！我以前太不了解他，呵斥过他，他便不把我当作同道中人了。”见《史记·刺客列传》。

弟萼，初字介子，又字燕客。海内知为张葆生先生者，其父也。母王夫人，止生一子，溺爱之，养成一躁暴鳖拗之性。性之所之，师莫能谕，父莫能解，虎狼莫能阻，刀斧莫能劫，鬼神莫能惊，雷霆莫能撼。

年六岁，饮旨酒而甘，偷饮数升，醉死瓮下，以水浸之，至次日始甦。七岁入小学，书过口即能成诵。长而颖敏异常人，涉览书史，一目辄能记忆。故凡诗词歌赋，书画琴棋，箫笙弦管，蹴鞠弹棋[1]，博陆斗牌[2]，使枪弄棍，射箭走马，挝鼓唱曲，傅粉登场，说书谐谑，拨阮投壶[3]，一切游戏撮弄之事，匠意为之，无不工巧入神。以是门多狎客弄臣、帮闲蔑骗[4]，少不当意，辄诃叱随之。昔者所进，今日不知其亡也。至于妾媵侍御、傒奴臧获，无不皆然。尝以数百金买妾，过一夜，不惬意，即出之。只以眼前不复见为快，不择人，不论价，虽赠与门客，赐与从人，亦不之惜也。臧获有触其怒者，辄鞭之数百，血肉淋漓，未尝心动。时人比之李匡远之肉鼓吹焉[5]。自弟妇商夫人死后，性益卞急，尝以非刑殴其出婢[6]，其夫服毒以死殢之[7]，其族人舁尸排闼入，埋尸于厅事之方中，不之动。观者数千人，见其婢皮开肉烂，喊声雷动，几毁其庐，亦不之动。使非妇翁商等轩先生、姻娅祁世培先生出与调帖[8]，举国汹汹，几成民变矣。然犹躁暴如昨，卒不之改。有犯之者必讼，讼必求胜，虽延一二年不倦，费数千金不吝也。

先是辛未[9]，以住宅之西有奇石，鸠数百人开掘洗刷，搜出石壁数丈，巉峭可喜。人言石壁之下得有深潭映之尤妙，遂于其下掘方池数亩。石不受锸，则使石工凿之，深至丈余，畜水澄靛。人又有言亭池固佳，恨草木不得即大耳。燕客则遍寻古梅、果子松、滇茶、梨花等树，必选极高极大者，拆其墙垣，以数十人舁至，种之。种不得活，数日枯槁，则又寻大树补之。始极蓊郁可爱，数日之后，仅堪供爨[10]。古人伐桂为薪，则又过其值数倍矣。恨石壁新开，不得苔藓，多买石青石绿，呼门客善画者以笔皴之。雨过湮没，则又皴之如前。偶见一物，适当其意，则百计购之，不惜滥钱。在武林，见有金鱼数十头，以三十金易之，畜之小盎，途中泛白，则捞弃之，过江不剩一尾，欢笑自若。极爱古玩，稍有破绽，必使修补。曾以五十金买一宣铜炉[11]，颜色不甚佳，或云火煏之自妙[12]，燕客用炭一篓，以猛火扇煏之，顷刻熔化，失声曰"呀"。昭庆寺以三十金买一灵璧砚山[13]，峰峦奇峭，白垩间之[14]，名曰"青山白云"，石黝润如着油，真数百年物也。燕客左右审视，谓山脚块磊，尚欠透瘦，以大钉搜剔之，砉然两解[15]。燕客恚怒，操铁锤连紫檀座搥碎若粉，弃于西湖，嘱侍童勿向人说。故二酉叔所畜古董甚多，其断送于燕客之手者不知其凡几也。

二酉叔授燕客田产五百亩，白镪数千金[16]，缘手尽。叔父宦游，公田当八百亩，所储租二十余年。燕客缚纪纲[17]，欲置之死地，抄其家，尽喀出之，公田斥卖缘手尽。并婶娘所藏宝玩、绸缎、衣饰之类，不下二三万金，亦缘手尽。二叔父卒于清江浦，岱与燕客奔丧，其积俸万余金，古玩、币帛、货物可二万余金，携归，未及半年，又缘手辄尽。时人比之"鱼弘四尽"焉[18]。

乙酉[19]，江干师起，燕客以策干鲁王[20]。拟授官职，燕客释屩[21]，即欲腰玉[22]。主者难之，燕客怒不受职，寻附戚畹[23]，破格得挂印总戎[24]。丙戌[25]，大清师入越，燕客遂以死殉。临刑，语仆从曰："我死，弃我于钱唐江，恨不能裹尸马革[26]，乃得裹鸱夷皮足矣[27]！"后果如其言。

兄岱曰：陶石梁先生曰[28]："秦桧千古奸人，亦有一言可取，谓：做官如读书，速则易终而少味。"吾弟自读书做官，以至山水园亭、骨董伎艺，无不以欲速一念，乃受卤莽灭裂之报，其间趣味削然，实实不堪咀嚼也。譬犹米石宣炉[29]，入手即坏，不期速成，只速朽耳。孰意吾弟之智乃出秦桧下哉！

| 注释 |

① 蹴鞠：古人以脚踢球的活动，类似今日的足球。蹴有用脚蹴、蹋、踢的含义，鞠指外包皮革、内实米糠的球。

② 博陆：即双陆。古代博戏之采名。

③ 拨阮：弹奏乐器阮。阮，阮咸，乐器名。形似琵琶而圆。相传为晋阮咸所造，故称。

④ 蔑骗：又作密骗、觅骗，指清客、门客、跟班之类帮闲凑趣之人。

⑤ 肉鼓吹：宋曾慥《类说》卷二七引《外史梼杌》记载：五代后蜀官僚李匡远，性情残忍，听到有人受刑时的惨叫声，就说：这是一部肉鼓吹。后以肉鼓吹喻受刑的犯人。

⑥ 出婢：被解雇的奴婢。

⑦ 殢（tì）：纠缠。

⑧ 妇翁：丈人。　商等轩：商周祚，字等轩，绍兴人。万历进士，历官至吏部尚书。后以护复社忤旨而罢官。　姻娅：连襟。　祁世培：祁彪佳。详卷三《与祁世培》注。　调帖：此作调停讲。

⑨ 辛未：崇祯四年（1631）。

⑩ 供爨：当柴火煮饭。

⑪ 宣铜炉：即宣德炉。详卷一《鸠柴奇觚记序》注。

⑫ 煏：烘烤。

⑬ 昭庆寺：此指杭州的昭庆律寺（下文有将破砚“弃于西湖”之说）。晋天福年间，吴越王建。详《西湖梦寻·昭庆寺》。　灵璧：安徽灵璧县，其地所产灵璧石被誉为中国四大观赏石（灵璧石、太湖石、昆石、英石）之首。　砚山：砚

之一种。依石之天然形状，中凿为砚，刻石为山，砚附于山，故称“砚山”。

⑭ 白垩：石灰岩的一种，是由古生物的残骸集聚而成。

⑮ 砉然：形容突然破裂、折断等的声音。

⑯ 白镪：白银的别称。

⑰ 缚纪纲：犯法。

⑱ 鱼弘：南朝梁襄阳人，历任南谯、盱眙、竟陵太守。认为丈夫在世，如轻尘栖弱草，白驹之过隙，于是穷奢极欲，恣意酣赏。常语人曰：“我为郡有四尽：水中鱼鳖尽，山中獐鹿尽，田中米谷尽，村里人庶尽。”见《南史·鱼弘传》。

⑲ 乙酉：南明弘光元年（1645）。

⑳ 鲁王：朱以海，明太祖十世孙。详卷三《与李砚翁》注。

㉑ 释屩：同“释褐”，初入仕。屩，草鞋。

㉒ 腰玉：朝廷高官才能佩玉带。

㉓ 戚畹：帝王外戚。

㉔ 总戎：统管军事，统率军队。亦用作某种武职的别称。

㉕ 丙戌：顺治三年（1646）。

㉖ 裹尸马革：形容将士战死沙场的英勇无畏的气概。《后汉书·马援传》：“男儿要当死于边野，以马革裹尸还葬耳。何能卧床上在儿女子手中邪?”

㉗ 裹鸱夷皮：《史记·伍子胥列传》载：吴王阖闾逼伍子胥自刎。子胥嘱其舍人，抉其眼“悬东吴门之上，以观越寇之入灭吴也”。“吴王闻之大怒，乃取子胥尸盛以鸱夷革，浮之江中”。鸱夷革，酒榼状的皮囊。

㉘ 陶石梁：陶奭龄，号石梁。详卷二《越山五佚记》注。

㉙ 米石：米芾癖石，见卷二《海志》注。此指奇石。

弟培，字伯凝，乳名曰狮。五岁，从大父芝亭公为南直休宁县令[1]。伯凝性嗜饴，休宁多糖食，昼夜啖之。以痞疾坏双目。大母王夫人钟爱，求天下名医医之，费数千金不得疗。识者以狮者师也[2]，或为先兆。

伯凝虽瞽，性好读书，倩人读之，入耳辄能记忆。朱晦庵《纲目》百余本，凡姓氏世系[3]、地名年号，偶举一人一事，未尝不得其始末。昧爽以至丙夜[4]，娓听之不厌，读者舌敝，易数人不给[5]。所读书，自经史子集以至九流百家、稗官小说，无不淹博。尤喜谈医书，《黄帝素问》《本草纲目》《医学准绳》《丹溪心法》[6]，医案丹方，无不毕集。架上医书不下数百余种，一一倩人读之，过耳亦辄能记忆。遂究心脉理，尽取名医张景岳所辑诸书[7]，日夕研究，遂得其精髓。凡诊切诸病，沉静灵敏，触手即知。伯凝有力，多储药材，复精于炮制，凡煎熬蒸煮，一遵雷公古法[8]，故药无不精，服无不效。且伯凝诚敬详慎，不盥手不开药囊。凡有病者至其斋头，未尝赍一钱而取药去者，积数十人不厌，舍数百剂不吝，费数十金不惜也。嗣是寿花堂丸散刀圭[9]，倾动越中。吾家十世祖鉴湖府君，为越郡名医，所开药肆，甲于两浙，后以阴功，子孙昌大。昔人云："公侯之家，必复其祖。"伯凝殆即其后身矣。

伯凝尊人六符叔去世早，不得于我婶娘[10]，屡遭家难。伯凝号泣旻天[11]，卒得赋隧[12]。而大父高年，问安视膳，大得欢心。族中凡修葺宗祠，培植坟墓，解释狱讼，评论是非，分析田产，拯救患难，一切不公不法、可骇可愕之事，皆于伯凝取直[13]。故伯凝之户履常满，伯凝皆一一分头应之，无不满志以去。而伯凝有一隙之暇，则喜玩古董，葺园亭，种花木，讲论书画。更喜养鹁鸽，养黄头[14]，养画眉，养驴马，斗骨牌，着象棋，制服饰，畜傒僮，知无不为，兴无不尽。其内弟督兵江干，伯凝为之措粮饷，校枪棒，立营伍，讲阵法，真有三头六臂、千手千眼所不能尽为者，而伯凝以一瞽目之人，掉臂为之[15]，无不咄嗟立办[16]，则其双眼真可矐[17]，而五官真不必备矣。

癸卯八月[18]，以暴下之疾[19]，遂至不起。举国之人，无不搤腕叹惜。惜之者曰："使伯凝而具有双目，其聪明才略不知奚似？"有解之者曰："使伯凝而具有双目，其聪明才略，未必至此。何也？则以世人之具有双目者，比比皆是也，而能似伯凝者，则有几人也哉！"

兄岱曰：余至云间[20]，有唐士雅者[21]，五岁失明，耳受诗书，不下万卷。其所著有《唐诗解》[22]、《人物考》诸书，援引笺注，虽至隐僻之书，无不搜到。其所作诗文，则出口如注，而缮写者手不及追。尝谓余曰："某空有万卷，实不识丁。使果有轮回[23]，则某之下世仍为不识一字之人，不其枉此一生哉！"余观其人，貌甚朴陋，闭户枯坐，无异木偶，其欲如吾伯凝之多材多艺，机巧挥霍，博洽精敏，盖万不及一者矣。故吾谓伯凝学问似左丘明[24]，才识似晋师旷[25]，慷慨侠烈似高渐离[26]。咄咄伯凝，盖以一身而兼有之矣。

注释

① 从大父：叔祖。　南直：明成祖从南京应天府迁都北京后，以旧时江南省所辖各府直隶南京，时称南直隶，约有今江苏、安徽两省地。　休宁县：今属安徽黄山市。

② 师：此指乐师。古代乐师多盲人，如师旷等。

③ 朱晦庵：朱熹，号晦庵。　《纲目》：指《通鉴纲目》，五十九卷，序例一卷。朱熹与其门人赵师渊等，据司马光《资治通鉴》《举要历》和胡安国《举

要补遗》等书，本儒家纲常名教，简化内容，编为是书。

④ 昧爽：晨色熹微。　丙夜：半夜三更。

⑤ 易数人不给：换几人都供不上。

⑥《黄帝素问》：《黄帝内经素问》，简称《素问》，是现存最早的中医理论著作。相传为黄帝创作，实际非出自一时一人之手，大约成书于春秋战国时期。古书早已亡佚，后经唐王冰订补为《黄帝内经素问》二十四卷，计八十一篇。　《本草纲目》：明李时珍所著。五十二卷，成于万历六年（1578）。分十六部、六十类。载药 1 800 余种，系统总结了中国 16 世纪以前的药物学知识与经验。　《医学准绳》：《医学准绳六要》，明代医学家张三锡撰。他认为医学要旨有六个方面，即诊法、经络、病机、药性、治法、运气，遂采辑《内经》《难经》《伤寒论》等历代医著中有关内容，于万历三十年（1609）编成是书。　《丹溪心法》：元朱震亨著述，明程充校订，系统记载朱震亨在内科杂病等方面的学术经验。

⑦ 张景岳：明末杰出的医学家。又名张介宾，字会卿，别号通一子，会稽（今浙江绍兴）人。因善用熟地，人称“张熟地”，为温补学派的代表人物。著有《景岳全书》。

⑧ 雷公：相传为黄帝众多精通医学的臣子之一。精于针灸，通《九针》六十篇。《黄帝内经》中的“著至教论”“示从容论”“疏五过论”“征四失论”等篇，都是以黄帝与雷公讨论医药问题的形式写成的。

⑨ 丸散刀圭：丸指丸剂，散为粉剂。刀圭，中药量器，此亦指药物。

⑩ 不得：不得欢心。

⑪ 号泣旻天：《书·大禹谟》载，舜不得其父及继母之欢，乃“日号泣于旻

天，于父母，负罪引慝（引咎自责）”。

⑫ 赋隧：郑庄公之母姜氏溺爱其弟共叔段，为请大城作封邑。共叔段据以叛，败后出逃。庄公因而责其母，誓曰：“不及黄泉，无相见也。”继而悔之，乃掘隧道与母相见，母子和好如初，其乐融融。见《左传·郑伯克段于鄢》。

⑬ 取直：听取是非曲直的评判。

⑭ 黄头：鸟名，体似麻雀，羽色黄润，趾爪刚强，善斗。人或饲之为斗鸟。

⑮ 掉臂：自在行游貌，此指毫不费力。

⑯ 咄嗟：霎时间。

⑰ 矐：使目失明。

⑱ 癸卯：康熙二年（1663）。

⑲ 暴下之疾：痢疾。

⑳ 云间：松江的别称。

㉑ 唐士雅：此系张岱误记。《唐诗解》的作者唐汝询，字仲言，明末松江府华亭人。仲言五岁丧目，靠“口授”“耳食”精通唐诗。著有《唐诗解》五十卷，《编蓬集》十卷，畅行于世。唐士雅，乃唐汝询之兄唐汝谔之字。曾作《古诗解》《诗经微言合参》（见《四库全书总目提要》卷十七）。

㉒《唐诗解》：唐汝询所编诗集。五十卷，收录帝王公卿以至方外异人、闺秀宫人诗作一千五百余首，溯流从源，搜罗略尽，笺释精审。

㉓ 轮回：印度婆罗门教主要教义之一，佛教沿用发展。认为众生各依善恶业因，在“六道”（天、人、阿修罗、地狱、饿鬼、畜生）中生死相续，如车轮般旋转不停，故称。佛教用以解释人世间的痛苦。

㉔ 左丘明：春秋末鲁国人。失明而著《春秋左氏传》。

㉕ 师旷：字子野，山西洪洞人，春秋时著名乐师。他生而无目，自称盲臣、瞑臣。为晋大夫，博学多才，尤精音乐。

㉖ 高渐离：战国末燕人，荆轲的好友，擅长击筑。秦灭六国后，秦王请他来击筑。为防不测，先盲其目。高渐离往筑里灌铅，伺机砸向秦王，事败被杀。

【评品】 张岱交待作“五异人传”的缘由，突出五人之才能、性情、嗜好之“癖”，异于常人；而五人所同者，则为其癖至深，其癖至真。然后分述之。

族祖瑞阳之癖在“钱”。然其学无所成，无以养家。外出谋生，熔妇衣扣，凑为盘缠。为水夫，抵船费。至京师，抄邸报，为小吏，聊糊口。落魄二十年，居积百余金。偶得机缘，获金二万，拒纳官宦，衣锦而归。置田添宅，以享天年。张岱用初为黔娄，卒似范蠡，概括其传奇一生，突出其癖在“钱”。尽管其之发达，纯属偶然，然其亦善伺机，懂知足矣。

髯张之癖在“酒”。其轰饮酩酊，犹如刘伶。虽性好山水，而风花雪月、青山绿水之于他，无非酒趣。其于富贵、生死之言，似醉酒之言，实透悟之言，可见其不仅得酒之趣，更得酒之理。故张岱大父谓其“所得于酒者全矣”。其嗜酒如此，因酒致病丧命，固其然哉。

紫渊为人刚愎执拗乖戾，其癖在“气”。不仅常人难与相交，即其同母之兄亦难免受其戾气：兄进士及第，其裂旗砸匾，以解其恨；兄之为官，其肆意干涉，只图出气解恨，不问曲直，痛责无辜，罪名莫须。及释其因，令人喷饭。如此草菅人命，则其为官刑部，盛气凌人，滥施刑罚，终为劾罢，天理昭昭。如此癖于气，则气胀臌疾，固其宜哉。而其见医骂医，见药骂药，见人骂人，死不罢休。乖戾狂妄，一至于此。张岱谓其妄人，确切不移；仅因其好读书，能为文，又称其不妄，则大谬不然。读书为文，自应知情明理，何能狂戾使气至此？而将荆轲比之，则更殊为不类矣。

燕客暴躁，其癖在“土木”。张岱连用六个“莫能”，强调其暴戾即使师父、天神、鬼魅亦莫能止之。其于门客、奴婢、臧获，刑责遣卖，一逞其意；而其于山水园林、花草鱼虫，狷急卤莽，随性胡为，到手即毁；其于田产浮金、古玩珍宝，无不缘手即尽。故张岱用“鱼弘四尽”比之，以其智在秦桧下贬之。

伯凝虽盲，其癖在“书”，又不止于书。其所淹通诸子百家之中，张岱突出其精于医，尤其贵在悬壶济世，分文不取；在读书之外，张岱又突出其排忧解难、处事释讼，一秉于公，故大得人心；闲暇之余，其于书画古玩、园林花鸟、棋艺兵法，“知无不为，兴无不尽”。以至张岱感慨人之双目五官，对其而言，似乎是多余的了。又借“惜之者”与“解之者”的评议，强调即使在无数明目者中似伯凝者能有几人？再以著名盲人学者、《唐诗解》作者唐汝询之枯坐木讷，反衬伯凝之不群。最后，赞伯凝兼左丘之学问、师旷之才识、渐离之慷慨而有之。五人之中，伯凝之癖，益身利世，高且尚矣。

总之，五人之“异”，无论其“癖”是瑜是瑕，张岱都能状其深，得其真，故能传传主之神矣。

余若水先生传

余若水先生，讳增远，有明崇祯癸未进士[1]。兄余武贞先生讳煌[2]，天启乙丑廷试第一人，为翰林修撰。若水筮仕，得淮安宝应知县[3]。时东平伯刘泽清驻匝淮安[4]，强知县行属礼。若水不屈，莅任甫一月[5]，即挂冠归[6]。丙戌[7]，我大清兵渡江，武贞先生渡东桥自沉死。若水悼邦国之云亡，痛哲兄之先萎，望水长号，誓不再渡，自是遂绝迹城市。

若水虽成进士，而家甚贫，敝庐三楹[8]，与风雨鸟鼠共之。其旁僦田二亩[9]，率其家人躬耕自食，常至断炊，妻孥晏如[10]，亦无怨色。长吏多其义[11]，因共就问之，亦罕见者，或拜门外以去。绍守道沈静澜，其故同年友也[12]，自恃交谊，殷勤造请，称疾以辞。因直前托视疾，入门，窥见若水卧绳床上，床上漏下穿，又有桯无脚[13]，四角悉支败瓦。闻客入，欲起逾垣。静澜先已豫虑之，则要其同年四五人与俱往。见若水走匿床，诸君即共前遮之，曰："若水！人生会有交亲，子何避之深也！"若水曰："我非避世鸣高者[14]，顾自料福薄，不堪谐世[15]，聊引分自安，长为农夫以没世足矣。今诸公赫然见过，将共张之[16]，是使我避名以求名，非所愿也。"客皆班荆[17]，主人墙隅侎侎然[18]，客从而睨之，有一破甑在瓦炉上[19]，炊未熟；架上又蒙戎练裙[20]，如原宪衣[21]，余即无有。客有壶箪[22]，取之以进，为勉行二觞[23]，强之亦不再举。客语及世事，俯若无闻。即间有问答，晴雨而已。日欲晡[24]，辞客而退。明日具钱米往遗之，再三辞。以此诸长吏皆重违其意[25]，亦未敢数造焉。不入城市者三十六年。岁庚戌[26]，无疾而终。身无长物[27]，友人醵钱以殓[28]。有遗命葬于原隐之丁斗垄。

外史曰[29]：人臣称委质故主[30]，回面而改向，非忠也。激愤而殉，以明节也。义卫志，智卫身，托农圃之弃迹，下可见故主，无辱先人，若余若水者足矣。然其节概为人所难及者。兄死止水，弟不渡河，一死于十五年之前，一死于十五年之后，俱不失为赵氏忠臣[31]。而安心农圃，扼腕终身，呜呼，若水可以为难矣！

注释

① 崇祯癸未：即崇祯十六年（1643）。

② 余煌：字武贞，会稽人。天启五年（1625）状元，授修撰。崇祯时，历官中允、谕德、庶子、户部尚书。程国祥请预借京城房租，煌力争不可，乞假归，遂不被起用。鲁王监国绍兴，起礼部侍郎，再除户部尚书，皆不就。后拜为兵部尚书，才受命。清兵渡江，鲁王乘船远走，煌朝服袖石，投水而亡。

③ 筮仕：初出做官。古人出仕前先占卜吉凶，谓之筮仕。　宝应：县名，在江苏省中部，时属淮安府。

④ 刘泽清：字鹤洲，明山东曹县人。以善战官至左都督。福王时驻淮北，骄横跋扈。为江北四镇之一，封东平伯。与马士英等合力排斥刘宗周，反对巡按追赃。弘光元年（1645）清军入江南，乃降，不久被杀。

⑤ 莅任：到任。　甫：才。

⑥ 挂冠：辞官。

⑦ 丙戌：清顺治三年（1646）。

⑧ 三楹：三间。

⑨ 僦：租赁。

⑩ 妻孥：妻子儿女。　晏如：安然。

⑪ 长吏：此指府县长官。　多其义：嘉其义。

⑫ 故同年友：从前科举时同榜考中的人。

⑬ 桯（tīng）：床前几。

⑭ 避世鸣高：以避世标榜清高。

⑮ 谐世：顺应世俗，与之和谐。

⑯ 张：张扬，显示。

⑰ 班荆：铺柴草于地而坐。

⑱ 墙隅：墙角落。　烋烋（xiū xiū）然：呼吸粗气貌。

⑲ 甂：瓦制煮器。

⑳ 蒙戎：蓬松。　练裙：白色熟绢的裙。

㉑ 原宪：春秋鲁人，字子思，孔子弟子。蓬户褐衣蔬食，不减其乐。

㉒ 箪：通“觯”，瓢。

㉓ 勉行二觞：勉强喝了两杯。

㉔ 晡（bū）：申时，午后三至五时。

㉕ 重违其意：难于违反其意而勉强服从。重，难。

㉖ 庚戌：康熙九年（1670）。

㉗ 长物：像样的东西。

㉘ 醵（jù）钱：集众人之钱。　殓：入葬。

㉙ 外史：此为张岱自称。旧文人常用外史为别号。张岱自号“会稽外史”。

㉚ 委质：谓人臣拜见人君时屈膝而委体于地。此指献身。

㉛ 赵氏忠臣：为避文字狱的讳语。实指朱氏忠臣。

【评品】 张岱为余若水立传，而以其兄余煌为陪衬，兄弟二人，虽死有先后，却俱为节烈之臣。述若水事迹略于明而详于清。突出其为官清廉，退隐后躬耕自给，贫穷晏如，不屈己、不谐俗的节概。其中隐然有张岱明亡避迹山居、贫贱著述的风节气概。

鲁云谷传

会稽宝祐桥南，有小小药肆，则吾友云谷悬壶地也[1]。肆后精舍半间，虚窗晶沁，绿树浓阴，时花稠杂。窗下短墙，列盆池小景，木石点缀，笔笔皆云林、大痴[2]。墙外草本奇葩，绣错如锦。云谷深于茶理，禊水雪芽[3]，事事精办。相知者日集试茶，纷至沓来，应接不暇。人病其烦，而云谷乐此不为疲也。

术擅痈疽[4]，更专痘疹[5]，然皆以聪明用事，医不经师，方不袭古[6]，每以劫剂臆见起死回生[7]。人终疑其游戏岐黄[8]，不尊不信。故凡患痘之家，非极险极逆、时医之所谢绝者，决不顾吾云谷也。然云谷亦诊视灵敏，可救则救，不可救则望之却走，未尝依回盼睐[9]，受人一钱。

性极好洁，负米颠之癖[10]，恨烟恨酒，恨人擷花，尤恨人唾洟秽地，闻喀痰声，索之不得，几学倪迂，欲将梧桐斫尽[11]。故非解人韵士[12]，不得与之久交。自小多艺，凡羌笛、胡琴、凤笙、斑管，无不精妙，而尤喜以洞箫和人度曲。向与李玉成竹肉相得[13]，后惟王公端与之合调，余皆非其敌手也。其密友惟陆癯庵[14]、金尔和与余三人。非大风雨，非至不得已事，必日至其家，啜茗焚香，剧谈谑笑，十三年于此。

今年庚戌三月之晦[15]，与癯庵饮谢纬止家[16]，及散，犹畚土移花。夜则与范成之剪烛谈心[17]，二鼓方寝[18]。次日呼之不起，排闼而入[19]，则遗蜕在床矣[20]。余与尔和闻之惊诧，仓皇走视，痴痦植立[21]，惝恍久之。谓生死大事，迅速若此，真如梦幻，痛悼不已。归坐山斋，忆其生平，遂为作传。夜静灯昏，觉有云谷在吾笔端，踽踽欲动[22]。

张子曰：云谷居心高旷，凡炎凉势利，举不足以入其胸次。故生平不晓文墨，而有诗意；不解丹青，而有画意；不出市廛，而有山林意。至其结交良友，直是性生，非由矫强。数月前有客在座，命苍头取其所藏雪水煮茶，而大为室人所谪[23]。云谷大怒，经旬不与交语，谓余弟道子曰："某以朋友为性命，乃欲绝我朋友，不若去此蠢妇！"只此一语，具见侠肠，是岂不读书不晓文墨之人而能道此也哉？

注释

① 悬壶：《后汉书·费长房传》："市中有老翁卖药，悬一壶于肆头。"后因以悬壶代称行医卖药。

② 云林：倪瓒（1301—1374），字元镇。元末著名画家。详卷四《附传》

注。　大痴：黄公望（1269—1354），字子久，号一峰、大痴道人。江苏常熟人。工书法，通音律，擅散曲，精画山水。代表作有《富春山居图》等。倪黄二人与吴镇、王蒙合称“元四家”。

③ 禊水雪芽：禊水，禊泉之水。雪芽，即日铸茶。二者均在绍兴，详《陶庵梦忆》卷三《禊泉》《兰雪茶》篇。

④ 痈疽：恶疮。中医称大而浅者为痈，属阳症；深者为疽，属阴症。

⑤ 痘症：天花。张岱有《鲁云谷医痘》诗可参。

⑥“医不经师”二句：行医不从师，开方不仿古。

⑦ 劫剂：药性剧烈的药剂。　臆见：主观见识。此指据行医经验判断，不盲从医书。

⑧ 岐黄：岐伯和黄帝，相传为医家之祖师。后以指代中医学术。

⑨ 依回盼睐：喻犹豫不定。

⑩ 米颠：米芾。详卷二《海志》注。

⑪ 倪迂：即倪瓒。因所为迂事甚多，人称“倪迂”。明顾元庆《云林遗事·洁癖》：“倪尝留客夜榻，恐有所秽，时出听之。一夕，闻有咳嗽声，侵晨令家僮遍觅，无所得。童虑捶楚，伪言窗外梧桐叶有唾痕者。元镇遂令剪叶十余里外。盖宿露所凝，讹指为唾以诒之。”

⑫ 解人：深悉事物道理的人。　韵士：高雅之士。

⑬ 李玉成：善吹筚篥。张岱有《李玉成吹筚篥》诗。　竹肉相得：指丝竹琴弦声与歌喉声配合默契，相得益彰。

⑭ 陆癯庵：陆德先，号癯安，王思任门客。为张岱总角之交，多有诗文相赠。详后。

⑮ 庚戌：清康熙九年（1670）。　晦：农历每月的最后一天。

⑯ 谢纬止：张岱之友。张岱曾为其作《谢纬止砚山铭》，详卷五。

⑰ 剪烛：剪去烬余的烛芯，使灯烛更亮。犹言挑灯。

⑱ 二鼓：晚上九时至十一时。

⑲ 排闼：撞开门。

⑳ 遗蜕：去世。道家称人死为仙蜕。

㉑ 痴痞（hāi）：惊呆。

㉒ 踽踽（jǔ jǔ）：孤零零独行的样子。《诗·唐风·杕杜》："独行踽踽。"

㉓ 室人：妻子。

【评品】 张岱为鲁云谷立传，先后描述其嗜茶、精医、洁癖、擅乐、交友、辞世。由于选材精当，描摹传神，故其为人之行医济世、淡泊荣利、不晓文墨却侠肠倾心，雅韵有致，活灵活现。"张子曰"云云，用"不……而……"的排比句式，突出云谷为人行事之不同凡俗，有类太史公列传之论赞。

王谑庵先生传

山阴王谑庵先生，名思任，字季重。年十三，即从漏衡岳先生馆于檇李黄葵阳宫庶家[1]。先生落笔灵异，葵阳公喜而斧藻之[2]，学业日进。万历甲午[3]，以弱冠举于乡[4]，乙未成进士[5]。房书出[6]，一时纸贵洛阳[7]。士林学究，以至村塾顽童，无不口诵先生之文，《及幼》小题[8]，直与钱鹤滩、汤海若争坐位焉[9]。

先生初县令，意轻五斗，儿视督邮[10]，偃蹇宦途，三仕三黜[11]。自二十一释褐[12]，七十二考终[13]，通籍五十年[14]，三为县令[15]，一为司李[16]，一为教授[17]，两为臬幕[18]，三为主政[19]，一为备兵使者[20]。直至监国[21]，始简宫詹[22]，晋秩少宗伯[23]，而国事又不可问矣。五十年内，强半林居，乃遂沉湎曲蘖[24]，放浪山水，且以暇日，闭户读书。自庚戌游天台、雁宕[25]，另出手眼，乃作《游唤》。见者谓其笔悍而胆怒，眼俊而舌尖[26]，恣意描摩，尽情刻画，文誉鹊起。盖先生聪明绝世，出言灵巧，与人谐谑，矢口放言，略无忌惮。

川黔总督蔡公敬夫[27]，先生同年友也[28]。以先生闲住在家，思以帷幄屈先生[29]，檄先生至。至之日，宴先生于滕王阁。时日落霞生，先生谓公曰："王勃《滕王阁序》，不意今日乃复应之。"公问故，先生笑曰："'落霞与孤鹜齐飞'，今日正当落霞；而年兄眇一目，孤目齐飞，殆为年兄道也。"公面赭及颈。先生知其意，襆被即行[30]。

人有咎先生谑者，其客陆德先叹曰[31]："公毋咎先生谑。先生之莅官行政，摘伏发奸[32]，以及论文赋诗，无不以谑用事。"昔在当涂，以一言而解两郡之厄者，不可谓不得谑之力也。中书程守训奏请开矿[33]，与大珰邢隆同出京[34]，意欲开采，从当涂起，难先生[35]。守训逗留瓜洲，而赚珰先至[36]，且勒地方官行属吏礼，一邑骚动。先生曰："无患。"驰至池黄，以绯袍投刺称眷生[37]。珰怒诃，谓县官不素服。先生曰："非也。俗礼吊则服素，公此来庆也，故不服素而服绯。"珰意稍解，复诘曰："令刺称眷何也？"先生曰："我固安阳状元婿也[38]，与公有瓜葛。”珰大笑，亦起更绯，揖先生坐上座，设饮极欢。因言及横山，先生曰：“横山为高皇帝鼎湖龙首[39]，樵苏且不敢[40]，敢问开采乎？必须题请下部议方可[41]。”珰曰：“如此利害，我竟入徽矣[42]。”先生耳语曰：“公无轻言入徽也。徽人大无状，思甘心于公左右者甚众[43]。我为公多备劲卒，以护公行。”珰大惊曰：“吾原不肯来，皆守训赚我。”先生曰：“徽人恨守训切骨，思磔其肉，而以骨饲狗。渠是以观望瓜洲，而赚公先入虎穴也。”珰曰：“公言是，我即回京，以公言复命矣。”当涂、徽州得以安堵如故，皆先生一谑之力也。

先生于癸丑、己未[44]，两计两黜[45]，一受创于李三才[46]，再受创于彭端吾[47]。人方眈眈虎视，将下石先生[48]，而先生对之调笑狎侮，谑浪如常，不肯少自贬损也。晚乃改号谑庵，刻《悔谑》以志己过，而逢人仍肆口诙谐，虐毒益甚。

甲申之变[49]，弘光蒙尘[50]，马士英称皇太后制[51]，逃奔至浙。先生以书诋之曰：“阁下文采风流，吾所景羡。当国破众散之际，拥立新君，阁下辄骄气满腹。政本自由，兵权在握，从不讲战守之事；而但以酒色逢君，门户固党。以致人心解体，士气不扬。叛兵至则束手无措，强敌来则缩颈先逃，致令乘舆迁播[52]，社稷丘墟。观此茫茫，谁任其咎？职为阁下计[53]，无如明水一盂，自刎以谢天下[54]，则忠愤之士，尚尔相原[55]。若但求全首领，亦当立解枢柄[56]，授之守正大臣，呼天抢地，以召豪杰。今乃逍遥湖上，潦倒烟霞，效贾似道之故辙[57]。人笑褚渊，齿已冷矣[58]。且欲求奔吾越，夫越乃报仇雪耻之国[59]，非藏垢纳污之地也。职当先赴胥涛[60]，乞素车白马[61]，以拒阁下。此书出，触怒阁下，祸且不测，职愿引领以待鉏麑[62]。”书传，人大快之。

北使渡江[63]，人具牛酒。有邀先生出者，先生闭其门，大书曰：“不降。”监国至越，请备顾问，仍以一席笑谈，遂致大位[64]。江上兵散[65]，屏迹山居。贝勒驻跸城中[66]，先生誓不朝见，不薙发[67]，不入城。偶感微疴，遂绝饮食，僵卧，时常掷身起，弩目握拳，涕洟鲠咽。临瞑，连呼“高皇帝”者三，闻者比之宗泽濒死，三呼“过河”焉[68]。

论曰：谑庵先生既贵，其兄弟子侄，宗族姻娅，待以举火者，数十余家，取给宦囊，大费供亿[69]。人目以贪，所由来也。故外方人言：王先生赚钱用似不好，而其所用钱极好。故世之月旦先生者[70]，无不称以“孝友文章”。盖此四字，惟先生当之，则有道碑铭，庶无愧色[71]。若欲移署他人，寻遍越州，有乎？无有也。

注释

① 漏衡岳：即《陶庵梦忆·噱社》中的漏仲容，字坦之，衡岳或为其号。其人为贴括名士，善谐谑，正与传主性合。史载王思任曾师从漏坦之。馆：教家馆。 槜（zuì）李：嘉兴城南古有槜李城，此以代称嘉兴。 黄葵阳：黄洪宪（1541—1600），字懋中，号葵阳，嘉兴人，隆庆五年（1571）进士。官至太子少詹事，兼侍读学士。曾奉使朝鲜。以文受知于张居正。 宫庶：指太子少詹事之职。

② 斧藻：斧正润色。

③ 万历甲午：万历二十二年（1594）。

④ 弱冠：《礼记·曲礼上》：“二十曰弱，冠。”古代男子年二十行冠礼，表示成年，而体未壮，故称弱。后以称年少。

⑤ 乙未：万历二十三年（1595）。

⑥ 房书：又称房稿，明清进士平日所作的八股文选集。戴名世《庚辰小题文

选序》："新进士平居之文章，书贾购得之，悉以致于选家为抉择之，而付之雕刻，以行于世。谓之房书。"

⑦ 纸贵洛阳：晋左思费时十年作《三都赋》，初不为人所重。皇甫谧作序，张载、刘逵作注后，张华叹为"班（固）、张（衡）之流也"，于是豪富之家争相传写，洛阳为之纸贵。

⑧《及幼》：王思任早年所作诗集。张岱《雁字诗小序》称："王谑庵少刻《及幼草》，后作《痒言》，而人谓之不及《幼草》。"

⑨ 钱鹤滩：钱福，字与谦，所居近鹤滩，因以自号。松江华亭人。诗文藻丽敏妙。弘治中，试礼部、廷对皆第一，授翰林修撰。登第后，声名煊赫，远近以版乞题者无虚日。有《鹤滩集》。　汤海若：汤显祖，字海若（详卷三《答袁箨庵》注）。　争坐位：争高下。

⑩"意轻五斗"二句：东晋陶渊明任彭泽令，"岁终，会郡遣督邮至县。吏请曰：'应束带见之。'渊明叹曰：'我岂能为五斗米折腰向乡里小儿。'即日解授去职，赋《归去来》"（萧统《陶渊明传》）。

⑪ 三黜：三次被罢官。《论语·微子》："柳下惠为士师，三黜。"后喻官场失意。

⑫ 释褐：脱去平民衣服，进入仕途。

⑬ 考终：寿终。

⑭ 通籍：名入官籍。汉制，将记有姓名、年龄、身份等的竹片挂在宫门外，核对相合者，乃得进宫。记名于门籍者称通籍。

⑮ 三为县令：思任曾知兴平、当涂、青浦三县。

⑯ 司李：负责刑狱的官吏。推官之别称。思任曾任袁州推官。李，同"理"。

⑰ 教授：明代各府儒学均置教授，从九品，负责考察生员艺业，讲授功课。

思任曾任松江教授。

⑱ 臬幕：明按察使称臬司。其幕府为臬幕。

⑲ 主政：即主事。为六部司官中最低的一级，秩正六品。思任曾任刑、工二部主事。

⑳ 备兵使者：指思任曾任九江佥事。

㉑ 监国：指明太祖十世孙朱以海。详卷三《与李砚翁》注。

㉒ 简宫詹：查检东宫诸事。此指任少詹事，多由礼部侍郎兼任。

㉓ 晋少宗伯：晋升为礼部侍郎。礼部尚书称大宗伯，侍郎为少宗伯。

㉔ 曲糵：指酒母，也指酒。此指后者。《世说新语·任诞》："鸿胪卿孔群好饮酒……群尝书于亲旧：'今年田得七百斛秫米，不了曲糵事。'"

㉕ 庚戌：万历三十八年（1610）。

㉖"见者谓其笔悍"二句：陈继儒《晚香堂小品·王季重〈游唤〉序》："王季重笔悍而神清，胆怒而眼俊。其游天台、雁宕诸山，时懦时壮，时嗔时喜，时笑时啼，时惊时怖，时呵时骂，时铤险而鬼，时蹈虚而仙。"

㉗ 蔡公敬夫：蔡复一，字敬夫，福建同安人。好学博古，善属文。万历进士。累擢兵部右侍郎，巡抚贵州。进总督贵州、云南、湖广军务。卒于军中。谥清宪。有《遯斋全集》。

㉘ 同年友：指同年同榜的进士。

㉙ 帷幄：军中帐幕。此指召为幕府。

㉚ 襆被：以包袱裹束衣被。

㉛ 陆德先：详卷五《跋谑庵五帖》注。

㉜ 摘伏发奸：揭发隐秘的坏人坏事。

㉝ 中书：即中书舍人。 程守训：歙县（今属安徽）人。《明史·李三才传》载：守训“以赀官中书，为陈增参随。纵横自恣，所至鼓吹，盛仪卫，许人告密，刑拷及妇孺……三才劾治之，得赃数十万”。后下吏伏法。

㉞ 大珰：当权的宦官。 邢隆：曾任南京守备太监。

㉟ 难先生：怵、忌先生。

㊱ 赚：诓骗。

㊲ 绯袍：四五品官服。 投刺：投递名帖求见。 眷生：旧时姻亲互称。

㊳ 固安阳（一本作杨）状元婿：思任为正德十六年（1521）状元、固安杨维聪的孙女婿。

㊴ 横山：山名，在今安徽当涂县东北。 高皇帝：明太祖。 鼎湖：详卷三《征修明史檄》注。

㊵ 樵苏：刈薪砍柴。

㊶“必须”句：一定要请示中央有关部门下文方可。

㊷ 入徽：此处双关：进入安徽；中了圈套（徽，绳索）。

㊸“思甘心”句：想杀害对方的婉辞。甘心，指快意戮杀之。《左传·庄公九年》：“管（仲）、召（忽），仇也，请受而甘心焉。”注：“言欲快意戮杀之。”

㊹ 癸丑：万历四十一年（1613）。 乙未：万历四十七年（1619）。

㊺ 两计两黜：两次考核为官政绩，两次被贬。

㊻ 李三才：详卷三《与李砚翁》注。万历三十三年（1605），王思任当涂县令六年任满，考绩优秀，拟升至北京兵部任职。但詹沂和李三才（上一年，思任曾拜访三才，因未执弟子礼，招致不满）反对王思任升迁，李三才更是以王思任之“冒籍”来说事。

㊼ 彭端吾：字嵩螺，河南夏邑人。万历二十九年（1601）进士及第。万历三十七年（1558）巡盐两淮。曾任山西道御史。万历四十一年（1613）春察，彭端吾对王思任大肆攻击，思任被罢青浦令。万历四十七年（1619）春察，王思任本赴选山东照磨，彭端吾对考功郎许鼎臣谗言，说王思任常用笔杀人，于是落选。

㊽ 下石：落井下石。喻乘人之危难，加以打击陷害。

㊾ 甲申之变：指崇祯十七年（1644），李自成攻克北京，崇祯帝朱由检自尽，清兵入关，明亡。

㊿ 弘光蒙尘：朱由崧（1607—1646），明神宗孙，崇祯十六年（1643）袭福王。详卷三《与周戬伯》注。

51 马士英：字瑶草，贵州贵阳人。万历进士。崇祯十五年（1642）任兵部右侍郎兼右佥都御史，总督庐州凤阳等地军务。十七年拥立福王于南京，进东阁大学士兼兵部尚书。排斥异己，重用阮大铖，败坏朝政。弘光覆亡，往投唐王，不纳。后被俘杀。 称皇太后制：《明史·马士英传》："士英奉王母妃，以黔兵四百人为卫，走浙江。"

52 乘舆迁播：指弘光朝亡，福王朱由崧出走太平，奔黄得功军。

53 职：下级对上级的自称。

54 "无如明水"二句：大臣闻天子谴责，若自感有罪，首先选择自裁。其次，则盘水加剑，请求天子（或有司）裁决。若大臣没有廉耻，则天子赐剑，暗示大臣须自裁。

55 尚尔相原：尚可原谅你。

56 立解枢柄：马上辞职，交出相权。

(57)“逍遥湖上”三句：谓马士英逃至杭州西湖，一如南宋奸臣贾似道。贾似道，字师宪，台州人。南宋理宗、度宗朝奸相。擅权专恣，朝政决于其杭州西湖畔葛岭的私宅中（详《西湖梦寻·大佛头》）。他隐匿元蒙南侵的军情不报，战则兵溃败逃。后被革职，为监送者所杀。

(58)“人笑”二句：褚渊，字彦回，褚湛之子。美仪貌，善容止。尚宋武帝之女，拜尚书右仆射。明帝崩，遗诏以为中书令。心识齐高帝非常人，顾命之际，引其预焉。及齐高帝即位，封南康郡公，加尚书令。时颇以名节讥之。《南齐书·乐颐传》：“人笑褚公，至今齿冷。”齿冷，露齿笑人，久之觉冷。言讥笑嘲讽之甚。

(59) 夫越乃报仇雪耻之国：春秋时越王勾践兵败会稽山，夫妇为吴王夫差的奴仆。得归后，十年生聚，十年教训，卧薪尝胆，终于灭吴。

(60) 胥涛：传说春秋时，伍子胥屡谏吴王夫差不听，反为其所杀。尸投浙江，成为涛神。后称汹涌的波涛和浙江潮为胥涛。

(61) 素车白马：白车白马，多为丧车。《西湖梦寻·伍公祠》载：子胥尸被“盛以鸱夷之革，浮之江中。子胥因流扬波，依潮来往……或有见其银铠雪狮、素车白马，立于潮头者，遂为之立庙”。

(62) 鉏麑：春秋晋灵公无道，赵盾数谏。灵公患之，派鉏麑往杀盾。麑晨往，见盾盛服将朝，以盾为贤，触廷槐自杀。此谓已准备好被其派来的刺客刺死。

(63) 北使：指清廷的使者。

(64)“监国”四句：指鲁王朱以海在弘光朝亡后，监国于绍兴。授思任礼部侍郎。

(65) 江上兵散：守备钱塘江的方国安兵败降清。

⑯ 贝勒：清朝定宗室封爵为九等，贝勒位居第三。　驻跸：古代君王出巡驻扎称驻跸。

⑰ 薙发：剃发留辫。顺治二年（1645）下薙发令，违者杀无赦。

⑱“闻者”二句：宗泽为北宋末年抗金名将。曾募集义勇，入援京师。后任东京留守，用岳飞为将，屡败金兵。力排和议迁都，屡请高宗还都开封，收复失地。忧愤成疾，临终连呼“过河”者三。谥“忠简”。

⑲ 供亿：按需要而供应。

⑳ 月旦：品评。详卷三《征修明史檄》注。

㉑“则有道碑铭”二句：详卷一《孙忠烈公世乘序》注。

【评品】王思任为张岱祖父年友，对张岱的为人行事、为文风格，影响颇巨。张岱为其立传，以“谐谑”为骨，诚如其门客所言：“先生之莅官行政，摘伏发奸，以及论文赋诗，无不以谑用事。”王思仁谐谑为文的风格特色，使其成为明季小品的大家。其调侃同年，辞谢幕府，固然善谑；诡应巨珰，保全两郡，也令人忍俊不禁。即其义正词严声讨权奸，亦寓庄于谐，未尝不谑。其“刻《悔谑》以志己过”，实则“虐毒益甚”。这是明末士风一种愤世嫉俗的方式。其为人虽佻达不羁，而于大事大节，却丝毫不苟。这可从“大书曰不降”，“不朝见，不薙发，不入城”，及临终三呼中得见。由于张岱选材得当，故传主人物性格鲜明，呼之欲出。

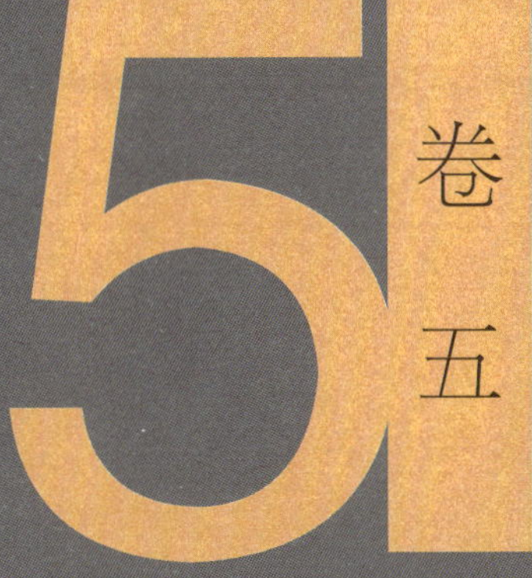
5
卷五

墓志铭

山民弟墓志铭

季弟名岷，字山民，岱父之幼子。先宜人怀妊甫六月[1]，以大母朱太恭人寿日[2]，手治肴核过劳，诞弟。弟逆生[3]，俗言踏莲花生也，因呼之曰莲生。生时长不满尺，气息甚微。先宜人忧其弗育，且以幼子，故钟爱异诸儿。

先大夫老于场屋[4]，无意教子，致弟失学。弟发愤曰："人也而可弗学?"遂私自读书，自经书子史以至稗官小说，无不涉猎。吾辈皮相余弟未必能文[5]，而弟随山东，一试有司，遂补博士弟子；再试国学，竟以高等积分。不识其于何时留心举业，其备豫若此[6]。

又皮相吾弟未必能诗，而吾弟与曾鹤江、赵我法、娄孺子辈私相酬和。其平生最喜谭友夏《岳归堂集》与陈木叔《寒山集》[7]，所作古诗，深厚古拙，出入晚唐。在国学时，为大司成姜公曰广[8]、博士赵公维寰所深器[9]。不识其何时摩仿古诗，其造诣若此。

且吾弟生也晚，越中好古收藏家，如朱石门舅祖[10]、王瑞楼先生与余家葆生二叔[11]，俱不及见。而吾弟尤精于古董书画，鉴赏精核，以青绿辨古铜，以包浆辨汉玉[12]，以火色辨旧瓷，指点细微，真赝立见。不识其于何时讲求博古，其当行若此[13]。

吾弟恂恂示人以朴[14]，而胸中大有经济。淮阳史阁部道邻知其能[15]，遣官币聘，题授军前赞画，命县官敦促就道。吾弟见时大坏，不肯轻出，屏迹深山，致书却聘。亦不识其于何时揣摩时务，其确见若此。凡此数者，皆吾辈皮相山民未必能此，而吾弟当局临机，咄嗟立办[16]，则不可测识之矣。

盖吾弟资性空灵，识见老到，兼之用心沉着。凡读书多识，不专而精，不骛而博，不钻研而透彻。见古书善本，必以重价购之，锦轴牙签，常满邺架[17]。鉴别古玩，留意收藏，凡至货郎市肆，偶有一物，见其注目视之，必古质精款，规制出人，见无不售，售无不确。一物入手，必旦晚抚摩，光怪毕露，袭以异锦[18]，藏以檀匣，必求名手，为之作铭。夜必焚香煮茗，挑灯博览。见诗文佳者，津津寻味，不忍释手。而尤于岱之拙作，见必击节赏之，评骘数语，必彻髓洞筋[19]，搔着痛痒[20]。家庭师友，当以吾弟为第一。而今亡矣，呜呼痛哉！

子镇择于腊月七日葬于梅山之麓[21]，老兄拉泪，为之铭曰：

才而若拙，慧而若痴，在市廛而饶丘壑，以贫士而富鼎彝。呜呼唏嘘！是惟梅山高士，可与把臂而同嬉[22]。

注释

① 宜人：明清以五品官妻、母封宜人。张岱生母陶宜人，会稽人。

② 大母：即朱恭人，张岱祖母。详卷四《家传》。

③ 逆生：难产。产儿足先下，称逆生。

④ 先大夫：张岱已故的父亲张燿芳。 老于场屋：连试不中。场屋，科举考试的场所。

⑤ 皮相：只看人和事物外表的皮毛之见。此作动词“小觑”“小看”讲。

⑥ 备豫：周密准备。

⑦ 谭友夏：谭元春（1586—1637），字友夏，号鹄湾，竟陵人（今湖北天门）人。天启七年乡试第一，后再试不第，以著述自任。与同邑钟惺共定《诗归》，并称“钟谭”。为“竟陵派”代表人物。论文反拟古，主性灵，以幽深孤峭矫公安派浮浅之弊。 陈木叔：陈函辉（1590—1646），原名炜，字木叔，号小寒山子，浙江临海城关人。崇祯七年（1634）进士，九年补靖江县令。废苛捐杂税，致力水利，疏浚河道，开辟良田，吏部考绩列第一。性倜傥，好交游，嗜诗酒，多次被御史劾奏，罢职归里。清顺治二年（1645）六月，南京失守，时鲁王居台州，函辉劝其监国，并侍鲁王至绍兴，任少詹事兼侍读学士，后进东阁大学士兼礼、兵二部尚书。顺治三年，清兵入浙东，江干兵溃，鲁王出奔。函辉返台州，哭入云峰山中，赋绝命词十首，自缢身死。与徐霞客、朱舜水为挚交。与徐霞客有酬唱诗四十余首。霞客病危，特请函辉为其作墓志铭。著有《陈寒山文集》《寒香集》《腐史》《九寒十青诗集》等。曾辑《靖江县志》、崇祯《台州府志》等。

⑧ 姜公曰广：姜曰广，字居之，新建人。万历进士，授编修。崇祯初掌南京翰林院。顺治五年与金声桓举兵反清。兵败，举家投水而亡。 大司成：古官名，掌管教育国子，相当于汉以后的国子监祭酒。此代称执掌翰林院的姜曰广。

⑨ 赵公维寰：赵维寰，字无声，浙江平湖人。万历庚子举人。曾任海宁教谕。著有《雪庐焚余》《雪庐读史快编》《宁志备考》等。

⑩ 朱石门舅祖：朱赓之子朱敬循，字石门，张岱祖母朱恭人之兄弟。

⑪ 王瑞楼：王承勋，字叔元，号瑞楼，新建伯王守仁之长孙，因袭爵位。总督漕运长达二十年之久。　葆生二叔：名联芳，字尔葆，以字行，号二酉。详卷四《附传》。

⑫ 包浆：文物表面由于长时间氧化形成的氧化层，过去古董界称为“包浆”。

⑬ 当行：内行，懂行。

⑭ 恂恂：恭顺貌。

⑮ 史阁部道邻：史可法。详卷四《附传》注。

⑯ 咄嗟：霎时。

⑰ 邺架：唐李泌，字长源，历仕唐代玄、肃、代、德四朝，以图谋划策见重，位至宰相。封邺县侯，世称李邺侯。其父承休聚书二万余卷，戒子孙不许携出门，有来求读者，别院供馔。后以邺架称人藏书之富。

⑱ 袭：掩藏，遮盖。

⑲ 彻髓洞筋：形容了解得深透、彻底。

⑳ 搔着痛痒：切中肯綮。

㉑ 梅山：在绍兴府城北十八里，以汉代梅福而得名。梅福字子真，西汉末寿春人。官南昌尉。屡上书请削王氏权柄。及王莽篡权，乃弃家隐于会稽。即下文之“梅山高士”。

㉒ 把臂：互挽手臂，表示亲热。旧指相偕归隐。《世说新语·赏誉》：“谢公（安）道豫章（谢鲲）：‘若遇七贤，必自把臂入林。’”

【评品】 张岱与山民弟手足情深，倾注文中。墓志铭先述其生之异，再记其人之卓异不凡：读书博识，古诗朴拙，精核鉴赏，审时度势，全从四个“不识”中出之；对其之所以能“不……而……”的原因，文末连用七个“必”解释之。张岱视之为家庭第一师友，怜才惜才之情，深寓其中。

自为墓志铭

蜀人张岱，陶庵其号也。少为纨绔子弟[1]，极爱繁华，好精舍，好美婢，好娈童，好鲜衣，好美食，好骏马，好华灯，好烟火，好梨园，好鼓吹，好古董，好花鸟，兼以茶淫橘虐，书蠹诗魔[2]。劳碌半生，皆成梦幻。年至五十，国破家亡，避迹山居，所存者，破床碎几，折鼎病琴，与残书数帙，缺砚一方而已。布衣蔬食，常至断炊。回首二十年前，真如隔世。

常自评之，有七不可解：向以韦布而上拟公侯[3]，今以世家而下同乞丐[4]，如此则贵贱紊矣，不可解一；产不及中人，而欲齐驱金谷[5]，世颇多捷径[6]，而独株守於陵[7]，如此则贫富舛矣[8]，不可解二；以书生而践戎马之场，以将军而翻文章之府[9]，如此则文武错矣，不可解三；上陪玉皇大帝而不谄，下陪悲田院乞儿而不骄[10]，如此则尊卑溷矣，不可解四；弱则唾面而肯自干[11]，强则单骑而能赴敌[12]，如此则宽猛背矣，不可解五；夺利争名，甘居人后，观场游戏[13]，肯让人先[14]？如此则缓急谬矣，不可解六；博弈樗蒱[15]，则不知胜负，啜茶尝水，则能辨渑淄[16]，如此则智愚杂矣，不可解七。有此七不可解，自且不解，安望人解？故称之以富贵人可，称之以贫贱人亦可；称之以智慧人可，称之以愚蠢人亦可；称之以强项人可[17]，称之以柔弱人亦可；称之以卞急人可[18]，称之以懒散人亦可。学书不成，学剑不成，学节义不成，学文章不成，学仙学佛、学农学圃俱不成，任世人呼之为败子，为废物，为顽民，为钝秀才，为瞌睡汉，为死老魅也已矣[19]。

初字宗子，人称石公，即字石公。好著书，其所成者有《石匮书》《张氏家谱》《义烈传》《琅嬛文集》《明易》《大易用》《史阙》《四书遇》《梦忆》《说铃》《昌谷解》《快园道古》《傒囊十集》《西湖梦寻》《一卷冰雪文》行世。生于万历丁酉八月二十五日卯时[20]，鲁国相大涤翁之树子也[21]。母曰陶宜人[22]。幼多痰疾，养于外大母马太夫人者十年[23]。外太祖云谷公宦两广[24]，藏生牛黄丸盈数簏，自余囡地以至十有六岁[25]，食尽之而厥疾始瘳[26]。六岁时[27]，大父雨若翁携余之武林[28]，遇眉公先生跨一角鹿[29]，为钱唐游客，对大父曰："闻文孙善属对[30]，吾面试之。"指屏上《李白骑鲸图》曰："太白骑鲸，采石江边捞夜月[31]。"余应曰："眉公跨鹿[32]，钱唐县里打秋风[33]。"眉公大笑，起跃曰："那得灵隽若此[34]！吾小友也。"欲进余以千秋之业，岂料余之一事无成也哉！

甲申以后[35]，悠悠忽忽，既不能觅死，又不能聊生，白发婆娑，犹视息人世[36]。恐一旦溘先朝露[37]，与草木同腐，因思古人如王无功、陶靖节、徐文长皆自作墓铭[38]，余亦效颦为之[39]。甫构思，觉人与文俱不佳，辍笔者再。虽然，第言吾之癖错，则亦可传也已。曾营生圹于项王里之鸡头山[40]，友人李研斋题其圹曰[41]："呜呼，有明著述鸿儒陶庵张长公之圹。"伯鸾高士[42]，冢近要离[43]，余故有取于项里也。明年，年跻七十，死与葬，其日月尚不知也，故不书。铭曰：

穷石崇，斗金谷。盲卞和[44]，献荆玉。老廉颇[45]，战涿鹿。赝龙门，开史局[46]。馋东坡[47]，饿孤竹[48]。五羖大夫[49]，焉肯自鬻？空学陶潜，枉希梅福[50]。必也寻三外野人[51]，方晓我之衷曲。

注释

① 纨绔子弟：富贵人家子弟，有鄙薄意。纨绔，细绢制成的裤。

②“茶淫”二句：极言对茶橘书诗之嗜好。蠹，蛀虫。

③ 韦布：韦带布衣，贫贱者的衣着。韦，熟皮子。　拟公侯：比于王公贵族。张岱虽不曾入仕，但前半生生活之豪奢，可比拟公侯。

④ 世家：世代豪贵的家族。张岱的高祖、曾祖、祖父皆举进士，仕显宦。

⑤ 金谷：西晋石崇生活极其奢靡，为与贵族王恺争富，修筑了金谷别墅，即称“金谷园”。遗址在今洛阳老城东北七里处的金谷洞内。园内楼榭亭阁，高下错落，金谷水萦绕穿流其间。石崇以珍珠、玛瑙、琥珀、犀角、象牙等贵重物品装饰园内屋宇，宛如宫殿。

⑥ 捷径：终南捷径。详卷三《与李砚翁》注。

⑦ 株守：死守。典出《韩非子·五蠹》。　於陵：地名。在今山东邹平县。战国时齐国陈仲子以兄食禄万钟为不义，隐居于於陵，号於陵仲子。楚王欲以为相，不就。与妻逃去，为人灌园。

⑧ 舛（chuǎn）：错乱。

⑨“以书生”二句：南明弘光朝覆亡，马士英流窜浙江。鲁王监国，张岱上书，请斩奸佞。鲁王许以先斩后奏。张岱率数百兵缉捕，士英躲入方国安营

中，得以逃脱。

⑩“上陪”二句：宋高文虎《蓼花洲闲录》引《漫浪野录》：“苏子瞻泛爱天下士，无贤不肖，欢如也。尝自言：上可以陪玉皇大帝，下可以陪悲田院乞儿。”张岱用以自诩侍富贵而不谄，视贫贱而不骄。悲田院，救济院。唐开元二十三年置病坊收容乞丐，后改为悲田养病坊。佛家以供养父母为恩田，供佛为敬田，施贫为悲田。

⑪ 唾面自干：逆来顺受，忍辱（让人唾面）不与人相计较之意。《新唐书·娄师德传》载：娄师德之弟“守代州，辞之官，教之耐事。弟曰：‘人有唾面，洁之而已。’师德曰：‘未也。洁之，是违其怒，正使自干耳’”。

⑫ 单骑赴敌：唐郭子仪于永泰元年（765），曾单骑赴回纥营，说其弃吐蕃，修旧好。“子仪将出，左右谏：‘戎狄野心不可信。’子仪曰：‘虏众数十倍，今力不敌，吾将示以至诚。’……子仪以数十骑出，免胄见其大酋曰：‘诸君同艰难久矣，何忽亡忠谊而至是邪？’回纥舍兵下马拜曰：‘果吾父也。’子仪即召与饮，遗锦彩结环，誓好如初”（《新唐书·郭子仪传》）。

⑬ 观场：看戏场。

⑭ 肯：此解作岂肯。

⑮ 博弈：六博和下棋。六博是古代一种博戏，黑白各六子，两人相博，每人六子。　樗蒱（chū pú）：博戏名。人执六马，以五木掷采，得采有卢、雉、犊、白等称，视掷得的骰色而定输赢。

⑯ 渑淄：为山东省两条古河名。相传二水味异，合则难辨，惟春秋齐桓公佞臣易牙能辨之。

⑰ 强项：性格倔强而不肯低首下人。项，颈后部。

⑱ 卞急：急躁。

⑲ 死老魅：老不死的妖精。

⑳ 万历丁酉：万历二十五年（1597）。　卯时：上午五至七时。

㉑ 鲁国相大涤翁：张岱父亲张燿芳，字尔弢，号大涤。曾任鲁藩长史司右长史，故称国相。　树子：嫡长子。

㉒ 宜人：封建时代妇人因丈夫或子孙而得的一种封号。明清以五品官之妻、母封宜人。

㉓ 外大母：外祖母。

㉔ 外太祖：外曾祖父，母亲的祖父。　云谷：陶大顺（1524—1601），字景熙，号云谷。嘉靖四十四年（1565）进士。历官福建右布政使。司帑失银，吏卒五十人皆坐系。大顺言于左使曰："盗者两三人耳，何尽系之为？请为公治之。"乃纵囚，令缉盗，果得真者。据张岱《於越三不朽图赞》载：其为广西巡抚，居官廉洁，贮库有无碍钱粮十余万，吏请其携归，不许。谓诸子曰："吾以清白贻尔，胜赢金矣。"

㉕ 囡地：出生。囡，吴语，小孩。

㉖ 厥疾：其疾。此指痰疾。　瘳（chōu）：病愈。

㉗ 六岁：据张岱《快园道古》卷五《夙慧部》载，当为八岁。

㉘ 大父：张岱祖父张汝霖。　武林：杭州别称。

㉙ 眉公：陈继儒（1558—1639），字仲醇，号眉公，又号麋公（见《陶庵梦忆·麋公》），松江华亭（今上海松江）人。明诸生，以文才为三吴官宦、名士所重。屡试不中，遂绝意仕进，隐居昆山。善诗文书画，有《陈眉公全集》。

㉚ 文孙：原指周文王之孙。后用以尊称别人之孙。

㉛ 采石：采石矶，在安徽当涂县西北，为牛渚山北突入江中之矶。

㉜ 眉公跨鹿：张岱祖父张汝霖曾送一头麋鹿给眉公陈继儒，故其有“麋公”之号。见《陶庵梦忆·麋公》。

㉝ 打秋风：旧称拉关系求财或蹭饭。

㉞ 灵隽：机灵俊杰。

㉟ 甲申：崇祯十七年（1644），李自成攻陷北京，清军入关，明亡。

㊱ 视息：目仅能视，鼻仅能息，苟延残喘之意。息，吐纳气息。

㊲ 溘（kè）：疾促，忽然。　朝露：喻短促。

㊳ 王无功：王绩（585—644），字无功，号东皋子，唐绛州龙门（今山西河津）人。隋代大儒王通之弟，好老庄之学。仕隋为秘书正字、六合县丞。因饮酒失职，免官归里。唐初以原官待诏门下省，授太乐丞。自叹“才高位下”，弃官归隐。有《东皋子集》，其中有《自撰墓志铭》。　陶靖节：陶潜，字元亮，东晋著名诗人。私谥靖节先生。有《陶渊明集》，其中有《自祭文》。徐文长：徐渭。其《徐文长全集》中有《自为墓志铭》。

㊴ 效颦：因不善模仿而弄巧成拙。典出《庄子·天运》：“西施病心而矉（同颦）其里。其里之丑人见而美之，归亦捧心而矉其里。其里之富人见之，坚闭门而不出；贫人见之，挈妻子而去之走。彼知矉美，而不知矉之所以美。”颦，皱眉。

㊵ 生圹：生前自造的墓穴。　项王里：在绍兴西南郊外三十里，相传项羽青年时代避仇于此。

㊶ 李研斋：李长祥，字研斋。详卷三《与李砚翁》。

㊷ 伯鸾：梁鸿，字伯鸾，东汉扶风平陵（今陕西兴平）人。家贫好学，不求仕进。娶同县孟光为妻，夫妇同入霸陵山中，耕织为业。鸿因事过京师，作

《五噫歌》。后避祸至吴，为人舂米，孟光为之备食，举案齐眉。“及卒，伯通等为求葬地于吴要离冢旁，咸曰：‘要离烈士，而伯鸾清高，可令相近。’”（《后汉书·梁鸿传》）

㊸ 要离：春秋时刺客。吴公子光既杀王僚，又谋杀王子庆忌。要离献谋，先使光断其右手，杀其妻子，再诈作负罪出奔，见庆忌于卫。庆忌与之谋夺吴国。至吴地，渡江。要离于中流刺中庆忌要害。庆忌释之，令还吴。要离至江陵伏剑自尽。详《吴越春秋·阖闾内传》。《后汉书·梁鸿传》李贤注：“（要离）冢在今苏州吴县西，伯鸾墓在其北。”

㊹ 卞和：春秋楚人。相传他发现一块玉璞，先后献给楚厉王和武王，都被认为欺诈，被截去双脚。楚文王即位，卞和又抱璞哭于荆山下，王使人剖璞加工，果得宝玉，称“和氏璧”。详《韩非子·和氏》。

㊺ 廉颇：战国时赵国名将。曾破齐，取晋阳，拜为上卿。长平之役，坚壁固守三年，使秦师疲而无功。赵孝成王十五年，又领兵大破燕军，封信平君，任相国。后获罪奔魏。思赵，为人谗阻，未果，病死寿春。详《史记·廉颇蔺相如列传》。

㊻“赝龙门”二句：张岱并非史官，却撰史书《石匮书》。赝，假的，伪造的。龙门，司马迁生于韩城龙门山，汉武帝时任太史令。后世以龙门指代司马迁和史官。

㊼ 馋东坡：苏轼，号东坡，是美食家，著有《老饕赋》。

㊽ 饿孤竹：指因耻食周粟，饿死于首阳山的商代孤竹君的两个儿子伯夷、叔齐。

㊾ 五羖（gǔ）大夫：指春秋时秦国大夫百里奚。原为虞国大夫，晋献公灭虞，

虏奚，以之为秦穆公夫人陪嫁之臣（奴仆）。奚以为耻，出逃而为楚人所执。秦穆公闻其贤，用五张羖羊（黑色公羊）皮赎之。后委以国政，成就霸业。

㊿ 梅福：详卷五《山民弟墓志铭》注。

51 三外野人：郑思肖（1241—1318），字忆翁，号所南，自称三外野人，福建连江人。曾应博学宏词试。宋末国破家亡之际，郑思肖曾九叩上书朝廷，力陈救国之策，然未被采纳。宋亡，誓不降元，隐居苏州寺庙，室名取为“本穴世界”，喻将“本”字中的“十”置于“穴”中，隐“大宋”之意。而思肖之名寓怀赵宋之意，赵（趙）“从走从肖”。他坐卧向南（宋）背北（元）。有诗文集《心史》等。擅画，尤长墨兰。多寓爱国情感，如画兰多画花叶萧疏，不画土、根，以寓国土沦亡，无土、无根之意。

【评品】 这篇自撰墓志铭是张岱一生的自我写照、自我总结。他在自我调侃、嘲谑中兴叹抒愤。张岱少为纨绔，种种奢靡嗜好，直言不讳。这是晚明“人情以放荡为快，世风以侈靡相高”（张瀚《松窗梦语》卷七）的世风士风熏染所致。纵欲于声色，纵情于山水，清狂、清玩、清馋成癖、成病，以此为高、为雅、为荣，这正是晚明文人名士风度的特点。而张岱与一般纨绔子弟所不同者，在于其后半生又经历了“国破家亡”的惨痛剧变，生活落到了“布衣蔬食，常至断炊”的地步。前后生活经历状况对比不啻霄壤，故隔世之感，尤为真切；梦幻之叹，更显深沉。“七不可解”是贯穿张岱一生的种种矛盾。在“自且不解，安望人解”中，在种种无可无不可中，在种种“不成”

和任人评说中，在诸多自嘲自戕中，表现出张岱晚年的避世玩世、迷茫苦痛。张岱梦醒，而忆梦记梦，真邪，梦邪？真而成梦，梦又似真，这是张岱的心态；悔邪，喜邪？悔而翻喜，喜而实悲，这是张岱的心情。这种极其复杂矛盾的心情、百感交集的心态，在这篇《自为墓志铭》中表现得最为集中和深刻。其中有自夸自诩者，如列数平生著述，追忆六岁时巧对陈继儒所试屏联之事；有自夸兼自悔者，如所列种种少时所好；有迷茫不解者，如所列“七不可解”；有梦醒彻悟者，“劳碌半生，皆成梦幻”，“回首二十年前，真如隔世”。但从张岱明亡不出，山居著述中，还是可以看出他的贫贱不移、秉节自守：“五羖大夫，焉肯自鬻。”尽管功名不就，但在著述方面他倾注了毕生精力和心血，获得了常人（更无论一般纨绔子弟）所难以取得的成就：“盲卞和，献荆玉。老廉颇，战涿鹿。赝龙门，开史局。”对此，张岱是颇引以为豪的。而篇末引郑思肖为知心、知音、知己，将《石匮书》比作《心史》，两人晚年的心迹行止，何其相似乃尔。则其爱国之心、亡国之痛、遗民之苦尽在不言中矣。

姚长子墓志铭

姚长子者，山阴王氏佣也[1]。嘉靖间[2]，倭寇绍兴[3]，由诸暨掩至鉴湖铺[4]。长子方踞稻床打稻[5]，见倭至，持稻叉与斗，被禽[6]。以藤贯其肩，嘱长子曰：

“引至舟山放侬[7]。”长子误以为吴氏之州山也。道柯山[8]，逾柯岭，至化人坛。自计曰：“化人坛四面皆水，断前后两桥，则死地矣，盍诱倭入[9]？”乃私语乡人曰：“吾诱贼入化人坛矣，若辈亟往断前桥[10]，俟倭过，即断后桥，则倭可禽矣。”及抵化人坛，前后桥断，倭不得去，乃寸脔姚长子[11]，筑土城自卫。困之数日，饥甚。我兵穴舟窒袽以诱之[12]。倭夜窃舟为走计[13]，至中流，掣所窒[14]，舟沉。四合蹙之[15]，百三十人尽歼焉。乡人义姚长子，裹其所磔肉斋[16]，葬于钟堰之寿家岸。无主后者[17]，纵为牛羊践踏之墟，邻农且日去一锸[18]，其不为田塍道路者几希矣[19]。余为立石清界，因作铭曰：

醢一人[20]，醢百三十人，功不足以齿[21]；醢一人，活几千万人，功那得不思？仓卒之际，救死不暇，乃欲全桑梓之乡[22]。旌义之后，公道大著，乃不欲存盈尺之土。悲夫！

注释

① 山阴：与下文诸暨均为县名，属会稽郡。今浙江绍兴。

② 嘉靖：明世宗朱厚熜的年号（1522—1566）。

③ 倭寇：十四至十六世纪侵扰劫掠我国的日本海盗。嘉靖以后，倭寇之患日渐严重。寇，入侵之意。

④ 掩至：突袭而至。　鉴湖铺：当为鉴湖旁一镇。鉴湖，即镜湖，在绍兴西南。东汉永和五年（140）会稽太守马臻筑塘蓄水而成。

⑤ 稻床：南方一种供摔打稻禾脱粒用的竹架。

⑥ 禽：通“擒”。

⑦ 舟山：群岛名。由大小四百多岛屿组成，以舟山岛为最大，在浙江杭州湾东海上。

⑧ 柯山：《越中杂识·山》："在山阴县西南三十五里。"

⑨ 盍：何不。

⑩ 若辈：你们。

⑪ 寸脔：剁成小肉块。

⑫ 穴舟窒袽：把船凿洞，再塞上败絮。袽，败絮。

⑬ 为走计：做逃跑的打算。

⑭ 掣所窒：拽出塞入船底漏洞的败絮。

⑮ 蹙：逼近，缩小。

⑯ 磔（zhé）：分裂肢体的酷刑。 肉齑（jī）：此指碎尸。齑，原指捣碎的姜、蒜、韭菜等。

⑰ 无主后者：没有后辈亲友主管后事者。

⑱ 邻农：邻近的农民。 锸：铁锹。

⑲ 田塍（chéng）：田埂，田畦。

⑳ 醢（hǎi）：古代酷刑，把人杀死后剁成肉酱。

㉑ 不足以齿：不值得称道、提及。

㉒ 桑梓：古代宅边常栽的两种树木，后以指代家乡。

【评品】 姚长子在那些文武达贵眼中不过是一介仆役，但当外敌入寇之时，他却能置个人生死于度外，勇赴国难。他先是不顾势单力薄，持稻叉与人数众多、装备精良的倭寇搏斗；继而对倭寇为其带路即可放生的诱惑置若罔闻；最后巧设妙计，以一己之死，歼敌百三十名，活同胞成千上万。可谓大义凛然，智勇双全。他是渺小的，又是伟大的，称得上是中华民族的脊梁。张岱为之树碑立传，反映出张岱的思想立场，也说明他在明亡后能避迹山林，闭门著述，贫贱自守，并非偶然。文章以极洗练简洁的笔墨，生动完整地记叙了事件的经过，铭赞用“功不足以齿”与“功那得不思”的对比，盛赞墓主的丰功伟绩；用“乃欲”与“乃不欲”的对比，旌表了墓主的忠义智勇和不图回报的牺牲精神。

周宛委墓志铭

余生平不喜作谀墓文[1]，间有作者，必期酷肖其人，故多不惬人意，屡思改过，愧未能也。余老友周宛委先生去世，其公郎嘉绩[2]，谓余与先生为文学知己，微余莫志其墓。余辞曰：“宛委先生，时在余目前，第恐落笔，又以唐突间得罪也[3]。”嘉绩曰：“借先生虎头之笔[4]，得为先人写照，幸甚。”

先生姓周，讳懋明，濂溪先生之后[5]。郡司寇涵宇公[6]，则先生父也。甫离襁褓[7]，即以先生为司寇仲兄后。少即颖敏，异群儿。十八为日铸董公馆甥[8]。董公为越中名宿[9]，弟子数百人，一时英俊，皆在其门。先生自负过高，目诸同门，少所许可。及试有司，以奇文见斥，遂罢弃举业。下帷稽古[10]，涉猎群书，以此浪荡不羁，家业日落。

先生益蹇傲佯狂[11]，见人矫骇愕窒[12]，如野鹿山鸡，不可与接。家居无事，辄浩叹长吁，其一肚皮怨天尤人，磊砢不平之气[13]，时时陡发不禁，其性火上腾，妒河中决。凡有著作，诗则昌谷之《恼公》[14]，文则韩非之《孤愤》[15]，赋则屈原之《离骚》[16]，如笑如嗔，如嘲如詈[17]，如断岩之猿咽，如绝壑之泉悲。

后作《史断》一书，眼前之人，不足以供其唾骂，乃进而评骘千古[18]。虽谋如孙武[19]，智如诸葛，忠如文山[20]，义如豫让[21]，廉如伯夷[22]，功业如光弼、子仪[23]，先生洗垢吹毛，寻其斑痣[24]，热唱冷嘲，乞一生活地不可得。昔有柳先生行九者，与徐文长先生评论古人[25]，常恨孔明不善兵，历指可破魏擒操处，皆失着[26]，至欲裂眦[27]。及去，文长先生送之，扉半阖[28]，睨而曰："不道短柳九，办杀曹瞒[29]。"闻者绝倒[30]。先生之《史断》，其抉隐摘伏[31]，大率类此。

先生幼弟允恒，余女倩也[32]。余尝造其庐，先生见余至，必仓忙扶杖而来，袖其所著书，出以示余。余捧读之，皆残篇断简，恶楮毛书[33]，窜改涂抹，烟煤败黑[34]，微有字形，余不能句[35]。先生寻行觅字，为余诵之。读至刻画深沉，翻驳痛快[36]，则握拳透爪，啮齿穿龈[37]，嚄唶咨嗟[38]，唾洟满面。听其奇论，真动地惊天。自午至酉[39]，连读数帙，虽舌敝耳聋，不以为疲也。庚戌夏季[40]，病剧且革[41]，呼其长公嘉绩至前[42]，手授数卷，曰："此吾遗文也，近世无知之者，留之后日，以待桓谭[43]。"言毕遂瞑。

其友张岱曰：先生著述盈笥，其所持论，皆出人意表。余独畏其舌锋犀利，饮其毒者，无不黧面折角。盖其笑则辅嗣[44]，骂则灌夫[45]，挝鼓如祢衡[46]，击唾则曹操[47]。如此异人，如此异才，求之天下，真不可无一，不能有二也。余尝谓先生位不偿德，命不酬才。王弇州著文人九命[48]，先生乃占其四：一贫困，二嫌忌，三偃蹇[49]，四恶疾。特以先生寿登七十，视履考旋[50]，夭折、玷缺[51]、刑辱、流窜、无终，皆所获免。而先生一事胜人，独曰有后。先生丈夫子三[52]，皆负轶才[53]，自能名世。老泉偃蹇，轼、辙补之[54]，则先生一生愤懑抑郁之气，亦可借此以稍杀矣。

余以此语下慰九原，遂拂石铭之。铭曰：

轩冕也而视如奴隶[55]，英雄也而轻若儿稚，将相也而贱如狗彘，人则嗫嚅[56]，尔惟诟詈。余之佩服先生，犹越王之式怒蛙也[57]，惟取其气。

注释

① 谀墓：以墓志碑铭，美化阿谀死者，称谀墓。李商隐《刘乂》文中记刘乂“以争语不能下诸公，因持（韩）愈金数斤去，曰：‘谀墓中人得耳，不若与刘君为寿！’”韩愈为人作碑铭，多谀辞，以得厚酬。

② 公郎：公子。

③ 唐突：冒犯，亵渎。

④ 虎头：晋顾恺之，小字虎头。有三绝：才绝、画绝、痴绝。画人注重点睛，自云传神写照，尽在阿堵（即“这个”，指眼珠）中。尝为裴楷画像，颊上添三毛，而益觉有神。

⑤ 濂溪先生：宋周敦颐（1017—1073），字茂叔，号濂溪，宋道州营道（今湖南道县）人。宋明理学的创始人。著有《太极图说》《通书》等。

⑥ 司寇：主管刑狱、纠察的官员。下文则谓将宛委过继给涵宇的二兄。

⑦ 甫：才，刚。　襁褓：包裹婴儿的被、毯等。

⑧ 日铸董公：董懋策，字揆仲，会稽人。详卷一《昌谷集解序》注。日铸，山名，在绍兴。　馆甥：女婿。

⑨ 名宿：素有名望的人。

⑩ 稽古：考古。此指专心研读古书。

⑪ 謇傲：高傲。

⑫ 矫骇愕窒：言辞偏激、行为乖张的样子。

⑬ 磊砢：众石委积貌。

⑭ 昌谷：李贺。详卷一《昌谷集解序》。李贺《恼公》诗，王琦注云："当是一时谑浪笑傲之词，欢娱游戏之事，相杂而言。"

⑮ 韩非：战国诸公子，与李斯同师荀卿，为法家代表人物。　《孤愤》：《韩非子》的篇名。《史记·韩非传》司马贞《索隐》："《孤愤》，愤孤直不容于时也。"

⑯ 屈原：战国时楚国伟大的爱国诗人。　《离骚》：《史记·屈原传》："离骚者，犹离忧也……屈平作《离骚》，盖自怨生也。"

⑰ 詈：骂。

⑱ 评骘：评定。

⑲ 孙武：春秋时齐人，著名军事战略家，后人辑有《孙子》。为吴国将领，西破强楚，北威齐晋。

⑳ 文山：文天祥。详卷一《赠沈歌叙序》注。

㉑ 豫让：战国初期刺客。曾事晋卿智伯。赵襄子与韩、魏共灭智伯，豫让漆身吞炭，谋刺赵襄子，为智伯报仇。事败被执而死。详《史记·刺客列传》。

㉒ 伯夷：商孤竹君之子。为避嗣位，与弟叔齐相继逃到周国。武王伐纣，两人曾叩马而谏。殷亡，因耻食周粟，两人饿死在首阳山。

㉓ 光弼：李光弼（708—764），契丹族人。唐代名将，有勇谋，善骑射，以平定安史之乱屡建功勋，封临淮王。　子仪：郭子仪（697—781），唐代名将，为平定安史之乱的主帅之一。功迁中书令，封汾阳郡王。

㉔ 斑痣：喻瑕疵。

㉕ 徐文长：徐渭，字文长。

㉖ 失着：失策。

㉗ 裂眦：怒恨貌。张目怒视，眼眶破裂。

㉘ 阖：关闭。

㉙ 办杀：治死，整死。　曹瞒：曹操，小名阿瞒。

㉚ 绝倒：俯仰大笑。

㉛ 抉隐摘伏：找出幽隐不为人所知和注意的事物和事理，公之于众。

㉜ 女倩：女婿。

㉝ 恶楮（chǔ）毛书：纸张、装订皆粗劣的坏书。楮，纸的代称。

㉞ 烟煤：指墨。

㉟ 句：句读，点断。

㊱ 翻驳：翻案，驳诘。

㊲“握拳”二句：苏轼《东坡题跋·偶书》云：“张睢阳（巡）生犹骂贼，嚼齿穿龈；颜平原（杲卿）死不忘君，握拳透掌。”前谓紧握拳头，指甲穿过掌心，形容愤慨到极点；后谓紧咬牙齿，竟咬破了牙龈，形容对敌人恨之入骨。

㊳ 嚄唶（huò zé）：高声呼笑。　咨嗟：叹息。

㊴ 午：上午十一时至下午一时。　酉：下午五时至晚上七时。

㊵ 庚戌：清康熙九年（1670）。张岱时年七十四。

㊶ 革（jí）：通“亟”。谓临终。《礼记·檀弓上》：“夫子之病革矣，不可以变。”

㊷ 长公：长子。

㊸ 桓谭（约23—50）：字君山，汉沛国相（今属安徽淮北相山区）人。官至议郎给事中。博学多通，遍习五经，有《新论》二十九篇。其为扬雄《太玄》的知音。扬雄死，严尤谓桓谭曰：“子常称扬雄书，岂能传于后世乎？”谭曰：“必传，顾君与谭不及见也。”

㊹ 辅嗣：王弼（226—249），字辅嗣，魏山阳高平（今属山西）人。少年即笃好《老》《庄》，与钟会并知名。仕为尚书郎。为玄学的创始人，著有《周易略例》《老子指略》《论语释疑》。《三国志·钟会传》裴注引何劭《王弼传》云：弼“颇以所长笑人，故时为士君子所疾”。

㊺ 灌夫：字仲孺，西汉颍阴（今河南许昌）人。历任淮阳太守、太仆、燕相，因事免官。喜任侠，家财千万，食客日数十百人。与魏其侯窦婴相善。婴失势后，屡遭武安侯田蚡侮慢。灌夫于田蚡宴上使酒骂座，为蚡弹劾，以不敬罪族诛。

㊻ 挝（zhuā）：敲击。　祢衡：字正平，平原般（今山东临邑东北）人。曹操召衡为鼓吏，令其改着鼓吏之装，欲辱之。衡于操前裸身更衣，后又至操营门外大骂。操反为衡所辱，怒遣至荆州刘表处，复不和，转送江夏太守黄祖，终被杀。

㊼ 击唾则曹操：王敦击唾壶时所咏为曹操之诗。《世说新语·豪爽》：“王处仲

（王敦）每酒后辄咏：‘老骥伏枥，志在千里。烈士暮年，壮心不已。’（曹操《龟虽寿》诗句）以如意打唾壶，壶口尽缺。”

㊽ 王弇州：王世贞（详《石匮书自序》注）。文人九命，语出其《艺苑卮言》卷八：“曩与同人戏为文章九命，一曰贫困，二曰嫌忌，三曰玷缺，四曰偃蹇，五曰流窜，六曰刑辱，七曰夭折，八曰无终，九曰无后。”

㊾ 偃蹇：困顿。

㊿ 视履考旋：《易·履》：“上九，视履考祥，其旋元吉。”孔颖达疏：“‘视履考祥’者，祥谓征祥，上九处履之极，履道已成，故视其所履之行善恶得失，考其祸福之征祥。”

51 玷缺：以玉之有斑点缺憾，喻人之品德有缺点。

52 丈夫子：儿子。女儿称女子子。

53 轶才：出众卓越的才能。

54 老泉：苏洵（1009—1066），字明允，号老泉。宋眉州眉山（今属四川）人。长于古文，笔力雄健，议论明畅。二十七岁才发奋读书，应进士及茂才异等考试皆不中。归而尽焚前所为文，闭门苦读，遂通六经、百家。后得欧阳修援引，上《几策》《权书》《衡书》等，才得除秘书省校书郎，任霸州文安县令。故云其“偃蹇”。苏洵与子苏轼、苏辙合称三苏，均入散文唐宋八大家之列。苏轼官至礼部尚书；苏辙官至尚书右丞，门下侍郎。对老苏的仕途困顿，也是一种弥补，故曰“补之”。

55 轩冕：卿大夫的轩车和冕服。指代士大夫。

56 嗫嚅：欲言又止。

57 越王之式怒蛙：春秋时越王勾践将伐吴，道见蛙张腹而怒，将有战争之气，即为之轼。士卒问王："何为敬蛙虫而为之轼?"勾践曰："吾思士卒之怒久矣，而未有称吾意者。今蛙虫无知之物，见敌而有怒气，故为之轼。"士卒闻之，莫不怀心乐死，人致其命。详《韩非子·内储上·七术》《吴越春秋·勾践伐吴外传》。式，同"轼"，车前扶手横木。此作动词凭轼、倚轼讲。古人立而乘车，低头抚轼，以示敬意。

【评品】"不喜作谀墓文，间有作者，必期酷肖其人"，可视为张岱志墓的原则和追求，这和张岱的文学主张和审美趋尚是一致的。墓主乃负"异才"之"异人"，却"位不偿德，命不酬才"。于是将一肚皮的怨天尤人、一肚皮的学问见识，统统诉之于文，便形成了这样的现象：诗或"昌谷之《恼公》"，文则为"韩非之《孤愤》"，赋则似"屈原之《离骚》"，断之于史，则"眼前之人，不足以供其唾骂"，古杰先贤，无能免其冷嘲热讽。他可谓是明末愤世狂狷之士的典型。而张岱对其人其事、其才其文，写来的确入木三分。尤以其为张岱诵读所著一节，写得绘声绘色，传神写照，生动之至。正因为张岱不喜谀墓，所以字里行间，如"自负过高""性火上腾""妒河中决""洗垢吹毛""热唱冷嘲"云云，自有张岱皮里春秋的褒贬在。则其《史断》的价值几何，不言自明。

题跋

跋梅花道人画竹卷[1]

古人自不可尽其伎俩。元季高人皆隐于画史，如黄公望[2]，莫知其所终，或以仙去。梅花道人吴仲圭，自题其墓曰梅花和尚。后值兵起，以和尚墓独全。盖仲圭虽以笔墨自见，复时时韬晦[3]，不使人尽知。今见此卷，方知其画竹之妙，又知其书法之精，如入龙宫海藏，宝母珠胎，无所不备。第少碧眼波斯[4]，不能辨别之耳。

注释

① 梅花道人：吴镇（1280—1354），字仲圭，号梅花道人，嘉兴人。一生清贫，以教书卖画为生。工草书，能诗。擅水墨山水，师法巨然，善用湿墨表现山川林木郁茂的景色，笔力雄劲，墨气沉厚，不同于巨然的“淡墨轻岚”。与黄公望、倪瓒、王蒙合称“元四家”。

② 黄公望：详卷四《鲁云谷传》注。其为全真道人，故有蜕化成仙、不知所

终之说。

③ 韬晦：藏光隐匿，不自炫露。

④ 第：但，只。　碧眼波斯：波斯（今伊朗，此泛指西域）人多碧眼，且善鉴珠宝玉石，张岱文中常以喻明眼人。《高僧传》：“达摩眼绀青色，称碧眼胡僧。”

【评品】 “元季高人皆隐于画史”，盖世乱时危，文人赖以远祸全身尔。张岱精鉴书画，以“龙宫海藏，宝母珠胎”为喻，激赏吴镇所画之竹，美不胜收。文中张岱隐然以精于鉴赏的“碧眼波斯”自居。

题葆生叔画[1]

葆生叔于万历乙巳年作此画[2]，余甫九岁，今传世已六十四矣，而墨气淋漓[3]，着纸犹湿，重岚叠嶂于雨后观之，方尽其妙。

| 注释 |

① 葆生叔：张岱二叔张联芳，字尔葆，号二酉。曾倅太平，调任苏州府，令孟津，为扬州司马。客死淮安。“多阅古画，年十六起，便能写生，称能品。

后遂驰骋诸大家”（详卷四《附传》）。

② 万历乙巳：万历三十三年（1605）。

③ 墨气淋漓：墨彩生动，墨气充沛。

【评品】 在“九”与“六十四”的数字对比中，时年七十三的张岱睹物思人，隐寓了其深沉的沧桑之感和物是人非之叹。张岱以六十四年后“着纸犹湿”，“于雨后观之，方尽其妙”，状其二叔所画之“重岚叠嶂”墨气淋漓。读后，其湿可感，其气逼人。盛赞画之笔墨气韵生动。

跋王文聚隶书兰亭帖[1]

黄山谷曰[2]：“世人但学兰亭面，欲换凡骨无金丹。”盖讥世之临摹禊帖，皆仅得其面庞，而未得其精髓也。余友王文聚，为右军四十二代孙[3]，楷法既精，复长汉隶，乃以蔡中郎石经笔法[4]，为《兰亭》开一生面[5]，银钩铁勒，古劲无比。若论其秀颖之气，则仍是《黄庭经》《笔阵图》所夺舍投胎者也[6]。譬之祖父相貌，其子孙肥痴羸瘦[7]，或有不同；而至审其骨格规模，未有不相肖者也。昔人云：“公侯之家，必复其祖。”则文聚另具肉身[8]，犹思剔骨还父[9]。

| 注释 |

① 王文聚：王统理，字文聚，工刻印，有《足佩堂印谱》。 兰亭帖：即下文所谓“褉帖”。事详卷二《龙山文帝祠募疏》注。相传真迹唐太宗死时殉葬于昭陵。

② 黄山谷：黄庭坚（1045—1105），字鲁直，号山谷道人、涪翁，分宁（今江西修水）人。治平进士。以校书郎任《神宗实录》检讨官，迁著作郎，后被贬。为“苏门四学士”之一。论诗主张“点铁成金”“夺胎换骨”等。为诗追求奇拗硬涩的风格，创江西诗派。书法为“宋四家”之一，以侧险取势，纵横奇倔，自成风格。其《题杨凝式书》诗云：“俗书喜作兰亭面，欲换凡骨无金丹。”与本文所记小异。

③ 右军：王羲之，官右军将军，世称王右军。

④ 蔡中郎：蔡邕（133—192），字伯喈，陈留圉（今河南杞县）人。东汉末曾官至中郎将。通经史、音律、天文，善辞章，散文长于碑记。工篆、隶，有“骨气洞达，爽爽尤甚”之评。熹平四年（175）与堂谿典等写定六经文字，部分由邕书丹于石，立太学门外，世称“熹平石经”。

⑤ 开一生面：另外开辟新的局面，或创造新的风格流派和方法。

⑥《黄庭经》：著名小楷法帖。相传晋王羲之书《黄庭经》（道经名），唐褚遂良列入《晋右军王羲之书目》正书五卷中第二。宋黄伯思则断为兴宁二年（《黄庭经》始出）以后南朝宋齐人所作。 《笔阵图》：专论写字笔法的著述。旧题晋卫夫人（卫铄）所作。一说系六朝人伪托王羲之撰，后代因之。另有《笔阵图后》一篇，亦传为王羲之所作。 夺舍投胎：易貌存神之意。

⑦ 肥痴：肥胖笨拙。 羸瘦：瘦弱。

⑧ 肉身：佛家称父母所生之身为肉身。

⑨ 剔骨还父：详卷一《纪年诗序》注。此喻王氏所书，变化而不离其宗。

【评品】 书画临摹，贵在似而不似，不似而似。即所谓“夺舍投胎者也”。这一道理，张岱用祖孙体貌之异同和佛经剔骨还父、析肉还母的故事比喻之，深入浅出，形象生动。而王文聚以“右军四十二代孙”的身份，用隶书体来临摹《兰亭帖》，易貌存神，更觉祖孙之喻生动形象之外，还多了一层贴切。

跋祁止祥画[1]

士人作画，当以草隶奇字之法为之，树如屈铁，山如画沙，绝去甜俗蹊径[2]，乃为士气。止祥仿仲圭画[3]，点画间笔笔有行草书意，盖取法仲圭，而又能解脱绳束，真是透网金鳞[4]，令人从何处捉摸。

注释

① 祁止祥：祁豸佳，字止祥，山阴人。天启七年（1627）举人，以教谕迁吏

部司务。明亡不仕。豸佳工书画，求者络绎不绝，往往流汗呵冻以应（详《越中杂识·文苑》）。为张岱的“曲学知己”，则其又精于戏曲。可参看《陶庵梦忆·祁止祥癖》。

② 甜熟：此指作品风格平熟软滑。

③ 仲圭：吴镇。详卷五《跋梅花道人画竹卷》注。

④ 透网金鳞：禅宗语。比喻从修行证悟的束缚解脱出来的一种自在境界。此以喻止祥之画不泥古人，逸出规矩，自开生面。网，喻法度，绳检。

【评品】 赞祁氏以书法入画法，有所师从取法，而又不拘绳束，绝去甜俗蹊径，别开生面。诗文相通，书画一理，无不当然。

跋蓝田叔米家山[1]

崇祯甲申[2]，余在淮上，与王宗伯觉斯同至武林[3]，舟中讲究书画。见余所携箑[4]，为蓝田老所作米家山，重峦叠嶂。宗伯取快刀斮其上截[5]，而以淡远山易之，更觉奇妙。因道米敷文居京口[6]，见北固诸山[7]，与海门连亘[8]，取其境为《潇湘白云卷》[9]。盖谓得其烟云灭没，便是米家神髓也。

| 注释 |

① 蓝田叔：蓝瑛（1585—1664），字田叔，号蝶叟、东郭老农、石头陀、西湖外史等，钱塘（今杭州）人。擅画山水、兰石、花卉、人物。崇祯中赴京应试，不第南归。曾参与复社活动。明亡不仕。与董其昌、陈继儒等相往还。早年笔墨秀润；后漫游南北，风格一变，下笔苍老坚劲，气象峻嶒，类沈周而稍嫌刻露，人称浙派殿军。陈洪绶等均受其影响。　米家山：北宋著名画家米芾、米友仁父子，画山水不求工细，强调写意，多用水墨点染，以连点成面的画法，构成云烟变灭、生意无穷的画面。人称“米家山”。

② 崇祯甲申：崇祯十七年（1644），张岱因二叔张联芳病死于淮安，与堂弟燕客前去奔丧。是年明亡。

③ 王宗伯觉斯：王铎（1592—1652），字觉斯，号嵩樵、十樵、痴仙道人、烟潭渔叟等。天启进士，仕至侍读，与修《三朝要典》。崇祯八年（1635）转任南京。十七年任弘光朝礼部尚书兼东阁大学士。顺治二年（1645）降清。先后充《明史》《太宗实录》副总裁。工行草楷书。山水画仿王维，兼绘竹石。著有《拟山园选集》。张岱在返程中与其同舟。　宗伯：礼部尚书。　武林：即杭州西灵隐山，因以代称杭州。

④ 箑（shà）：扇。

⑤ 斮（zhuó）：斩。

⑥ 米敷文：米友仁。曾任敷文阁学士，故称。

⑦ 北固：山名。在今江苏镇江市。

⑧ 海门：今江苏县名。

⑨《潇湘白云卷》：即今藏故宫博物院的米友仁真迹《潇湘奇观图》。用淋漓水

墨，画江上云山、山峰、江水、树木，展现苍茫雨雾中的江天韵致。据画中题跋，米氏所画乃是镇江山水："先公居镇江四十年……作庵于城之东高岗上，以海岳命名。卷乃庵上所见山……余生平熟潇湘奇观，每于登临佳胜处，辄复写其真趣。"抒发的是对潇湘景色的怀念。

【评品】 蓝瑛之画，"气象峻嶒"，经王铎修改，更觉奇妙：烟云灭没，便是米家山水风韵神髓之所在也。此段题跋，高手合作，锦上添华，自是一段画坛佳话。

题仲叔画[1]

余叔守孤城，距贼垒三十里。有故人縋城来访。余叔多其高义，就灯下泼墨作山水赠之[2]。此二事，皆非今人所有[3]。故此画皴法如蜎毛倒竖[4]，棱棱砺砺，笔墨间夹有剑戟之气。

| 注释 |

① 仲叔：即《题葆生叔画》之"葆生叔"。详卷四《附传》。

②"余叔守孤城"五句：卷四《附传》载，仲叔"到京补河南臬幕，署篆陈州。时

贼逼宛水，刀戟如麻。仲叔登陴死守，日宿于戍楼，夜尚烧烛为友人画，重峦叠嶂，笔墨安详，意气生动，识者服其胆略”。缒城，用绳索系身上下城墙。多，赞赏。

③“此二事”二句：一指兵临城下，危在旦夕之时，缒城来访；二指灯下泼墨作画相赠。均为古人高义，而非今人所能为。

④ 皴（cūn）法：中国画的技法之一。用以表现山水和树皮的纹理和阴阳向背。山石的皴法主要有披麻皴、雨点皴、折带皴、卷云皴、大小斧劈皴等。表现树皮的有鳞皴、绳皴、横皴等。 蝟：同“猬”。

【评品】 兵临城下，困守孤城之际，来客缒城造访的高义、主人援笔作画的从容淡定，堪称并美。危城之中，“就灯下泼墨作山水”，可见作画者神定气闲，临危不惧，处变不惊的胸襟与胆略；心中剑拔弩张，有我无敌，故所画“皴法如蝟毛倒竖，棱棱砺砺，笔墨间夹有剑戟之气”。为文作画，主观与客观、心中与笔下，相互作用，其影响如此。作者为文，论人品画，相得益彰。

跋张子省试牍三则[1]

其 一

刻张子遗卷[2]，非怪张子之不遇也，欲以明张子之不遇，张子自有以不遇之也[3]。区区帖括家[4]，为地甚窄[5]，乃欲以太古篆作霹雳文，非李贺通眉长爪，能下榻便拜乎[6]？刻成，张子持以示余。余读毕，张口而不能翕[7]，曰：“此不是试官考童子文，乃童子考试官文也。”闻者大噱[8]。

其　二

笔笔存孤异之性，出其精神，虽遇咸阳三月大火[9]，不能烧失。龙醢而嫠变，龟锯而甲灵[10]，借兄淹蹇[11]，以昌此文。

其　三

读张子文，胸中猿咽，指下泉悲，不作眼前卫玠[12]，欲问后世子云[13]。扎苗辣刷，理自因之，复何怪焉？余语子省：“扬子作《太玄经》，只自问玄不玄已耳，安问桓君山不桓君山耶?”[14]

注释

① 张子省：不详。或谓即张岱本人。　试牍：应试的诗文。崇祯八年乙亥(1635)，张岱三十九岁，参加省试，因试牍不合规定格式，被黜，内心抑郁气愤。跋或为此而作。

② 遗卷：落选的试卷。

③ 自有以不遇之：自有不遇的原因。

④ 帖括：唐制，明经科以帖经试士，将经文贴去若干字，令试者对答。后考生因帖经难记，乃编为歌诀，背熟应试，叫“帖括”，意谓包括“帖经”的门

径。后称应试文为帖括。

⑤ 为地甚窄：所涉领域（四书五经）很狭窄。

⑥“乃欲”三句：李商隐《李贺小传》：“长吉细瘦，通眉长指爪，能苦吟疾书。”“长吉将死时，忽昼见一绯衣人驾赤虬，持一版书，若太古篆或霹雳石文者，云当召长吉。长吉了不能读，欻下榻叩头，言：‘阿㜷（原注：长吉学语时，呼太夫人云）老且病，贺不愿去。’绯衣人笑曰：‘帝成白玉楼，立召君为记，天上差乐，不苦也。’长吉独泣，边人尽见之。少之，长吉气绝。”长吉，唐代天才诗人李贺字长吉。通眉，双眉相连。

⑦ 翕（xī）：合。　童子：指童生。明清读书人未入府、州、县学之前，无论长幼老少，通称童生。入学后才能称生员。

⑧ 噱（jué）：大笑。

⑨ 咸阳三月大火：“项羽引兵西屠咸阳，杀秦降王子婴，烧秦宫室，火三月不灭。”（《史记·项羽本纪》）

⑩“龙醢（hǎi）”二句：形容体虽灭，神犹在。《左传·昭公二十九年》：“刘累学扰龙于豢龙氏，以事孔甲（即下句夏后），能饮食之。”“龙一雌死，潜醢以食夏后。”醢，肉酱。《国语·郑语》载：“夏之衰也，褒人之神化为二龙，以同于王庭。”后龙亡而漦在，椟而藏之。周厉王末期，发而观之，漦流于庭，化为玄鼋，入于王府。童妾遭之而孕，遂生亡周之褒姒。漦（lí），此指龙所吐涎沫。甲灵，指龟甲尚能占卜凶吉。

⑪ 淹蹇：沉抑于下而不能升进。

⑫ 卫玠（286—312）：字叔宝，晋安邑人。丰姿秀逸，有玉人之称。好谈玄理，官至太子洗马。后避乱移家建业。人闻其名，围观如堵。不久遂卒。时人

谓之“看杀卫玠”。

⑬ 子云：扬雄（前 53—后 18），字子云，蜀郡成都人。好学，长于辞赋。成帝时，献《甘泉》《羽猎》等四赋，拜为郎。王莽时为大夫，校书天禄阁。以事被株连，投阁自杀，几死。博通群籍，多识奇字古文，仿《易经》《论语》作《太玄》《法言》。生前“家素贫，耆（嗜）酒，人希至其门”。刘歆尝观《太玄》《法言》，“谓雄曰：‘空自苦。今学者有禄利，然尚不明《易》，又如《玄》何？吾恐后人用覆酱瓿也。’雄笑而不应”。

⑭“扬子”三句：意谓为人与作文、均只须坚持自我，勿问他人的评价及能否传世。桓君山，桓谭。扬雄死后，“大司空王邑、纳言严尤闻雄死，谓桓谭（字君山）曰：‘子常称扬雄书，岂能传于后世乎？’谭曰：‘必传，顾君与谭不及见也。’”（《汉书·扬雄传》）

【评品】 张岱才高命蹇，科场失意，与张子省惺惺相惜，满腹牢骚，借跋文以出之。“此不是试官考童子文，乃童子考试官文也”，话既诙谐，又很刻薄。考官之水平可见，张岱和张子省不遇的原因也已不言自明。“区区帖括家，为地甚窄”，揭露科举以四书五经为内容，以八股为形式，束缚文人举子的实质。跋之其二、其三，赞扬张子省之文有个性，能传神，感人至深。认为创作诗文不必媚俗，取悦当世，若是精品，必传后世。安慰其不必为一时落选而在意，正所以自慰。

跋寓山注二则[1]

其一

寓山作记、作解、作述、作涉、作赞、作铭者多矣，然皆人而不我，客而不主[2]，出而不入[3]，予而不受，忙而不闲[4]。主人作注，不事铺张，不事雕绘，意随景到，笔借目传。如数家物，如写家书，如殷殷诏语家之儿女僮婢。闲中花鸟，意外云烟，真有一种人不及知而己独知之之妙。不及收藏，不能持赠者，皆从笔底勾出。如苏子瞻凤翔寺观王摩诘壁上画僧，残灯耿然，踽踽欲动，非其笔墨之妙，特其闻见之真也[5]。区区门外汉，何足以深语。

其二

古人记山水手，太上郦道元[6]，其次柳子厚[7]，近时则袁中郎[8]。读《注》中遒劲苍老，以郦为骨；深远冶淡，以柳为肤；灵巧俊快，以袁为修目灿眉。立起三人，奔走腕下，近来此事，不得不推重主人。

注释

①《寓山注》：寓山是浙江绍兴的一座小山，祁氏建有别墅。《寓山注》是祁彪佳记述这座别墅景物的一组文章，并冠有序。写园林营造的过程和主要景物，

反映我国园林构造布局艺术之一斑。见《祁彪佳集》卷七。

② 人而不我，客而不主：指只重客观描述，缺乏主观情感、艺术个性。

③ 出而不入：重表象而不够深入。

④ 忙而不闲：匆忙而不从容。

⑤“如苏子瞻”五句：苏轼，字子瞻。嘉祐癸卯年（1063）任凤翔签判时，于“上元夜，来观王维摩诘笔。时夜已阑，残灯耿然，画僧踽踽欲动，恍然久之”（苏轼《题凤翔东院王画壁》）。耿，光明。踽踽（jǔ jǔ），独行孤零零的样子。《孟子·尽心下》：“行何为踽踽凉凉。”

⑥ 郦道元：字善长，范杨卓县（今河北涿州）人。北魏地理学家、散文家。官御史中尉、关右大使。好学博览，文笔深峭。留意地理山川水道，为《水经》一书作注，成地理巨著《水经注》，记载大小水道一千多条，对所经地区山岭、原隰、城邑、关津的地理概况、建置沿革、有关历史事件和人物，乃至神话传说，无不繁征博引，穷源竟委，有史料价值和文学价值。

⑦ 柳子厚：唐代文学家柳宗元（773—819），字子厚。详卷二《蛾眉山》注。

⑧ 袁中郎：袁宏道（1568—1610），字中郎，号石公，湖北公安人。与兄宗道、弟中道并称“三袁”，为公安派诗文的创始人。论文反对复古模拟，强调摹写性灵。其山水小品空灵、抒情、精巧。

【评品】《寓山注》是祁氏记述其别墅寓山景物的一组文章，确为明末小品之佳作。跋之第一则，先用五个“而不”句式的排比，言他人以寓山为题材的各体作品之种种不足做铺垫，突出祁氏《寓山注》的与众不同。接着道出其好处在于“不事铺张，不事雕绘，意随景到，笔借目传”，然后用一系列比喻和东坡观王维画僧的感受，点明其妙在自然亲切，活脱生动。王雨谦评曰：“‘闲中花鸟’六句，真得行云流水之妙，子瞻不是过也。”并非虚誉。第二则评点山水圣手郦氏、柳氏、袁氏之不同特色，精当切要。再谓祁氏之作兼三家之长，评价可谓高矣。

跋徐青藤小品画[1]

唐太宗曰：“人言魏徵倔强，朕视之更觉妩媚耳。”[2]倔强之于妩媚，天壤不同，太宗合而言之，余蓄疑颇久。今见青藤诸画，离奇超脱，苍劲中姿媚跃出，与其书法奇崛略同。太宗之言为不妄矣。故昔人谓：“摩诘之诗，诗中有画；摩诘之画，画中有诗。”[3]余亦谓青藤之书，书中有画；青藤之画，画中有书。

注释

① 徐青藤：徐渭。详卷一《昌谷集解序》注。

② “唐太宗曰”三句：《旧唐书·魏徵传》：“帝大笑曰：‘人言魏徵举动疏慢，我但觉妩媚，适为此（直谏）耳。’”

③“故昔人谓”五句：引语出自苏轼文《书摩诘蓝田烟雨图》。摩诘，唐代著名诗人兼画家王维字摩诘。

【评品】 崛强与妩媚，用以形容人物的两种截然不同的性格和形象。唐太宗谓魏徵身上兼而有之。对此，张岱心存疑虑。及见到徐渭的书画后，方悟太宗之言不谬。刚劲与柔美本为两种截然不同的艺术风格，惟有大家，方能兼而有之。结尾处，更以诗书画艺术的渗透融合，盛赞之。

再跋蓝田叔米山

画米家山者，止取其烟云灭没，故笔意纵横，几同泼墨[1]。然不知其先定轮廓，后用点染，费几番解衣盘礴之力也[2]。昔之善书者，谓忙促不及作草书[3]，政须解会此意。

注释

① 泼墨：国画墨法之一。美术史上有不少画家酒酣兴浓时，将墨泼溅在纸或绢上作画，称“泼墨画”。后指以饱含墨汁或色汁的笔作画的方法，有酣畅淋

漓的质感。

② 解衣盘礴：语出《庄子·田子方》。原指意定神闲，不受拘束，此指中国画术语。意欲全神贯注于绘画。解衣，袒胸露臂。盘礴，随便席地盘坐。

③ 忙促不及作草书：此谓时间仓促，不能作草书之意。张岱认为草书并非一挥而就的草草之笔，而与泼墨一样，也是需"费几番解衣盘礴之力"的。

【评品】 "画米家山者，止取其烟云灭没"，"止取"不免皮相，以为胸无成竹，随意泼墨即可得之；岂知唯有"费几番解衣盘礴之力"，全神贯注，成竹在胸者，方能得其精髓。泼墨如是，草书同理。

跋可一云林笔意[1]

画家有皴法染法[2]，如塑工增塑佛像，点染补缀，增一笔有一笔之妙。若云林笔意则萧疏懒散，用笔如斧，用墨如金，佛家所谓减塑也[3]。展卷观摩，当想见其毫端珍惜。

注释

① 云林笔意：倪瓒（1301—1374），元代画家、诗人，字元镇，号云林子。详

卷四《附传》注。可一，即可上人。张岱为其仿倪瓒笔意的画作题跋。

② 皴法：中国画技法。详卷五《题仲叔画》注。　染法：渲染法，中国画技法。用水墨或颜色烘染物象，分出阴阳向背，加强艺术效果。

③ 减塑：塑像有增塑和减塑法。泥塑多用增塑，木雕多用减塑。据张岱《与王白岳》："弟惟极爱《廉书》，故欲急救《廉书》，如良工以栴檀减塑佛像，去一斧，妙一斧，加一凿，则精一凿。"

【评品】 艺术精品的创作往往是增之一分则多，减之一分则少。"增"与"减"之要在"当"和"度"，恰"当"、适"度"则能妙。本文以一般画家皴染如塑工增塑与云林用笔如佛家减塑对比，虽各臻奇妙，然可见云林独具的惜墨如金的艺术个性和风格。

跋蓝田叔枯木竹石

黄大痴九十[1]，而貌如童颜；米友仁八十[2]，而神明不衰，谓其以画中烟云供养也。蓝田叔年至望八[3]，其画枯石竹木，笔力愈老愈健，盖得力于服食烟云者，应亦不少。

| 注释 |

① 黄大痴：黄公望。详卷五《跋梅花道人画竹卷》注。

② 米友仁（1074—1153）：字元晖，一字尹仁，小字虎儿，自称懒拙老人，北宋书画家米芾长子，人称小米。高宗时，官兵部侍郎，敷文阁学士。山水画发展了米芾的技法，用水墨横点写烟峦云树，运笔草草，自称“墨戏”。存世画迹有《潇湘奇观》《云山得意》等。

③ 望八：年近八十。

【评品】 书画自能怡养性情，调和气血，故书画家多童颜鹤发，长寿健康。本文前三句见于张岱前辈陈继儒的《太平清话》及后人所辑董其昌的《画禅室随笔》，而张岱偏云得力于服食画中“烟云”，倍增其中的诗情画意。则所谓“烟云”者，乃张岱极力推崇的诗文书画中的“生气”也。

跋可上人大米画[1]

天下坚实者，空灵之祖，故木坚则焰透，铁实则声铉[2]。可一师最喜宋画，每以板实见长[3]，而间作米家，又复空濛荒率[4]，则是其以坚实为空灵也。与彼率意顽空者[5]，又隔一纸[6]。

注释

① 可上人：即僧可一。上人，指持戒严格并精于佛学的僧侣。《释氏要览》称："智德，外有德行，在人之上，名上人。" 大米画：指笔法风格仿北宋米芾的画。米芾画山水不求工细，多用水墨点染，"信笔作之，多以烟云掩映树石，意似便已"。

② 铉：金属声。

③ 板实：严正、绵密。

④ 空濛：空灵迷濛。 荒率：不经意。

⑤ 率意：任意，随意，不慎重。 顽空：卖弄空灵。顽，玩。

⑥ 隔一纸：谓不同，无关。

【评品】 "坚实者，空灵之祖"，天下至理，结论辩证。本文以木坚、铁实而焰透、声呟为喻，说明以坚实为基础的空灵，才是真正的空灵，不然，只能是空虚、泛浮的顽空。谙此，得文艺创作真谛矣。

跋谑庵五帖[1]

天下有意为好者，未必好；而古来之妙书妙画，皆以无心落笔，骤然得之。如王右军之《兰亭记》、颜鲁公之《争坐帖》[2]，皆是其草稿，后虽摹仿再三，不能到其初本。今观谑庵五帖，皆陆臞庵见其醉中属草[3]，就手攫得之者也。纬止珍爱[4]，亦如萧翼赚出《兰亭》，掩藏即走。试展卷开看，亦见山花能遍地发否[5]？

注释

① 谑庵：王思任，详卷四《王谑庵先生传》注。

② 王右军：王羲之。《兰亭记》：详卷二《龙山文帝祠募疏》注。 颜鲁公：颜真卿（709—785），字清臣，京兆万年（今西安）人。开元进士。忠良耿直，恪尽职守，不附权贵，多次被贬。曾联兵抵抗安禄山叛乱，重创叛军。历官至吏部尚书，太子太师，封鲁郡公。世称颜鲁公。为唐代著名书法家。书法初学褚遂良，后师法张旭。正楷端庄雄伟，行书遒劲郁郁，世称“颜体”。 《争坐帖》：即《争坐位帖》，又名《与郭英乂书》，系颜真卿在广德二年（760）致定襄王郭英乂书信稿本。行草书。与《祭侄文稿》《告伯父文稿》并称“颜书三绝”，真迹已逸。

③ 陆臞庵：即陆德先，王思任的门客。

④ 纬止：谢纬止。张岱友人（见卷四《鲁云谷传》），岱有《谢纬止斋头秋兰二首》诗赠之。

⑤“亦如”四句：详卷二《龙山文帝祠募疏》注。

【评品】 “天下有意为好者，未必好；而古来之妙书妙画，皆以无心落笔，骤然得之。”道理何在？在于诗文书画，贵在自然天成，即使名家重仿自己的名作，也往往不及草稿初作，遑论后人模拟。故张岱极力倡导之。正如苏轼所言：“夫昔之为文者，非能为之为工，乃不能不为之为工也。”并自称“未尝敢有作文之意”，“有所不能自已而作也”（《江行唱和集叙》）。有这样“不能自已”的创作素养冲动和灵感才能创作出佳品，这是书画大家、文章妙手的共同心得。结尾用萧翼赚《兰亭帖》的故事，既赞誉了王思任的书法，又把其书法作品的流传关系表现得生动活泼。

铭

木犹龙铭[1]

夜壑风雷，神槎化石[2]。海立山奔，烟云灭没。谓有龙焉，呼之欲出。

注释

① 木犹龙：木质龙状化石，为张岱祖上所得。《陶庵梦忆·木犹龙》：“余磨其龙脑尺木，勒铭志之，曰：‘夜壑风雷，骞槎化石；海立山崩，烟云灭没；谓有龙焉，呼之或出。’又曰：‘扰龙张子，尺木书铭；何以似之？秋涛夏云。’”

② 神槎化石：晋张华《博物志》卷十：“旧说云，天河与海通。近世有人居海渚者，年年八月有浮槎去来，不失期。人有奇志，立飞阁于槎上，多赍粮，乘槎而去。十余日中，犹观星月日辰。自后芒芒忽忽，亦不觉昼夜。去十余日，奄至一处，有城郭状，居舍甚严，遥望宫中多织妇，见一丈夫牵牛渚次饮之。牵牛人乃惊问曰：‘何由至此？’此人见说来意，并问此是何处。答曰：‘君还

至蜀郡，访严君平，则知之。’竟不上岸，因还如期。后至蜀，问君平，曰：‘某年月日，有客星犯牵牛宿。’计年月，正是此人到天河时也。”

又铭

扰龙张子[1]，尺木书铭[2]。何以似之？秋涛夏云。

注释

① 扰：此作驯养讲。古有董父者，擅养龙。事舜，舜赐其氏曰豢龙。后夏朝有刘累，学豢龙氏养龙术，为帝孔甲养龙，孔甲赐之氏曰御龙。

② 尺木：古人谓龙升天时所凭依的短小树木。汉王充《论衡·龙虚》：“短书言：‘龙无尺木，无以升天。’”

小研铭[1]

入溪山，坐清樾[2]。携尔来，志日月。

| 注释 |

① 研：同“砚”，砚台。

② 樾：树荫。

修改宋研铭

服则乡[1]，而貌则古。譬诸孔子：少居鲁，衣逢掖之衣；长居宋，而冠章甫[2]。

| 注释 |

① 乡：乡俗。

②“少居鲁”四句：《礼记·儒行》：“鲁哀公问于孔子曰：‘夫子之服，其儒服与?’孔子对曰：‘丘少居鲁，衣逢掖之衣。长居宋，冠章甫之冠。丘闻之也，君子之学也博，其服也乡。丘不知儒服。’”逢，犹大，指衣服肘、掖（腋）处宽大。章甫，殷人之冠。孔子祖先为宋人，而宋为殷之后裔，故孔子“冠章甫”。

紫袍玉带研铭

碔也藏玉之理[1]，石也发水之光，砚也乃具人之冠裳。譬犹范也[2]，腰有鞶带[3]，是为蜂王。

| 注释 |

① 碔：似玉之石。

② 范：《礼记·檀弓下》：“蚕则绩而蟹有匡，范则冠而蝉有緌。”郑玄注：“范，蜂也。”故下文有“是为蜂王”之谓。

③ 鞶带：皮制的大带，为古代官员的服饰。

小研铭

薄如叶，赤如柿。郑虔学书[1]，用以为纸。

| 注释 |

① 郑虔（691—759）：字趋庭，又字若齐（又作弱齐、若斋），唐荥阳人。擅诗文，工书画，精通经史、天文、地理、博物、兵法、医药，为一代通儒。杜甫称赞他“荥阳冠众儒”“文传天下口”。《新唐书》本传载：“虔善图山水，好书，常苦无纸。于是慈恩寺贮柿叶数屋，遂往日取叶肄书，岁久殆遍。尝自写其诗并画以献，帝大署其尾曰：‘郑虔三绝’。”

松节研铭[1]

山川瑶，冰雪力。肘后风雷，老松化石。

| 注释 |

① 松节：松树的节心，富油脂。李时珍《本草纲目》：“松节，松之骨也，质坚气劲，久亦不朽。”

又 铭

出山泽，成龙文。前黄石，后赤松[1]。

| 注释 |

①“前黄石”二句：张良少时得黄石公授以太公兵法；佐汉功成后辟谷，欲从赤松子游。详《史记·留侯世家》。此喻砚石亦石亦松。

瓷壶铭山民于市儿手攫得一壶[1]，款式高古。余把玩一载，始得铭之。

沐日浴月也，其色泽。哥窑汉玉也[2]，其呼吸。青山白云也，其饮食。

| 注释 |

① 山民：张岱幼弟张山民。详卷五《山民弟墓志铭》。

② 哥窑：宋代五大名窑之一。明陆深《春风堂随笔》：“哥窑，浅白断纹，号百圾碎。”

椰子冠铭[1]

苏子椰杯，即以覆首。学彼陶潜，葛巾漉酒[2]。

| 注释 |

① 椰子冠：苏轼有《椰子冠》诗云："自漉疏巾邀醉客，更将空壳付冠师。"

② 葛巾漉酒：萧统《陶渊明传》：陶渊明嗜酒，"郡将尝候之，值其酿熟，取头上葛巾漉（过滤）酒，漉毕，还复着之"。

竹皮冠铭[1]

古者以冠，用夏变夷。不忘汉制，故用竹皮。

| 注释 |

① 竹皮冠：《史记·高祖本纪》："高祖为亭长，乃以竹皮为冠……时时冠之，及贵常冠，所谓'刘氏冠'乃是也。"

石皮研铭[1]

有石有石，存皮若何？笔攻墨守[2]，弃甲则那[3]？

| 注释 |

① 石皮研：以某种石皮制作的砚台。石皮，特指某种石头或者矿体，表层或者与其他不同属性的地层相接触的外表层石头。

② 笔攻墨守：《墨子·公输》："楚王曰：'公输盘为我为云梯，必取宋。'于是见公输盘。子墨子解带为城，以牒为械。公输盘九设攻城之机变，子墨子九距之。公输盘之攻械尽，子墨子之守圉有余。"此借指在砚台上用笔添墨。

③ 弃甲：谓舍石皮制研。　那：奈何。

又　铭

皮则不刊[1]，骨则不斫。言念君子，尚宝其璞[2]。

| 注释 |

① 刊：刻，雕刻。

② 璞：未经雕琢的玉石。

小研铭

左思作赋[1]，门庭藩溷，皆着笔札。砚薄如纸，以便于挟。

| 注释 |

①“左思作赋”二句：左思，西晋著名文学家。《晋书·文苑列传》载其欲作《三都赋》，“遂构思十年，门庭藩溷，皆着笔纸，遇得一句，即便疏之”。藩溷，篱笆，厕所。

残铜水中丞铭大父所遗[1]

虽戕口[2]，不起羞[3]。虽折足，不覆餗[4]。点点滴滴，毋忘手泽[5]。

| 注释 |

① 水中丞：供磨墨用的盛水器。

② 戕口：从水中丞口部缺损，联想到武王《机铭》“口戕口”。机铭是刻在几案上的铭文。“口戕口”有须防病从口入和祸从口出之意。

③ 起羞：招致羞辱。《书·说命中》：“惟口起羞，惟甲胄起戎。”

④ 餗（sù）：鼎中的食物。《易·鼎》：“鼎折足，覆公餗。”

⑤ 手泽：犹手汗。《礼记·玉藻》：“父没而不能读父之书，手泽存焉尔。”后以“手泽”指称先人或前辈的遗墨和玩赏过的遗物等。

谢纬止研山铭

米颠石[1]，具丘壑，有云烟，无斧凿。袍笏拜之，公曰诺。

| 注释 |

① 米颠石：详卷二《海志》注。

松橛研铭[1]

老龙鳞[2]，在松橛。谁著书，多岁月。

| 注释 |

① 松橛：松树的残根。

② 龙鳞：松树之皮如龙鳞，故称。

刘云研铭

泰山云，奔如马。不崇朝，雨天下[1]。

| 注释 |

①“不崇朝”二句：汉应劭《风俗通·山泽·五岳》：“岱者，长也。万物之始，阴阳交代，云触石而出，肤寸而合，不崇朝而遍雨天下，其惟泰山乎！”不崇朝，不终朝，不到一个早晨。

又 铭

芒砀云[1]，归刘氏。君子得之，昌其文字。

| 注释 |

① 芒砀云：芒山、砀山，合称芒砀山。秦朝时因砀山而设为砀郡，郡治在睢

阳县（今河南商丘市睢阳区）。《史记·高祖本纪》载，秦始皇觉“东南有天子气”，因而东游以压之。刘邦即自疑，隐于芒砀山中。而吕雉等人常一找即得。刘邦怪之，吕雉曰：“季（刘邦排行）所居上常有云气，故从往常得季。”

只履研铭

遇黄石，授《素书》。孺子可教，圯桥进履[1]。

注释

①“遇黄石”四句：言张良于下邳圯上遇黄石公授兵法事。《史记·留侯世家》：“良尝闲从容步游下邳圯上，有一老父，衣褐，至良所，直堕其履圯下，顾谓良曰：‘孺子，下取履！’良愕然，欲殴之，为其老，强忍，下取履。父曰：‘履我！’良业为取履，因长跪履之。父以足受，笑而去。良殊大惊，随目之。父去里所，复还，曰：‘孺子可教矣。后五日平明，与我会此。’良因怪之，跪曰：‘诺。’五日平明，良往。父已先在，怒曰：‘与老人期，后，何也？’去，曰：‘后五日早会。’五日鸡鸣，良往。父又先在，复怒曰：‘后，何也？’去，曰：‘后五日复早来。’五日，良夜未半往。有顷，父亦来，喜曰：‘当如是。’出一编书，曰：‘读此则为王者师矣。后十年兴。十三年孺子见我济北，谷城山下黄石即我矣。’”圯（yí），桥。

又 铭

匪革则石，匪凫则舄[1]。仙吏朝天，几几斯翼[2]。

注释

① 匪凫匪舄（xì）：凫，俗称野鸭。舄，鞋子。指王乔化履为凫，乘之往来的传说。《后汉书・王乔传》："乔有神术，每月朔望，常自县诣台朝。帝怪其来数，而不见车骑，密令太史伺望之。言其临至，辄有双凫从东南飞来。于是候凫至，举罗张之，但得一只舄焉。乃诏尚方诊视，则四年中所赐尚书官属履也。"

② 几几斯翼：《诗・豳风・狼跋》："公孙硕肤，赤舄几几。"几几，亦作"己己"，弯曲貌。

端研铭[1]

润如玉，能发墨[2]。而无鸲斑[3]，而眸无鸜鹆[4]。此石瑶也，而近乃出端族。

注释

① 端砚：中国四大名砚之一，与甘肃洮砚、安徽歙砚、山西澄泥砚齐名。出产于唐代初期端州（产地在今广东肇庆市东郊的端溪），故名端砚。端砚以石质坚实、润滑、细腻而驰名于世，用端砚研墨不滞，发墨快，研出之墨汁细滑，书写流畅不损毫，字迹颜色经久不变。

② 发墨：砚石磨墨易浓而显出光泽。米芾《砚史》谓："石理发墨为上，色次之，形制工拙，又其次，文藻缘饰，虽天然，失砚之用。"

③ 鸕斑：类似鸕鸪的灰色斑纹。

④ 眸无鸜鹆：指砚石上无赤白黄色点，即所谓鸜鹆眼者。鸜鹆，即鸲鹆，俗名八哥。

莺研铭

莺石砚，以米名[1]。画朱竹，写《黄庭》[2]。配松雪[3]，管夫人[4]。

注释

①"莺石砚"二句：明高濂《遵生八笺·论砚》有古瓦莺砚一图，注云：此古瓦片之半，就形琢为莺砚。其制甚佳，质细而坚，半厚半薄。长七寸，阔四寸。尾上有"元章（米芾）"二字，上扣"米氏珍藏"印章。

②《黄庭》:《黄庭经》，又名《老子黄庭经》，道教养生修仙专著；内容包括《黄庭外景玉经》和《黄庭内景玉经》；两晋年间，新增《中景经》。《晋书·王羲之列传》:“山阴有一道士，养好鹅，之往观焉，意甚悦，固求市之。道士云：‘为写《道德经》，当举群相送耳。’羲之欣然写毕，笼鹅而归，甚以为乐。”

③ 松雪：赵孟頫（1254—1322），字子昂，号松雪道人，浙江吴兴（今浙江湖州）人。宋太祖赵匡胤十一世孙、秦王赵德芳嫡派子孙，南宋末至元初著名书法家、画家、诗人。其书风遒媚、秀逸，结体严整、笔法圆熟，创“赵体”书。

④ 管夫人：管道升（1262—1319），字仲姬，一字瑶姬，浙江德清人。元代著名的女性书法家、画家、诗人。嫁赵孟頫，册封魏国夫人。

又 铭

出奁匣，付侍鬟[1]。勿谓黛浅，中有远山[2]。

注释

① 侍鬟：侍女。

② 远山：形容女子眉毛秀丽。《玉京记》:“卓文君眉不加黛，望如远山。”

宋研铭

拙则厚，朴则寿。梦涤锦江[1]，砂文篆籀。

| 注释 |

① 梦涤锦江：《旧五代史·王仁裕传》载，王仁裕夜梦剖其肠胃，引西江水以浣之，又睹水中砂石，皆有篆文，由是文思益进。锦江，又称西江，在今四川。

龙泉窑鱼耳炉铭

枫冷吴江[1]，秋水澄碧。其口淰淰[2]，其耳湿湿[3]。谓有鱼焉，呼之欲出。

| 注释 |

① 枫冷吴江：张炎《绮罗香》词："枫冷吴江，独客又吟愁句。"

② 淰淰：状云物散而不定。杜甫《放船》："江市戎戎暗，山云淰淰寒。"

③ 其耳湿湿：状耳摇动貌。《诗·小雅·无羊》：“尔牛来思，其耳湿湿。”

章侯竹臂阁铭[1] 画松化石勾勒

松化石，竹飞白[2]。阁以作书，银勾铁勒。谁为为之，章侯笔[3]。

注释

① 章侯：陈洪绶，书画俱佳。 臂阁：即臂搁，用来搁放手臂的文案用具。除了能够防止墨迹沾在衣袖上外，垫着臂搁书写的时候，也会使腕部感到非常舒服，故也称腕枕。

② 飞白：书法中的一种特殊笔法，笔画中丝丝露白，如枯笔所写。相传是书法家蔡邕受到修鸿都门的工匠用帚子蘸白粉刷字的启发而创造的。

③ 银钩铁勒：形容陈章侯书法曲劲有力。

又枯木竹石臂阁铭

枯木竹石，雪堂云林[1]。迟笔如铁[2]，惜墨若金。用以作字，阁臂沉吟[3]。

| 注释 |

① 雪堂：苏轼贬黄州后，曾筑堂，因堂成时正逢大雪，遂名之为雪堂，并在四壁绘雪，以明志，撰《雪堂记》述其本末。苏轼擅画竹石，创胸有成竹之说。　云林：倪瓒。详卷四《附传》注。

② 迟笔：晋人笔法，有疾、涩之分。涩势又称迟笔。唐张怀瓘《用笔十法》有“迟涩飞动，射空玲珑”之说。

③ 阁：同“搁”。

定窑莲子杯铭[1]

玉吾属，莲吾族。伶酒羽茶[2]，唯尔所欲。

| 注释 |

① 定窑：宋代六大窑系之一，主要产地在今河北省保定市曲阳县的涧磁村及东燕川村、西燕川村一带，因该地区唐宋时期属定州管辖，故名定窑。定窑原为民窑，北宋中后期开始烧造宫廷用瓷。以产白瓷著称，兼烧黑釉、酱釉和绿釉瓷。

② 伶酒羽茶：刘伶酒、陆羽茶。

白定葵花水中丞铭

水得臣心[1]，葵得臣貌。

注释

① 水得臣心：喻为官清廉。《汉书·郑崇传》："臣门如市，臣心如水。"

宣窑茶碗铭[1]

秋月初，翠梧下。出素瓷，传静夜[2]。

注释

① 宣窑：明宣德年间于江西景德镇所设官窑，瓷器选料、制样、题款，无一不精。

②"出素瓷"二句：语出颜真卿《五言月夜啜茶联句》："素瓷传静夜，芳气满闲轩。"

宝瓶研铭

口戕口，在管城[1]。古君子，守如瓶。

| 注释 |

① 管城：喻毛笔。韩愈曾写《毛颖传》，说毛笔被封在管城，叫“管城子”。

天石研铭[1]

但曰玉，尔不服。攻隃麋，则尔独[2]。

| 注释 |

① 天石研：未加雕琢的天然石砚。苏轼《天石砚铭》序：“年十二时，于所居纱縠行宅隙地中，与群儿凿地为戏。得异石，如鱼，肤温莹，作浅碧色。表里皆细银星，扣之铿然。试以为砚，甚发墨，顾无贮水处。先君曰：‘是天砚也，

有砚之德，而不足于形耳。’”

② 隃糜：隃糜（今陕西千阳）是汉时著名的制墨地。后世因借指墨或墨迹。　尔独：赞其特能发墨。

竹臂阁囊铭

玉有璞，竹有箨[1]。君子师之，示人以朴。

| 注释 |

① 箨：嫩竹皮。

为赵我法铭杖[1]

度索度索[2]，挟杖而噱。人或笑之，则应曰："余武人也。"凡遇赋诗，则横之如槊[3]。

注释

① 赵我法：张岱诗友。张岱《雁字诗小序》为其而作。

② 度索：走绳索。杂技的一种。宋曾巩《亳州谢到任表》："是以扶桑戴斗之区，度索寻橦之国，来于四海之外，曾无一岁之虚。"

③ 横槊：横着长矛而赋诗。指能文能武的英雄豪迈气概。苏轼《前赤壁赋》形容曹操："横槊赋诗，固一世之雄也。"

为陆耀庵铭杖

君所嗔，借人力。杖于家[1]，过七十。

注释

① 杖于家：《礼记·王制》："五十杖于家，六十杖于乡，七十杖于国，八十杖于朝，九十者，天子欲有问焉，则就其室，以珍从。"杖，拄杖。

又为赵我法铭杖

坐勿肯坐，卧勿肯卧。步履如飞，有杖则荷。如言尔杖国之年也，则唾。

夔龙研铭[1]

肤寸云，兴糜隃[2]。不崇朝，遍区宇。诚盛世之夔龙也，帝曰："俞汝霖雨[3]。"

| 注释 |

① 夔龙：古器物上的夔龙纹饰。又相传为舜的二臣，夔为乐官，龙为谏官。后用以喻指辅弼良臣。此处兼有二义。

② 糜隃：为"隃糜"之误。

③ 俞：允许。

龚春壶铭[1]

古来名画，多不落款。此壶望而知为龚春也，使大彬冒认[2]，敢也不敢？

注释

① 龚春：即供春，明正德嘉靖年间人，生卒不详。原为宜兴进士吴颐山的家僮。偷学金沙寺僧的制陶技艺，做成“栗色暗暗如古金铁”的茶壶，这就是后来名闻遐迩的紫砂茶壶，遂为宜兴紫砂壶的泰斗。

② 大彬：时大彬。详卷四《五异人传》注。

【评品】 张岱家富收藏，又喜把玩，观千剑而后识器，是鉴定文物古玩的行家里手，其品评不仅十分到位，而且自有其行文的谐趣在。有的指出处，定身价，如《瓷壶铭》；有的品评质地，如《二十八友铭·石皮研铭》：“内马肝，外犀革。此谓砚皮，不果痴骨。”有的拟人，如《修改宋研铭》；有的运用典故，如《椰子冠铭》；有的加以想象，如《石皮研铭》：“笔攻墨守，弃甲则那？”有的生动描摹，如《谢纬止研山铭》：“米颠石，具丘壑。有云烟，无斧凿。袍笏拜之，公曰诺。”有的以“泰山云”“芒砀云”巧贴物主刘“云”之名而铭研；有的则径直为物主写神，如《又为赵我法铭杖》：“坐勿肯坐，卧勿肯卧。步履如飞，有杖则荷。如言尔杖国之年也，则唾。”如此种种，不一而足。总之，言简意赅，精确灵动。

题我法方朔于今再见图[1]

于思方朔，颜丹睛绿[2]。所索者长安之米，所饱者侏儒之粟[3]。所攫者王母之桃[4]，所遗者细君之肉[5]。人谓将军，不负此腹[6]。

注释

① 我法：赵我法，张岱友人。张岱有《为赵我法铭杖》《又为赵我法铭杖》相赠。 方朔：东方朔，字曼倩，汉平原厌次人。武帝时待诏金马门，官至太中大夫。以奇计俳辞、谐谑幽默成为武帝弄臣。

② 颜丹睛绿：东方朔上书自称："臣朔年二十二，长九尺三寸，目若悬珠，齿若编贝。"（《汉书·东方朔传》）此状其脸红润，眼若绿珠。

③ "所索者"二句：东方朔曾对汉武帝说："朱儒长三尺余，奉一囊粟，钱二百四十。臣朔长九尺余，亦奉一囊粟，钱二百四十。朱儒饱欲死，臣朔饥欲死。臣言可用，幸异其礼，不可用罢之，无令但索长安米。"（《汉书·东方朔传》）

④“所攫者”句：《汉武故事》载：东郡献短人，呼东方朔。朔至，短人因指朔谓上曰：“西王母种桃，三千岁为一子。此儿不良，已三过偷之矣。失王母意，故被谪来此。”

⑤“所遗者”句：《汉书·东方朔传》载：汉武帝诏赐从官肉，“朔独拔剑割肉，谓其同官曰：‘伏日当早归，请受赐。’即怀肉去”。后汉武帝要其自责，“朔再拜曰：‘朔来，朔来，受赐不待诏，何无礼也！拔剑割肉，一何壮也！割之不多，又何廉也！归遗细君，又何仁也！’上笑曰：‘使先生自责，乃反自誉！’”细君，古代诸侯之妻称小君，也称细君。后为妻之通称。

⑥“人谓”二句：《续资治通鉴长编》载：宋初党进，官至太尉。形貌魁岸，嗜食，不识字，有勇乏谋。尝扪腹叹曰：“我不负汝。”左右曰：“将军固不负此腹，此腹负将军，未尝出少智虑也。”文中所涉皆为与东方朔食物有关者，故有“不负此腹”云云。

【评品】 这是一篇题画文，亦画亦人，在落拓不遇、诙谐戏谑的东方朔身上，有张岱的寄寓。而东方朔性格言辞的诙谐幽默正贴合张岱的艺术个性和行文风格。

自题小像

功名邪，落空[1]。富贵邪，如梦[2]。忠臣邪，怕痛[3]。锄头邪，怕重[4]。著书二十年邪，而仅堪覆瓮[5]。之人邪，有用没用[6]？

注释

①“功名”二句：张岱一生功名蹭蹬，终生为诸生而已。

②“富贵”二句：张岱《自为墓志铭》：“少为纨绔子弟，极爱繁华，好精舍，好美婢，好娈童，好鲜衣，好美食，好骏马，好华灯，好烟火，好梨园，好鼓吹，好古董，好花鸟，兼以茶淫橘虐，书蠹诗魔。劳碌半生，皆成梦幻。年至五十，国破家亡，避迹山居，所存者，破床碎几，折鼎病琴，与残书数帙，缺砚一方而已。布衣蔬食，常至断炊。回首二十年前，真如隔世。”

③“忠臣”二句：张岱《自为墓志铭》：“学节义不成。”因为忠臣要受刑殉节。

④“锄头”二句：张岱《自为墓志铭》：“学仙学佛、学农学圃俱不成。”

⑤ 覆瓮：据《汉书·扬雄传》，扬雄著《太玄》《法言》。刘歆观后谓雄曰：“空自苦！今学者有禄利，然尚不能明《易》，又如《玄》何？吾恐后人用覆酱瓿也。”后用以作谦辞，喻自己著作价值不高，只配用来覆盖酱罐而已。瓿（bú），小瓮。

⑥“之人”二句：张岱《自为墓志铭》：“任世人呼之为败子，为废物，为顽民，为钝秀才，为瞌睡汉，为死老魅也已矣。”之，此。

【评品】 张岱才高命蹇，亲历江山陆沉，饱经世事沧桑。文中的自嘲自谑，自贬自损，看似诙谐、幽默，实则是饱含苦涩和悲愤的。

周戬伯像赞[1]

有东坡之文章，而世不之忌[2]。有步兵之放达[3]，而众不之异[4]。有文山之声伎[5]，而人不之议[6]。盖人皆着其迹也，而先生只嗅其气[7]。故余谓先生，下可以陪悲田院乞儿，上可以陪玉皇大帝[8]。

注释

① 周戬伯：周懋谷。详卷三《与周戬伯》。

② 不之忌：古汉语动宾倒置句式，意为不妒忌他。下同。

③ 步兵：阮籍。详卷四《五异人传》注及《世说新语·任诞》。

④ 异：怪异。

⑤ 文山：文天祥（1236—1283），字松瑞，一字履善，号文山，吉州庐陵（今江西吉安）人。宝祐四年（1256）进士。南宋恭帝时官右丞相兼枢密使，率兵抗元，兵败被俘，不屈而死。《宋史·文天祥传》："天祥性豪华，平生自奉甚厚，声伎满前。"后毁家纾难，"痛自贬损，尽以家赀为军费"。

⑥ 议：非议。

⑦ 嗅其气：与"着其迹"相对，状"得其神"。

⑧“下可以”二句：详卷五《自为墓志铭》注。

【评品】 在一系列典故排比和对举转折中，勾勒出周戬伯师从仿效古人，遗貌取神，故不同凡众的形象，犹如一幅速写。本文当与《祭周戬伯文》《与周戬伯》相参看。

王季重先生像赞[1]

拾芥功名[2]，生花彩笔[3]。以文为饭，以弈为律。谑不避虐[4]，钱不讳癖[5]。传世小题，幼不可及[6]。宦橐游囊，分之弟侄。孝友文章，当今第一[7]。

注释

① 王季重：王思任。详卷四《王谑庵先生传》。

② 拾芥：喻轻而易举。芥，小草。《王谑庵先生传》称王思任“自二十一释褐，七十二考终，通籍五十年，三为县令，一为司李，一为教授，两为臬幕，三为主政，一为备兵使”，鲁王监国，任礼部侍郎。

③ 生花彩笔：王仁裕《开元天宝遗事》：“李太白少时，梦所用之笔头上生花，后天才赡逸，名闻天下。”《王谑庵先生传》称王思任“落笔灵异”，“房书出，

一时纸贵洛阳。士林学究，以至村塾顽童，无不口诵先生之文”。所作游记，“见者谓其笔悍而胆怒，眼俊而舌尖”。

④ 谑不避虐：《王谑庵先生传》称王思任“与人谐谑，矢口放言，略无忌惮”。“先生之莅官行政，摘伏发奸，以及论文赋诗，无不以谑用事”。面对谋害他的人，“先生对之调笑狎侮，谑浪如常，不肯少自贬损也。晚乃改号谑庵，刻《悔谑》以志己过，而逢人仍肆口诙谐，虐毒益甚”。

⑤ 钱不讳癖：《王谑庵先生传》论曰：“谑庵先生既贵，其兄弟子侄，宗族姻娅，待以举火者，数十余家，取给宦囊，大费供亿。人目以贪，所由来也。故外方人言：王先生赚钱用似不好，而其所用钱极好。”

⑥“传世”二句：《王谑庵先生传》：“《及幼》小题，直与钱鹤滩（钱福）、汤海若（汤显祖）争坐位焉。”《及幼草》，王思任早年自编。

⑦“孝友文章”二句：《王谑庵先生传》：“故世之月旦先生者，无不称以‘孝友文章’。盖此四字，惟先生当之。”

【评品】 寥寥数语，为王思任一生个性爱好及成就之写照，可视为《王谑庵先生传》之概括。

陆德先像赞[1]

谑庵任诞[2]，德先牢骚[3]。水乳自合，遂与定交。两人名起，磔磔云霄[4]。

则德先真英雄也，而能为魏武捉刀[5]。

| 注释 |

① 陆德先：即陆癯庵，王思任的门客，张岱结交了六十余年的挚友。张岱《寿陆癯庵八十》诗云："余老蓬松鬓若丝，癯庵须发光如漆。使酒骂座气尚豪，鹤瘦松癯饶精力。书法直能追古人……声价今将继右军。"

② 谑庵：王思任之号。

③ 牢骚：此指陆德先"使酒骂座气尚豪"。

④ 磔磔云霄：语出苏轼《石钟山记》，此形容声名高远。磔磔（zhé），象声词，鸟鸣声。

⑤ 为魏武捉刀：详卷三《征修明史檄》注。此喻陆德先才高，方能为王思任捉刀代笔。

【评品】 两厢情愿的捉刀代笔之事（不同于后世伪仿），文坛艺坛古已有之。事主双方的身份往往是主客或师徒，甚至是夫妇，故张岱并不避讳。陆氏与王氏二人虽为主客关系，但两人才性相似，而且"水乳自合"，所以能捉刀乱真。

伯凝弟抚琴图赞[1]

金玉尔音[2]，珪璋尔相[3]。两耳耽耽[4]，气宇遒上。腹笥便便[5]，诗书跌宕。胸中唯古圣贤之与俱也，而目前之人不足以当其一盼。昔以其学富五车也[6]，则以为作《左传》之丘明[7]；今以其精警六律也[8]，则以为听濮音之师旷[9]。

注释

① 伯凝：张培，字伯凝，系张岱六符叔之子。详卷四《五异人传》。

② 金玉尔音：既指其发音吐字，也指其抚琴奏乐之美妙如精金美玉。

③ 珪璋尔相：誉其长相似美玉。

④ 耽耽：威严地注视。此指耳朵竖立，听诵书不厌貌。

⑤ 腹笥便便：形容其腹中学富五车。笥，藏书之器。以腹比笥，言学识丰富。《后汉书·边韶传》："腹便便，五经笥。"

⑥ 五车：形容书多。《庄子·天下》："惠施多方，其书五车。"后以状人之博学。

⑦ 作《左传》之丘明：相传春秋鲁国史官左丘明，目盲，人称盲左，为《春秋》作传，称《左传》。

⑧ 六律：律，定音器。相传黄帝时伶伦截竹为管，以管之长短，分别声音之

高低清浊。乐器之音调，都以此为准则。六律即黄钟、太簇、姑冼、蕤宾、夷则、无射。

⑨ 濮音：春秋时，濮水（古黄河济水支流）一带，以奢靡之音闻于世，故后以濮上为淫靡风俗的代称。　师旷：春秋晋国乐师，字子野。生而目盲，善辨声乐。《史记·乐书》载：卫灵公赴晋，于濮水闻钟鼓声，命师涓写之。至晋见晋平公，命师涓奏所写钟鼓声。曲未终，旁坐之师旷止之，曰："此亡国之音也，不可遂。"平公曰："何道出？"师旷曰："师延所作也。与纣为靡靡之乐，武王伐纣，师延东走，自投濮水之中。故闻此声必于濮水之上，先闻此声者国削。"

【评品】　伯凝目虽盲，耳却聪，他为人高古，不协流俗，热爱生活，兴趣广泛，博学多通，精于医术。有常人所不能到者，真异人也，岂只擅琴而已。张岱以抚琴为切入点，赞其全人。

季弟山民像赞[1]

身在朱门邪[2]，而神游岳渎[3]。迹混市廛邪[4]，而胸存松鞠[5]。貌若仙人邪[6]，而心持金粟[7]。其所嗜好邪，米颠石[8]，子猷竹[9]，桑苎茶[10]，东坡肉[11]。其所住家邪，舟居非水，而陆处非屋[12]。之人邪，不俗。

注释

① 山民：张岷，字山民，张岱幼弟。详卷五《山民弟墓志铭》。

② 身在朱门：朱门指代官宦门第。张岱家世代官宦业儒，祖官至广西参议，父任鲁王长史。

③ 神游：精神或魂魄往游。　岳渎：山川。

④ 市廛：集市。

⑤ 松鞠：犹松菊。陶潜《归去来兮辞》："三径就荒，松菊犹存。"以松菊指代田园。

⑥ 仙人：指仙风道骨。

⑦ 心持金粟：指奉佛。金粟，佛名，即维摩诘大士。

⑧ 米颠：北宋著名书画家米芾，字元章，号襄阳漫士、海岳外史。徽宗朝官礼部员外郎，人称米南宫。能诗文，擅书画，精鉴赏，好奇石。书法为"宋四家"之一。画山水不求工细，多用水墨点燃，画史上有"米家山"、米派之称。因举止颠狂，又称米颠。

⑨ 子猷：王徽之，字子猷，王羲之之子，会稽人。东晋时官至黄门侍郎。性爱竹，尝命于借居宅中植竹，指竹曰："何可一日无此君邪！"

⑩ 桑苎：陆羽，字鸿渐，唐复州竟陵人，号桑苎翁。平生嗜茶，著《茶经》三篇。民间祀为茶神。

⑪ 东坡肉：苏轼在黄冈，戏作《食猪肉》诗云："黄州好猪肉，价贱如粪土。富者不肯吃，贫者不解煮。慢着火，少着水，火候足时他自美。每日起来打一碗，饱得自家君莫管。"后世菜肴中所谓东坡肉本此。

⑫"舟居"二句：《南齐书·张融传》载：张融曾以"臣陆处无屋，舟居非

水”答世祖问其居处，后世祖问其从兄张绪，方知融“近东出，未有居止，权牵小船于岸上住”。

【评品】 在形骸与神魄、灵与肉、身与心的矛盾中，在平生的嗜好中，刻画其弟为人之不俗。张岱之切入角度和运笔自如，同样不俗。

燕客三弟像赞[1]

介甫执拗[2]，郅都暴虐[3]。始慕横财之燕公[4]，后羡骤贵之桂萼[5]。人称为丘壑中之秦皇也，剩山残水，任其开凿[6]；又称为古董中之桀纣也，汉玉秦铜，受其炮烙[7]。其任性乖张，恃才放纵，而终及于祸也[8]。不为博物之茂先[9]，而为伐山之康乐[10]。

注释

① 燕客：张萼。详卷四《五异人传》。

② 介甫：北宋著名政治改革家、神宗朝宰相王安石，字介甫，有“拗相公”之称。

③ 郅都：详卷三《征修明史檄》注。

④ 横财之燕公：《独异记》卷上载：玄宗朝宰相卢怀慎无疾暴终，夫人谓其清

俭而廉洁，命未当终："与张燕公同时为相，张纳货山积，其人尚在。奢俭之报，岂虚也哉?"及宵分，怀慎复生，闻夫人所言，怀慎曰："理固不同。冥司有三十炉，日夕鼓橐，为说铸横财，我无一焉，恶可匹哉?"言罢复绝。燕公，唐朝名相张说，封燕国公。张萼读该书至此而喜其事，故自号燕客。详见《陶庵梦忆·瑞草溪亭》。

⑤ 骤贵之桂萼：桂萼（1478—1531），字子实，号见山，安仁县锦江镇人。明正德六年进士，任丹徒、武康、成安等县知县。嘉靖时，历任南京刑部福建司主事、翰林院学士、詹事府詹事兼学士、礼部侍郎、礼部尚书、吏部尚书、太子少保兼武英殿大学士等职，升迁之快，史不多见。所经各任都能端正风俗，抑制豪强，政绩颇著。嘉靖九年十二月告老还乡，不久病死私第，朝廷追赐太傅，谥"文襄"。著有《历代地理指掌》《明舆地指掌图》《桂文襄公奏议》等。其与张萼同名，故张岱将两者相比。

⑥"人称"三句：《陶庵梦忆·瑞草溪亭》载：张萼造毁园亭山水，几无宁日，人称其"穷极秦始皇"。

⑦"又称"三句：据张岱《五异人传》，燕客"极爱古玩"，"昭庆寺以三十金买一灵璧砚山，峰峦奇峭，白垩间之，名曰'青山白云'，石黝润如着油，真数百年物也。燕客左右审视，谓山脚块磊，尚欠透瘦，以大钉搜剔之，砉然两解。燕客恚怒，操铁锤连紫檀座搥碎若粉，弃于西湖，嘱侍童勿向人说。故二酉叔所畜古董甚多，其断送于燕客之手者不知其凡几也"。桀纣，分别为夏、商两朝的末代暴君。炮烙，古代一种让犯人在烧热的铜铸上爬行的酷刑。

⑧ 终及于祸：《五异人传》载：顺治二年（1645），"江干师起，燕客以策干鲁王"，"寻附戚畹，破格得挂印总戎。丙戌（1646），大清师入越，燕客遂以死

殉。临刑，语仆从曰：‘我死，弃我于钱唐江，恨不能裹尸马革，乃得裹鸱夷皮足矣！’”

⑨ 博物之茂先：西晋张华，字茂先，以博洽多闻称，著有《博物志》。

⑩ 伐山之康乐：谢灵运，袭封康乐公。详卷二《越山五佚记·黄琢山》注。

【评品】 **本文在一系列与古人的性格行实的比拟中，刻画出燕客“任性乖张，恃才放纵”的鲜明个性，并点明其由此导致的悲剧结局。**

蝶庵题像[1]

嗟此一老，背鲐发鹤[2]。气备四时，胸藏五岳。禅既懒参[3]，仙亦不学。八十一年，穷愁卓荦[4]。水到渠成，瓜熟蒂落。沉醉方醒，恶梦始觉[5]。忠孝两亏，仰愧俯怍[6]。聚铁如山，铸一大错[7]。

注释

① 蝶庵：张岱号蝶庵，或为其晚年悟人生如庄周梦蝶而取。

② 背鲐发鹤：背驼如鲐鱼，头发白如仙鹤。形容年老背驼，须发皆白。柳宗元《愈膏肓赋》：“善养命者，鲐背鹤发成童儿。”鲐，海鱼名。

③ 禅既懒参：懒于参禅打坐。参禅，用参究的方法，向内觅求明心见性。张岱《自撰墓志铭》："学仙学佛、学农学圃俱不成。"

④ 卓荦：殊绝，超绝。

⑤"沉醉"二句：张岱《自撰墓志铭》："劳碌半生皆成梦。""回首二十年前，真如隔世。"

⑥ 愧怍：因有缺点或错误而感到不安、羞愧。

⑦ 铸一大错：唐魏博节度使罗绍威以本府牙军骄横不可制，引朱温尽杀之。魏博却因此为朱温所制而衰弱不振。绍威悔曰："聚六州四十三县铁，打一个错不成也。"见《北梦琐言》卷十四。错，锉刀，修治角骨、铜铁之具。引申为过失等意。

【评品】《自题小像》纯用嘲谑，本文则以垂暮之年，反思总结，蹉跎岁月，坎坷人生，如梦初醒，愧悔交加。其实张岱晚年尽管穷困潦倒，然发愤著述，卷帙浩繁，泽惠后世，可谓多矣。

水浒牌四十八人赞

托塔天王晁盖

盗贼草劫，帝王气象[1]。

呼保义宋江

忠义满胸，机械满胸[2]。

行者武松

人顶骨，一百八，天罡地煞[3]。

短命二郎阮小五

仇首既得，玩之不释。

活阎罗阮小七

蓼儿洼，碣石岸，唯鱼鳖是见。

美髯翁朱仝

美髯翁，释曹操，走华容[4]。

病尉迟孙立

百战百胜，谥曰鄂[5]。尔其后身，当不错。

双鞭呼延灼

公侯之家，必复其祖[6]。

花和尚鲁智深

和尚斗气，皆其高弟。

青面兽杨志

花石纲，生辰纲[7]，予及汝偕亡[8]。

黑旋风李逵

面如铁，性如火。打东京，只两斧。

一丈青扈三娘

娘子军，锦伞套，着者莫笑[9]。

两头蛇解珍

断竹续竹，飞土逐肉[10]。

霹雳火秦明

于思于思，弃甲复来[11]。

智多星吴用

网虎者，步步松，步步急。诸葛、曹瞒，合而为一[12]。

入云龙公孙胜

松文剑，出雷电。

插翅虎雷横

救吾母，杀一狐，胜杀四虎[13]。

急先锋索超

周公斧，召公钺，谁敢亵越[14]。

九纹龙史进

有高手，愿为牛马走[15]。

小旋风柴进

孟尝好客，其族几赤[16]。

混江龙李俊

有民人，有土地[17]。大伙并，不若小结义。

大刀关胜

作者奇异，刻画关帝。

浪子燕青

有其胆智，无其精细。

小李广花荣

广射虎，荣射鸟，其至尔力，中乃巧[18]。

双枪将董平

两股明枪，不使暗箭。

神机军师朱武

棋下于局，杀气满腹[19]。

没羽箭张清

唐琦石，忠于宋。满地皆是，人不能用[20]。

赤发鬼刘唐

尔则赤发，见蓝面则杀[21]。

神医安道全

能杀人，能活人。

母大虫顾大嫂

既为虎，复为母，毒如蛊。

金枪手徐宁

一勾一搭，徐宁枪法。

鼓上蚤时迁

其亡其亡，入我室，登我堂，颠倒我衣裳[22]。

浪里白跳张顺

苕溪水涨，逆流而上。[23]

双尾蝎解宝

尔有母遗[24]，是狄梁公姨[25]。

金眼彪施恩

快活林，复霸业，能交人于缧绁[26]。

玉麒麟卢俊义

不敢轻诺，平分水泊。

豹子头林冲

小夺泊，唐之李、郭[27]。

矮脚虎王英

王矮虎，性粗卤。借尔娄猪，定吾艾豭[28]。

振天雷凌振

霹雳手，沙飞石走。

混世魔王樊瑞

五雷玄妙，此子可教[29]。

扑天雕李应

一刺客，二游侠，三货殖，至尔身则一。

神行太保戴宗

朝苍梧，暮碧落[30]。

拼命三郎石秀

战战兢兢，谁肯拼命。

母夜叉孙二娘

击晋鄙，如豚豭。唯是屠者，其养可取[31]。

病关索杨雄

天生杨雄，以友为命。妇人之言，慎不可听[32]。

没遮拦穆弘

出吾跨，揭阳一霸[33]。

没面目焦挺

投身水国，倒有面目[34]。

圣手书生萧让

笔毫茂茂，陷水可活，陷文不可脱[35]。

注释

① 帝王气象：因晁盖号托塔天王，后又为水浒第二任寨主，故云。

② 机械：巧诈；机巧。《淮南子·原道训》："故机械之心，藏于胸中，则纯白不粹，神德不全。"高诱注："机械，巧诈也。"张岱认为宋江除仗义行事、乐施济人之外，还惯用机巧术数笼络人，故云。

③"人顶骨"三句：武松血溅鸳鸯楼、醉打蒋门神后，为避追捕，从张青、孙二娘处袭用了头陀的一串一百单八颗人顶骨做成的数珠，扮为行者（行脚乞食的僧人），而天罡地煞也合一百单八之数，故云。天罡，道教称北斗丛星中有三十六个天罡星，每个天罡星各代表一神，共有三十六位神将。地煞，星相家所称主凶杀之星；在民间传说中，三十六天罡，常与七十二地煞一起降妖伏魔。

④"美髯公"三句：朱仝不仅美髯酷似关羽，其为县马兵都头，曾先后义释晁盖、宋江等人，更神似关羽华容道释曹操。

⑤ 谥曰鄂：唐开国功臣尉迟恭（敬德）封鄂国公。见《旧唐书·尉迟敬

德传》。

⑥ 复其祖：唐元希声诗《赠皇甫侍御赴都》："公侯之胄，必复其始。"北宋抗辽名将呼延赞，惯使双鞭，文其身"赤心杀贼"。见《宋史·呼延赞传十八》。

⑦ 花石纲：中国历史上专门运送奇花异石以满足皇帝喜好的特殊运输交通名称。"纲"意指一个运输团队。北宋徽宗时，往往是十艘船称一"纲"。《宋史》有记载，花石纲之役，"流毒州县者达二十年"。　生辰纲：指编队运送的成批生日礼物。

⑧ 予及汝偕亡：上句为"时日曷丧"，见于《尚书·商书·汤誓》。意谓民众诅咒：如桀为日，愿与日俱亡。张岱用此斥北宋徽宗朝双纲祸民之甚，形容民众已经痛恨到极点，起义势在必行。

⑨ 娘子军：唐高祖李渊第三女平阳公主嫁柴绍。高祖将起义兵，遣使密召之。绍间行赴太原。公主乃散家资，招引山中亡命之徒，起兵以应高祖。营中号曰"娘子军"。事见《旧唐书·平阳公主传》。　锦伞套：扈三娘擅用红绵套索，撒索擒将，几不落空。故下句有"着者莫笑"之说。

⑩"断竹"二句：出自《吴越春秋·弹歌》，状砍竹作弓矢，射弹丸，打猎物。解氏兄弟猎户出身，故云。

⑪"于思"二句：《左传·宣公二年》："宋城，华元为植，巡功。城者讴曰：'睅其目，皤其腹，弃甲而复。于思于思，弃甲复来。'"杜预注："于思，多鬓之貌。"本为宋筑城者讥笑络腮胡子败将华元之谚，此贴秦明为清风山燕顺等所败，不肯归降，夜走瓦砾场的情节。

⑫"网虎者"五句：吴用常以诸葛亮自比，道号"加亮先生"，宋江夸他赛诸葛。此言其集诸葛亮的智慧与曹操的诈谋为一体，计赚各路好汉上山，所用策

略不同（有计取，有力劫，有巧骗、有智激），有如网虎者时紧时松。

⑬“救吾母”三句：雷横先前因孝养母亲而婉拒上山的邀请。后因母亲被白秀英（一狐）打骂，用枷板将其打死，携母投奔梁山。同为孝子，雷横此举，比李逵为报虎吃母之仇，在沂岭连杀四虎更胜一筹。

⑭“周公斧”三句：《史记·鲁周公世家》：“周公佐武王，作《牧誓》。破殷，入商宫。已杀纣，周公把大钺，召公把小钺，以夹武王，衅社，告纣之罪于天，及殷民。”钺，大斧。索超使斧，故云。亵越，轻慢而违礼。

⑮ 愿为牛马走：谦词，甘供驱使。出自司马迁《报任安书》。史进曾为少华山寨主，后入狱，为梁山好汉救出，率众入伙。故云。

⑯“孟尝”二句：战国四公子之一的孟尝君门下有食客三千。柴进仗义疏财，喜好结交天下英雄，被誉为当世孟尝君。尽管持有誓书铁券，他还是因李逵打死殷天锡被高廉打入死牢，后为李逵从枯井中救出，九死一生。“其族几赤”指此。

⑰“有民人”四句：指李俊平定方腊后，诈病归隐，与在太湖结义的费保等人远赴海外，成为暹罗国主。

⑱“广射虎”四句：谓李广射虎、花荣射鸟，能射至目标所在处是凭力量，能射中目标则靠技巧。语出《孟子·万章下》：“由射于百步之外也，其至，尔力也；其中，非尔力也。”

⑲“棋下”二句：上句指朱武精通阵法，如下棋善于布局。下句切合其名列地煞（主凶杀）之首的地魁星。

⑳“唐琦石”四句：唐琦，南宋抗金义士。在绍兴府守纳降后，持石伏击金将被执，自请焚烧，以延时日，使高宗得脱。后受旌表。张岱有《唐琦石》颂

之。此乃以石为媒介，借张清善用飞石伤敌取胜，赞誉唐琦，为其惋惜。借石，也借唐琦生前未得重用为语，抒发怀才不遇的愤懑。

㉑ 蓝面：指奸臣。此接刘唐“赤发”而戏言。

㉒ 颠倒我衣裳：原形容因匆忙而乱了顺序。《诗·齐风·东方未明》：“东方未明，颠倒衣裳。颠之倒之，自公召之。”此指时迁入室盗窃，翻箱倒柜。

㉓ 苕溪：在浙江省北部，沿岸长满芦苇，花飞如雪，当地人称芦花为“苕”，故名。张顺于征方腊之役，死在杭州涌金门外水中。

㉔ 尔有母遗：见于《左传·隐公元年》。谓你有老母亲奉养，能尽人子之心。

㉕ 狄梁公姨：狄仁杰（630—700），字怀英，并州太原（今山西太原）人，唐代武周时期政治家。追赠司空、梁国公。唐李浚《摭异集》：“狄仁杰之为相也，有卢氏堂姨……只有一子，而未尝来都城亲戚家。梁公每遇伏腊晦朔，修礼甚谨。尝经雪，多休暇，因候卢姨安否。适见表弟挟弓矢、携稚兔来归，膳味进与北堂，顾揖梁公，意甚轻简。公因启姨曰：‘某今为相，表弟有何乐从，愿悉力以从其旨。’姨曰：‘相自贵尔，姨止有一子，不欲令其事女主。’公大惭而退。”此指解氏兄弟与孙新、顾大嫂是姑表关系。

㉖ 缧绁：捆绑犯人的绳索，借指牢狱。此指施恩能结交狱中武松，请其帮助自己把快活林酒店从恶霸蒋门神的手中夺回。

㉗ 小夺泊：指林冲火并王伦，尊晁盖为梁山寨主。　唐之李、郭：唐玄宗朝有安史之乱，仰仗郭子仪、李光弼两位功臣匡扶社稷，平定叛乱。

㉘“借尔”二句：《左传·定公十四年》：卫侯为夫人南子召宋朝……野人歌之曰：“既定尔娄猪，盍归吾艾豭。”娄猪，母猪，原指南子，此指扈三娘。艾豭，公猪，原指南子情夫宋朝，此指王英。张岱反向用典，指宋江做主，把扈

三娘嫁给王英。

㉙“五雷”二句：指公孙胜用五雷天心正法打败樊瑞，后将此法传授与他。

㉚“朝苍梧”二句：苍梧，南方之野；碧落，东方之天。言戴宗神行之速。

㉛ 晋鄙：战国魏将军。信陵君窃符救赵，晋鄙还不肯出兵，信陵君门客屠户朱亥椎杀之。因孙二娘夫妇也是屠户，故相比。 豚：猪。 羖：公羊。

㉜“妇人”二句：《世说新语·任诞》：刘伶酗酒，夫人涕泣劝谏。伶请设酒肉，祝鬼神自誓断之。既设，伶跪而祝曰：“天生刘伶，以酒为名。一饮一斛，五斗解酲。妇人之言，慎不可听。”杨雄与石秀有兄弟之谊。其妻与人通奸，反诬识破其奸情的石秀调戏她，结果被杨雄所杀。故云。

㉝“出吾跨”二句：穆弘兄弟曾在揭阳镇称霸，连官府都头都受其支配。二人曾规定，外地人若想在镇上谋生，必须先到穆家庄拜谒。犹如淮阴市井少年令韩信出其跨下（两股之间）一样。跨，古同“胯”。

㉞“投身水国”二句：焦挺外号“没面目”（没有面子），因其长期投奔他人无着落。后遇李逵，不打不相交，随李逵投奔水泊梁山（即所谓“水国”），倒有了面目。

㉟“陷水”二句：萧让兼善宋朝苏、黄、米、蔡四家书法。其投奔水泊梁山，得大展其才（陷水可活）；在征方腊前，却被蔡京留在府中作门馆先生，无法脱身（陷文不可脱）。故云。

【评品】《陶庵梦忆·水浒牌》详述周孔嘉求张岱催促画家陈洪绶为他在民间流行的酒令牌上创作水浒人物画像的情景，可参看。陈洪绶画了四十位英雄像，今存，为版画史上的精品。此赞即为陈画而题。然不知何故，陈画上并无张岱为之所作的题赞，且张岱之赞比陈画原作多了八人：晁盖、阮小五、孙立、解宝、王英、凌振、杨雄、焦挺。张岱所题，兼顾人物和画作。有的结合人物身世遭际，如杨志、孙立；有的结合其外貌打扮，如武松、朱仝；有的突出其性格特征，如李逵、宋江；有的彰显其绝招，如花荣、董平；有的揭示其下场，如李俊、萧让。其中蕴含着张岱的爱憎褒贬，如借《汤誓》表达他对生辰纲、花石纲等祸民敛财行为的深恶痛绝。如“机械满胸”道出他对宋江逢人便拜，见人便哭，善用术数一面的针砭。如“一勾一搭”似述徐宁枪法，“战战兢兢，谁肯拼命”似赞拼命三郎，其实都是揭露官场腐败生态。如唐琦石是借题发挥，颂扬忠烈，而“满地皆是，人不能用”则是抒发牢骚。有的看法辩证，颇具哲理，如神医安道全“能杀人，能活人”；如智多星吴用“诸葛、曹瞒，合而为一”。总之，言简意赅，评骘到位。

卷六

祭文

祭外母刘太君文[1]

岁崇祯戊寅夏四月[2]，余外母刘太君病剧。其子倩张岱为之求医药，俱不疗。为之祷于社，祷于东岳之神，俱不见格[3]。不幸于二十日诀而瞑，弥留五昼夜，而溘焉气尽。

岱躬视含殓[4]，哀号痛裂，呜咽不能出一语。逮至十四日，是五月之九日矣。于是先一日，延僧至灵寝，礼水忏十二部[5]，以资冥福。会薄治牲醪，率女及外孙、外孙女，为文以哭之，曰：

岱自痛别我母十有九年，而恃有我外母在，鞠育之犹母也，教训之犹母也。鞠育之而恐任余性，教训之而恐伤余意，其委曲而详慎之犹母也。至今日吾外母死，而岱之母道绝矣。则岱之母不幸死于十九年之前，而死于余外母之死日，是余母与外母交丧矣。故岱之痛外母，一如痛岱之母，而岱思苦筋骨以报外母至死，一如报岱之母。而今兹不能，则有五内痛裂，抱恨终天，一如思岱之母，哭岱之母而已。

吾外母虽生华屋，其生平丁骨肉之戚[6]，抱零丁之苦[7]，自为女、为妇、为媳、为母、为姑，未尝履一日之顺境，专一日之安闲。六十年来，计其开笑口者，指不能三四屈，而余皆其悲思擘涕之日矣[8]。十六字余外父，二十七而遂称未亡人。事十一年积病尫羸之夫[9]，奉三十七年严厉琐屑之舅[10]，抚三十三年髫龀遗腹之孤[11]，其间苦情百出，如吞炭吮瘏[12]，无可告语。而耳又重听，见人眉目气色，辄自揣摩忖度，至废寝食，其苦又百倍常人。外父殁后，所倚以为命者，上则生父王镜石先生及母王太君，下则一儿二女及二女倩而已[13]。乃天不憖遗一老[14]，镜石先生同罹水厄[15]，而王太君性极褊急，家人至难与言。余外母迎养十五年，百计将顺，而诟谇甘之[16]。寻亦以病夺。而长女及女倩又相继夭折，骨肉零星，在十去五，其痛心何如！

而不肖岱头颅如许，无尺寸竖立[17]，食指百人[18]，颇蒙母虑。更有一事，其所朝夕凝盼者，愿得一孙，以下报宣武[19]，乃麟定尚艰[20]，愁眉勿展。则是终母之身，其忧勤辛苦，求似一监门老妪，骨肉团聚、子孙盈前者，尚不可得，矧望其他耶？今且终母之身，百苦备尝，而卒遘蛊疾，竟以苦死，其可伤孰胜耶！

外母性坚忍，待家人子侄，一以慈惠。昔为方伯公理家政[21]，凡方伯公之诸弟若侄有匮乏，辄周其急，而缙绅先生之以孝友著者，必首推方伯公。自外母致家政，而庭除自无闲言[22]，则其所以曲体尊人，加惠子侄，有所以助成之者，一妇人力也。素性笃孝。方伯公留心于竹头木屑，有陶晋公之风[23]，凡其一楮一簟，绝不敢轻以予人[24]。曾忆余少时，偶见所藏黄慎轩墨迹甚富[25]，余乞一帧，而母不之许，他可知已。见亲戚故旧，一以和煦迎之，使人皆饱德而去[26]。故死之日，奔走哭者，无不尽哀，而至有言“自太孺人死，而此路从此可绝矣”。吾外母得此一言，其亦可以瞑矣。

嗟嗟！旁人有哭之哀者，不必其子与媳也；道路有称其贤者，不必其亲与戚也；空言有佩其德者，不必其施与积也。若岱则何以颂吾母哉？岱今则谓终母之身，其为女孝，为妇贞，为媳慎，为母辛，为姑惠，有数者，虽百苦备尝，亦可以含笑入地矣。然则生平丁骨肉之戚，抱零丁之苦，未始非天之所以玉成吾外母也[27]。呜呼尚享。

注释

① 外母：岳母。张岱岳母王氏，岳父刘世谷。　太君：封建时代官员母亲的封号。

② 戊寅：崇祯十一年（1638）。

③ 格：至，来。此指神灵降临护佑。

④ 含殓：古代丧礼，纳珠玉米贝等于死者口中，并易衣衾，然后放入棺中，曰“含殓”。

⑤ 礼水忏：在做佛事，摆水陆道场时，念颂《慈悲三昧水忏经》，为逝者超度亡灵，洗冤业，祈冥福。

⑥ 丁骨肉之戚：遭遇骨肉凋零之悲。

⑦ 零丁：孤独无依貌。

⑧ 擥涕：挥泪。擥，同“揽”。

⑨ 积痾尪羸：体弱病重。

⑩ 舅：此指公爹。即下文方伯公刘毅。

⑪ 髫龀（tiáo chèn）：幼童。

⑫ 吞炭吮瘏（tú）：因吞炭饮毒而致哑。瘏，疲劳致病。

⑬ 女倩：女婿。

⑭“乃天”句：《左传·哀公十六年》载：孔丘卒，公诔之曰：“旻天不吊，不慭遗一老，俾屏余一人以在位。”谓老天不愿给我们留一老。慭（yìn），宁愿。

⑮ 罹水厄：死于水。

⑯ 诟谇甘之：对责骂逆来顺受。

⑰ 无尺寸竖立：事业毫无建树。

⑱ 食指百人：百人赖以养活。

⑲ 下报宣武：外甥似舅之意。东晋桓温谥“宣武王”。其侄桓嗣，长相酷似其舅丹阳尹王混，对此十分忌讳。桓温戏之曰：“不恒相似，时似耳。恒似是形，时似是神。”

⑳ 麟定：产下生而卓异的男孩。

㉑ 方伯公：地方行政长官称方伯。此指刘氏的公爹刘毅，字健甫，号乾阳，官至广西右布政使。

㉒ 庭除：庭前阶下。庭，庭院。此指家庭。

㉓ 陶晋公：陶侃（259—334），字士行，寻阳人（今江西九江西）。陶渊明的曾祖父，东晋名将。后任荆、江二州刺史，都督八州诸军事，封长沙郡公。性俭心细。造船时令人将木屑竹头敛集，人不解其意。后正月初一朝廷聚会，雪后初晴，地面湿滑，令人以屑铺地。随桓温伐蜀，又以竹头作丁装船。人称综理微密。“晋公”或系“郡公”之误。

㉔“凡其”二句：可与《陶庵梦忆·齐景公墓花樽》相参看。

㉕ 黄慎轩：黄辉（1559—1621），字平倩，昭素，号慎轩，又号无知居士、云水道人，南充人。幼聪明机警，誉为神童。十五岁中解元（举子第一名），三

十一岁中进士，官至少詹事兼侍读学士。其书法布局疏朗，行气脱落，韵致潇洒，墨法圆润。与董其昌齐名。

㉖ 饱德：此指充分领略其懿德风范。

㉗ 玉成：促成，成全。

【评品】 悼文先述外母之逝。次追述慈母早逝，外母犹母：鞠育、教训、呵护委曲详慎，无不犹母，且长达十九年之久，一唱三叹，以见仰仗之深；亦母亦外母，更见伤悼之痛。再以“五为”概括外母一生身份之变，突出其不变者则是均履厄境，未享安闲：历数其骨肉之戚、零丁之苦，而以“天不憖一老”怨天悯人。复述其奉长之孝、持家之惠、待人之慈，惟其如此，才有其逝后外人哀哭、称贤、佩德者之“三不必”。末复言其“五为”，一一到位，悟其一生哀苦未尝不是天玉其成。全文痛悼之情与赞颂之情相得益彰，而文脉之呼应亦相得而益彰耳。

祭秦一生文

崇祯戊寅八月二十日[1]，秦子一生以病暴死。越五日，其友人某等谋所以荐之，而属岱告其灵。盖一生无日不与岱游，一生一死，岱忽忽若有所失，举笔辄叹而起，以是不果。至九月三日，岱以事至西湖，既乏伴侣，独步堤上，见湖中山水，意色惨淡，殆为一生也。因为文招之曰：

世间有绝无益于世界，绝无益于人身，而卒为世界人身所断不可少者，在天为月，在人为眉，在飞植则为草木花卉，为燕鹂蜂蝶之属。若月之无关于天之生杀之数，眉之无关于人之视听之官，草花燕蝶无关于人之衣食之类，其无益于世界人身也明甚。而试思有花朝而无月夕，有美目而无灿眉，有蚕桑而无花鸟，犹之乎不成其为世界，不成其为面庞也。

余友秦一生家素封[2]，鸥租橘俸[3]，可比千户侯。而自奉极淡薄。家常无大故，则不杀雁凫，踽踽凉凉[4]，一介不以与人，而又不鸣不跃，以闲散终其身。于世界实毫无所损益，尽人而知之也。乃一生性好山水声伎，丝竹管弦，樗蒱博弈[5]，盘铃剧戏[6]，种种无益之事顾好之，实未尝自具肴核，为一日溪山之游，亦未尝为一日声乐，以供知己纵饮。乃其所以自娱者，往往借他人歌舞之场插身入之。故凡越中守土、有司及豪贵，肆宴设席，或于胜地名园，或于僻居深巷，一生无日不以微服往观。至夜静灯残，酒阑客散，其于楹础之间[7]，两目烂烂如岩下电者，非他人，必一生也。大率无事，日以为常，非大故，非外出，非甚疾病，虽水火勿之避，风雨勿之阻也。死之数日前，犹在某氏观剧，喃喃向余道之。濒死前一日，余期一生游寓山[8]。至易箦之际[9]，犹掷身数四，口中呼“寓山，寓山”而死。一生从中道夭折，田宅子女，多未了事，凡所以萦其忧虑者，不可胜计，而独以寓山不到，抱恨而殁。此亦可以想其痴痞一往之致矣[10]。

虽然，世人日寻于名利之中，如蛆唼粪，蝇逐膻，幢幢无已时[11]，不知山水声伎为何物。一生既唾而贱之。而世更有粗豪卤莽，山水园亭，酒肉腥秽；声伎满前，顽钝不解。而一生以局外之人，闲情冷眼，领略其趣味，必酣足而归。

则是他人之园亭，一生之别业也；他人之声伎，一生之家乐也；他人之供应奔走，一生之臧获奴隶也[12]。一生生五十五年，十五年以前，以幼稚不解，四十年之风花雪月，无日无之。昔人所谓三万六千场[13]，一生所得，已一万四千有奇矣。真目厌绮丽，而耳厌笙歌，一生之奉其耳目，真亦不减王侯矣。

古者有山村人，从闽海归，说其所见海错[14]，奇形异味，里人争来共舐其眼[15]。今一生在夜台[16]，其中亦有富贵而死，如所谓山水声伎不知为何物者，一生绎言之，争来舐其眼者，应亦不少。吾以此言解一生之忧愤，一生必輾然而笑[17]，畅饮此觞矣。呜呼尚飨！

注释

① 崇祯戊寅：崇祯十一年（1638）。

② 素封：无官爵封邑而拥有资财的富人。指秦一生虽为布衣，精神上却十分富足。

③ 鸥租橘俸：养鸥种橘作为收入。古代以狎鸥盟鸥，喻隐士的清闲生活。三国时期吴国李衡在武陵汜洲种橘千树。临终，谓其子曰："吾州里有千头木奴，不责汝衣食，岁上一匹绢，亦可足用。"此均喻其为人之清高。

④ 踽踽凉凉：孤独貌。《孟子·尽心下》："行何为踽踽凉凉？生斯世也，为斯世也，善斯可矣。"

⑤ 樗（chū）蒲：古代博戏。以掷骰决胜负，得采有卢、雉、犊、白等称，看掷得的骰色而定输赢。后也泛称赌博为樗蒲。

⑥ 盘铃：一种古代乐器，常用于傀儡杂戏。

⑦ 楹础：柱子基石。

⑧ 寓山：在绍兴西南二十里。

⑨ 易箦：春秋时，鲁国曾参临终时，以寝席过于华美，不合当时礼制，命子曾元扶起易箦。既易，反席未安而死。后世因以喻将死。典出《礼记·檀弓上》。易，调换。箦，竹席。

⑩ 痴痞（hāi）：痴迷。

⑪ 幢幢：形容羽饰之繁盛。此喻层出不穷。

⑫ 臧获：奴婢之贱称。

⑬ 三万六千场：指一年三百六十天（取约数），人生百年，天天一场，则为三万六千场。下文以秦一生四十年风月计，则“一万四千有奇”。

⑭ 海错：种类繁多的海产品。

⑮ 舐其眼：用舌头舔他的眼睛。喻分享所得。

⑯ 夜台：坟墓。陆机《挽歌诗》之一：“按辔遵长薄，送子长夜台。”

⑰ 辴（chān）然：笑的样子。《庄子·达生》：“桓公辴然而笑。”

【评品】 张岱对“日寻于名利之中，如蛆嗖粪，蝇逐膻，幢幢无已时”的“世人”十分鄙薄，认为他们“粗豪卤莽”，对山水园亭、声伎丝竹、戏剧的韵味乐趣不能真正领略，不过附庸风雅而已；而将能“以局外之人，闲情冷眼，领略其趣味，必酣足而归”的秦一生引为知己，此乃所谓惺惺相惜也。张岱先言一生之“自奉极淡薄”，“以闲散终其身”；终言其“四十年之风花雪月，无日无之”，“真目厌绮丽，而耳厌笙歌，一生之奉其耳目，真亦不减王侯矣”。而其所以然者，诀窍在于他往往善借他人取乐之场所以自娱，而比之那些自命风雅的达官贵人，他更会鉴赏，能得真趣。可见秦一生身上不仅有明末名士的风尚，而且有清客的特点。张岱为文善嘲善谑，即使祭文，也不例外。本文结尾，死者有知，读之当“辴然而笑”。张岱将秦一生之人生价值定位为“绝无益于世界，绝无益于人身，而卒为世界人身所断不可少者”，他是明末时代的产物。

祭义伶文[1]

崇祯辛未[2]，义伶夏汝开死[3]，葬于越之敬亭山[4]。明年寒食[5]，其旧主张长公属其同侪王畹生、李岕生持酒一瓯[6]，割羽牲一[7]，至其陇，招其魂而祭之，并招其同葬之父凤川同食。谕之曰：

夏汝开，汝尚能辨余说话否耶？汝在越四年，汝以余为可倚，故携其父母、幼弟、幼妹共五人来。半年而父死，汝来泣，余典衣一袭以葬汝父[8]。又一年，余从山东归，汝病剧，卧外厢，不得见。阅七日，而汝又死。汝苏人，父若子[9]，不一年而皆死于兹土，皆我殓之，我葬之，亦奇矣，亦惨矣。

汝为人跋扈而戆直。今死后，忘其为跋扈，而仅存其戆直，余安得不思之，不惜之？汝未死前，以弱妹质余四十金[10]。汝死后，余念汝，旧所逋俱不问[11]，仍备粮糈[12]，买舟航，送汝母与汝弟若妹归故乡，使汝妹适良人[13]，汝知耶，不知耶？汝母临别，言汝妹得所，当来收汝父子骸骨，今竟杳然，何耶？

余忆天下有无心之言，遂为奇谶[14]。余四年前，纠集众优，选其尤者十人，各制小词。夏汝开曰："羁人寒起，秋垃鬼语[15]。阴壑鸣泉，孤舟泣嫠[16]。重重土绣声难发，钟出峡惊雷触石。石初裂，声崩决。狂风送怒涛，千层万叠，直至樯颠柁折方才歇。"见者可谓酷肖。今试读之，语语皆成谶矣，异哉！今汝同侪十人，逃者逃，叛者叛，强半不在[17]。汝不幸而蚤死，亦幸而蚤死，反使汝为始终如一之人，岂天玉成汝为好人耶[18]？

汝生前傅粉登场，弩眼张舌，喜笑鬼诨，观者绝倒，听者喷饭，无不交口赞夏汝开妙者。绮席华筵，至不得不以为乐[19]。死之日，市人行道，儿童妇女，无不叹惜，可谓荣矣。吾想越中多有名公巨卿，不死，则人祈其速死；既死，则人庆其已死。更有奄奄如泉下，未死常若其已死，既死反若其不死者，比比矣。夏汝开未死，越之人喜之赞之；既死，越之人叹之惜之，又有旧主且思之祭之，汝亦可以瞑目于地下矣。汝其收泪开怀，招若父同饮酒食肉，颓然醉焉。余有短歌一阕，汝其按拍而歌之。歌曰：

彼山之阿兮，汝可以嬉，白骨粼粼兮，青冢累累。凄风苦雨兮，群鬼聚语，疑汝父子兮，不辨汝乡语。见汝茕茕兮[20]，或来欺汝。今见有人来祭兮，当不嗤汝为他乡之馁鬼[21]。

注释

① 义伶：有情有义的优伶。

② 崇祯辛未：崇祯四年（1631）。

③ 夏汝开：苏州人。早年即学习昆曲，工丑。崇祯元年（1628），入张岱家乐吴郡班，深得其喜爱。张将夏之父母、幼弟、幼妹都接到府中同住。

④ 敬亭山：绍兴方志未见有敬亭山，而有亭山，在城南十里，晋司空何无忌置亭山上，故名。

⑤ 寒食：农历清明节前一或二日。相传晋介子推辅佐公子重耳回国执政（晋文公），不愿论功受爵，隐于山中。重耳烧山逼其出山，介之推抱树而死。文公为纪念他，在他死日禁升火煮食，只准吃冷食。相沿成俗，称寒食节。

⑥ 张长公：张自称。古人称长子为长公。　同侪（chái）：同辈、同类之人。　王畹生、李芥生：皆为夏汝开之友，同为张氏戏班的优伶（详《陶庵梦忆·龙山雪》《陶庵梦忆·张氏声伎》）。王畹生为王玉烟之妹，善棋工画。　瓯：盆盂类瓦器。

⑦ 羽牲：禽和牲，古代用为祭品。

⑧ 典：典当，卖。　一袭：一套。

⑨ 若：与，和。

⑩ 质：抵押。

⑪ “旧所逋”句：原先所欠旧债，概不过问。逋，逃亡，逃亡者。引申指拖欠的债与物。

⑫ 糈（xǔ）：古代祭神用的精米。后亦泛称粮食。

⑬ 适良人：嫁好丈夫。

⑭ 谶（chèn）：预言凶吉得失的文字图记。

⑮ 秋坟鬼语：李贺《秋来》诗：“思牵今夜肠应直，雨冷香魂吊书客。秋坟鬼唱鲍家诗，恨血千年土中碧。”

⑯ 孤舟泣嫠：苏轼《前赤壁赋》："舞幽壑之潜蛟，泣孤舟之嫠妇。"嫠，寡妇。

⑰ 强半：大半。

⑱ 玉成：爱而使有成就、成功。

⑲ "至不得不"句：以致于不得夏伶到场，就不得快乐。

⑳ 茕茕（qióng）：孤独的样子。

㉑ 馁鬼：饿鬼。

【评品】张岱与夏汝开地位悬殊，殆同主仆，而张岱却不以为贱，交之以义，葬之以礼，吊之以情，这是张岱对封建门第等级制度的蔑视和反叛。夏氏以张岱为"可倚"，故携全家投靠；夏氏生前演戏唱曲，"观者绝倒，听者喷饭，无不交口赞夏汝开妙者"，文章盛赞其艺之佳；以众伶之"逃者逃，叛者叛"，反衬夏氏"始终如一"的义气。张岱祭文之题，即标明其"义"，行文又突出其"义"；故尔张岱以典衣葬其父及其本人，蠲其债，备粮买船，送其母与弟妹回乡等义行义举，回报其"义"。张岱还以"越中多有名公巨卿，不死则人祈其速死，既死则人庆其已死"，反衬"夏汝开未死，越之人喜之赞之；既死，越之人叹之惜之"。张岱以此告慰亡灵，也发泄了他对那些尸位素餐、附庸风雅的名公巨卿的蔑视和鄙夷。

祭伯凝八弟文[1]

康熙二年[2]，岁在癸卯，九月一日乙丑，老兄岱以香烛楮镪[3]、鸡黍清醑之奠，致祭亡弟御医大夫伯凝先生之灵曰[4]：

痛余八弟，乃遂遐升[5]。余虽昆季[6]，义犹友朋。兰摧玉折，实难为情。嗟余平昔，见两异人。唐氏士雅[7]，系出华亭。在吾於越，乃有伯凝。两人同病，五岁失明。性皆嗜学，扫净耳根。倩人诵读，倾耳以听。遂成博洽，心史腹经。胸有万卷，目无一丁[8]。居家谈笑，博古通今。愧余两目，不如其盲。讵意师友[9]，近在家庭。余更有幸，居于比邻。安乐患难，甘苦与分。始因母氏，变起雷霆。终得赋隧，先为遗羹。弟为郑伯，余也封人[10]。常遭横逆，心负不平。握拳透爪，嚼齿穿龈。弟也渐离，余也荆卿[11]。谈论典籍，学海书城。错分帝虎[12]，讹辨淄渑[13]。余也公穀，弟也丘明[14]。生平好洁，人称水淫。辋川缚帚[15]，临邛涤巾[16]。余也海岳，弟也云林[17]。刀圭服食[18]，济世好生。病者得药，为之体轻。余也坡老[19]，弟也越人[20]。少喜茗战，日铸驰名。雪芽空翠，瑞草兰馨[21]。余也桑苎，弟也端明[22]。量能豪饮，不较斗升。弦庵兄弟，为之却兵[23]。余也王导，弟也刘伶[24]。无所不备，德行才能。后来领袖，先辈典型。且也道貌，硕大丰盈。轮廓坚厚，两耳棱层。法应上寿，窃比老彭[25]。如何奄忽，遂失人琴[26]。河鱼作祟[27]，误食参苓。溘焉朝露[28]，速若风轮。余长吾弟，十有一龄。中散身后，拟托子孙[29]。奈何先我，梦奠两楹[30]。眩然反袂[31]，泪若河倾。生刍孺子[32]，鸡黍巨卿[33]。神其来享，进此兕觥。呜呼尚飨！

注释

① 伯凝：张岱的堂弟张培，字伯凝，在族兄弟中排行第八。详卷四《五异人传》。

② 康熙二年：1663 年（即癸卯年）。

③ 楮镪：纸钱。

④ 御医大夫：御医又称太医，指在宫廷供职专为皇帝及宫廷官员治病的医生，有官衔俸禄。张培专精医术，广治病患，却未见载有御医之衔。详《五异人传》。

⑤ 遐升：升天，去世。

⑥ 昆季：兄弟。长为昆，幼为季。

⑦ 唐士雅：唐汝询，字仲言。唐士雅乃其兄唐汝谔（字士雅）。详《五异人传》注。

⑧ 目无一丁：与前"失明"呼应，与"胸有万卷"对仗，强调其目盲不易；突出下文的"愧余两目"之愧。

⑨ 讵意：岂料。

⑩"始因"六句：详《五异人传》注。以失宠于母的郑庄公比张培，以献计缓和母子矛盾的颍考叔（官颍谷封人）自比。

⑪ 渐离：《五异人传》称张培"慷慨侠烈似高渐离"。《史记·刺客列传》载：荆轲刺秦王前，与燕之善击筑者高渐离相善，日饮燕市，酒酣，渐离击筑，荆

轲和歌于市中，已而相泣，旁若无人。荆轲赴秦，渐离击筑相送易水之上，荆轲歌“壮士一去不复返”，闻者瞋目，发皆上指。

⑫ 错分帝虎：能校正书籍传抄中讹“帝”为“虎”，讹“鲁”为“鱼”之类的错误。

⑬ 讹辨淄渑：淄水和渑水皆在今山东省。相传二水味各不同，混合之则难以辨别。传说齐桓公佞臣易牙善辨之。

⑭“余也”二句：左丘明、公羊高、穀梁赤分别为《春秋》作传。左氏目盲，故以伯凝许之。

⑮ 辋川：位于陕西蓝田县中部偏南。因河水潺湲，波纹旋转如辋，故名辋川。唐代王维有别墅在此，并多有诗咏其幽景。唐冯贽《云仙杂记》卷八载：“王维居辋川，宅宇既广，山林亦远。而性好净洁，地不容浮尘。日有十数扫饰者，使两童专掌缚帚，而有时不给。”

⑯ 临邛涤巾：西汉司马相如与卓文君在临邛开一酒店。文君当垆，相如着犊鼻裈，与庸保杂作，涤器市中。

⑰“余也”二句：宋代书画家米芾，号海岳；元代画家倪瓒，号云林，俱有洁癖。

⑱ 刀圭：量取药物的小器具，亦称药物。　服食：道教修炼方式。服用丹药和草木药，以求长生。

⑲ 坡老：苏东坡通医术，有《苏沈（括）良方》传世。

⑳ 越人：战国名医扁鹊，名秦越人。

㉑ 日铸、雪芽、瑞草：皆为越中名茶。详《陶庵梦忆》相关章节。

㉒ 桑苎：唐代茶圣陆羽号桑苎翁。　端明：宋蔡襄，官端明殿学士，有《茶

录》传世。

㉓“弦庵”二句：弦庵，朱兆宣，字季芳，号弦庵。明朝名臣、著名军事家朱燮元之子。却兵，退兵。此处当作在豪饮方面甘拜下风讲。

㉔“王导”二句：《世说新语·汰侈》载：石崇常命美人行酒，客饮酒不尽者，辄斩美人。王导素不善饮，辄自勉强，至于沉醉。此为张岱自喻不善饮。西晋刘伶（竹林七贤之一）嗜酒，自言“一饮一斛，五斗解酲”。此喻伯凝酒量。

㉕ 老彭：彭祖，传说他享寿八百。语出《论语·述而》。

㉖ 遂失人琴：详卷一《赠沈歌叙序》注。

㉗ 河鱼作祟：《左传·宣公十二年》：“河鱼腹疾，奈何?”鱼烂先自腹，故以河鱼喻腹疾。

㉘ 溘焉：溘然，忽然。　朝露：人生如朝露。朝露易干，喻人生短暂。

㉙“中散”二句：曹魏时嵇康曾任中散大夫，为“竹林七贤”之一。后因不与司马氏集团合作而被杀，托孤于山涛（亦为“竹林七贤”之一），说：“山公尚在，汝不孤矣!”此处张岱以其自比，谓欲将子孙托付给小其十一岁的伯凝。

㉚ 梦奠两楹：病危而预感将亡。也转指死亡。《礼记·檀弓上》：孔子谓子贡曰：“夏后氏殡于东阶之上……殷人殡于两楹之间……周人殡于西阶之上……而丘也殷人也。予畴昔之夜，梦坐奠于两楹之间……予殆将死也。”盖寝疾七日而没。

㉛ 眩然反袂：此状泪流纵横，举袖拭之。眩，应作“泫”。

㉜ 生刍：鲜草。《后汉书·徐穉传》：“（郭）林宗有母忧，穉（字孺子）往吊之，置生刍一束于庐前而去。”后以称吊祭的礼物。

㉝ 鸡黍：指饷客的饭菜。《论语·微子》："止子路宿，杀鸡为黍而食之。"巨卿：范式，字巨卿，与汝南张劭（元伯）为友。二人并游太学，后告归乡里。式谓元伯曰："后二年当还，将过拜尊亲，见孺子焉。"乃共克期日。后期方至，元伯具以白母，请设馔以候之。母曰："二年之别，千里结言，尔何相信之审邪?"对曰："巨卿信士，必不乖违。"母曰："若然，当为尔酝酒。"至其日，巨卿果到。升堂拜饮，尽欢而别。后元伯病笃，临终托梦给巨卿告以葬期。巨卿驰往赴之，丧已发，半途柩不肯进，乃见素车白马，号哭而来。张母曰："是必范巨卿也。"及至，叩丧言曰："行矣元伯！死生异路，永从此辞。"会葬者千人，咸为挥涕。详《后汉书·独行列传》。

【评品】 张岱、伯凝，情为手足，谊兼师友。虽一明一盲，然俱淹通博洽，多才多艺。张岱连用"弟也……余也……"的排比句式从不同层面、不同角度详述之，既有张岱的自得之意，更有对盲弟伯凝的赞颂之义，虽兄弟互为映衬，而明者实愧。惺惺相惜，弟竟先逝。人琴俱亡，情何以堪。

祭祁文载文[1]

癸丑八月十五日[2]，祁文载先生解蜕而去[3]。其友人陈箴言等，以月之二十六日，割羽牲一[4]，从以果羞黄流[5]，至其帷前而哭之。乃命张岱作赞飨之，词曰：

昔人谓香在未烟，茶在无味，盖以名香佳茗，一落气味，则其气味反觉无余矣。人如知此，则可以悟道，可以参禅。祁文载少年博学宏文，以五经拔贡[6]，取两榜如拾芥[7]，而文载固一代之才子也，而无才子气。庚辰释褐[8]，令延平五年[9]，而北变之后[10]，遂解绂遄归[11]，文载固三十余年之纱帽也，而无纱帽气。其居乡，一循礼法，里中人有不公不法之事，刑罚甘受，而但求不使王彦方知之者[12]，则文载又乡里中之道学人也，而无道学气。甲申三月[13]，龙蜕鼎湖[14]，文载削发披缁，坐破蒲团[15]，十有余载，而参叩精猛，丛林释子皆奉佛门龙象[16]，则文载一付法之和尚也[17]，而无和尚气。即诸小事言之，棋为国手，独步江南，而留心字艺，游戏词坛，教习梨园，有老优教师所不曾经见者，则文载真绝世之聪明智慧人也，而无聪明智慧气。淘洗湔涤[18]，一切气味，不着分毫。窃谓世间慧业文人，成佛在前，生天在后者，屈指吾党，更无有第二人矣[19]。

旧岁与岱偶谈禅理，阐扬佛法，真能使顽石点头[20]。而为岱评阅《金刚如是解》[21]，澈髓洞筋，更无疑义。弁首一序[22]，机锋棒喝[23]，横说竖说，乱堕天花[24]。正与相订，禁足寓山[25]，深究佛理，而今乃电光石火[26]，一现即灭，何其闪我之奇，弃我之速也？

文载心同止水[27]，眦决层云[28]，举世间之功名富贵，死别生离，恩爱冤仇，子女玉帛，皆不足以入其胸次。而吾辈尚以世俗靡文，生刍絮酒[29]，《薤露》哀词[30]，以志悲痛。文载以道眼观之，不足以当其一哂。而吾辈所深惜者，第以文载之猛力深心，入道如箭，使彼苍肯再加数年，其精进不知几许[31]，而今竟止此，可胜懊叹哉！以此二三老友，薄设羹芼[32]，虽不成享，然犹是范、张之鸡黍也[33]。伏望鉴临，一加匕鬯[34]。呜呼尚飨！

注释

① 祁文载：祁熊佳，字文载，山阴人。详卷三《与祁文载》。

② 癸丑：康熙十二年（1673）。

③ 解蜕：道家谓人死如蝉蜕。

④ 羽牲：鸡（羽）羊（牲）等禽畜。

⑤ 黄流：酿秬黍为酒，以郁金草为色，故称黄流。古代祭祀，用以灌地。《诗·大雅·旱麓》："瑟彼玉瓒，黄流在中。"

⑥ 五经：《诗》《书》《易》《礼》《春秋》五部儒家经典。后世列为科举考试的科目和内容。　拔贡：明代贡监。崇祯八年（1635）始行。通考府、州、县廪生，各取一人，贡入国子监。

⑦ 两榜：唐代进士试分甲乙科，称两榜。后指进士。　拾芥：喻轻而易举。芥：小草。

⑧ 庚辰：崇祯十三年（1640）。　释褐：脱去百姓着装，为宦做官。

⑨ 延平：指延平府南平县，今为福建南平市延平区。　令：为县令。

⑩ 北变：指李自成陷北京，清兵南下，明亡。

⑪ 解绂：辞官。绂，系官印的丝带。

⑫ 王彦方：《后汉书·王烈传》载：王烈字彦方，以义行称。乡里有盗牛者，主得之。盗请罪曰："刑戮是甘，乞不使王彦方知也。"此以熊佳比彦方。

⑬ 甲申：崇祯十七年（1644），明亡。

⑭ 龙蜕鼎湖：指崇祯自缢。

⑮ "文载削发"二句：即《越中杂识·文苑》所谓"日与老衲谈禅"，"杜门枯坐而已"。削发，为僧。缁，缁衣，僧服缁黑色。蒲团，蒲织的圆垫，僧人

坐禅跪拜所用。

⑯ 龙象：佛家语。称诸阿罗汉中，修行勇猛有最大力者为龙象。水行龙力最大，陆行象力最大，故以为喻。此喻熊佳研修佛法，得道之精深。

⑰ 付法：佛教徒谓佛法的传授为付法。

⑱ 湔（jiān）涤：洗涤。

⑲“窃谓”五句：慧业文人，谓智慧由业力而生、具有文学天才的人。《宋书·谢灵运传》：“太守孟颚事佛精恳，而为灵运所轻。尝谓颚曰：‘得道应须慧业文人。公生天当在灵运前，成佛必在灵运后。’颚深恨此言。”生天，佛家谓死后更生于天界。

⑳ 顽石点头：梁僧竺道生，相传曾在苏州虎丘寺讲《涅槃经》，人皆不信；后聚石为徒，宣讲至理，石皆点头，故世传“生公说法，顽石点头”。

㉑《金刚如是解》：明张坦翁（号无是道人，曾皈依憨山大师）著，见《续藏经》第三十九册。其自述云：“金刚者，性喻也。性无形似，落言即非。天竺先生不得已而有言，于是名之以般若，名之以阿耨多罗三藐三菩提，犹谓文字日繁，本来不多，故于经首，拈出‘如是’两字。如是者，性体也，不变不异，何容解，何容不解。遇慧命人如须菩提者，深机相触，秘义尽宣。”《金刚经》，佛经名。《金刚般若经》或《金刚般若波罗蜜经》之简称。般若，意译为智慧。波罗蜜，为渡彼岸。般若之体，其常清静，不变不移，譬如金刚之坚实。

㉒ 弁首：即冠首。弁，冠名。

㉓ 机锋：机警锋利。佛教禅宗用以比喻迅捷锐利、不落迹象、含意深刻的语句。　棒喝：佛教禅宗重触机，其接待初学，常当头一棒，或大喝一声，提

出问题令回答，借以考验其悟性悟境，叫棒喝。后因称警醒人们的迷误为棒喝。

㉔ 乱坠天花：佛教传说佛祖说法，感动天神，诸天降各色香花，于虚空中缤纷乱坠。

㉕ 禁足：谓闭门不出。　寓山：见卷三《与祁世培》注。

㉖ 电光石火：佛家语，喻生之短暂。

㉗ 心同止水：喻心境宁静，胸怀纯洁。《庄子·德充符》："人莫鉴于流水，而鉴于止水。"止水澄清，可以照鉴。

㉘ 眦决层云：杜甫《望岳》："荡胸生层云，决眦入归鸟。"形容胸襟宽广，目光远大。

㉙ 生刍：祭奠的礼物。　絮酒：祭奠用的酒。后汉徐稺于家预炙鸡一只，又以棉絮渍酒，晒干裹鸡，远地赴吊。携至墓所，水以渍绵，使有酒气，陈鸡洒酒以备礼。

㉚《薤（xiè）露》：古挽歌名。崔豹《古今注》：《薤露》《蒿里》，并丧歌也。出自齐田横门人。横自杀，门人伤之，为之悲歌。言人命如薤上之露，易晞灭也。亦谓人死魂魄归乎蒿里。故有二章。汉武帝时，李延年乃分为二曲，《薤露》送王公贵人，《蒿里》送士大夫庶人，使挽柩者歌之。

㉛ 精进：能持善乐道，不自放逸，为精进。《无量寿经》："勇猛精进，志愿无倦。"

㉜ 羹芼：和肉的菜羹。

㉝ 范、张之鸡黍：喻生死之交。详卷六《祭伯凝八弟文》注。

㉞ 匕鬯（chāng）：祭祀用物，以代指祭祀。匕，羹匙。鬯，秬黍酿的酒。

【评品】 张岱以“香在未烟，茶在无味”，即禅宗之“羚羊挂角，无迹可求”的审美意趣构思全文。用“五为”，称颂祁熊佳的一生，状其为才子、为官、为道学中人、为和尚、为绝世聪明智慧之人；再用“五无”，称颂其无上述诸类人的种种俗气：“淘洗澌涤，一切气味，不着分毫。”以见其悟禅之深、胸次之高、品行之纯。最后以自己伤吊之入套落俗，反衬亡友之超凡绝尘。

公祭张亦寓文[1]

吾辈之获交于张亦寓也，交之总角者[2]，克见亦寓之豪放；交之少壮者，克见亦寓之繁华；交之暮年者，克见亦寓之高旷。至其百折不回之性，一往不挠之气，则自少至壮而老，实未尝纤毫少变也。

亦寓当日，五陵年少[3]，裘马翩翩，名噪文坛，声施芹沼[4]，雕龙绣虎，不受樊笼。王季重先生欲致之门下[5]，百计诱之，冠雄鸡，佩猳豚[6]，抗拒多年，方请委贽[7]。时人以谑庵之得亦寓，比之孔门之得仲由。此时缔盟者，止吾辈数人，未能广及。

殆亦寓壮盛，贾生入洛，望重辟雍[8]，声伎满前，宾朋满坐，倾酒如泉，挥金似土，拨阮弹筝[9]，以昼卜夜[10]。被放归里，时时凝碧，日日梨园[11]，演剧征歌，缠头撒缨[12]。此时结交颇盛，珠履三千[13]，今存无几。

亦寓晚年，淡然入道，蒯履布袍[14]，闭门却扫[15]。橘虐茶淫，诗魔书蠹。宿习未除，则教数童子，按拍清讴，选声叶律，韵辨中州[16]，咬钉嚼铁。一时兴至，握管沉吟，雨竹风兰，淋漓泼墨，然过自矜贵，不妄与人。造门请见者，稍不当意，即举手楗户[17]，匿不见人。以是庭无杂客，门可张罗[18]。

由今追昔，凡豪放、繁华、高旷之事，石火电光[19]，过眼即灭，独其性气，则始终如一，不肯模棱。凡遇侪辈[20]，或其性之所喜，即遢伎衰童[21]，蠢僧村老，煮茗焚香，剧谈终日，不以为厌。或其性所不喜，即王公大人，轩冕冠盖，亦寓科头箕踞[22]，白眼相向，旁若无人。盖亦寓具用世大才，生不逢辰，贫病相寻，赍志以老[23]。其胸中真有一段不可磨灭之气，巨鱼失水、老骥伏枥之悲[24]。不能如祢衡之挝鼓[25]，灌夫之骂座[26]，范亚父之撞破玉斗[27]，曹孟德之击碎唾壶[28]，徒厄塞终身，胸怀莫吐，以致磊块郁结，安得不昏昏闷闷，哽咽以死也？呜呼痛哉！

兹以二七[29]，吾辈知交，以鸡黍一提[30]，抚棺痛哭。李白夜台[31]，恐未必有故人之酒也。唯神有知，举杯酹此[32]。

| 注释 |

① 张亦寓：张弢，字亦寓。张弘（毅儒）之兄，山阴（今浙江绍兴）人。兄弟两人均师事王思任。张弢曾为王思任《清晖阁批点玉茗堂还魂记》作跋。其擅绘兰蕙竹石（即文中所谓“雨竹风兰，淋漓泼墨”），笔法纵横。书亦秀逸。见《明画录》。康熙丙辰（1676）秋日，张弢寻访韩信墓。归来路上，在古董店发现张瑞图《酬李十六诗卷》手卷，善价购得，惊喜之余，题而记之。该手卷及张弢题跋，今存。

② 总角：古代男女未成年前束发为两结，形状如角，故以指代儿童或童年。

③ 五陵：汉朝皇帝每立陵墓，往往把四方富家豪族和外戚迁至陵墓附近居住，令其供奉。最著名的是五陵：长陵（高祖）、安陵（惠帝）、阳陵（景帝）、茂陵（武帝）、平陵（昭帝）。后遂以五陵指代豪门贵族聚居之地。

④ 芹沼：即“芹藻”，比喻贡士或才学之士。《诗·鲁颂·泮水》：“思乐泮水，薄采其芹……思乐泮水，薄采其藻。”古代泮宫为教化之所。

⑤ 王季重：王思任，字季重，号谑庵。详卷四《王谑庵先生传》。

⑥“冠雄鸡”二句：《史记·仲尼弟子列传》：“仲由，字子路……性鄙，好勇力，志伉直，冠雄鸡，佩猳豚。”子路为孔门弟子，仕卫，为卫大夫孔悝邑宰。卫国内乱，冒死入卫都救援孔悝，被卫庄公蒯聩武士击杀。佩猳（jiā）豚，佩公猪状的饰物，以示勇敢。

⑦ 委贽：古人初次相见，执贽（见面礼品）以为礼，叫委贽。后世也引申为归顺之意，同“委质”。

⑧“贾生”二句：《史记·屈原贾生列传》：“廷尉乃言贾生（谊）年少，颇通诸子百家之书。文帝召以为博士。是时贾生年二十余，最为少。每诏令议下，诸老先生不能言，贾生尽为之对，人人各如其意所欲出。诸生于是乃以为能不及也。孝文帝说之，超迁，一岁中至大中大夫。”贾谊本洛阳人，其应召入京长安。所云“入洛”，乃套用西晋陆机兄弟入洛的成语。辟雍，周王朝为贵族子弟所设的大学，取四周有水，形如璧环为名。班固《白虎通·辟雍》：“辟者，璧也。象璧圆又以法尺，于雍水侧，象教化流行也。”

⑨ 阮：阮咸，简称“阮”。古拨弦乐器之一种。相传西晋阮咸善弹此种乐器，故名。

⑩ 以昼卜夜：即卜昼卜夜，夜以继日地宴乐。语出《左传·庄公二十二年》。

⑪“时时”二句：唐禁苑中有凝碧池，梨园子弟居此。唐天宝十五载安禄山兵入长安，宴其部属于此。王维曾有诗《凝碧池》伤悼此事。梨园，最初为唐玄宗教习伶人乐工之所，后为戏班的代称。

⑫ 缠头：古代歌舞艺人表演时以锦缠头为饰。演毕，客以罗锦为赠，称缠头。后又作为赠送艺人、妓女财物的统称。　撒缦：多作“撒漫”，挥霍。

⑬ 珠履三千：形容贵客之盛。《史记·春申君列传》：“春申君客三千余人，其上客皆蹑珠履，以见赵使，赵使大惭。”珠履，缀有珠饰的鞋。

⑭ 蒯（kuǎi）屦：草鞋。蒯，蒯草。丛生水边，可织席。

⑮ 闭门却扫：闭门谢客，退隐之意。江淹《恨赋》：“闭关却扫，塞门不仕。”

⑯ 中州：《中州音韵》，周德清《中原音韵》之别名。据元代北方语音系统和元曲的实际用韵情况，归纳为十九个韵部，把《广韵》中的平上去入，改为阴平、阳平、上声、去声。

⑰ 楗户：关门。楗，开关门的木闩。

⑱ 门可张罗：即“门可罗雀”。形容来客稀少，以至可在门前张网捕雀。

⑲ 石火电光：形容生命短暂，转眼即逝。

⑳ 侪辈：同辈，朋辈。

㉑ 遢伎：色衰落魄的艺伎。

㉒ 科头箕踞：均为傲慢不敬的姿容。科头，结发不戴冠。箕踞，伸两足，手据膝，若箕状。王维《与卢员外象过崔处士兴宗林亭》：“科头箕踞长松下，白眼看他世上人。”

㉓ 赍志以老：怀抱着未遂的志愿而老去。

㉔ 老骥伏枥：曹操诗《步出夏门行》："老骥伏枥，志在千里。烈士暮年，壮心不已。"喻年虽老志犹壮。

㉕ 祢衡之挝鼓：祢衡，字正平，东汉平原般人。少有才辩，气刚傲物。孔融荐之于曹操，操召为鼓吏，令着鼓吏装，欲辱之。衡于操前裸身更衣，后又至操营前大骂。后世有戏曲《击鼓骂曹》述其事。

㉖ 灌夫之骂座：灌夫，字仲孺，西汉颍阴人。以功历中郎将、太仆、燕相。为人刚直不阿，任侠，好使酒，家财千万，食客日数十百人。与魏其侯窦婴友善。婴失势后，置酒宴丞相田蚡，蚡倚势不敬，灌夫使气骂座，后为蚡所劾，以不敬罪族诛。

㉗"范亚父"句：范增，为楚霸王项羽的主要谋士，被尊为"亚父"。增屡劝羽杀刘邦，羽不听。鸿门宴即为一例。刘邦设计脱身，让张良赠羽白璧一双，赠范增玉斗一双。"亚父受玉斗，置之地，拔剑撞而破之，曰：'唉，竖子不足与谋！夺项王天下者，必沛公也。吾属今为之虏矣。'"后项羽中刘邦离间计，疑而夺范增权，增疽发背而死。详见《史记·项羽本纪》。

㉘"曹孟德"句：曹操，字孟德。唾壶，痰盂。《世说新语·豪爽》："王处仲（王敦的字）每酒后，辄咏'老骥伏枥，志在千里。烈士暮年，壮心不已'（曹操诗）。以如意打唾壶，壶口尽缺。"击碎唾壶者是西晋王敦，其所咏为曹操之诗。此处系张岱误记。

㉙ 二七：人死后第二个七天。古代风俗，对死者从其死日起，以每七天为期，进行祭祀，直至七七。

㉚ 鸡黍：范张鸡黍，喻生死之交。详见卷六《祭伯凝八弟文》注。

㉛ 李白夜台：李白《哭宣城善酿纪叟》："夜台无晓日，沽酒与何人？"

㉜ 釂：饮尽杯中酒。

【评品】 本文开头，先从祭主不同年龄所交朋友的角度，概述其性格之变化，并突出其变中之不变者，为“百折不回之性，一往不挠之气”，然后详述祭主随着年龄的变化，性格、行事之不同：从早年的裘马轻狂、宾朋满座、挥金如土、日夜游宴到晚年的淡然入道、蒯屦布袍、闭门却扫、门可罗雀，变化不可谓不大，然其“宿习未除”者，橘虐茶淫、诗魔书蠹；所不变者，“独其性气”，即其真性情。祭主与张岱是宗兄弟，两人生平遭际、才赋性情何其相似乃尔。故张岱在为其“具用世大才，生不逢辰，贫病相寻，赍志以老”的痛惜中，在为其“胸怀莫吐”、抑郁未伸的扼腕中，寄寓了自己的身世之悲，不遇之愤。盖借他人的酒杯，浇自己胸中的块垒，也是张岱真性情的宣泄。

祭周戬伯文[1]

昔虞翻[2]放弃海南，恨无交际，思以青蝇为吊客，谓天下有一知己，亦足无恨。余独邀天之幸，凡生平所遇，常多知己。余好举业，则有黄贞父[3]、陆景邺二先生[4]，马巽青、赵驯虎为时艺知己[5]；余好古作，则有王谑庵年祖、倪鸿宝、陈木叔为古文知己[6]；余好游览，则有刘同人、祁世培为山水知己[7]；余好诗词，则有王予庵、王白岳、张毅儒为诗学知己；余好书画，则有陈章侯、姚简叔为字画知己[8]；余好填词，则有袁箨庵、祁止祥为曲学知己[9]；余好作史，则有黄石斋、李研斋为史学知己[10]；余好参禅，则有祁文载[11]、具和尚为禅学知己[12]。至如周戬伯先生，则无艺不精，无事不妙。与之为制义，则才同冯、许[13]；与之为古文，则笔过欧、苏[14]；与之匿迹商山，则衣冠甪里[15]；与之怡情剧戏，则顾曲周郎[16]；与之编纂史记，则一出一入，字挟风霜[17]；与之唱和诗词，则一吟一咏，声出金石[18]；与之摹仿书法，则细楷麻姑[19]，抄书盈箧；与之参研禅理，则提撕谑笑[20]，各出机锋[21]。得吾戬伯一人，则数十人之精华，皆备于一人之身。而虞翻交籍，不求多人，思得天下一人以为知己，亦足无恨，殆吾戬伯一人之谓也。

余与戬伯结发为知己，相与共笔砚者六十三载。婆娑二老[22]，形影相怜，正欲偷生以娱迟岁，今乃一旦洒然舍我遽去。兄既玉碎，弟尚瓦全。回首思之，有何趣味？乃不自遄死，犹然视息人世[23]，亦孙子荆所谓“乃使若辈存，而令此人死”也[24]。兄去弥月，弟贫无可将意[25]，止携絮酒生刍[26]，走向灵輀[27]，亦如王茂弘之哭卫洗马，曰叔宝“风流名士，海内所瞻，可修薄祭，以敦旧好”云耳[28]。弟有哀些，覼缕不尽[29]，抚棺号痛，以当驴鸣[30]。兄其鉴之。

注释

① 周戬伯：周懋谷。详卷三《与周戬伯》。

② 虞翻（164—233）：字仲翔，三国吴余姚人。历事孙策、孙权，屡犯颜谏

净，贬至交州。曾自白："自恨疏节，骨体不媚，犯上获罪，当长没海隅，生无可与语，死以青蝇为吊客，使天下一人知己者，足以不恨。"（《三国志·吴志》本传注引《虞别传》）足见其风节凛然，生平寂寞。

③ 黄贞父：黄汝亨（1558—1626），字贞甫（一作贞父），号寓庸，仁和（今杭州）人。万历二十六年（1598）进士，授江西进贤县知县，官至江西布政参议。后结庐南屏山小蓬莱，著书自娱。有《寓林集》。

④ 陆景邺：陆梦龙，字景邺，山阴人。万历进士。历任刑部主事、员外郎。因审讯张差"梃击"案，得罪权贵。天启中，以计贼功，累迁广东按察使。崇祯时，官右参政，守固原。为人慷慨好谈兵，以廓清群盗自许。后被农民起义军围于老虎沟，战死。"疏闻，思宗叹曰：'陆梦龙越境杀贼，忠烈可嘉。'赠太仆寺卿。"（《於越三不朽图赞》）著《易略》三卷。

⑤ 马巽青：巽青应是"巽倩"之误。马权奇，字巽倩，会稽人。崇祯四年进士，官兵部主事。因才高招忌被系，释归故里，著有《尺木堂学易志》三卷。　时艺：明清八股文。八股文相对古文称为"时文"。因是根据皇帝命令（制）而作的艺文，讲解经书之"义"，故称"制义""制艺"，牵连亦称"时艺"。

⑥ 王谑庵：王思任。详卷四《王谑庵先生传》。　倪鸿宝：倪元璐，号鸿宝，详卷一《纪年诗序》注。　陈木叔：陈函辉，详卷五《山民弟墓志铭》注。

⑦ 刘同人：刘侗，字同人，麻城人。崇祯进士，官吴县知县。与于奕正同撰《帝京景物略》。　祁世培：祁彪佳，字幼文、弘吉，号世培、虎子，山阴人。系张岱挚友。天启进士，崇祯间历苏松巡抚、南京畿道。清陷杭州，殉节死。著有《祁忠敏公集》等。

⑧ 王予庵：王亹，字予庵，山阴人。刘宗周弟子，亡明遗民。曾为马权奇《尺木堂学易志》作序。　王白岳：王雨谦。详卷一《白岳山人虎史序》。　张毅儒：张岱族弟。名弘，字毅儒。详卷一《纪年诗序》注。　陈章侯：陈洪绶。详卷三《与陈章侯》。　姚简叔：姚允在，字简叔，会稽人。工山水人物，遒劲不凡。详《陶庵梦忆·姚简叔》。

⑨ 袁箨庵：袁于令。详卷三《答袁箨庵》。　祁止祥：祁豸佳，字止祥，山阴人，天启七年（1627）举人，以教谕迁吏部司务。工书画。张岱有《寿祁止祥八十》诗及《公祭祁夫人文》。

⑩ 黄石斋：黄道周（1585—1646），字幼玄、细遵，号石斋。天启进士，改庶吉士，授编修。崇祯年间，曾任右谕德、江西按察司照磨等职。数因讥刺权贵、忤逆帝意被斥。福王时任礼部尚书，后入闽拥立隆武帝。兵败被清军所杀。工书法，善画山水。精《易》理。著有《石斋集》等。　李砚斋：李长祥。张岱将其视之为史学知己。详卷三《与李砚翁》。

⑪ 祁文载：祁熊佳，字文载。详见卷三《与祁文载》、卷六《祭祁文载文》。

⑫ 具和尚：张岱族弟。俗姓张，字具德，法名弘礼。出家于普陀寺，曾任灵隐、天宁诸寺住持。为临济宗僧。详《西湖梦寻·灵隐寺》及《具德和尚灵隐寺落成刚值初度作诗奉之》。

⑬ 冯、许：据张岱《寿祁止祥八十》："大家手笔会元才，冯子具区许钟斗。"应指冯具区、许钟斗二人。冯具区，冯梦祯（1548—1605），字开之，号具区，又号真实居士，浙江秀水（今嘉兴）人。万历五年（1577）进士，官编修。与沈懋学、屠隆以气节相尚。张居正丧父夺情，梦祯诣其子嗣修，力言不可，忤居正，病免。万历二十一年（1593）补广德州判官，量移行人司，副尚宝司

丞，升南京国子监司业，迁右谕德，署南京翰林院，再迁右庶子，拜南京国子监祭酒。三年后被劾罢官，遂不复出，移居杭州，筑室于孤山之麓。著有《快雪堂集》等。许钟斗，许獬，字子逊，号钟斗，福建同安人。万历二十九年（1601）进士，授翰林院编修。为人气岸嶙峋，不谐俗，好读书。海内传诵其文，呼曰“许同安”。著有《许钟斗集》《八经类集》等。

⑭ 欧、苏：北宋著名文学家欧阳修、苏轼。

⑮“与之匿迹”二句：汉初，东园公、绮里季、夏黄公、甪里先生四人隐于商山，四人须眉皆白，故称四皓。汉高祖召，不应。高祖欲废太子，吕后用留侯张良之计，使四皓辅太子。刘邦见其羽翼已成，遂罢废太子之议。

⑯ 顾曲周郎：三国吴之周瑜精通音律，即使醉酒，闻奏曲有误，必回头相视。当时有“曲有误，周郎顾”之语。

⑰ 字挟风霜：字里行间挟有峻厉之气，不苟褒贬。《西京杂记》载，淮南王刘安编著《淮南子》，自云字中皆挟风霜。

⑱ 声出金石：喻铿锵有力之声。晋孙绰尝作《天台山赋》，辞致甚工。初成，以示友人范荣期，云：“卿试掷地，当作金石声也。”后因喻文章诗赋音节之美。

⑲ 麻姑：喻如颜真卿楷书《麻姑仙坛记》。

⑳ 提撕：《诗·大雅·抑》：“匪面命之，言提其耳。”郑玄笺：“我非但对面语之，亲提撕其耳。”引申为提醒振作。

㉑ 机锋：佛教禅宗讲究语言的机警锋利。

㉒ 婆娑：步态衰微貌。

㉓ 视息人世：犹言在人世苟延残喘。

㉔“亦孙子荆”二句：孙楚，字子荆，晋中都人。才藻卓绝，爽迈不群。惠帝时，任冯翊太守。《世说新语·伤逝》：“孙子荆以有才，少所推服，唯雅敬王武子。武子丧时，名士无不至者。子荆后来，临尸恸哭，宾客莫不垂涕。哭毕，向灵床曰：‘卿常好我作驴鸣，今我为卿作。’体似真声。宾客皆笑。孙举头曰：‘使君辈存，令此人死！’”意谓该死的不死，不该死的却死了。

㉕将意：表达心意。

㉖絮酒生刍：见卷六《祭祁文载文》注。

㉗灵輀：丧车。

㉘“亦如王茂弘”五句：《世说新语·伤逝》：“卫洗马（卫玠，字叔宝，官至太子洗马）以永嘉六年丧，谢鲲哭之，感动路人。咸和中，丞相王公（王导，字茂弘）教曰：‘卫洗马当改葬。此君风流名士，海内所瞻。可修薄祭，以敦旧好。’”

㉙覼缕：详细而有条理地叙述。

㉚“抚棺”二句：《世说新语·伤逝》：“王仲宣（王粲，字仲宣）好驴鸣。既葬，文帝临其丧，顾同游曰：‘王好驴鸣，可各作一声以送之。’赴客皆一作驴鸣。”

【评品】 张岱平生广嗜好，富才艺，也多知己。本文不厌其烦地一一列举了一众知己之所长，皆用以突出周戬伯“无艺不精，无事不妙”，才兼众长，得众精华。可见他不同于张岱其他的朋友。文章开始，即引虞翻故事，表明平生得一知己足矣，而段落结尾则称周戬伯即是其人。文章后半段追忆两人半个多世纪的交谊："结发为知己，相与共笔砚者六十三载。"对于这样一位形影相怜的老友之逝，张岱是恨己独生，不胜其悲的，故文中引用不少哀悼吊丧的典故，以抒其情。结尾"抚棺号痛，以当驴鸣"，在深悲巨痛中不忘调侃。这正是张岱的艺术个性。

公祭张噩仍文[1]

呜呼！吾张噩仍先生之仙逝也，凡在知交者，或惜乡党中失一善士，或惜世法中少一通人[2]，或惜文坛中折一名宿[3]，或惜风雅中缺一韵友[4]，或惜朋侪中殂一任侠[5]。凡所以悼惜噩仍者，譬如画竹，皆得其一节矣。吾辈忝在久要，窃谓其知之尚未尽也。

噩仍为思溪先生之文孙[6]，其积德累仁不止一世。而思翁之功行在因果，噩仍之功行在名教。如于公之有阴德[7]，而子孙济美[8]，自当高大其门。噩仍谦和柔婉，未尝以一语忤人。而胸中月旦[9]，洞若观火，即其会稽修志，一出一入，字挟风霜[10]，不肯稍为曲笔[11]，如褚裒之外无臧否，而皮里自有阳秋[12]。噩仍蜚声黉序[13]，食于二十人中者四十余年[14]。人称其举子业，而不知其下帷稽古[15]，博览群书，所作诗文，真足颉颃古人，如李谧之拥书万卷，而不肯以枵腹欺人[16]。噩仍精于音律，其所著三剧，皆写其胸中郁勃。而见有梨园子弟歌喉清隽，必鉴赏精详，盘旋不去，如公瑾之按拍审音[17]，而半字差讹，必得周郎之一顾。噩仍少年豪放，狎客满门，挥金如土，而后乃澹然入道，闭户自精，厌弃繁华，一归约啬，鸥租橘税[18]，不失素封[19]，如武攸绪之清净寡欲[20]，耕桑谋野，而尝自逍遥于岩壑。

是以吾辈之得交噩仍者，钦其道义，如松柏之有心；挹其丰采，如竹箭之有筠；读其诗文，如云霞之有色；聆其词曲，如金玉之有音；羡其风韵，如芝兰之有气；念其交情，如醇醪之有味。盖噩仍生平，百美具备，足以系人之思者，不知凡几。乃更多材多艺，诊脉则仓公、扁鹊，刀圭所及，能以良药起生[21]。相地则郭璞、青田，杖履所至，能以粒粟择葬[22]。且复怡情丝竹，适意花鸟，放怀风月，寄傲烟霞。文章声气之士，既加结纳，博徒卖浆之辈[23]，亦所包容。哲人云亡，人皆痛惜。先生去后，求一真诚君子、博雅通儒，以为越中翘楚者[24]，其谁为之继乎？

兹以二七，凡我同人，车过腹痛[25]，薄具羹芼[26]，用伸哀悃。惟神鉴之，为展匕鬯[27]。

注释

① 张噩仍：张文成。详卷三《与张噩仍》。

② 世法：社会之楷模。桓宽《盐铁论·相刺》："故居则为人师，用则为世法。" 通人：学识渊博之人。

③ 名宿：素来声名卓著的人。

④ 韵友：文雅的朋友。

⑤ 任侠：仗义行侠的人。

⑥ 文孙：尊称人之孙子。

⑦ 于公之有阴德：《汉书·于定国传》载：定国父于公，其闾门坏，父老方共治之。于公谓曰："少高大闾门，令容驷马高盖车。我治狱多阴德，未尝有所冤，子孙必有兴者。"至定国为丞相，其子永为御史大夫，封侯传世。

⑧ 济美：在前人的基础上发扬光大。《左传·文公十八年》："世济其美，不陨其名。"

⑨ 月旦：指品评人物。汉许劭好品评人物，每月变更评论品题，称为"月旦评"。见《后汉书·许劭传》。

⑩ 字挟风霜：行文严峻，文气凌厉，褒贬不苟。

⑪ 曲笔：于事于人，用隐曲回护的笔法。

⑫"如褚裒（póu）"二句：《晋书·褚裒传》："裒少有简贵之风……谯国桓彝见而目之曰：'季野有皮里阳秋。'言其外无臧否，而内有所褒贬也。"

⑬ 黉（hóng）序：州府县的学校。

⑭ 食于二十人中：脱颖而出。《史记·平原君列传》载："秦之围邯郸，赵使平原君求救，合纵于楚，约与食客门下有勇力文武备具者二十人偕。"其中有自荐的毛遂，后果脱颖而出，使平原君不辱使命。又，明制，县学二十人。

⑮ 下帷：放下室内悬挂的帷幕。指教书，也指闭门苦读。此取后义。《魏书·李谧传》载，孔璠等上书："窃见故处士赵郡李谧……绝迹下帏，杜门却扫，弃产营书，手自删削。"

⑯"如李谧"二句：李谧，字永和，北魏赵郡平棘人。少好学，博学通经，周览百氏。初师事小学博士孔璠。数年后，璠还就谧请业。征辟皆不就。"每曰：'丈夫拥书万卷，何假南面百城。'"枵（xiāo）腹，空腹。

⑰“如公瑾”三句：指䝙仍精通音律，一如“曲有误，周郎顾”的周瑜（字公瑾）。

⑱ 鸥租橘俸：养鸥种橘，指隐士的清闲生活。此喻其为人之清高。

⑲ 素封：无官爵封邑而拥有资财的富人。文中指其虽为布衣，精神上却十分富足。

⑳ 武攸绪：武则天兄子。少有志行，恬淡寡欲。武后秉政，攸绪弃官求隐。武后疑诈，观其所为。攸绪隐于嵩山，优游岩壑，武后所赐器服，皆置不用。买田使奴耕种，与民无异。后武氏遭祸，攸绪独免。

㉑“诊脉”三句：赞其医术高明，能起死回生。仓公，淳于意，汉临淄人。曾为齐太仓长，故称仓公。少喜医术，师同郡阳庆，传其禁方，为人治病多验，与扁鹊并称。扁鹊，战国时名医。原名秦越人，勃海郡鄚人。受禁方于长桑君，历游齐赵。入秦，秦太医令李醯妒而使人杀之。

㉒“相地”三句：赞其精于堪舆风水之术。郭璞（276—324），字景纯，晋河东闻喜人。好经术，擅辞赋，博洽多闻。通阴阳历算、卜筮之术，前后筮验六十余事。详《晋书》本传。青田，刘基（1311—1375），字伯温，浙江青田人。博通经史，尤精象纬之学。元末进士，官至处州路总管府判。后弃官归隐著书。曾替朱元璋制定先破陈友谅，再灭张士诚，最后北图中原的战略，被比为汉之张良。洪武三年，授弘文馆学士，封诚意伯。卒谥文成，追赠太师。

㉓ 博徒卖浆之辈：喻社会下层的三教九流人物。《史记·信陵君列传》：“公子闻赵有处士毛公藏于博徒，薛公藏于卖浆家。”

㉔ 翘楚：本指高出杂树丛的荆树，后比喻杰出的人材。

㉕ 车过腹痛：为曹操祭桥玄之辞。详卷三《普同塔碑》注。

㉖ 羹芼：用蔬菜杂肉为羹。芼，蔬菜。

㉗ 匕鬯（chàng）：两者均为祭祀用物，用以指代祭祀。匕，羹匙。鬯，秬黍酿的香酒。

【评品】 本文开头即用五个“或惜”排比句式，从各种不同人物的不同角度，分别表达他们痛失良友的伤痛之情，并表明祭主平生才学品德值得称道者颇多，然后全方位地详述并盛赞其生平性格、德行才艺和著述的卓然不群。之后精确地用五“如”，历引古人的懿行美德一一加以对应，称颂之情，溢于言表。张岱意犹未尽，用“是以吾辈之得交噩仍者”句领起，再用排比的句式、生动的比喻表达了自己和其他得交其人者获益之多多。惟其如此，结尾“哲人云亡”，“其谁为之继乎”的怀念痛悼之情，才显得格外真切深沉。王雨谦称：“人藉文以不朽。”诚为的评。

琴操

张子作《琴操》[1]，非以解嘲也，志耻也。曷耻之？耻为长者也，耻为赤子也。使虞、芮之人见之，曰："吾所争，周人所耻也。"[2]

注释

①《琴操》：古代解说琴曲作品的著作，传为东汉蔡邕所撰。原书已佚，经后人辑录成书。此应是张岱为自己所作琴曲作的解题。

②"使虞、芮之人"四句：《孔子家语·好生》："虞、芮二国争田而讼，连年不决，乃相谓曰：'西伯，仁人也，盍往质之。'入其境，则耕者让畔，行者让路……遂自相与而退，咸以所争之田为闲田矣。"

天下士操鲁仲连解邯郸围作[1]

鲁连一言，邯郸围解。旁观者曰：“何藉鲁连，邯郸自解。”邯郸人则曰：“罪唯鲁连，欲解则解。”

| 注释 |

① 鲁仲连：战国齐人，而游于赵。秦将白起坑赵卒四十万，围赵都邯郸。魏王使客卿辛垣衍因平原君得见赵王，唆其尊秦为帝。鲁仲连与其激烈争辩，力陈其不可。辛垣衍理屈词穷，谢曰：“吾乃今日知先生为天下之士也。吾请出，不敢复言帝秦。”秦将闻之，为却军五十里。适逢魏公子信陵君杀晋鄙，率军援赵，秦围遂解。详《史记·鲁仲连列传》。

从井救人操

井有人焉，其从之也，痴莫痴于宰予[1]。作《从井救人操》。

谁则挤之，乃堕于窟？我则援之，乃捽其发[2]。既登于筏，问：“谁捽发？”

"余实捽发，余罪当杀。""尔既捽余之发，尔则偿余之簪与袜。"

| 注释 |

① 宰予：字子我，孔子弟子。《论语·雍也》：宰我问曰："仁者，虽告之曰：'井有仁焉。'其从之也？"意谓仁者被告知有人落井了，仁者会跳下去救吗？

② 捽：揪。

中山狼操[1]

东郭先生匿中山狼，绐猎者去[2]。狼磨牙欲食之，悔而有作。

"吁嗟狼兮，尔乃食予！予不尔救，尔将食谁？"狼曰："余饥，所见唯食。不问恩仇，不择肥瘠。""狼兮，终忍食余兮？终忍食余兮，狼兮！"

| 注释 |

① 中山狼：故事取材于明代马中锡小说《中山狼传》。康海有杂剧《中山狼》。

② 绐：诓骗。

脊令操[1]

秦府僚属，劝秦王世民行周公之事[2]，伏兵玄武门，射杀建成、元吉[3]。魏徵伤之[4]，作[5]。

脊令在原，缯弋在地[6]。兄为弟来，弟给兄去。弟则自去，以兄予鸷[7]。吁嗟乎鸷！吁嗟乎弟！

注释

① 脊令：即鹡鸰，水鸟名。《诗·小雅·常棣》："脊令在原，兄弟急难。"郑玄笺："其本为水鸟，而今在原，失其常处，则飞则鸣，求其类，天性也，犹兄弟之于急难。"后因以喻兄弟友爱，急难相顾。

② 周公之事：武王灭商后不久即病逝。成王年幼，周公旦摄政。引起其群弟管叔、蔡叔等的疑忌，纣王之子武庚见机拉拢发动叛乱。周王朝面临严峻的形势，周公东征，诛武庚，杀管叔而放蔡叔，废霍叔为庶民，平定了叛乱。详《史记·管蔡世家》。

③"伏兵玄武门"二句：玄武门之变。详卷一《史阙序》注。

④ 魏徵伤之：魏徵（580—643），字玄成，钜鹿郡人。唐朝政治家、思想家、文学家和史学家。初为太子李建成府僚，见秦王李世民功高势大，劝太子早为

之计。玄武门之变后，李世民责问魏徵道："你为什么要离间我们兄弟?"魏徵回答说："太子要是按照我说的去做，就没有今日之祸了。"（即"伤之"）详新旧《唐书》本传。

⑤ 作：非谓魏徵作《脊令操》（《乐府诗集》无），而是张岱有感于此而作。

⑥ 缯弋：《庄子》内篇《应帝王》："且鸟高飞，以避缯弋之害。"弋，用带丝绳（缯）的箭射鸟。

⑦ "兄为弟来"四句：兄为救弟而来，弟却骗兄自去，将兄留与鹰鸷。揭露弟凶残如鹰鸷。

让肥操[1]

后汉赵孝，天下乱，人相食，弟礼为贼所得。孝闻之，诣贼曰："弟久饥，羸瘦[2]，不如孝肥，请啖之。"

兄认肥："贼啖余，余心则娱。"兄认肥，弟朵颐[3]，不知其所为。弟曰："兄既认肥，可以弟啖。"而变其言曰："癯[4]。"

| 注释 |

① 让肥：王莽时，天下大乱，人相食。赵孝之弟赵礼为饿贼所得，孝闻之，自缚诣贼，曰："礼久饿羸瘦，不如孝肥饱。"贼大惊，并释之。乡党服其义。

见《后汉书·赵孝传》。后遂以“赵礼让肥”为兄弟友爱之典。

② 羸瘦：虚弱消瘦的意思。

③ 朵颐：指动腮帮进食。喻向往，羡馋。

④ 癯：瘦。

就烹操

韩信使郦食其说齐[1]，下之。蒯彻曰：“郦生伏轼掉三寸舌，下齐七十余城。将军为将数岁，反不如一竖儒之功乎？”信袭破齐，齐王烹食其而走。

三寸舌，下齐城，竖儒之功洵可惊。何不杀之夺其名？后被云梦之缚[2]，而信自悔曰：“狡兔尽，走狗烹。”

注释

① 郦食其说齐：郦食其，陈留高阳人。县中皆谓之狂生。楚、汉在荥阳、成皋一带相持，郦生建议刘邦联齐孤立项羽。他受刘邦命到齐国游说，齐王田广表示愿以所辖七十余城归汉。后汉将韩信嫉妒食其之功，发兵袭击齐国，齐王田广认为被骗，乃烹杀郦食其。据《史记·淮阴侯列传》，使郦食其说齐者，刘邦也，非如张岱所言韩信也。

② 云梦之缚：《资治通鉴·汉纪》载，汉高帝六年（前201），有人上书告发

楚王韩信谋反。刘邦问计于陈平，平曰：“古者天子有巡狩，会诸侯。陛下第出，伪游云梦，会诸侯于陈。陈，楚之西界；信闻天子以好出游，其势必无事而郊迎谒；谒而陛下因禽之，此特一力士之事耳。”韩信遂于云梦就缚，曰：“果若人言：‘狡兔死，走狗烹；高鸟尽，良弓藏；敌国破，谋臣亡。’天下已定，我固当烹！”

完卵操

孔北海被收，顾谓使者曰：“冀罪止于身，二儿可得全乎？”儿曰：“大人岂见覆巢之下，复有完卵乎？”[1]舍沙下石者，非其父执[2]，则其祖执也。

不相识，难入室。覆我巢而破我卵者，皆我之父执。呜呼！我曰“父执”，彼语人曰：“我与若父，本不相识。”

注释

① 孔北海：孔融（153—208），字文举，鲁国（今山东曲阜）人。东汉末文学家，“建安七子”之一，家学渊源，是孔子的第十九世孙。汉献帝即位后，任北军中侯、虎贲中郎将、北海相，时称孔北海。在任六年，修城邑，立学校，举贤才，崇儒术，经刘备表荐兼领青州刺史。性好宾客，喜抨议时政，言辞激烈，后因触怒曹操而为其所杀。《世说新语・言语》：“孔融被收，中外惶怖。

时融儿大者九岁，小者八岁。二儿故琢钉戏，了无遽容。融谓使者曰：‘冀罪止于身，二儿可得全不？’儿徐进曰：‘大人岂见覆巢之下，复有完卵乎？’寻亦收至。”

② 父执：父亲的朋友。执，志同道合的朋友，简称“执”。

投杼操

曾子处费，有人与曾子同名族者而杀人。人告曾子母曰：“曾参杀人[1]。”曾子之母曰：“吾子不杀人。”织自若。有顷焉，人又曰：“曾参杀人。”其母尚织自若也。顷之，人又告之曰：“曾参杀人。”其母惧，投杼逾墙而走。

昔曾子，作《孝经》[2]，而玄云聚于北极。苍苍者天，唯孝能格。奈何曾参杀人，而母信之不及[3]？吾终以母之信之不及也，而尚谓是曾参之凉德[4]。

注释

① 曾子杀人：《战国策·秦策二》：甘茂曰：“人告曾子母曰：‘曾参杀人。’曾子之母曰：‘吾子不杀人。’织自若。有顷焉，人又曰：‘曾参杀人！’其母尚织自若也。顷之，一人又告之曰：‘曾参杀人！’其母惧，投杼逾墙而走。夫以曾参之贤与母之信也，而三人疑之，则慈母不能信也。”

②《孝经》：传说是孔子作，但南宋时已有人怀疑是出于后人附会。清代纪昀

在《四库全书总目》中指出，该书是孔子“七十子之徒之遗言”（张岱则认为系曾子所作），成书于秦汉之际。《孝经》，以孝为中心，比较集中地阐述了儒家的伦理思想。

③“奈何”二句：谓曾子作《孝经》，感天动地，曾母何至如此快就信了谣传？

④“吾终”二句：我最终还是认为曾母之所以信之不够，或许是曾子的品德尚有欠缺。凉德，薄德，少德。

吾舌尚存操

张仪从楚相饮，楚相亡璧，疑张仪，笞掠之。其妻曰：“子毋读书游说，安得此辱乎？”仪指其口曰：“视吾舌尚在否？”其妻笑曰：“舌自在也。”仪曰：“足矣。”[1]

纵横舌，不敢吼。楚相笞，不敢走。负剑忍辱[2]，斤斤自守[3]。珍重张仪，无非自爱其舌也，故以一丸泥封其口[4]。

注释

①“张仪”数句：张仪，魏人。与苏秦俱事鬼谷先生学术，苏秦自以不及张仪。张仪学成而游说诸侯。尝从楚相饮，楚相亡璧，门下意张仪，曰：“仪贫无行，必此盗相君之璧。”共执张仪，掠笞数百，不服，释之。其妻曰：“嘻！

子毋读书游说，安得此辱乎？”张仪谓其妻曰：“视吾舌尚在不？”其妻笑曰：“舌在也。”仪曰：“足矣。”见《史记·张仪列传》。

② 负剑忍辱：即韩信忍胯下之辱的故事。《史记·淮阴侯列传》载：淮阴屠中少年有侮信者，曰：“若虽长大，好带刀剑，中情怯耳。”众辱之曰：“信能死，刺我；不能死，出我胯下。”于是信熟视之，俯出胯下，匍伏。一市人皆笑信，以为怯。

③ 斤斤自守：谨小慎微，自求无过。

④ 泥封其口：以护其舌。

莝豆操[1]

范雎受魏齐辱，为须贾所卖也。雎相秦，贾入见，膝行谢罪。雎乃大供具，请诸侯宾客，置莝豆其前，而马食之。[2]

故交也，而先下之石。绨袍也，而先裹之箦[3]。宾客也，而置莝豆其侧。呜呼噫嘻！此即卖友之须贾也[4]。马若知之，不与同食。

注释

① 莝（cuò）豆：碎豆草料。

②“范雎”九句：详《史记·范雎蔡泽列传》。范雎，字叔，魏国芮城人。战

国时期著名纵横家，曾任秦相。

③ 箦（zé）：用竹片芦苇编成的床席，泛指席子。

④ 须贾：魏国大夫。范雎曾为其门客。《史记·范雎蔡泽列传》："须贾为魏昭王使于齐，范雎从。齐襄王闻雎辩口，乃使人赐雎金十斤及牛酒，雎辞谢不敢受。须贾知之，大怒，以为雎持魏国阴事告齐，故得此馈。既归，以告魏相魏齐。魏齐大怒，使舍人笞击雎，折胁折齿，雎佯死，卷箦席，置厕中。宾客饮者醉，更溺雎，故僇辱以惩后，令无妄言者。"

张子好义，受人反噬。时阴雨，坐梅花书屋，愤懑不平，腹胀几裂。因作《琴操》十首，援琴歌之，觉鲠闷之气，拂拂从十指出去也[1]。庚辰闰三月[2]，琴张记事。

| 注释 |

①"拂拂"句：拂拂，风动貌。苏轼《跋草书后》："仆醉后，乘兴辄作草书十数行，觉酒气拂拂，从十指间出也。"

② 庚辰：崇祯十三年（1640）。

【评品】 张岱的《琴操》其弟燕客曾有和作，其序曰："伯子有不平之鸣，栖志徽弦，乃作《琴操》。"其跋夫子自道则云："张子好义，受人反噬……愤懑不平。”皆道出《琴操》的主旨：抨击世俗的薄情寡义、恩将仇报、狼心狗肺、禽兽不如的种种丑行。如“狡兔尽，走狗烹”岂韩信独然，早如越国文种，晚如明初的胡惟庸、蓝玉，其纵使有罪，又何至于被活剥皮，株连数万人之多呢？如“曾参杀人”谣言惑众，贤如曾参，亲如慈母，均未得幸免。非曾参杀人，实谣言杀人耳。“覆我巢而破我卵者，皆我之父执”，这等不仅对亲朋落井下石，而且赶尽杀绝的血腥事例，史不绝书。对此，张岱深受其害，洞若观火，故讽刺揭露之深刻，愤世嫉俗之强烈，严于斧钺。

杂著

疏通市河呈子[1] 崇祯七年十二月

为城市命河，急宜开导，恳乞天台[2]，立赐疏通，以复水利、以弭火灾事。窃见府城南植利门至北昌安门，市河一带，中分两县[3]，直达三江[4]。口吸万壑千溪，由肠胃腹心而脉归尾闾[5]；足履九宫八卦，合丙丁壬癸而位济坎离[6]。是以舟楫一通，则城野交利；生克既合[7]，则火患永除。奈河当市廛之冲[8]，户列编民之杂，刍芥积若投鞭[9]，尘垢多如囊土[10]。通城隧道，忽作泥封；分壤界河，几同茅塞。以致乡村不便趋市，颇多负载之劳；遂使阛市常罹火灾，竟无灌溉之利。某等居皆近市，利害切肤，急则呼天，哀号同口。

幸遇天台，加意民灾，留心水利。祈即敕吏事耆老[11]，内举功正数人[12]，兼使募好义富民，乐助粮钱多许。即日兴工，浃旬卒役[13]，方瞻经始[14]，顿还旧观。况今闸工既竣，理纬方能合经[15]；且迩回禄屡灾[16]，克火先须储水。凿斯池也，教民七年而戎事备[17]；冬则役之[18]，岁十二月而舆梁成[19]。弭灾兴利，福国奠民，两邑齐心，千门翘首。为此激切上呈。

注释

① 呈子：民间向官方或下级向上级上呈的公文。

② 天台：对太守、县令等地方行政官的尊称。明郑仲夔《耳新·经国》："今幸遇天台，夫冤庶伸有日。"

③ 两县：指绍兴府城分会稽、山阴两县。分界线是纵贯府城南北的府河，南起植利门（南门），北到昌安门，其上约有十座桥梁连接两县。河西为山阴县，河东为会稽县。民国初，两县合并为绍兴县。

④ 三江：绍兴以北为钱塘江、钱清江与曹娥江的汇合处，修建有著名的三江闸。营造者为明代嘉靖年间绍兴太守汤绍恩。

⑤ 尾闾：古代传说中海水所归之处（语见《庄子·秋水》），后多用来指江河的下游。

⑥"足履"二句：上句谓市河的方位：地处中央；下句谓流向：自南而北。八卦的八个方位加上中央合称九宫。丙丁为南方火，壬癸为北方水。坎、离分指北与南。

⑦ 生克：指五行之间的相生相克。此指水克火。

⑧ 市廛：店铺集中的市区。左思《蜀都赋》："市廛所会，万商之渊。" 冲：要冲。通行的大路，重要的地方。

⑨ 刍芥：柴草、杂物。 投鞭：把所有的马鞭投到江里，能截断水流。形容兵士多，军力强大。《晋书·苻坚载记》：苻坚自诩："以吾之众旅，投鞭于江，足断其流。"此指垃圾淤塞。

⑩ 囊土：用以防涝抗洪的袋装土。

⑪ 更事耆老：历经世事的干练的长老。

⑫ 功正：疑为“公正”之误。

⑬ 浃旬：整一旬，即十天。

⑭ 经始：开始营建。泛指开创事业。

⑮ 理纬合经：河道为经，建闸为纬，河道疏通了才谈得上建闸。

⑯ 迩：近来。　回禄：本为火神之名，后引申指火灾。见《左传·昭公十八年》。

⑰“教民”句：《论语·子路》：“善人教民七年，亦可以即戎矣。”

⑱ 冬则役之：农闲时征役。

⑲ 舆梁成：《孟子·离娄下》：“岁十一月，徒杠成；十二月，舆梁成，民未病涉也。”舆梁，即桥梁。

【评品】 水利历来是关乎民生福祉的大事，这篇呈子体现出张岱对民生利弊的关切。文章开门见山，指出市河作为城市的命脉，急需疏通。既可兴水利，又可弭火灾，恳请地方官立即下令动工。以见兹事体大。然后就该河地处要冲，连接城乡，说明疏通之后，可立竿见影，城乡交利，火灾永除。再就该河目前垃圾壅塞、脏乱不堪，以致交通中断、火灾频发的现状，说明治理刻不容缓。嗣后，建议指派干练耆老主事，向富户募集钱粮，即日兴工。最后绾合开头，指出工程功成指日可待，利国利民，善莫大焉。

课儿读谍[1]

一战不胜[2]，当思裹甲复来[3]；再则弗售[4]，何惜抱荆三献[5]。淮阴胯[6]，岂可屈而不伸；张仪舌[7]，喜得端然还在。要投俗眼，必多买胭脂[8]；若爱细腰，须先忍饥饿[9]。今落魄甫经半载[10]，遂荒废已越三冬。只欲攀安[11]，仅同走卒；但知御李[12]，便属舆人[13]。挟刺通名，半是题门凡鸟[14]；随行逐队，全为学步驽骀[15]。君子为朋，谈剑论文，素心人可与共晨夕[16]；小人有母，坐荐截发[17]，无米妇难以作居停[18]。慎勿滥交，止求益友[19]。唤回惰鸽[20]，叱退懒龙[21]。焚倦目于秦坑，出薪须猛[22]；囚酒星于天狱，下钥加严[23]。吞刀既用刮肠，饮炭复思涤胃[24]。须记取那张黄榜[25]，原不是绝世稀奇；尝想着这领蓝皮[26]，怎好作终身结果？少壮不努力，老大徒伤悲[27]；平日弗用功，自到临期悔。针能定向，必要指南；射可中钩，无妨败北[28]。故抑奇才，涂抹不取，欧文忠还中刘幾[29]；仍将落卷，誊录无差，陆宣公终售韩愈[30]。秦祖龙之屡摇铁铎，决要移山[31]；精卫鸟之急吐泥沙，猛思填海[32]。阶前立雪[33]，尚是虚文；座右书铭，方为实意。

注释

① 课儿读谍：教儿读书学习的正确方法。课，教书讲学或攻读学习。谍，正确的言论。

② 一战不胜：指一次科考失败。

③ 裹甲复来：重披战袍再战。

④ 弗售：旧有“学得文武艺，货与帝王家”之说。此指落第。

⑤ 抱荆三献：楚人卞和氏献荆玉事。详卷五《自为墓志铭》注。

⑥ 淮阴胯：韩信受胯下之辱。见《史记·淮阴侯列传》。

⑦ 张仪舌：谓能说善辩的口才。亦喻指安身进取之本。

⑧ 多买胭脂：南北宋之际画家李唐《题画》诗曰：“云里烟村雨里滩，看之容易作之难。早知不入时人眼，多买胭脂画牡丹。”讥讽世人俗眼喜好艳丽色彩，慕求富贵的风气，抒发了自己不遇知音的感慨。

⑨“若爱细腰”二句：亦讽刺趋尚媚俗。《韩非子·二柄》：“楚灵王好细腰，而国中多饿人。”

⑩ 甫：始，才。

⑪ 攀安：《世说新语·品藻》：或问林公：“司州何如二谢?”林公曰：“故当攀安提万。”即上比谢安不足，下比谢万有余。此指攀附权贵。

⑫ 御李：东汉李膺有贤名，荀爽去拜访，为其驾御车马。既还，喜曰：“今日乃得御李君矣。”后指得以亲近贤者。

⑬ 舆人：车夫。

⑭“挟刺”二句：谓带名片拜谒走后门的，多半是庸才。刺，指名刺或名帖，即名片。题门凡鸟，《世说新语·简傲》：“嵇康与吕安善，每相思，千里命驾。安后来，值康不在，（嵇）喜出户延之，不入，题门上作‘凤’字而去。喜不觉，犹以为欣故作。‘凤’字，凡鸟也。”是对嵇喜的蔑视。

⑮ 学步：即邯郸学步。比喻一味地模仿别人，不仅没学到本事，反而把原来

的本事也丢了。《庄子·秋水》："子独不闻夫寿陵馀子之学行于邯郸与？未得国能，又失其故行矣，直匍匐而归耳。" 驽骀：劣马。

⑯ 素心人：心地纯洁、世情淡泊的人。晋陶潜《移居》诗之一："闻多素心人，乐与数晨夕。"

⑰ 坐荐截发：坐，当作"剉"。赞母聪慧贤淑的典故。晋陶侃少家贫。一日大雪，同郡孝廉范逵往访，陶母湛氏剪发，卖以治馔款客，并剉碎草荐，以供其马。见《世说新语·贤媛》。

⑱ 居停：此指寄居之家的主人，义近东道主。

⑲ 益友：对自己的思想、工作、学习有帮助的朋友。《论语·季氏》："孔子曰：'益者三友，损者三友。友直，友谅，友多闻，益矣。友便辟，友善柔，友便佞，损矣。'"

⑳ 憍：骄矜；放纵。周武王《觞豆铭》："戒之憍，憍则逃。" 鸰：鹡鸰，水鸟名。古人以喻兄弟。《诗·小雅·常棣》："脊令（鹡鸰）在原，兄弟急难。"

㉑ 懒龙：北方有二月二（惊蛰）吃懒龙（一种菜肉馅的发面卷），防春困，解春懒的习俗。

㉒"焚倦目"二句：指振作精神，努力精进。

㉓"囚酒星"二句：指持心禁酒，专心读书。王定保《唐摭言·酒失》："宋人卫元规，酒后忤宋州丁仆射，谢书略曰：'自兹囚酒星于天狱，焚醉目于秦坑。'人多记之。"

㉔"吞刀"二句：比喻决心改过自新。《南史·荀伯玉传》："若许某自尊新，必吞刀刮肠，饮灰洗胃。"

㉕ 黄榜：皇家的公告。因用黄纸书写，故名。此指发布殿试中式名单的公告。

宋苏轼《与潘彦明书》：“不见黄榜，未敢驰贺，想必高捷也。”

㉖ 蓝皮：蓝衫，旧时八品、九品小官所穿的服装。明清生员亦穿蓝衫。

㉗“少壮”二句：《汉乐府·长歌行》：“百川东到海，何时复西归。少壮不努力，老大徒伤悲。”

㉘“中钩”二句：公子纠与小白争归齐国为君。管仲别将兵遮莒道，阻小白，射中其衣带钩。小白佯死，公子纠以为敌手已除，行益迟，小白得先入为君，是为桓公。桓公即位后，不记旧仇，任管仲为相，终成霸业。《左传·僖公二十四年》：“齐桓公置射钩而使管仲相。”此喻不必为一时失利而气馁。

㉙“故抑奇才”三句：欧文忠，欧阳修。《梦溪笔谈·人事一》：“嘉祐中，士人刘幾，累为国学第一人。骤为怪崄之语，学者翕然效之，遂成风俗。欧阳公深恶之。会公主文，决意痛惩，凡为新文者一切弃黜。时体为之一变，欧阳之功也。有一举人论曰：‘天地轧，万物茁，圣人发。’公曰：‘此必刘幾也。’戏续之曰：‘秀才剌，试官刷。’乃以大朱笔横抹之，自首至尾，谓之‘红勒帛’，判大纰缪字榜之。既而果幾也。”这是欧阳修借主文坛之际，改革宋初西昆体的努力。几年后，刘幾不仅改名刘煇，而且关切民生，痛改文风，再次应试，其文被欧公擢为第一。事后知是易名之刘幾，“公愕然久之”。

㉚“仍将落卷”三句：陆宣公（陆贽，中唐名相）录取韩愈之事，仅见于张岱《夜航船·选举部·文无定价》条，不知所据，未必可靠。其文曰：“韩昌黎应试《不迁怒，不贰过》题，见黜于陆宣公。翌岁，公复主试，仍命此题，韩复书旧作，一字不易，公大加称赏，擢为第一。”

㉛“秦祖龙”二句：秦始皇是我国封建社会第一个皇帝，祖就是开始的意思，龙是君王的象征，所以称他为祖龙。张岱《夜航船·荒唐部·驱山铎》：“晋

时，雨后有大钟从山流出，验其铭，乃秦时所造。又渔人得一钟，类铎，举之，声如霹雳，草木震动。渔人惧，亦沉于水。或曰此秦驱山铎也。”

㉜“精卫鸟”二句：《山海经·北山经》：“炎帝之少女名曰女娃。女娃游于东海，溺而不返，故为精卫，常衔西山之木石，以堙于东海。”

㉝ 立雪：《宋史·杨时传》：“（杨时）见程颐于洛，时盖年四十矣。一日见颐，颐偶瞑坐，时与游酢侍立不去。颐既觉，则门外雪深一尺矣。”后以“立雪程门”形容学生尊师，恭敬受教。

【评品】 张岱的科考经历及态度、读书心得与体会，均浓缩于这篇教育儿童如何学习念书的文章中。考场的屡战屡败，恐怕是封建社会绝大多数士子，包括张岱本人的共同经历。所以不必气馁，不必颓唐，而要有屡败屡战的勇气。重要的是不能随波逐流地媚俗，不去自卑自贱地攀附。关键在交益友，振精神，下苦功，锲而不舍。张岱用刘幾、韩愈先黜后取的经历为例，鼓励后学像祖龙移山、精卫填海一样，不达目的决不罢休。正因为是过来人，所以张岱对功名利禄有较为清醒的认识：“须记取那张黄榜，原不是绝世稀奇；尝想着这领蓝皮，怎好作终身结果?”揭示科场的种种弊端，切中肯綮。

孝友颂

世有伟人，必敦伦理[1]。爱物仁民，施由亲始[2]。所读何书？《孝经》《曲礼》[3]。所习何仪？操杖捧几[4]。何以为养？鱼鲊鹿乳[5]。何以为欢？舞斑设醴[6]。茅容烹雌，惟供甘旨[7]。黄香扇枕，为亲销暑[8]。宗族称孝，书之敦史。赫赫具瞻[9]，高山仰止。道德之庐，麟軿会此[10]。自古神仙，无不孝悌。敬进兕觥，祝公高齿。

注释

① 敦：笃厚，勉力。

② 施由亲始：施指上文的“爱物仁民”，从孝亲开始。

③《曲礼》：《礼记》篇名。曲礼，指具体细小的礼仪规范。以其委曲说吉、凶、宾、军、嘉五礼之事，故名《曲礼》。

④ 操杖捧几：为老人拄拐杖，捧坐几。

⑤ 鱼鲊：腌制或糟制的鱼。《神仙传》载：苏仙公，桂阳人氏。其母思食腌鱼，仙公至县市购得，往返数百里，顷刻便归。相传于汉文帝时得道升仙。　鹿乳：《鹿乳奉亲》是《全相二十四孝诗选》中的第六则故事。周郯子，性至孝。父母年老，俱双眼患疾，思食鹿乳。郯子乃衣鹿皮，去深山，入鹿群之中，取鹿乳供亲。猎者见而欲射之，郯子具以情告，乃免。

⑥ 舞斑：老莱子是著名的孝子。七十二岁时，为了使父母快乐，还经常穿着彩衣，作婴儿的动作，以取悦双亲。　设醴：《汉书·楚元王列传》："元王每置酒，常为穆生设醴。"颜师古注："醴，甘酒也。"此指准备甘美的酒食。

⑦"茅容"二句：茅容，字季伟，陈留（今河南开封）人。东汉时期名士。郭林宗求暂住他家，第二天早上，茅容杀鸡做成了菜，郭林宗认为是为其而做，等一会儿茅容却只给他的母亲吃，而以蔬菜与客人同食。郭林宗起身下拜说："卿太贤德了！"

⑧"黄香"二句：黄香，字文强，东汉江夏安陆人。九岁丧母，事父至孝。夏暑为父扇枕席，驱赶蚊蝇；冬寒用身子为父暖枕席。

⑨ 赫赫具瞻：赫赫在目。赫赫，盛大显著的样子。《诗·小雅·节南山》："赫赫师尹，民具尔瞻。"

⑩ 麟軿：麒麟驾的有帷幔的车。

义方颂[1]

瞻彼古人，必获麟趾[2]。安石有言，吾自教子[3]。重傅尊师，佳肴甘醴。夜聚心灯[4]，晨飞笔蕊。货与王家，学成文武[5]。鹗荐连登[6]，鹏程怒起[7]。推恩所生[8]，龙章诰紫[9]。小宋云兴，莒公山峙[10]。黉序蜚声[11]，豸冠可俟[12]。奕奕文孙，鸣珂佩玘[13]。玉树芝兰，森森阶阯[14]。艺苑所钦，文中龙虎。克继书香，皆公福祉。方识顽仙[15]，不宿峦雉[16]。

注释

① 义方：多指教子的正道，或曰家教。

② 麟趾：喻子孙昌茂。南朝齐王融《三月三日曲水诗序》："族茂麟趾，宗固盘石。"

③ 安石：东晋谢安，字安石。《世说新语·德行》："谢公夫人教儿，问太傅（即谢安）：'那得初不见君教儿？'答曰：'我常自教儿（即以自己的言行来教育孩子）。'"

④ 心灯：指心灵的本真、本然状态。南朝梁简文帝《与广信侯书》："岂止心灯夜炳，亦乃意蕊晨飞。"

⑤"货与王家"二句：明代民间俗语："学成文武艺，货与帝王家。"货，卖，出售。

⑥ 鹗荐：比喻推举有才能的人，《后汉书·祢衡传》载：孔融上表荐衡曰："鸷鸟累伯（百），不如一鹗。使衡立朝，必有可观。飞辩骋辞，溢气坌涌，解疑释结，临敌有馀。"

⑦ 鹏程：《庄子·逍遥游》状大鹏"怒而飞，其翼若垂天之云"；"徙于南溟也，水击三千里，抟扶摇而上者九万里"。后用以指代前程远大。

⑧ 推恩：广施仁爱、恩惠于他人。也用于帝王对臣属推广封赠其生身父母，以示恩典。

⑨ 龙章：诰书、诏书。 诰紫：古时诏书盛以锦囊，以紫泥封口，上面盖印，故称。

⑩ “小宋云兴”二句：北宋朝宋庠、宋祁兄弟，人称大小宋。宋祁能文，为北宋著名文学家、史学家，《新唐书》的主要作者之一。“云兴”状其文采飞扬。其兄宋庠较其清约庄重，封莒国公。故以“山峙”状之。

⑪ 黉序：古代学校。

⑫ 豸冠：獬豸冠，指古代御史等执法官吏戴的帽子，此指代官吏。獬，传说中的独角兽。

⑬ 鸣珂：显贵者所乘的马以玉为饰，行则作响。后喻指居高位。

⑭ “玉树芝兰”二句：比喻有出息的子弟。《晋书·谢安传》：谢玄答曰：“譬如芝兰玉树，欲使其生于庭阶耳。”

⑮ 顽仙：愚拙的神仙。指初得仙道者。

⑯ 峦雉：传说中的海上三神山之一的方丈，别名峦雉。

令德颂[1]

翳我福人，必有令德。凡在乡邦，受其世泽。昆季姻亲[2]，解衣推食[3]。贫户监门[4]，疗饥拯溺。救拔颠危，衽席金革[5]。笃好缁衣[6]，授餐授室。放雀放麑[7]，不网不弋。错节盘根，芟除荆棘。乐善好施，国人矜式[8]。乃产凤毛[9]，金玉其质。允文允武，簪缨采笔[10]。夺锦虎闱[11]，传胪北极[12]。鲲化眉山，先辙后轼[13]。甲第绵绵，遐龄千亿。

注释

① 令：美好的。

② 昆季：兄弟。长为昆，幼为季。

③ 解衣推食：解衣衣人，推食食人。

④ 监门：守门人。

⑤ 衽席金革：以兵器、甲胄为卧席。形容随时准备迎敌。《礼记·中庸》："衽金革，死而不厌，北方之强也。"此借用，指随时准备"救拔颠危"。

⑥ 缁衣：黑色的衣服。僧尼的衣色，借指僧尼。

⑦ 放雀：相传东汉杨宝九岁时，于华阴山中见一黄雀为鸱枭所搏，坠于树下，宝取雀以归，置巾箱中，食以黄花，待毛羽长成，乃放飞。其夜有黄衣童子自称西王母使者，以白环四枚与宝曰："令君子孙洁白，位登三公，当如此环。"事见南朝梁吴均《续齐谐记》。后以"衔环"为报恩之典。　放麑：《说苑》载：孟孙猎得麑（小鹿），使秦西巴持归，母鹿随而鸣。西巴不忍，舍之。孟孙怒而逐西巴。一年后，又任命西巴为大子傅。人问其因，孟孙曰："夫以一麑而不忍，又将能忍吾子乎？"

⑧ 矜式：敬重和取法，犹示范。

⑨ 凤毛：比喻人子孙有才似其父辈者。《世说新语·容止》载：王敬伦（劭）

风姿似父（王导）。桓温望之曰：“大奴故自有凤毛。”

⑩ 簪缨：古代达官贵人的冠饰。后遂借以指高官显宦。簪为文饰，缨为武饰。　采笔：江淹少时，曾梦人授以五色笔，从此文思大进。晚年又梦一人自称郭璞，索还其笔，自后作诗，再无佳句。后人因以“彩笔”指词藻富丽的文笔。

⑪ 夺锦：《新唐书·宋之问传》：“武后游洛南龙门，诏从臣赋诗。左史东方虬诗先成，后赐锦袍。之问俄顷献，后鉴之嗟赏，更夺袍以赐。”　虎闱：古时国子学的代称。因其地在虎门之左，故称。

⑫ 传胪：古代上传语告下，称为胪，传胪即唱名之意。科举制中殿试以后，由皇帝宣布登第进士名次，传于阶下，卫士高声齐呼传名的典礼。其制始于宋代。　北极：天上的紫微宫在北极，此指皇宫。

⑬ 先辙后轼：苏洵，四川眉山人，生子轼、辙，皆享誉文坛，人称三苏。苏辙为弟，官至门下侍郎。苏轼为兄，官场坎坷，屡遭贬责。就文学成就而言，轼高于辙；就官阶高低而言，“先辙后轼”。

洪才颂

于维钜公，才华雄杰。典剧理繁，力能振刷[1]。陶侃勤俭，竹头木屑[2]。刘晏精详，租庸盐铁[3]。公佐鹾台[4]，纲引透彻[5]。有弊亟除，有冤必雪。排难解纷，灶商胥悦[6]。于公高门[7]，公侯奕叶。速营菟裘[8]，归老於越。种秫柴桑，唯事曲蘖[9]。漉酒接䍦[10]，陶陶饮歠[11]。满腹精神，自臻耄耋。儿正黑头，应建节钺[12]。百岁称觞，巍巍阀阅[13]。

注释

① 振刷：奋起图新；振作。

②“陶侃”二句：陶侃，字士行（一作士衡），东晋时期名将。陶侃出身贫寒，为人忠顺勤劳节俭。初任县吏，后任郡守，颇有惠民德政，平息叛乱，功勋卓著。官至侍中、太尉、荆江二州刺史、都督八州诸军事，封长沙郡公。尝造船，其木屑竹头，侃皆令籍而掌之，人咸不解所以。后正会积雪始晴，听事前余雪犹湿，乃以木屑布地，以竹头作钉装船。见《世说新语·政事》。

③“刘晏”二句：刘晏，字士安，唐代著名经济改革家。历任吏部尚书、同平章事，领度支、铸钱、盐铁等使，封彭城县开国伯。实施了一系列的财政改革措施：先后改革漕运、盐政，平抑粮价。为安史之乱后的唐朝经济发展作出了重要的贡献。

④ 公佐鹾台：指刘晏兼领盐运使。

⑤ 纲引透彻：运营大批运盐的盐纲，发放作为盐商支取、运销食盐凭证的盐引，都有条不紊，一清二楚。

⑥ 灶商：晒盐炼盐的商户和运盐的商家。　胥悦：皆大欢喜。

⑦ 于公高门：于公，东海郡郯县人，西汉丞相于定国之父。曾任县狱吏、郡决曹，以善于决狱而成名。于公在世时，他家乡的里门坏了，同乡的父老要一起修理。于公对他们说：“把里门稍微扩建得高大些，使其能通过四匹马拉的

高盖车。我管理诉讼之事积了很多阴德，从未制造过冤案，因此我的子孙必定有兴旺发达的。”后来其子于定国果然官至丞相，定国之子于永也官至御史大夫，并封侯传世。

⑧ 菟裘：春秋鲁地。在今山东泰安东南楼德镇。《左传·隐公十一年》载，鲁隐公欲让位于弟，曰：“使营菟裘，吾将老矣。”后世因称士大夫告老退隐的处所为“菟裘”。

⑨“种秫”二句：东晋陶渊明任彭泽令，县里公田悉令吏种秫（可酿酒），曰：“吾常得醉于酒足矣！”（见萧统《陶渊明传》）此言柴桑，乃陶渊明的故乡，失实。曲蘖，酒曲。

⑩ 漉酒：萧统《陶渊明传》：陶渊明嗜酒，“郡将尝候之，值其酿熟，取头上葛巾漉（过滤）酒，漉毕，还复着之。”后世用滤酒葛巾、葛巾漉酒等形容爱酒成癖，赞羡真率超脱。 接䍦：一种头巾。西晋名士山简，都督荆州时，忙中偷闲，每次出门嬉游，都到大族习氏的池上陈设酒宴，经常喝醉，称池为“高阳池”。童儿歌曰：“山公出何许，往至高阳池。日夕倒载归，酩酊无所知。时时能骑马，倒着白接䍦。举鞭问葛彊，何如并州儿？”高阳池在襄阳。葛彊是山简的爱将，并州人。

⑪ 歠（chuò）：吸，喝。此指酒。

⑫ 节钺：符节与斧钺。古代授与官员或将帅，作为权力的标志。

⑬ 阀阅：功绩和经历。

【评品】 此选《琅嬛文集》之前四颂，分颂孝、义、德、才，为一组。百善孝为先。张岱引用典故，就行孝读何书、行何礼、何以养、何以欢几方面加以称颂。时代发展、社会变迁，孝（包括忠、义、诚信、节气等道德）的内容、方式、方法，也随之不断变化、不断丰富。其间当然会有扬弃，更应有创新，而不变的则是“百善孝为先”，因为懂得感恩，才能懂得爱。这是中华民族优秀道德传统和宝贵文化遗产。重视家教，尊师崇教，是中华文明繁荣昌盛，生生不息的重要原因。“吾自教子”，教子方法，因材施教，因人而异，但“重傅尊师”“夜聚心灯，晨飞笔蕊”云云，则是育儿成功的不二法门。教子有方，才能“玉树芝兰，森森阶阯”。总之重视家教，可谓万变之宗。美德，为立人之本，以“疗饥拯溺”“救拔颠危”“乐善好施”等善举德行，泽润亲友，惠及乡梓，回馈社会，古今共倡。国人相信“善有善报”，所谓“翳我福人，必有令德”。“甲第绵绵，遐龄千亿”即是张岱以为的对令德善举的福报。张岱认为“才华雄杰”，自当像陶侃建功立业，不忘节俭；像刘晏筹措经济，泽被民生；像于公决狱平冤，安宁家国。更应适时致仕：“速营菟裘，归老於越”；自娱余生：“满腹精神，自臻耄耋”。

词

远阁新晴《蝶恋花》为祁世培作

山水精神莺燕喜，好似乾坤，又做乾坤起。柳濯疏眉松刺齿，如人新浴弹冠始[1]。　涩日遮藏羞欲死[2]，一抹轻烟，横截青山趾。如画秋江多仗纸，远峰一角余皆水。

| 注释 |

① 弹冠：弹去冠上的灰尘，整理帽子。《楚辞·渔父》："吾闻之，新沐者必弹冠，新浴者必振衣。"

② 涩日：以人之羞涩状日之半露半遮。

【评品】 本首以下十八首《蝶恋花》（此选其中六首），均是张岱为祁彪佳之寓山园诸景而作。远阁即为其一。《寓山注》云："阁以远名，非第因目力之所极也。盖吾阁可以尽越中诸山水，而合诸山水不足以尽吾阁，则吾之阁始尊而踞于园之上。阁宜雪、宜月、宜雨，银海澜回，玉峰高并。澄辉弄景，俄看濯魄冰壶；微雨欲来，共诧空濛山色。此吾阁之胜概也。然而，态以远生，意以远韵……若夫村烟乍起，渔火遥明，蓼汀唱欸乃之歌，柳浪听睍睆之语，此远中之所孕含也。纵观瀛峤，碧落苍茫，极目胥江，洪潮激射，乾坤直同一指，日月有似双丸，此远中之所变幻也。"《注》于阁之胜概及何以"远"名作了诗意的诠释。而本词上阕重在状雨后新晴景与物之"新"，以人喻物，则物（柳松）具人之神态；下阕重在状雨后远阁所览景之"远"。分别以人与画拟之。以人拟物，则涩日呈人之遮羞心理；以画拟景，则山水朦胧，远韵隽永。

小径松涛

步到寒林声谡谡，龛赭潮生[1]，喷礴来山麓。卧听檐前风雨速，秋涛八月惊枚叔[2]。　入寺知微呼笔墨，奋袂如风，汹汹能崩屋[3]。四壁烟云倾百斛，江声入手成飞蹴。

注释

①"龛赭潮生"二句：龛，龛山。赭，赭山。二山夹钱塘江南北对峙，犹如海

门，为观钱塘潮之绝佳处。

② 枚叔：西汉著名辞赋家枚乘，字叔。其《七发》状江涛奔腾汹涌之状，极富气势，十分生动。

③“入寺知微”三句：知微，孙知微，字太古，四川眉山人。北宋初著名画家。苏轼《书蒲永升画后》：“始，知微欲于大慈寺寿宁院壁作湖滩水石四堵，营度经岁，终不肯下笔。一日，仓皇入寺，索笔墨甚急，奋袂如风，须臾而成。作输泻跳蹙之势，汹汹欲崩屋也。”

【评品】 寓山园有“松径”。《寓山注》：“园之中不少矫矫虬枝，然皆偃蹇不受约束，独此处，俨焉成列，如冠剑丈夫鹄立通明殿上。予因之疏开一径，友石榭所由以达选胜亭也。劲风谡谡，入径者六月生寒。迎门一松，曲折如舞，共诧五大夫何妩媚乃尔。径旁尽植草花，红紫杂古翠间，如韦丈女嫁骑驴老叟，转觉生韵。”全词用钱塘潮的水势涛声形容小径松涛，似风狂雨骤，其声汹汹崩屋，其势惊心动魄。枚乘、孙知微的典故穿插其中，以画境状实景，令读者驰骋想象，体味其韵。

虚堂竹雨

如奉秋声军令急，宣诏周昌，口作期期吃[1]。疾走含枚风雨集[2]，千人步履争呼吸。　更似冰丝清欲泣[3]，着意吟揉，手重弦声涩。宛在潇湘波上立[4]，琵琶怨洒千行湿[5]。

注释

①“宣诏”二句：周昌，沛郡人。西汉初期大臣，封汾阴侯。耿直敢言。刘邦欲废太子刘盈，另立如意，周昌虽口吃，但直言谏止。《史记·张丞相列传》载其谏诤道：“臣口不能言，然臣期期知其不可。陛下虽欲废太子，臣期期不奉诏。”期期，说话口吃，重复费劲状。

② 疾走含枚：古代夜行军奔袭，命军士衔枚于口，以防喧哗出声。

③ 冰丝：冰弦，指代古琴。

④ 潇湘波立：李洞《闻杜鹃》：“万古潇湘波上云，化为流血杜鹃身。”

⑤ 琵琶怨：白居易《琵琶行》：“座中泣下谁最多，江州司马青衫湿。”

【评品】　前阕以士兵衔枚急行军状竹林风雨声，用周昌期期口吃增其情趣；张岱擅操丝竹，熟谙声律，后阕以琵琶演奏为喻，用白居易《琵琶行》增风雨敲竹的悲凄感受。张岱行文诙谐，作词亦然。诚如王雨谦所评：“语皆奇肖。”

平畴麦浪

昔日东坡思栗里[1]，良穗怀新[2]，写尽澄心纸[3]。今见平畴如绿绮，翻来白浪潮头起。　　野老豚蹄心更侈，篝满瓯窭，奢愿还无已[4]。处处军轮如吸髓，敢云畎亩忘庚癸[5]。

注释

① 栗里：陶渊明的隐居之地。苏轼《和陶九日闲居》："龙山忆孟子，栗里怀渊明。"

② 良穗怀新：陶潜《癸卯岁始春怀古田舍》："秉耒欢时务，解颜劝农人。平畴交运风，良苗亦怀新。"

③ 澄心纸：南唐李后主造澄心堂纸，细薄光润，为一时之甲。后世多有仿制。

④"野老"三句：《史记·滑稽列传》载：淳于髡为齐王向赵国求救兵，他用野老祷求的故事，讽刺齐王想以区区薄礼实现奢侈的欲望。他说："今者臣从东方来，见道傍有禳田者，操一豚蹄，酒一盂，祝曰：'瓯窭满篝，污邪满车，五谷蕃熟，穰穰满家。'臣见其所持者狭，而所欲者奢，故笑之。"瓯窭满篝，在高狭的土地上获得丰收，粮食装满竹笼。

⑤ 庚癸：呼庚呼癸，指向天乞贷丰收。春秋时，吴王夫差与晋鲁等国会盟。

吴大夫申叔仪向鲁大夫公孙有山氏乞粮，有山氏答曰：“梁则无矣，粗则有之。若登首山以呼曰：‘庚癸乎！’则诺。”庚，西方，主谷；癸，北方，主水。因军中缺粮，为私隐，故用隐语乞粮。见《左传·哀公十三年》及注。

【评品】 寓山园有“丰庄”。《寓山注》云：“庄与园，似丽之而非也。既园矣，何以庄为？余筑之以为治生处也。出园北折，渡小桥，迎堤而门，绿畴在望。每对田夫相慰劳，时或课妇子挈壶榼往饷之，取所余酒食啖野老，共作田歌，呜呜互答。堂之后为场圃，十月纳禾稼，邻火相舂，荐新秔，增老母一匕箸。”本词上阕用苏轼和陶潜的典故，表现丰收的喜悦溢于言表；下阕将农夫对丰收的期盼与军输如吸髓的现实相对比，张岱的同情与谴责之情跃然纸上。“野老”句，调侃农民祷丰，礼薄望奢，又见张岱谐谑的风格。

镜湖帆影[1]

山似芙蓉青百叠[2]，隔住林峦，穿度轻如蝶。树底疏疏时闪灭，依稀深浅湘裙摺[3]。　伫立高冈随宛折，剡水归帆[4]，犹带山阴雪[5]。遮在人家林外堞，墙头又露他山缺。

注释

① 镜湖：即鉴湖，在绍兴城西南。曾有“鉴湖八百里”之说，可想当年鉴湖之宽阔。风光旖旎，颇多古迹。

② 山：指柯山。鉴湖所傍之山。

③ 摺：同“褶”。

④ 剡水：剡溪。为浙江省绍兴市所属嵊州市境内主要河流，由南来的澄潭江和西来的长乐江会流而成。夹岸青山，溪水逶迤，有“剡溪九曲”胜景。沿溪古迹迭续，多有咏剡名篇及趣闻逸事。

⑤ 山阴雪：《世说新语·任诞》：“王子猷居山阴。夜大雪，眠觉，开室，命酌酒，四望皎然。因起彷徨，咏左思《招隐诗》。忽忆戴安道，时戴在剡，即便夜乘小船就之。经宿方至，造门不前而返。人问其故，王曰：‘吾本乘兴而行，兴尽而返，何必见戴！’”

【评品】 张岱以伫立高冈的角度眺望镜湖帆影。首尾均以山绘湖，尽管有林峦相隔，剡水却“穿度轻如蝶”。湖光水色帆影，闪烁明灭，恍若“深浅湘裙摺”。“归帆”“犹带山阴雪”，则是用想象绾合典故，以增韵趣。

隔浦菱歌[1]

画舫笙簧顷刻过，只有菱歌，不拾人间唾[2]。口既如箕眼似簸[3]，几回看得兴亡破。　　至此乾坤方觉大，这艇清讴，那艇能追和。剥了红菱三四个，侏儒不受官厨饿[4]。

| 注释 |

① 菱歌：采菱人相互唱和创作的民歌。乐府清商曲名。又称《采菱歌》《采菱曲》，文人多有仿作。

② 不食人间唾：不拾人唾余。此誉菱歌不袭旧套，不断有所创新。

③ “口既如箕”句：簸箕，扬弃杂物的农具。以喻口眼，不仅言其大，而且能鉴别美丑成败。

④ “侏儒”句：《汉书 · 东方朔传》：东方朔不满于未得重用，对汉武帝言曰：“侏儒长三尺余，奉一囊粟，钱二百四十。臣朔长九尺余，亦奉一囊粟，钱二百四十。侏儒饱欲死，臣朔饥欲死。臣言可用，幸异其礼；不可用，罢之，无令但索长安米。”

【评品】 张岱酷爱民间文艺，在他看来，有钱人家的“画舫笙簧”顷刻就烟消云散，只有你唱我和、不断创新的菱歌才清新优美，受听、耐听。其实正如李白《苏台览古》所云：“旧苑荒台杨柳新，菱歌清唱不胜春。只今惟有西江月，曾照吴王宫里人。”转眼就烟消云散的，又岂止是“画舫笙簧”呢？作者早已“几回看得兴亡破”，悟透了这一点，才有本词结尾“剥了红菱三四个，侏儒不受官厨饿”的感慨。前有“菱歌不食人间唾”，后有“侏儒不受官厨饿”，通俗谐谑之中，深蕴哲理。

念奴娇 丁亥中秋寓项里作[1]

雨余乍霁，见重云堆垛，天无罅隙[2]。一阵风来光透处，露出半空鸾翮[3]。凉冽无翳[4]，玲珑晶沁，人在玻璃国。空明如水，阶前藻荇历历[5]。　叹我家国飘零，水萍山鸟，到处皆成客。对影婆娑回首问[6]，何夕可方今夕？想起当年，虎丘胜会[7]，真足销魂魄。生公台上，几声冰裂危石[8]。

注释

① 丁亥：顺治四年（1647）。 项里：在今浙江绍兴西南二十里，世传为项羽流寓之处。

② 罅隙：缝隙。

③ 鸾翮：鸾，神话传说中凤凰一类的鸟。翮，禽鸟羽毛中间的硬管，代指鸟翼。

④ 翳：意为遮蔽，隐藏。

⑤ “空明”二句：苏轼《记承天寺夜游》：“元丰六年十月十二日夜，解衣欲睡，月色入户，欣然起行。念无与为乐者，遂至承天寺，寻张怀民，怀民亦未寝，相与步于中庭。庭下如积水空明，水中藻荇交横，盖竹柏影也。”

⑥ 婆娑：眼泪下滴的样子。

⑦ 虎丘盛会：张岱有《陶庵梦忆·虎丘中秋夜》一文，描写其盛况：各色人等“无不鳞集”，虎丘各处名胜人满为患。然后以入夜时间为线索，描述游人渐少，而歌吹乐奏却渐入佳境，愈臻曼妙。

⑧ “生公”二句：生公台，在虎丘剑池旁。传为晋末高僧竺道生说法处。《陶庵梦忆·虎丘中秋夜》：“一夫登场，高坐石上，不箫不拍，声出如丝，裂石穿云。”

【评品】 本词是张岱在“家国飘零”，颠沛流离两年之后，寓居项里后所作。上阕描绘中秋夜“雨余乍霁”的月色变化：由重云堆垛，天无缝隙，到月色“玲珑晶沁”“空明如水”。月色虽美，但张岱的感受却是十分“凉冽”。下阕感叹家国破碎，身世飘零犹如“水萍山鸟”，不禁对影泪眼婆娑。回忆当年虎丘的中秋夜，有不胜今昔之感、黍离之悲。这是他“凉冽”感受的根本原因所在。

文集补遗

琅嬛诗集自序[1]

余少喜文长[2]，遂学文长诗。因中郎喜文长诗[3]，而并学喜文长之中郎诗，文长、中郎以前无学也。后喜钟、谭诗[4]，复欲学钟、谭诗，而鹿鹿无暇[5]，伯敬、友夏虽好之，而未及学也。张毅儒[6]，好钟、谭者也，以钟、谭手眼选明诗[7]，遂以钟、谭手眼，选余之好钟、谭而不及学钟、谭之明诗，其去取故有在也。

张毅儒言余诗酷似文长，以其似文长者姑置之，而选及余之稍似钟、谭者。余乃始自悔，举向所为似文长者悉烧之，而涤骨刮肠，非钟、谭则一字不敢置笔。刻苦十年，乃问所为学钟、谭者，又复不似。盖语出胞胎，即略有改移，亦不过头面，而求其骨格，则仍一文长也。余于是知人之诗文，如天生草木花卉，其色之红黄，瓣之疏密，如印板一一印出，无纤毫稍错。世人即以他木接之，虽形状少异，其大致不能尽改也。

余既取其似文长者而烧之矣，今又取其稍似钟、谭而终似文长者又烧之，则余诗无不当烧者矣。余今乃大悟，简余所欲烧而不及烧者悉存之[8]，得若干首，抄付儿辈，使儿辈知其父少年亦曾学诗，亦曾学文长之诗，亦曾烧诗之似文长者，而今又复存其似文长之诗。存其似者，则存其似文长之宗子。存其似之者，则并存其宗子所似之文长矣。宗子存而文长不得存，宗子、文长存而烧文长，文长之毅儒，亦不得不存矣。

向年余老友吴系曾梦文长，说余是其后身，此来专为收其佚稿。及余选佚稿，而其所刻诸诗，实不及文长以前所刻之诗，则是文长生前已遂不及文长矣。今日举不及文长之文长，乃欲以笼络不必学文长而似文长之宗子，则宗子肯复受哉？古人曰："我与我周旋久。"则宁学我[9]。

甲午八月望日[10]，陶庵老人张岱书于快园之渴旦庐[11]。

注释

①《琅嬛诗集》：张岱撰。手稿本《琅嬛文集》（《鄞县通志·文献志》著录，四册，朱氏别有斋藏书）为诗文合集。清光绪三年，会稽王惠、王介臣父子据手稿本刊刻《琅嬛文集》，然有文无诗。手稿本《琅嬛诗集》为今人黄裳私藏。

② 文长：徐渭。详卷一《昌谷集解序》。

③ 中郎：袁宏道（1568—1610），字中郎，号石公，公安（今属湖北）人。万历二十年（1592）进士，选吴县令。历任顺天教授、国子助教、礼部主事，官至吏部郎中。与兄宗道、弟中道齐名，并称"三袁"。三袁力排复古派"文必秦汉，诗必盛唐"的流弊，主张独抒性灵，不拘格套，为公安派的代表人物。

④ 钟、谭：钟惺（详卷二《岱志》注）、谭元春（详卷五《山民弟墓志铭》注）。

⑤ 鹿鹿无暇：忙忙碌碌，无空时闲暇。

⑥ 张毅儒：张岱族弟。详卷三《与毅儒八弟》《又与毅儒八弟》。

⑦ 手眼：此指眼光、标准。

⑧ 简：选择。

⑨“我与”二句：指我已和自己打交道很久了，宁愿作我。《世说新语·品藻》：“桓公（桓温）少与殷侯（殷浩）齐名，常有竞心。桓问殷曰：‘卿何如我？’殷云：‘我与我周旋久，宁作我。’”周旋，打交道。

⑩ 甲午：顺治十一年（1654）。 望日：农历每月十五日。

⑪ 快园：园名。详《快园记》。 渴旦庐：快园中的书斋名。“渴旦”又作“鹖鴠”，一种在寒夜鸣叫，渴求黎明的鸟。《本草纲目·禽部二》谓即寒号虫，按其所述性状，为蝙蝠类，古人误认为鸟。张岱以其名斋，寓意良深。

【评品】 本文为张岱就族弟张弘为其所选的《琅嬛诗集》作的自序，论述自己学识的渊源所自和感受。他以自身仿学前辈诗歌的前因后果及天生草木花卉之喻，强调诗人的秉性爱好、风格本色之不易改，不仅不必改，而且当坚持（宁作我），不然邯郸学步，失却自我。对张弘强人同己的弃取标准实有微词。张弘《琅嬛诗集小序》云：“吾选宗子诗，不敢存宽严二字，但阿（屈从、迎合）吾所好而已……吾越徐文长，昭代诗豪，其诗酷似工部（杜甫）。宗子咏物诸篇又酷似文长……若以宗子诸诗与文长并驱中原，便可谓吾越有两文长也。吾近选《诗存》，去取文长诸诗，不能存十一。曹公曰：‘缚虎不得不急。’

以文长、宗子诸诗雄视一代，气魄难训。假操觚者不别存手眼，狠着钳锤，便当死其一句一字之下，岂有丹铅复及余子哉！宗子名下屈第一指，著作已流传海内。吾与宗子总角交契三十年，相视莫逆如一日，即其诗篇，咄咄惊奇，连章累牍，便可高踞汉唐之上，而犹不能买菜求添，强吾所不好，此亦曹公缚虎之意也。”张岱为强调似与不似，传承与独创的关系，也为追求行文的生新，特意重复，甚至多次重复人名，过犹不及，有弄巧成拙之嫌。

古今义烈传自序

天下有绝不相干之事，一念愤激，握拳攘臂，揽若同仇[1]，虽在路人，遽欲与之同日死者。余见此辈，心甚壮之。故每涉览所至，凡见义士侠徒，感触时事，身丁患难[2]，余惟恐杀之者下石不重[3]，煎之者出薪不猛[4]。何者？天下事不痛则不快，不痛极则不快极。强弩溃痈[5]，利锥拔刺，鲠闷臃肿，横决无余，立地一刀，郁积尽化，人间天上，何快如之。

苏子瞻无病而多蓄药，不饮而多酿酒，尝曰：“病者得药，吾为之体轻；饮者困于酒，吾为之酣适[6]。”余于节义之士，窃亦为然。当其负气慷慨，肉视虎狼，冰顾汤镬[7]，余读书至此，为之颊赤耳热，眦裂发指。如羁人寒起，颤慄无措；如病夫酸嚏，泪汗交流。自谓与王处仲之歌“老骥”而击碎唾壶[8]，苏子美之读《汉书》而满举大白[9]，一往深情，余无多让[10]。

因忆少时读《水浒传》，宋江为宋室一大盗侠，少有折挫，辄为之扼腕懊惜，与官兵截杀，惟恐水浒之人不获全胜。一至从征大辽，手足零落，惨然悲悼，不忍终卷。宋江，盗也，何爱护之若是？无他，为忠义两字所挑激也。夏间，余偶令小傒演魏珰剧，聚观者数万人[11]。酖杀裕妃[12]，杖杀万燝[13]，人人愤悒，努目相视。至颜佩韦击杀缇骑[14]，人声喧拥，汹汹崩屋，有跳且舞者；大井旅店，勾摄珰魂，抚掌颠狂，楹柱几折。可见忠义一线不死于人心。

田横五百人皆为义死[15]，岂五百人不混杂一不肖哉？一人创而死义，四百九十九人不得不死于创义之人，如谓为田将军而死，又其第二念矣[16]。听郑声而思淫[17]，听鼓鼙而思勇，情以境移，人缘物感，无怪其然也。

余自史乘旁及稗官[18]，手自钞集，得四百余人，系以论赞，传之剞劂[19]，使得同志如余者，快读一过，为之裂眦，犹余裂眦；为之抚掌，犹余抚掌。亦自附子瞻之蓄药酿酒，不以为人，专以自为意也。

龙飞崇祯戊辰鞠月[20]，会稽外史宗子张岱读书于寿芝楼，秉烛撰此。

注释

① 揽：收取。拉到自己这方面或自己身上来。　同仇：齐心合力，打击敌人。《诗·秦风·无衣》："修我戈矛，与子同仇。"

② 丁：当。

③ 下石不重：不能杀死对方。

④ 出薪不猛：因薪柴不够，火不猛而不能将之烧死。

⑤ 溃痈：刺破痈疮，流出脓水。

⑥“苏子瞻”七句：苏轼《书东皋子传后》曰；“故所至常蓄善药，有求者，则与之。而尤喜酿酒以饮客。或曰：‘子无病而多蓄药，不饮而多酿酒，劳己以为人，何也?’予笑曰：‘病者得药，吾为之体轻；饮者困于酒，吾为之酣适，盖专以自为也。’”意谓以他人之病愈、酒酣为己乐。

⑦“肉视”二句：将虎狼视为肉食，把沸锅看作寒冰。形容负气慷慨。

⑧“自谓”句：见卷五《周宛委墓志铭》注。

⑨“苏子美”句：北宋苏舜钦，字子美。元陆友《研北杂志》载：“子美读《汉书·张良传》，至‘良与客狙击秦始皇，误中副车’，遽抚掌曰：‘惜乎，击之不中!’遂满引一大白。又读至良曰：‘始臣起下邳，与上会于留，此天以授陛下。’又抚掌曰：‘君臣相遇，其难如此!’复举一大白。”大白，大酒杯。

⑩ 余无多让：我也不差。

⑪“余偶令”二句：张岱《陶庵梦忆·冰山记》：“魏珰败，好事者作传奇十数本，多失实。余为删改之，仍名《冰山》。城隍庙扬台，观者数万人，台址鳞比，挤至大门外。”本段描写的群怒激愤的场面，可参看该书。魏珰，晚明权宦魏忠贤。珰，中国汉代武职宦官帽子的装饰品，后借指宦官。

⑫ 酖杀裕妃：《明史纪事本末》卷七十一载：明熹宗之“裕妃张氏方妊，膺册封礼。（熹宗乳母）客氏谮于上，绝饮食，闭禳道中，偶天雨，匍匐掬檐溜数口而绝”。据此则“酖”（毒杀）当作“谮”（诬陷）为是。

⑬ 万燝：字闇夫，又字元白，江西新建人。万历四十四年（1616）进士，仕至屯田郎中。上书劾魏忠贤，被忠贤矫诏杖杀。《明史》有传。

⑭ 颜佩韦（？—1626)：吴县（今属江苏苏州）人。天启六年（1626)，魏忠贤派缇骑赴苏州，逮东林党人周顺昌。苏州士众数万人抗议，骑尉语不逊，众

益愤，殴毙一人，巡抚毛一鹭走匿，得免。事后，颜佩韦等五人挺身自首，以保全乡里，遂被杀。吴人感其义，合葬五人于虎丘旁。　缇骑：此指明代锦衣卫校尉。除掌禁卫、仪仗外，专司侦察、缉捕。因身穿橘红色（缇）衣，乘马，故称。

⑮ 田横：战国齐田氏之后代。秦末，其从兄田儋自立为齐王，不久战死。儋弟荣及荣子广相继为齐王，横为相国。韩信破齐，横自立为齐王，率从属五百人逃往海岛。刘邦称帝，遣使招降。横与客二人往洛阳，未至三十里，谓羞为汉臣，自杀。原居留岛中之五百人，闻后皆自杀。详见《史记·田儋列传》。

⑯ 第二念：其次的想法和目的。

⑰ 郑声：春秋时郑国的民歌俗乐，亦指《诗·郑风》。《论语·卫灵公》有“郑声淫”之语。

⑱ 史乘：记载历史的书。《孟子·离娄下》：“晋之《乘》、楚之《梼杌》、鲁之《春秋》，一也。”　稗官：小官，此指野史小说。

⑲ 劂剞（jué jī）：均为雕刻的刀具。后以泛称书籍的雕版。

⑳ 龙飞：喻皇帝的兴起和即位。　戊辰：崇祯元年（1628）。　鞠月：即菊月，旧历九月。

【评品】　刘荣嗣称张岱“所著《义士传》，自商迄今得四百余人，各为论赞”（《序义士传》）。陈继儒《古今义烈传序》：“余取读之，见其凡例、名籍，竖义侃侃，便已心异其人。读未终卷，其条序人物，深得龙门精魄，典赡之中，佐以临川孤韵。苍翠笔底，赞语奇峭，风电云霆，龙蛇虎豹，腕下变现，而隽冷悠然，飘渺孤鸿，天外嘹呖，是又《汉书》《三国》诸赞中所绝不经见者。”祁彪佳《义烈传序》：“迨余友张宗子目穷学海，才注文河，十年搜得烈士数百余人，手自删削，自成一家言。其点染之妙，凡当要害，在余子宜一二百言者，宗子能数十字辄尽情状；及穷事际，反若有千百言在笔下。论赞杂出，一字之评，笔怀秋严，舌蓄霜断，出没其意中，忖度其言外，秦铜相照，纤悉不能躲闪……其所鉴别，片言武断，尤足令千古输心。”

张岱自幼倾慕古今忠烈节义事迹，“心甚壮之”，击碎唾壶，满举大白，一往情深，钦慕之至，故作《古今义烈传》。虽自云“不以为人，专以自为”，然“情以境移，人缘物感”，张岱在社稷将倾、异族入侵之际，颂忠义而传节烈，仅本文所举田横五百人皆为义死一例，其中深意，当不言自明。张岱深为义烈们所激动感染，以致“颊赤耳热，眦裂发指”之状宛然可睹，真性情中人也。

於越三不朽图赞序[1]

在昔帝赉良弼，即以图像求贤[2]，而汉桓帝征姜肱不至，遂命画工图其形状[3]。古人以向慕之诚致，思一见其面而不可得，则像之使人瞻仰者，从来尚矣[4]。是以后之瀛洲、麟阁、云台、凌烟[5]，以至香山九老、西园雅集、兰亭修褉[6]，无不珍重图形，以传后世。使后之人一见其状貌，遂无汉武帝不得与司马相如同时之恨[7]，亦快事也。

余少好纂述国朝典故，见吾越大老之立德、立功、立言以三不朽垂世者[8]，多有其人，追想仪容，不胜仰慕。遂与野公徐子沿门祈请[9]，恳其遗像，汇成一集，以寿枣梨[10]，供之塾堂，朝夕礼拜，开卷晤对。见理学诸公则惟恐自愧衾影[11]，见忠孝诸公则惟恐有忝伦常[12]，见勋业诸公则惟恐毫无建树，见文艺诸公则惟恐莫名寸长[13]。以此愧厉久之[14]，震慑精神，严惮丰采，寤寐之地如或遇之，其奋发兴起，必有不知手之舞之，足之蹈之者矣。

予不幸遭时变[15]，禀承家训，恪守师资，一时景仰前贤，谂知不朽者其名[16]，而不可得而共睹者其像，乃与同志为登门求像之举。诸贤裔鉴其诚[17]，而慨然许之，或千里而惠寄一像，或数载而未获一图。积月累时，遂完斯帙，夫岂直一手足之烈哉？至若是书是像之垂示无穷，而终于不朽，则所望于后之读是书者。岁在上章涒滩仲秋[18]，古剑老人识[19]。

注释

①《於越三不朽图赞》：张岱与徐沁（野公）收集会稽之“立德、立功、立言以三不朽垂世者”的遗像为之作图赞，共108（一本作109）人。全书分三门十八目，合像、传、赞为一体。历时数十年，未及梓行而张岱卒，后由其外孙陈仲谋刊行。

②“在昔”二句：殷高宗武丁梦得圣人，名曰说，求于野，乃于傅岩得之。举以为相，国大治的故事。《尚书·说命》：“‘……梦帝赉予良弼，其代予言。’

乃审厥像，俾以形旁求于天下。说筑傅岩之野，惟肖，爰立作相。”赉（lài），上帝赐给。良弼，贤能的辅弼。

③“汉桓帝”二句：姜肱，字伯淮，后汉广戚人。家世名族，通五经，兼明星纬。与徐稚俱征，不至。桓帝时，画工图其形状，肱以被韬面，言感疾不欲出风，工竟不得见。中常侍曹节等征肱为太守，乃隐身遁命，远浮海滨，历年乃还。终于家。详《后汉书》本传。

④ 从来尚矣：（这种让人画贤臣像，供人瞻仰的做法）从古至今十分尊崇风行。

⑤ 瀛洲：唐太宗于宫城西筑文学馆，大行台司勋郎中杜如晦、记室考功郎中房玄龄及孔颖达、陆德明、虞世南等十八人，并以本官为学士。分三番递宿于阁下。暇日，访以政事，讨论典籍，命阎立本画像，使褚亮为之赞，题名字爵里，号“十八学士”，谓之“登瀛洲”。详《新唐书·褚亮传》。　麟阁：即汉宣帝时的麒麟阁，在未央宫内。甘露三年（前 5），画功臣霍光、张安世、丙吉、苏武等十一人图像于阁中（见《汉书·苏武传》）。　云台：汉宫中高台名。汉明帝图画汉光武帝刘秀中兴功臣二十八将于云台。　凌烟：封建王朝为表彰功臣而建筑的高阁，绘有功臣图像。庾信《纥于弘神道碑》：“天子画凌烟之阁，言念旧臣；出平乐之宫，实思贤傅。”唐太宗贞观十七年（643）、代宗广德元年（763）都曾图功臣像于凌烟阁。详《旧唐书》。

⑥ 香山九老：唐会昌五年（845）二月，白居易在洛阳与刘真等九人举行尚齿会，各赋诗纪事。同年夏，又有李元爽及僧如满也告老回洛，举行九老尚齿会，因绘图，书姓名、年龄，题为《九老图》。　西园雅集：西园为北宋驸马都尉王诜之第，当代文人墨客多雅集于此。元丰初，王诜曾邀同苏轼、苏辙、

黄庭坚、米芾、蔡肇、李之仪、李公麟、晁补之、张耒、秦观、刘泾、陈景元、王钦臣、郑嘉会、圆通大师（日本渡宋僧大江定基）十六人游园。米芾为记，李公麟作图。　兰亭修禊：东晋王羲之、谢安兰亭聚会、修禊事。宋李公麟、明唐寅、文徵明等均有以此为题的画作。

⑦“汉武帝”句：司马相如，字长卿，汉蜀郡成都人。曾与邹阳、枚乘等同为梁孝王的门客，著《子虚赋》。梁孝王卒，相如归而家贫，与卓文君当垆卖酒为生。蜀人杨得意为狗监，侍汉武帝，进同乡相如的《子虚赋》。武帝读而叹曰：“朕独不得与此人同时哉!”得意便向武帝推荐了司马相如。

⑧ 大老：指年老德高望重位显者。　三不朽：古人以立德、立言、立功为三不朽。见《左传・襄公二十四年》。

⑨ 野公徐子：张岱友人徐沁，号野公、水浣等，山阴人。著有《越书小纂》《谢皋羽年谱》《水笺》等。张岱有《快读徐野公香草吟兼贺其公郎入泮》诗云：“总之徐氏多异才，接武青藤有家学。”其为徐渭裔孙。

⑩ 以寿：以增其传世年份。　枣梨：犹梨枣，指木刻书板。

⑪ 理学：宋明儒家哲学思想，也称性理学、道学。附会经义而说天人性命之理，故称。　自愧衾影：反用成语“衾影何惭”。衾，被子。原成语指不做亏心事，独处时因行为光明，问心无愧。《新论・慎独》：“故身恒居善，则内无忧虑，外无畏惧，独立不愧影，独寝不愧衾。”

⑫ 有忝：有愧，有辱。

⑬ 莫名寸长：一无所长。

⑭ 愧厉：有所愧而自勉之。

⑮ 时变，指满清亡明。

⑯ 谂（shěn）之：熟知、审知。

⑰ 诸贤裔：各位贤哲的后裔。

⑱ 上章涒滩：为庚申岁。此指康熙十九年（1680）。中国古代最早的干支纪年法名称较为复杂，后简化。上章，简称“庚”；涒滩，简称“申”。

⑲ 古剑老人：张岱祖籍四川，四川古置剑州，故自号古剑老人。

【评品】这是张岱仿照云台、凌烟故事，收集越中三不朽者的图像，配以小传、论赞，而成《图赞》，为之所作的序。光绪刻本卷首录陈锦评论云：“其难能而可贵者，总无逾乎气节。气节之重，理学为宗。是书首列王（阳明）、刘（宗周），而即继以殉义诸贤者，实出老人感时嫉俗之心，题曰‘有明’，犹存胜国遗忠本旨。”序中用四个“见……则惟恐……”排比句式，强调图像桑梓各类先贤的激励教化作用，亦见贤思齐，关乎士风世教之意也。而张岱于国破家亡近四十年之后，逐一寻访先贤遗踪及后裔，搜集相关资料，“积月累时”，苦心孤诣，成就其事，自是为弘扬国魂，激发民心，振奋士气。

琯朗乞巧录序[1]

世界之光明者，曰日月火。人之光明者，曰智曰慧[2]。世之误用智者，能杀人，亦能自杀，故道德家言，畏智如畏刃。余谓世人但当用慧，不当用智。何也？慧之于人惟用活着，不用杀着。水穷山尽，忽睹桃源[3]；九曲羊肠，顿开蜀峡。此其胸际真有万斛走盘之珠[4]，藉此灵明，出以应世。谈言微中[5]，片语可以解纷[6]；窍会相投[7]，即时可以排难。磁以引铁，珀之摄茎[8]，其遇合盖不可测识也。

或曰：所言信矣，但书中所载哲人智士，盘根错节，迎刃即解；荆棘藤萝，掉臂即脱[9]，光明正大，无复何言。第于末简，奸人吊诡与灯谜拆字亦复记之[10]，毋乃太滥乎？

余曰：不然。智与慧止争纤芥[11]，汉高之伤胸扪足[12]，昭烈之闻雷失箸[13]，帝王之睿虑哲谋，与奸雄狡狯之机械变诈，实与同源，第视人用之何如耳。一饴也[14]，伯夷见之[15]，谓可以养老；盗跖见之[16]，谓可以要饫户枢[17]。发念既殊，其以应用，自不同也。

余生来愚拙，悠悠忽忽，土木形骸[18]，凡见人有智慧之事，智慧之言，心窃慕之，不能效法。曾闻人言，牛女星旁，有一星名瑄朗，男子于冬夜祀之，得好智慧。故作《乞巧》一编，朝夕弦诵，以祈瑄朗。倘得邀惠彗星[19]，启我愚蒙，稍窥万一，以济时艰，虽不能传灯钻锐[20]，以大展光明，囊萤映雪[21]，借彼微茫闪烁，以掩映读书，徼幸多多矣。

庚申菊月[22]，八十四老人古剑张岱书于琅嬛福地[23]。

注释

① 瑄朗：星名。《夜航船·天文部》："女星旁一小星，名始影。妇女于夏至夜

候而祭之，得好颜色。始影南，并肩一星，名琯朗，男子于冬至夜候而祭之，得好智慧。”

② 智：聪明才智，此指智巧，偏于机巧。　慧：佛教指破除迷惑，证实真理的识力。有“彻悟”意。

③ 桃源：详卷一《桃源历序》注。

④ 斛（hú）：量器名。古以十斗为斛，后又以五斗为斛。　走盘之珠：状灵活，喻圆润融通。苏轼《书楞伽经后》：“《楞伽》四卷，可以印心……句句皆理，字字皆法，后世达者，神而明之，如盘走珠，如珠走盘。”

⑤ 微中：细微之处，皆中肯綮。

⑥ 解纷：解开纠结的纷乱。

⑦ 窍：洞穴。　会：时机、机遇。

⑧ 珀：琥珀，松脂。　摄：取。此指粘取。　刍：喂牲口的草。

⑨ 掉臂：甩开手臂不顾而行。此作奋起讲。

⑩ 吊诡：通“恢诡”，怪诞，奇异。

⑪ 纤芥：喻极细小。

⑫“汉高”句：《史记·高祖本纪》载：“汉王（刘邦）、项羽相与临广武之间而语。”汉王历数项羽十罪，“项羽大怒，伏弩射中汉王。汉王伤胸，乃扪足曰：‘虏中我指！’汉王病创卧，张良强请汉王起行劳军，以安士卒，毋令楚乘胜于汉”。

⑬“昭烈”句：《三国志·蜀书·先主传》载：刘备曾受献帝密诏，“当诛曹公（曹操）。先主（刘备）未发。是时曹公从容谓先主曰：‘今天下英雄，惟使君与操耳。本初（袁绍字本初）之徒，不足数也。’先主方食，失匕箸。”注引

《华阳国志》云："于时正当雷震，备因谓操曰：'圣人云，迅雷风烈必变，良有以也。一震之威，乃可至于此也！'"

⑭ 饴：饴糖，用麦芽制成的糖浆。

⑮ 伯夷：商末孤竹国君主亚微的长子，子姓，名允，是商祖契的后代。弟亚凭、叔齐。初，孤竹君亚微欲以三子叔齐为继承人，亚微死，伯夷、叔齐兄弟让位，先后投奔周国。武王伐纣，天下宗周，伯夷、叔齐耻之，义不食周粟，饿死于首阳山。被后世奉为贤人义士。

⑯ 盗跖：相传为春秋末期大盗。被视为恶人的典型。

⑰ 饫（yù）：饱；赐。此引申为沾满、涂满。意谓用饴糖粘住户枢，使得开门无声，便于入室行窃。　户枢：门轴。"一饴也"五句脱胎于《吕氏春秋·异用》："仁人之得饴，以养疾侍老也。跖与企足得饴，以开闭取楗也。"

⑱"悠悠"二句：形容轻忽，放荡，消磨时光，形体如土木一样本色而不加修饰。《世说新语·容止》："刘伶身长六尺，貌甚丑悴，而悠悠忽忽，土木形骸。"

⑲ 邀惠彗星：从彗星处请求得到恩惠。

⑳ 传灯：佛家谓佛法可破除迷暗，如灯照明，因称传法为传灯。

㉑ 囊萤：形容刻苦读书。晋代车胤学而不厌，家贫不常得油，夏日用练囊盛数十萤火以照书，以夜继日焉。见《晋书·车胤传》。　映雪：借雪光读书，后世作为勤学的典故。"孙康家贫，常映雪读书"（《文选》录任昉《为萧扬州荐士表》李善注引《孙氏世录》）。

㉒ 庚申：清康熙二十年（1680）。　菊月：九月。

㉓ 琅嬛福地：详卷二《琅嬛福地记》注。

【评品】《琯朗乞巧录》，稿本今藏国家图书馆。该书系张岱晚年分类辑录古今哲人智士的隽语趣事。本序所释的“智”与“慧”，颇有哲理禅悟。其所谓之“智”，近似于机诈诡伪，故曰“世之误用智者，能杀人，亦能自杀”。古往今来，滥用聪明害人害己，聪明反被聪明误的其人其事还少吗？张岱所言之“慧”，则形象地表现了一种禅悟、觉醒的境界。他认为“睿虑哲谋”与“机械变诈”，“实与同源，第视人用之何如耳”。“发念既殊，其以应用，自不同也”。确有见地，持论辩证。文末道出乞得智慧的目的，“稍窥万一，以济时艰”，展现出其“琯朗乞巧”兼济苍生的情怀。

快园道古小序[1]

张子僦居快园[2]，暑月日晡[3]，乘凉石桥，与儿辈放言，多及先世旧事，命儿辈退即书之。岁久成帙，因为分门，凡二十类，总名之曰《快园道古》。盖老人喃喃喜谈往事，如陶石梁先生所记《喃喃录》者[4]，无非盛德之事与盛德之言，绝不及嘻笑怒骂，殊觉厌人。后生小子见者，如端冕而听古乐[5]，则惟恐卧去。若予所道者，非坚人之志节则不道，非发人之聪明则不道，非益人之神智则不道，非动人之鉴戒则不道，非广人之识见则不道。入理既精，仍通嘻笑，谈言微中，不禁诙谐。余与石梁先生出口虽异，其存心则未始不同也。

世间极正经极庄严之事，无过忠孝二者。而东方曼倩偏以滑稽进谏[6]，老莱子偏以戏彩承欢[7]，在君亲之侧，尚不废谐谑，而况不在君亲之侧乎？则是世之听庄言法语[8]，而过耳即厌者，孰若其听诙谐谑笑而刺心不忘？余盖于诙谐谑笑之中，窃取其庄言法语之意，而使后生小子听之者忘倦也。故饴一也，伯夷见之，谓可以养老；盗跖见之，谓可以饫户枢。二三小子听余言而能善用之，则黄叶止啼[9]，未必非小儿之良药矣。岁乙未九月哉生明日[10]，陶庵老人书于龙山之渴旦庐[11]。

注释

①《快园道古》：张岱撰。全书分为盛德、学问、经济、言语等二十门类，体例仿《世说新语》。快园，在今绍兴市胜利西路、龙山北麓，现为绍兴饭店。面山枕流，环境典雅。此处原为明韩应龙（号五云）御史的别墅，后因韩氏快婿诸公旦在此读书而称快园。张岱曾于此僦居二十四年，并有《快园记》（见本书）述其本末。《快园道古》也在此问世。

② 僦：租借。

③ 晡：午后三至五点。

④ 陶石梁：陶奭龄。详《越山五佚记》注。

⑤ 端冕：玄衣和大冠。古代帝王、贵族的礼服。

⑥ 东方曼倩：东方朔（前154—前93），本姓张，字曼倩，西汉平原郡厌次县（今山东省德州市陵城区）人。西汉时期著名的文学家。汉武帝即位，征四方士人。东方朔上书自荐，诏拜为郎。后任常侍郎、太中大夫等职。他性格诙谐，言词敏捷，滑稽多智，常在武帝前谈笑讽谏，言政治得失，陈农战强国之

计，但武帝始终把他当俳优看待，不予重用。著述甚丰，明人张溥汇为《东方太中集》。

⑦ 老莱子：中国历史上著名的孝子。自己七十二岁时，为了使老父母快乐，还经常穿着彩衣，作婴儿的动作，以取悦双亲。后人以“老莱衣”比喻对老人的孝顺。

⑧ 法语：合乎礼法的言语。《论语·子罕》：“法语之言，能无从乎？”邢昺疏：“以礼法正道之言告语之。”

⑨ 黄叶止啼：婴儿啼哭之时，父母即以杨树黄叶而语之言：“莫啼莫啼！我与汝金。”婴儿见叶生真金想，便止住啼哭，然此杨叶实非金也。见《涅槃经》。

⑩ 乙未：康熙十八年（1679）。 哉生明：古人对一个月中某些特殊的日子有特定的名称。如每月第一日叫朔，二日为死魄或旁死魄，三日为哉生明或月出。

⑪ 龙山：绍兴府山，又称种山、卧龙山。与绍兴古城内蕺山、塔山鼎足而立。 渴旦庐：张岱所居之庐，以“渴旦”名之，“旦”者，“明”也，可见其故国之思的深切迫切。

【评品】 关于《快园道古》，佘德余先生云：该书“名为‘道古’，实为谈今。取材广博，内容涉及明代社会生活各个方面，上至帝王将相，下至艺匠、僧道、娼优，其中多名人文士事迹的记载，包括张岱的亲属、先世及乡人的言行轶事，诸如德行、品藻、志气、节操、才华识见、个性癖好、仕宦政绩、隐退著述及相互间的诗酒唱和、饮宴酬对等等，或掇拾旧闻，或记述近事。他的记人记事与纯属虚构的创作不同，虽非字字有据，然在总体上却具有较高的史料价值；他摄取社会生活的某一点，用简明的文字突出人和事的本质特征，具有很强的文学价值；对于研究明代社会文化具有较重要的参考意义”（佘德余点校《快园道古》整理弁言）。张岱在《张子说铃序》中曰：“何论大小哉？亦得其真、得其近而已矣。”《快园道古》所记虽片言只语，可谓“小”矣，但于人于事，却力求得其近，显其真。本序连用五个“非……不道”排比，强调书的内容关乎世道人心，并揭示书的主旨在于：“于诙谐谑笑之中，窃取其庄言法语之意，而使后生小子听之者忘倦也。”该书的行文风格也是寓庄于谐，“谈言微中，不禁诙谐”。张岱告知读者该书的读法，如何透过字面而“得其真”：“听余言而能善用之。”也反映出他对正襟危坐的说教、一本正经的训导极其鄙薄厌恶。

上鲁王疏[1]

臣岱谨启，为监国伊始[2]，万目具瞻[3]，恳祈立斩弑君卖国第一罪臣，以谢天下，以鼓军心事。

臣闻舜受尧禅，诛四凶而天下咸服[4]；孔子相鲁，诛少正卯而鲁国大治[5]。在彼盛时，犹藉风励[6]，况当天翻地覆之时，星移宿易之际，世惟悖逆反常，人皆顽钝无耻。反身事仇，视为故套[7]；系颈降贼，奉作法门。士风至此，扫地尽矣。倘不痛加惩创，则此不痛不痒之世界，灭亡无日矣，安问中兴[8]，安问恢复哉？吾主上应天顺人，起而监国，太祖高皇帝之血食[9]，一日未斩，历代帝王之衣冠文物，一日未绝，皆系于主上一人。此时犹不上律尧舜，下法汤武，立奋乾刚[10]，蚤除妖孽，则主上且为太祖高皇帝之罪人，区区臣下，又不足道已。

臣见贼臣马士英者[11]，鬼为蓝面，肉是腰刀。借兵权为公论，妄称定策元勋；以紊序为私恩，遂欲门生天子[12]。倾酒为池，悬肉为林[13]，即此是致君之术[14]；弥天太保，遍地司空[15]，何在非货殖之门[16]？半壁江山，白呆呆送与北骑[17]；一鞭残角，黑魆魆走出南京。

当其提兵凤泗也[18]，闯贼犯都，思宗殉难[19]，君父临危，按兵不救。如汉高追项羽失利，与韩信、彭越期会不至，然汉高尚在固陵[20]，而先帝竟死社稷，较之韩、彭，其坐视更恶。及其迎立弘光也[21]，永、定二王[22]，存亡未卜，桂、惠、端三王[23]，讣报未闻，徒以“军中欲立福王”一语，遂市私恩[24]，擅行册立。如李辅国遮留太子[25]，以自取富贵，然肃宗尚受父命于灵武[26]，而士英止恃兵变于陈桥[27]，较之辅国，其专擅尤横。其后北骑之渡江也，留都根本重地[28]，高皇帝之陵寝在焉，拥兵十万，一日不守，徒收拾辎重，鼠窜狼奔。如伯嚭之多携宝玩[29]，雪渡钱塘，然伯嚭之去，尚为吴王行成[30]，而士英之走，止为一家保命，较之伯嚭，其机诈更深。其后左兵之南下也[31]，良玉上疏，以清除君侧为名。士英胆落，尽以江南之雄兵猛将，悉驻芜关，上流控御，史可法血书请救[32]，置若罔闻。如卢杞之坚拒怀光[33]，恐其面驾，然卢杞止失军心，而士英竟覆社稷，较之卢杞，其败坏尤烈。其后弘光之被陷也，新主嗣统，伫望中兴。士英兵权自握，政柄自操，从不讲战守之事，止知上贪黩之谋，酒色逢君，门户固党。及后事败，理合从亡，乃士英犹拥兵卫三千，携妾媵臧获、歌儿舞女二百余人，金珠宝玩锦绣纨绮数千余杠，独不能携带弘光一人一骑，使其进退无门，卒陷死地。如飞廉之助纣为虐[34]，卒致死亡，然飞廉终为纣而死于海隅，士英弃弘光而逍遥外郡，较之飞廉，其狡猾更凶。其后沿途之逃窜也，士英调黔兵入卫，意欲办走贵阳，凡所过州县，需索供应，鞭挞居民，有闭门不纳者，辄架大炮攻打，城破蹂躏，燔劫一空。如公孙述之乘乱草窃[35]，欲据蜀自雄，然述犹保郡自守，而英乃纵兵卤掠，较之公孙述，其叛逆尤著。

以士英之惨刻，士英之奸诡，士英之凶暴，士英之叛逆，万死犹不足赎，而世之切齿士英者，以其卖国欺君，窃比为今之秦桧[36]。臣谓士英何如人，乃敢上拟秦桧耶？夫秦桧辅佐高宗，主持和议，不闻以高宗性命白送与金人，而南宋六朝一百五十二年天下，以和议缓其亡者，为功不小。今试责士英以澶渊一日之盟[37]，士英其能之乎？如士英者，徒事贪淫，不思恢复，有韩侂胄之嗜欲[38]，而无其志气；有意偷安，不能留恋，有贾似道之荒淫[39]，而无其福德；自立城府，斥逐言官，有李林甫之蒙蔽[40]，而无其智谋。等而下之，即欲取法于卑卑三相，尚且不能，乃欲颉颃秦桧耶？

潜逃至浙，更复无耻。见太后则假太后以垂帘，见潞王则尊潞王以监国[41]，见浙抚则借浙抚为鸠巢，见方营则倚方营为兔窟[42]。东奔西走，不能相容。直待杭州已失，犹思蒙面屈膝投诚。不意外邦反存正论，谓弘光奸辅，欲捕杀之。士英始狼狈而走，奄至东阳[43]，已一月余矣。今闻主上监国天台，不思魑魅[44]，难见禹鼎[45]，复颜甲而来，希图攀附。夫以南都旧臣，朝见监国新主，趋跄殿陛[46]，束身请罪，则亦已矣。乃复带马骑数百余人，驻匝清溪渡口[47]，上表请朝，候旨定夺，俨然董卓[48]、曹操[49]，伏兵道左，劫主迁都之状。盖其目中尚知有人否耶？

臣谓子婴继统[50]，尚能族斩赵高；建文逊位[51]，犹自手诛辉寿[52]。彼庸君孱主至国破家亡之际[53]，犹能回光返照，雪恨报仇，况我主上睿谟监国[54]，圣政伊始，宁容此败坏决裂之臣，玷辱朝宁乎？臣中怀义愤，素尚侠烈，手握虎臣之椎[55]，腰配施全之剑[56]。愿吾主上假臣一旅之师，先至清溪，立斩奸佞，生祭弘光，敢借天下第一之罪人，以点缀主上中兴第一之美政。风声所至，军民必勇跃鼓舞，勇气百倍，传首北鄙[57]，有不震竦詟服，退舍避之者，请斩臣头以殉可也。

注释

① 鲁王：朱以海，明太祖朱元璋第十子鲁王朱檀之后。详卷三《与李砚翁》注。

② 监国：指君主未能亲政，由他人代理朝政。

③ 万目具瞻：万众瞩目。

④ 四凶：传说为尧、舜时代四个恶名昭彰的部族首领。《左传·文公十八年》："舜臣尧，宾于四门，流四凶族浑敦、穷奇、梼杌、饕餮，投诸四裔，以御魑魅。"后世多用以比喻凶狠贪婪的臣子。

⑤ 少正卯（？—前496）：春秋时期鲁国大夫，官至少正，能言善辩。鲁定公十四年，孔丘任鲁国大司寇，代理宰相，上任后七日就把少正卯杀死在两观的东观之下，曝尸三日。孔丘回答子贡等弟子的疑问时说：少正卯是"小人之桀雄"，一身兼有"心达而险、行辟而坚、言伪而辩、记丑而博、顺非而泽"五种恶劣品性。

⑥ 藉：借，仰仗。　风励：原意用委婉的言辞鼓励、劝勉。此有以劲风警世励俗之意。

⑦ 故套：陈规俗套。

⑧ 安问：哪里谈得上。

⑨ 血食：谓受享祭品。古代杀牲取血以祭，故称。

⑩ 乾刚：谓天道刚健。语出《易·杂卦》："《乾》刚《坤》柔。"引申指君主的威权。

⑪ 马士英：详卷四《王谑庵先生传》注。

⑫ 门生天子：把天子当作其门生。中唐以后，帝位废立，多由宦官决定，宦官视皇帝为门生，故称。

⑬ 酒池肉林：《史记·殷本纪》："大冣乐戏于沙丘，（纣）以酒为池，县（悬）肉为林，使男女裸相逐其间，为长夜之饮。"后人常用"酒池肉林"形容生活奢侈，纵欲无度。

⑭ 致君：辅佐君王。

⑮"弥天"二句：极言马士英擅权，卖官鬻爵之乱象。都人云："职方贱如狗，都督满街走。"（《明史》本传）太保，与太师、太傅并称三公。司空，位次三公，与六卿相当，与司马、司寇、司士、司徒并称五官，掌水利、营建之事。

⑯"何在"句：到处都是贪腐之门。

⑰ 北骑：清兵。下文"北鄙"即为清廷。鄙，边境。一本"北"作"虏"，此为避文字狱而改。

⑱ 提兵凤泗：马士英曾总督庐州凤阳等地军务。

⑲ 思宗：即崇祯帝朱由检，李自成攻入北京，自缢而亡。

⑳“如汉高追项羽”三句：《史记·高祖本纪》：“项羽解而东归。汉王欲引而西归，用留侯、陈平计，乃进兵追项羽，至阳夏南止军，与齐王信、建成侯彭越期会而击楚军。至固陵，不会。楚击汉军，大破之。”固陵，古县名。在今河南省太康县南。

㉑ 弘光：指弘光帝朱由崧（1607—1646）。

㉒ 永王：朱慈照，明思宗朱由检第四子。崇祯十五年（1642）三月封为永王。崇祯十七年（1644），李自成攻入北京，不知所终。南明年间追谥为永悼王。 定王：朱慈炯，生卒年不详，明思宗朱由检第三子，母孝愍皇后周氏。崇祯十六年（1643）封为定王。崇祯十七年（1644），李自成攻入北京，封朱慈炯为定安公，李自成败退时不知所终。南明年间追谥为定哀王。

㉓ 桂王：朱由榔（1623—1662），明神宗朱翊钧孙，桂王朱常瀛之子。清兵入关，于广东肇庆称帝，在位十五年，被清兵追逼而逃入缅甸，后为吴三桂索回绞杀于昆明，终年四十岁。葬于贵州都匀高塘山永历陵。 惠王：朱常润（1594—1646），明神宗朱翊钧第六子，与桂王朱常瀛同母。万历二十九年（1601）十一月受封惠王。 端王：朱常浩（1591—1644），明神宗第五子，封端王，后被张献忠斩于重庆。

㉔ 市：贩卖，交易。

㉕ 李辅国（704—762）：本名静忠，中唐权宦。安史之乱爆发，李辅国劝李亨迅速称帝，以安民心。唐肃宗即位后，任元帅府行军司马，并改名为辅国。代宗李豫尊为尚父，加司空、中书令，封博陆郡王。李辅国跋扈嚣张，唐代宗遂废除其权势，又派人将其刺杀。追赠太傅，谥号为丑。

㉖ 肃宗：唐肃宗李亨（711—762），是唐玄宗第三子。安史之乱爆发，马嵬兵

变后，携兵抵达灵武的李亨于天宝十五载（756）七月十二日擅自在灵武登基。改年号为至德，推尊玄宗为太上皇。当天，肃宗就派使者前往四川，向太上皇报告这一消息。《旧唐书·玄宗本纪》载；至德元载（756）八月“癸巳，灵武使至，始知皇太子即位”。远在成都的玄宗只能承认这一既定事实：“己亥，上皇临轩册肃宗。”可见张岱“肃宗尚受父命于灵武”云云，于史无据。

㉗ 兵变于陈桥：赵匡胤于陈桥驿发动的取代后周、建立宋朝的兵变事件。此指崇祯十七年、顺治元年（1644）崇祯帝殉国，同年四月，凤阳总督马士英不顾史可法及东林党人的反对，与江北四镇黄得功、高杰、刘良佐、刘泽清等人前往淮安迎接福王朱由崧。四月二十七日，南京礼部率百司迎福王于仪征。五月，福王朱由崧登基于南京。次年改元“弘光”。

㉘ 留都：古代王朝迁都以后，旧都仍置官留守，故称留都。此指南京。有明孝陵为明太祖朱元璋及马皇后合葬的陵墓。

㉙ 伯嚭：春秋时吴国宰辅。为人好大喜功，内残忠臣，外通敌国。吴亡后，为越王勾践所杀。

㉚ 行成：谓议和。《左传·僖公二十八年》：“郑伯如楚致其师，为楚师既败而惧，使子人九行成于晋。”

㉛ 左兵：左良玉（1599—1645），明末将领。字昆山，临清人。初在辽东与清军作战，曾受侯恂提拔。后在镇压农民军的战争中，不断扩大部队，日益骄横跋扈，拥兵自重。崇祯十七年（1644）三月封宁南伯。福王朱由崧即位后，又晋为侯，镇守武昌。此时，弘光政权中马士英、阮大铖用事，排斥东林党人。他袒护东林党人，且怀有个人野心，于顺治二年（1645）三月二十三日从武昌起兵，以清君侧为名，进军南京，中途病死。子左梦庚率所部降清。

㉜ 史可法：详卷四《附传》注。

㉝ 卢杞（？—约785）：字子良，滑州灵昌（今河南滑县）人。中唐宰相、奸臣。任宰相以后，嫉妒贤能，先后陷害杨炎、颜真卿等人，结党营私，推举同党。德宗在奉天被朱泚围攻，李怀光自魏县赶赴国难。卢杞从中阻挠，李怀光屡上书斥其恶，遂贬职。

㉞ 飞廉：商纣的谀臣。《孟子·滕文公下》："驱飞廉于海隅而戮之。"

㉟ 公孙述（？—36）：字子阳，扶风茂陵（今陕西兴平）人。初以父官荫为郎，补任清水县长。熟练吏事，治下奸盗绝迹，由是闻名。王莽末年，天下纷扰，群雄竞起，公孙述遂自称辅汉将军兼领益州牧。建武元年（25），公孙述称帝于蜀，国号成家，年号龙兴。建武十一年（35）为东汉所亡。

㊱ 秦桧：详卷二《募修岳鄂王祠墓疏》注。

㊲ 澶渊之盟：宋真宗景德元年（1004），辽萧太后与辽圣宗亲率大军南下，深入宋境。真宗经宰相寇准的力劝，至澶州督战。宋方小胜。于十二月（1005年1月）与辽订立和约：辽宋约为兄弟之国，宋向辽纳岁币银十万两、绢二十万匹，宋辽以白沟河为边界。因澶州（今河南濮阳）在宋朝亦称澶渊郡，故史称"澶渊之盟"。

㊳ 韩侂胄（1152—1207）：字节夫，相州安阳（今河南安阳）人。南宋宰相。魏郡王韩琦曾孙。以恩荫入仕，绍熙五年拥立宋宁宗赵扩即位，以"翼戴之功"，初授开府仪同三司，后官至太师、平章军国事。韩侂胄任内禁绝朱熹理学、贬谪宗室赵汝愚，史称"庆元党禁"。他追封岳飞为鄂王，追削秦桧官爵，力主"开禧北伐"，因将帅乏人而功亏一篑。开禧三年（1207），在金国示意下，韩侂胄被杨皇后和史弥远设计劫持至玉津园杀死，函首于金国。时年五十

五岁。后世理学家将其列为奸臣。关于其“嗜欲”，《宋史·奸臣传》载：“（侂胄）尝凿山为园，下瞰宗庙。出入宫闱无度。”“所嬖妾张、谭、王、陈皆封郡国夫人，号‘四夫人’。每内宴，与妃嫔杂坐，恃势骄倨，掖庭皆恶之；其下，受封者尤众。至是，论四夫人罪，或杖或徒，余数十人纵遣之。有司籍其家，多乘舆服御之饰，其僭紊极矣。”

㊴ 贾似道：详卷四《王谑庵先生传》注。

㊵ 李林甫（683—753）：小字哥奴，祖籍陇西，唐朝宗室。担任宰相十九年，大权独握，蔽塞言路，排斥贤才，导致纲纪紊乱，使得安禄山坐大，是使唐朝由盛转衰的关键人物之一。

㊶ 潞王：朱常淓（1607—1646），祖籍安徽凤阳，明神宗（朱翊钧）侄，潞简王朱翊镠长子。万历四十六年（1618）闰四月袭封潞王。弘光元年（1645）五月下旬，弘光帝被俘。马士英、阮大铖等商量请当时在杭州的朱常淓监国。六月初七日，邹太后（朱由崧嫡母）命朱常淓监国。初八日称监国于杭州，次日，黄道周建议朱常淓在十日内即位称帝，但朱常淓却根据马士英的意见，派陈洪范作为其代表与清军和谈。十一日清军逼近杭州，马士英、阮大铖、朱大典等均各自逃命，而陈洪范回到杭州与张秉贞等劝潞王投降。十四日降清，之后与朱由崧等一起被送至北京。翌年四月初九日与朱由崧等九王俱被杀，罪名为“谋不轨”。

㊷“见浙抚”二句：浙抚，似指崇祯朝为浙江巡抚、后与马士英等一起在杭州拥立潞王的张秉贞。方营，方国安，字磐石，浙江诸暨人。明朝总兵。南明弘光时，依马士英，挂镇南将军印。拥兵入浙，百姓受其侵害。潞王降清，马士英和阮大铖曾先后投靠他。鲁王监国，晋封越国公，挟制鲁王朱以海，斥逐张

岱。后降清复谋反，被杀。张岱《石匮书后集》卷四十八有《方国安传》。

㊸ 东阳：在浙江中部，属金华所辖。

㊹ 魑魅：古代传说中害人之鬼怪的统称，后指形形色色的坏人。

㊺ 禹鼎：鼎原为烹饪之器，后作为礼器，成为国家和权力的象征。传说夏禹以九牧之金铸鼎，上铸万物，使民知何物为善，何物为恶。《左传·宣公三年》："昔夏之方有德也，远方图物，贡金九牧，铸鼎象物，百物而为之备，使民知神奸。故民入川泽山林，不逢不若。螭魅罔两，莫能逢之，用能协于上下以承天休。"

㊻ 趋跄：形容朝拜、进谒时步趋中节。

㊼ 清溪：今浙江武义县有清溪江、清溪口水库。

㊽ 董卓：详卷三《伍孚刃》注。

㊾ 曹操：公元196年，曹操控制了汉献帝刘协，并迁都许昌，"挟天子以令诸侯"。

㊿ 子婴（？—前206）：嬴姓，秦朝最后一位统治者，在位四十六天。秦二世三年（前207）九月，丞相赵高逼杀秦二世，去秦帝号，立子婴为秦王。五天后，子婴诛杀赵高。子婴不久即为项羽所杀。

51 建文：为明朝第二个皇帝明惠宗朱允炆的年号（1399—1402），此即指建文帝朱允炆。允炆为明太祖朱元璋之孙，洪武三十一年（1398）继皇帝位，在位期间增强文官在国政中的作用，宽刑省狱，严惩宦官，同时改变其祖父朱元璋的一些弊政，史称"建文新政"。

52 辉寿：疑为（徐）增寿之误（其兄辉祖）。徐增寿，魏国公徐达第四子，成祖朱棣妻弟。建文帝疑燕王反，曾询问徐增寿。增寿顿首曰："燕王先帝同气，富贵已极，何故反？”及燕师起，数以京师虚实输于燕。建文帝察觉，未及追究。待燕兵渡江，帝召增寿诘之，不对，手剑斩之殿庑下。

53 孱主：懦弱之主。

54 睿谟：皇帝圣明的谋略。

55 虎臣：郑虎臣（1219—1276），字廷翰、景兆。南宋德祐元年（1275）任会稽县尉，于押解贾似道途中将其诛杀，为天下除奸。翌年，陈宜中至福州，拥立赵昰，捕杀虎臣。事迹载入《闽都别记》。

56 施全：南宋殿前司军人，曾行刺秦桧不成，被杀。详卷三《施全剑》。

57 传首：杀死后，传送首级。

【评品】 这是一篇讨贼檄文。张岱经历了家破国亡的灾难，颠沛流离的生活，对祸国殃民的奸臣逆贼深恶痛绝。所以当鲁王在绍兴“监国伊始”，他即“恳祈立斩弑君卖国第一罪臣，以谢天下，以鼓军心”，并从历史事实和鲁王所肩负的复国兴邦的重任两方面说明，斩奸除恶乃当前第一要务。随后列举马士英国难以来的种种劣迹罪行，与历朝历代众多贼臣逆子相比较，说明他有过之而无不及。即使比之秦桧、韩侂胄、贾似道、李林甫之流，他也是等而下之的。从而得出“以士英之惨刻，士英之奸诡，士英之凶暴，士英之叛逆，万死犹不足赎”的结论。接着揭露尽管马士英四处逃窜，丧家犬一般惶惶不可终日，但他仍拥兵自重，随时图谋“劫主迁都”。最后以自己身家性命为誓，表达愿假“一旅之师”“立斩奸佞”的决心。事关社稷兴亡，家国命运，张岱对奸臣逆贼的罪行义愤填膺，所以行文骈散相间，痛快淋漓，气贯长虹。字里行间，笔挟风雷；声讨笔伐，严于斧钺。至于本文中对秦桧的评价，或许是为了表现等而下之的马士英罪大恶极，万死不赦，而故意“抬高”秦桧。本书卷三乐府《施全剑》中叱骂“奸贼”秦桧的种种罪行，才是张岱对他的真实判决。

寓山铭[1] 有序

会稽如东武诸山[2]，皆从海外飞来，悬蹲孤峙，乱落镜湖水际[3]。寓山其一也。山在柯亭之左[4]，赭深青老。虽好奇如王、谢[5]，都以鞋靸下失之[6]。至今日得世培居士开垦之[7]，而山面始出；梳剔之，而山骨始灵；布以楼榭，而山态始妍；潴以池沼，而山影始活。数美具，有寓山之名，自今其不朽矣。吾语居士曰：“吾侪幸生也晚，使在千百年以前，镜湖未浚，怪山未来，柯山与曹山未事斧凿[8]，越中山水未免寂寞。今诸胜毕备，而吾侪始生，山川未为无意，而嗣今以后，境缘人造，陵谷迭开，如寓山者又不知其凡几，吾侪之胜缘，其尚可概量乎？虽然，山以‘寓’名，尚有去志。”余因手扪萝薜，勒石铭之，异日在琅琊海中[9]，倘复过此，则松间旧题仿佛，可以把臂[10]，此山应不嗔余为生客也。铭曰：

依稀昔日，夕中风雨。顷刻移来，海立沙起。蝘伏千年[11]，草木蒙蔽。今日何期，胜缘始至。櫜解云封[12]，肌分石理。蜃阁霞兴[13]，亭台绣峙。厥名曰寓，志在东武。今或久留，珍重贤主。

注释

① 寓山：在绍兴城西南二十里。

② 东武：本书《越山五佚记》载：“越城有飞来山，来自琅琊东武。”故名“怪山”。

③ 镜湖：鉴湖原名镜湖，在绍兴市南。相传黄帝铸镜于此而得名。东晋会稽太守马臻开凿疏浚之，以利民生。

④ 柯亭：又名高迁亭。在今浙江省绍兴市西南。以产良竹著名。

⑤ 王、谢：东晋王导、谢安等世簪望族。

⑥ 鞋靸（sǎ）：陶宗仪《南村辍耕录·靸鞋》：“西浙之人，以草为履而无跟，名曰靸鞋。”

⑦ 世培居士：即祁彪佳。详卷三《与祁世培》注。

⑧ 柯山：在绍兴城西十二公里。　曹山：详卷二《越山五佚记》之《曹山》一节。《陶庵梦忆》卷六有《曹山》一文，可参。

⑨ 琅琊：郡名。秦朝将中国分三十六郡，琅琊郡为其一，郡治琅琊县（今山东青岛琅琊镇），是当时最大的港口。

⑩ 把臂：握持手臂，表示亲密。谓亲切会晤。

⑪ 蝘：一种昆虫。《说文》：“在壁曰蝘蜓，在草曰蜥易。”

⑫ 橐：口袋。

⑬ 蜃阁：即蜃楼。因光的折射和全反射而形成的虚幻的楼景。

【评品】 崇祯初，御史祁彪佳依寓山筑园，并作《寓山注》记园中诸景，文前有序，详叙筑园经过。张岱有《跋寓山注二则》，高度评价了祁文的造诣。本文先用四个“始”的铺叙，概括祁氏的开创之功，使“数美具”；然后又用四个“未”的假设，突出山水之缘的难得。文章以传说诸山从海外飞来起始，最后以想象山有朝一日还会飞去结尾，不仅切合寓（暂居）山之名，首尾呼应，而且想落天外，也增加了文章的飞翥灵动之感。更有甚者，铭文结尾竟祈寓山因主贤而“久留”，则寓山非“寓”矣。笔势随想象的来回曲折而跌宕腾挪，寓意亦层见拓深。诚如王业洵（士美）所评：“‘久留’两字，铭者托意良远，一则见久留可不称寓，一则见久留亦是寓，身世得失之感何独山川?”